MICHAEL JENSEN

BLUTGOLD

aufbau taschenbuch

MICHAEL JENSEN wurde im Norden Schleswig-Holsteins geboren. Er lebt mit seiner Familie in Hamburg und Flensburg. Im Hauptberuf ist er als Arzt und Therapeut tätig. Für sein literarisches Schreiben hat er ein Pseudonym gewählt. Der Roman »Blutgold« ist der Auftakt einer Serie über die Brüder Sass.

Im Aufbau Taschenbuch sind seine Kriminalromane »Totenland«, »Totenwelt« und »Totenreich« lieferbar.

Mehr zum Autor unter www.autor-jensen.de

Es beginnt wie ein harmloser Einbruch, doch auf einer ihrer nächtlichen Touren werden die Brüder Max und Franz Sass unfreiwillig Zeugen eines Mordes im angesehenen Hotel Adlon. Mit knapper Not können sie sich im Nebenzimmer der jungen Gräfin Romanowa verstecken. Der Täter ist offenbar ein Kommunist. Der Tote ein Offizier einer rechten Freikorps-Brigade. Somit scheint für Polizeikommissar Paul Konter vom Präsidium Alexanderplatz der Fall klar. Alles deutet auf einen weiteren Fememord hin. Und die Sass-Brüder sind in einen gefährlichen Strudel aus Politik, Verrat und Mord geraten.

MICHAEL JENSEN

BLUT GOLD

SYNDICAT BERLIN

KRIMINALROMAN

atb aufbau taschenbuch

MIX
Papier aus verantwortungsvollen Quellen
FSC® C083411

ISBN 978-3-7466-3794-5

Aufbau Taschenbuch ist eine Marke der Aufbau Verlage GmbH & Co. KG

1. Auflage 2022

Umschlaggestaltung www.buerosued.de, München
unter Verwendung eines Motivs von © akg-images
Satz LVD GmbH, Berlin
Druck und Binden CPI books GmbH, Leck, Germany
Printed in Germany

www.aufbau-verlage.de

Nach wahren historischen Begebenheiten.
Einige Namen, Ereignisse und Schauplätze sind
aus dramaturgischen Gründen fiktiv.

Freundschaft, das ist wie Heimat

(Kurt Tucholsky, Schloss Gripsholm, 1931)

PROLOG

Berlin-Zeitungsviertel, Oktober 1918

Auf dem Schreibtisch lagen Zahnstocher. Wenn er unruhig war, liebte Ludwig Uhlfeldt es, damit Mikado zu spielen. Oder er legte Figuren und Muster auf die dunkelgrüne Ledereinlage des ramponierten Biedermeierstücks. Die Abendsonne hatte sich bereits zwischen den Häuserschluchten verabschiedet. Und natürlich warfen die elektrischen Lampen längst ihr totes Licht in den Raum; er hasste den dunklen Winter. Ludwig Uhlfeldt war Verleger mit Leib und Seele. Der Beruf hatte ihm zwar ein Magenleiden eingebracht. Und eine Fülle schlechter Manuskripte. Aber trotz aller Unbill schien für ihn klar: Das Zeitalter des Buchs war endlich angebrochen. Nicht mehr nur edle Folianten in den Klosterbibliotheken; nicht die ledernen Schmuckausgaben des Bildungsbürgers. Nein, das Buch wurde nun den Massen zugänglich; einfach und schnörkellos wie die Menschen in ihren stickigen Arbeiterwohnungen. Der *Werther* für neunzig Pfennige. Und Glaßbrenners *Berlin wie es ist* für vier Groschen. Uhlfeldt war überzeugt, Büchern stand bevor, was die Zeitungen bereits geschafft hatten. Sie wurden Massenware. Und sie würden Speerspitze sein gegen die Dummheit, gegen die Jahrhunderte der Unterdrückung und inneren Verkrustung.

»Ludwig, die Ditzen-Fahne ist noch nicht zurück«, rief eine Stimme über den Flur.

Uhlfeldt schrak aus seinen Tagträumen und stach sich eine dieser winzigen Holzlanzen in den Finger. Es war das Schicksal der kleineren Unternehmer, dass sie sich um alles selbst kümmern mussten. Vom Ersatz der Glühfäden in den Gaslampen bis zum Vertrieb der Bücher in den Buchhandlungen, überall hatte Ludwig Uhlfeldt mitzuwirken.

Er zog den Splitter aus der Daumenkuppe und fluchte leise. Ein winziger Tropfen Blut bildete sich dort.

»Schick diesem Nichtsnutz von Autor einen Botenjungen«, erwiderte er. »Wenn das Buch nicht morgen um acht auf meinem Schreibtisch liegt, kann er seine Texte auf dem Jahrmarkt verkaufen.«

Ditzen war einer seiner Hoffnungsträger. Jung und ohne Konventionen, ein Robespierre des Wortes. Uhlfeldt liebte Visionen. Er hatte sein Unternehmen vor einigen Jahren in der Besselstraße aufgebaut, unweit der Imperien von Mosse und Ullstein, mit Blick auf die Friedenssäule am Belle-Alliance-Platz. Für ihn war es ein Omen. Sein Geschäft waren zwar nicht die Zeitungen, nicht das schnell hingeworfene Gegröle des Alltags. Nein, er setzte eher auf das gereifte Wort. Er hatte Kontakte zu jungen Schriftstellern, die darauf brannten, veröffentlicht zu werden. Er stand in Verbindung mit Karl Kraus, und vielleicht würde dieser obskure Gottfried Benn einen Titel mit ihm machen. Und Rudolf Ditzen wollte er zum Hausautoren aufbauen. Vielleicht war der Mann ja eine große Entdeckung. Denn gerade jetzt brauchten alle ein Fanal, ein Zeichen, das den Neubeginn ankündigte. Die Geister der alten Zeit mussten ausgetrieben, das Denken musste befreit werden. Und nun gab es auch noch beunruhigende Nachrichten von der Front. Die Einheiten waren müde, der Nachschub stockte. Der Krieg war verloren, hieß es. Uhlfeldt war kein flammender Patriot, aber der Gedanke an eine Niederlage des Vaterlands schmerzte ihn doch. Es lag Ärger in der Luft. Vieles würde sich ändern. Ein Journalist hatte mit ihm über eine mögliche Rebellion der Truppe gesprochen, vielleicht sogar eine Revolution im Volke.

Wir müssen dem Kaiser ja nicht gleich den Kopf abschlagen, dachte Uhlfeldt. Es reicht, wenn er seine Macht an den Reichstag abgibt. Blutige Verhältnisse wie nach der Oktoberrevolution in Russland im letzten Jahr wollte hier niemand. Es waren schon so genügend Bolschewisten in der Stadt. Nein, die Deutschen würden wieder »ordentlich und gemäßigt revolutionieren«, wie es 1848 geheißen hatte.

Uhlfeldt waren vor drei Wochen heikle Unterlagen zugespielt worden. Darin gab es Beweise für eine Verschwörung rechtsnationaler Kreise gegen alle Formen demokratischer Mitbestimmung. Heimlich hatten diese Kräfte Truppenverbände in die Großstädte des Kaiserreichs beordert und verlässliche Reserveeinheiten mobilisiert. Das Ganze war hochbrisant und gefährlich. Ludwig Uhlfeldt plante deshalb, morgen mit dem Mittagszug nach Leipzig zu fahren. Bei seiner Schwester war er aus der Schusslinie und konnte in Ruhe die Dokumente sichten. Vielleicht konnte er auch schon mit seinem eigenen Buch beginnen. Mit solchen Enthüllungen machte man sich schnell einen Namen. Und sein Verlag konnte ein wenig mehr Aufmerksamkeit gebrauchen. Aber man erwarb sich eben auch Feinde.

»Ich gehe noch in die Druckerei und mache dann Feierabend. Kannst später abschließen, Heinrich«, rief er seinem Mitarbeiter im Nebenzimmer zu. »Und denk dran, morgen bin ich nur bis zwölf im Haus.«

Seinen Reisekoffer hatte er bereits am Anhalter Bahnhof in Verwahrung gegeben. Auf diese Weise war er morgen Vormittag nicht durch Gepäck behindert. Zumindest redete er sich ein, dass dies der Grund dafür war, dass er schon vor drei Tagen ein Schließfach gemietet hatte. In Wahrheit jedoch hatte er einen gehörigen Respekt vor diesen geheimen Dokumenten. Sie beunruhigten ihn auf unerklärliche Weise. Und er hatte sie deshalb gleich mit ins Schließfach gelegt. In Leipzig konnte er sich wieder darum kümmern.

Sein Weg führte ihn tatsächlich zunächst in das Erdgeschoss. Die Druckmaschinen und das Papier waren derart schwer, dass sie bei den Verlagen fast immer in den unteren Räumen untergebracht waren. Eigentlich war der Verlag zu klein, um sich eine eigene Druckerei zu leisten. Aber Uhlfeldt stand der Sinn nach Höherem. Er wusste, binnen Jahresfrist musste ein großer Erfolg her, sonst würde ihn die Bank pfänden.

Der Geruch von Druckerfarbe lag in der Luft. Das Klackern der

Bleilettern wirkte in den ersten Minuten beruhigend, dann aber nervtötend. Er fragte sich, wie die Setzer ihre Arbeit den ganzen Tag verrichten konnten, ohne den Verstand zu verlieren. In einem abgetrennten Bereich weiter hinten versah die Schneidemaschine ihr Werk. Jeden Tag wurden dort mehrere Eimer Papierstaub zusammengefegt. Schließlich wurde alles noch geleimt und gebunden. Und irgendwann nach all diesen Tätigkeiten lag das erste Exemplar auf Uhlfeldts Schreibtisch.

Mit dem angekündigten Feierabend wurde es für den Verleger allerdings noch nichts. Nach einer kurzen Besprechung mit dem Druckleiter – sie hielten sich mit ein paar Werbedrucken über Wasser – machte er sich auf den Weg zum Lehrter Bahnhof. Kurz überlegte er, ob er eine Droschke oder ein Automobil nehmen sollte. Aber er hatte noch Zeit, und der Weg Unter den Linden entlang zum Tiergarten und am Reichstag vorbei war an einem milden Oktoberabend belebend. Es hatte in den letzten Wochen einige Demonstrationen in der Stadt gegeben, jetzt hingegen war es ruhig. Er lief zügig in Richtung Reichstag. Die kaiserliche Polizei und das Stadtregiment waren dort vor einigen Tagen nicht zimperlich gewesen und hatten eine Arbeiterversammlung auseinandergetrieben. Die Siegessäule auf dem Kaiserplatz wurde von Gaslampen in gelbliches Licht getaucht. Ihre Spitze verschwand schon im Dunkel der Nacht. Auf der Moltke-Brücke blieb Uhlfeldt stehen. Er blickte kurz zum Gebäudekomplex des Klinikums Charité hinüber und erinnerte sich an das Rezept in seiner Tasche. Er musste unbedingt morgen zum Apotheker. Der Magen und die Gelenke machten ihm Sorgen. Die verdammte Aufregung! Das verdammte Alter! Er riss sich von den Gedanken an seine Beschwerden los und kam wenig später beim Bahnhof an.

»Steig vier, Nachtexpress nach Köln, am dritten Wagen vorn«, hatte sein Kontakt den Treffpunkt am Telefon benannt. Die Sache war ziemlich undurchsichtig. Er hatte vor wenigen Tagen erneut einen Brief erhalten. Schrift und Ausdruck waren anders als bei den ersten Briefen.

Der anonyme Absender behauptete, er habe Beweise für Pläne des deutschen Generalstabs, alle linken und liberalen Kräfte im Reich durch Handstreich auszuschalten. Und alles geschähe mit Wissen und Duldung des Kaisers. Entweder kamen diese Andeutungen von einem verwirrten Freidenker. Es geisterten mancherlei abstruse Theorien durch den Blätterwald. Oder es war eine Chance, die für einen Publizisten und Verleger nur einmal im Leben kam. Zusammen mit den anderen Dokumenten konnte Uhlfeldt dann all jene Machenschaften beweisen, die in den Reden einiger SPD-Politiker oder den Artikeln liberaler Zeitungen immer wieder angedeutet wurden.

Auf dem Bahnsteig wurde es ruhiger. Die Reisenden waren mittlerweile in ihre Wagen gestiegen und in den Abteilen verschwunden. Fenster wurden nach unten geschoben. Eine Kakophonie des Abschiednehmens erhob sich. Aber nur wenige Angehörige standen auf den Bahnsteig. Uhlfeldt hatte bereits die vierte Zigarette geraucht, als ein Mann auf ihn zukam.

»Sie fahren heute nicht?«

»Ich habe mich im Bahnhof geirrt«, gab Uhlfeldt die vereinbarte Antwort.

»Dann sollten Sie es am Hamburger Bahnhof versuchen«, gab der Mann passend zurück. Er war äußerst leger, fast dandyhaft gekleidet. Ein Umstand, der im krassen Gegensatz zu seiner Haltung, seiner strengen Frisur und seinem Gesicht mit Mensurnarbe stand. Alles an ihm wirkte, als sei er ein reiferer Offizier der Jahrhundertwende. Anzug und Hut ließen ihn jedoch fast amerikanisch frivol wirken.

Beide Männer gaben sich kurz die Hand und verließen die Halle. Sie gingen Richtung Invalidenstraße und bogen in die Heidestraße ein. Dort lag der aufgelassene Hamburger Bahnhof im Dunkeln, seine Gebäude verfielen allmählich. Dahinter begann das Gelände des Güterumschlags. Uhlfeldt fühlte sich zunehmend unwohl, da kaum eine Menschenseele sich um diese Zeit hierher verirrte.

»Woher weiß ich, dass ich Ihnen vertrauen kann?«, fragte er.

»Weil ich mich bereits durch meine Andeutungen Ihnen gegenüber des Hochverrats schuldig gemacht habe«, entgegnete der Unbekannte. »Aber woher weiß ich, dass ich Ihnen vertrauen kann, Herr Uhlfeldt?« Er schwieg einen Moment und lächelte. »Wir müssen uns wohl beide aus der Deckung wagen, wenn wir etwas erreichen wollen.« Mit diesen Worten nahm er ein Dokument aus seiner Jackentasche und reichte es seinem Gegenüber.

Uhlfeldt trat an die letzte Gaslaterne heran, die hier in der Seitenstraße noch brannte. Im trüben Schein konnte er nicht alles auf dem Papier entziffern:

Geheimes Civil-Cabinett … zu Berlin

Vierte …ember 1918

Vorsitz: Regierungsdirektor … von Berg

sowie die Regierungsräte …

anwesend als Vertreter der Obersten Heeresleitung: General Erich Ludendorff

Die Mitglieder des Cabinetts beschließen … zu ermächtigen, neben den regulären … Sondereinheiten zu bilden. Deren … revolutionäres Handeln an der … niederzuschlagen. Mit aller gebotenen Härte … in dieser Frage einig mit Seiner Majestät …

Alle Bestrebungen … zu einer unmittelbaren Gefährdung des Reichs. Sie sind deshalb als Hochverrat zu betrachten … Es liegt in der Entscheidung des militärischen Führers … ein Standgericht …

Es ist anzustreben, die führenden Köpfe … mit Zuchthaus oder mit dem Tod …

Das Civil-Cabinett beschließt weiterhin, die kaiserliche Armee mit Rechten auszustatten, die die Stabilität des Reichs in dieser schweren Zeit gewährleisten sollen. Es sind dies im Einzelnen: … fünfzig Millionen

Goldmark, Ausweitung der Militärgerichtsbarkeit auf Zivilpersonen ...
Um Veranlassung werden ersucht ...

(Im Schriftverkehr streng vertraulich, nur als Original zu archivieren.)

»Das ist ungeheuerlich!«, rief Uhlfeldt so laut, dass er sich in der Stille des verlassenen Bahnhofsgeländes selbst erschrak. »Ludendorff ruft sich damit zum Diktator aus!« fügte er mit gedämpfter Stimme hinzu.

»Darf ich das Dokument zurückerbitten?« Der unbekannte Mann streckte die Hand aus. »Immerhin sind wir uns ja noch nicht einig.«

Uhlfeldt atmete schwer. Der Preis für die Papiere war eine Sache, aber gerade fragte er sich, ob er die Unterlagen überhaupt haben wollte. Ob er wissen wollte, was darin stand.

»Ist Ihnen klar, dass dieses Protokoll eine Bombe ist?«, fragte er. »Wenn sie hochgeht, reißt sie unser Land in den Abgrund. Dieses Dokument stürzt das Reich in Anarchie.«

Das erste Mal in seinem Leben wusste er nicht, was er tun sollte. Einfach schweigen? Der Kaiser und die Armee planten offenbar, alle Reformkräfte mundtot zu machen. Konnte er da wegsehen? Andererseits gäbe es beim Bekanntwerden dieser Dokumente einen Volksaufstand, einen Bürgerkrieg. Die linke Opposition im Reich war bereits derart groß, dass sie dem Kaiser solche Pläne niemals durchgehen lassen würde. Die Spartakisten planten gar einen Umsturz wie in Russland vor einem Jahr.

»Kommen Sie, gehen wir ein Stück, Herr Uhlfeldt.« sagte sein Begleiter. Er schlug dem Verleger fast freundschaftlich auf die Schulter. »Ich kann verstehen, dass Sie ein wenig nachdenken müssen. Aber Sie können Geschichte schreiben, mein Lieber. Im wahrsten Wortsinne. Sie werden als das schreibende Gewissen des Reichs unsterblich sein, ein moderner Cicero. Der deutsche Rousseau! Und ich gebe Ihnen die dafür notwendigen Informationen. Sie schreiben dann das Buch und verlegen sich selbst. Niemand pfuscht Ihnen rein.«

Linker Hand tauchte eine kleine Gasse auf. Von den Gleisen her kam etwas Licht. Ein Zug verließ gerade den Lehrter Bahnhof, vielleicht war es der Nachtexpress nach Köln. Die Stahlräder schlugen dumpf über die Schienenstöße, in einer kleinen Kurve erklang ihr typisches Kreischen. Der Verleger fühlte sich benommen. Zu unglaublich schien das politische Treiben, welches er nun aufdecken konnte. Immer noch sah er dem Zug nach, der in Richtung Nordwesten verschwand. Er bemerkte nicht, dass sein Begleiter ein kurzes Seil aus der Manteltasche gezogen hatte. Aus der Ferne war das Zischen einer Dampflok zu hören. Es war das letzte Geräusch, das Ludwig Uhlfeldt in seinem Leben hörte.

I

BERLIN 1918

1

Berlin-Moabit, 9. November 1918

Max Klante war sicher kein Held. Er war nur ein einfacher Bürstenmacher gewesen, bevor der Krieg kam. Wie sein Onkel und dessen Vater vor ihm. Es war kein angesehener Beruf, eher ein sterbendes Handwerk. Nun schien ihm dieser Umstand im Moment höchst egal, denn er selbst starb ebenfalls. Wie sein Handwerk. So glaubte er wenigstens. Der spindeldürre Mann saß da, die Hände auf beide Ohren gepresst und schrie. Wer ihn hörte, musste vermuten, dass er dabei schon gar nicht mehr atmete. Denn man konnte meinen, er brüllte sich gänzlich ohne Unterlass die Seele aus dem Leib; ohne jene typische Unterbrechung, die ein kurzes, lebensnotwendiges Einatmen auszulösen pflegte. Dabei musste die Wucht der Explosion doch jede Luft aus seinen Lungen gepresst haben. Niemand konnte ihm jedoch diese angstvolle Reaktion verdenken, angesichts der Steine, Hölzer und Metalle, die ihm um die Ohren flogen. Er saß einfach wieder in seinem Schützengraben. Gefangen in seiner Erinnerung. Er hatte vergessen, ob es der *Kampf um Höhe 60*, die *Kaiserschlacht* oder die *Hunderttageoffensive* war, in deren tödlichem Treiben er sich befand. Vier Jahre Elend, und nun war es auch für ihn zu Ende.

Max Klante war kein Held. Ein Ende musste schließlich alles finden. Aber ganz besonders hatte ihn stets die Vorstellung gequält, dass er so entbehrlich war. Wen scherte, ob er, der Bürstenmacher, lebte oder starb? Für ihn selbst schien das eigene Leben ja durchaus von Wichtigkeit. Gott und das Schicksal jedoch kümmerten sich einen abgegriffenen Sechser darum. Die Welt drehte sich, und alles ging doch immer so aus, wie es ausging. Mit Klante. Oder eben ohne ihn.

»Mit den Füsilieren war ich in Versailles«, hatte sein Onkel noch zu Kriegsbeginn vor vier Jahren geschwärmt, als Max den kaiserlichen Gestellungsbefehl erhalten hatte. Der alte Mann meinte natürlich den Sieg vor über vierzig Jahren, der den französischen Erzfeind in eine tiefe Depression gestürzt und den Deutschen einen Kaiser beschert hatte.

»Ich habe die Krönung Wilhelms im Spiegelsaal gesehen«, schwadronierte der Alte weiter. »Und den Schneckenfressern ins Schloss geschissen.« Max erinnerte sich an das zahnlose Grinsen seines Vaterbruders und hatte ihm kein Wort geglaubt, denn er wusste, der greise Aufschneider war nur Stallbursche bei der hessischen Reiterei gewesen.

Eben wunderte er sich, welche Gedanken einem in den letzten Sekunden des Lebens durch den Kopf gingen. Im Angesicht des Todes wurde dies egal. Knochen gaben einen seltsamen Laut von sich, wenn sie brachen. Klante hatte es in den Schützengräben oft gehört, wenn die Bunkerbohlen nach einem Granattreffer die Rückgrate der Männer zermalmten. Auch das helle, metallische Klicken, dem ein dumpfes Schmatzen folgte, wenn ein Geschoss erst den Helm durchstieß und dann im Hirn des Getroffenen herumrührte, als wäre es der Morgenbrei. All dies war ihm nur zu gut in Erinnerung. Ja, er wusste, es ging zu Ende. Backsteine, Ziegel und Mörtel. Sein Anzug war bereits durchlöchert, an einigen Stellen zeigte er gar Brandlöcher. Anzug? Dreißig Mark hatte er dafür bei Wertheim bezahlt und zwei Wochen gehungert. Aber man musste unbedingt gut gekleidet sein, wenn man Geschäfte machen wollte. Wenn die Leute einen ernst nehmen sollten. Und auch wenn man in den Tod ging. Aber schade war es doch um das teure Stück.

*

Sass wurde langsam zu alt für die Clique. Die Jungs waren in Ordnung, dafür hatte er als Anführer gesorgt. Aber es waren eben noch Jungs. Er hatte es schon vor einiger Zeit bemerkt. Die Gespräche der anderen interessierten ihn nicht mehr. Die ewige Angeberei mit den Mädchen. Dabei wurde jeder von ihnen schon knallrot, wenn ein verliebtes Augenpaar sich ihm zuwandte.

»Der is hinüber, gloob ick.«

Und das ewige Saufen. Als wäre es eine Heldentat, fünf Gebrannte und Molle zu vernichten. Oder das Geschrei ums Geld. Die ewige Penunze. Die Kleinen fühlten sich wie die Könige, wenn sie zwanzig Märker in der Tasche hatten.

»Den ham se plattjemacht wegen seine jute Kinderstube. Guck da die Strümpfe an. Wer hat feene Strümpfe, der hat Piepen, sacht meen Alter.«

Hinüber? Plattgemacht? Was redeten die Schwachköpfe da? Max Sass wurde plötzlich aus seinen Gedanken gerissen. Er war mit seiner Bande zum Hamburger Bahnhof gekommen. Das Teil war aufgegeben worden und bot viel Raum. Leider wussten das auch andere. Die nördlich gelegenen seitlichen Gleise zum Kanal wurden im Moment wenig genutzt. Und viele Schuppen standen leer. In der Stadt herrschte ein fürchterliches Tohuwabohu, der Kaiser hatte abgedankt, der Krieg war aus, und grölende Arbeiter marschierten durch die Straßen. Auf dem Güterbahnhof war es relativ ruhig. Den zwei Vorarbeitern hatten sie versprochen, dass sie hier keine krummen Touren abziehen würden. Dazu vier Packungen *Josetti*, und die Sache war geritzt. Die *Bruderschaft* hatte für den Winter ein Quartier. Nur auf die Bahnpolizei mussten sie achtgeben. Die Kerle kamen mit bissigen Hunden. Und sie schossen scharf.

Was interessiert mich der Kaiser?, dachte Max Sass. Nach ihm kommt ein anderer, der uns wieder das Fell gerbt. Malochen bis zum Umfallen. Wie bei Vadder. Mit oder ohne Herrschaften.

Hinüber. »Wer ist hinüber?«, fragte Max plötzlich hellwach.

»Na, der hier«, rief Kuli. Otto Stehn ließ sich gern auf den Gepäckwagen über die Bahnsteige schieben. So hatte er seinen Spitznamen bekommen. Im Sommer war er dabei einem feinen Herrn in die Hacken gefahren. Der Kerl hatte ihm mit dem Gehstock derart heftig ins Gesicht geschlagen, dass Kuli jetzt auf dem linken Auge beinahe blind war.

Max war zu den anderen Jungs gegangen. Sie drängten sich neben einem leicht abgesackten Gleis, das mit dichtem Gras überwuchert war. Hinter einem Busch am Kanalufer lag eine männliche Leiche. Fidel stand etwas abseits und wollte sich wohl nichts anmerken lassen. Er würgte. Alle hatten schon Blut, ausgeschlagene Zähne und gebrochene Knochen gesehen. Das störte sie wenig. Aber Tote waren nicht so häufig, obwohl Max und einige ältere Jungs auch damit schon Erfahrung hatten. Und dieser hier war Stoff aus einem Schauerroman. Gerade kroch ihm ein Älchen aus dem Ohr. Die Haut war teigig und schimmerte blass-bläulich. Der Mann lag seitlich auf dem Bauch. Bis auf Unterwäsche und Socken war er entkleidet. Der Haarschnitt wies ihn als Stutzer aus, ein gepflegter Herr aus der Mittelschicht. Die Haut war an einigen Stellen abgeschürft, ohne dass Blut zu sehen war.

»Der wurde schon ein paar Mal bewegt«, sagte Kuli. »Glaube, jemand hat ihn aus dem Wasser gefischt. Die Klamotten haben se ihm geklaut. Und die Brieftasche gleech zu Anfang, denk ick.«

»Ick hab se«, frohlockte Klaus und hielt eine lederne Geldbörse in die Höhe. Schon fummelte er darin herum, um einen Moment später enttäuscht aufzublicken. »Leer.«

»Bist du bekloppt?«, rief Max. »Jetzt hat die Polente deine Fingerabdrücke. Die können so was heute.« Er hatte gelesen, dass man anstatt der Abdrücke auch gleich seinen Namen dalassen konnte. Zwar glaubte er, dass nur die schlauen Herren von der Kripo solche Tricks draufhatten. Aber es konnte nicht schaden, den Jungs ein bisschen Angst zu machen.

»Oh.« Eingeschüchtert hielt Klaus ein Dokument in die Höhe, das er aus einem Seitenfach gezogen hatte. »Alles ins Wasser?«

»Gib den Wisch her, und wirf dann die Brieftasche rein«, erwiderte Max. Kurz darauf flog das Ding in hohem Bogen in den Kanal. Max betrachtete das Papier. Es war eine polizeiliche Meldebescheinigung.

»Kam aus Neukölln«, sagte er.

»Pfui Tasmania«, riefen mehrere seiner Jungs und spuckten kollektiv aus. In Moabit war man nicht gut zu sprechen auf den Neuköllner Fußballklub.

Zwischen dem Dokument hatten sich noch zwei weitere Zettel befunden, die auf den Boden segelten. Max Sass bückte sich danach. Ein Gepäckschein vom Anhalter Bahnhof. Und ein ärztliches Rezept mit dem Stempel eines Stabsarztes der Reserve von der Charité. Er spähte über den Humboldt-Kanal. Nebel lag über dem Wasser. Die Lichter des Krankenhauses waren am anderen Ufer zu erkennen.

Vielleicht ist der Kerl dort drüben ins Wasser gefallen, dachte er. Und dann ertrunken.

»*Eukodal*«, las er laut vor.

»Heißt der Mann so?«, fragte Fidel.

»Dat is een Medikament, du Fritze.« Max Sass verpasste ihm eine Kopfnuss und steckte die Verordnung in die Innentasche seiner Joppe.

»Wat is mit dem Schein?«, fragte Kuli. »Vielleicht wollte er uff Reise jehn. Und det janze Jold und Jeschmeide is inne Schließfach.«

Max vergab die zweite Kopfnuss. »Klar. Wohnt auf Neukölln und versteckt seene Sachen am Anhalter.« Trotzdem war er neugierig. Gepäckscheine konnten eine Menge einbringen. In den geklauten Börsen fanden die Jungs manchmal einen. Meistens waren sie jedoch zu feige, ihn einzulösen. Wenn der Besitzer Anzeige erstattet hatte, bekamen die Beamten am Schalter eine Liste mit den verdächtigen Nummern. Kam der Dieb vorbei, nahmen sie ihn gleich hoch.

»Machen wir morgen. Ist ja keen Diebstahl, sondern ne Fundsache.« Max grinste. Er trat noch einmal an den Toten heran. *Ludwig Uhlfeldt* stand auf dem Meldeschein. Und auf dem Rezept. Nirgendwo an der Leiche war Blut zu sehen.

Weder abgestochen noch erschossen, überlegte er. Vielleicht doch nur ertrunken.

Er nahm einen dickeren Ast und schob das Kinn des Toten nach oben. Ein fingerdicker, blassblauer Streifen war um den Hals zu erkennen. Die teigig aufgetriebene Haut der Wasserleiche war an diesen Stellen eingedrückt. Und der Kopf des Mannes lag auf ungewöhnliche Weise abgeknickt. Unbewusst ahmte Max die Stellung nach. Unmöglich. Er ging näher heran. Ein modriger Sumpfgeruch stieg ihm in die Nase. Fäulnis. Daher der aufgetriebene Leib und die Schwellungen. Am Nacken bemerkte er etwas, das er kannte. Die Knochen der Wirbelsäule standen unnatürlich gegeneinander verschoben. Dem Stürmer von Union war einer ins Bein gegrätscht. Das Knie hatte danach ausgesehen, als wäre am Unterschenkel eine Weiche verstellt worden.

»Erst gewürgt, dann Hals umgedreht«, sagte Max mehr zu sich selbst. Er wusste, dass dazu bei einem Mann, der sich wehrte, sehr viel Kraft und Geschick nötig waren. Besser, das Opfer war bereits bewusstlos. Wer immer dies hier getan hatte, war kein einfacher Taschendieb und Gelegenheitsräuber gewesen. Ihn schauderte.

»Jungs, krempelt die Ärmel hoch. Wenn sie den hier finden, gibt es Ärger. Und unser Quartier sind wir dann auch los. Also, ab in den Kanal. Solln se ihn woanders rausfischen.«

Maulend machten sich die Jugendlichen daran, den Leichnam näher an die Böschung zu rollen. Mehrmals entwichen Faulgase mit lautem Gurgeln aus After und Mund.

»Det Schwein furzt ja noch«, rief Fidel entsetzt und übergab sich ins Gebüsch. Kurz darauf verschwanden Ludwig Uhlfeldts Überreste mit einem leisen Klatschen im braungrauen Wasser des Schifffahrtskanals.

*

Franz Sass war erst fünfzehn. Er war in den letzten Monaten enorm geschossen, wie seine Mutter oft sagte; die Hosen und Hemdsärmel zu kurz, der Bartflaum noch lächerlich. Dennoch wirkte er älter. Und sehr zum Bedauern der Eltern hatte er eine Menge Unsinn und Träume im Kopf. In seinem Alter musste er eigentlich mitten in der Lehrzeit stecken, aber es fand sich für ihn nichts Rechtes. Die Arbeit am Tiefbau war ihm doch eine elende Plackerei gewesen, und so erschien er nur dann und wann bei seinem Meister, der für *Siemens & Halske* an den U-Bahn-Tunneln buddelte. Schon eher interessierten den jungen Mann Automobile und Motoren, aber sein Vater meinte, dass Kutschen ohne Pferde nach dem Krieg bald keine Zukunft mehr hätten.

»Die Dinger sind doch unnatürlich«, pflegte er zu sagen. »Nur Lärm und Gestank. Nee, nee, lass mal.«

Lohnschneider wie sein alter Herr wollte Franz jedoch ebenfalls nicht werden.

»Krummer Rücken und schlechte Augen für zwanzig Mark die Woche. Nee, danke«, sagte er leise, damit es der Vater nicht hörte, denn sonst setzte es Dresche. Kurzum, Franz Sass hatte die ungerichtete Entschlossenheit und Zielstrebigkeit aller jungen Männer, die eben noch Kinder gewesen waren. Nur eines schien ihm sicher. »Ick will wat werdn. Dat steht mal feste.«

Franz war gerade mit sich selbst beschäftigt, als er vom Knall einer großen Explosion aufgeschreckt wurde. Es folgten ein dumpfes Grollen und ein Zittern der Wände in seinem Zimmer. Er lag, nur mit seiner Unterhose bekleidet, in der seine Hand steckte, auf dem Bett, das er mit seinem Bruder Erich teilte. Die Wohnung in der Birkenstraße war für die achtköpfige Familie viel zu klein. Immer war jemand da, nie hatte man seine Ruhe. Heute jedoch hatte Franz endlich einmal Glück gehabt. Andreas Sass, sein Vater, war im Stadion an der Wattstraße, um sich ein Spiel von *Union* anzusehen. Immerhin hatte er den Verein vor über zwanzig Jahren mitgegründet und besaß eine Freikarte auf Lebenszeit. Seit ihm ein Fuhrwerk unglücklich über den Fuß gefahren war, hatte er sich allerdings vom Kicken verabschieden müssen. Nach dem Spiel würde er sich betrinken – entweder vor Freude oder aus Kummer – und erst spät heimkommen. Die Mutter, Marie Sass, musste für Herrschaften am Alexanderplatz Wäsche ausliefern. Meist kaufte sie noch Kuchen und trank Mokka danach. *Een uff feene Dame machen* nannte sie das. Der Likör stieg ihr schnell zu Kopf. Und die fünf Geschwister waren ebenfalls ausgeflogen. Gerade hatte Franz wohlig daran gedacht, dass er eigentlich schon viele Erfahrungen mit Frauen hatte. Er besaß ein paar dieser Bildchen, auf denen die Damen keine Kleider trugen. Er hatte bei der dicken Ursula von gegenüber ins Fenster gespäht, als sie sich gewaschen hatte. Und überhaupt wusste er Bescheid. Denn zumindest mit einer Frau war es richtig zur Sache gegangen. Die Rote Susi hatte ihn geküsst. Nicht diese Küsse, die man von Müttern und Tanten bekam. Es war ein Kuss auf den Mund gewesen. Leidenschaftlich und heiß. Ihre Lippen hatten sich dabei leicht geöffnet. Franz war verwirrt gewesen von den Eindrücken. Ihr Atem roch ein wenig nach Minze, ihr Duftwasser nach Rosen. Er hatte sich an sie gedrückt und alle Wölbungen ihres Körpers gespürt, die ihm Erlösung von seiner Qual verhießen.

»Da musst du noch ein wenig sparen«, hatte Susi gesagt und ihm die Hand keck in den Schritt gelegt. »Bei uns ist der Eintritt vierzig Mark. Dann trinken wir Sekt und gehen ins *Schambre.*«

Franz hatte zwar nicht ganz verstanden, was es mit dem *Schambre* auf sich hatte, wagte aber auch nicht zu fragen, sondern nickte nur wissend. Er ahnte, dass dort die Wonnen wohnen mussten. Ein Olymp der Sinnlichkeit. So hatte es in einem zerlesenen Heft gestanden, dass seine Mutter gut hinter der Kartoffelkiste versteckt hatte. Offenbar gab es das *Schambre* also auch für Frauen.

Susanne Bentmann, von allen nur die Rote Susi genannt, gehörte nicht zu den Flittchen, die man an jeder Straßenecke für drei Mark haben konnte. Franz Sass war schon oft am Nollendorfplatz gewesen, um die Häuser gezogen und hatte sich die unterste Kategorie käuflicher Liebe angesehen. Nein, für ihn sollte es Susanne sein. Proper und gepflegt. Mit guten Manieren. Sie hatte fast weiße Haut, saubere Fingernägel und duftete herrlich. Er kannte sie noch aus der Schulzeit. Sie war fast drei Jahre älter als er. Bei der Geschäftsleitung im *Temple de Salomé* an der Friedrichstraße hatte sie angegeben, sie wäre einundzwanzig. Sonst hätte man sie nicht genommen. Denn Minderjährige durften im Schwof mit Herrenbedienung nicht arbeiten. Jetzt war sie dort Tänzerin. Franz selbst fand ebenfalls, dass er viel reifer als fünfzehn wirkte, zumindest redete er sich das ein. Sie würden ihn schon reinlassen in den *Temple*. Und ins *Schambre*. Wenn er nur das nötige Geld hätte. Ja, Susanne, die Rote Susi, sollte es sein, die ihn in die Liebe einwies, keine andere. Zwischen dem Vorhaben und dessen Ausführung lagen jedoch vierzig Hürden. Elf Mark und drei Groschen hatte er bereits zusammen. Aber dafür hatte er beinahe drei Wochen gebraucht. Wenn das so weiterging, wurde es vor März nichts mit der Erlösung. Und die Schufterei bei *Siemens* war wirklich nichts für ihn.

Immerhin hatte er nun tröstende Minuten in Gedanken an die Angebetete gehabt. Er würde seine Susanne da herausholen und heiraten. Aber erst einmal waren noch dreißig Mark zu organisieren. Aus diesen seligen Gedanken wurde er jetzt gerissen, als die Scheiben klirrten und ein leichtes Beben durchs Haus ging. Etwas beunruhigt erhob er sich und blickte aus dem Fenster in Richtung der Paulus-Kirche. Eine große Staubwolke kam von der Bremer oder Oldenburger Straße herübergeweht. Er konnte die Richtung nur erahnen, denn die Fenster der Wohnung in der vierten Etage gingen auf den Hof hinaus. Dort qualmte eine Aschetonne. Wahrscheinlich hatte ein besoffener Boofke seinen Abfall auf die Glut gekippt. Was Franz jedoch sah, war die große, schwarze Rauchwolke, die über der Dachkante des Hauses aufstieg.

Die Franzosen!, dachte Franz entsetzt. Oder die Räte. Jetzt kommen die Bolschewiki, hatte sein Vater gesagt. Jeden, der mehr als zehn Mark hat, schießen die tot! Vorsorglich hatte er dann den Überschuss beim *Alten Fritz* in der Lehrter Straße versoffen. Schließlich ging es ums nackte Überleben. Auf dem Tisch lag die heutige Ausgabe des *Vorwärts*, die sich Franz jetzt griff. Auf der Titelseite eine Erklärung des Reichskanzlers, dass der Kaiser abgedankt hatte. *Es wird nicht geschossen!*, stand dort weiter geschrieben. Von wegen, in der letzten Zeit hatte es, vor allem nachts, immer wieder Schüsse gegeben. Und heute waren eine Menge Soldaten am Bahnhof vorbeimarschiert und zum Reichstag gezogen. In vielen Fabriken ruhte die Arbeit. Es gab Streiks und Aufstände überall. Franz hatte mit Freunden sogar eine fast neue Pistole am Güterbahnhof gefunden. Ohne Munition. Er hatte sie in ein Öltuch gewickelt und auf dem Friedhof bei *St. Johannis* vergraben. Man konnte nie wissen. Eine der wenigen brauchbaren Weisheiten seines Vaters.

*

»Sie hatten keinerlei Befugnis, Herr Oberleutnant«, polterte ein grauhaariger Major der Schützendivision. »Sie gefährden durch Ihre Tat die Rückführung der Truppe nach Berlin und die Ziele der Heeresleitung.«

»Der Befehl lautete, die Aufdeckung der Absprachen von Militärführung und Seiner Majestät in Bezug auf die bolschewistische Unterwanderung zu verhindern. Mit allen Mitteln«, entgegnete der jüngere Offizier blasiert. Dabei zuckte die Narbe unter seinem linken Auge nervös.

»Von Dehlbergh! Mord war dabei nicht vorgesehen!«

»Ich protestiere gegen diese Unterstellung, Herr Major! In aller Form! Ich habe einen Vaterlandsverräter gerichtet. Es war Gefahr in Verzug für Seine Majestät und das Reich. Somit handelte es sich quasi um ein standrechtliches Urteil und dessen sofortige Vollstreckung. *Et iudex et carnifex*. Ich war also Richter und Henker in einer Person. Laut preußischer Militärstrafrechtsordnung hat ein Offizier die Pflicht, in solch einem Fall zu handeln. Das Gesetz sieht hierfür ausdrücklich vor …«

»Verschonen Sie mich mit Ihren Belehrungen«, wies ihn der Major scharf zurecht. »Die Abteilung III b am Alex, die Geheimkammer Seiner Majestät und die Politische Polizei Berlin hatten Hinweise auf mindestens einen weiteren Verräter. Durch Ihre übereilte …« In der Stimme des Offiziers lag Verachtung. »… Vollstreckung haben Sie leider verhindert, dass wir die Hintermänner enttarnen.« Er verabscheute das liberale Pack in den Parlamenten ebenso wie die meisten seiner Kameraden. Diese Leute untergruben die Moral seiner Männer, forderten Rechte für alle. Und Frieden. Er hasste die jüdischen Bankiers, denen ihre Spekulationen wichtiger waren als das Vaterland. Zumindest war er überzeugt, dass es so war. Aber noch mehr verabscheute er Männer wie diesen Oberleutnant Dehlbergh. Männer, die kein Feingefühl mehr für diplomatisches Handeln besaßen. Keinen Anstand. Sich jedoch ungeniert nach vorn drängten und immer mehr an Einfluss gewannen. Der Sieg des Mittelmaßes. Inkompetenz als Maßstab. Solche Kerle verkörperten den Verfall der Werte im kaiserlichen Offizierskorps.

»Der jüdische Schmierfink und Aufrührer ist immerhin tot«, sagte Oberleutnant von Dehlbergh ungerührt. »Es mag sein, dass er irgendwo noch etwas versteckt hat. Oder dass er jemanden kennt. Na und? Wir übernehmen in wenigen Tagen die Hauptstadt und hängen alle Linken an die Laternen. Und die Zeitungen kontrolliert dann sowieso …«

»Halten Sie den Mund!«, unterbrach ihn der Ältere. »Keine Namen. Die Sache wird ein Nachspiel haben, wenn sich herausstellt, dass uns die nicht aufgefundenen Dokumente Ärger machen.«

Der Oberleutnant grüßte nur halbherzig und verließ den Besprechungsraum. Auf den Gängen herrschte reges Treiben. Die Kaserne des 1. Dragoner-Regiments an der Belle-Alliance-Straße bereitete sich auf das Eintreffen von Teilen der Garde-Division vor.

Diese alten Säcke im Korps müssen weg, dachte von Dehlbergh. Sie haben nicht verstanden, wie gefährlich diese jüdisch-bolschewistische Bewegung ist. Es geht nicht mehr nur um den Kaiser oder die Abschaffung der Parlamente. Die deutschen Länder in Europa mussten endlich eine Nation werden. Und das Reich musste endlich beanspruchen, was ihm gehörte. Dafür waren sämtliche störenden Fremdkörper zu entfernen. Mit allen Mitteln. Von Dehlbergh grinste. Bolschewisten, Juden, Sozis, Freimaurer. Das Pack hatte Deutschland geschwächt und die schmachvolle Niederlage zu verantworten. Dafür würde es bezahlen.

*

Elisabeth Kerner war tot. Und es wäre ihr sehr unangenehm gewesen, hätte sie noch erfahren müssen, dass sie doch mit allerlei Krach und Staub aus der Welt geschieden war. Sie war weder eine Frau, die gern auffiel. Noch war sie eine Frau, die in den Freitod ging, nur weil der Kaiser am heutigen Tag im Exil verschwunden war. Elisabeth war auch nicht ernstlich erkrankt, abgesehen von einem chronischen Husten, den sie sich in der Berliner Luft eingefangen hatte. Nein, sie war schlicht ihres Lebens überdrüssig. Sie war stolz, eine geborene Bohnhügl zu sein. Ihr Urgroßvater war immerhin Dorfschulze gewesen. Ein Amt! Sie stammte aus dem Süden, und dorthin – zu ihren Bergen – zog es sie zurück, seit sie vor bald zwanzig Jahren ihrem Mann nach Berlin gefolgt war. In den feschen Siegfried Kerner hatte sie sich verliebt, als der Handwerksgeselle auf der Walz für einige Wochen auf ihrem Hof gearbeitet hatte. Und ihr Vater war damals froh gewesen, die zweite Tochter für eine kleine Mitgift los zu sein. Ein schlechtes Gewissen musste er sich obendrein nicht machen, denn Zimmerleute waren begehrte Männer. Jedoch erwies sich Siegfried schon kurz darauf nicht als die beste Wahl. Er hatte mehr Flausen als Grips im Kopf und wollte nach Berlin, einen »Reibach machen«.

»Ich komme groß heraus dort. Schnell den Meister, dann einen Betrieb, und ich baue dem Kaiser ein zweites Schloss«, hatte er damals geprahlt. Da er von seinem alten Lehrherrn keinen Goldklumpen – den er sich verdient zu haben glaubte – bekam und sich um guten Lohn betrogen sah, langte er zum Abschied ordentlich in die Kasse. Dafür brummte er ein Jahr im Zuchthaus Köpenick. Die Innung warf ihn mit Schimpf hinaus, auch den Gesellenbrief musste er abgeben.

Elisabeth träumte von ihren Bergwiesen. Dort hatte sie mit den Freundinnen gesessen und die Wolken gezählt. In Berlin war selbst das Grün grau, der Himmel schien aus Blei gegossen. Überall Häuser, Straßen, Fabriken. Schlote und Kot. Lärm und rastloses Treiben. Zwei Kinder waren ihr hier gestorben. Bei der Wohlfahrt musste sie betteln und hatte sich dafür so furchtbar geschämt. Siegfried war nur ein Hilfsarbeiter am Landwehrkanal. Mal stakte er eine Schute aus der Unterschleuse, mal half er unter den Brücken oder beim Entladen aus. Kaum zehn Mark brachte er nach Hause, von denen er fünf mit Korn und Molle wieder fortspülte. Jetzt aber schien alles gut zu werden. Sie kannte den Pastor vom Paulus-Kirchsprengel. Er hatte ihr eine neue Wohnung vermittelt. Mit Gasanschluss. Kein Kohleschleppen mehr. Keine feuchte Schuster-Bude wie das Loch davor. Und Siegfried? Hatte er sich gefreut? Keineswegs.

»Bist dem Pfaffen wohl ins Bett gestiegen?«, lallte er eines Abends und verschwand gleich wieder. »Obwohl det mir wundern tut, du schlaffe Katschi«, rief er noch im Treppenhaus.

Nun aber träumte Liesl für immer. Sie hatte das Bett gerichtet, das in der Küchenecke stand. Es war für Gäste. Sie trug ihr bestes Kleid, das blaue, und dazu die alten Hochzeitsschuhe, die ihr schon viel zu eng waren. Der Backherd war modern. Sie öffnete die Klappe, dann drehte sie an allen Hähnen. Das Zischen beruhigte sie. Ein guter Tag, um auf die Wiesn zu gehen. Immerhin war jetzt Frieden. Und auch ihr Krieg war vorüber.

*

Max Klante wohnte seit drei Wochen im selben Haus wie die Kerners. Zwei Stockwerke tiefer. Und nur zur Untermiete. Von der Front zurück. Jedoch schien sein Geist auf wundersame Art dort geblieben zu sein. Als wäre er ihm abhandengekommen im ewigen Vor und Zurück der Grabenkämpfe. Klante schlich als dürres Gespenst durch sein Leben, das er doch eigentlich hier neu beginnen wollte.

Die Feuerwehr fand den Mann, immer noch schreiend, eine Stunde später. Über ihm der kalte Novemberhimmel und auf ihm eine Menge Dreck. Die Decke war nur halb zusammengebrochen und hatte eine schützende Hand über den zerbrechlichen Körper gehalten. Schluchzend hatte Klante von Gräben, Gewehren und Haubitzen gefaselt, im Wahn an Schwester und Arzt gezerrt. Später streichelte er einen toten Sperling, der in seinem Krankenzimmer ans Fenster geflogen war.

Franz Sass hatte sich in aller Eile angekleidet und dabei Hemd und Strümpfe vergessen. Er stand ein paar Minuten nach der Explosion auf der Bremer Straße. Schutzpolizisten drängten die Neugierigen zurück. Die ersten Leute begannen, die verstreuten Sachen aufzusammeln. Die Druckwelle hatte die Glasscheiben auf fünfzig Meter zertrümmert. Die Mitarbeiter von Schrauben-Müller standen ebenfalls auf der Straße und gafften. So kam Franz auf billige Weise an seinen ersten Werkzeugkoffer, als er unbemerkt und flink in die Schaufensterfront des Eisenwarenladens stieg. Ein schlechtes Gewissen plagte ihn jedoch bereits, kaum dass er mit dem Ding um die Ecke war.

Das Chaos, das sie angerichtet hatte, wäre Liesl sicherlich unangenehm gewesen. Hätte sie gekonnt, sie hätte sich in ihrer leisen Art vielmals entschuldigt. Und dabei hätte sie die Hände gefaltet und den Kopf gesenkt. Frau Kerner hatte sanft und ohne Schmerz entschlafen wollen. Das Vorhaben gelang zwar, jedoch hatte sie nicht damit gerechnet, dass ihr Mann drei Stunden später rauchend nach Hause kommen würde. Der Knall, der folgte, war typisch für ihn. Siegfried überlebte wie durch ein Wunder. Er hing im Geäst einer nahen Ulme und sang ein Lied. Von Elisabeth fand man das blutig verschmierte Kleid. Und den linken Hochzeitsschuh. Ein Unwissender konnte fast meinen, sie wäre nie da gewesen.

2

Berlin-Luisenstadt, 16. November 1918

Der Sonnabend war ein beliebter Reisetag bei den Berlinern. Entsprechend überfüllt und laut war die Vorhalle am Anhalter Bahnhof. Es roch nach Bohnerwachs, Schweiß und Kölnisch Wasser. Potsdamer oder Anhalter Bahnhof, von hier fuhr fast alles ab, was in Richtung Süden ging. Wenn man die Leute so sah, konnte man durchaus meinen, einen Krieg hätte es nie gegeben. Oder zumindest wäre er gewonnen worden. Zwar waren nun an allen Reisetagen mehr Bahnpolizisten unterwegs als früher, jedoch waren diese auch gut beschäftigt. Mancher Koffer wechselte nämlich ungewollt den Besitzer, manche Geldbörse wurde ohne Wissen ihres Besitzers des Inhalts beraubt.

Max Sass hoffte, dass man seinem Anliegen am Schalter wenig Beachtung schenken würde. Und sollte doch die Pfeife schrillen, dann wäre er sicherlich in der Menschenmenge wieselflink untergetaucht. Obwohl es erst zehn Uhr war, hatte er sich einen Humpen Bier gegönnt. Um die Nerven zu beruhigen. Lügen und Täuschen hatten ihm nie gelegen. Manche Leute konnten – ohne rot zu werden – behaupten, sie wären mit dem Großen Fritz verwandt. Oder sie marschierten seelenruhig auf den Alex, um einem Schupo die Stiefel zu klauen. Nicht so Max. Ihm fehlte das dicke Fell, die Abgebrühtheit. In einer Gruppe fühlte er sich wohl, da konnte er seine Stärken ausspielen. Und die Kumpels machten eben die Dinge, die ihm nicht so leicht von der Hand gingen. Auf sich allein gestellt, war er jedoch oft hilflos. Seit Tagen schon grübelte er, wie es für ihn aussah, wenn er die *Bruderschaft* verließ. Dann war er ein *Wolf*, wie die Straßenbanden es in ihrer Sprache nannten. Ein Einzelgänger auf der Platte. Max war derart in Gedanken versunken, dass er gar nicht mitbekam, dass er der Nächste in der Schlange an der Ausgabe der Gepäckaufbewahrung war.

»Ich hab nicht ewig Zeit«, grunzte der Mitarbeiter hinter der Scheibe. »Schein her oder Mücke machen.«

»Mach hinne, Mann. Mia kommen schon Wurzeln aus de Latschn«, krähte ein kleiner Dicker von hinten, der mit seiner Frau in der Reihe stand. Die Leute lachten.

»Ja?« Max wandte sich um. Er mochte es nicht, wenn man sich auf seine Kosten amüsierte. »Wat willst du denn, du Kurzpalme? Bei deene Alte is ja det Laub schon welk. Und zwischen ihre Beene wächst dat Moos.« Das Gewieher der Leute wurde lauter. Bisschen Schnauze und Zoff. Ein Berliner Zeitvertreib. Die alte Schabracke an der Seite des Dicken kochte vor Wut.

»Tu wat, Paule. Meene Ehre …«

»Also der Näch…«, rief der Mann am Schalter, aber Max schob schnell den Gepäckschein durch die Öffnung unter der Glasscheibe. Eigentlich hatte er unauffällig sein wollen. Das Krakeele hinter ihm musste alle Schupos anziehen. Und die Bahner noch dazu.

Wenn sie mich jetzt einsacken, habe ich das meiner großen Klappe zu verdanken, dachte er.

»De beeden Koffa wolln Se nich?«, fragte der Angestellte.

Max blickte ihn verdutzt an. Um sich nicht verdächtig zu machen, schüttelte er einfach den Kopf und orientierte sich bereits für seinen Fluchtweg.

»Na jut.« Der Mann kam zurück. »Also nur die Aktentasche. Denken Se dran. In eener Woche loofen die andren Scheine ab. Det kost Strafe. Nach dree Monate gehts uff Auktion.« Durch eine Klappe schob er eine braune, abgegriffene Ledertasche. Die Schabracke schimpfte immer noch, als Max zügig durch den Ausgang Schöneberger Straße verschwand.

Zwei Koffer! Wer wusste schon, was da alles zu holen gewesen wäre. Und jetzt nur eine dämliche Aktenmappe. Aber es war ja auch nur ein Gepäckschein gewesen. Max hatte den Jungs der *Bruderschaft* nichts von seiner Aktion erzählt. Die Sache wollte er ohne seine Kumpel durchziehen. Er fiel als junger Erwachsener im Bahnhof nicht auf. Wenn hingegen ein Vierzehnjähriger mit einem Gepäckschein kam, dann roch der Beamte gleich Lunte. Es waren schon jüngere Steppkes von der Polizei aus der Warteschlange gezogen worden, weil man sie für Diebe hielt. Was ja oft auch stimmte ...

Füllfederhalter, Tinte im Reisefässchen, Löschpapier und ein Notizblock. Dazu Briefbögen und Umschläge. Ein kleines Taschenmesser und Notgroschen in einem Seitenfach, kaum fünf Mark. Wütend kippte Max den Inhalt der Ledertasche auf den Fußboden seiner kleinen Bude. Er war überrascht, als eine flache Schachtel, die er wohl übersehen hatte, herausfiel. Er legte sie zur Seite und betrachtete die Tasche eingehend. Tatsächlich war ihm ein Nebenfach entgangen, das mit Druckknöpfen verschlossen gewesen war. Durch die rüde Behandlung war es aufgesprungen. Max verdrehte die Augen, als er wieder Papier entdeckte. Er zog die Blätter unwillig heraus und überflog deren Inhalt.

Verehrter Herr Uhlfeldt!

Sicherlich werden Sie sich fragen, aus welchem Grund ich mich an Sie wende. Es geht um Wissen, das eines bedachten Umgangs bedarf. Viele Ihrer Kollegen sind darauf aus, durch schnelle Sensation die Auflage zu steigern. Dabei geht allzu oft die Wahrheit verloren. Zudem gibt es Verlage, die noch vollkommen im alten Jahrhundert verblieben sind. Sowohl im Denken als auch in den Vertriebsmethoden.

Sie, Herr Uhlfeldt, scheinen mir modern genug, um meine Kenntnisse zügig, aber nicht übereilt unter die Leute zu

bringen. Und besonnen genug, um damit nicht das gesamte Kaiserreich ins Wanken zu bringen.
Ja, Sie lesen richtig. Die Informationen, die ich Ihnen anbiete, sind in höchstem Maße gefährlich. Ich habe Beweise dafür, dass Teile der Feldtruppen und der kasernierten Einheiten des kaiserlichen Heeres jede Opposition im Land unterdrücken sollen. Hinzutreten sollen die Polizei und eine Art Bürgerwehr, um alsdann die Rädelsführer aller Parteien festzusetzen. Wieder lesen Sie richtig. Aller Parteien. Es ist das erklärte Ziel dieser Bewegung, den Parlamentarismus in Deutschland zu beseitigen. Beabsichtigt ist die Rückkehr zur absolutistischen Monarchie, natürlich unter Führung Seiner Majestät. Das Ganze soll im Handstreich geschehen, um den Widerstand des Volkes gar nicht erst entflammen zu lassen. Zudem sollen alle linken Parteiführer sofort nach Militärrecht als Verräter abgeurteilt und bestraft werden.
Wir müssen uns umgehend treffen, Herr Uhlfeldt. Natürlich muss es dabei auch um die Summe gehen, die Sie mir zu zahlen bereit sind. Ich gehe durch mein Handeln erhebliche Risiken ein. Auch werde ich nach Bekanntwerden der ruchlosen Pläne meine jetzige Anstellung verlieren. Über eine Entschädigung hierfür - auch in Raten - werden wir uns sicher einig werden. Sie können bei dieser Gelegenheit die Papiere einsehen, über die ich verfüge. Sie werden erkennen, dass sie jeden Aufwand und jede Summe Geldes lohnen.

Ergebenst,
A.L. (ein besorgter Bürger, der sich Ihnen später zu erkennen geben wird)

Max interessierte sich mehr für Sportnachrichten und Lokales, wenn er überhaupt einmal Zeitung las. Hier jedoch musste man kein politischer Stratege sein, um zu erkennen, dass die Behauptungen im Brief haarsträubend waren. Der Kaiser sollte zurückkehren und die Truppe sich gegen das eigene Volk stellen! Max überflog die anderen Papiere. Es sah aus, als wären sich der Unbekannte und der tote Verleger bei ihrem Treffen einig geworden. Es handelte sich um den Briefwechsel einiger Politiker. Ein Schreiben war sogar an General Ludendorff gerichtet. Der Mann galt – soviel wusste Max – neben Hindenburg als Kriegsheld und eigentlicher Chef der Heeresleitung. Alle Briefe und Abschriften waren auf eine Zeit von August bis November des vergangenen Jahres datiert.

Schnee von gestern, dachte Max und legte den Papierstapel zum Ofen. Uhlfeldt war tot. Und mit den Plänen der feinen Generäle hatte es wohl auch nicht ganz geklappt. Die Revolte draußen war ja in vollem Gange.

Er wandte sich wieder der Schachtel zu. *B. J. Brandes – Ihr Juwelier im Westen* war in winzigen Buchstaben in die Pappe gepunzt. Max war unwohl bei dem Gedanken, dass der Tote jemandem eine Freude hatte machen wollen. Schnell riss er die Schleife herunter und öffnete die Box. Es war ein winziger Anhänger mit Kette. Ein kleiner Schmetterling. Auf einer Geschenkkarte standen die Worte *Für meine liebe Schwester Ilse*.

So een Dreck, dachte er. Den Kerl fressen die Fische, und seine Familie weiß noch nicht einmal davon. Verluste konnten verdammt schmerzhaft sein. Wer wusste das besser als er? Vor fast zehn Jahren war ihm ein Hund zugelaufen. Das Tier hatte die Räude und lahmte. Max hatte ihn mit ein paar Abfällen wieder aufgepäppelt. Einige Zeit hatte er einen treuen Gefährten, der sich sogar in die Schlacht warf, wenn er sich auf der Straße boxte. Sie wohnten damals in einem heruntergekommenen Viertel südlich der Münze. Er durfte den Hund nicht mit in die Wohnung bringen, das hatte sein Vater verboten. Also hatte Max ihm eine kleine Hütte mit »Garten« drum herum gebaut. Eines Morgens war das übliche Bellen ausgeblieben, und er lief besorgt in den Innenhof. Aus einer Mülltonne ragten zwei Hundebeine. Max hatte derart geweint und getobt, dass sein Vater schließlich herunterkam. Er nahm den schlaffen Körper aus der Tonne. Jemand hatte das Tier erschlagen. Wie einen räudigen Hund. Und dann entsorgt. Wie Abfall.

Diese Stadt, dieses Leben macht aus uns allen Abfall, dachte Max grimmig. Wir fressen so lange Scheiße, bis wir selbst danach stinken. Und irgendwann erschlägt uns jemand. Oder sticht uns ab. Vielleicht hat unsere Nase dann einfach genug von unserem eigenen Gestank, und wir verrecken ganz von selbst.

Er beschloss, die Tasche mit dem Geschenk beim Fundbüro abzugeben. Es brachte Unglück, die Geschenke von Toten für ihre Liebsten zu verscherbeln. Auch wenn es sich nur um die Schwester handelte. Max war sicher, dass die Sachen an die richtige Stelle kommen würden. Ins Leder war ein Namensschild eingenäht. Und das Briefpapier zeigte Ludwig Uhlfeldts Adresse. Seine Schwester Ilse würde also wenigstens ihren Anhänger bekommen. Fünf Mark. Die würde er behalten. Finderlohn.

*

Max war stolz auf seinen kleinen Tabakwarenladen. Kaum größer als ein Windfang, war es immerhin sein erstes eigenes Geschäft. Zwar konnte er sich nicht vorstellen, mit dieser langweiligen Arbeit alt zu werden, aber es war ein Anfang. Heute wollte er mit seinem jüngeren Bruder über die Zukunft der Clique sprechen. Über die Sache mit dem Gepäckschein und der Tasche verlor er kein Wort. Schnee von gestern.

»Ich werde aufhören bei der *Bruderschaft*«, sagte er.

Franz saß auf einem billigen Holzschemel und kaute an einer Leberwurstschrippe. Der Bock diente auch als Leiter, wenn im Geschäft seines Bruders eine Glühbirne getauscht oder die Fensterscheiben geputzt werden mussten. Die anderen Jungs der *Bruderschaft* hatten Hausverbot, seit sie sich einmal ungefragt an den Zigaretten bedient hatten. Peter war erst zwölf und hatte das erste Mal ein paar Züge auf Lunge genommen. Prompt hatte er Max in den Laden gekotzt. Später hatte er sich auch noch in die Hose geschissen, aber da waren sie gottlob schon draußen.

»Wat?« Franz hustete, da er sich vor Überraschung an den Krümeln verschluckt hatte. »Spinnst du? Gerade jetzt?« Er hatte zwar geahnt, dass sein Bruder andere Pläne hatte. Aber nun war er doch überrascht. Gerade lief es in der Clique rund. »Wir sind jut dabei, Max. Wegen den Unruhen und so. Die Leute sind abgelenkt. Gibt eene Menge zu verdienen. Peter hat neulich zwei Pullen aus eenem Laden gezogen, nur weil der Besitzer sich die Spartakisten angeguckt hat.«

»Ick bin zu alt, Franz«, erwiderte Max. »Wenn sie mich erwischen, geh ich richtig in den Bau. Und dann hängen sie mir noch wat mit organisierte Bande oder Berufsverbrecher an. Nee, ick bin imma für euch da, ihr habt meene Unterstützung. Aber euer Bulle kann ick nich mehr sein.«

Franz nickte. Er selbst konnte Anführer werden. Mumm und Köpfchen hatte er. Jedoch war Uli ziemlich scharf darauf, Max als Bullen zu beerben.

»Ziemlich wenig los hier«, wechselte er das Thema und zeigte ins Rund. Seit einer Stunde war kein Kunde in den Laden gekommen.

Eigentlich gehörte das Tabakwarengeschäft seinem Bruder gar nicht. Noch nicht. Max Sass war gelernter Dachdecker, aber mit schwerer Arbeit hatte er es nicht so. Dennoch brauchte er eine Anstellung, damit er endlich zu Hause ausziehen konnte. Mit ihrem Vater Andreas gab es ständig Ärger.

»Ist wie bei den Hirschen. Der junge Bock und der alte, das verträgt sich nicht«, hatte ihre Mutter nach dem letzten Zoff weise angemerkt.

Anstellung oder ein eigenes Geschäft. Sonst bekam man die Meldepapiere nicht. Es blieb sein Geheimnis, wie Max an die Adresse in der

Eylauer Straße gekommen war. Aber jetzt hatte er sogar seine eigene Butze! Zehn Quadratmeter für sich allein, gleich über dem Tabakladen.

»Bei Schultheiss ist Streik«, erwiderte Max. »Die Jungs in der Kaserne haben Ausgangssperre. Und die Reisenden vom Anhalter verirren sich selten hierher. Aber warte ab, bis sie erst den Flughafen bauen, dann brummt das Geschäft. Vielleicht kriege ich sogar eine Lizenz für die neue Halle. Fliegen ist die Zukunft stand in der *B.Z.*«

»Quatsch mit Soße!«, erwiderte Franz. »Wer baut denn uffm Tempelhof een Flugplatz? In zehn Jahren haste hier noch immer keene Kundschaft, Max. Und heute hat doch jeder seene jeheimen Quellen für de Qualmtüten«, gab er zu bedenken und schob sich den letzten Bissen der Schrippe in den Mund. Er spielte auf Jugendbanden wie die *Bruderschaft* an, die für große Hehler gern die geklauten oder unversteuerten Zigaretten vertickten. Dafür gab es ein paar Groschen pro Stange.

»Ist aber alles Mist«, ergänzte er. »Läufst und stehst den ganzen Tag. Und hast immer das Risiko, dass dich einer verpfeift oder beobachtet. Die letzten zwei Wochen Arrest reichen mir. Haben mir angedroht, dass ich das nächste Mal in Brandenburg einfahre.«

»Für zwei Mark? Zehn Stunden Maloche? Und dann noch in den Kahn?«, fragte sein Bruder scherzhaft. »Hast recht, ist wirklich Mist.«

»Wir müssen was Neues ausbaldowern, Max. Wie wäre es, wenn wir dir eine große Menge Stängel besorgen, die du dann hier billiger als sonst anbietest. Spricht sich schnell herum, und wir haben alle was davon.«

»Was stellst du dir da vor?«, fragte Max skeptisch. »Wenn wir eine größere Sache durchziehen und versauen, dann fahre ich in den Bau ein. Und wenn du in die Erziehungsanstalt kommst, dann schlägt mich Vater hinterher tot.«

»Wir beklauen einfach die Diebe«, entgegnete Franz und nahm sich eine Zigarette. »Kümmert die Polente nicht.«

»Du willst die alten Männer hinters Licht führen?«, fragte sein Bruder entgeistert. »Dich mit den Vereinen anlegen? Du hast sie nicht alle, Franz.«

»Nein, nicht die Vereine. Bin doch nicht blöd.« Natürlich wussten die Brüder, dass man sich besser nicht mit einem Ringverein anlegte. Diese Herren, die »alten Männer«, hatten meist reichlich Knasterfahrung und waren nicht zimperlich bei der Wahl ihrer Methoden. Brutale Schläger, die sie oft hinter den Metallgardinen kennengelernt hatten, gaben den Bossen die nötigen Argumente bei Verhandlungen. Diesen Leuten kam man lieber nicht schräg. Und schon gar nicht kam man auf die Idee, sie zu beklauen.

»Weißt du, wo die im Moment die Zigaretten herbekommen, Max?«, fragte Franz geheimnisvoll. Als sein Bruder zögerte, fuhr er fort: »Das Heer hockt auf riesigen Beständen von Rauchwaren und Branntwein. Hab ich in der *Rückerklause* aufgeschnappt.«

»Du hängst immer noch in dieser schmierigen Pinte rum? Hat Vater dir doch verboten.«

Das billige Speiselokal war ein beliebter Treff bei den Jugendcliquen der Innenstadt. Hier wurde man für zwanzig Pfennig satt, für weitere zwanzig betrunken, und bis drei Uhr früh konnte man sich im kruden Gemisch von Körpermief und Küchendämpfen aufwärmen.

Franz überhörte die Bemerkung. »Die Vereine schmieren in den Kasernen die zuständigen Quartiermeister und schon wechseln zwei Laster mit Stippen und Klarem den Besitzer. Bücher umschreiben, und die Sache merkt keener.«

»Und mein kleiner Bruder kennt natürlich die Herren Quartiermeister«, amüsierte sich Max Sass.

»Nee, aber ich weiß, dass sie beim Garderegiment zur Zeit den Nachschub über den Güterbahnhof in Moabit bekommen. Da haben sie Lagerhallen, weil die Kaserne für so große Lagerbestände zu klein ist.« Franz grinste. Er selbst und ein paar Jungs der *Bruderschaft* hatten sich mehrere Nächte in der Bahnhofsgegend um die Ohren geschlagen, um hinter das Geheimnis des Transportsystems zu kommen.

»Hast mir nichts von erzählt, Bruder«, meinte Max in scharfem Tonfall. »Aktionen ohne den Bullen durchziehen, das bedeutet Keile.«

»Willst doch sowieso aufhören. Da habe ich eben schon ein bisschen geluschert, wie man es macht.« Franz grinste. »Bleibt unter uns. Wird dein letzter großer Wurf als Bulle der *Bruderschaft*. Ist doch ein guter Abgang.«

Das Ulanen-Regiment hatte seine Kaserne in der Nähe des Lehrter Bahnhofs. Es hatte dort in den letzten Tagen erhebliche Unruhe gegeben, denn offenbar wusste niemand, wer in Zukunft den Sold der Männer bezahlte. Man hörte Gerüchte, dass die Siegermächte Deutschland verbieten wollten, überhaupt eine Armee zu unterhalten. Das hielten die Sass-Brüder für Quatsch, aber die Verunsicherung unter den Soldaten war groß. Vor allem die Mannschaften drängte es nach Hause. Angeblich waren auch viele Berliner Soldaten zu den Revolutionären gewechselt.

»Auf der Landseite haben sie die Hallen gut bewacht«, fuhr Franz nach einer Weile fort. »Am Güterbahnhof Moabit laufen jede Menge Bahnpolizisten herum. Aber dass jemand über den Westhafen hoppen könnte, haben sie übersehen.«

Max überlegte. Er hatte schon lange akzeptiert, dass er unter den Sass-Jungs nicht der hellste Kopf war. Er bewunderte seinen Bruder für dessen geistige Beweglichkeit und ungezwungenen Frohsinn. Es war für jeden, der Franz kannte, schnell klar: Er wollte raus aus der Gosse. Er wollte nach oben. Und er sprühte vor Ideen, wie er dies schaffen könnte. Leider waren diese allesamt dazu angetan, ihn lange Zeit hinter Gitter zu bringen. Max selbst war zwar kein unbeschriebenes Blatt – er hatte einige Brüche gemacht – und dem schnellen Geld nicht abgeneigt, aber er hatte das, was sein jüngerer Bruder »Schiss« nannte. Also brauchte er jetzt einige Minuten, um den Vorschlag zu überdenken.

»Du willst mit dem Boot über den Schifffahrtskanal, richtig?«, fragte er, um sich zu orientieren. »Bei Nacht. Schuppen auf, rein und raus«, fügte er hinzu. Einfache Planungen gefielen ihm. Einfache Pläne waren die besten, hieß es. Das letzte Mal jedoch, als er sich darauf verlassen hatte, ging es dafür sechs Monate in den Bau.

Franz nickte. »Ich muss noch rauskriegen, auf welcher Seite die Soldaten stehen.«

Max blickte ihn fragend an.

»Mensch, biste schwer von Kapee!« Franz stöhnte. »Ob das Regiment zu den Roten übergelaufen ist«, erklärte er dann. »Oder ob es noch Kaisertreue sind.« Der junge Sass hatte in den vergangenen Tagen den Gesprächen älterer Jungs gelauscht und in Zeitungen geblättert, die in der *Rückerklause* liegen geblieben waren. Die Machtverhältnisse in der Stadt waren verworren. Da gab es den Spartakus-Bund, die Revolutionsräte und offen bolschewistische Gruppen. Auch einige Truppenteile und Kasernierte hatten sich ihnen angeschlossen. Auf der anderen Seite standen Leute, denen es gar nicht gefiel, dass der Kaiser abgehauen war wie ein Dieb in der Nacht. Und dass dafür die Roten auf der Straße lärmten. Es hatte heftige Kämpfe zwischen den Fraktionen gegeben, und es waren Tote zu beklagen.

»Wenn es Nationale sind, dann lassen wir einfach ein paar Arbeiterflugblätter und eine Mütze bei den Schuppen zurück. Dann denken die, das waren die Bolschewisten. Oder wir machen es eben umgekehrt. Das Ganze organisiere ich schon. Auch das Boot. Meine Jungs rudern, wir beide schleppen. Muss ja nicht gleich ein Laster voll sein.«

Max war beeindruckt. Vielleicht konnten sie auf diese Weise ein paar Hunderter machen. Er hatte eine Menge Schulden bei Josef Sternwein, dem Besitzer des Ladens. Der alte Jude hatte selbst einige, nicht legale Sachen laufen. Er kam an gute Zigarren für die betuchten Herrschaften heran. Und die gingen dann an die Tanzschuppen, Varietés und Hotels am Kurfürstendamm oder Potsdamer Platz. Wie er das machte, hatte Max natürlich nicht erfahren. Offiziell besaß er aber jetzt einen kleinen Tabakladen zwischen Nollendorfplatz und Victoria-Park. Ein Geschäft für beide Seiten. Max konnte zu Hause raus und bekam die polizeiliche Meldebestätigung. Und Sternwein hatte irgendeinen Vorteil beim Finanzamt. Er hatte Max erklärt, dass auf diese Weise wieder etwas Geld »sauber« wäre. Aber der älteste Sass-Bruder verstand nicht, was der Kerl damit gemeint hatte. Der offizielle Kaufpreis für Laden und Bude war jedenfalls viel zu hoch, und Max musste alles abstottern. Oder eben zu ein paar Gefälligkeiten bereit sein, wie der Jude schelmisch gemeint hatte.

Neunzig im Monat, dachte er. Und zehn für die Bude. Aber das Problem wäre mit fünfhundert Märkern erst mal beseitigt.

*

Auf dem Weg zurück querte Franz Sass die Prachtstraße der Hauptstadt. Unter den Linden. An selbigen, Gaslaternen und sogar an Häuserwänden klebten Flugblätter, die zu Streik oder Versammlung aufriefen. Vereinzelt waren in der Straße die Katzenköpfe aus dem Pflaster gehebelt worden. Unter den Linden. Sein Vater hatte Franz erzählt, dass man hier vor zwanzig Jahren noch zu Pferd unterwegs gewesen war. Nicht mit knarzenden Karren oder schwindsüchtigen Gäulen. Edle Hannoveraner und stolze Trakehner waren es damals! Wenn sich ein kleiner Mann dorthin verirrte, so zog er ehrfürchtig die Mütze und grüßte die hohen Herren und Damen mit tiefer Verbeugung. Und jetzt? Stinkende und lärmende Automobile überall. Kriegsversehrte Bettler gingen die Passanten um einen Sechser an. Dreibeinige Hunde, die dem städtischen Fänger entwischt waren, pinkelten ihnen später, wenn sie dösten, auf die Stümpfe. Fasziniert betrachtete der junge Mann den Bugatti, der vor dem Hotel *Orient* parkte. Nicht nur der Adel, auch halbgare Unternehmer und zwielichtige Gauner kauften die Dinger schon aus dem Katalog.

Franz war sicher, dass sein Vater übertrieb. Die Berliner Mischpoke hatte Herrschaften gegrüßt? Mit Verbeugung? Niemals. Und so ein Automobil war schon etwas Feines. Früher trug der Edelmann einen

Adelstitel, heute fuhr man Maybach! Obwohl Franz eher den Typ 23 von Bugatti nehmen würde. Die arbeiteten an einem Dreiliter-Motor, hieß es. Außerdem war sein Vater schon über vierzig. Ein alter Sack. Und alte Säcke schwärmten natürlich immer für die alte Zeit. *Damals. Früher. In den alten Tagen*. Franz konnte es nicht mehr hören. Männern wie Max und ihm gehörte die Zukunft. Der Rest war Alteisen.

Unter den Linden. Viele Schupos auf Streife. Man fühlte sich hier als armer Schlucker doch unwohl. Als stünde man immer irgendwie unter Verdacht, nur weil man Arbeiter und schlecht angezogen war. Weil man herumlungerte. Unwillkürlich zupfte Franz Sass an Jacke und Hemd, um sie etwas zurechtzurücken. Augen. Überall.

Alle Macht den Räten.

Brecht dem Geld die Gräten.

»Zur Seite, Junge!« Erschrocken fuhr Franz herum. In Gedanken versunken hatte er nicht bemerkt, dass eine Truppe Arbeiter der *AEG-Werke* aus Richtung Brandenburger Tor auf ihn zumarschierte. Die Männer trugen noch Werkskleidung, dazu eine rote Binde am Arm. Einige hatten Mützen, auf denen vorn ein roter Stern prangte. Erschreckend waren jedoch die Karabiner und Pistolen, die sie in ihren Händen hielten. Zu seinem Erstaunen bemerkte Franz auch einige Matrosen. Schon in den Zeitungen hatte er Fotografien aus ganz Deutschland gesehen, auf denen die Männer von der Marine in ihrer Uniform abgebildet waren. Kiel und Hamburg, das konnte er noch verstehen. Aber weshalb waren plötzlich Matrosen in Berlin, München und Köln?

Bürgerliche Passanten, die nicht in Hauseingängen oder Geschäften Zuflucht gefunden hatten, wurden mit einigen Hieben bedacht. Ein alter *Opel 4/8* und ein etwas edlerer *Benz* mussten für die Abwesenheit ihrer Besitzer mit einigen Dellen im Blech büßen. Die Schutzpolizisten, die sonst jedes Herumlungern abmahnten, betrachteten auf der anderen Straßenseite die offenbar viel interessantere Fassade des *Zollernhofs* und schienen von der Randale nichts zu bemerken.

Wir sind nie wieder Knechte.
Denn jeder Mensch hat Rechte.

Die Meute zog weiter.

Franz Sass dachte an seine eigene Pistole. Vielleicht war es besser, sie wieder auszugraben. Sie lag jetzt hinter dem Grabstein von Adolf Petzer auf dem Acker von St. Johannis. Franz hielt es für eine gute Idee, Wertsachen auf dem Friedhof zu vergraben. Meistens waren zwar die sichersten Orte sein Körper und die Kleidung, die er trug. Und doch konnte ihn jeder Polizist filzen, oder drei kräftige Burschen zogen ihn ab. Zu Hause war es fast schlimmer als auf der Straße. Dort kannten seine Geschwister und Eltern jeden Zentimeter. Drei Groschen hinterm Schrank waren am nächsten Tag nur noch Luft. Und das Bild mit der Schönen in Nachtwäsche ging johlend durch die geilen Finger aller Brüder. Da blieb nur Vergraben. Und die Leute hatten vor Friedhöfen eine angeborene Angst oder zumindest Respekt. Sie wollten nicht daran erinnert werden, dass sie bald auch da liegen würden.

Aber was soll ich mit der Waffe?, überlegte Franz jetzt. Keine Munition. Und er wusste auch nicht, wie man damit umging. Die Richter verstanden da auch keinen Spaß. Schnell waren bei Besitz von Schießeisen fünf Jahre Bau fällig.

Am Bahnhof Friedrichstraße hatte er sich mit seinen Kameraden verabredet. Was die Ringvereine im Großen waren die Cliquen im Kleinen. Man gab aufeinander acht, man sorgte für Essen und Schlafplätze. Hatte jemand Ärger mit den Eltern oder dem Jugendamt, halfen die anderen, so gut es ging. Der Kiosk neben dem Bahnhof hieß tiefsinnig *Zur Schiene* und hatte einen großen Speisesaal. Anfang Dezember bot sich hier die willkommene Gelegenheit, eine dünne Bouillon zu schlürfen und sich aufzuwärmen. Tatsächlich saßen auch Teile der *Bruderschaft*, zu der die Sass-Brüder gehörten, bereits seit dem frühen Morgen hier.

»Sieh an, der Zweite beehrt uns auch einmal«, lallte Hannes. Er war ein Jahr jünger als Franz und um elf Uhr morgens schon wieder sturzbetrunken.

»Mensch, Leute«, entgegnete Franz und seufzte genervt. Er wurde ungern daran erinnert, dass er nur der Zweite war. Uli, sein schärfster Kontrahent in der Clique, saß ebenfalls am Tisch feixte sich eins. Ulrich Steiger, genannt »Stift-Uli«. Den Spitznamen hatte ihm sein Pimmel eingebracht, der aussah wie ein Griffel.

»Aber immer spitz«, schnauzte Uli jeden an, der sich darüber lustig machte. Meistens schlug er dann auch noch zu.

Franz würde mit ihm um die Nachfolge seines Bruders kämpfen müssen. Der Kerl hatte Max schon vor einem halben Jahr herausgefordert. Und ihm dabei ziemlich unfair ein Messer in den Oberarm gerammt. Erst danach waren ihm selbst durch einen gezielten Kinnhieb die Lichter ausgegangen.

»Hört mit dem Saufen auf!«, fuhr Franz fort. »Wenigstens morgens. Kaffee oder Molle tun es auch. Wenn ihr hagelvoll seid, kann ich euch nicht gebrauchen.« Er fühlte sich bereits wie der Kopf der Clique. Und es konnte nicht schaden, das den Jungs frühzeitig beizubringen. Er plante einige Dinger, die sie in nächster Zeit drehen würden. Er war bereits jetzt dafür zuständig, die Kontakte herzustellen und mit den größeren Banden abzurechnen. Meistens ging es um Zigaretten oder Ersatzteile für Maschinen und Autos. Oft machten sie auch die Spanner für die Größeren, behielten die Umgebung im Auge oder spionierten Lagerhallen und Wohnungen aus. Aber von diesen Geschäften blieben immer nur ein paar Mark bei ihnen hängen.

»Es ist wichtig, dass die Leute sich auf uns verlassen können«, maulte er. »Sonst kannste bald Spreewasser saufen, Hannes. Und an den Linden nagen.« Dass es tatsächlich noch tiefer ging, war in den letzten Wochen immer öfter zu beobachten gewesen. Auch jetzt erspähte Franz am anderen Ende des Speiseraums einen älteren Herrn, der einem vielleicht Zehnjährigen ein paar Groschen in die Hand drückte. Kurz darauf verschwanden beide in Richtung der Toiletten. Angewidert wandte sich Franz wieder den Kameraden zu.

»Ich hab da was am Haken«, flüsterte er den Freunden bedeutungsvoll zu. »Mit Max habe ich schon alles besprochen. Hat im Moment mit seinem Laden alle Hände voll zu tun.« Gespannt lauschten die anderen Jungs seinem Plan. Von den weiteren Absichten seines Bruders erzählte er nichts.

»Und wie werden wir die Stippen los?«, fragte Stift-Uli gehässig. Er suchte immer nach Lücken in den Plänen, um Franz bloßzustellen. »Machen wir 'nen Bauchladen auf?« Er lachte. Seine eigenen Ideen taugten meist nichts, oder er spann sich derart große Sachen zurecht, dass keiner an seine Märchen glaubte.

»Ja«, unterstützte ihn ein anderer. »Sollen wir tausend Stangen an der Ecke verscherbeln? Wir haben keinen Gewerbeschein. Und versteuert sind die Dinger auch nicht. Da nimmt uns jeder Hilfsschupo hopps.«

»Ich hab Kontakte zu einem Juden.« Franz Sass war kein Prahler, aber er wusste, wie man sich in Szene setzte. Und ein Jude zog immer. »Der nimmt uns die Stippen für eine Mark die Stange ab.« Er blickte triumphierend in die Runde.

Plötzlich waren alle auf seiner Seite und hellauf begeistert. »Mensch, Franz. Tausend Mark! Das wird 'ne Wucht.« Die *Bruderschaft* war beruhigt. Sogar Uli schwieg.

3

Berlin-Moabit, 7. Dezember 1918

Die Tage vor Weihnachten waren traditionell eine gute Zeit für Diebe. Gestern noch hatten Gardefüsiliere am Stettiner Bahnhof sechzehn Soldatenräte niedergeschossen und danach versucht, das Abgeordnetenhaus zu stürmen. Dieser Nikolausputsch wirkte eher wie ein sehr verfrühter Aprilscherz, und so nahmen ihn die Berliner wenig ernst. Die Leute hatten andere Dinge im Kopf, waren unaufmerksam und leichtsinnig. Jetzt, kurz nach der Niederlage im Weltkrieg schien sich zwar eine große Depression der Deutschen zu bemächtigen. Wie eine dunkle Wolke legte sie sich aufs Gemüt und verhieß nichts Gutes für die Zukunft. Dennoch – oder auch gerade deshalb – war man in der Vorweihnachtszeit aber bemüht, es sich schön zu machen. Immer mehr Dinge mussten organisiert und eingetauscht werden. Manches war für Papiermark nicht mehr zu bekommen. An Gänsebraten war gar nicht zu denken. Vielleicht konnten die Klöße mit ausgelassenem Schmalz darüber hinwegtrösten. In der Stadt grassierte ein seltsames Fieber, das die Schwachen und Ausgezehrten am stärksten hinwegraffte. Wer auf der Straße hustete, wurde schief angesehen. In den Kaufhäusern gab es »Schnupfen-Detektive«, die nach Kranken Ausschau hielten und sie vor die Tür setzten. Franz Sass hatte ein feines Gespür für Veränderungen. Die Frauen der kleinen Bürger trugen immer öfter geflickte Mäntel, Röcke und Strümpfe. Und wenn schon die einst Gutsituierten Lumpen trugen, was blieb für die Armen? Nur ganz oben schien der Lichterglanz nie zu verglühen. Wenn es dunkel wurde, blickte Franz in die Zimmer der Hotels. Das *Eden* hatte jetzt bewaffnete Wachleute. Unauffällig in Livree gekleidet. Das *Adlon* ließ den Küchenabfall jede Nacht wegfahren, damit die Ratten – es gab sie mittlerweile vier- und zweibeinig – sich nicht im Hinterhof die Bäuche vollschlugen.

Der Abend vor dem zweiten Adventssonntag schien Franz ideal, um in das Lagerhaus am Güterbahnhof Moabit einzusteigen. Die Wachen würden müde und genervt sein. Sie bekamen wohl ganze fünfzig Pfennig mehr, um sich die Nacht und vielleicht sogar noch den Sonntag vor Weihnachten den Arsch abzufrieren. Es war schlechtes Wetter, kalt und Graupelschauer stoben durch das Dunkel. Franz hatte Befürchtungen gehabt, der Frost könnte eine Eisdecke auf das Wasser legen. Ein Kahn wäre dann durch das Knirschen unerträglich laut gewesen. Aber die ölige Bracke im Westhafen lag schillernd da. Max hatte sich Kohle ins Gesicht gerieben. Er durfte von niemandem erkannt werden, da seine letzte Strafe noch auf Bewährung ausgesetzt war.

»Wer erwischt wird, hält dicht«, erinnerte Franz an das ewige Glaubensbekenntnis aller Gaunerbanden.

Jetzt zahlte sich aus, dass Franz vor über einem Monat den ordentlich ausgestatteten Koffer voller Werkzeuge von Schrauben-Müller hatte mitgehen lassen. Die Gewissensbisse, weil er ein armes Schwein beklaut hatte, waren vergessen. Ein paar Dietriche hatte er sich selbst hergestellt. Vielleicht passte einer an den Schuppen. Dazu besaß er noch Zangen, Brechstange und einen Drahtschneider, der sicherlich allein zehn Mark wert war. Die Sachen würde er nicht mehr hergeben. Im Gegenteil, Franz wollte die Ausrüstung in nächster Zeit sogar noch ergänzen. Jeder Handwerker brauchte in seinem Beruf auch vernünftige Werkzeuge.

Der Westhafen verdiente eigentlich seinen Namen nicht mehr. Der Güterumschlag, der vom Bahnhof kam, hätte eigentlich größere Schuten und somit größere Löschplätze gebraucht. Die Pfütze am Schifffahrtskanal wurde für die schnell wachsende Stadt zu klein. Die kräftigsten Burschen der *Bruderschaft*, Max, Kuli, Franz und Stift-Uli, steuerten ihren alten Kahn zum südlichsten der drei Hafenarme. Gegenüber waren die Lichter des Gefängnisses zu sehen.

»Wenn dat schief jet, fahrn wir gleech uff Plötze een«, flüsterte Fidel.

»Schnauze«, knurrte Max. Mit der Bewährungsstrafe durfte er dann sicherlich für drei Jahre hinter Gitter.

»Bisher ist das nur eene Bootspartie. Ausflug der Clique«, versuchte Franz, ihn zu beruhigen.

Der ausbaldowerte Schuppen lag in der Nähe des Bahnhofs Beusselstraße. Zwar war es hier etwas heller als auf dem übrigen Gelände. Jedoch wachten die beiden Posten nur im Bereich zur Bahnstrecke. Die Tore zum Hafen lagen ruhig im Dunkeln. Sie vertäuten den Lastkahn hinter mehreren Kisten, die am Kai standen. Franz nahm seine Werkzeuge, schlich zum Lagerhaustor und versuchte es zunächst mit zwei Dietrichen. Die Schlösser waren einfach, jedoch sehr stabil.

»Mit einem Dietrich aus Draht werde ich hier nichts ausrichten«, sagte er nach einer Weile und zog die verbogenen Teile aus dem Schloss.

»Gib den Kuhfuß her«, forderte Max und griff nach der Brechstange. »Nicht brechen, hebeln! Sonst wird es zu laut.«

Am Türspalt war nichts zu machen. Irgendetwas klemmte. Uli schleppte ein verformtes Eisenteil heran und legte es vor die Tür.

»Hebel sie aus den Angeln«, forderte er Max auf. »Und die Jungs halten sie fest, wenn sie kippt.«

Max legte die Brechstange auf das Stück Metall und schob sie unter den Schwellenspalt. Er musste sich mit seinem ganzen Gewicht auf die Stange stemmen, die schon begann, sich zu biegen. Mit einem Ruck sprang die Lagertür aus ihren Angeln, kippte nach vorn und begrub drei Jungen unter sich. Franz malte sich bereits die Zelle in der Plötze aus. Jetzt war das kein Ausflug mehr! Und alle in Berlin mussten den Lärm gehört haben! Sie hatten ums Eck einen Spanner postiert, der sie warnen sollte, wenn die Wachposten kämen. Nichts. Ruhe. Stift-Uli und Franz halfen den drei Kameraden unter der schweren Holztür hervor. Zwei hatten kleinere Blessuren von den Beschlägen davongetragen. Nichts Schlimmes. Max stand bereits in der Halle, als Franz neben ihn trat.

»Unglaublich, was die hier bunkern«, staunte der ältere Bruder. Er versuchte, die Schrift auf den Kisten zu entziffern. »*Doornkaat*. Und hier, *Courvoisier*. Und wir können uns nur so 'ne Mumpe leisten!«

»*Nil*! *Overstolz*!«, rief nun auch Franz, fast ein wenig zu laut, als er die Zigaretten entdeckte.

Ohne lange zu überlegen, bildeten die Brüder mit den anderen eine Kette und verluden innerhalb weniger Minuten zwei Dutzend Schnapskisten und die mit Öljute und Papier geschützten Zigarettenstangen. Fast schon wehmütig blickte Max in die Halle. Ihr Beutezug würde kaum auffallen. Sie hätten problemlos drei Kähne in einer Stunde beladen können. Franz zog eine abgegriffene Mütze aus der Jacke. An deren Seite steckten zwei Nadeln, eine Faust und ein Stern. Er warf das Ding vor die Kisten. Vor dem Schuppen legte er noch das aktuelle Flugblatt des Spartakusbunds in eine Pfütze.

»Wir waren gar nicht hier.« Er grinste seinen Bruder an. »Das waren die Roten.«

Fast lautlos glitt das große Boot danach zurück in Richtung Schifffahrtskanal. Im Wäldchen beim Freibad am Plötzensee hatten sie einen Handkarren versteckt. Friedel und Schnösel zogen los, um das Ding zur Seestraßenbrücke zu bringen. Dort wollten sie die heiße Ware umladen. Gerade hatten sie alles erledigt und sich auf die Schultern geklopft, als plötzlich zehn große Gestalten aus Richtung Eckernförder Platz anrückten. Kein Pfiff. Und kein Klang eisenbeschlagener Stiefelsohlen. Also keine Schupos. Friedel und Schnösel waren einfach abgehauen. Feiglinge. Denen würde man es später besorgen.

»'n Abend, die Herren. Unverzollte Ware?«, meldete sich eine sonore Stimme aus dem Halbdunkel. »Ach nee, sind ja nur Bubis, die ihre Sandkiste nicht gefunden haben.« Gelächter.

»Husch, husch, in die Betten«, sagte ein anderer. »Ab hier übernehmen wir.«

Die Typen kamen jetzt dicht an den Karren heran, um den sich die *Bruderschaft* scharte, als ginge es um die Ehre ihrer Mütter.

»Wer hat bei euch das Sagen?«, fragte ein großer, stämmiger Mittzwanziger.

Max hätte sich melden müssen, aber er war unschlüssig. Vielleicht waren das Beamte in Zivil. Man hörte so einiges. Die kaiserliche Geheimpolizei hatte zuletzt die Ringvereine mit neuen Methoden verfolgt. Es war besser, die Füße still zu halten. Franz ergriff die Chance vor der Gruppe. Das gab Pluspunkte im Ansehen. Er stellte sich quasi schützend vor seinen *Bullen*.

»Ich«, rief er trotzig.

»Kennst du den hier?«, fragte der Große und hielt ihm die Faust unter die Nase. Franz beäugte den Ring mit dem S darauf.

Verdammt, dachte er. Das Symbols des *Sparvereins*. Das war kein Klub zur Mehrung der dürftigen Notgroschen, sondern ein Zusammenschluss strammer Ganoven. Es gab sie in jedem Stadtteil, und sie hatten sich die lukrativen Geschäfte untereinander aufgeteilt. Auf diese Weise kamen sie sich gegenseitig nicht ins Gehege. Man erkannte sie meistens am Ring, den sie trugen, weshalb die Leute ihre Organisationen auch *Ringvereine* nannten.

»Ihr habt in unserem Teich gefischt«, sagte eine Stimme aus dem Hintergrund, die Franz vage bekannt vorkam.

»Der Prinz von Moabit wird erbost sein«, sagte der Große und senkte die Faust. »Die Ware gehört natürlich ihm. Und nun zur Strafe. Jungs!«

Mehrere Kerle mit Knüppeln traten vor. Plötzlich blieb einer stehen.

»Den Scheeßer kenn ick doch!«, rief er. »Dat is der kleene Sass!«

Franz sah nun, dass es sich um Max Götze, den älteren der beiden Götze-Brüder handelte. Der Mann sah aus wie ein Bauer aus Hinterpommern, der mit seinem Ochsen Visage und Verstand getauscht hatte. Aber er war verdammt kräftig. Kaum war der Satz gesprochen, lief auch schon sein Bruder Walter herbei, der zehn Jahre jünger war.

Bei ihm brannten die Lampen in der Stube etwas heller. Er wandte sich an seinen Anführer.

»Fritz, lass gut sein«, sagte er. »Bitte. Ich kenn die Sass-Brüder. Gute Jungs, vielleicht kommt später mal einer von denen zu uns. Und die anderen pullern doch schon in die Hose vor Angst.«

Der große Fritz mit dem Ring gab sich großzügig.

»Ihr habt Glück, dass ihr aus der Gegend seid und eenen Fürsprecher habt. Die Strafe kommt aber noch. Verlasst euch druff, dat entscheidet der *Prinz.*« Er stieß einen kurzen Pfiff aus. »Zwei Mann an den Karren. Abrücken.«

»Verdammte Schweinebande!«, meldete sich jetzt erstmals Uli zu Wort, als die Männer vom *Sparverein* schon außer Hörweite waren. »Wieso hast du daran nicht gedacht, Franz? Jetzt haben wir gar nichts! Und Prügel kriegen wir wahrscheinlich auch noch!«

Franz war ein durchaus friedfertiger Mensch. Körperliche Auseinandersetzungen versuchte er eher zu vermeiden. In diesem Moment jedoch war er aus verschiedenen Gründen mächtig sauer. Der Kinnhaken, den er Stift-Uli versetzte, saß perfekt. Feiglinge und Nörgler konnte er nicht leiden. Ja, in Zukunft war er der Bulle der *Bruderschaft*. Die Weichen dafür hatte er heute Nacht gestellt. Trotz der Schmach.

Außer Spesen nichts gewesen, dachte er, als er wenig später mit seinem Bruder in Richtung Putlitzstraße schlich. Die Bande hatte sich schnell getrennt. Es war besser, eine Nacht zu schlafen, anstatt sich sofort die Köpfe einzuschlagen.

4

Schmerz formte den Charakter. Und folglich den Mann. Nicht dass Andreas Sass an diese Binsenweisheiten der Prügelstrafe wirklich glaubte. Jedoch fehlte ihm das geistige Vermögen, sich dagegen aufzulehnen. Ihn ängstigte die Leere, vor die ihn eine Rebellion gegen die alten Regeln stellen würde. So war es immer noch besser, an diesen Werten festzuhalten, die man selbst nicht recht mittrug, als gänzlich ohne solche dazustehen. Andreas war ein kräftiger Mann. Sein Dasein als Schneider hatte ihm zwar einen kleinen Buckel eingebracht, und seine Statur war hager, ja fast schon dürr. Aber ihm war eine seltsame, drahtige Kraft zu eigen. Manchen Kraftmeier hatte er im Armdrücken verblüfft, und beim letztjährigen Fuhrwerk-Ziehen von *Schultheiss* war er Zweiter geworden. Die körperliche Züchtigung seiner Kinder war ihm eigentlich zuwider. Aber ab dem zwölften Jahr galt es, die Burschen auf dem rechten Weg zu halten. Oder wieder dorthin zu bringen. Sein Vater hatte es so mit ihm gemacht. Und vorher der Großvater mit dem Vater. Sie kamen auf Ideen, die jungen Kerle. Da war das schnelle Geld, das lockte. Die Welt war groß und rief nach ihnen. Und dann noch der Duft der süßen, kleinen Mäuse, die mit den Augen klimperten und denen der Pelz juckte.

Franz hatte sich über den Küchentisch gebeugt. Vorher das übliche Ritual: Hosenträger zur Seite, Knöppe auf und blank der Arsch. Wo sein Sohn die Unterwäsche gelassen hatte, war Andreas Sass ein Rätsel. Fünf mit dem Riemen. Keinen Ton gab das Aas von sich! Und Maxe hätte es auch verdient, aber der hatte jetzt Arbeit und ein Zimmer. Der war flügge. Saß am Fenster und rauchte seine Fünfer wie ein Großkotz.

Fünfer! Andreas selbst rauchte die Stippen zu zwei Pfennig. Und der Herr Sohn zeigte ihm die Fünfer. Die Wut seines Vaters bescherte Franz zwei weitere Hiebe, bevor er die Hose wieder hochziehen konnte. In seinen Augen schimmerte es feucht. Musste der Rauch vom Ofen sein.

»Ick weeß dit von Hermann«, sagte Andreas Sass.

Die Brüder sahen sich an. Natürlich. Hermann Götze. Der Vater von Max und Walter. Die beiden Pappnasen hatten ihrem Alten alles brühwarm erzählt.

»Ihr beeden Flitzpiepen.« Ihr Vater schüttelte den Kopf. Wenn er erregt war, fiel er jedes Mal in sein grauenhaftes Berlinerisch. Max hatte ihm eine Zigarette hingelegt und eine Pulle geöffnet. Immer noch die besten Beruhigungsmittel in unruhigen Zeiten.

»Vadder«, begann Max, und Franz verdrehte die Augen. Jetzt fing sein Bruder auch mit dieser Sprache der Proleten an. Aber offenbar besann er sich. »Tut uns leid. War uns nicht klar, dass das so 'n großes Ding wird. Stimmt doch, Franz?« Franz nickte lustlos. »Paar Zigaretten und bisschen Weinbrand hatte unsere Quelle jesacht.«

»Ihr seid dem *Sparverein* auf die Füße getreten. Ist euch das klar, ihr Furzkruken?« Ihr Vater hob wieder den Gürtel.

Die Brüder nickten ergeben. *Sparverein. Geselligkeitsverein. Ringverein.* Schon seit Jahren teilten Ganoven und halblegale Kaufleute die Stadtbezirke unter sich auf. Sie verkauften gern *Versicherungen* an Wohlhabende und Geschäftsleute. Dann garantierten sie ihnen, dass die Fenster heil und das körperliche Wohl unversehrt blieben. Offenbar wachten sie mit Argusaugen auch darauf, was »unabhängige Unternehmer« wie Max und Franz trieben.

»Wegen euch bin ich Hermann jetzt wat schuldig. Dem muss ich jetzt eenen Jefallen tun, weil er euch beim Prinzen rausgehauen hat.« Andreas Sass hatte seinen Gürtel immer noch nicht umgelegt und knallte nun das Leder samt Schnalle auf den Küchentisch.

Der *Prinz von Moabit*. Er war der Boss des *Sparvereins*. Es hieß, er habe mal zwei Männer gleichzeitig stillgelegt. Einen mit der rechten, den anderen mit der linken Hand. Und einem Polizisten, den er geschmiert hatte und der nicht spurte, soll er die Nase abgeschnitten haben. Franz glaubte nicht an die Geschichten, aber die erhaltenen Hiebe schmerzten plötzlich doch nicht mehr. Wenn er in Zukunft Geschäfte in Berlin machen wollte, musste er an diese Leute denken. Ja, er hatte sein Lehrgeld bezahlt.

*

Die nächtliche Ruhe war erheblich beeinträchtigt durch die Schwellungen, die sich am wunden Sitzfleisch mittlerweile ausgebildet hatten. Franz wälzte sich auf dem gemeinsamen Nachtlager derart oft, dass ihm sein Bruder Erich mehrfach in die Seite hieb. Schließlich stand er auf und setzte sich auf den einzigen Stuhl im Raum. Nach vorn gebeugt, die Arme über der Lehne würde er vielleicht doch noch Schlaf finden. Die Enge der Wohnung hatte nach dem Auszug des Ältesten ein wenig nachgelassen, nicht jedoch die Hellhörigkeit. Überhaupt war das gesamte Haus angelegt, jede entlüftende Darmtätigkeit und alle Streitigkeiten der Nachbarn mitzuerleben. Die Geschwister konnten auch gut den – seltener werdenden – Begehrlichkeiten des Vaters gegenüber ihrer Mutter lauschen. Man war daran gewöhnt. So kam es, dass alle außer Franz in der kleinen Kammer in ihren Schlaf fielen. Nach Mitternacht wurde es in der Küche nebenan noch einmal lauter. Durch den Türspalt drang Licht. Ein Flüstern und das Öffnen von zwei Bierflaschen waren zu hören.

»… sichere Sache, Andreas.« Woher kannte Franz die Stimme? Näselnd, als säßen kirschgroße Popel in der Nase. Tiefer Bariton.

»Letzte todsichere … Drei Jahre Plötze. Nee, nicht mit mir«, erkannte er seinen Vater.

»Was ist mit dem Gefallen?« Der Unbekannte wurde lauter. »Seile und Werkzeug. Und einen Sack für die Beute. Mehr musst du nicht tun.«

Hermann, natürlich! Jetzt erkannte Franz den alten Götze. »Fünfhundert für dich, Andreas. Musst du lange für nähen.« Röhrendes Lachen. Offenbar wurde man sich nach einem weiteren Bier einig. Handschlag.

Die gehen auf eine krumme Tour, dachte Franz. Hat ja nicht lange gedauert mit dem Gefallen. Er rieb sich den Hintern. Und ich krieg Dresche dafür. Der junge Sass wusste nicht recht, was er davon halten sollte. Erst mimte der Alte den Moralapostel. Und dann plante er mit dem Götze ein Ding. Von Max und seiner Mutter hatte er ein paar Andeutungen über seinen Vater gehört. Bis zum Krieg hatte er sich wohl hin und wieder etwas dazuverdient. Und vor der Geburt der Kinder war er auch mal für ein Jahr im Knast gewesen. Da hatte es neuartige Zellen gegeben, in denen man allein war. Den ganzen Tag. Das hatte ihn wohl für immer kuriert. Franz Sass schmunzelte. Das waren die letzten Prügel, die er kassiert hatte. Beim nächsten Mal hatte er was gegen den Alten in der Hand.

Du Schlawiner, dachte er. Machst hier eenen uff Betbruder und Moral, dabei biste selbst een krummer Vogel.

*

Vorwärts und *Berliner Tageblatt* berichteten über den Besuch der Erbin des *Adlon*-Hotels. Die wohlhabende Dame plante offenbar, über Silvester und Neujahr nach Berlin zu kommen. Musste wohl zusehen, dass ihr niemand das teure Stück ramponierte. Franz war in die Artikel vertieft und bekam den lauten Betrieb in der *Rückerklause* nicht mit.

»Biste verliebt?«, witzelte Joachim »Schnösel« Heckstedt und tippte auf die Fotografie von Hedda Adlon. Die Schönste war sie nicht. »Willste ihr heiraten, wa? Piepen haste dann, aber keenen Spaß mehr am Leben!« Joachim rieb sich vorsichtig das abblassende Veilchen unter dem linken Auge, das er als Abreibung für sein übereiltes Verschwinden bei der Zigaretten-Sache kassiert hatte.

Franz winkte ohne Kommentar ab. Schnösel war als Depp geboren und würde als solcher sterben. Dem Kerl konnte man nichts erklären. Aber in ihm reifte eine Idee. Ein ungeheuerlicher Plan. Er sprang auf und lief ohne Gruß nach draußen. Er musste zu seinem Bruder. Von hier nach Luisenstadt waren es mehrere Kilometer. Es wurde Zeit, den Bewegungsradius zu verbessern. Einige Cliquen hatten es zu einem neuen Sport gemacht, von Straßenbahn zu Straßenbahn zu springen. Tramhoppen kam also gerade in Mode. Hinten auf die Trittbretter, festhalten und runter, wenn der Kontrolleur kam. Dann einfach die nächste. Abspringen während der Fahrt musste gelernt sein, vor allem bei Regen und in Kurven. Die Katzenköpfe waren glatt wie Spiegel. Franz sprang am Rosenthaler Platz auf die Drei Richtung Hackescher Markt. Dann Rathaus, Münze, Spittelmarkt und mit der Sieben die Lindenstraße runter. Fast da. Obwohl er sich kaum angestrengt hatte, war er außer Atem. Er hatte den Puls der Stadt noch nie so deutlich wahrgenommen. Hier, in seinem Berlin war alles möglich. Er spürte wieder diesen inneren Drang. Er wollte mehr. Nicht nur von der Rosenthaler Vorstadt zum Nollendorfplatz. Nicht von Friedrichshain nach Charlottenburg. Sein Stadtplan war nicht zweidimensional. Sein Weg wies nach oben. Er wollte eine Wohnung, ein Automobil. Susanne Bentmann. Und natürlich Geld. Der Rest ergab sich dann von allein.

»Hedda Adlon kommt nach Berlin«, prustete Franz los, als er den Tabakladen seines Bruder betrat. Zwei Kunden schauten sich kurz um und schüttelten die Köpfe. Wieder nur ein armer Irrer, der die Reichen und Adligen verehrte.

»Wer?«, fragte Max, als sie kurz darauf allein waren.

»Die Hotelerbin. Du weißt doch, dass sie den alten Adlon angefahren haben am Brandenburger Tor. Nun wollen die Geier wahrscheinlich gucken, was es zu holen gibt.« Franz überschlug sich fast mit den Worten.

»Ich versteh nur Bahnhof«, erwiderte sein Bruder und schloss die Ladentür ab. »Setz dich hin und beruhige dich. Ich hole einen Kaffee.«

Kurz darauf schilderte Franz seinen aberwitzigen Plan. Er wollte ins *Adlon* einsteigen. Zu Silvester.

»Du bist total plemplem«, sagte Max und sprang auf. »Was meinst du, wie viele Schupos extra wegen der reichen Dame da sein werden? Und die Direktoren vom Hotel haben dazu noch ihr eigenes Wachpersonal. Die dürfen sogar schießen, wenn Gäste bedroht werden.«

»Hast ja recht«, erwiderte Franz. »Aber sie werden sich vor allem um diese Erbin kümmern. Und die Gäste sind ab zehn alle auf der Feier im Großen Saal. Wird sich keiner nehmen lassen. Erstes Neujahr nach dem Krieg. Da muss man zeigen, dass man noch da ist. Und dass man noch Geld hat.« Er grinste. »Mutti hat da doch mal sechs Wochen ausgeholfen. Wir erzählen ihr, dass eine Bekannte dort Aushilfe werden kann. Dann horchen wir sie ein bisschen aus. Wo die edlen Zimmer und Suiten sind. Damit wir einen Grundriss machen können.«

»Und dann willst du da reinspazieren und die edlen Zimmer ausräumen? Ja?« Max lief auf und ab.

»Nein, eben nicht«, antwortete Franz seelenruhig. »Die Suiten werden sicherlich bewacht. Aber die einfachen Zimmer sind auch nicht ohne. Kosten ja immer noch sechzig Mark die Nacht. Wer sich dat leisten kann, der hat ooch noch een paar Piepen für uns. Da gehen wir rein. Wenn alle feiern und in den Himmel glotzen, klettern wir an der Ostseite hoch.«

Max überlegte. Sein Bruder machte ihm langsam Angst. Die Sache mit den Zigaretten war zwar schiefgegangen. Aber irgendwie auch nicht. Der Plan seines Bruders und der Coup selbst waren erstklassig gewesen. Dass sie dem *Prinzen* in die Quere kommen würden, hatten sie nicht ahnen können. Und jetzt das *Adlon*. Franz hielt sich nicht lange mit Kleinigkeiten auf. Und er packte Gelegenheiten beim Schopfe. Max Sass musste zugeben, dass sich in dem Nobelschuppen tatsächlich eine Möglichkeit bot, kräftig abzusahnen.

»Wir erzählen niemandem etwas«, unterbrach Franz die Gedanken seines ältesten Bruders. »Alles bleibt in der Familie. Keine Clique, keine Götzes, kein Prinz. Einverstanden?«

In Max' Kopf rauschte es. Warum nur musste sein Bruder immer so verdammt schnell sein? Er selbst brauchte Zeit, musste alles in Ruhe durchdenken. Schließlich war er fast erwachsen und der Älteste. Er trug die Verantwortung. Aber er brauchte auch dringend Geld. Zwei Monate war er schon beim alten Sternwein in Verzug mit den Raten für den Laden. Am zweiten im neuen Jahr würde der Jude wieder auf der Matte stehen. Er überlegte, ging die Einzelheiten des Vorschlags noch einmal durch. Fassadenklettern. Max war Dachdecker. Und natürlich schwindelfrei. Manches Dach hatten sie ohne Gerüst oder Hilfe gemacht. Die breiten Außensimse des *Adlon* wären für ihn ein Witz. Aber Franz? Zu jung. Noch keine Muskeln im Hemd. Da kam ihm plötzlich ein Gedanke. Und als Franz erneut etwas sagen wollte, hob er den Zeigefinger, als könnte der Jüngere durch sein Sprechen das Licht des sich ankündigenden Geistesblitzes vertreiben.

»Allet klar, Franz«, ahmte er die Stimme ihres Vaters nach. »Wir nehmen Georg dazu.«

Es folgte eine gute halbe Stunde Zank und Geschrei.

»Georg ist kaum ein Jahr älter als ich«, zeterte Franz.

»Es ist mein Plan.«

»Immer willst du bestimmen.«

»Ick will dabee seen, sonst kannste dat alleene auskochen.« Max wusste, dass es gefährlich wurde, wenn Franz in den Stadtjargon abrutschte.

»Du machst unten die Wache und nimmst die Ware in Empfang«, schlug er behutsam vor.

»Wat? Ick jebe den Spanna? Bloß kieken und piepen, wenn's brenzlig wird?« Franz hatte rote Flecken im Gesicht bekommen. »Nee, uff sone Kiste lass ick mich nich een.«

Die Sache drohte zu platzen. Und allein würde Max es nicht hinbekommen, das wusste er.

»Also gut, Franz«, sagte er in versöhnlichem Tonfall. »Ein Geschoss machst du mit mir, dann löst dich Georg ab. Sollte das was Ordentliches werden, gehst du später bei *Papa Lange* in Charlottenburg ein bisschen boxen. Für die hier …« Er zeigte auf seinen Bizeps. »Und beim nächsten Mal bist du voll dabei. In Ordnung?«

Jetzt war es Franz, der einige Zeit schwieg und nachdachte. Ganz unrecht hatte sein Bruder nicht. Er hatte im letzten Jahr zwar ordentlich an Größe zugelegt und war etwa so groß wie sein Bruder. Dabei war er jedoch hager, fast dürr geblieben. Mit der Muskelkraft stand es noch nicht zum Besten. Ringkämpfen ging er aus dem Weg, nutzte dafür seine Schnelligkeit und den Verstand.

Schließlich gaben sich beide Brüder die Hand und nahmen zur Versöhnung zwei Zigaretten für zehn Pfennige das Stück. Edle *Josetti*. Nicht der Hühnerdreck, den man bei den Zweiern inhalierte.

*

Georg war der zweitälteste der Sass-Brüder. Er war nicht dumm, er war nicht schlau. Sein Verstand spielte irgendwo in der Kreisklasse ohne Aussicht auf einen Meistertitel. Er war ein typischer Sass und kam am ehesten nach seinem Vater. Während Max vor allem »raus« wollte und Franz »irgendwie nach oben«, schien Georg mit dem Schicksal einig geworden zu sein, wieder als Arbeiter oder einfacher Handwerker das ewige Sass-Erbe anzutreten. Er war ein kräftiger Bursche und zeigte eine gewisse Verschlagenheit, die ihn bei Bekannten nur selten zu einem engen Vertrauten oder Freund werden ließ. Vom Teilen hielt er nicht viel. Er biss andere gern – im wörtlichen und übertragenen Sinn – vom Futtertrog weg. Die Aussicht auf mehrere hundert Mark waren ihm Ansporn genug, bei der Hotelsache mitzumischen.

»Georg, du wirst Mutti aushorchen«, sagte Franz. Georg war der Lieblingssohn ihrer Mutter. Ihm konnte sie fast nie etwas abschlagen. »Wir müssen wissen, wie es im *Adlon* aussieht. Mach 'ne Zeichnung, wenn du kannst.«

Max bemühte sich indessen um eine Aushilfsstelle bei einem Fuhrunternehmen, das das *Adlon* belieferte. Das Bier kam jedoch aus Potsdam, selbstverständlich soffen die Herrschaften nicht irgendeine Arbeiter-Brühe. Und auch andere Waren bezog man aus dem Umland oder dem »guten Westen«. Beim Abfall jedoch hatte Max Sass schließlich Glück. Der Dreck blieb in den armen Stadtteilen, und die Arbeiter für die Abfallkarren kamen aus der Luisenstadt oder Friedrichshain. Und selbstverständlich wollte man die stinkenden Burschen nicht in den glänzenden, heiligen Hallen haben, so dass die Müllkutscher im Hinterhof des Hotels, der zur Wilhelmstraße lag, ankamen. Immerhin konnte es Max einrichten, dass einen Tag vor Silvester eine besonders ekelhafte Stelle Abfall liegen blieb. Fleischreste zogen schnell die Untermieter der Stadt an, und mit den selbstbewusst gewordenen Stadtnagern legte sich kein Küchengehilfe oder Page an. Max kippte in einem unbeobachteten Moment noch ein paar Fischköppe dazu. Erstens war die Ecke des Gebäudekomplexes abseits des Pariser Platzes gelegen. Hierher verirrten sich niemals Gäste oder gutbürgerliche Passanten. Zweitens würden in der Silvesternacht kurz vor Mitternacht die meisten Leute vorn herumlungern, damit sie das kaiserliche Feuerwerk – das nun gar keines mehr war – gut sehen konnten. Und drittens trennte eine kleine Mauer das Areal vom Passantenbereich der Wilhelmstraße. Hinter dem Dreckhaufen würden sich die drei Sass-Brüder wunderbar verbergen und vorbereiten können. Sie hatten sich vorgenommen, ihren Raubzug auf eine Dreiviertelstunde zu beschränken. Sie planten, nur die preiswerteren Zimmer nach hinten raus aufzusuchen. Und sie hofften darauf, sechs bis acht Fenster aufbrechen zu können. Die Etage direkt über dem Wirtschaftstrakt war für Lagerräume, Buchhaltung und die höheren Angestellten vorgesehen. Diese Zimmer konnte man wegen der Aussicht, des Geruchs und des Lärms nicht vermieten. Im zweiten Geschoss lagen dann die billigsten Zimmer des *Adlon*. Hier nahmen Kleinindustrielle und andere, weniger wohlhabende Gäste Quartier. Und eben auf deren Börsen hatten es die Brüder abgesehen.

»Als Erstes ins Badezimmer«, instruierte sie Max. Er hatte ein paar Erfahrungen bei Einbrüchen gemacht. »Da lassen die Damen oft ihren nicht getragenen Schmuck. Dann die Kommoden im Schlafzimmer herausziehen. Dort liegt gern überzähliges Bargeld. Seht zuerst bei der Unterwäsche nach. Und dann die Matratzen hoch. Das sind die geheimen Verstecke des guten Bürgers. Nicht mit Klamotten aufhalten. Kostet Zeit, bringt nur Trinkgeld.«

Georg legte ihnen eine einfache Karte vor und erläuterte seine Kritzeleien. Er hatte ihre Mutter geschickt ausgehorcht, die gern über ihre Zeit im *Adlon* kurz nach dessen Eröffnung plauderte. Sie hatte dort vor vielen Jahren leider keine feste Anstellung bekommen, da sie hochschwanger gewesen war. Und danach hatte dann in der Wäscherei der zuständige Maître gewechselt, und die Gelegenheit, eine ordentliche Stellung zu ergattern, war vertan.

»Wir sollten uns ein paar Zimmer im zweiten und dritten Stock vornehmen«, meinte Georg. »Zum Aufwärmen. Die Fenster sind mit einfachen Riegeln geschlossen. Da oben haben sie ja sonst nichts zu befürchten. Dünnes Blech in den Spalt schieben und hochdrücken. Macht keinen Lärm.«

Max und Franz hörten aufmerksam zu und nickten.

»Jeder von euch macht im zweiten und dritten Stock drei Räume. Zwanzig Minuten. Dann löse ich Franz ab, und wir …« Er sah seinen ältesten Bruder an. »… gehen noch nach ganz oben. Da ist eine Eisenbalustrade. Das macht es für uns einfacher. Die Gäste werden vorn zum Pariser Platz stehen. Oder sowieso unten sein. Da oben machen wir noch mal vier Räume. Alles dauert etwa vierzig bis fünfzig Minuten.«

»Wer unten ist, jagt die Tippelbrüder fort und lenkt verirrte Passanten nach vorn«, ergänzte Max. »Erich steht auf der anderen Seite vom Platz. Wenn er unseren Warnpfiff hört, dann schreit er Zeter und Mordio, damit die Wachleute dorthin gehen.« Max war nicht ganz wohl bei dem Gedanken, den Zweitjüngsten mitzunehmen. Aber nur so blieb alles in der Familie. Keine Mitwisser bedeutete keine Mitesser oder Verräter. Und sollten die Hausdetektive oder Schupos den Zwölfjährigen erwischen, dann bekam er höchstens eine Tracht Prügel. Für seinen Wachdienst hatten ihm die Brüder zwanzig Mark versprochen.

5

Berlin-Dorotheenstadt, 31. Dezember 1918

Franz fand nach ihrer letzten Besprechung vor dem geplanten Einbruch keine Ruhe. Es herrschte eine seltsame Stimmung in der Stadt. Offenbar belagerten die Spartakisten sogar den Alex, das Polizeipräsidium am Alexanderplatz. Darüber konnte sich eigentlich jeder Ganove freuen, denn die meisten Schupos waren dorthin zurückbeordert worden. Jedoch eroberten plötzlich andere Kräfte die Straßen, die Franz überhaupt nicht einschätzen konnte. In diesem Spartakus-Bund hatten sich radikale Sozialdemokraten und Kommunisten zusammengefunden. Und es gab militärische Verbände, die dagegen vorgingen. Man wollte aber nicht den Kaiser zurück, sondern eine ganz andere Ordnung. Alles sehr verwirrend. Franz wären diese Dinge leidlich egal gewesen, wenn die Brüder nicht just in dieser Atmosphäre an der edelsten Adresse der Stadt einen Bruch vorbereitet hätten. Er streunte den Silvestertag umher wie ein herrenloser Hund. Von der Neuen Wilhelmstraße zum Reichstagsufer, von der Friedrichstraße zu Unter den Linden, dann Wilhelmstraße zur Leipziger Straße, Budapester Straße durchs Tor zum Pariser Platz. Ihm gefiel nicht, dass am Königsplatz vor dem Reichstag keinerlei Vorbereitungen für das sogenannte *Kaiserfeuer* stattfanden. Einer dunklen Ahnung folgend eilte er gegen Nachmittag in Richtung Schloss. Aber auch auf der Spreeinsel sah er keine Feuerwerker, die traditionell das Silvesterspektakel ausführten. Dabei sollte gerade die Ablenkung der *Adlon*-Gäste zum Jahreswechsel das zentrale Element ihres Coups sein!

»Wir müssen die Sache abblasen«, flüsterte er seinem älteren Bruder zu, der zu Pellkartoffeln mit Mehlstippe in die elterliche Wohnung gekommen war. Er hatte Pfannkuchen mit Quittengelee mitgebracht, die bei den jüngeren Geschwistern größeren Anklang fanden als die Kartoffeln.

»Mach dir keine großen Gedanken«, entgegnete Max. »Eben bin ich am Platz vorbeigekommen. Da haben sie ordentlich Zeug hingestellt. Es heißt, dass diese Hedda und ihre Mischpoke das Feuerwerk direkt aus China haben. Dat wird Lunte! Im wahrsten Sinn.«

»Ihr freut euch aufs Feuerwerk, Jungs?«, fragte ihre Mutter. »Hoffentlich seid ihr nicht enttäuscht. Die feinen Revolutionäre haben derlei Vergnügen fürs Volk gleich abgeschafft.«

»Allet Stänkafritzen und falsche Fuffziger, diese Kommunisten.« Vater Andreas war strammer Sozi und kannte nach zwei Bieren kein Pardon. »Jetzt ham se ooch noch eene eigene Partei, diese Lenin-Knechte.«

Um halb elf verabschiedeten sich die ältesten Söhne. Erich hatte sich mit angeblichen Bauchschmerzen ins Bett verzogen. Max und Georg verführten ihren Vater zu einem weiteren Bier, während Franz seinen jüngeren Bruder aus der Wohnung lotste. Er hatte bei *Halske* drei Monturen geklaut, die sie in einer stillen Ecke des *Kleinen Tiergartens* beim Kirchspiel St. Johannis überstreiften. Nur der jüngste Bruder blieb, wie er war. So ging es über die Moltke-Brücke zum Brandenburger Tor. Jeder Betrachter konnte die vier Gestalten für Schichtarbeiter halten, die auf ihrem nächtlichen Weg zu einem U-Bahn-Schacht waren.

Erich wurde in einer Ecke an der Französischen Botschaft abgesetzt und nochmals mit Anweisungen versorgt.

»Ein Pfiff heißt nur Achtung für uns. Dann machst du nichts«, sagte Franz zu ihm. »Zwei Pfiffe hintereinander bedeuten Alarm. Dann läufst du auf den Platz und krakeelst, was das Zeug hält. Wenn dich eener festhalten will, verduftest du. Klar?«

Erich nickte nur. Man merkte ihm die Furcht an.

»Muss ick in de Plötze, wenn et schiefjeht?«, hatte er ein paar Tage vorher gefragt.

Die ersten Nachtschwärmer sowie Gäste aus dem *Adlon* sammelten sich bereits auf dem breiten Trottoir vor dem Hotel. Die drei älteren Brüder gingen wieder durchs Tor in Richtung Budapester Straße zurück und näherten sich dem Hotelgebäude in einem weiten Bogen von hinten über die Wilhelmstraße. Zwei Lumpensammler wurden mit harschen Worten und zwei Groschen des Hinterhofs verwiesen. Dann war Stille um sie herum. Der gärende Abfallhaufen, dessen verspäteten Abtransport Max zu verantworten hatte, lud nicht gerade zum Verweilen ein. Auch die Türen zu den Funktionsräumen des Hotels waren geschlossen worden.

»Was ein bisschen Dreck doch ausmacht«, flüsterte Max. »Sieht gleich aus wie um die *Münze* und *Spittelmarkt.*« Er schaute auf seine Taschenuhr. Es war halb zwölf. In diesem Moment schlugen mehrere Kirchturmuhren.

»Los«, sagte Georg. »Wenn das Feuerwerk kommt, ist Wechsel. Du runter, ich rauf.« Er schlug Franz auf die Schulter.

Fassadenklettern war keine leichte Sache. Die Brüder hatten in den letzten Tagen an verschiedenen Gebäuden geübt. Die Bauart machte natürlich viel aus. Das *Adlon* verfügte über breite Simse unter den Fenstern, die wie kleine Balkone mit schmalen Eisengittern versehen waren. War man erst einmal auf einem Geschoss, brauchte man sich nur seitlich am Vorsprung entlang arbeiten. Die Mauersteine der Fassade waren zudem aus Ziergründen seitlich versetzt, so dass sich für Finger und Füße immer wieder Vorsprünge finden ließen. Auf den ersten Blick wirkte alles wie ein Kinderspiel. Allerdings war der allgegenwärtige Kohleruß, der die Sandsteinquader bedeckte, durch das feuchte Berliner Wetter teuflisch schmierig. Ein leichtsinniger Griff oder ein Stand auf halber Sohle konnten tödlich sein.

Innerhalb weniger Minuten befanden sich Franz und Max bereits vor den Fenstern des zweiten Stocks. Der Jüngere stand vor einem dunklen Fenster. Er wusste von Georgs Zeichnung, dass hier Einzelzimmer oder nur kleine Suiten mit zwei Räumen lagen. Wenn kein

Licht brannte, waren die Gäste wahrscheinlich nicht anwesend. Oder sie schliefen. Aber wer schlief in der Silvesternacht? Ihm wurde plötzlich leicht übel. Seine Hand begann zu zittern, als er den selbst gebauten Schieber, das dünne Metallstück zum Öffnen des Fensterriegels, aus seinem Blaumann zog.

»Nicht nach unten sehen«, raunte sein Bruder ihm zu. Er wusste, dass die verdammte Höhenangst gern mit Verzögerung kam. Die Lehrlinge hatten anfangs immer geprahlt und sich dann auf dem Dach fast in die Hose geschissen.

»Bleib einfach einen Moment stehen, Franz. Augen zu und tief einatmen.« Mit diesen Worten verschwand er in Richtung der Fenster an der linken Fassadenseite.

Franz brauchte eine Minute, aber das Atmen half tatsächlich. Das doppelflügelige Fenster, vor dem er stand, ließ sich kinderleicht öffnen. Vorsichtig stieg Franz über das kleine Geländer. Im Zimmer war es angenehm warm, obwohl nirgendwo ein Ofen zu sehen war. Er hatte in einem Magazin gelesen, dass jetzt in modernen Häusern mit Warmwasser, das durch Rohre floss, geheizt wurde. Neben dem Fenster stand ein kleiner Schreibtisch, daneben ein eleganter Sessel. Das Bett war leer. Offenbar war das die unterste Zimmerkategorie, denn es gab keinen Salon.

Also los, dachte Franz und entzündete die kleine Wolfsche Lampe, die Max jedem besorgt hatte. Dämliche Grubenlaternen, umständlich und gefährlich. Wir brauchen unbedingt diese neuen Dinger, die sie an der Front hatten. Die laufen mit Strom, nicht mit Benzin.

Das Licht erschien ihm viel zu grell, obwohl er den Docht nur ein winziges Stück herausgedreht hatte. Jedermann in Berlin musste ihn doch sehen! Er drehte den Lampenspiegel, so dass das Licht nur in den Raum fiel. Er atmete wieder kurz durch, um sich zu beruhigen. Dann hatte er in weniger als drei Minuten das Suchschema abgearbeitet, das sein Bruder empfohlen hatte. Die Ausbeute war mager. Vierzig Mark in der Kommode. Wahrscheinlich vom Gast eher vergessen, als absichtlich dort versteckt. Franz schwang sich über den Schreibtisch wieder auf den Sims hinaus und arbeitete sich zum nächsten Fenster vor. In diesem Zimmer hatte er mehr Glück. In einer Börse befanden sich dreihundert Mark, und im Badezimmer nahm er einen goldenen Herrenring und eine Halskette an sich. Als er wieder auf dem Fenstervorsprung stand, sah er, dass Max bereits zum höheren Stockwerk hinaufkletterte. Franz verzichtete darauf, in ein weiteres Zimmer zu steigen, und folgte seinem Bruder nach oben. Er streckte sich nach einem Sandstein, der einen guten Halt versprach, rutschte jedoch ab. Einen kurzen Moment lang durchfuhr ihn das Gefühl, in die Tiefe zu stürzen. Es schien, als hätten seine Sinne die Orientierung im Raum verloren. Sein Herz raste, der Magen rebellierte. Dann fand Franz das Gleichgewicht wieder. Gerade rechtzeitig, denn jetzt setzte das Feuerwerk ein. Dieser zweite Schreck hätte ihn mit Sicherheit nach unten gerissen. Mitternacht. Neujahr. Rufe drangen vom Pariser Platz zu ihm herauf. Und immer wieder das Donnern des festlichen Spektakels. Ihm blieb nur noch wenig Zeit, dann musste er an Georg übergeben.

In der dritten Etage angekommen, nahm sich sein Bruder Max wieder die linke Seite vor. Franz selbst schob sich auf dem Vorsprung zum äußerst rechts gelegenen Fenster. Er hoffte, auf eine größere Suite zu treffen, da die seitlichen Eckfenster sicherlich zu denselben Räumlichkeiten gehörten. Auch hier öffnete sich der Riegel leicht, und Franz stand im nächsten Moment in einem geräumigen Schlafzimmer. Er erstarrte, als er aus dem Raum nebenan undeutlich Stimmen vernahm.

»… Riesensummen …«

»… Dreckschwein sollte man …«

»… sogar Kopfgelder …«

Plötzlich hörte Franz ein Klatschen, gefolgt von einem dumpfen Stöhnen. Dann fiel offenbar etwas Schweres zu Boden.

»Warum? … unerhört! … Sie hier? Alles nur … Ich mache Meldung, dann ist es vorbei mit …«

Draußen tobte noch immer das Feuerwerk. Und im Raum nebenan ertönte ein Schuss. Erneut fiel etwas zu Boden. Franz wagte kaum zu atmen. Seine Ohren dröhnten. Er hatte schon oft Schüsse gehört, auch aus der Nähe. Im Freien jedoch hatte der Schalldruck Platz zu entweichen. Hier drinnen schien es ihm, als wäre eine 42er Granate abgefeuert worden. Nach vielleicht einer Minute wagte er es, durch das Schlüsselloch zu spähen. Ein weiterer Schock durchfuhr ihn. In dem Salon der Suite kniete ein Mann. Er war ungewöhnlich gekleidet, zumindest für ein Nobelhotel. Anzug und Schuhe waren sauber, wirkten jedoch billig. Am ehesten war er ein Vorarbeiter, vielleicht ein kleiner Abteilungsleiter. In seiner Hand hielt er eine Pistole. Und neben ihm lag ein weiterer Mann. Er trug eine Kombination aus Offiziershose, Reitstiefel und einem feinen Jackett. Ihn hätte sich Franz gut als Gast des Hauses vorstellen können. Sein halbes Gesicht war ein blutiger Brei, und auf dem Teppich bildete sich eine rote Lache. Der Kerl mit der Waffe fasste dem Opfer auf die Brust, dann an den Hals. Offenbar zufrieden mit seiner Arbeit, nahm er einige Papiere an sich und erhob sich leise stöhnend. Ein weiterer Schreck durchfuhr Franz, als der Mörder sich umdrehte und ihn anzublicken schien. Er wagte nicht, das Auge vom Schlüsselloch zu nehmen, da er fürchtete, sich durch die Bewegung erst recht zu verraten. Der Kerl musste ihn bemerkt haben! Er musste das riesige Auge sehen, das ihn durch das Loch anstarrte. Und die Atemzüge hören, die Franz vorkamen wie das Zischen einer Dampflok. Gebannt blickte er in den Salon. Es war, als kannte er den Mann. Leicht ovales Gesicht. Haare im kantigen Bürstenschnitt, der bei einigen Herren gerade in Mode gekommen war. Sie waren dunkelblond mit ersten grauen Strähnen. Die Augenbrauen waren dicht und wuchsen an der Nasenwurzel zusammen. Unter der Nase ein Zweifingerbart. Während Franz grübelte, wo er das Gesicht schon einmal gesehen hatte, schob der Mann die Pistole in seine Jacketttasche und verließ dann die Suite.

Franz bekam kaum Luft. Er atmete zu schnell, und als er sich erhob, wurde ihm schwindelig. Panik stieg in ihm auf. Jeden Moment konnten die Wachleute des *Adlon* hier sein. Oder die Polizei. Ihm würde niemand glauben! Er war auf Raubzug hier, ein Gast war ihm in die Quere gekommen, und er hatte ihn kaltblütig erschossen. So würde es im Bericht stehen. Die Waffe? Von den Komplizen mitgenommen. Ganz Berlin würde es wissen! Seine Eltern. Susanne. Die Clique. In allen Zeitungen würde stehen, dass er ein Mörder war. Lebenslang Zuchthaus. Oder Fallbeil. Die Minuten vergingen. Draußen war Ruhe eingekehrt. Dann hörte er den Pfiff. Erich gab das Zeichen. Aber Franz konnte nicht aufstehen, sich nicht bewegen. Plötzlich erschien Max am Fenster.

»Was machst du denn, Franz?«, zischte er. Nach ein paar Sekunden stieg er in das Schlafzimmer. Er packte seinen Bruder an den Schultern und schüttelte ihn.

»Da hat eener eenen abjemurkst«, flüsterte Franz im Tonfall eines Zehnjährigen.

Max zweifelte keine Sekunde daran, dass etwas Schreckliches geschehen sein musste. Franz war ganz sicher kein Kneifer, der sich bei jeder Gelegenheit in die Hose pinkelte.

»Wo?«, fragte er nur und spürte, wie sein Mund trocken wurde.

Franz zeigte mit zitterndem Finger auf die Tür zum Salon.

Max horchte kurz daran und öffnete sie vorsichtig. Er war von den Schlägereien auf der Straße einiges gewöhnt und hatte immer wieder als Träger oder Karrenfahrer dem Schlachthof ausgeholfen. Die Kriegsheimkehrer waren mit ihren Geschichten ebenfalls wenig rücksichtsvoll. Aber eine Leiche vor sich zu haben, war doch etwas ganz anderes. Der Schuss hatte dem Mann die Nase weggefegt, war ins rechte Auge eingedrungen und hatte hinten am Schädel ein ordentliches Stück Knochen herausgesprengt. Ein Teil des Gehirns klebte am Tüll des Lampenschirms einer Stehleuchte und tropfte dort langsam herab. Der Rest quoll aus der Wunde, zusammen mit jeder Menge Blut, das sich auf dem Teppich verteilte. Max überlegte und wusste doch, dass eben dies nicht seine Stärke war. Zwei Pfiffe kamen vom Hof. Kurz, durchdringend, dicht aufeinanderfolgend. Max lauschte. Vom Flurbereich drangen entfernt Stimmen an sein Ohr. Waren sie aufgeflogen? Hatte jemand den Schuss gehört, der diesen Kerl getötet hatte? Jetzt ging der Zinnober erst richtig los.

»Wir müssen hier weg, Franz!« Max half seinem Bruder auf die Beine. Mit äußerster Anstrengung gelang es ihm, ihn wieder auf das äußere Fenstersims zu ziehen. Der Jüngere klammerte sich an ihn, als hätte er erst jetzt bemerkt, dass sie sich in gefährlicher Höhe befanden. Max musste sich eingestehen, dass ein Abstieg unmöglich war. Gerade hatte er die Fensterflügel mit Geschick so zugezogen, dass der Riegel wieder einschnappte. Vielleicht würde niemand bemerken, dass ungebetener Besuch auf diese Weise eingedrungen war. Max schob seinen Bruder auf dem Mauervorsprung sanft nach links. Ihm schien es, als wären die Vorsprünge dort etwas breiter und die Ziersteine der Fassade versprachen besseren Halt.

»Ich … Ich kann nicht.« Franz hatte nach unten geblickt. Im tiefen Schwarzgrau zeichnete sich dort die Treppe zum Küchentrakt ab. Bei einem Sturz aus dieser Höhe brach man sich mehr als nur ein Bein. »Geh, Max. Ich verrate nichts. Ich verspreche es!«

Er zitterte am ganzen Körper, und sein Bruder bezweifelte, dass er sich überhaupt noch länger als ein paar Minuten hier halten konnte. Am anderen Ende des Stockwerks war mittlerweile das Licht in dem Zimmer angegangen, aus dem sie gerade kamen. Hier konnte sich jeden Augenblick das Fenster öffnen, und sie wären entdeckt! Max traf eine Entscheidung. Blitzschnell schob er sein Werkzeug in den vor ihm liegenden Spalt des Holzrahmens und entriegelte das Fenster. Ein sanfter Stoß und lautlos glitten die beiden Flügel nach innen. Er half Franz über das Gitter und war dann mit einem Sprung im Zimmer. Die Deckenlampen brannten. Und plötzlich schmerzten den Sass-Brüdern die Augen, als sie zusätzlich das gleißende Licht einer Taschenlampe blendete.

Polizei, dachte Max. Nur die Schupos hatten die neuen Dinger mit den kleinen Akkumulatoren. Das war es also. Er ließ den kleinen Sack mit der mageren Beute und den dünnen Metallschieber fallen. Dann hob er die Hände. Er stieß seinen Bruder an, es ihm gleichzutun.

»Meine Herren, seien Sie so freundlich, die Fenster zu schließen.« Eine weibliche Stimme. »Und die Vorhänge ebenfalls. Es muss uns nicht jeder hören. Oder sehen.« Markant rollendes R und falsche Betonungen. Eine Russin. Nach der Revolution und der Ermordung der Zarenfamilie waren Zehntausende nach Berlin geflüchtet. Meist waren es arme Schlucker. Ein paar Reiche waren jedoch auch darunter. Diese Dame hatte wohl Glück gehabt.

»Können Sie das Licht etwas dämpfen, Babuschka?« Max schöpfte Hoffnung. Die Russin war sicherlich nicht von der Polizei. Und sie hatte noch nicht um Hilfe gerufen.

»*Grubyy durachit'*!«, murmelte sie. »Ich rette euch das Leben, und zum Dank schimpfst du mich Großmütterchen?« Sie senkte die Taschenlampe. »Keine Dummheiten, sonst probiere ich dieses Prachtstück an euch aus.«

Die Brüder sahen, dass sie eine Waffe in der Hand hielt. Das Ding war sehr klein, wirkte eher wie ein Spielzeug.

»Was soll das, schöne Dame?« Max trat einen Schritt vor. »Du willst doch sicherlich niemandem wehtun.«

»Einen Schritt noch, und du spürst, wie sehr ich dir wehtun kann, Fritz.« Die Frau zielte gekonnt mit der winzigen Pistole auf jene Stelle, an der es Max am meisten schmerzen würde.

Er hielt respektvoll inne. Und Franz hatte sich in einer Art Schwächeanfall auf das Sofa gesetzt, das im Raum stand. Die Russin bedeutete seinem Bruder mit dem Lauf der Waffe, es ihm gleichzutun. Die Brüder wirkten jetzt eher wie zwei Burschen, die dem Schulrektor Rede und Antwort stehen mussten. Mit einem Kennerblick erfasste Max die Situation. Auch dies war eine Suite. Die Tür zum Schlafzimmer stand offen, zwei Schubladen der Kommode waren herausgezogen und lagen auf dem Boden. Der Schrank stand offen, mehrere Anzüge und Mäntel lagen auf dem Boden. Hier im Salon lagen zwei Paar Herrenschuhe verstreut im Raum, zwei Zigarren waren angeraucht worden, eine lag im Aschenbecher, eine auf dem Boden. Auf dem Glastisch vor dem Sofa ein aufgeschlagenes Magazin, das offenbar nur Bilder halbnackter Tänzerinnen zeigte.

»Ich glaube nicht, dass dies hier dein Zimmer ist«, sagte Max. »Im Schrank sind nur Klamotten für Männer. Und dies …« Er tippte auf das Foto einer schmalbrüstigen Künstlerin. »… ist sicher nicht dein Geschmack. Oder?«

»Der Kerl säuft unten den Kognak weg und steckt seine Wurstfinger unter die Röcke der Zimmermädchen«, erwiderte die Russin. »Und ich mache dafür die Rechnung auf.«

Plötzlich klopfte es an der Tür. Die Sass-Brüder erschraken.

»Nehmt das Heft! Und dann ins Schlafzimmer«, zischte die Frau. Es klopfte erneut. Energischer dieses Mal.

»Es scheint niemand da zu sein«, hörte man dumpf eine Stimme vom Flur. »Öffnen Sie mit dem Hausschlüssel. Sofort! Es ist Gefahr im Verzug.«

Die Russin trat an die Tür und rief: »*Oui? Qui est là?*«

»Ah. Ach so. Ich bin untröstlich, Madame«, stotterte ein Hausangestellter. »*Un inspecteur de Police. Vous êtes seule, Madame? Tout va bien?*«

Wieder klopfte es. »Es tut mir leid, Madame«, sagte die erste Stimme. »Ich muss einen Blick in Ihr Zimmer werfen. Ich bestehe darauf.«

»Herr Kanter, ich muss doch sehr bitten«, intervenierte der Hausangestellte des *Adlon*. »Wenn ein Gast …«

»Bitten Sie, wen Sie wollen. Es geht schließlich um einen Mordfall. Da kann ich nicht auf die Etikette Rücksicht nehmen. Also bitte, Madame!«

Die Russin war zu Max und Franz ins Schlafzimmer geeilt. Die jungen Männer trauten ihren Augen nicht, als sie blitzschnell ihre Bluse auszog und das Unterhemd halb über die Schulter streifte.

»*Entrez, Messieurs!*« Sie stand an der leicht geöffneten Schlafzimmertür und beugte die nackte Schulter vor.

Man hörte Schritte im Salon.

»*J' ai du migraine, Messieurs. Je suis dans la chambre. Ne me compromittez pas, s'il vous plaît.*« In ihrer Stimme lag eine Mischung aus Leid und Koketterie.

Respektvolles Räuspern im Salon. Max konnte sich vorstellen, wie die Herren ihre Blicke beschämt abwandten, während er von hier aus ungeniert auf die Blöße der Dame starrte. Auch auf Franz schien die Aussicht belebend zu wirken.

»Es ist wirklich unerhört, Herr Kriminalkommissar! Sie hören doch, dass die Dame einen Migräneanfall erlitten hat. Sie braucht Ruhe. Und was tun Sie, Herr Kanter? Sie kompromittieren sie. Ich muss energisch protestieren!« Der Hausangestellte hatte offenbar Oberwasser gewonnen. »Ich habe es Ihnen gesagt. Unsere Gäste sind über jeden Verdacht erhaben! Der Herr Direktor wird sich beim Polizeidirektor …«

»Schon gut, Herr Mohnsen«, knurrte der Polizist. Die beiden Männer wandten sich um und verließen das Zimmer. »Wir haben sowieso im Moment mit den Spartakisten zu tun. Ich habe hier ja alles gesehen.« Die Stimmen wurden undeutlicher. »Wickeln Sie die Leiche in eine Decke … Dann in den Kühlraum. Morgen oder über… abgeholt … und Befragung. Übrigens mein Name ist Konter.«

Es wurde still im Nebenraum und auf dem Flur.

»Ich dachte, du verpfeifst uns«, meinte Franz, als die Tür zur Suite ins Schloss gefallen war.

»Schau sie dir an, Brüderchen«, erwiderte Max, ohne die Erwiderung der jungen Frau abzuwarten. »Die ist selber 'ne diebische Elster. Läuft in einer Suite rum, in der es keene Frauensachen jibt. Guck dir die Kommode an. Und die Anzüge. Jede Tasche durchsucht, da wirst du keine Mark mehr finden. Und das feine Frollein läuft im Herrenanzug mit Joppe durchs Haus. Viel praktischer als een Kleid.« Er grinste die Russin an, die gerade wieder ihr robustes Jackett überstreifte.

»Habt ihr Idioten was mit der Schießerei nebenan zu tun?«, fragte sie ungerührt.

»Nee, so wat tun wir nicht«, meinte Max. »Wir wollten ein bisschen luschern. Und im Zimmer, in dat Franz, also mein Bruder, rinwollte, haben se eenen kaltgemacht.«

»Wie viel habt ihr?«

Die Brüder breiteten ihre Beute auf dem Bett aus. Das Ergebnis war mager. Sehr mager.

»Die paar Klunker bringen vielleicht zweehundert. Bares haben wir sechshundert«, meinte Max. Die Zeiten waren wohl auch für die Oberen hart.

»Wisst Ihr Holzköpfe, wie die Zimmer auf dieser Seite genannt werden?«, fragte die Russin und lachte. »Vierte Klasse oder Bettelsuiten. Weil die Leute, die hier wohnen, meistens Schnorrer sind und mehr Schuldscheine haben als Haare auf dem Kopf. Versteht ihr? Wenn ihr schon ein Risiko eingeht, dann macht es richtig. An den Seiten wären mehrere Tausend drin gewesen.«

»Wie kommen wir hier raus, Max?«, fragte Franz, den plötzlich eine starke Müdigkeit überfiel.

»Für fünfhundert bringe ich euch durch die Gänge zum Wirtschaftsflügel.« Die junge Russin hatte in die ratlosen Gesichter der beiden Männer geblickt und sofort ihre Chance ergriffen. »Von da kommt ihr raus. Und ihr könnt euch sogar noch ein paar Reste vom Buffet greifen. Dann war nicht alles umsonst. Also?«

Max wusste, dass sein Bruder es nicht mehr über die Fassade schaffen würde. Und wenn man sie dort erwischte, war nichts gewonnen. Sie würden als Mordverdächtige zum Alex gebracht werden. Zähneknirschend zählte er die geforderte Summe von der Beute ab. Blieben etwa dreihundert für die vier Brüder. Von wegen tausend oder zweitausend!

»Und wenn sie uns auf den Fluren erwischen?«, fragte er matt.

Die Frau lachte wieder und streifte drei protzige Ringe, die sie aus dem Jackett zauberte, über ihre Finger. Dann folgte ein vergoldetes Mundstück, auf das sie eine *Overstolz* setzte. Durch diese kleinen Nuancen hatte sie sich plötzlich in eine Lebedame verwandelt, in ein mit allen Wassern gewaschenes Luder, in dessen Gefährlichkeit ihr Reiz lag.

»Ich bin schließlich Gast in diesem Haus«, sagte sie, und in ihrem Tonfall und Akzent schwangen ein Hauch von Verachtung und Lebensüberdruss. »Mit wem ich mich vergnüge oder über die Gänge schleiche, geht diese Lakaien gar nichts an.«

II

BERLIN 1919

1

Berlin – Neuer Westen, 15. Januar 1919

Wer *nüscht* hatte, dessen politisches Herz schlug dieser Tage links. Schien es doch für jene, die nur ihre Arbeitskraft und Gesundheit zu Markte tragen konnten, die einzige Verheißung auf ein wenig Glück zu sein.

Nun tat sich die deutsche Arbeiterschaft der neuen Zeit jedoch schwer, die dazu passende Farbe Rot eindeutig zu bestimmen. Da gab es das Tiefrot der KPD und des Spartakus-Bundes, das Rot der unabhängigen SPD, das Halb-Rot der alten SPD und ein zart verblassendes Rosa der Christsozialen. Auf der anderen Seite standen jene, die man fortan Geldsäcke und Kapitalisten schimpfte: Unternehmer und Großindustrielle, Bankiers, alter Adel und deren Erben. Die Monokel- und Bedenkenträger sahen ihre Felle schon in einem Strom aus Blut davonschwimmen. Die deutsche November-Revolution war zwar ausgefallen und hatte nur den Kaiser weggeblasen. Nun jedoch machte das Wort von der Januar-Revolution die Runde. Dabei war die Sorge um das Bankkonto in höheren Kreisen beinahe größer als die Angst um das eigene Leben. Was war ein Leben auch wert ohne wenigstens eine Million? In Russland war es vor kaum mehr als einem Jahr der Oktober gewesen, jetzt also sollten im Januar auch hierzulande die Köpfe rollen. Und zu allem Überfluss sahen diese Herrschaften in dunklen Unfarben ihr künftiges Heil. Die Schwarze Reichswehr, das Feldgrau der Frontverbände und andere, ähnlich getönte, national gesinnte Verbände überzogen das Reich mit ihrem Gegenterror.

Den Sass-Brüdern waren diese Straßenkämpfe egal. Sie gingen den Kolonnen und Barrikaden auf der Leipziger Straße, auf der Siegesallee, vor dem Reichstag und rund um das *Vorwärts*-Gebäude aus dem Weg. Es galt, die eigenen Wunden zu lecken. Zwei Mal waren ihre Pläne durchaus gut gewesen. Und das Ergebnis großer Murks. Sie waren zwar davongekommen, standen aber – auch in der Ehre gekränkt – dumm da. Ausgerechnet die Götze-Brüder waren nun ihre Bürgen beim Prinzen! Und von einem eingebildeten, russischen Weibsbild hatten sie sich retten und vorführen lassen! Max, Franz und Georg sprachen wenig miteinander. Nur Erich schien mit seinen zwanzig Mark sehr zufrieden.

»Biste eigentlich für oder gegen die Revolution?«, fragte Georg eines Tages seinen älteren Bruder.

»Wir stecken doch genau mittenmang, Georg«, antwortete Max. »Is wie 'ne Boulette in der Schrippe. Oben die Reichen, unten Leute ohne eene Mark inne Tasche. Und dazwischen sind wir. Verstehst du? Gewinnen die oben, dann fressen sie uns. Gewinnen die unten, dann fressen sie uns auch. Gehupft wie gehickelt.«

Auch Franz war in den folgenden Tagen recht schweigsam. Zwar ließ er sich bei der *Bruderschaft* blicken, um seinen Anspruch als neuer Anführer endgültig durchzusetzen. Aber selbst den Ganoven der Ringvereine und ihren Helfern war das aufwieglerische Pflaster der Hauptstadt zu heiß geworden. Einige unbeteiligte Bürger, sogar Frauen, waren bereits von nervösen Revolutionstruppen angeschossen worden. Und die Garden und Schutzmannschaften der vorläufigen Regierung waren ebenfalls nicht zimperlich. Also hatte Franz bei der Clique die Parole ausgegeben, vorläufig unterzutauchen. Er selbst streunte durch die Gassen von Alt-Moabit und dachte nach. Berlin bot Gelegenheiten für Leute mit Ideen. Gerade jetzt. Der Kaiser-Muff hatte sich hier schon vor zwanzig Jahren langsam zurückgezogen. Eine neue Zeit brach an. Und Franz wollte dabei sein. Nicht als Arbeiter oder Meister. Nicht mit einem winzigen Handwerksbetrieb. Auch nicht als kleiner Gauner, der hin und wieder eine Mark aus der Tasche einer Marktfrau stahl. Oder Kindern an der Ecke gefährliche Pillen verkaufte. Die erste Möglichkeit erschien ihm einfach zu beschwerlich. Und bei der zweiten hätte er sich nie wieder im Spiegel ansehen können. Nein, als Geschäftsmann wollte er sein Geld verdienen. Ein wenig krumm durfte und lohnenswert musste es sein. Immerhin so weit waren seine Pläne bereits gereift.

»Fressn un Soofen jeht imma«, hatte der Vater eines Freundes gesagt und eine Kneipe eröffnet.

Keine schlechte Idee, befand Franz. Aber da musste mehr drin sein. Molle, Korn und Kartoffelpuffer, schön und gut, das große Geld brachten sie nicht. Ein Wettbüro dazu wäre klasse, wenigstens ein Hinterzimmer mit Glücksspiel. Und ein paar Weiber. Sauber und ordentlich. Vielleicht könnte dann seine Susanne das Ganze in ihre erfahrenen Hände nehmen? Solide Geschäftsleute waren ja immer auch krumme Hunde. Irgendwie. Sonst kamen sie zu nichts.

»Von viele kleene Taschen in eene jroße rin.« Sein Großvater hatte recht gehabt. Das war das Credo des Kapitalismus. Und Franz wollte mitmischen. An der Umsetzung dieses Vorhabens musste er eben noch arbeiten.

*

An demselben Abend, als Franz erst spät nach Hause kam und düsteren Gedanken über seine Zukunft nachgehangen hatte, schlichen drei Gestalten durch das Gebüsch beim *Aquarium* an der Budapester Straße. Andreas Sass bezweifelte, dass ihnen das kahle Wintergestrüpp ausreichend Deckung gab. Zumal seine beiden Begleiter durch die Plantage streiften, als wären sie brunftige Hirschböcke. Hermann Götze kannte er seit der Schulzeit. Als Jungs hatten sie alles gemeinsam gemacht. Harmlose Einbrüche, kleinere Diebstähle, keine wirklich großen Sachen. Dann waren sie erwischt worden. Sass bekam nur ein Jahr, Götze wurde als Kopf der Bande drei Jahre aus dem Verkehr gezogen. In der letzten Zeit hatten sie sich mal zum Bier getroffen, ansonsten war Funkstille gewesen.

Und jetzt wieder ein Bruch, dachte Andreas. Hab ich meinen Jungs zu verdanken. Fünf Hiebe? Zwanzig hätte ich beiden verpassen sollen!

Hermann Götze hatte seinen Gefallen recht schnell eingefordert. Auch er wollte die Gunst der Stunde nutzen. Überall Unruhe, die Polizei war überfordert. Zehntausende, fremde Soldaten und Emigranten in der Stadt. Da wollte auch Götze mitmischen. Die Männer blickten aus ihrer dürftigen Deckung hinüber zum Hotel *Eden*, das an der Ecke Kurfürstendamm, Nürnberger und Kurfürstenstraße lag.

»Unten im Puff haben se een Jarderegiment eenquartiert«, hatte Hermann erklärt. »Zwee Etagen jehörn dene. Janz oben hamse de Jäste uff da Straße jesetzt. Wir jehn hinten rin und die Botentreppe ruff. Dann in alla Ruhe feen absahnen.«

»Wat is'n da zu holen?«, fragte Götzes Bekannter. Der Mann hatte jahrelang am Landwehrkanal gearbeitet und die Schuten getreidelt. Ein Kreuz wie ein Auerochse war dafür der Lohn. Der Kerl konnte später zwei Säcke schleppen. »Ick meen, wenn die alle ausjeflogn sind?«

»Ging allet janz schnell«, antwortete Hermann. »Die feine Leut konnten nur een paar Sachen mitnehmen. Soll'n ja wieder kommen. Liegt also uff de Stuben rum dat Jeschmeide.«

»Is dat nich zu frühe? Erst neune«, meinte Andreas.

»Ick kenn da eenen von de Topfgucka«, erwiderte Hermann. »Türe uff un wir rin. Wie jesacht, keener da sonst.«

Als wollte er sich selbst Lügen strafen, hatte er nach diesen Worten seinen Kumpanen Schlagstöcke gegeben. Und dann noch eine ramponierte Parabellum-Pistole aus seinem Sack hervorgeholt. Tatsächlich schien es zunächst so, als würde Hermanns Plan funktionieren. In Richtung Kurfürstendamm war eine Menge Volk auf der Straße, man hörte Rufe, das Hupen von Lastkraftwagen und einzelne Schüsse. In Richtung Zoologischer Garten war um diese Zeit, zumal im Winter, kaum Verkehr, und nur wenige Passanten waren unterwegs. Vor dem Hotel standen Panzerwagen der ehemals kaiserlichen Armee, und zwei kleine Haubitzen sicherten die Straße nach den Seiten. Götze führte den kleinen Trupp durch die Wichmannstraße zur Burggrafenstraße. Von dort kamen sie schließlich über die Kurfürstenstraße zur Rückseite des Nobelhotels. Die Gedächtniskirche schlug eben das erste Viertel, als sich eine Hintertür in der hinteren Umfriedung des Hotels öffnete. Wenige Augenblicke später waren die drei Männer im Dunkel eines winzigen Hinterhofs verschwunden, der zur Rückseite des *Eden* führte. Sie mussten warten, bis zwei rauchende Soldaten wieder in der Küche verschwunden waren. Offenbar hatte der Kerl, der ihnen die Pforte geöffnet hatte, die Männer in ein Gespräch verwickelt.

Dann schlichen sie durch den Seiteneingang ins Hotel. Andreas war erstaunt. Hermann Götze war zeit seines Lebens keine helle Leuchte gewesen. Aber dieser Bruch war wirklich gut durchdacht. Sie nahmen das Treppenhaus der Dienstboten und Hausangestellten, um nach oben zu gelangen. Aus den vorderen Räumen drang Lärm zu ihnen. Offenbar wurde dort gesungen und gesoffen. Im dritten Stockwerk des Hotels war es jedoch vollkommen ruhig. Das Gegröle der Soldaten war kaum noch zu vernehmen. Vorn auf der Straße wurden knappe Befehle gerufen. Aber hier oben lagen die Flure still und verlassen. Einige Koffer standen auf dem Boden, als hätte man tatsächlich die Gäste genötigt, in aller Eile und ohne Rücksicht auf Gepäck und Wertsachen abzureisen. Über diesem Stockwerk gab es noch die Mansarden-Etage. Alles zusammen etwa vierzig Zimmer und Suiten, für die die Männer fast sechs Stunden Zeit haben würden. Und deren Schätze durch sachkundige Hände gehoben werden wollten.

»Nur die leichten Sachen«, raunte Andreas seinen Komplizen zu. »Geld und Schmuck. Der Rest behindert nur, wenn wir türmen müssen.«

Die Männer teilten sich auf. Jeder nahm sich ein Zimmer vor. Ein Brecheisen, einen robusten Schraubendreher, Hammer und Handbohrer. Sie waren gut vorbereitet. Das Werkzeug würden sie liegen lassen, denn Andreas hatte vorgeschlagen, Handschuhe zu benutzen.

»Wieso dat denn? Is dem Kleenen kalt?«, hatte Hermann gewitzelt.

»Bei größeren Sachen können die Kriminalen jetzt Abdrücke nehmen. Von de Sachen, wat wir berührt haben. Frag nich wie, aber det jeht«, antwortete Andreas.

Die Suiten waren riesengroß. Zwei, drei, manchmal vier Zimmer und in Pracht ausgestattet. Die drei suchten nach einem gewissen Schema. Alle Schubladen wurden geöffnet, hinter und unter den Möbeln gesucht. Im Schlafzimmer wuchteten sie die Matratzen hoch und tasteten die Kissen ab. Danach die Anzüge und die Schuhe. Viele Gäste verwahrten kleine Geldreserven in den Schuhen, die sie gerade nicht trugen. Ein Blick ins Badezimmer zeigte, ob die feine Dame vielleicht ein paar Ohrringe, eine Brosche oder Kette liegengelassen hatte. Dann wurden Dielen leise auf Hohlräume abgeklopft und der Teppich nach auffälligen Ausbeulungen abgesucht. Schließlich kam der Abschluss. In Hotels wie dem *Eden* gab es immer Tresore. Meist waren es unauffällige, verstärkte Möbelstücke. Oder aber sie lagen hinter Bildern oder Wandteppichen in der Wand. Manchmal handelte es sich auch nur um eine schwere Stahlkassette, die einer großen Zigarrenkiste glich. Mit Hammer und Meißel waren die meisten Wertschränke zu knacken. Andreas hatte zweimal Pech, die Sicherheitsschränke von *H. F. Peltz* lächelten nur müde über seine rabiaten Öffnungsversuche. Als die drei Ganoven wieder zusammenkamen, stand ihnen die Enttäuschung in die Gesichter geschrieben. Auch die Beute seiner Kollegen hielt sich in Grenzen.

»Paar Goldmark, bisschen Geld. Zigarettenetui und sonst nur Papier«, maulte Siegfried Kerner, Hermanns Kollege, als er aus seinem zweiten Zimmer trat. »Müsst ihr euch vorstellen. Ist bestimmt stinkreich der piekfeine Herr. Und dann hat er Genussscheine inne Tresor. Wat bitteschön sind Genussscheine? Jeld wie Heu und geht irgendwo auf Marke fressen, de Piesepampl.«

»Bei meene beeden ooch«, ergänzte Hermann Götze. »Actien von Siemens und AEG. Und solche Oblutationen oder so. Nur keene Pinke.«

Bis hierhin war der Unternehmung Glück beschieden gewesen. Zwar war das Ergebnis mager, aber die Nacht noch lang. Andreas schätzte, dass es doch tausend für jeden werden könnten, wenn sie alle Zimmer durchsuchten. Als Siegfried sich jedoch einer weiteren Suite zuwandte und gerade das Brecheisen am Schloss ansetzte, öffnete sich die Tür mit Schwung. Der überraschte Einbrecher, der sich eben mit ganzer Kraft gegen das Eisen stemmte, verlor das Gleichgewicht und stürzte einem Mann in vorgerücktem Alter vor die Füße. In der Hand hielt der Kerl eine altmodische Pistole, die aus einem Theaterfundus stammen musste.

»Was fällt Ihnen ein? Es ist vereinbart, dass ich hier drei Tage meine Ruhe habe …«, rief der ältere Mann mit kräftiger Stimme. Er trug einen edlen Anzug und Schuhe, die zwei Jahresgehälter eines Arbeiters kosteten. Sein spärliches, weißes Haar war streng zur Seite gekämmt.

»Was machen Sie hier?« Kaum hatte er die Frage ausgesprochen, schien er sich die Antwort selbst zu geben, als er auf die Werkzeuge und Säcke seiner drei ungebetenen Besucher blickte.

»Verdammtes Pack!«, schrie er. »Seine Majestät hatten recht. Man hätte gleich hunderttausend Proletarier ertränken oder erschlagen müssen, dann wäre Ruhe gewesen.«

Hermann Götze war im Gesicht rot angelaufen. Dieser Mensch ruinierte seinen Plan! Und wurde auch noch frech. Etwas umständlich fummelte er in seinem Jackett herum und hielt schließlich die Parabellum in der Hand. Im nächsten Moment konnte er nur noch schreien, denn der überraschte Hotelgast hatte ihm elegant die Waffe aus der Hand geschossen. Hermann war zwar nicht wirklich verletzt, aber die Wucht der Kugel ließ sein Handgelenk taub werden. Einen Moment später stieß der weißhaarige Mann Siegfried um, der sich gerade aufrappeln wollte. Er sprang erstaunlich behände über ihn hinweg und versetzte Andreas mit seiner Reitgerte, die er links trug, einen ordentlichen Hieb. Schon war er in Richtung Treppe verschwunden.

»Hilfe! Die Garde zu mir! Mörder! Revolution!«

Andreas hob Hermanns Pistole auf. Allerdings mehr, um zu verhindern, dass sein Schulfreund noch einmal auf dumme Gedanken kam.

»Knall et ab, det Aas!«, rief Hermann.

»Und mir unglücklich machen? Nee, meen Lieber!«

Die drei Männer liefen dem Flüchtenden hinterher. Nur Andreas war schnell genug, um mit ihm Schritt zu halten. Hermann und Siegfried schnauften bereits nach zehn Metern wie zwei alte G-8-Dampfloks. Andreas staunte wieder. Der Greis musste bald siebzig sein und nahm zwei Stufen zugleich. Im Zwischenstockwerk hatte er ihn fast. Und noch weiter unten wartete ein Gewehrkolben auf seinen Schädel. Andreas Sass war bewusstlos, bevor der Schmerz zu seinem Verstand vordrang.

*

Als er erwachte, lag er auf einem eleganten Sofa. Durch die Fenster sah er die Straße. Soldaten liefen auf und ab. An einer Haubitze standen zwei Unteroffiziere. Andreas Sass und seine beiden Begleiter waren ins Erdgeschoss gebracht worden. Vielleicht ein Salon, in dem man gern Zeitung las oder Karten spielte. Er stöhnte, denn sein Kopf dröhnte fürchterlich.

»Ick hab jesagt, puste det Aas aus«, murmelte Hermann neben ihm und blickte ihn wuterfüllt an.

Er und Siegfried saßen gefesselt auf Stühlen. Erst jetzt bemerkte Andreas, dass auch er gefesselt war.

»Ich danke Ihnen, Herr von Bülow«, kam eine Stimme vom Eingang des Salons. Dann folgte ein Knall von den zusammengeschlagenen Hacken der Stiefel. »Ab hier übernehmen wir, wenn Sie gestatten.«

Andreas erkannte den weißhaarigen Herrn von vorhin, der durch die Salontür in Richtung Saal starrte. Irgendetwas schien ihn zu beunruhigen. Der Offizier hatte die Sorge im Blick des Mannes offenbar bemerkt.

»Herr von Bülow«, sagte er. »Es ist vereinbart, dass die Politik von diesen Angelegenheiten nichts weiß. Schlachten werden von Soldaten geschlagen. Bleiben Sie bei Ihren Dokumenten.«

Der Mann an der Tür trat dem Älteren jetzt energisch entgegen und wollte die Flügeltür notfalls mit sanfter Gewalt schließen.

»Es gibt Pflichten gegenüber dem Vaterland, die einem Kämpfer obliegen. Und solche, die dem Kaiser obliegen. Das hier ist etwas für Soldaten. Bitte, lassen Sie mich meine Arbeit tun.«

Einige Augenblicke später trat der Heeresoffizier zu seinen drei Gefangenen. Andreas Sass hatte nicht gedient, aber er erkannte die Uniform eines Hauptmanns. Der Kerl nahm eine Zigarette aus seinem Etui und rauchte sie seelenruhig bis zum Ende. Er betrachtete die drei Männer und schien zu überlegen.

»Fürst von Bülow hatte recht«, sagte er nach einer Weile. »Ihr seid ja wirklich der unterste Abschaum, der in diesem Land aus der Gosse gekrochen ist. Wegen Kerlen wie euch musste sich das Heer aus einem glorreichen, beinah siegreichen Kampfe zurückziehen.« Er wedelte mit den Resten seiner Zigarette herum. »Aber damit ist hier und heute Schluss.«

Ein Gefreiter trat durch die Flügeltür des Salons, nahm Haltung an und wollte Meldung machen.

»Was ist denn jetzt schon wieder?«, brüllte der Hauptmann.

»Ein gewisser Herr Sturzberg möchte Sie sprechen, Herr Hauptmann. Sie hätten vor einer halben Stunde ein Telegramm geschickt. Nun möchte er seinen Teil der Vereinbarung erfüllen. Das waren seine Worte, Herr Hauptmann. Und er gebot mir, dass es keinen Aufschub …«

Wieder winkte der Offizier mit Hand und Zigarette. »Also gut. Herein mit ihm.«

Er begab sich an die Fensterfront, und einen Moment später trat ein schmächtiger Mann mit dicker Hornbrille zu ihm. Er trug einen dicken Lederkoffer bei sich, der mit Handeisen an sein Gelenk gekettet war. Offenbar verfügte der Hauptmann über den passenden Schlüssel, denn er befreite den Boten von seiner Last. Sie tuschelten einen Augenblick, und die zwei Männer gingen dann in den hinteren Teil des Salons. Nach ein paar Minuten kamen beide zurück und wirkten zufrieden.

»Ich werde den vorgesetzten Dienststellen den erfolgreichen Abschluss dieser Angelegenheit melden.« Der schmächtige Besucher verbeugte sich. »Hauptmann Pabst, ich darf mich empfehlen.«

Als er den Salon verließ, konnte Andreas Sass einen Aufruhr vor der Tür beobachten. Eine sehr kleine Frau mit etwas seltsamem Gang wurde vorbeigeführt. Blut war ihr über das Gesicht gelaufen, und an der Stirn war ein mächtige Schwellung zu sehen.

»Steckt die Schlampe doch einfach auf einen Besen, dann ist sie die rote Hexe«, tönte es aus dem Gang.

»Ist sie doch sowieso. Die vögelt mit jedem Proleten, der verspricht, sie zu wählen«, erwiderte eine andere Stimme.

Es folgte Johlen und derbes Gelächter. Die Männer stachelten sich zu immer wüsterer Unflätigkeit an.

»Rosa, du alte Bolschewistenhure …«

»Jetzt bekommst du die Rechnung, Missgeburt.«

»Hängt die Lenin-Fut auf!«

Die Flügel schlossen sich. Durch das große Fenster konnte Andreas Sass einige Schemen erkennen, die die kleine Frau unsanft vor sich hertrieben. Offenbar wurde sie zu einem Mannschaftswagen geführt.

»Na, meine Herren.« Der Offizier trat an die drei heran. »Nun zu euch drei Flitzpiepen.«

Andreas hatte sich mittlerweile aufgesetzt, obwohl der Kopf immer noch heftig schmerzte. Wenigstens konnte er dem Kerl jetzt in die Augen sehen.

»Vielleicht fragt ihr euch, warum ihr noch lebt. Wir haben in den letzten Wochen Leute für viel weniger umgelegt. Schmeißfliegen wie ihr verderben das Fleisch. Euretwegen gammelt der einstmals so reine und starke Volkskörper. Und Gesocks wie diese Luxemburg …« Er zeigte nach draußen, ohne hinzusehen. »Dieser Dreck vergiftet alles. Da bleibt nur eins zu tun. Ich bin Richter und Henker in einem. Zum Schutz meines Volkes. Und des Kaisers.«

Rosa Luxemburg, dachte Andreas Sass. Er hatte sie auf Zeitungsfotos gesehen. Und einmal vor dem Reichstag bei einer Rede. Jetzt war sie Gefangene dieses Garderegiments. Aber was meinte dieser Pabst mit Richter und Henker? Langsam, ganz langsam wurde ihm das Ausmaß des Schreckens klar, an dem er hier teilhatte.

Wie zur Bestätigung gab Pabst seinen Leuten ein Zeichen, und sie zerrten ihre Gefangenen in den hinteren Bereich des Salons. Dort lag ein Mann. Seine Kleidung war von Dreck verschmiert, als wäre er nach vorn in den Matsch gefallen. Das Gesicht war durch Schläge schwer verunstaltet, kaum noch als menschlich erkennbar. Ein Loch klaffte in seinem Schädel. Der Mann war offenbar erst seit Kurzem tot, denn es sickerte noch Blut aus der Wunde.

»Wisst ihr, wer das ist?«, fragte der Offizier. »Das ist der große Liebknecht, der Aufwiegler, der Muster-Bolschewist und Lenins bester Schüler. Die ganze Scheiße da draußen auf der Straße haben wir diesen Bolschewiken zu verdanken. Und dieses Schwein hier …« Pabst spuckte auf den Leichnam. »Lenins lieber Knecht wollte mitten im Januar die deutsche Oktoberrevolution anzetteln.« Er lachte über den eigenen Witz. »Damit ist jetzt Schluss. Die Revolution ist zu Ende! Es wird kein deutsches Russland geben!«

Er nahm sich wieder ein Zigarette. »Und ihr Idioten habt die Ehre, ihm das letzte Geleit zu geben. Ich sehe schon die Schlagzeile: Kommunistenführer von eigener, roter Bagage gerichtet.«

Der Mann ist verrückt, dachte Andreas und erbrach sich auf den edlen Teppich.

*

Gegen Mitternacht saßen die drei verhinderten Einbrecher auf der Rettungswache Zoo, die in Sichtweite gegenüber dem Hotel *Eden* lag.

Die Soldaten der Garde-Division hatten sie dort abgeliefert, nachdem man sie halbtot geschlagen hatte. Auf einer Bahre im gekachelten Flur lag die Leiche Karl Liebknechts. Gnädigerweise hatte der diensthabende Sanitäter eine Decke darüber gebreitet. Auf dem Tuch lagen eine Waffe und ein Brief. Es war die Pistole, mit der man Liebknecht erschossen hatte. Hauptmann Pabst hatte einen Boten zum Präsidium am Alexanderplatz geschickt. Lapidar ließ er ausrichten, es gäbe zwei Mordfälle zu untersuchen.

Gegen vier Uhr morgens traf der völlig übermüdete Paul Konter endlich auf der Rettungswache ein. Als er das Tuch zurückschlug, erkannte er den Toten trotz der Entstellungen. Die Waffe ließ er in einen Beutel gleiten und las dann die Zeilen des Briefs:

An: Polizeipräsident in Berlin & Landeskriminalpolizeiamt

Herr Ernst!

Wieder einmal ist es den vaterlandstreuen Truppen gelungen, einen Schlag gegen die Revolution zu führen. Die bolschewistischen Aufwiegler und Anführer, Rosa Luxemburg und Karl Liebknecht, wurden am gestrigen Abend von uns verhaftet. Es war beabsichtigt, sie heute dem Präsidium zu überantworten.

In der unübersichtlichen Anlage, in der wir über Nacht Quartier bezogen, hatten sich allerdings drei proletarische Meuchelmörder verschanzt, die mit unmenschlicher, ja tierischer Brutalität gegen die eigenen Rädelsführer vorgingen. Da sie mit äußerster Hinterhältigkeit handelten, konnten meine Soldaten bedauerlicherweise den Tod der beiden Spartakisten nicht verhindern. Wir überantworten Ihnen, Herr Polizeipräsident, diese Männer, damit sie ihrer Strafe zugeführt werden. In überaus schändlicher Weise verübten sie die Morde an Luxemburg und Liebknecht. Die Tatwaffe sowie drei eidesstattliche Erklärungen von Zeugen aus den Reihen des Garderegiments werden Ihren Mitarbeitern als Beweise ebenfalls übergeben. In einem Anfall von Irrsinn ist die tödlich verletzte Luxemburg auf die Straße gerannt, bevor unser Sanitäter ihr helfen konnte. In der Dunkelheit konnten meine Männer sie trotz aller Bemühungen leider nicht auffinden. Die Schwere ihrer Verletzung wird mit großer Wahrscheinlichkeit zu ihrem Tod geführt haben.

Wieder einmal bewahrheitet sich, was schon die Franzosen wussten: Die Revolution frisst ihre eigenen Kinder. Es ist als Wink einer höheren Macht zu sehen, dass die bedeutenden, linken Aufwiegler durch die Hand des von ihnen geführten Proletarier-Packs gerichtet sind.

Im Wissen, meine Pflicht erfüllt zu haben und
dem Vaterland treu ergeben

Hptm GKSD W. Pabst
Generalstab

Da Konter die Männer fehlten, wies er einen Leutnant an, die Gefangenen auf das Polizeipräsidium zu überstellen. Der Offizier holte die Bestätigung seiner Vorgesetzten ein, und wenig später setzte sich ein kleiner Mannschaftswagen in Richtung Alexanderplatz in Bewegung.

2

Berlin-Dorotheenstadt

Sternwein empfing Franz in einem Hinterzimmer seines Varietés in der Friedrichstraße. *Der letzte Heller* war einer der vielen Vergnügungsschuppen, die in den letzten Wochen wie Schimmelpilze aus feuchten Kellerwänden an jeder freien Ecke hervorkrochen. Endlich Frieden! Und noch wichtiger, es durfte wieder getanzt werden! Ein halb verhungerter Musiker, der ein Stück komponierte, ein frecher Kabarettist dazu, ein paar halbseidene Mädchen und viel Gesöff, das überteuert in die Kehlen gieriger Kleinbürger floss. Mehr war – zumindest anfangs – nicht vonnöten, um die Kassen klingeln zu lassen. Es schien, als wäre in Berlin nicht nur der Krieg zu Ende gegangen. Eine ganze Ära, der Kaiser, der Adel, die verstaubt-verlogene Bigotterie schienen im Abort der Geschichte verschwunden zu sein. Nun hieß es: Leben!

Franz wartete geduldig und spähte zur Garderobe der Künstlerinnen. Wenig genant ließen sie die ohnehin dünnen Hüllen fallen und zeigten Prachtvolles, das mehr als nur die Phantasie anregte. Breitbeinig stakste er wenig später ins Zimmer des Herrn Direktors, als ihn ein vierschrötiger Geselle dazu aufforderte.

Franz griff artig nach der Mütze, ärgerte sich jedoch sofort über die allzu devote Geste. Josef Sternwein schien vom Äußeren her kein typischer Jude zu sein. Wenn es so etwas überhaupt gab. Die Nationalen und ihre Zeitungen malten gern das Bild des Geldjuden, der auf einem Talersack saß, den teuren Streimel auf dem Kopf und lange Pejes trug. Dabei verführte er natürlich eine deutsche Jungmaid und verspeiste einen Säugling. Franz glaubte nicht an diesen Blödsinn. Ihm war nur wichtig, dass er sich auf seine Kontakte verlassen konnte. Auf der Straße zählte nur das gehaltene Wort, nicht Herkunft, Glaube oder Parteibuch. Nein, Sternwein war für ihn ein Geschäftsmann, wie es Tausende in der Stadt gab. Ein guter Anzug, zwei Ringe an den Händen, ein kräftiger Schläger zu seinem Schutz. Umso erstaunter war er plötzlich, als Sternwein zu sprechen begann.

»No, da stejt das junge Menschlein, wo will mit mir sprechen.« Er nahm einen Schluck aus seinem edlen Kognak-Schwenker. »Ejben noch a Kinderl hat er nicht leiten hörn das Glöckl. Und nu? Is er a Jungmann. Wird reijfen, frejen a Wejb und a Vater seijn. Wird nich merkn, wie sei Haut verdorrt, die Knochn knackn. Und scho is er alt. Noch a paar Jährchen, dann wird das Kisterl hergericht.«

Franz stand mit offenem Mund da. Dann lachte sein Gegenüber herzhaft.

»Traue niemals dem, was du siehst oder hörst, junger Mann«, sagte er in bestem, akzentfreiem Deutsch. »Du machst dich zum Sklaven deiner Sinne. Und zum Sklaven derer, die sie zu ihrem eigenen Vorteil täuschen wollen.« Er tippte sich an die Stirn. »Da oben ist die einzige Wahrheit, die wichtig ist. Einen Kognak, mein Freund?«

Der Sprit glitt samtweich die Kehle hinab, schien dann innezuhalten, um schließlich wieder in die Nase hinaufzusteigen. Und dann gleich zu Kopfe. Das war etwas anderes als der billige Fusel, der im Rachen brannte wie Jod auf der offenen Wunde.

»Ich … Mein Bruder Max …«, begann Franz. Er war gekommen, um für Max zu verhandeln. Natürlich wusste der Ältere nichts davon.

»… schuldet mir Geld«, vollendete Sternwein den Satz in seiner Weise. »Eine Menge Geld.« Er blickte in die Kladde, die auf dem Tisch lag. »Vierhundert Mark, dazu die Zinsen. Und die sind seit Jahresbeginn noch gestiegen. Irgendjemand muss den verlorenen Krieg ja schließlich bezahlen.«

»Ein Geschäft ist geplatzt«, meinte Franz kleinlaut. »Nächsten Monat …«

»Wenn du Erfolg haben willst, musst du beginnen, anders zu denken, Sass.« Sternweins Stimme wurde härter, jedoch nicht unfreundlich. »Als Bittsteller wirst du immer nur um Aufschub bitten und anderen Leuten die Taschen füllen. Ich gebe dir eine Minute. Atme durch, trink noch etwas und dann mach mir einen vernünftigen Vorschlag, wie ich an mein Geld komme.«

Franz schoss das Blut in den Kopf. Er zitterte leicht, als der den Schwenker anhob, um den Rest des goldfarbenen Trosts hinunterzukippen. Was meinte der Kerl? Der Jude sollte ihnen das Geld stunden. Mehr nicht. Warum sollte Franz an etwas anderes denken? Und wie? Was hatte Sternwein gesagt? Bittsteller. Aufschub. Vorschlag. Die Worte rasten in seinem Kopf und führten zu Chaos. Er sah sich panisch um. Konnte er hier herauskommen, ohne dass man ihm den Hintern versohlte? Er blickte in Sternweins Grinsen, sah auf dessen Finger, die langsam auf das Edelholz trommelten. Der Goldring hüpfte auf. Und ab. Plock. Auf. Und ab. Plock. Eine Idee musste her. Da schoss Franz ein Gedanke durch den Kopf. Ein Funken nur. War es Verzweiflung oder Hoffnungsschimmer?

»No, ich seh, de junge Mann hat sejn Licht unter de Scheffel hervorjeholt«, versuchte sich Sternwein wieder in deutsch-jiddischer Mische.

»Die Cliquen, Herr Sternwein«, meinte Franz. Der Aufpasser knurrte und sah ihn streng an. »Die Cliquen, Herr Direktor Sternwein«, korrigierte er sich. »Es werden immer mehr. Und einige von den Jungs haben richtig Geld. Zumindest zeitweise. Sie dürfen aber nicht überall rein, weil sie noch minderjährig sind. Aber sie glauben nicht, Herr Direktor, wie es denen schon ab dreizehn pressiert. An allen Ecken und Enden, wenn Sie wissen, was ich meine, Herr Direktor.« Er schaute Sternwein verschwörerisch an. »Ne Molle und een Korn. Und een warmer Busen. Dat wär wat.«

»Du fängst an, zu denken, junger Sass«, sagte Sternwein. »Bravo.«

»Wir brauchen aber einen großen Keller, Herr Direktor. Vorn das

Café, da gibt es Molle, Milch und Mehlpuffer. Alles ganz nach Gesetz. Bei Kontrolle ist alles recht. Dahinter kleines Tanztheater und Amüsemeng mit Korn und Sekt. Für die Jungs, die gut zahlen können. Und noch weiter hinten, in de schummrige Räume …«

»… der Busen. Ich verstehe.« Sternwein wurde ernst.

»Vorn brauchen wir noch eenen zweiten Saal.« Franz kam jetzt richtig in Fahrt. »Für die armen Schlucker. Bisschen Wärme und eine Bouillon. Dat vergessen die eenem nicht. Wenn die Kameraden wieder Geld haben, kommen sie nur zu uns. Und wir schröpfen sie ab.« Franz musste daran denken, wie gut eine Brühe tat und wie lange sie in Erinnerung blieb.

»Bist Sozialist, Sass, was?«, scherzte Sternwein.

»Nee, Geschäftsmann«, gab Franz dreist zurück.

»Wie alt bist du?«

»Bald siebzehn, Herr Direktor.«

»Hast du nicht zwei ältere Brüder? Na, da muss deine Mutter wohl drei Bälger innerhalb eines Jahres zur Welt gebracht haben. Außergewöhnlich.« Sternwein schmunzelte und schrieb etwas in sein Buch. »Also siebzehn. Traute haste, dat muss man dir lassn.«

In der nächsten Viertelstunde wurde aus der Idee ein Plan. Sternwein kannte auf der Münze ein paar Hausbesitzer. Da würden sich schon drei Keller finden lassen. Über die Hinterhöfe konnte man die Räume dann verbinden. Farbe, Tische und ein Schild. Den Kleinkram sollten die Sass-Brüder innerhalb von drei Wochen erledigen. Eröffnung in vier Wochen.

»Über eine Sache müssen wir noch sprechen«, meinte Josef Sternwein, als Franz sich erschöpft, aber euphorisch in seinem Stuhl zurücklehnte. Der Unternehmer hatte ihm ein kleines Geschäftsbuch aus Pappe gegeben, dazu einen billigen Füllhalter. Franz hatte alles notiert, was wichtig und noch zu erledigen war.

»Ich bin zwar der Bürge für alles«, fuhr Sternwein fort. »Und natürlich der Geschäftsführer des Kaffeehauses. Aber ihr Spitzbuben macht die hinteren Sachen ohne mein Wissen, klar? Wenn etwas schiefgeht, dann gerben sie euch das Fell. Dann geht es ab in die Fürsorge.«

Franz nickte eifrig. Er wusste, dass er, Georg und Max einfahren würden, wenn etwas schiefging. Vor allem Max saß dann in der Bredouille, denn über achtzehn waren die Strafen härter. Und er hatte zudem bereits etwas auf dem Kerbholz. Da war Plötze fällig.

»Von den Gewinnen bekomme ich siebzig, ihr dreißig.« Sternwein war jetzt ganz der knallharte Unternehmer.

Franz' Schultern spannten sich. Dreißig Prozent. Die Sass-Brüder trugen das Risiko, nutzten ihre Kontakte und hatten die ganze Arbeit.

»Halbe, halbe. Müssen eene Menge Leute versorgt werden, Herr Sternwein«, sagte er mit erstaunlich fester Stimme.

Sternwein blickte ihn an. Seine Augen wurden enger. »Fünfunddreißig für euch«, meinte er. »Mein letztes Wort. Und ihr zahlt den beiden Götzes zehn.«

Franz sprang auf. Der Bulle hinter Sternwein kam auf ihn zu. »Max und Walter? Wieso? Wofür?«

»Gute Muskeln«, antwortete Sternwein. »Die beiden Idioten sind bei zwei oder drei Vereinen mit im Geschäft. Dann gibt es da keinen Ärger. Außerdem ist Max Götze volljährig. Zwar dumm wie ein Stück Leder, aber wenn etwas passiert, muss der Depp das Gröbste ausbaden. Verstehst du, Sass? So macht man das.«

Franz überlegte. Leider hatte der Mann recht. Aber die Götzes waren echte Blindgänger. Fäuste, Messer, Pistolen. Andere Argumente kannten sie nicht.

»Fünf für die Götzes«, sagte er trotzig. »Die gehen auf Ihre Rechnung. Und die drei Prozent für die Versicherung beim Ringverein. Alles andere wäre unfair, Herr Direktor.« Er reichte die Hand über den Tisch.

Sternwein lächelte. Die Sache machte ihm Spaß. Geschäftlich brachte sie ihm zwar im Moment noch nicht viel ein, aber dieser dreiste Kerl hatte Zukunft, das spürte er. Vielleicht fand sich hier eine Perle in der Auster.

»Abgemacht«, sagte er. »Siebenundfünfzig für mich. Fünf für die Götzes. Drei für Messer-Meyer. Der Rest für euch.« Sternwein schlug ein und hielt die Vereinbarung sogleich schriftlich fest. »Aus dir kann was werden, junger Sass. Halte dich an mich, da sind die Zinsen niedrig. Und meine Kontakte in der Stadt sind die besten.« Auf den Abschluss gab es einen weiteren Kognak, der das gesamte Geschehen für Franz auf eine samtene Wolke hob, fast unwirklich werden ließ.

»Und da werft ihr uns Juden immer besonderen Geldsinn vor.« Josef Sternwein lachte und erhob sich. »Schacherst schlimmer als mein galizischer Großvater, Sass. In dir habe ich einen Meister gefunden. Mein Sicherheitsmann Hans wird dir den Laden zeigen.« Er deutete auf den schweigsamen Kraftprotz neben sich. »Dann weißt du, was ihr alles braucht. Ach, und richte deinem Bruder aus, dass er mir die vierhundert nebst Zins trotzdem zahlen muss.«

*

»Du warst bei Sternwein?« Max Sass war außer sich. Sicher, Franz war etwas schneller beim Denken. Aber an der Autorität als ältester Bruder hatte ihm schon immer gelegen. Und jetzt machte sein drei Jahre jüngerer Bruder die Geschäfte.

»Ich wollte dir die Peinlichkeit mit den Schulden ersparen«, versuchte Franz, ihn zu beruhigen.

»Ach, und anstelle meiner Schulden haben wir jetzt einen Laden auf Pump?«, fragte Max gereizt.

»Nee.« Sein Bruder grinste. »Zusätzlich zu deinen Schulden.« Er schob den Bierkrug näher zu Max. Sie saßen seit einer Viertelstunde in der *Zapfe*, einer kleinen Kneipe nahe der *Schultheiss*-Brauerei. Der Laden war leer, da die Frühschicht erst in einer Stunde Feierabend hatte.

»Ich hab mir das bei Sternwein angeschaut«, fuhr Franz aufgeregt fort. »Ich glaub, der macht zehntausend im Monat. Unsere Jungs sind nicht so kräftig bei Kasse, aber wir können viertausend schaffen, Max!«

Solche Zahlen schwächten den Widerstand des Bruders doch erheblich. Die Musik einer vollen Börse klang eben lieblicher als das Knurren eines leeren Magens. Da mussten Grundsätze hintanstehen. Max gab sich dennoch einige weitere Minuten beleidigt.

»Der dämliche Götze trägt das Risiko«, fuhr Franz fort. »Für lausige fünf Prozent. Wenn Kontrolle kommt, schmieren wir nur Brote und verkaufen Brause.« Er nahm einen kräftigen Schluck aus seinem Krug. »Keine Lagerhallen oder Hotelfassaden mehr. Ganz ordentliche Arbeit. Sogar mit eene Nummer beim Gewerbeamt. Und dann lernen wir auch ein paar Leute kennen. Mit denen können wir das Geschäft erweitern und so. Oder ab und zu ein Ding drehen. Aber was Richtiges. Unter tausend fasse ich nichts Heißes mehr an.«

Max überlegte. Walter Götze hatte der Clique nach der verpatzten Lagerhaus-Sache die Prügel erspart, die der *Prinz von Moabit* als Strafe vorgesehen hatte. Dafür mussten sie Götze noch hundert Mark zahlen. Und die *Bruderschaft* war jetzt inoffiziell ein Hilfstrupp des *Sparvereins*. Freiheit ade. Natürlich hatten sie von der Beute nicht einen Glimmstängel gesehen. Das *Adlon*-Ding war auch nur eine hohle Nuss gewesen. Zweihundert Mark für den ganzen Aufwand und die Gefahr. Max Sass hatte danach einige Male auf dem Vorplatz des Hotels herumgelungert. In der Hoffnung, die schöne Russin wiederzusehen. Nicht einmal ihren Namen hatte sie genannt …

»Na schön«, sagte er nach einer Weile. »Mit dem Umsatz dieser Tabakbude komme ich nie auf einen Zweig. Ich bin dabei.« Max hob sein Glas. »Ich kann euch bei der Suche nach Personal helfen. Und bei den Mädels …«

»In Ordnung«, sagte Franz. »Meine Jungs halten uns die Hungerleider vom Hals. Die werden gleich in die Bouillon-Halle abgeschoben.«

Die Bouillon-Halle war seine Idee gewesen. Wer nichts hatte, durfte sich dort ausruhen und aufwärmen. Fünf Pfennig für Brühe und Schrippe. Für zehn gab es ein dünnes Bier dazu. Gewinn machten sie da keinen, aber ins Tanzlokal kamen so nur Zahlungskräftige. Dass Franz noch einen anderen Grund hatte, die Bouillon-Halle aufzumachen, verriet er seinen Brüdern nicht. Anfang Dezember hatte er unter der Jannowitz-Brücke den Körper eines etwa zehnjährigen Jungen gefunden. Er musste damals dringend pinkeln, aber die öffentliche Verrichtung der Notdurft war im kaiserlichen Deutschland streng verboten. So ging er unter die Brücke. Es hatte schon starke Fröste gegeben, und viele Cliquen-Jungs hatten es schwer in diesen Tagen. Einige gingen gar nicht mehr nach Hause, viele waren aus dem Fürsorgeheim abgehauen. Und ab vier Uhr nachmittags wurde es kalt und dunkel. Es gab zwar Anlaufstellen, am Anhalter Bahnhof, in den Wärmehallen oder in einigen Nachtlokalen, aber dort wurden jüngere Einzelgänger fast immer Opfer von Perversen, die sie erst betrunken machten und dann zu ekelhaften Handlungen zwangen. Franz kannte diesen Jungen nicht. Er saß da, als schliefe er. Die Hosen waren zerrissen, die Schuhe so schäbig, dass sie selbst der ruchloseste Halunke nicht genommen hätte. Der Körper hatte sich ganz klein gemacht, wollte der Kälte wenig Fläche bieten. In den Armen hielt er einen Beutel. Und dazu das armseligste Stofftier, das Franz jemals gesehen hatte. Es war ihm unmöglich, zu sagen, um welches Tier es sich dabei überhaupt handelte. Ja, sogar oben und unten waren kaum auseinanderzuhalten. Aber es war ein letzter Trost für eine sterbende Seele gewesen. Vielleicht die Erinnerung an die wenigen, unbeschwerten Tage im Leben dieses Jungen. Es schien, als gäben sie sich einen letzten Kuss. Einen kalten Abschiedsgruß.

»… mich gehört, Franz?« Max stieß ihn an und schreckte ihn aus seinen Gedanken auf. »Ich mache nichts hinterm Tresen oder an den Tischen. Damit das klar ist. Für solche Hilfsarbeiten kannste dir jemand andern suchen.«

»Nee«, erwiderte Franz. »Wir sind doch Unternehmer. Wir arbeiten nicht.«

*

Für die Umsetzung einer Geschäftsidee konnte es kaum einen schlechteren Zeitraum als diesen Januar geben. Die Zeitungen überschlugen sich mit ihren Meldungen. Mal rückte das Heer auf Berlin vor, mal waren die Bolschewisten dabei, die Stadt einzunehmen. Sogar der Kaiser wollte zurückkehren, aber den wollte nun wirklich keiner mehr haben. Leute mit Geld hatten Angst, es zu verlieren. Leute ohne Geld hatten Angst, nie welches zu bekommen. Wie dicht alle an einer Katastrophe standen, begriff niemand. Die Eisenbahner streikten. Und nur wenige wussten, dass Berlin binnen einer Woche weder Kohle noch Nahrungsmittel haben würde.

Inmitten des Chaos, der Schüsse, Demonstrationen und Straßenbarrikaden gingen die drei Brüder Sass auf die Suche nach geeigneten Orten für ihre Lokalität.

»Im Moment sind die Mieten billig«, frohlockte Franz nach einer ersten Offerte an der Köpenicker Straße, die er jedoch ablehnte. »Zu weit unten. Fast am Kanal. Da kommt keener.«

Sein Bruder Max kam mit einem besseren Angebot in der Stallschreiber Straße, nahe Leipziger.

»Keen Keller«, sagte er. »Is ne ordentliche Budike mit Souterrain. Haste vorn den Empfang und hinten vier große Räume, alles für fünfhundert. Kann gut gelüftet werden, und nach hinten raus gibt es ein paar Wege zum Hoppen, wenn es brenzlig wird.«

Unterstützt durch die Schüsse des Spartakus-Bundes konnte Franz die Miete sogar auf vierhundert herunterhandeln. Für drei Jahre fest. Die Euphorie war so groß, dass er sich hinreißen ließ, für die Eltern eine Flasche Sekt zu kaufen. *Kupferberg Gold.* Die Söhne hatten es schließlich zu etwas gebracht. Immerhin führten sie fortan ein Geschäft. Da sie wussten, dass sie nichts von der Prickelbrause abbekommen würden, hatten sich Max, Georg und Franz bereits vor dem Besuch zu Hause etwas angeheitert. Singend und summend erklommen die jungen Kapitalisten nun in der Birkenstraße den vierten Stock. Wo sie prompt Ernüchterung erwartete.

3

Berlin-Moabit

»Euer Vater wurde verhaftet«, hörten sie ihre Mutter am Küchentisch jammern. Marie Sass hatte offenbar schon drei Taschentücher vollgeweint. Einstmals eine schöne Frau, hatten sie die Sorgen des Alltags, sechs Geburten und ihre harte Arbeit als Wäscherin vorschnell altern lassen. Ihre Söhne kannten sie als energische Frau, und umso entsetzter waren die drei Brüder, sie jetzt so verzweifelt zu sehen. Dazu kam ein Erstaunen über die Dame, die bei ihr am Tisch saß. Ein edler Duft schien von ihr auszugehen und legte sich über das ewige Odeur von alter Wäsche und Backhefe im Raum.

Franz fing sich als Erster, zumal er sich an das nächtliche Gespräch zwischen seinem Vater und Hermann Götze erinnerte. Die beiden Männer hatten sicherlich ein krummes Ding gedreht, zu dem der Vater aus Gefälligkeit eher gedrängt worden war. Und nun saßen sie offenbar ein!

»Was ist passiert?«, fragte er. Seine Brüder rauften sich indes die Haare und liefen umher wie Hühner.

»Sie wollten im *Eden* einsteigen«, begann ihre Mutter. »Wegen der Unruhen. Da sind ja alle Polizisten zu den Streiks und Kundgebungen abgezogen worden. Ich hab erst vor zwei Tagen davon erfahren. Euer Vater war Hermann Götze noch irgendetwas schuldig. Einfache Sache, meinte er. Nur Schmiere stehen. Und die zweihundert Mark hätten wir jetzt gut gebrauchen können. Alles wird plötzlich teurer.«

»Ich habe dir schon immer gesagt, er ist ein Filou«, meldete sich die zweite Frau zu Wort, die mit Marie am Tisch saß. Sie war elegant gekleidet. Weder altbacken bürgerlich noch überdreht gehoben. Die

Haare waren kurz, aber dennoch weiblich frisiert, ein modischer Hut lag auf der Anrichte.

Marie Sass wandte sich an ihre Söhne. »Das ist eure Tante Antonia. Aus Paris.«

Die Frau lachte hell und begrüßte jeden. »Mein Name ist Toni, hört ihr?« Franz mochte ihre Grübchen. »Und wer mich Tante nennt, dem schiebe ich die Hutnadel dahin, wo die Sonne niemals hin scheint. Ihr wisst schon.« Max starrte mit offenem Mund auf ihre weiß bestrumpften Fesseln.

Toni Sass war die zwei Jahre ältere Schwester von Andreas, ein Enfant terrible, sofern es das in der Arbeiterschicht gab. Sie war vor fast zwanzig Jahren mit einem französischen Wirrkopf durchgebrannt, der es später mit seinen Patenten tatsächlich zu einigem Wohlstand in Paris gebracht hatte. Leider hatten die beiden nie geheiratet, so dass Antonia nach dem Tod des Geliebten vor einem halben Jahr kein einziger Franc zustand. Zumal die lieben Verwandten dies als vorweggenommene Reparationsleistung *de la pute allemande*, der deutschen Hure – denn eine solche war Toni für sie – ansahen.

»Sie hat die Nase von Papa«, meinte plötzlich Erich, der in einer Ecke der Küche spielte.

Tatsächlich hatte Antonia einen prächtigen Zinken im Gesicht sitzen, den dazu noch ein kleiner Höcker adelte. Seltsamerweise verlieh ihr dies eine fast magische Ausstrahlung; ja, der scheinbare Makel schien sich an ihr in Schönheit zu verwandeln.

»Keine Sorge, Jungs«, sagte Toni. »Ich habe mit eurer Mutter alles besprochen. Wir müssen in dieser Sache geschickt vorgehen. Wir brauchen Informationen. Da draußen auf den Straßen ist ja der Teufel los. Vielleicht können wir das Chaos zu unserem Vorteil nutzen. Eins ist aber gewiss. Euer Vater hat mit Sicherheit niemanden umgebracht. Er hat mit zehn immer noch gejammert, wenn ich die Fliegen totgeschlagen habe.«

»Die Polizei wirft ihm vor, jemanden …?«

Max fand die Worte kaum, derart unglaublich schien die Vorstellung, sein Vater, das tapfere Schneiderlein Sass, könnte zu einer solchen Tat fähig sein.

»Mord!«, rief Marie Sass derart laut, dass die Nachbarn aufschrecken mussten. Dann schlug sie die Hände vors Gesicht. »Sie haben einen Boten mit der Nachricht geschickt, dass ich auf den Alex muss. Er braucht doch Wäsche. Und hoffentlich geben sie ihm genug zu essen. Er wird doch immer zornig, wenn er Hunger hat.«

»Hast du schon einen Plan, Ta…, Ant…, Toni?«, stammelte Franz unbeholfen. Frauen verwirrten ihn, wenn sie auf ihr Äußeres achtgaben. Selbst dann, wenn es sich um die eigene Tante handelte.

»Ich glaub auch nicht, dass Papa einen abgemurkst hat«, krähte Erich dazwischen, verstummte jedoch unter den strafenden Blicken seiner Brüder.

»Als Erstes müssen wir herausfinden, wer in der Sache ermittelt«, sagte Toni souverän. »Ein bisschen Geld habe ich noch. Damit könnten wir Andreas einen besseren Anwalt verschaffen. Sonst bekommt er vielleicht einen volltrunkenen Analphabeten als Pflichtverteidiger.«

»Was ist so ein Analbeten?«, fragte Erich dazwischen und bekam diesmal von Max einen Hieb in den Nacken.

»Wenn ich dafür meine letzten Franc ausgebe, dann muss ich aber bei euch wohnen«, fuhr Toni Sass fort.

»Ich kann in der Küche schlafen«, meinte ihre Schwägerin. »Und du bekommst das große Bett, Toni. Hauptsache, wir erfahren, was los ist. Die Schupos können doch nicht einen Familienvater verhaften und davon niemandem nüscht wat erzähln.« Marie Sass begann wieder zu weinen.

»Gleich morgen gehe ich auf den Alex«, erwiderte Toni. »Und den Max nehme ich mit, falls sie Ärger machen wegen Familie und so. Dann müssen sie sagen, was sie Andreas vorwerfen.«

»Ich komme mit«, meinte Marie wenig überzeugend. »Ich will ihn sehen. Wenn ich mit ihm gesprochen hab, dann kann ich den Herren janz genau sagn, ob er wat ausjefressen hat. Mir verschweigt er nüscht.«

»Na ja, im *Eden* ist er ja wohl gewesen«, sagte Toni. »Und da wollte er sicherlich nicht nur flanieren und schauen, ob die Fenster sauber sind.«

Sie nahm eine blaue Schachtel Zigaretten aus ihrer Handtasche. Über dem Schriftzug *Gitanes* schien die Silhouette einer Frau im Dunst zu tanzen. Dann nahm sie eine Damenspitze, die sie wie ein Fernrohr auf doppelte Länge ausziehen konnte. Die Sass-Jungs staunten mit offenen Mündern und fragten sich, ob die Spitze wohl aus purem Gold bestand. Eine Dame von Welt auf Moabit! Da gab es was zu erzählen.

Französische Lebensart, dachte Franz. Keene Mecklenburger Kartoffelfüße.

»Und nee, Marie«, sagte Toni, nachdem sie die Zigarette angesteckt hatte und der erste Rauch über den Küchentisch zog. »Du bleibst schön hier. *Avec les flics* …« Sie besann sich, dass sie ins Französische gerutscht war. »Also mit der Polizei kenne ich mich aus. Du würdest nur flennen und stören. Denen muss man ganz korrekt und geordnet kommen. Ich nehme Max und Franz mit. Ich hoffe, wir können alles dem Götze in die Schuhe schieben. Ohne den Kerl wäre Andreas gar nicht auf die Idee gekommen, einen Bruch zu machen.«

Sie schüttelte den Kopf und wandte sich an ihre Neffen. »Ich habe euren Vater schon aus manchem Schlamassel rausgehauen, das könnt ihr mir glauben. Er hat sein Herz am rechten Fleck, ist aber zu gutmütig.«

Franz spürte plötzlich seinen Hintern, der die Dresche bezogen hatte. Er wollte gar nicht wissen, wie es gewesen wäre, wenn er einen Haustyrannen als Vater hätte.

»Zieht euch wat Jutes an, Bengels.« Toni zwinkerte ihnen zu. »Et jeht uffm Alex. Und da machen wia een bisken uff Benimm und Etepetete.«

Franz mochte ihre Grübchen wirklich.

Max setzte sofort die Jungs der *Bruderschaft* darauf an, sich umzuhören. Antonia hatte sich für drei Uhr auf dem Präsidium angemeldet, und so blieb noch Zeit, den Buschtrommeln der Straße zu lauschen. Gerüchte verhießen oft gute Geschäfte. Und sie konnten Leben retten. Oder zumindest vor dem Bau bewahren.

»Sie haben die beiden Spartakisten in Wilmersdorf verhaftet und dann ins *Eden* gebracht«, wusste Friedel zu berichten.

»Hatten eine Belohnung ausgesetzt, wenn jemand weiß, wo sie stecken«, ergänzte Uli. »Die Wilmerdorfer Wehr hat ihnen wohl die Adresse gesteckt.«

»Soldaten haben am Lützowufer in der Nacht eine kleine Frau aus dem Wagen gezerrt und mächtig vermöbelt.«

»Am Zoo wollten sie drei Kerle an die Laterne hängen, aber es gab eine Rauferei mit vorbeiziehenden Roten.«

Franz traf sich mit den beiden Götze-Söhnen, Walter und Max, denen die Verhaftung ihres Vaters sichtlich naheging.

»Wir wissen nicht viel«, sagte Walter. »Vadder hatte einen guten Tipp bekommen. Das *Eden* hatten sie geräumt, hieß es. Für die Truppen. Und der Hilfskoch wollte den drei hinten aufmachen. Zwei Etagen und die Leute haben ihre Sachen dalassen müssen. So viel hätten sie gar nicht schleppen können.«

»Vielleicht war es eine Falle«, meinte Franz. »Und sie brauchten drei Dumme, denen sie was anhängen konnten. Findet diesen Koch und nehmt ihn ordentlich in die Mangel.«

»In den Kneipen zwischen Nollendorf und Potsdamer haben gestern ein paar Soldaten geprahlt, sie hätten es den beiden Bolschewisten mächtig besorgt«, wusste schließlich Max noch zu berichten.

»Da ist euer Vater in einen Schlamassel geraten«, meinte Toni, als ihr die beiden Neffen Bericht erstattet hatten. »Die Gerüchte beweisen zwar nichts, aber vielleicht reichen sie aus, um die Herren Polizisten zum Nachdenken zu bewegen. Hinter der Sache steckt jedoch etwas ganz anderes.«

4

Berlin-Alexanderplatz, 17. Januar 1919

Kommissar Paul Konter war es schon lange leid. Seit fast fünf Jahren rumorte es in der Hauptstadt. Nicht nur auf dem Felde hatte Krieg geherrscht, auch auf Berlins Straßen wurden die Sitten immer rauer. Er war seit über dreißig Jahren Polizist und hätte eigentlich als Pensionär in einem Häuschen in der grünen Vorstadt leben können. Wäre da nicht sein fast zwanghaftes Faible für die Kriminalpolizei gewesen. Als er vor gut fünfzehn Jahren dorthin gewechselt war, hatte auf seinem Schreibtisch ein kleines Schild *Criminalanwärter P. G. Konter* gestanden. Anwärter. Damals war er fast vierzig. Noch heute schmunzelte er bei dem Gedanken an das veraltete C im Criminalen. Leider war die Laufbahn-Verordnung der kaiserlichen Polizei eisern gewesen. Ein Neuling begann von vorn. Alles, was vorher war, zählte nicht. So war aus dem erfahrenen Revierleiter der Schutzpolizei im Wedding ein kleiner Kripo-Anfänger am Alexanderplatz geworden.

»Da kommt der Alte vom Alex«, riefen die Straßenhändler ohne Lizenz, wenn Konter um die Ecke bog. Und gingen stiften. Dabei interessierten ihn die feilgebotenen Abziehbildchen halbnackter Tänzerinnen oder unversteuerte Zigaretten gar nicht. Er war hinter den großen Ganoven her. Die Kollegen zogen ihn damit auf, wenn ihm wieder ein junger Bursche davongelaufen war, während er nach Luft schnappend und mit hämmerndem Herz in der Brust an der Hausecke lehnte.

All diese kleinen Erniedrigungen hatte Paul Konter stoisch hingenommen. Ihn ärgerten auch nicht die Seitenblicke der anderen Kommissare, die fast alle deutlich jünger waren. Auch sein direkter Vorgesetzter, Polizeirat Bernhard Weiß, war gerade Ende dreißig. Selbst die

Polizeipräsidenten Eichhorn und Ernst schienen eher in Konters Alter und hatten ihn natürlich auf der langen Karriereleiter weit hinter sich gelassen. Insgeheim war Paul jedoch dankbar, dass er immer noch den Straßendienst machen konnte. Schreibtischarbeit war ihm zuwider. Er suchte lieber Zeugen, observierte Verdächtige und befragte seine Spitzel im *Milljöh*. Auch einer ordentlichen Prügelei war er nicht abgeneigt. Sein fester Charakter und die verlässliche, leise Art hatten ihm schließlich den Respekt sowohl der Kollegen als auch der Berliner Unterwelt eingetragen.

Was ihn in den letzten Jahren ärgerte, war die Tatsache, dass offenbar niemand erkannte, wie sehr sich die schweren Jungs veränderten und mit ihnen die Anforderungen an eine gute Kriminalarbeit. Schusswaffen waren noch vor zwanzig Jahren eine Seltenheit bei Raubüberfällen oder Einbrüchen gewesen. Heute waren sie beinahe alltäglich. Die Zahl der Kapitalverbrechen in Berlin hatte sich seit einem Jahr verdoppelt. Und die alten Polizeistrukturen waren dagegen machtlos. Das verkrustete Obrigkeitsdenken, das Katzbuckeln und die bürgerlichen Benimm-Regeln waren den Gaunern völlig egal geworden, da lachten die drüber. Zudem schien die städtische Atmosphäre ein idealer Brutkasten für kriminelle Energien zu sein. Die Armen waren oft so arm, dass ihnen die schiefe Bahn wie eine Verheißung und eine Zuchthausstrafe nur wie ein kleines Übel erschienen. Und die kaiserliche Polizei hatte auf diese Entwicklung nur träge reagiert und hilflos den mahnenden Zeigefinger erhoben. Der moderne Ganove mochte sich doch bitteschön seiner Pflichten als Untertan besinnen! Mit dieser Botschaft schienen die oberen Etagen der Berliner Polizei sich begnügen zu wollen.

»Dir knalln se noch ab, Paule«, meinten seine wenigen Bekannten immer wieder besorgt. »Nimm doch deene Rente, setz dir uff 'ne Bank inne Sonne, und lass et dir bei 'ner Molle jut jehn.«

Und jetzt war zu allem Überfluss auch noch die Politik auf den Plan getreten. Selbst im Polizeipräsidium, dem »Alex« am Alexanderplatz, gab es in den Amtsräumen immer öfter lauten Streit. Es wurden Parolen über die Gänge gegrölt und heimlich Plakate an Türen unliebsamer Kollegen geklebt. Die Agitation ergriff Besitz von einem Apparat, der nicht darauf vorbereitet war. Und Paul Konter ahnte, dass diese Entwicklung Folgen haben musste. Dass das Pendel irgendwann zurückschwang. Dass sich die Polizei dann von Kräften missbrauchen lassen würde, die sie eigentlich im Zaum zu halten hatte. Schon jetzt witterten die Kollegen der ehemaligen kaiserlichen Geheimpolizei Morgenluft. Diese Bettlakenschnüffler und Liebesbrieföffner wollten gern das Ruder übernehmen. Alles überwachen. Jeden bespitzeln. Bestimmen, wer verlässlich war oder wer nicht. Schon in der Kaiserzeit waren diese Beamten reaktionäre Muffköpfe gewesen. Jetzt sahen sie sich gar als einzig verbliebene Heilsbringer eines zukünftig »sauberen« Staats.

Polizeipräsident Eugen Ernst hatte die Lage in Berlin während der Januarunruhen nicht im Griff. Er stand zwar den Linken nahe, war jedoch vor allem den Köpfen der neuen Regierung verpflichtet. Niemand wusste im Moment, wer genau das Sagen hatte. Eine seltsam spröde und konservativ agierende SPD erklärte sich kurzerhand zur Erbin der Monarchie. Niemand glaubte ernsthaft, dass sie sich damit einen Gefallen täte. Aber sie sah darin wohl die Chance, ihren neuen Intimfeinden, der KPD und den Räten, den Hals umzudrehen. Und das Volk wusste selbst nicht recht, was es wollte, forderte – wie immer – höhere Löhne und billigeres Brot. Und es war offenbar gewillt, jener Kraft seine Stimme zu geben, die beides am lautesten versprach.

Konter hatte gehofft, sich weiterhin der Ringkriminalität widmen zu können. In diesem Metier kannte er sich aus, und er arbeitete gern in den Bars, Nachtklubs, Kaschemmen und Varietés, die als Bühne für die Geschäfte der Ringvereine herhielten. Nun jedoch hatte er die *Mordsache Luxemburg und Liebknecht* am Hals. Eine politische Sache. Natürlich bekam er nur einen Brocken davon. Die undankbarste Arbeit. Eine

Einheit der Garde-Division hatte drei verblödete Einbrecher offenbar genau dort geschnappt, wo vorher die beiden Spartakus-Anführer auf üble Art zu Tode gekommen waren. Interessanterweise war dies eben jenes Hotel, in dem die Einheit Quartier genommen hatte. Ernsts Sekretär hatte Konter den unverschämten Brief eines Offiziers der Gardetruppe gezeigt, in dem dieser behauptete, die drei gefassten Männer seien die Mörder. Konter hatte zudem noch drei eidesstattliche Aussagen von Unteroffizieren erhalten, die den Tathergang bezeugten. Als er sie las, entdeckte er darin jede Menge Ungereimtheiten und Widersprüche. Insbesondere fand er keine Erklärung dafür, weshalb der Leichnam Liebknechts mit Erde und Sand verdreckt war. Konter hatte sich bereits in der Tatnacht darüber gewundert. Hatten die drei Einbrecher mit dem Spartakus-Anführer noch einen Spaziergang im Park gemacht, bevor sie ihn erschossen hatten? Zudem war Liebknecht schwer misshandelt worden, bevor man ihn tötete. Auch dafür gab es keine plausible Erklärung.

»Der Herr Polizeipräsident wünscht, dass Sie der Presse einen schnellen Erfolg vorlegen«, hatte Sekretär Jülich in seiner gewohnt blasierten Art gesagt. »Wichtig ist zunächst, dass wir Ruhe in die Angelegenheit bringen. Der Tod dieser Bolschewisten könnte die Stadt ins Chaos führen. Meine persönliche Meinung ist zwar, dass wir froh sein müssen, sie los zu sein. Und ich glaube, viele denken so. Für Präsident Ernst ist jedoch wichtig, dass wieder Ordnung auf den Straßen herrscht. Kümmern Sie sich nur um diese drei Männer, Herr Konter. Wir brauchen schnell die Schuldigen. Selbst wenn sie in der einen oder anderen Sache unschuldig sind. Versprechen Sie den drei Kerlen meinetwegen, dass Weihnachten in den Sommer verlegt wird. Aber nageln Sie sie in dieser Sache fest.«

Politischer Nutzen vor Gerechtigkeit. Konter war versucht gewesen, Jülich die Akte vor die Füße zu werfen. So wollte er nicht arbeiten. Dann jedoch hatte die Vernunft in ihm die Oberhand gewonnen. Wenn er es nicht machte, dann nahm sich jemand anderes die Sache vor. Und mit ihm als Ermittler hatten die Beschuldigten vielleicht eine Chance.

Und nun saßen die Männer also vor ihm. Schon dieses Vorgehen war dilettantisch. Tatverdächtige der Kripo mussten sofort getrennt werden, damit sie sich nicht absprechen konnten. Und damit man sie gegeneinander ausspielen konnte.

Hermann Götze, Andreas Sass, Siegfried Kerner. Zwei Namen kamen dem Kommissar irgendwie bekannt vor. Götze hatte etwas mit den Ringvereinen zu tun. Und Kerner war als Unruhestifter aufgefallen. Vielleicht irrte er sich. Er konnte beide Männer nicht wirklich einordnen. Götze war zwar aktenkundig. Aber nur kleinere Sachen. Bei Sass musste Konters Assistent noch Erkundigungen einholen. Vielleicht war der Kerl sauber und tatsächlich nur Schneider und Familienvater, wie er angab. Erfahrungsgemäß stiegen unbeschriebene Blätter nicht gleich beim ersten Mal in ein Nobelhotel wie das *Eden* ein. Alles sehr eigenartig.

Man wird sehen, dachte Konter. Die drei Burschen sind das reinste Kanonenfutter für die Zeitungen, nichts weiter.

»Wer hat die Sache geplant? Raus mit der Sprache!«, schnauzte Konter die drei Männer zum wiederholten Mal an.

Nach kurzem Schweigen ergriff der älteste im Trio, Hermann Götze, das Wort. »Icke. Det sollte nur een janz normaler, kleener Bruch wern, Herr Hauptkommissar. Keene Jewalt oder so. De Vögelchen waren ja eh alle oosjeflogn.«

»Ich sollte nur tragen helfen«, rief Kerner dazwischen. Er wirkte tatsächlich so, als hoffte er, nach dieser Aussage sofort freigelassen zu werden.

Sass schwieg.

»Hörn Se, Herr Kommissar«, meinte Götze. »Die ham uns uff de Rolle jenommen. Wia sind die Zeugn, nich die Täter!«

Es klopfte an der Tür, und Konters Assistent Mahler trat in den Raum.

»Ihr Termin, Herr Konter«, erinnerte er seinen Vorgesetzten. Als Konter ihn unwirsch und fragend ansah, ergänzte er: »Sie hatten der Dame einen Termin gegeben …«

»Ist gut, Mahler. Bringen Sie die drei Herren in die Verhörzimmer. Keine weiteren Kontakte mehr, verstanden? Auch nach den Verhören getrennte Unterbringung. Und lassen Sie sie das Gennat-System durchlaufen.«

Der Kollege Gennat arbeitete sehr erfolgreich an einem neuen System der strukturierten Erfassung von Kriminellen und Verdächtigen. Es waren kleine Karten mit Personenmerkmalen, Verbindungen, Vorstrafen, manchmal auch mit Fotos und sogar Fingerabdrücken. Die Angaben aus seiner Kartei waren für Konter schon mehrmals hilfreich gewesen, so dass er Gennat im Gegenzug immer »frisches Material« für die Dokumentation zukommen ließ. Assistent Mahler führte die drei Verhafteten aus dem Zimmer.

*

Kurze Zeit später kam Toni Sass herein. Paul Konter war überrascht, denn er hatte eine verheulte, keifende Ehefrau erwartet. So war es immer bei den Inhaftierten. Kamen die Angehörigen, gab es Geschrei, Zank und manchmal sogar Handgreiflichkeiten. Stattdessen stand nun eine – er mochte es kaum glauben – Dame vor ihm. Und tatsächlich hielt sie ihm die behandschuhte Hand vor das Gesicht. Unbeholfen nahm er sie und hauchte einen Kuss darauf, sich noch rechtzeitig erinnernd, dass man den Stoff nicht ansabberte.

»Antonia Benedicta Sass. Sehr angenehm. Kommissar Konter nehme ich an?«

»Nehmen Sie doch bitte Platz, Frau Sass.« Konter schob etwas unbeholfen einen Stuhl an seinen Schreibtisch. Seine Verwirrung hielt an, als ihm ein leichter Fliederduft in die Nase stieg. Die Frau war geschmackvoll und sogar züchtig gekleidet. Oft kamen nämlich die Eheweiber und Halbhuren mit hervorquellendem Busen und eilig gekürztem Rock zu ihm. Bei mancher Gefährtin war er versucht, dem Richter zu empfehlen, dem armen Ehemann und angehenden Zuchthäusler aus Mitleid noch weitere fünf Jahre aufzubrummen. So würde er wenigstens das häusliche Elend nicht länger ertragen müssen. Aber bei dieser Frau wäre jeder Tag, den man nicht in ihrer Nähe verbrachte, eine Verschwendung.

Sie ist seine Schwester, erinnerte sich Paul Konter an das Telefongespräch mit ihr. Und er ertappte sich im nächsten Moment dabei, wie er nach einem Ehering Ausschau hielt, als Toni die Handschuhe abstreifte.

»Meine Schwägerin ist völlig aufgelöst«, begann sie. »Als Schwester von Andreas Sass möchte ich aus diesem Grunde seine Interessen bei Ihnen vertreten.«

Paul Konter genoss jedes Wort. In einem Berlin der Proleten und Proletarier hatte er es meist mit Leuten zu tun, deren Wortschatz sich auf dreihundert Wörter beschränkte. Da war diese Flieder-Sprache eine wahre Wohltat.

Hast du etwa eben an *Flieder-Sprache* gedacht, riss er sich mahnend aus seiner Trance. Verwundert über sich selbst, schüttelte er den Kopf, ohne es zu merken.

»Doch, doch, Herr Kommissar.« Toni hatte die Geste falsch verstanden. »Es gibt eine Bestimmung im Strafgesetzbuch, die vorsieht, dass ein Beschuldigter von nahen Angehörigen …«

»Es tut mir leid, Frau Sass. Mein Kopfschütteln hatte nichts mit Ihnen zu tun. Selbstverständlich können wir über Ihren Bruder und die ihm zur Last gelegte Straftat sprechen.«

Frau Sass. Natürlich, dachte er. Sie war also nicht verheiratet. Wie aber konnte das sein? Die Frau hatte wahrscheinlich mehr Kavaliere als Finger an den Händen.

»… Anwalt?«, fragte Toni.

»Verzeihen Sie.« Konter klopfte sich leicht aufs Ohr. »Ich habe eine leichte Grippe hinter mir. Dachte schon, es wäre die Spanische. Ich höre manchmal schlecht. Was sagten Sie?« Er schalt sich stumm einen Narren.

»Braucht Andreas, braucht mein Bruder einen Anwalt?«, fragte Toni Sass erneut und leicht genervt. Dieser Kommissar schien ein wenig merkwürdig zu sein.

Vielleicht das Alter, dachte sie. Sicherlich war er bereits Großvater.

»Die bisher bekannten Tatsachen, Anschuldigungen und Indizien lassen vermuten, dass Anklage gegen ihn und seine Komplizen erhoben wird«, antwortete Konter mechanisch. »In diesem Fall wird ihm ein Pflichtverteidiger am Reichsgericht unentgeltlich …«

»Hören Sie doch auf, Herr Kommissar«, sagte Toni Sass. »Dann kann er sich ja gleich schuldig bekennen. Mit einem solchen Anwalt wird ihm wahrscheinlich noch die Schuld für den Weltkrieg in die Schuhe geschoben.«

»Na ja, ganz so schlimm ist es nicht«, murmelte Konter verlegen. Er wusste jedoch, die Frau hatte recht.

»Also, wenn Anklage erhoben wird, möchte ich für meinen Bruder einen Anwalt stellen, den ich bezahlen werde.«

»Wenn Sie meinen …« Der Kommissar kam jetzt in anderes Fahrwasser. Hier war ein Mensch, der keinen Kohl, sondern Grips im Kopf hatte. Und Konter wollte sich nicht etwa zu unbedachten Äußerungen hinreißen lassen, die sich diese Frau sicherlich merken würde.

»Es steht mir zu, dass Sie die genauen Umstände seiner Verhaftung darlegen, Herr Konter.«

Der Polizist nahm die schmale Akte zur Hand, auf der eine Nummer, sein eigenes Kürzel und der Name *Andreas Sass* vermerkt waren.

»Ihr Bruder wird verdächtigt, zusammen mit zwei anderen Männern in der Nacht vom 15. auf den 16. Januar in das Hotel *Eden* eingebrochen zu sein.« Konter beobachtete die Reaktion der Frau, etwa ein Zucken von Lid oder Mundwinkeln, das auf eine Mitwisserschaft hindeuten konnte. »Offenbar waren dort die beiden Spartakisten-Führer

Luxemburg und Liebknecht durch Einheiten des Garderegiments festgesetzt worden. In einer Verhörpause haben die drei sich in die Räumlichkeiten geschlichen und zunächst auf Liebknecht geschossen, der sofort verstarb. Danach verletzten sie Frau Luxemburg derart schwer am Kopf, dass diese wie von Sinnen auf die Straße ins Dunkel rannte und verschwand.«

»Glauben Sie dieses Ammenmärchen?«, fragte Toni Sass und sah Konter direkt in die Augen.

»Ich darf doch bitten!« Aber der Protest des Kommissars war nur schwach. Diese Räuberpistole brachte einen Zuhörer eher zum Weinen als zum Lachen.

»Hermann Götze hat bereits zugegeben, den Einbruch geplant zu haben«, fuhr er fort.

»Ich kenne Götze von früher«, entgegnete Toni. »Er ist dumm und verschlagen. Aber er ist kein Mörder.«

»Vielleicht war es eine Tat im Affekt. Die drei erkannten bei ihrem Bruch, dass die Rädelsführer der Revolution von regierungstreuen Truppen ergriffen worden waren. Und sie nutzen die Gelegenheit …«

Konter unterbrach sich selbst, als seine Besucherin plötzlich schallend lachte. Wieder ertappte er sich dabei, dass er die Geste nicht als beleidigend, sondern als erfrischend lebendig empfand.

»Ja, sicher«, meinte Toni Sass. »Sie könnten auch einen Auftragsmord verübt haben. Vielleicht sind sie gedungene Mörder, von den Eskimos oder dem Mann im Mond angestiftet. Ich bitte Sie, Herr Kommissar!«

»Es ist nicht auszuschließen. Ich meine, es sind äußerst ungewöhnliche Zeiten, und es herrscht Anarchie auf den Straßen.«

Konter merkte, dass er sich um Kopf und Kragen redete. Hatte er insgeheim gehofft, die Dame um ein Rendezvous bitten zu können, so schlug er sich das jetzt aus dem Kopf. Mit vertrottelten Staatsdienern würde sie sich wohl nicht abgegeben. Konter räusperte sich verlegen. Was war nur mit ihm los?

»Kann ich mit meinem Bruder sprechen?«, fragte Toni nach einer kurzen Pause. »Ich meine, vielleicht lassen sich Missverständnisse klären und andere Wahrheiten finden.«

Andere Wahrheiten, dachte Konter. Das abgebrühte Luder weiß genau, was hier läuft.

»Da es sich bei der Tat um ein Verbrechen handelt, das die Reichssicherheit betrifft, wird zunächst die Politische Abteilung des Präsidiums entscheiden, inwieweit eine strikte Geheimhaltung erfolgen muss. Erst danach sind Besuche durch einen Anwalt und durch Angehörige möglich. In genau dieser Reihenfolge«, sagte Paul Konter etwas schärfer als beabsichtigt.

»Glauben Sie mir, Herr Kommissar, ich bin nicht ganz ohne *relations.*« Sie hielt inne, schien zufällig ins Französische geglitten zu sein. »Wie sagt man? Beziehungen. Ja, mein verstorbener Mann war mit einigen Redakteuren bei den Mosse-Verlagen befreundet.« Toni Sass verriet nicht, dass ihr Dauerverlobter nur über drei große Begabungen verfügt hatte. Eine große Nase für gute Weine. Eine Leidenschaft fürs Kartenspiel. Und jene französische *compétence de chambre*, die eine Dame genoss, ohne darüber zu sprechen. »Ich bin in Berlin, um ein paar pikante Details der französischen Politik weiterzugeben. Nun muss ich mich auch noch um meinen missratenen Bruder kümmern. Nicht sehr erfreulich.«

Konter schwieg. Versuchte diese Frau etwa ihn unter Druck zu setzen? Durchtriebene Kanaille! Sie behandelte ihn wie einen blutigen Anfänger! Er schäumte innerlich vor Wut, ließ sich jedoch nichts anmerken.

Andererseits kann man sich die eigene Verwandtschaft nicht aussuchen, überlegte er. Mein lieber Bruder ist schließlich auch mit einer Italienerin durchgebrannt und hat die Familie mit den Schuldscheinen zurückgelassen. Was, wenn diese Dame recht hatte? Nicht auszudenken, wenn die Reporter frühzeitig Wind von der Sache bekämen. Er sah bereits die Schlagzeilen: *Berliner Polizei vertuscht Morde an*

Volksvertretern! Arbeiterräte von den eigenen Arbeitern gemeuchelt? Oder alles eine große Intrige? Polizei und Heer – Hand in Hand gegen die Proletarier!

»Ihre Andeutung von eben habe ich als Kavalier überhört, Frau Sass. Da ich kein Unmensch und selbst an baldiger Klärung der Sache interessiert bin, schlage ich zur Güte vor, dass wir beide gemeinsam mit Ihrem Bruder sprechen. Was halten Sie davon?«

»Sie sind ein Ehrenmann, Herr Kommissar«, flötete Toni Sass, und der Duft ihres Fliederwassers zog über den Schreibtisch. »Wenn es Ihnen nichts ausmacht, dann lassen Sie meinen Bruder doch bitte sofort holen. Meine Schwägerin Marie wäre außer sich, wenn ich ohne Nachricht zurückkäme. Fünf kleine Bälger zu Hause, wie soll sie das nur schaffen?«

Konter stöhnte. Er läutete nach seinem Assistenten.

*

»Sie hätten uns fast an einen Baum geknüpft, Toni.« Andreas Sass äugte misstrauisch zu Konter, der auf einem Stuhl in der Ecke des Verhörzimmers saß. Bei der Erinnerung an die nächtliche Szene zitterte seine Stimme, und er fiel in den Straßenjargon. »Ick hab det dem Kommissar schon jesacht. Ick war det nich mit dene Sozis, die se kalt jemacht ham.«

»Beruhige dich, Andreas.« Toni nahm beinahe zärtlich die Hand ihres Bruders. Die große, raue Pranke wirkte dort fehl am Platz, aber Sass entspannte sich fast augenblicklich. Die beiden Geschwister beschützten einander von klein auf an. Konter war Zeuge des unvermittelten Wiedersehens geworden. Zwar hatte Antonia Sass ihr Kommen angekündigt, aber Andreas hatte in den letzten zwei Wochen andere Dinge im Kopf gehabt und die Rückkehr seiner Schwester verdrängt. Dem Polizisten waren diese familiären Szenen eher unangenehm. Er war ein Einzelkind, seine Frau an Tuberkulose verstorben, der Sohn seit einem Jahr an der Westfront vermisst. Konter hatte nur noch seine Arbeit. Ein herzliches Miteinander, wie er es jetzt bei den Geschwistern erlebte, erinnerte ihn nur an seine eigene Einsamkeit.

»Wer wollte euch ans Leder?«, fragte er Andreas Sass.

»Na, die Soldaten! Se ham uns rausjebracht uff de Straße, und Höhe Landwehrkanal wollten se uns an die Laterne baumeln.« Dem kräftig gebauten Schneider traten Tränen in die Augen.

»Im Bericht der Einheit steht, dass der aufgebrachte Mob die drei Meuchelmörder fast gekriegt hätte«, warf Kommissar Konter ein und blätterte nochmals in der Akte. »*Nur dem beherzten Eingreifen einiger Unteroffiziere ist es zu verdanken, dass die Verdächtigen nicht vom Pöbel sofortig für ihre gemeine Tat bestraft wurden*«, las er vor.

»Ach nee«, rief Andreas Sass empört. »Det war jenau andersrum, Herr Kommissar. Die Kerle hatten die Stricke über de Laternen jehängt, als een paar besoffene Rotmützen ums Eck kamen. Ick war nie so froh, een Bolschewik zu sehn. Da hat der Kerner jerufen, dass sie ihren Liebknecht umgelegt haben. Gleich haben die Gefreiten ihn umgehauen, damit er die Schnauze hält. Aber diese Spartakisten waren janz wach plötzlich. Die Brüsche am Kopp hat Siegfried von dem Gewehrkolben. Können Sie ihn fragen. Dann sind die Kerle auf die Soldaten zu und haben mit Revolution und Bürgerkrieg gedroht. Zeter und Mordio ham se jeschrien. Hat uns det Leben jerettet.«

»Meine Neffen haben auf der Straße ähnlich lautende Gerüchte aufgeschnappt«, sagte Toni.

Paul Konter hörte aufmerksam zu und schwieg zunächst. Er gehörte zu der Sorte von Kripoleuten, die sich keine vorgefasste Meinung bildeten. Die mit dem Urteil warteten, bis alle Fakten auf dem Tisch lagen.

Warum den Männern des Garderegiments trauen, wenn auch diese Version der Geschichte glaubhaft wirkt, dachte er. Es sind seltsame Zeiten, und es würde mich nicht wundern, wenn die Freikorpssoldaten gelogen haben.

»Da hat der Feldwebel befohlen, mit uns nach de Alex zu marschieren. Ick war noch nie so froh, die Polente zu sehen, dat sag ich euch.«

»Hast du etwas mit diesen Morden zu tun, Andreas?«, ergriff Toni wieder das Wort. »War es Hermann oder dieser andere, der mit euch auf Bruch war?«

»Nein!«, rief ihr Bruder empört. »Wir wollten im *Eden* luschern, dat jeeb ick zu. Aber mit dem Liebknecht ham wir nüscht zu tun. Musst du mir jlobn, Toni.«

»Was ist passiert?«, fragte seine Schwester eindringlich und blickte zu Konter hinüber.

»Da war so een Stutzer uff de dritte Etage. Wollt uns eens überbraten. Dem sind wia hinterher. Uff de Treppe in de zweete loofn wir den Grauröcken vor die Gewehre. Dann hat uns een Hauptmann befragt. Und ick hab jesehn, wie se den Liebknecht zusammengehaun ham. Und die Frau war uffn Flur. Luxemburg heeßt se. Die ham se beschimpft und anjegrapscht. Später hab ick een Schuss jehört, dann ham se mir die Lampe ausjemacht.«

Toni war mit Konter nach einer weiteren Viertelstunde in dessen Dienstzimmer zurückgekehrt. Der Kommissar rieb sich nachdenklich das Kinn.

»Ich rate Ihnen, sich einen Anwalt zu suchen, Frau Sass. Im Moment geht hier alles drunter und drüber«, sagte er.

»Glauben Sie meinem Bruder?«

»Darum geht es nicht«, antwortete der Polizist. »Es steht Aussage gegen Aussage. Dabei ist es mir persönlich egal, ob der Verdächtige ein armer Schlucker ist. Oder ob die Zeugen eine ehrenhafte Uniform tragen. Das Dumme ist nur, dass das nicht alle so sehen. Zwei wichtige Anführer der Spartakisten sind tot. Es wäre vielen Leuten sehr recht, wenn man die Sache den drei Leichtmatrosen in die Schuhe schieben könnte. Wenn jedoch stimmt, was Ihr Bruder sagt, und wenn das

Ganze herauskommt ...« Er hielt nachdenklich inne. Sorgenfalten bildeten sich auf seiner Stirn. »... dann brennt Berlin.«

»Heißt das, er und seine Kumpane sollen für die Ruhe in der Stadt geopfert werden?«, rief Toni empört.

»Verstehen Sie doch, Frau Sass! Ich bin auf Ihrer Seite. Auch ich möchte die Wahrheit herausfinden. Wir müssen jedoch behutsam vorgehen. Dabei möchte ich meine Anstellung nicht verlieren und Ihr Bruder nicht den Kopf. Ich werde Sie und den Anwalt Ihres Bruders unterstützen, so gut ich kann. Wenn er allerdings schuldig ist, dann werde ich es herausfinden.«

*

Die Sass-Brüder lenkten sich in den folgenden Tagen durch ihre Verpflichtungen als Besitzer ihres Vergnügungslokals ab. Die Bauarbeiten beschränkten sich aufs Reinemachen und aufs Streichen jener Bereiche, die sich nicht putzen ließen. Die Kalktünche an den Wänden wirkte Wunder. Licht gab es gerade so viel, dass es zum Geldzählen reichte. In die dunkelsten Ecken des Lokals kamen ein paar Glühfadenlampen an abenteuerlich dünnen und langen Drähten. Tische und Sitzmöbel wurden dem Fundus eines gepfändeten Lokalbesitzers entnommen, der Sternweins Zins nicht hatte zahlen können.

Das Tanzverbot aus der Kriegszeit – um das man sich in den Hinterhofkellern ohnehin nur wenig geschert hatte – war nun offiziell aufgehoben. Franz hatte einen abgemagerten Dichter auf der Straße aufgelesen, der ein paar Kabarett-Nummern für ihr *Open House* in der Stallschreiber-Straße aufs Papier bringen sollte. Der Kerl nannte sich Klabund und wirkte derart schwindsüchtig, dass man ihn ab Windstärke drei nicht aus dem Lokal lassen konnte. Außerdem hatte Franz ein paar einschlägige Damenkontakte über seine Susi aufgetrieben. Allesamt hübsche Mädels, die – mit viel Wohlwollen – auf legale Weise dem Liebesgewerbe nachgehen konnten. Sie durften einerseits nicht zu teuer, aber auch nicht allzu verbraucht sein. Er fand es erschreckend, dass einige Frauen mit neunzehn schon aussahen, als wären sie dreißig.

»Du könntest doch bei uns die Leitung übernehmen«, schlug er seiner Angebeteten vor.

»Na, hör mal«, rief Susanne entrüstet. »Ich und Puffmutter? Da musste wohl noch een paar Jährchen warten.«

»Sie könnte zu meinen Gedichten tanzen. Ich meine diese modernen, erotischen Tänze. Die viel versprechen und nix halten«, schlug das literarische Klappergestell Klabund vor. Auch er schien Gefallen an der etwas praller gewordenen Susi Bentmann gefunden zu haben. Franz nahm sich vor, die beiden genau im Auge zu behalten.

»Wer tanzen will, braucht ooch eene Kapelle«, sagte sie.

»Lasst mich mal machen«, meinte Klabund. »Ich kenn zwee Typen, die machen dufte Musik. Für fünf Mark den Abend kannste Weintraub und Graff mit zwee Klimperheinis kriegen, Franz. Die talentiertesten Hungerleider aus janz Berlin.«

»Mal abgesehen von dir.« Franz grinste. »Muss aber een bisken modern sein. Hab gehört, die machen in Amerika Schwing-Musik oder so.«

»Swing. Det heeßt Swing«, entgegnete Klabund. »Und Weintraub haut dir Dinger in die Ohren, da brennt dat Leder unter die Treter. Nach so 'ne Tanznummer brauchste 'ne Krankenschwester, versprochen.«

»*Open House*«, raunte sein Bruder Max zum wiederholten Mal. Er war beleidigt. Sein eigener Vorschlag für den Namen ihres Lokals war sang- und klanglos abgeschmettert worden. »Was soll das? Warum nicht einfach *Tanzkeller Sass*?«, versuchte er es erneut.

»Mensch, Max«, entgegnete Franz. »Die Leute wollen jetzt große Welt, nicht den Stippe-Duft von Berlin. Mit een bisken Amerika holen wir mehr Besucher rin.«

»Et fehlt nur noch, dass demnächst die Neger inne Stadt tanzen«, sagte Max eingeschnappt.

»Schade, dass Papa nicht zur Eröffnung kommen kann«, mischte sich Georg das erste Mal ein.

»Wir brauchen einen Fotografen«, schlug Erich vor und schlürfte sofort wieder seine Brause.

»Eine sehr gute Idee«, sagte Franz. »Dat macht wat her. Die Leute in der Gegend werden denken, wir kommen in die Zeitung. Und Papa können wir ein Bild schenken. Im Rahmen und so. Sieht er, wat seene Jungs uff de Beene stelln.« Er grinste, da er sich immer wieder beim Berlinern ertappte. Als Geschäftsmann würde er sich das abgewöhnen müssen. Wie sah das denn aus? Wenn er später mit Chicago oder Paris telefonierte und in den Hörer krähte: *Schickn Se lieba een bisken mehr von de Plörre, ich will wat Jutes*!

»Also Leute, seht zu, dass die Räume in vier Tagen fertig sind«, schloss Franz die Besprechung. »Erich, ich brauch deine Putzkolonne.« Sein jüngerer Bruder wollte einige Zehnjährige zusammentrommeln. »Zwanzig Pfennig für jeden Eimer Dreck, den sie rausschaffen. Und fuffzig extra, wenn sie morgen Abend fertig sind.« Erich nickte. »Georg, haste den Koch und seene Mannschaft zusammen?«

»Heiner war Schiffskoch. Hat zwar in der Skagerrakschlacht een Bein und nen Arm verloren«, antwortete sein Bruder. »Mit dem Rest macht er aber immer noch die besten Klopse und Bouletten in der Stadt. Bringt seine Truppe mit. Zwei Aushilfen und zwei Kellner.«

»Max, wie sieht es mit Zigaretten aus? Und Molle?«

»Alles klar, Franz.« Der Angesprochene nickte. »Wenn wir fünftausend Liter im Monat schaffen, dann bekommen wir den guten Preis.« Max wandte sich an Georg. »Sag dem Heiner, er soll ordentlich Salz in die Suppe tun. Dann saufen die Leute mehr.«

Franz sah auf die Uhr. Die Zeit drängte. Es gab für jeden Tag einen festgelegten Arbeitsplan, den sie einhalten mussten. Und übermorgen musste er noch seine Aufwartung und seinen Kotau beim Boss des für sie zuständigen Ringvereins machen. Noch einmal würde er keinem dieser Kerle auf die Füße treten. Die Sache mit dem Prinzen von Moabit hatte ihm gereicht. Auch mit Messer-Meyer, der Luisenstadt kontrollierte, war nicht zu spaßen. Er war froh, dass sich Toni angeboten hatte mitzukommen.

5

Berlin-Alexanderplatz, Anfang Februar 1919

»Waldemar, das war ein Husarenstück«, rief Oberleutnant Hans von Dehlbergh erregt.

Die beiden Männer saßen in einer Filiale des *Aschinger*, unweit des Polizeipräsidiums an ihrem reservierten Ecktisch und aßen zu Mittag. Der angesprochene Hauptmann, der immer noch sein Feldgrau trug, grinste zufrieden.

»Zwei Fliegen mit einer Klappe«, fuhr von Dehlbergh fort. »Ach, was rede ich. Drei oder mehr. Wir sind die roten Schweine los, ohne dass irgendein Verdacht auf uns fällt. Die Spartakisten sind kopflos und machen Randale. Die neue Regierung braucht uns, um für Ruhe und Ordnung zu sorgen. Solche Schlachten hat es seit Blücher nicht gegeben, mein Lieber.«

»Übertreib nicht, Hans. Ein guter Offizier muss die Chancen nutzen, die sich ihm bieten.«

Waldemar Pabst hob das Glas und stieß mit dem Kameraden an. Bierschaum schwappte auf den abgenutzten, speckigen Holztisch. In dem Schnellrestaurant war es lauter als am Potsdamer und Lehrter Bahnhof zusammen. An den Stehtischen war der schnelle Verzehr von aufgeschnittenen Schrippen mit dünner Boulette in Mode gekommen. Viel Senf und eine halbe Molle dazu.

»Geht alles seinen Gang, Waldemar?«, fragte von Dehlbergh. »Ich meine, spielt Ernst mit? Die drei Verdächtigen müssen schnell abgeurteilt werden. Am besten wäre es sogar, wenn ihnen im Bau etwas zustieße. Eine Rachetat der aufgebrachten Bolschewiken. Macht sich gut in der Presse.«

»Ich weiß nicht«, sagte Pabst. »Diese Sozis sind für mich wie Weiber. Undurchschaubar. Eben zieren sie sich noch und spielen die Unschuld vom Lande. Und im nächsten Moment machen sie die Beine breit für jeden, der ihnen etwas verspricht. Vielleicht solltest du noch mal mit Ernst reden, Hans. Mir sind da ein paar Gerüchte zu Ohren gekommen. Ein paar Querulanten haben wohl Zweifel an unserer Darstellung. Sieh zu, dass diese Paragraphenreiter und ihre Büttel spuren. Ärger können wir jetzt nicht brauchen.«

»In Ordnung«, erwiderte der jüngere Offizier. »Ich bin nachher im Präsidium. Einige Männer muss ich noch auf ihre Verlässlichkeit hin abklopfen. Die Hälfte der Leute ist auf unserer Seite. Vaterlandstreue Beamte. Vom Rest können wir sicher einige Leute von der Sache überzeugen. Aber die Unbelehrbaren müssen raus, Waldemar. So schnell wie möglich. Diese Parlamentarier in Weimar wollen die Polizei unabhängig machen von Politik und Militär. Unsinn, sag ich dir! Die Machthaber und die Regierung brauchen einen starken Arm, um ihre Interessen zu vertreten. Sonst macht das Volk, was es will. Das ist die Aufgabe von Heer und Polizei. Wenn das so weitergeht, schicken sie unsere Truppe noch an die Webstühle und die Offiziere ins Kloster.«

Pabst kannte diese Ausbrüche. Hans von Dehlbergh war zwar ein verlässlicher Kamerad, jedoch auch ein fanatischer Revanchist und hitziger Querkopf. Pabst selbst war es letztlich egal, ob der Kaiser wirklich zurückkehren würde. Die Monarchie hatte sich als zu schwach erwiesen. Jetzt mussten neue Kräfte ran, um die rote Flut, die das Reich bedrohte, einzudämmen. Wenn er sich Berlin so ansah, dann war es tatsächlich Zeit, dass sich etwas änderte. Der höfische Apparat war starr geworden, Kontakte und Herkunft zählten wieder mehr als Wissen und Können. Eine völkisch-vaterländische Regierung – mit oder ohne Monarch – musste jetzt Reformen einleiten, die die Schlagkraft Deutschlands schnell wieder herstellten. Die Volksvertreter mussten in ihre Schranken gewiesen und der bolschewistischen Hydra die Köpfe abgeschlagen werden. Und mit zwei wichtigen Häuptern hatte er ja selbst schon begonnen. Von Dehlbergh hatte ihm zugesichert, dass es juristisch keine Probleme für ihn geben würde. Gefahr im Verzug für das Vaterland. Hochverrat durch die beiden Rädelsführer. Und er hatte bewiesen, wie man solche Probleme löste. Verhaftung von Karl Liebknecht und Rosa Luxemburg im Handstreich, Befragung und Rechtsprechung vor Ort im *Eden*, danach sofortige Vollstreckung des Urteils. Vielleicht würde man ja sogar die drei Idioten, die ihm die Vorsehung in jener Nacht zugespielt hatte, für die Tat verurteilen. Dann würde es gar keine Probleme geben. Waldemar Pabst fragte sich, ob die Nachwelt würdigen konnte, welche Last ein Mann wie er tragen musste. Welche Nöte er für das Vaterland zu ertragen bereit gewesen war.

»Wie sieht es mit der Rekrutierung neuer Männer aus, Waldemar?«, fragte von Dehlbergh, nachdem sie eine Weile still gegessen hatten.

»Offiziere und Mannschaften sind genug da. Uns fehlen die Unteroffiziere«, antwortete der Hauptmann. Er war offiziell zuständig für eine vollständige Demobilisierung seiner Einheit. Inoffiziell gab es jedoch mehrere Politiker und hohe Frontoffiziere, die Wehrvereine oder Freiwilligen-Korps aufstellen wollten. Von Dehlbergh sah ihn fragend an.

»Die Unteroffiziere haben alle erlernte Berufe, fast immer auch eine Familie. Die wollen nach Hause«, erläuterte Pabst. »Offiziere und Mannschaften wissen allerdings oft gar nicht, wo sie hin sollen.«

»Der Sold, Waldemar. Biete den Kerlen mehr Sold«, sagte von Dehlbergh. »Am Golde hängt es, zum Golde drängt es.«

»Da kommen wir zu einem wichtigen Punkt, Hans. Uns fehlt das Geld. Unser Schatzmeister hat sich bereits Unsummen vom Juden geliehen. Für fünfzehn Prozent. Stell dir den Irrsinn vor! Die Itzigs geben uns das Kapital für jene Männer, die sie eigentlich zum Teufel jagen sollen.«

»Wird alles besser werden«, wiegelte von Dehlbergh ab. »Wir sind an zwei Quellen dran, Waldemar. Stell dir vor, die Russen wollen keinesfalls noch mal stiften gehen. Die Leute haben eine solche Angst vor den Bolschewisten, dass sie tot umfallen, wenn du hier drin laut *Lenin* rufst.« Er lachte. »Wir haben bereits gute Kontakte zu ihnen. Die ganz hohen Herren möchten sogar eine Art Privatarmee aufstellen, wenn sie sich hier erst mal komplett eingelebt haben. Mein Agent ist angewiesen, mindestens fünfhunderttausend Goldmark bei denen lockerzumachen.«

»Das reicht nicht, Hans«, meinte Pabst resigniert. »Unser Buchhalter meinte doch, dass zwei bis drei Millionen nötig wären, damit …«

»Ja, ich weiß«, unterbrach ihn der Oberleutnant. »Ich bin mit einigen Männern dran. Die Industriellen sind bereit, ein paar Millionen springenzulassen. Hörst du, Waldemar, Millionen! Aber die Leute wollen Zusicherungen. Dass es hier keinen Sozialismus gibt, keine Experimente, die sie ihren Kopf kosten. Und unsere Buchhalter sind völlig ohne Ideen, einfallslos. Vertrocknete Zahlenjongleure eben.«

Er wurde mit einem Mal seltsam still, schien über einem Problem zu grübeln. Plötzlich schepperte es, als wäre ein Blecheimer umgefallen. Irritiert sahen sich die beiden Offiziere um. Dann bemerkte von Dehlbergh, dass am Rundtisch nebenan gewischt wurde.

»Na, Anna. Wie geht es deinem Mann?« Er wandte sich an die junge Frau, die hinter der Holzverschalung mit einem Putzlappen hantierte. Alle Sitzgruppen waren durch einen kleinen Sichtschutz voneinander getrennt und in ein Halbrund eingelassen. Seine Bratkartoffeln und das Bier hatte ein Gast am Nebentisch offenbar vor einer halben Stunde hier unter sich gelassen.

Ekelhafter Pöbel, dachte von Dehlbergh, als er das Erbrochene sah. Allerdings traf man sich nirgendwo in der Innenstadt so unauffällig wie im *Aschinger*.

»Nicht gut, Herr Oberleutnant.« Die Frau grüßte Pabst durch ein Nicken. »Er leidet immer noch fürchterlich.«

»Und du? Bist wieder gegen den Schrank gelaufen?«, bohrte der Offizier weiter und zeigte auf den Bluterguss unter Annas linkem Auge.

»Er kann nichts dafür. Es kommt über ihn, wenn ich ein falsches Wort sage«, stammelte die Kellnerin.

»Der Kerl hat dich nicht verdient«, meinte Pabst.

Die junge Frau hatte ihm erzählt, dass ihr Mann in der Schlacht bei Amiens durchgedreht war. Als er nach Hause kam, hatte sie ihn kaum wiedererkannt.

»Der Kerl kann froh sein, dass sie ihn nicht gleich an der Front erschossen haben. Einfach losheulen und herumschreien. Im Krieg fliegen uns eben die Granaten und Kugeln um die Ohren. Der wollte nur keinen Dienst mehr schieben, wenn ihr mich fragt.«

Von Dehlbergh lächelte die junge Frau an und steckte ihr eine Mark zu. Er deutete ihren Blick als Verlegenheit und Scham. Jedoch war sie jetzt eher aufgewühlt und verwirrt. Sie hatte im *Aschinger* schon oft Geschichten gehört. Der Regierungsrat, der seiner Sekretärin hinterher stieg. Ein Beamter, der etwas schneller an das Erbe seines Vaters kommen wollte. Der böhmische Soldat, der einen über drei Meter großen Russen erschossen haben wollte. Gerüchte über Kannibalismus auf Kriegsschiffen. Riesige Schätze im Rhein. Sie kannte Plaudereien, Ränkespiele und anderen Blödsinn. Vielleicht war tatsächlich manches Mal ein Staatsgeheimnis dabei. Aber wer konnte schon Prahlerei von Wahrheit unterscheiden?

Sie lächelte den Offizier an, bedankte sich mit einem Knicks und beendete ihre Putzarbeiten. Dafür waren sie und die Anna Bäumers dieser Welt schließlich da; dass ein Mann sie bestieg und schlug. Dass sie Kinder gebar, kochte und wusch. Dass sie kleine und große Ärsche ertrug. Und dass sie das Hochgewürgte dieser Welt aufwischte.

»Danke, Herr Oberleutnant.« Sie spürte eine aufsteigende Übelkeit, und beinahe hätte sie auch noch ihr eigenes Frühstück wegputzen müssen.

*

»Sieh mal eener an! Dat iss also de junge Lulatsch und seene Schamsel«, sagte der Dicke, als sein Türsteher Toni und Franz an seinen Tisch führte.

Antrittsbesuch. So hatte Sternwein es genannt. Ein bisschen wie bei den alten Römern. Die Klienten mussten ihren Patriarchen die Aufwartung machen. Ähnlich verhielt es sich mit den Ringbossen. Sie wollten wissen, was in ihrem Einflussbereich geschah. Und für ihre wohlwollende Duldung hielten sie die Hand auf.

»Ick jeeb dir gleech Schamsel, du olles Schandmaul!«, rief Toni bewusst ordinär, stemmte die Arme in die Hüften und baute sich vor dem runden Tisch auf. Obwohl Franz größer war als sie, wirkte sie imposanter, und er war froh, hinter ihr in Deckung gehen zu können. Den Prinzipal eines Berliner Ringvereins Schandmaul zu nennen, schien ihm kein allzu guter Auftakt für das erste Gespräch. Aber Antonia Sass hatte im Lauf ihres Lebens gelernt, wie man mit solchen Kerlen umspringen musste. Wies eine Frau sie nicht gleich in die Schranken, dann hatte sie für alle Zeit den Respekt verloren. Und sie schien recht zu behalten.

»Oh, 'ne Jeborene von und zu!« Ihr Gastgeber lachte, erhob sich aus seinem Sessel und verbeugte sich affektiert. »Da bitt ick glatte um Entschuldijung, meene Dame.« Plötzlich wurde sein Gesicht ernst. Er wies seine beiden Gäste an, Platz zu nehmen.

»Ihr wollt also een Schwofschuppen uffmachen, wa? Mitten inne beste Lage. Und Onkel Willy soll euch helfen?«, fragte er. »Damit nüscht passiert.« Er lächelte ein Lächeln, das Gänsehaut verursachte. »Gefährliche Zeiten und so. Da is ne Versicherung imma jut.«

Wilhelm »Willy« Meyer saß am besten Tisch seines Varieté-Theaters in der Friedrichstraße. Etwas seitlich der Bühne aus dem Halbdunkel hatte er von hier aus den besten Blick auf die Beine seiner Künstlerinnen. Kultur war ihm wichtig, zumindest dann, wenn sie Penunzen in die Kasse brachte. Hier empfing er seine Gäste, um zu zeigen, was er hatte. Von ganz unten kam er, und es konnten ruhig alle sehen, dass er nach recht weit oben gekommen war. Die Voraussetzungen dafür waren in der Tat zu Beginn seines Daseins nicht sonderlich gut gewesen. Seine Mutter – sie möge in der Hölle schmoren – hatte ihn als Säugling im tiefsten Winter mitten in Berlin ausgesetzt. Zugegeben, es war für sie selbst auch etwas unglücklich gelaufen. Der fesche Kürassier, in den sie sich verliebt hatte, war am letzten Kriegstag einem hinterhältigen Franzosen ins Bajonett gelaufen. Nun war er tot, allerdings nicht ohne vorher Wilhelms Mutter die Ehe versprochen und ein Andenken hinterlassen zu haben. Jungfernschaft ade, Vater des Kindes passé; kurzum, die junge Mutter war derart verzweifelt und geächtet im schwülen Gründerzeit-Klima des Kaiserreichs, dass sie ihren Willy in ein Tuch wickelte und vor dem Alex aufs Trottoir legte. Als sie das Balg fanden, war die Windel schon hart gefroren.

Meyer war nichts geschenkt worden in diesem Leben. Was er wollte, hatte er sich genommen. Zur Not mit dem Messer, dessen Verwendung er virtuos beherrschte. Zehn Jahre seines Lebens hatte er dafür in beengten Verhältnissen verbringen müssen. Er kannte jedes Zuchthaus in Berlin. Wahrscheinlich hätte er sein Leben mit eingeschlagenem Schädel in der Spree beendet, wenn er nicht die Geburtsstunde einer ganz neuen Form von Kriminalität miterlebt hätte. Als das neue Jahrhundert das Licht der Welt erblickte, hatten sich mehrere Ganoven zusammengetan, um die Reichshauptstadt unter sich aufzuteilen. Und Wilhelm war einer von ihnen gewesen.

»Ist genug da für uns alle«, hatte Pistolen-Franz damals erklärt, Willys guter Bekannter aus dem Knast. »Aber nicht für jeden, versteht ihr?«

Man hob eine kriminelle Interessen- und Schutzgemeinschaft aus der Taufe, steckte die künftigen Geschäftsfelder ab und beschloss, sich nicht gegenseitig auf die Füße zu treten. Gleichzeitig sollten unliebsame Konkurrenten ferngehalten werden. Außenstehende, die Dinger drehen wollten, mussten um Erlaubnis anfragen und Anteile an die Vereine zahlen. Später bot man dann Berliner Geschäftsleuten – gegen eine kleine Gebühr natürlich – den Schutz vor so manchem Unbill an. Zerschlagene Scheiben und Mobiliar oder gar verprügelte Gäste wirkten eben immer umsatzmindernd. Ja, man hatte sich entschlossen, die

Sache ganz offiziell und höchst korrekt abzuwickeln. Und das deutsche Vereinsrecht war eben beides. Offiziell gründete man also einen Spar-, Interessen- oder Geselligkeitsverein, betrieb Sportklubs und förderte Gesang und Liedgut. Ganz korrekt meldete man sich an, entwarf eine Satzung und erhob einen Beitrag. Mit der Zeit wurde es dann üblich, dass die Mitglieder einen Ring als Erkennungszeichen trugen. Und schon waren im Volksmund die *Ringvereine* geboren.

Messer-Willy leitete seit fast zwanzig Jahren die Geschicke des *Berliner Bundes*. Dabei hatte er seinen Humor behalten, ein paar Pfunde zugelegt und seine eigene Philosophie entwickelt.

»Den Betuchten kannst du einen Teil ihres Geldes wegnehmen«, pflegte er zu sagen. »Einige von denen merken es nicht einmal, andere akzeptieren es, wenn sie ansonsten ihre Ruhe haben. Man darf es nur nicht übertreiben, und für diesen Ausgleich sorgen wir, die Bosse.«

*

»Drei Prozent, Herr Meyer«, sagte Toni, die trotz des dritten Champagners voll konzentriert schien.

Das Feilschen und Bieten war in vollem Gang. Hier hatte nur eine Chance, wer die Gesetze der Straße kannte. Bluffen und blaffen. Ein Ringkampf mit Worten. Scheinattacke, wegducken, kontern. Franz hatte sich aus der Unterhaltung und den Verhandlungen herausgehalten. Zusammen mit der *Bruderschaft* waren bis vor drei Wochen noch Geschäfte mit geklauten Sargnägeln, einigen Säcken Kohle oder die Taschendiebstähle sein Arbeitsfeld gewesen. Da würde er Messer-Willy kaum die Stirn bieten können. Diese Halbwelt hatte ihren Reiz. Der Bruch im *Adlon* hatte ihn auf den Geschmack gebracht. Das Kribbeln, als er den Fensterriegel aufgehebelt hatte und ins Zimmer eingestiegen war. Einfach unbeschreiblich. Und nun wieder eine Kehrtwende. Max und er wurden Unternehmer. Toni hatte ihnen Geld vorgeschossen und war jetzt ebenfalls Teilhaberin. Ohne sie hätten die Brüder wieder bei Sternwein betteln gehen müssen. Und der Kerl hätte ihnen sicherlich den Anteil am Geschäft gekürzt. So blieb es wenigstens in der Familie.

»Gute Güte!«, rief Meyer. »Drei Prozent! Dafür nehme ich nicht einmal meinen Füllfederhalter in die Hand.« Er lächelte Toni an, dann wurden seine Gesichtszüge hart. »Acht. Mein letztes Wort, Madame.«

»Drei. Und ein Geheimnis, wie Sie aus diesem Laden das Doppelte herausholen«, erwiderte Toni.

»Feilscht wie een Fischweib und flucht wie een Kutscher«, erklärte Meyer lachend. »Wat wollt ihr mir übers Geschäft beibringen?«

»Mein verstorbener Mann war Franzose«, log Toni. Franz hatte bereits bemerkt, dass seine Tante die Gabe besaß, Lügen, Halbwahrheiten und wirkliche Begebenheiten geschickt und nutzbringend zu vermischen. Auch diese Aussage war ja zu zwei Teilen wahr. Ihr Mann war Franzose gewesen. Und er war verstorben. Nur die Ehe hatte es eben nie gegeben.

»Er hatte Kontakte ins Elsass.« Sie nahm ein hauchdünnes Taschentuch, beugte den Kopf anmutig vor und tupfte an den Unterlidern. »Wie ich hörte, wird der Landstrich wohl für das Reich verloren sein.«

»Na und?«, raunte Meyer widerwillig.

»Es gibt in Straßburg viele schöne Mädchen. Kultiviert und mit musischen Ambitionen. Ganz erpicht darauf, ihre Talente in einer Weltstadt zu zeigen.«

Messer-Willys Interesse war erwacht. Er wäre nicht dort, wo er war, wenn er gute Gelegenheiten nicht erkannt hätte. In Berlin herrschte künstlerisch im Moment eher eine Flaute. Wilhelms Namensvetter, der Kaiser ohne Fortune, hatte alles preußisch verstaubt gehalten. Während die Welt in die Moderne aufgebrochen war. Die deutsche Unterhaltungsmusik ähnelte noch zu sehr dem Gequäke der Heldenkapellen. Auch die Liedermacher hatten den Stechschritt noch immer nicht aus ihren Köpfen bekommen. Und viele Amüsierdamen in Meyers Varietés rochen nach Kartoffeln und brandenburgischen Schweißfüßen. Ein bisschen französischer Chic und Charme konnten vielleicht helfen, den Stock aus dem Arsch des deutschen Flaneurs zu ziehen. Und vor allem, seine Börse zu öffnen. Willy Meyer spannte den Oberkörper und versuchte, sich seine plötzliche Neugier nicht allzu sehr anmerken zu lassen.

»Ich könnte, sagen wir, fünf junge Damen dazu bewegen, sich hier vorzustellen. Im Elsass wachsen französische Rebstöcke quasi auf deutschen Wurzeln.« Toni blinzelte wissend. »Niemand kann Ihnen also vorwerfen, Herr Meyer, Sie würden nicht patriotisch handeln. Und dennoch hätten Sie das Pariser Flair in Ihren Lokalen. Erhöhen Sie die Preise und nehmen Sie für den *Danse Parisienne* auch noch Eintritt. Die meisten Männer tragen ihr Gespür für Kultur eben zwischen den Beinen. Was sagen Sie?«

Die Gier in den Augen ihres Gastgebers war unverhohlen. »Zehn«, sagte er.

»In Ordnung«, erwiderte Toni. »Zehn Damen und Sie verzichten auf Ihre drei Prozent«, flötete sie. »Wäre doch ohnehin nur Kleingeld für Sie.«

Franz, der nur staunend dabeisaß und nach dem vierten Glas Champagner bereits doppelt sah, lallte etwas, das wie »eine echte Sass« klang. Dann goss er sich von dem Prickelwasser noch etwas ein. Messer-Willy zögerte nur kurz. Er hatte gelernt, dass es die einzige Konstante der Zeit war, sich zu ändern. Nichts blieb, wie es war. Bereits seit einigen Jahren waren bei den Kundgebungen immer mehr Weiberröcke zu sehen gewesen. Im *Vorwärts* stand, dass sie demnächst sogar das Wahlrecht bekommen sollten.

Was schert es mich, dachte Meyer. Meinetwegen soll der Bauer Walzer tanzen oder der Kaiser von China in meinen Puff kommen. Hauptsache, das Geschäft ist gut. Er grinste und spuckte in die Handfläche. Ein Bekannter aus Birmingham hatte ihm diesen Brauch gezeigt.

»Du hast Glocken aus Stahl, werte Frau.« Er reichte Toni die Hand. Sie streifte ihren Handschuh ab. Ohne den Blick von ihm abzuwenden, rotzte auch sie ungeniert in ihre Rechte und schlug ein.

»Eins noch«, sagte ihr neuer Geschäftspartner. »Der Kleene.« Er deutete auf Franz, der kaum noch sitzen konnte. »Sternwein meent, er soll seen Handwerk richtig lernen. Damit ihn keener übern Tisch zieht. Ist ja ooch meen Jeld. Außerdem mag ick den jrünen Steppke. Ick nehme ihn een halbes Jahr unta meene Fittiche. Mittwochs und donnerstags wird er bei mia kellnern. Ick bring ihm een paar Tricks bei, die er brochn wird.« Er ließ Tonis Hand los, ohne eine Antwort abzuwarten. Das Geschäft galt.

*

Franz erwachte am nächsten Morgen mit einem dicken Schädel. Toni hatte ihn zu seinem Bruder in die Eylauer Straße gebracht, da sie ihrer Schwägerin in dieser unruhigen Zeit nicht auch noch den Anblick ihres betrunkenen Sohnes zumuten wollte.

»Bleib in Zukunft mit Erich bei der Brause«, amüsierte sich Max, als er das bleiche Elend, das sein Bruder war, vor sich sitzen sah.

Die Aussicht auf Brot mit fettem Speck sowie ein Glas Milch ließ Franz den Wunsch nach einem Frühstück vergessen. Sofort rebellierte der Magen wieder. In der kleinen Bude über dem Tabakladen war es eiskalt. Er begann, die Feuerstelle im Bollerofen zu säubern, während sein Bruder am Tisch unflätig laut schmatzte. Gerade wollte Franz einige Bögen Papier in die Ofenklappe stopfen, als er stutzte. Gutes Briefpapier. Bütten mit Wasserzeichen. Sauber gefaltet. Schreibmaschine.

»Willste Rechnungen verbrennen?«, fragte er Max.

Dann besah er sich die Texte genauer. Keine Rechnungen. Das hier war offenbar vornehme Korrespondenz. Die erwähnten Personen kannte Franz zwar nicht, aber alles wirkte wichtig. Und es hatte ganz sicher nichts mit seinem Bruder zu tun.

»Was ist das fürn Zeugs?«, fragte er mit mehr Nachdruck.

»Irgendeen alter Kram«, erwiderte Max kleinlaut. »Von diesem Kerl, den wir letztes Jahr gefunden haben. Im November. Erinnerst du dich? Beim Güterumschlag hinterm Hamburger haben wir ihn aus der Suppe gezogen.«

»Der hatte doch nichts dabei. Nur seine Brieftasche.« Plötzlich war Franz hellwach. »Mensch, da war ja der Schein drin. Hatte ich ganz vergessen. Haste den Gepäckschein doch eingelöst, Max?«

Einen Moment druckste sein Bruder noch herum, dann gestand er seine Verfehlung ein.

»War nüscht drin, Franz! Fünf Mark und eene Kette. Die hab ick an die Dame jeschickt, war die Schwester von dem Kerl. Und dann noch dieses Zeug.« Max deutete auf den kleinen Papierstapel neben dem Anfeuerholz. »Hätte ich dat wieder zum Bahnhof bringen sollen? Oder aufn Alex? Alles alte Sachen, Protokolle oder so. Als der Kaiser noch da war.«

»Hast du was davon verbrannt?«

»Keene Ahnung. Vielleicht.«

»Das Zeug lag die ganze Zeit beim Anfeuerholz?«, fragte Franz ungläubig und raufte sich die Haare. »Und du hast uns nichts davon erzählt?«

Er war wütend. Max hatte nicht nur die Clique hintergangen, als er eigenmächtig den Gepäckschein eingelöst hatte. Er war dann auch noch so dämlich gewesen, dem Papierhaufen in der Aktentasche keine weitere Bedeutung beizumessen.

»Der Kerl, den wir beim Hamburger Bahnhof gefunden haben, war doch schon een paar Tage hin«, wehrte sich Max Sass eher halbherzig. »Und die Briefe sind auch olle Kamellen, damals schon zwei oder drei Monate alt. Dachte, dass hat sich alles erledigt. Mit dem Frieden und so.«

»Du warst zu dieser Zeit noch unser Bulle«, erwiderte Franz aufgebracht. »Und hast nichts davon gesagt. Wir hätten das in der Clique besprechen müssen.«

»Wat hättste denn jemacht? Willste unter die Diplomaten jehen? *Tach, Herr Kaiser Wilhelm, ick bin der Franz und hab da een paar nette*

Sachen. Aber nur für Penunze, uff de Kralle, meen Lieba. Hättste dat jemacht, Franz?«

Franz gestand sich ein, dass sein Bruder in gewisser Hinsicht recht hatte. Vielleicht hätten sie das Zeug auch nur verbrannt oder in die Spree geworfen. Damals wäre er ganz sicher nicht auf die Idee gekommen, zur Polizei zu gehen. Und dennoch, hier ging es ums Prinzip. Keine Geheimnisse, keine eigenmächtigen Touren. So lauteten nun mal die Grundsätze der *Bruderschaft*.

»Wir fragen Tante Toni«, meinte er. »Vorher aber schaue ich mir die Papiere noch genau an.«

Er hatte die Aktenmappe aufgeschlagen und begann, die Schriftstücke nach Datum zu sortieren.

»Hier«, sagte Franz und zog ein Blatt hervor. »Jemand hat diesem Uhlfeldt einen Brief geschrieben. Im Oktober 18.«

Verehrter Herr Verleger Uhlfeldt!

Ich habe mich in Ihnen wahrhaft nicht getäuscht. Unser Zusammentreffen vor drei Tagen hat mich in dem Entschluss bestärkt, Ihnen die Unterlagen zu überlassen. Sie werden zunächst nur Abschriften erhalten, die ich von einer vertrauenswürdigen Person anfertigen ließ. Die originalen Dokumente bleiben in meinem Besitz, bis Sie mir Ihre Arbeit vorgelegt und das vereinbarte Kapital angewiesen haben. Danach übergebe ich Ihnen alles, und Sie werden mich nicht wiedersehen.

Ich rate Ihnen, sich zunächst selbst ein Bild von den ungeheuerlichen Verabredungen zu machen, die hinter dem Rücken des erschöpften Volkes getroffen wurden. Seine Majestät hat sich als zu schwach erwiesen, um diesen Kräften Einhalt zu gebieten. Zumal sie ihm diverse Versprechungen machten, die seinem umwölkten Gemüt schmeichelten. Werden diese Pläne in die Tat umgesetzt, so wird

Seine Majestät allerdings zu einer Marionette werden! Sogar der Adel wäre dann ohne Einfluß. Fortan würde das Geld neuer Potentat im Reiche sein. Schwerindustrie und fadenscheinige Spekulation bestimmten dann die Politik. Nicht Diplomatie, sondern Ränkespiel gäben die Richtung vor.

Mit Fug und Recht wage ich zu behaupten, daß es sich um eine Verschwörung handelt. Ihre Bedeutung geht dabei über bekannte Maße hinaus, denn sie richtet sich nicht gegen Einzelne, nicht gegen Kaiser und Könige, nicht einmal gegen Gruppen der Gesellschaft. Nein, sie richtet sich gegen nichts Geringeres als das Reich selbst. Wäre ihr Erfolg beschieden, hebelte sie alle Werte aus, für die wir bisher zu streiten glaubten.

Die führenden Köpfe dieser Bewegung sind Männer, die gern unterschätzt werden. Männer der zweiten Reihe, die ihre Puppen ins Rampenlicht schicken. Allen voran General Erich Ludendorff und der Unternehmer Alfred Hugenberg. Merken Sie sich diese Namen, Herr Uhlfeldt! Ludendorff ist der bekannte Intrigant, der seinen Vorgesetzten Hindenburg trefflich ins Feuer der öffentlichen Meinung schickt. Und dieser Hugenberg ist dabei, in Zukunft eben jene Meinung in jede beliebige Richtung zu beeinflussen. Er arbeitet auch auf Ihrem Gebiet, lieber Verleger Uhlfeldt. Nur ist er bereits jetzt hundertmal größer als Sie. Das Heer, das Geld, die Presse. Dieser Troika gehört bald Deutschland, wenn nicht ein Wunder geschieht. Ein Wunder im Geiste von 1848. Und Sie, Uhlfeldt, müssen es vollbringen. Setzen Sie die Vorhänge in Brand, hinter denen sich die Rädelsführer verbergen! Und reißen Sie ihnen die Masken von den Gesichtern!

Nun genug der Worte. Lesen Sie! Urteilen Sie! Und ziehen

Sie zu Felde! In die Schlacht, die wirklich über Deutschlands Schicksal entscheidet.

In Erwartung Ihrer baldigen Antwort,
hochachtungsvoll, Arsène Lupin.

»Wer ist Lupin?«, fragte Max. Es schien, als hätte ihn die Flut an Informationen erschöpft.

»Keine Ahnung. Alles geschwollene Pampe«, erwiderte Franz. »Außer ein Name. Ludendorff. Den kennen wir alle.«

Jeder in Deutschland wusste, dass der Mann Erster Generalquartiermeister und Stellvertreter Hindenburgs in der Heeresleitung gewesen war. Er hatte viele Entscheidungen getroffen, viele Schlachten zu verantworten und wetterte jetzt gegen den Frieden.

»Aber Hugenberg?«, murmelte Franz. »Sagt mir nichts. Offenbar ist der Kerl auch ein Verleger.«

In der folgenden Stunde sichtete und ordnete er das Material, um sich ein Bild zu machen. Einige Aufzeichnungen stammten von Anfang 1918:

[...] General Ludendorff äußerte in der Stabsbesprechung seine Ansicht, dass die Einflussnahme auf Geisteshaltung und Treue des deutschen Soldaten verstärkt werden müsse. Die Engländer nutzen zu diesem Zwecke bereits Film, Theater und Zeitung. »Der Krieg der Zukunft wird durch die Gesinnung entschieden«, gab der General zu Protokoll [...]

[...] Mit Zustimmung Seiner Majestät und des Reichskanzlers wird die Aufgabe des Kriegspresseamts beim Generalstab neu bestimmt. Um den zunehmend deutschfeindlichen und pazifistischen Umtrieben einiger Politiker und »Räte« entgegenzuwirken, wird dem Herrn Direktor Alfred Hugenberg besondere Vollmacht erteilt. Diese erstreckt sich auf den Vertrieb kriegswichtiger und zweckdienlicher Nachrichten über seinen Verlag bzw. die zuständigen Filmstellen des Reichs. Insbesondere sollen der unerträgliche Umstand zweier gegeneinander operierender Pressestellen (namentlich *Bild- und Filmamt BuFA* sowie *Deutsche Lichtbild-Gesellschaft Deulig*) umgehend abgestellt und in ein einheitliches Konsortium überführt werden. Hierzu ist von General Ludendorff die Gründung der *Universum Film AG Ufa* bereits veranlaßt worden.

Zudem fand sich ein Protokoll des Zivilkabinetts des Kaisers. Hier besprachen sich die Vertrauten und Berater des Monarchen in Sachen der Staatsführung:

Geheimes Civil-Cabinett des Kaisers zu Berlin
Vierte Sitzung vom 27. September 1918
Vorsitz: Regierungsdirektor Friedrich von Berg
sowie die Regierungsräte [...]
anwesend als Vertreter der Obersten Heeresleitung: General Erich Ludendorff
Die Mitglieder des Cabinetts beschließen hiermit, die OHL zu ermächtigen, neben den regulären Einheiten der kaiserlichen Armee geheime Sondereinheiten zu bilden. Deren Aufgabe wird sein, revolutionäres Handeln an der Front, im Hinterland und der Heimat niederzuschlagen. Mit aller gebotenen Härte [...] in dieser Frage einig mit Seiner Majestät [...]
Alle Bestrebungen, die Fortbestand und Wohl der deutschen Monarchie gefährden, führen zu einer unmittelbaren Gefährdung des Reichs. Sie sind deshalb als Hochverrat zu betrachten und zu bestrafen. Es liegt in der Entscheidung

des militärischen Führers, einen ordentlichen Prozess oder ein Standgericht zu berufen.
Es ist anzustreben, die führenden Köpfe sozialistischer Agitation und anderer aufwieglerischer Rede mit Zuchthaus oder mit dem Tod abzustrafen.
Das Civil-Cabinett beschließt weiterhin, die kaiserliche Armee mit Rechten auszustatten, die die Stabilität des Reichs in dieser schweren Zeit gewährleisten sollen. Es sind dies im Einzelnen: Taktische und strategische Entscheidungen an der Front, sofortige Verfügungshoheit über fünfzig Millionen Goldmark, Ausweitung der Militärgerichtsbarkeit auf Zivilpersonen, sofern dies die Sicherheit der Truppe im Felde betrifft.
Um Veranlassung werden ersucht und mit den entsprechenden Vollmachten ausgestattet:
1. Im Vorsitz des Cabinetts und in Vertretung Seiner Majestät der Herr Regierungsdirektor von Berg
2. In Fragen des Inneren der Herr Regierungsrat [...]
3. In Fragen der Finanzen der Herr Oberregierungsrat [...]
4. Für das Preußische Kriegsministerium [...]
5. In militärischer Angelegenheit der Erste Generalquartiermeister bei der OHL, General Ludendorff.

(Im Schriftverkehr streng vertraulich, nur als Original zu archivieren.)

Offenbar hatte es auch so etwas wie private Absprachen zwischen Regierungsvertretern und dem Militär gegeben:

[...] in gutem Einvernehmen entschieden, die Monarchie im Reich zu bewahren. Zugeständnisse an gewisse politische Gruppen sind dabei nach Auffassung des Reichskanzlers von

Hertling zwingend erforderlich. Dieser Ansicht stimmte General Ludendorff zu. Er erklärte, daß hierdurch die moralische Kraft der im Felde kämpfenden Truppen gestärkt werden könne. Nach dem Sieg sollte jedoch die Einflussnahme aufwieglerischer Strömungen wieder beschränkt werden. Einstufung: Geheimes Reichsdokument! Abschriften nicht zulässig! Zu verwahren im Archiv des Kaiserlichen Geheimen Civil-Cabinetts

Im Rahmen der Besprechung mit dem Reichskanzler Maximilian Prinz von Baden kam es zu einem starken Dissens zwischen dem Herrn Reichskanzler und dem Vertreter der OHL, General Erich Ludendorff. Die Heeresleitung fordert eine umgehende Verstärkung der Truppen um dreihunderttausend Mann und die Gewährung von Geldmitteln aus der Goldreserve der Reichsbank in Höhe von einer halben Milliarde Mark. Der Reichskanzler Prinz von Baden äußerte Empörung und kündigte an, bei Seiner Majestät die Entlassung der OHL zu erwirken. Daraufhin verließen die Vertreter des Heeres grußlos den Raum.

In geheimer Besprechung in Anwesenheit Seiner Majestät vertrat der Reichskanzler gegenüber den Oberbefehlshabern der kaiserlichen Armee die Ansicht, nun ohne weitere Verzögerung ein Waffenstillstandsgesuch an die alliierte Seite zu richten. Ein Zusammenbruch der Front könne andernfalls nur noch wenige Tage verhindert werden. Eine Regierung unter Beteiligung aller politischen Parteien - mit Ausnahme radikaler, revolutionärer Strömungen - könnte eine breite Zustimmung in drängenden Fragen sichern. U. a. sind dies: Versorgung der zivilen Bevölkerung mit Lebensmitteln und Kohle, eine geordnete Rückführung der Truppe, Erhalt der Monarchie, Einleitung von Friedensverhandlungen mit den Regierungen Frankreichs, Englands und der USA.

Offenbar stießen diese Bemühungen um ein Ende des Krieges jedoch nicht bei allen Beteiligten auf Gegenliebe:

Handschriftliches Protokoll, 10. Oktober 1918
Herr Friedrich von Berg; für das Civile Geheimcabinett Seiner Majestät
General Erich Ludendorff; für die OHL
[...] sind sich einig, daß Forderungen des amerikanischen Präsidenten, die durch deutschen Attaché über Argentinien durchgedrungen sind, nicht annehmbar sind. Abschaffung der Hoheitsbefugnisse des Kaisers, Parlamentarismus und Wahlen ohne Unterschied auf Stellung und Ansehen, Kontrolle der Waffenproduktion, Beschränkung der Truppenstärke, Abtretung von Reichsgebiet an Frankreich, Polen, Dänemark sowie noch zu beziffernde Reparationsleistungen sind mit deutschem Lebensrecht und Ehrbegriff unvereinbar [...]

Die Quittung für seine Haltung hatte General Ludendorff dann wenig später erhalten:

Schloss Bellevue, 28. Oktober 1918
[...] wurde dem anwesenden General Erich Ludendorff die Entlassung aus seinem Amt bei der Obersten Heeresleitung mitgeteilt.

Franz wollte den Stapel Dokumente bereits in seine Tasche stopfen, als sein Blick auf ein letztes Schreiben fiel. Der entmachtete General hatte offenbar nicht ganz aufgegeben und plante, sich zukünftig weiter kräftig einzumischen:

```
Private Notiz Gen. Ludendorff an v. Berg, 1. Nov. 1918
[...] damit es uns gelingt, aus dieser Malaise einen Vorteil für uns zu ziehen. Entscheidend ist doch, daß der bevorstehende Waffenstillstand nicht von uns verantwortet werden muss sein. Im Gegenteil sollten wir den Sozialisten, Räten und anderen Volksverrätern diese zweifelhafte Ehre zuteil werden lassen. Umso stärker wird die Mißstimmung gegen sie sein, wenn das Volk erst erkennt, in welche Knechtschaft sich das Reich begibt.
Vor meinem Ausscheiden aus der OHL habe ich die Vollmachten genutzt, um eine Reihe vaterlandstreuer Offiziere mit Anweisungen und Geldmitteln für die Zeit nach der Waffenruhe zu versehen. Zwei Ziele sind zu verfolgen. Kurzfristig sollte ein Ereignis mit Signalwirkung die revolutionären Kräfte schwächen und am besten sogar gegeneinander selbst aufbringen. Mittelfristig müssen die Zugeständnisse an Sozialdemokraten und andere, parlamentarische Elemente zurückgenommen werden. Ich denke da speziell an eine Erhebung aller Nationalen und Kaisertreuen zur Restitutio in Integrum.
```

Nachdem er alles zur Seite gelegt hatte, war Franz ziemlich irritiert. Hin und wieder las er Zeitung, auch politische Artikel. Aber diese Dokumente waren von einem anderen Kaliber. Das Volk sprach gern von »denen da oben«, manchmal respektvoll von »den hohen Herren«. Da wurde alles über »die Köpfe der einfachen Leute hinweg« entschieden. Auch wenn Franz nicht alles verstanden hatte, so wusste er doch eines: Hier hatte jemand Schriftstücke entwendet, die ganz sicher nicht für die Augen des Volkes bestimmt waren. Und er war sicher, dass der Verleger Uhlfeldt nicht nur Opfer eines einfachen Raubs geworden war.

»Wir sollten tatsächlich Tante Toni die Sachen geben«, meinte er zu seinem Bruder. »Da ist mächtig was faul. Vielleicht ist Uhlfeldt diesen Leuten in die Quere gekommen. Und sie haben ihn kaltgestellt.«

Ereignis mit Signalwirkung. Erhebung aller Nationalen und Kaisertreuen. Das klang gefährlich. Sollte Toni entscheiden, ob sie das Zeug an die Polizei weitergeben würden.

6

Berlin-Scheunenviertel, 15. Februar 1919

»*You are a Romanow, indeed?*«, fragte der junge Amerikaner begeistert. »*A daughter of Czar Nicholas?* Die Tochter?« Er schrieb etwas in sein Notizbuch, das er immer bei sich trug. Er war auf der Suche nach Geschichten, nannte sich einen investigativen Reporter und wollte später nach Paris.

Romanow-*a*, du ungebildeter Tölpel, dachte Jekaterina gelangweilt. Sie mochte den selbstbewussten Mann, aber leider besaß er weder Manieren noch verfügte er über eine lausige Kopeke. Ersteres hätte sie verkraften können, letzteres wog schwerer.

Sie nahm den Meldeschein hervor, der für so manches gute Essen, angenehme Abende bei Wein und Musik sowie kostenlose Nächte in bequemen Hotelbetten gesorgt hatte. Ihre heutige Abendbegleitung war ein Totalausfall gewesen. Ein neureicher Börsenspekulant, der nach einer ordentlichen Nase Koks einen Krampfanfall bekommen hatte. Kurz war sie versucht gewesen, den Abend abzuhaken und zu gehen, hatte sich dann jedoch anders entschieden. Erstens hatte sie sich noch die Brieftasche ihres Galans mit vierhundert Mark gesichert. Und zweitens konnte man nie wissen, ob es noch ein Morgen gab.

»*Oh, no, Ernest.*« Jekaterina duzte Männer, mit denen sie ausging, normalerweise nicht vorschnell. Es war besser, sie zappeln zu lassen. Sie waren sehr viel spendabler, wenn sie um die kleinen Siege kämpfen mussten. Sie hatte gelernt, wie sie die Gesten einer attraktiven Frau nutzbringend einsetzte. Ein Lächeln, der fallen gelassene Handschuh, der leicht verrutschte Rock, der vergessene oberste Knopf der Korsage.

Alles war fein abgestuft und hing am Preis des bestellten Champagners, der Güte der Wachteleier und – natürlich – an der Höhe des ausgestellten Wechsels, der ihre notleidenden Geschwister in Russland unterstützen sollte. Und der vom Kavalier und Gönner gezeichnet wurde. Aber einen Mann beim Vornamen zu nennen war eine Option, die erst bei weit fortgeschrittenen Verhandlungen zum Tragen kam. Sie war schließlich kein Flittchen. Sie war eine Romanowa.

»*Not the daughter, my dear. I am only a niece of Czar Nikolaj Aleksandrovič Romanov.* Nur die arme Nichte des Zaren.« Sie zeigte ihm die Dokumente, die er aufmerksam studierte. Der Mann war durchaus attraktiv. Markantes Gesicht, tiefe Stimme, unrasiert. Und zudem war er ein Draufgänger. Ungeniert hatte er ihr die noch frischen Narben einer Verwundung gezeigt, die er an der österreichisch-italienischen Front erlitten hatte. Er hatte ihr gebeichtet, dass er die Verletzung etwas übertrieben dargestellt hatte. Es war zwar eine ernsthafte, jedoch keine schwerwiegende Schusswunde gewesen. Aber in einem Zeitungsartikel, den er nach Hause geschickt hatte, hieß es, er stünde dem Tode nahe. Der Kerl hatte im Lazarett einfach die Fotografie der Verletzung eines Italieners gestohlen, die wirklich verdammt schwer ausgesehen hatte. Und die hatte er kurzerhand als Beweis an die *New York Times* geschickt. So wurden in Amerika Helden gemacht.

Er hatte Jekaterina einfach an der Bar angesprochen. Frech und ungezwungen hatte er ihr gleich eröffnet, dass er pleite war. Der *Grüne Salon* am Bülowplatz im Scheunenviertel war brechend voll. Die Leute lechzten nach Leben. Heute waren viele Herren hier, die sich nur für andere Herren interessierten, so dass Jekaterina diesem Hungerleider eine Chance gegeben hatte.

Der Amerikaner wollte sich noch ein wenig in Europa umsehen, um zu entscheiden, ob er ein paar Jahre in Rom, Paris oder eben Berlin verbringen würde. St. Petersburg hätte ihn wohl ebenfalls fasziniert, jedoch riet ihm Jekaterina dringend davon ab.

»*Bolshewiks are cannibals, Ernest*«, hatte sie ihm allen Ernstes vor einer Stunde anvertraut. Und der Reporter hatte begierig ihren Geschichten gelauscht und alles in seinem Notizbuch festgehalten.

Was mochten die Amerikaner über Russland denken, fragte sie sich erstaunt, als er wirklich noch ein paar Einzelheiten wissen wollte. Natürlich wäre sie nicht auf die Idee gekommen, ihm die Wahrheit über sich zu sagen. Romanow war kein wirklich seltener Name im alten Russland. Nach der Revolution waren dessen Träger allerdings mit einem gewissen Stigma versehen gewesen. Jeder Revolutionstrampel fühlte sich verpflichtet, mindestens ein Mitglied der Zarenfamilie auszulöschen. Also war auch Jekaterinas Familie in den Verdacht geraten, zu den »Weißen«, den Konterrevolutionären, zu gehören. Sicher, ihr Vater war höherer Beamter in St. Petersburg gewesen, aber weder adlig noch mit guten Manieren versehen. Er soff wie ein Loch wie jeder gute Russe. Und er starb jammernd und bettelnd, als ihn die roten Truppen gefangen genommen und seinen Namen gelesen hatten. Angeblich hatte nur die Zarentochter Anastasia das Massaker an ihrer Familie überlebt. Diese Gerüchte brachten Glanz in das trübe Nachkriegsberlin, in dem sich jetzt viele ihrer Landsleute tummelten. Und sie brachten die mittellose Jekaterina auf eine Idee. Die Tochter von Andrej Fjodorwitsch Romanov war fortan eine Nichte des armen, toten Zaren.

Ernest, der amerikanische Reporter mit dem Notizbuch, war in zweierlei Hinsicht benachteiligt. Erstens war er selbst ein kleiner Blender, der gern höher stapelte, als er reichte. Zweitens war er ein Mann, dem seit einigen Stunden die Hormone diktierten, wie er zu denken hatte. Zu durchschauen, welches Spiel diese Russin an der Bar des Nobelhotels am Pariser Platz mit ihm trieb, war ihm deshalb unmöglich. Jede Einsicht verschwand im Nebel seines Verlangens.

Jekaterina, die Beamtentochter aus Petersburg, hatte bereits alles eingefädelt. Im *Adlon* logierten eine Menge russischer Gäste. Mit sagenhaft viel Geld auf ihren Schweizer, Pariser und Berliner Konten.

Und gerade die Reichen hatten eine große Angst, dass nun auch Deutschland in die Hände der Bolschewisten fallen könnte.

»Er ist ein amerikanischer Diplomat, der für seine Regierung Investoren sucht. In Amerika werden Fabriken für Automobile gebaut, und noch immer bringt die Eisenbahn viel Geld.« So hatte Jekaterina einigen Landsleuten ihre Beziehung zu Ernest erklärt. »Er kann Pässe besorgen, und sogar eine Einbürgerung in die USA ist möglich, wenn die Auswanderer eine Million Rubel anlegen.«

Ihre Zuhörer waren begeistert gewesen. Sie hatte bereits vier Kontrakte erhalten, die ihr eine Vermittlungsprovision in Höhe von fünftausend Mark zusicherten. Zahlbar zur Hälfte sofort, zur anderen Hälfte nach erfolgter Übersiedlung ins gelobte Land. Da Ernest abgebrannt war und zudem unbedingt eine *Story* über die vertriebenen Russen schreiben wollte, hatte ihn Jekaterina schnell überredet, mitzuspielen. Er war jetzt das amerikanische Raubein aus dem Mittleren Westen. Keine Manieren, aber jede Menge Einfluss. Geheimer Gesandter im Auftrag des Präsidenten. Der Reporter musste nicht lange gebeten werden, um auf das interessante Spiel einzugehen. Immerhin konnte er auf diese Weise die Hotelbar um ihre Bestände *Kentucky Straight* Bourbon bringen. Seine Lieblingsmischung aus Rum, Sirup und Limone war nicht zu haben, da die Zitruslieferung für die Hauptstadt durch den Eisenbahnerstreik irgendwo hinter Hamburg auf den Gleisen vergammelt war. Also nahm der Mann den Bourbon *on the Rocks* und ließ sich Geschichten erzählen, die ein Verstand nicht erdenken konnte. Die Schwermut der russischen Seele schien ihn zu faszinieren. Jekaterina meinte sogar, ein Schimmern in den Augen des Weltenbummlers zu erkennen. Flucht über die zugefrorene Newa. Von Hunden zerfleischte Körper. Die großen Augen der vielen zurückgelassenen Kinder. Das Schreien der »lebenden Fackeln«, jener armen Kreaturen, die von den Roten an den Beinen mit Pech übergossen und angezündet worden waren. Der uralte Adel, der in Bauernkleidern gehüllt über die weiten Felder flüchtete. Solche Erzählungen konnten die Phantasie anregen.

»Ich habe einem Dorftrottel fünf Rubel gegeben, damit er meine Lederschuhe nimmt«, meinte lachend ein dicker Bojar, der sich gerade über die dritte gebackene Forelle hermachte. »Da drin hatte ich meine Papiere versteckt. Die *Bolševiki* haben den dämlichen Kerl aufgehängt, weil sie dachten, er wäre ich. Ich bin also tot, Freunde!« Wieder dröhnte sein Lachen durch den Speisesaal des *Adlon*.

Ernest stand auf. Sein Gesicht war kreidebleich vor Zorn. Er nahm sein Whiskeyglas, spuckte hinein und kippte es dem feisten Russen ins Gesicht. Nur mit Mühe konnte Jekaterina dann eine weitere Eskalation verhindern. Der Dicke war ungewöhnlich behände aufgesprungen und hatte Ernest zum Duell gefordert. Sie versicherte dem Beleidigten, es sei eine Eigenart amerikanischer Diplomatie, ein barbarisches Ritual des Loyalitätsbeweises und nur wenig ehrenrührig. Und selbstverständlich würde er später eine offizielle Entschuldigung des Präsidenten erhalten.

*

»Entschuldigen Sie, dass ich störe, meine Dame.« Ein Herr mit bürgerlichem Hut und in biederem Anzug, der bereits vor zehn Jahren aus der Mode gekommen war, hatte sich dem Tisch genähert, an dem Jekaterina Romanowa saß. »Wir sind uns vor etwas mehr als zwei Wochen, in der Neujahrsnacht begegnet.«

Die junge Russin sah ihn an. Sie konnte sich Gesichter und Namen gut merken. Für ihre Arbeit erwies sich diese Gabe als nützlich und immer wieder auch als lebensrettend. »Kommissar Konter, nicht wahr?«, stellte sie mehr fest, als dass sie fragte. »Eine wirklich unangenehme Sache.«

Jekaterina hatte die erste Verunsicherung sofort überwunden und überlegte, wie sie die Situation zu ihrem Vorteil nutzen konnte.

»Es ist wirklich schön, Freunde bei den Behörden zu haben.« Sie zwinkerte den anderen Gästen zu. »Und so nützlich.«

»Ich möchte Ihnen noch ein paar Fragen stellen, Frau Romanowa.«

Paul Konter blickte den Tischnachbarn in die Gesichter. »Aber vielleicht sollten wir …«

»Das trifft sich gut, Herr Konter. Ich wollte gerade ein wenig an die frische Luft gehen. So habe ich einen Schutz in diesen unruhigen Zeiten. Schön, dass die Berliner Polizei auf die hohen Gäste ihrer Stadt achtgibt.« Sie lächelte die anderen Gäste kokett an. Sie konnte auf diese Weise Konters Aufforderung nachkommen, und dennoch wirkte es, als täte sie ihm nur einen Gefallen.

»Ich sagte Ihnen doch bereits, dass ich früh auf mein Zimmer gegangen war, da ich an Migräne litt«, sagte Jekaterina, als sie vor dem Hoteleingang standen und auf den Pariser Platz und das Berliner Triumphtor blickten.

»Ja, so habe ich es auch in meinem Bericht angegeben«, meinte Konter. »Leider sind wir jedoch in der Mordsache nicht vorangekommen. Sie verstehen sicher, dass hier mehrere Kräfte wirken und sich behindern. Die Hotelleitung wünscht zwar äußerste Diskretion, aber gleichzeitig die Vermeidung weiterer Vorfälle. Die Kollegen von der Mordbereitschaft würden sich natürlich gern durch eine erfolgreiche Fahndung profilieren. Dann der Wechsel an der Spitze des Präsidiums. Unser oberster Vorgesetzter, Herr Ernst, speist gern hier, hörte ich.«

»Können Sie mir sagen, wer der Tote war?«, fragte die Russin. »Vielleicht erfahre ich, mit wem er Kontakt hatte.« Sie deutete mit der Hand zurück ins Foyer.

»Ein Freikorpsmann«, antwortete Konter.

»Ein Soldat? Im *Adlon*? War er ein hohes Tier?«

Der Kommissar schüttelte den Kopf. »Offiziell gehörte er zu den Freikorpstruppen. Aber er war wohl eher so etwas wie ein Schriftführer und Buchhalter. Und er war ganz sicher kein hohes Tier. Er stand im Rang eines Leutnants der kaiserlichen Reserveeinheiten.«

»Diesen Buchhalter muss doch jemand vermissen? Hatte er Familie? Oder zumindest seine Einheit muss doch Anzeige erstattet haben.

Haben Sie die schon alle befragt? Vielleicht war er einfach dem Liebhaber seiner Frau im Weg. Was weiß ich?«

»Er hatte sich für zwei Tage im *Adlon* eingemietet«, erwiderte Paul Konter. »Für hundertzwanzig Mark die Nacht. Eindeutig nicht seine Kragenweite. Dabei war es fast das billigste Zimmer hier im *Adlon*. Das wirft natürlich viele Fragen auf. Wollte er sich hier verstecken? Oder mit jemandem treffen? Der ihn dann beseitigt hat? Wenn ja, warum? Streit, Erpressung, Unterschlagung oder private Beweggründe. Sie sehen, Fräulein Romanowa, die Berliner Polizei ist ganz und gar im Bilde.«

Er sah sie an. Er kannte sich in diesen Kreisen zwar nicht aus, jedoch schien die Damenmode jetzt freizügiger zu sein als noch vor einem Vierteljahr. Allerdings waren die höheren Gesellschaftsschichten nie durch besondere Zurückhaltung in Fragen der Moral aufgefallen. Hier galt: Wasser predigen und Wein trinken. Nach außen bieder und innen liederlich.

Durch seine Untersuchungen wusste er, dass die Frau, die jetzt vor ihm stand, eine Hochstaplerin war. Romanowa. Gab sich als verarmte Nichte des Zaren aus. Spielte den Engel der Unschuld und nahm die reichen Russen aus. Dabei hatte sie bei dem Hotel Schulden von über siebentausend Mark. Konter fragte sich, wie diese Leute das machten. Als er selbst vor einigen Jahren fünfhundert Mark von der *Dresdner* brauchte, musste er zwanzig Formulare ausfüllen, Erklärungen einholen und Sicherheiten belegen. Ihm persönlich waren die Umstände ihres Lebenswandels zwar egal, aber er würde das Wissen über Jekaterina Romanowa zu seinem beruflichen Vorteil nutzen. Durch sie konnte er Zugang zu den russischen Emigranten und zum preußischen Adel erhalten. Außerdem drängten sich die reichen Bürger und neuen, deutschen Industriellen zunehmend in die feine Gesellschaft. Diese Leute waren dort selbst zwar wenig willkommen, ihr Geld dafür umso mehr.

»Ich möchte Sie bitten, für mich zu arbeiten«, fuhr Konter unvermittelt fort. »Die Sicherheit einer Angehörigen der Zarenfamilie ist dem Berliner Polizeipräsidenten natürlich wichtig.« Er schmunzelte provokant. »Und wir wollen die Kräfte in ihre Schranken weisen, die unliebsame Russen gern in ihre Heimat abschieben würden.«

Täuschte er sich? Oder war Jekaterina Romanowa einen kurzen Moment lang blass geworden? Zitterte die Hand, in der sie ihren Zigarettenhalter aus Elfenbein hielt? Im nächsten Moment hatte sie sich jedoch gefasst und sofort auf die veränderte Situation eingestellt. Sie spielte ihre Rolle souverän weiter.

»Was wollen Sie, Herr Kommissar?«, fragte sie mit kalter Stimme. »Meine Familie ist tot. Abgeschlachtet von den Bolschewiki, weil wir zufällig genauso hießen wie dieser degenerierte Kaiser aller Russen. Meinen Sie nicht, dass es ausgleichende Gerechtigkeit ist, wenn der Name mir jetzt ein paar Annehmlichkeiten verschafft? Meine reichen Landsleute haben tausend Jahre lang das Volk ausgebeutet. Auch wenn ich sie sonst nicht mag, aber in der Hinsicht haben die Kommunisten recht. Und ich nehme mir einen winzigen Teil von deren Geld. Diese Spinner schlafen auch noch gut, weil sie glauben, sie hätten ihrem geliebten Nikolaj Aleksandrovič einen letzten Treuedienst erwiesen.«

»Wie ich bereits sagte, mir ist es egal«, erwiderte Konter. »Ich kann Ihre Akte verschwinden lassen und bei den Kollegen von Betrug und Sitte für Ihren Schutz sorgen, Fräulein Jekaterina. Im Gegenzug verschaffen Sie mir Informationen aus diesen Kreisen.« Jetzt zeigte er mit dem Finger in Richtung *Adlon*. »Als Erstes könnten Sie sich bei den Angestellten umhören. Dieser Freikorpsbuchhalter ist doch nicht nur gekommen, um sich erschießen zu lassen. Mit wem hatte er vorher Kontakt? War er früher schon einmal im *Adlon*? Gerüchte und Gewohnheiten. Welche Zeitung las er? Bekam er viele Briefe? Nutzte er das Telefon? Es gibt nichts für einen Polizisten, was zu unwichtig wäre, um nicht doch wichtig zu werden.«

»Ich soll also Ihre Spionin sein, Herr Konter?« Jekaterinas Blick verriet Zorn, jedoch lag auch ein wenig Neugier darin. »Eine Mata Hari im *Adlon*?«

»Nicht übertreiben, Frau Romanowa. Derart staatstragend wird es wohl nicht werden. Der Kerl war schließlich nur ein Buchhalter.«

Konter trat seine Zigarette aus und lächelte zum Abschied.

*

»Ist bei euch beiden da oben nur Kompost drinnen?« Toni war wütend. Sie tippte Franz mehrmals an die Stirn. »Damit die Haare besser wachsen? Ich muss mich ja schämen, mit euch verwandt zu sein. Du meine Güte!«

»Ick wusst ja nich, dat …«, sagte Max.

»Ich muss sofort zu Konter und ihm das zeigen.« Toni ging in den Flur und griff nach ihrem Mantel. »Vielleicht kommt euer Vater doch noch frei.«

»Was hat das mit Papa zu tun?«, fragte Franz. »Regierungskram und Besprechungen, die schon Monate zurückliegen. Setzt doch allet schon Moos an.«

»Die Kerle haben Dreck am Stecken. Ich hab zwar auch nicht alles verstanden, aber dieser Ludendorff ist ein Aas. Der Kerl hat alles vergeigt. Aber in der *Vossischen* hat er jetzt behauptet, er hätte den Krieg gewinnen können, wenn nicht Bolschewisten, Sozialdemokraten und anderes undeutsches Gesocks Deutschland verraten hätten. So hat er das ausgedrückt. Und diese Sachen hier …« Toni klopfte auf die Aktenmappe. »… lassen alles in einem ganz anderen Licht erscheinen. Der saubere Herr denkt nämlich offenbar nur an sich. Außerdem stinkt die Sache zum Himmel. Da hat ja jeder Ganove mehr Anstand.«

Toni ließ Franz zum Pfarrbüro bei der Johanniskirche laufen. Dort hatten sie Telefon, und er sollte klären, ob Kommissar Konter im Dienst war.

Schon nach einer Viertelstunde kam er zurück.

»Er wartet auf dich, Toni«, sagte er außer Atem.

Knapp eine Stunde später saß sie bei Konter im Dienstzimmer.

»Ich habe wichtige Unterlagen für Sie, Herr Kommissar.« Sie nahm einen Pappdeckel aus ihrer Tasche hervor, in den Franz alle Schriftstücke abgelegt hatte.

»Woher haben Sie das?«, fragte Konter, dem bereits ein Blick auf die Papiere genügte, um deren mögliche Brisanz einzuschätzen.

»Unwichtig. Sagen wir, sie lagen auf einer Parkbank im Tiergarten.«

»Ich muss das erst lesen, bevor ich etwas dazu sagen kann. Aber allein der Besitz solcher Akten ist strafbar. Und sollten Sie in einen Diebstahl …«

»Eine Parkbank, Herr Kommissar«, unterbrach ihn Toni ungeduldig. »Und ich bin damit sofort zu Ihnen gekommen.«

»In Ordnung, ich glaube Ihnen«, sagte Konter gedehnt. »Und ich nehme das so in meinen Bericht auf, Frau Sass.« Er wirkte verunsichert. Er hatte diese Frau mehr aus einer Laune heraus für seine Ermittlungen einspannen wollen. Vor allem aus einem Grund. Er wollte sie unbedingt wiedersehen. Dass sie ihm nun Staatsgeheimnisse anschleppte, hatte er nicht erwartet. Er nahm sich vor, die Angelegenheit mit Gennat zu besprechen. Er war im Präsidium der einzige Kollege, dem er wirklich vertraute.

»Ich habe übrigens gute Neuigkeiten für Sie«, sagte er, um das Heft wieder in die Hand zu nehmen. »Ich habe in den vergangenen drei Wochen einige Zeugenaussagen aufgenommen. Frau Luxemburg und Herr Liebknecht wurden ohne Haftbefehl aufgespürt und mit Gewalt ins Hotel *Eden* entführt. Die Angaben von Soldaten, Hotelpersonal und Passanten sind allesamt derart widersprüchlich, dass sogar die Kollegen von der Politischen Abteilung der schriftlichen Erklärung des Kommandanten keinen Glauben mehr schenken.«

»Ich habe einen Anwalt beauftragt, meinen Bruder zu vertreten. Wir wollten sowieso in einigen Tagen zu Ihnen kommen«, sagte Toni. »Mir erschienen jedoch diese Unterlagen derart wichtig, dass ich sie bereits vorher vorbeibringen wollte.«

»Ich bespreche mich umgehend mit einem Kollegen aus dem Mordbereitschaftsdienst. Die Sache ist politischer Natur. Es wird ein Gerangel um die Zuständigkeiten geben. Wir müssen mit diesem Material vorsichtig umgehen, damit uns die Sache nicht als Hochverrat um die Ohren fliegt. Dann hätte Ihr Bruder keine Fürsprecher mehr. Die Angaben scheinen mir zudem sehr vage zu sein. Natürlich sind die Vereinbarungen, die Absprachen und Kungelei ein Skandal. Andererseits ist das ein Kaffee, der bereits längst kalt geworden ist. Und die Papiere beweisen noch lange nicht die Unschuld Ihres Bruders.«

7

Berlin-Luisenstadt

Die erste Woche des *Open House* war ein voller Erfolg. Alle Geschäftszweige brummten. Franz hatte zwei Tage vor der Eröffnung Handzettel verteilen lassen. Hätten sie Freibier angekündigt, wäre halb Berlin gekommen und hätte den Laden auseinandergenommen. Wer jedoch den Zettel vorweisen konnte, bekam den Abend über das Bier zum halben Preis.

»In eurem Cliquen-Puff lasse ich mich nicht blicken«, hatte Toni ihr Fernbleiben erklärt.

Sie wirkte in letzter Zeit oft gereizt. Und Franz war zwar enttäuscht, andererseits konnte er sie verstehen. Das Publikum im *Open House* war doch eher unter dem Durchschnitt.

Tatsächlich gab es zur Eröffnung auch das erhoffte Foto. Vier Sass-Jungs vor ihrem Tanzlokal *Open House*. Franz ließ den Namen unten auf den Rahmen schreiben, bevor die Brüder einen Abzug zum Alex trugen, wo ihr Vater immer noch einsaß. Auf den Fluren des Präsidiums trafen sie auf ihre Tante, die sich auf einer Bank mit einem älteren Glatzkopf unterhielt.

»Willst du auch zu Papa?«, begrüßte Erich sie, ohne die Mütze zu ziehen. Für die Ungezogenheit setzte es sofort eine Kopfnuss von Max.

Sie schüttelte den Kopf. »Ich habe für euren Vater einen Anwalt besorgt. Herr Renger wird versuchen, ihn möglichst schnell freizubekommen.« Sie wandte sich an den Mann. »Die Kinder meines Bruders.«

Der Jurist wirkte aus der Nähe noch älter. Die Brillengläser waren dick und schwer. Die Haut schien fahl und faltig. Auf dem fast kahlen Schädel gab es mehr Altersflecken als Haare.

»Der ist doch mindestens hundert«, flüsterte Erich etwas zu laut und kassierte dafür die nächste Nuss. Als er zu heulen begann, ergriff Anwalt Renger das Wort.

»Die drei großen kann ich nich brochen«, sagte er mit erstaunlich fester Stimme. »Aba dee Kleene, wunderbar! Den nehm wa mit rin, Frau Sass. Und du …« Er schlug mit dem Knauf seines Spazierstocks auf Erichs Kopf, dass es im Flur hallte. Erichs Geschrei wurde beinahe unerträglich. »Flenn ma schön weeter. Tränendrüse is jut. Dem Kommissar sachste, dat de traurig bist wegen deen Vadder. Verstanden?«

Also marschierten die drei ältesten Sass-Geschwister weiter zu den Zellen, in denen Häftlinge auf Besuch, ihre Verhöre und die richterliche Anordnungen warten mussten.

Toni sprach kurz mit Erich und versprach ihm zwei Mark und Brause, wenn er das Spiel mitspielte. Einen Moment später brach herzzerreißendes Gewimmer los.

In Konters Dienstzimmer war das Geschrei ebenfalls zu hören. Er war jedoch wieder in die Akte Sass vertieft. Gleich nach Dienstbeginn war er morgens zum neuen Polizeipräsidenten, Eugen Ernst, zitiert worden. Der Mann war schlau wie ein Fuchs und glatt wie ein Aal. Und er war Sozi. Dieser Umstand machte ihn für Konter zwar nicht vom Prinzip her verdächtig, jedoch war es erstaunlich, dass gerade in diesen unruhigen Tagen wieder ein Sozialdemokrat im Präsidium ans Ruder kam. Immerhin stand Deutschland kurz davor, eine Räterepublik zu werden. Ernsts Vorgänger war den Oberen zu weit links gewesen. Bedeutete das also, dass die SPD jetzt zu den konservativen Kräften im Lande zählte? Vielleicht sogar kaisertreu war? Das alles verstand bald niemand mehr.

»Sehr gute Arbeit, Herr Konter«, hatte sein Chef fahrig erklärt, obwohl er bisher überhaupt nichts erreicht hatte. »Werde Sie lobend erwähnen. Dann wird es noch was mit der Beförderung.«

»Die Aussagen der Beteiligten widersprechen sich, Herr Präsident«, begann Konter, seine Einwände darzulegen. »Die Mannschaften sprechen von äußerster Brutalität gegen Frau Luxemburg und …«

»Papperlapapp. Wir finden schon einen Richter, der die Fakten richtig zu deuten vermag. Gustav wünscht …« Eugen Ernst hielt inne, da er sich offensichtlich weiter vorgewagt hatte, als gut war.

Kommissar Konter wusste, dass Ernst und der Volksbeauftragte für das Heer, Gustav Noske, gute Freunde waren. Und offenbar hatte SPD-Genosse Gustav irgendetwas vom Polizeipräsidenten gewollt. Der Kerl war auch verantwortlich dafür, dass die Unruhen auf den Berliner Straßen derart brutal und blutig niedergeschlagen worden waren. Selbst konservativ geprägte Naturen wie Konter waren über die eskalierende Gewalt entsetzt gewesen.

»Ich werde Richter Lehmann bitten, die Sache zu übernehmen«, sagte Eugen Ernst und wandte sich wieder seinen Papieren zu. »Wenn er in zwei Tagen anfängt, haben wir in zehn Tagen das Urteil. Ruhe ist jetzt erste Bürgerpflicht!«

Zehn Tage, dachte Konter. Dann gibt es keinen Zweifel, wie das für die drei Schwachköpfe Götze, Sass und Kerner ausgehen wird. Er hatte widersprechen wollen, aber die Audienz war bereits beendet gewesen.

Paul Konter riss sich endlich von seinen Überlegungen los und trat an die Tür. Der Lärm auf dem Flur war unerträglich geworden. Wenn Sass und seine Kumpane eine Chance hatten, dann stand sie jetzt in Gestalt dieser herben Berliner Schönheit vor ihm. Toni machte ihn mit dem Anwalt bekannt und wies auf Erich Sass.

»De arme Bengel vermisst seen Vadder«, mischte sich Renger sofort ein. »De Olle muss ihm doch rejelmäßig eene verpelln, damit er recht jerät.«

Konter winkte ab. »Lassen Sie es gut sein, Herr Renger. Die Masche zieht bei mir nicht. Der Junge geht in die Kantine und holt sich fürn Groschn Zuckerstangen. Und wir haben unsere Ruhe, einverstanden?«

Toni Sass und Anwalt Renger sahen sich an und nickten schließlich.

»Gut, kommen wir also zur Sache.« Paul Konter schloss die Tür zu seinem Dienstzimmer.

»Ich habe ein Recht auf Einsichtnahme in alle Akten und Zugang zu allen Beweismitteln«, schnarrte Renger.

»Ich dachte, wir wollten das lassen«, stöhnte Konter. »Was ich Ihnen jetzt sage, ist nur für Ihrer beider Ohren bestimmt. Ich werde abstreiten, es je gesagt zu haben, sollten Sie damit hausieren gehen. Ich bin auf Ihrer Seite. Ihr Bruder, Frau Sass, und die beiden anderen Ganoven sind unschuldig.«

Der Anwalt war sichtlich überrascht, jedoch erfahren genug, um möglicherweise eine Falle zu wittern.

»Hinsichtlich der Morde unschuldig«, fuhr Konter fort. »Es bleibt noch der Einbruch.«

»Dass Sie dies so sehen, Herr Kommissar, und dennoch mein Mandant weiterhin der Tat angeklagt bleibt, lässt für mich nur einen Schluss zu«, sagte Renger. »Nämlich, dass es Interessen unbekannter Dritter gibt, denen daran gelegen ist, dass Herr Sass und seine Freunde als Mörder verurteilt werden.«

Schlauer alter Mann, dachte Konter.

»Zweifel und Gegenbeweise reichen in dieser Ermittlung nicht aus«, entgegnete er ausweichend. »Wenn andere Kräfte an ihrer Sicht der Dinge festhalten, dann wird der Richter alles, was wir bringen, zur Seite fegen. Immerhin stehen die eidesstattlichen Aussagen von Männern der kämpfenden Truppe gegen die Angaben von drei Ganoven, die bewaffnet ins *Eden* eingestiegen sind. Da jubelt jeder Reichsanwalt.«

»Soll das heißen, Andreas hat keine Chance?«, fragte Toni Sass erschüttert.

»Nicht ganz, meine Liebe«, erklärte der Jurist. »Was Herr Konter meint ist, dass wir einen eigenen Ansatz brauchen, mit dem wir die Anklage aushebeln.«

»Ganz recht, Herr Dr. Renger«, bestätigte Konter. »Wenn wir etwa an Informationen herankommen, die dieser unbekannten dritten Kraft unliebsam sind, und damit drohen, sie an die Öffentlichkeit zu bringen. Dann wird sich die Anklage einfach in Luft auflösen.«

»Frau Sass ist bereits ein Wagnis eingegangen, indem sie Ihnen diese geheimen Papiere zur Verfügung gestellt hat«, meinte Renger.

»Abgesehen davon, dass uns Staatsanwalt und Richter fragen werden, woher das Zeug kommt – die darin enthaltenen Informationen sind veraltet«, erwiderte Konter. »Es ist wirklich schade, dass wir diese Unterlagen erst jetzt erhalten haben. Höchst brisantes Material. Allein für den Besitz hätte uns die kaiserliche Geheimpolizei noch vor einem Jahr in den tiefsten Kerker geworfen.«

»Es hat sich endgültig ausgekaisert, Herr Konter«, erwiderte Toni ungehalten. »Ich bin eine einfache Frau. Aber diese Leute sind die eigentlichen Verschwörer. Mein Neffe Franz hat durchaus recht, wenn er meint, dass das Ereignis mit Signalwirkung der Mord an Luxemburg und Liebknecht gewesen sein könnte.«

»Ich stimme Ihnen zu. Jedoch bleiben es Vermutungen. Diese Dokumente wären für eine Zeitung immer noch interessant. Und diese Tatsache sollten wir nutzen. Einige Artikel brächten die Monarchisten, Nationalen und vor allem diesen Ludendorff in Erklärungsnot. Wenn wir es richtig anstellen, dann wird man an entsprechender Stelle vielleicht auf die Anklage gegen Ihren Bruder verzichten.«

»Eine Hand wäscht also die andere?«, fragte Toni bissig. »Sie meinen, dass dann im Gegenzug diese Dokumente verschwinden?«

»Auf dem Weg zu Gerechtigkeit muss man sich manchmal durch tiefen Dreck wühlen«, erwiderte Konter.

»Wie stellen Sie sich das konkret vor, Herr Kommissar?«, mischte sich jetzt wieder der Anwalt ein.

»Wir benötigen Beweismaterial, das auf diese Hintermänner, diese unbekannten treibenden Kräfte hindeutet. Zumindest Hinweise, für die sich vielleicht der *Vorwärts* oder sogar die *Rote Fahne* interessieren könnten.« Konter nahm eine Papierrolle aus dem Schrank und hängte sie an die Innenseite der Tür in eigens dafür angebrachte Haken. Dann rollte er sie ab. Toni und der Anwalt erkannten, dass er die gesamte Fläche mit Namen, kurzen Notizen und Querverweisen versehen hatte.

»Was Sie hier sehen, sind die neuen Zeiten bei der Polizei«, sagte er beinahe entschuldigend. »Habe ich mir von meinem Kollegen Gennat von der Mordabteilung abgeschaut. Die Lösung unseres Falls findet sich hier.« Er klopfte auf das Papier. »Irgendwo verborgen.«

In der folgenden halben Stunde weihte Paul Konter den Anwalt und Toni in die wichtigsten Erkenntnisse der *Mordsache Luxemburg und Liebknecht* ein. Er wusste, dass er dabei ein gewisses Risiko einging, immerhin war der Bruder der Anwesenden ein offiziell Hauptverdächtiger.

»Lassen Sie Ihr Herz sprechen«, hatte Ernst Gennat ihm immer wieder gepredigt. »Entscheiden Sie zunächst einmal, wem Sie vertrauen. Holen Sie dann solche Leute ins Boot. Lassen Sie sie für sich arbeiten. Unschuldige Menschen haben einen angeborenen Drang zur Wahrheit. Sie wittern sie wie Spürhunde. Setzen Sie sie auf die Fährte an.«

Die herkömmliche Polizeiarbeit kannte nur Täter, Mitwisser, Zeugen und Unbeteiligte. Und letztere waren immer froh, wenn sie das Präsidium wieder verlassen konnten. Gennat war jedoch der Ansicht, man könnte Zeugen und Unbeteiligte zu Mitarbeitern bei der Aufklärung machen. Mit dieser unkonventionellen Sichtweise war er seinen Vorgesetzten immer wieder auf die Füße gestiegen.

»Sagen Sie, Herr Konter, warum sind Sie nicht bei dieser Mordabteilung?«, fragte Renger plötzlich. »Es stand ja schon in der Zeitung, dass Sie hier wohl bald eine ganz neue Abteilung bekommen werden.«

»Politik, Herr Anwalt. Politik«, seufzte Konter. Er hätte gern mit Gennat in einer Gruppe gearbeitet. »Der Präsident möchte, dass politisch motivierte Taten anders eingestuft und untersucht werden. Politik erfordert eine politische Polizei, sagt er. Da ich der kaiserlichen Geheimpolizei zugeordnet war, sieht er meine zukünftige Aufgabe weiterhin bei der Klärung politischer Taten.« Paul Konter seufzte ungewollt.

»*Divide et impera*«, entgegnete der Jurist lächelnd. Als er die fragenden Blicke sah, ergänzte er: »Latein, Verzeihung. Teile und herrsche.

Ein uraltes Herrschaftsprinzip. Wenn jede Abteilung bei der Polizei ihr Süppchen kocht und die Zuständigkeiten unklar bleiben, ist es für die Herren da oben einfacher, ihren Einfluss geltend zu machen.«

»Mit Herrn Gennat hatte ich gerade ein Gespräch über einen Fall, den seine Inspektion bearbeitet«, sagte Konter. »Wie es der Zufall will, hatte ich in der letzten Neujahrsnacht Schichtdienst als Kriminalbeamter. Und ich wurde gleich nach Mitternacht zum vielleicht ersten Mordfall des neuen Jahres gerufen.« Konter tippte mit dem Bleistift auf einen Namen in der Ecke des Papier: *Josef Mossbach*. »Der Mann wurde bei Jahreswechsel im *Adlon* erschossen.«

Toni ließ sich nichts anmerken. Max und Franz hatten ihr vor Kurzem über den misslungenen Bruch berichtet. Natürlich glaubte sie ihren Neffen, dass sie mit den Schüssen auf diesen Mossbach nichts zu tun hatten. Aber es war fraglich, wie Kommissar Konter die Sache sehen würde. Man musste die Einsichtsfähigkeit des Mannes ja nicht über Gebühr strapazieren. Sie war froh, als der Anwalt das Gespräch in eine gänzlich andere Richtung lenkte.

»Zu dieser Zeit waren doch die Eigentümer des Hotels gerade in Berlin?«, fragte Renger. »Diese Leute haben ja alle Angst, dass die Bolschewisten ihnen ihren schönen Besitz wegnehmen. Könnte der Mord mit der Familie Adlon zu tun haben? Gibt es Zusammenhänge? Vielleicht ein misslungenes Attentat dieser Spartakisten?«

Konter schüttelte den Kopf. »Mossbach war gebürtig in der Oberpfalz. Später Sekretär bei der Stadtverwaltung Augsburg. Im Krieg war er wegen Herzschwäche beim Schreibdienst hinter der Front eingesetzt. Bis vor einem Jahr an der Ostfront bei der Garde-Kavallerie-Division. Mit größeren Heeresverbänden ist die Division um Weihnachten herum in die Hauptstadt eingerückt. Der Mann hatte weder mit der Familie Adlon noch mit den Revolutionstruppen zu tun.«

»Was hatte der Kerl überhaupt in dem Nobelschuppen zu suchen?«, fragte der Anwalt. »Ein kleiner Schreiberling im *Adlon*. Klingt nicht nach seiner Gewichtsklasse.«

»Er hat dort zwei Nächte verbracht.« Konter nickte nur, ohne direkt auf Rengers Frage einzugehen. »Und offenbar wurde er nicht ausgeraubt. Seine Uhr und die Brieftasche, alles da. Mehrere Aktentaschen waren ausgekippt worden. Über tausend Mark lagen leicht auffindbar in der Kommode. Vielleicht wollte er sich mit jemandem treffen. Und es kam zum Streit. Vielleicht hat man ihn aber auch aufgespürt und quasi hingerichtet. Wir haben Blutspuren auf dem Boden gefunden, die nicht zu ihm gehören.«

»Der Mann war auf der Flucht«, sagte Toni Sass plötzlich sehr leise.

Paul Konter starrte sie verwundert an. Manchmal waren die Dinge so naheliegend, dass man sie übersah.

Natürlich, dachte er. Wie konnte ich nur so blind sein?

»Menschen aus besseren Kreisen tauchen gern bei den einfachen Leuten unter«, fuhr Toni mit ihren Überlegungen fort. »Hosen aus Jute, alte Jacke, ein Paar Holzschuhe und etwas Dreck am Hals. Die Armen und Unbedeutenden machen es genau umgekehrt, sofern sie können. Ich sage Ihnen, dieser Mossbach wollte stiften gehen. Vielleicht war er dort mit jemandem verabredet. Jemand, der ihm Geld schuldete. Oder dem er etwas verkaufen wollte. Er könnte auch auf ein geeignetes Transportmittel gewartet haben. Also ist er abgetaucht, indem er sich so fein wie möglich herausputzte. Mein Mann hat es manchmal ebenso gemacht.«

»Aber wovor war er auf der Flucht?«, fragte der Anwalt.

Konter überlegte. »Es wäre denkbar, dass der Kerl etwas anzubieten hatte. Im Moment wird ja alles Mögliche auf den Straßen verkauft. Die Lager der Armee werden aufgelöst, sogar Waffen kommen auf den Markt.« Er hielt einen Moment inne, bevor er den Gedanken zu Ende brachte. »Was aber hat ein herzkranker Buchhalter anzubieten? Bilanzen? Rechnungslegung? Oder Abschriften von Verträgen und Protokollen? Schwer zu sagen, doch es würde erklären, warum seine Aktentaschen durchwühlt wurden.« Er fuhr sich durch das Haar. »Es ist zum Verrücktwerden! Wir wissen nicht einmal, ob der Täter gefunden hat, was er suchte.«

»Mit Verlaub, Herr Kommissar«, meldete sich Dr. Renger. »Wir stochern jetzt bei diesem Mossbach herum. Wenn ich Sie recht verstanden habe, ist das sogar der Fall einer anderen Abteilung. Was aber hat das mit meinem Mandanten Andreas Sass zu tun?«

Konter schrieb mit einem Zimmermannsbleistift das Datum *21. Dezember 1918* auf das große Blatt Papier, kreiste es ein und zeichnete zwei Pfeile dorthin. Er tippte mit dem Finger darauf.

»An diesem Tag ist Mossbach mit derselben Einheit in Berlin eingetroffen, deren Angehörige einen knappen Monat später in die Morde an Luxemburg und Liebknecht verwickelt waren. Sagen Sie mir, dass das ein Zufall ist.«

*

Nachdem sich Toni Sass und der Anwalt verabschiedet hatten, ging Paul Konter in seinem Zimmer auf und ab. Er betrachtete seine Skizze, die immer noch an der Innenseite der Bürotür hing. Die Garde-Truppen, die um Weihnachten herum in die Hauptstadt gekommen waren, gehörten vermutlich zu diesen Spezialeinheiten, von denen in den geheimen Dokumenten die Rede gewesen war. Seine Nachforschungen hatten ergeben, dass die Soldaten Liebknecht und Luxemburg auf eigene Faust in Wilmersdorf verhaftet hatten, wo die beiden kommunistischen Anführer sich versteckt hielten. Dann wurden sie ins *Eden* gebracht. Was dort geschehen war, lag noch im Dunkeln. Die drei Einbrecher behaupteten, Liebknecht sei bereits tot gewesen, als man sie ergriffen habe. Die Soldaten und ihr Befehlshaber gaben sich hingegen als Unschuldslämmer aus und beschuldigten die unterbelichteten Ganoven, ihren Gefangenen in einem unbewachten Moment niedergeschossen zu haben.

Es gibt im Moment viele Freikorps in allen größeren Städten, dachte Konter. Insofern war längst eingetreten, was bei diesen Geheimtreffen von Ludendorff gefordert worden war. Es handelte sich um Truppen, die außerhalb der regulären Streitkräfte agierten. Vielleicht waren die

Morde an den beiden Kommunistenführern tatsächlich abgesprochen gewesen. Aber einen handfesten Beweis dafür hatte Konter nicht. Und ihm war unklar, ob und wie der Tod des Buchhalters damit zusammenhing.

Er wies seinen Assistenten an, ihm möglichst schnell einen Termin bei Ernst Gennat zu besorgen. Und bereits eine Stunde später saß er im Dienstraum seines übergewichtigen Kollegen vom Mordbereitschaftsdienst. Die wichtigsten Punkte hatte er auf einem Übersichtspapier zusammengefasst. In Gennats Diensträumen befand sich eine Schultafel, an die Konter nun seine mitgebrachten Aufzeichnungen anheftete.

»Ich sehe, meine anfangs noch überall belächelten Methoden finden allmählich Zuspruch bei den anderen Abteilungen.« Ernst Gennat lächelte zufrieden und blickte interessiert auf Konters Skizze mit Namen, Kreisen, Unterstreichungen und Pfeilen.

Konter gab seinem Kollegen einen Überblick über die bisherigen Ermittlungen. Dabei achtete er sorgsam darauf, Vermutungen und handfeste Kenntnisse sauber auseinander zu halten. Nach einigen Minuten klatschte Gennat in die Hände.

»Hervorragend, Kollege. Jetzt denken und arbeiten Sie wie ein Kriminalist.«

»Danke, aber leider basieren die meisten Zusammenhänge doch eher auf Vermutungen«, entgegnete Konter und zeigte auf die Pfeile und Kreise, die er mit gestrichelten Linien gezogen hatte. »Unklar. Vielleicht. Könnte sein. Damit kommen wir nicht weiter.«

»Na, na, nicht so pessimistisch, Herr Kollege. Luxemburg und Liebknecht sind als politisch eingestuft. Da kommen wir nicht heran. Weil wir nicht durchschauen können, wer wann wo mit wem noch eine Rechnung offen hat. Der Fall Mossbach ist vielleicht ein profaner Mordfall. Halten wir uns zunächst an ihn. Dann kommen wir durch eine Hintertür wieder bei der politischen Sache rein. Sofern Ihre Hypothesen sich als tragfähig erweisen.«

»Sie meinen diese Garde-Division?«, fragte Konter. »Mossbachs Einheit, die rein zufällig auch die beiden Spartakisten verhaftet hat?«

»Genau. Kleine Diener wissen oft eine Menge über ihre großen Herren. Ebenso wie eine Zofe die Liebhaber ihrer Dame kennt, so weiß ein Buchhalter sicherlich von allen Schummeleien und geschäftlichen Verbindungen seines Dienstherrn.«

»Dann sind diese Dokumente für uns weitgehend nutzlos?«, fragte Konter und warf die Mappe frustriert auf den Tisch.

»Ja, hinsichtlich der konkreten Taten«, antwortete Gennat. »Und nein, denn wir überblicken nun die Motive der beteiligten Personen und Parteien besser.«

»Die Familie eines Verhafteten setzt große Hoffnungen in diese Informationen«, sagte Konter. Er dachte daran, dass ihm Toni Sass die Hölle heißmachen würde, wenn die Hinweise zu nichts führten.

»Schlagen Sie die Leute in den oberen Etagen mit ihren eigenen Waffen«, schlug Gennat vor. »Wenn Sie einen Intriganten nicht durch lautere Mittel zu Fall bringen können, dann nutzen Sie ebenfalls unlautere.«

»Wie das?«, fragte Konter.

»Holen Sie sich einen jungen, schlauen Anwalt ins Boot. Am besten den Sohn eines Liberalen oder Sozialdemokraten, der sich schnell einen Namen machen will. Gehen Sie aber unbedingt auch zum Reichsanwalt. Verunsichern Sie ihn ein wenig durch ein paar Andeutungen. Geben Sie sich als treuer Beamter und Ratgeber aus, der vermeiden will, dass der Auftritt vor Gericht zum Reinfall wird. Lassen Sie von einigen Dokumenten Abschriften anfertigen, die sie beiden Seiten dann nach Bedarf überlassen.«

»Man könnte mich suspendieren. Aufgrund der dubiosen Quellen und des befürchteten Skandals.«

»Nein, ganz im Gegenteil, Konter! Man wird Sie belobigen. Denn offiziell wollen Sie den Skandal doch verhindern. Letztlich werden dabei aber alle Seiten unglaubwürdig, und man wird froh sein, die Sache niederschlagen zu können.«

»Und die wahren Täter in der Sache Liebknecht und Luxemburg?«

»Werden davonkommen«, erwiderte Gennat ungerührt. »Wie ich schon sagte, die Angelegenheit ist politisch, daran werden wir beide nichts ändern, Kollege. Wenigstens haben Sie dann Unschuldige vor dem Fallbeil bewahrt. Und bei den Nationalen haben Sie auch einen Stein im Brett, da Sie so umsichtig waren. Wer weiß, wann Ihnen das einmal von Nutzen sein wird.«

8

Berlin-Alt-Treptow, März 1919

Alfons Keller blickte sich gehetzt um. Seit einigen Wochen war sein Leben aus den Fugen geraten.

Dabei ist doch jetzt Frieden, dachte er. Alles hätte ruhiger werden können. An der Front hatte er von einem Kameraden aus Hamburg einen Schundroman geschenkt bekommen. Darin ging es um Gangster in amerikanischen Städten. Keller hatte lange gebraucht, bis er das Wort richtig aussprach. Gangster. Mit einem *ä*-Laut statt mit *a*. Das waren Ganoven, die sich in Chicago oder New York mit ihren Schießeisen gegenseitig umbrachten. Er hatte das Ganze für totalen Unsinn gehalten und die letzten Seiten, auf denen verraten wurde, wer die Drahtzieher waren, zum Kacken benutzt. Später hatte er das bereut, aber das Geheimnis der Morde lag jetzt mit seinen Exkrementen in französischer Erde begraben.

Und nun? War er mittendrin in einem solchen Gangster-Schundheft! Auf der Flucht! Und Sepp hatte ihm das eingebrockt. Ausgerechnet Sepp. Der ewig korrekte Korinthenkacker. Knapp vor Jahreswechsel war sein Freund zu ihm gekommen.

»Alfons, wir kennen uns schon so lange. Du musst mir einen Gefallen tun«, hatte er gesagt. Ganz harmlos.

Tatsächlich kannten und vertrauten sich die Männer seit Jugendtagen. Sie kamen aus der Oberpfalz. Aus Markt Pyrbaum. Einige Familien dort waren fränkisch, die anderen bayrisch. Seit alters galten hier die ehernen Regeln. Mütze ab vor Schulze und Pfarrer. Für die Seele das Kreuz schlagen vor der *Mater dolorosa*. Für den Leib der Zoigl und die Würstl. Und mancher Maifeiertag endete naturgemäß in Raufereien. Die Welt war in Ordnung, niemand rüttelte am Oben und Unten. Die Hofstellen waren immer schon an die ältesten Söhne gefallen. So hatte also Sepp und Alfons, in ihren Familien die dritten Söhne, nach dem Waffenstillstand nichts zurück in die Heimat gezogen. Sie wollten leben, nach Berlin oder Hamburg. Ihre Entscheidung stand fest. Die Zukunft lag in den Großstädten, und die beiden Männer wollten dabei sein, wenn sie anbrach. Sepp war auf die Idee gekommen, sich der Demobilisierung zu entziehen, indem sie sich von einem neu entstandenen Freikorps anwerben ließen.

»Nur für ein paar Monate, Alfons. Und es kommt noch ein wenig Geld zusammen«, hatte er gesagt.

Der Befehlshaber ihrer Brigade, Kapitän Hermann Ehrhardt, war in Wilhelmshaven nicht zimperlich gewesen. Er hatte die dortige Räterepublik auf Befehl der Bürger und Unternehmer niedergeschossen. Und für jeden toten, roten Revolutionär war eine Prämie an seinen Trupp ausgezahlt worden. Für über einhunderttausend Reichsmark hatten Sepp und Alfons Zahlscheine erstellt. Auch über den Krieg musste schließlich Buch geführt werden. Beide Männer hatten also sichere Posten für niedere Offiziersränge innegehabt. Eine ruhige Kugel schieben und sich bloß selbst keine einfangen. Und jetzt, da der Krieg zu Ende war, wurden die Soldzahlungen umso wichtiger. Geld war schließlich der einzige Grund, weshalb die Soldaten noch in den Kasernen blieben.

Nichts ist mehr sicher, dachte Keller verbittert, als er auf die Tramlinie II Richtung Treptow sprang. Er hatte sich an der zugigen Haltestelle nahe dem Schlesischen Bahnhof genau umgesehen. Er wollte sich vergewissern, dass ihm niemand folgte. Vor drei Tagen war seine Dachkammer, die er am Rosenthaler Platz angemietet hatte, aufgebrochen worden. Alles war durchwühlt gewesen, die wertvolle Krawattennadel, die goldenen Manschettenknöpfe und das Geld blieben hingegen unangetastet. Dafür lagen alle Papiere, die er von seiner Dienststelle in der Dragonerkaserne mit nach Hause genommen hatte, durchwühlt am Boden.

Sepps Aktentasche hatte er jedoch vor einiger Zeit sicher in einem Schließfach am Schlesischen verwahrt. Schon seit Tagen hatte Alfons Keller jedoch den Verdacht, dass man ihn beobachtete. Ein Kerl hatte unten im Hausflur geschnüffelt, zweimal meinte Keller, dass ihn jemand verfolgte.

Sie haben einfach eins und eins zusammengezählt, dachte er. Mossbach und Keller, die alten Kumpel. Man musste sie nicht einmal persönlich kennen. In ihren Lebensläufen stand ja, dass beide Männer aus demselben Ort kamen. Zudem gab es viele Kameraden, die mit ihnen zusammen gedient hatten. Und die wussten von der Freundschaft. Und jetzt waren Alfons' schlimmste Befürchtungen bestätigt worden.

Was zunächst nur eine Ahnung gewesen war, hatte sich zur Gewissheit entwickelt, als Alfons Keller die aktuellen Mannschaftslisten durchgesehen hatte.

Josef Mossbach – Polizeiliche Meldung vom 3. Januar: verstorben am 1. Januar, Todesursache unbekannt. Soldzahlung ist mit Todestag einzustellen.

So einfach setzte das Heer den Schlussstrich unter ein Leben. Unter eine Freundschaft. Ganz unerwartet hatte Keller diese Nachricht nicht getroffen. Der Freund war seit der Verlegung der Einheit aus Bremen nach Berlin in seltsamer Stimmung gewesen.

»Es wird alles klar, wenn du die Akten liest, Alfons«, hatte er ihm kurz nach Weihnachten erklärt. Er hatte ihm den Gepäckschein in die Hand gedrückt und war verschwunden.

Und nun war das Maß voll. Keller hatte geglaubt, dass sich die Aufregung um den toten Zahlmeister Leutnant Mossbach schnell legen würde. Dann wollte er dessen Akten holen und entscheiden, was zu tun wäre. Je nachdem, was er darin vorfand, konnte er sich immer noch an die Polizei oder an seine Vorgesetzten wenden.

Aber seit der Sache mit den beiden Spartakisten-Anführern ging es in der Hauptstadt drunter und drüber. Zwei Tage nach den Morden war ihm selbst aufgelauert worden. Drei angetrunkene Rotmützen hatten ihn offenbar durchprügeln wollen. Jemand musste ihnen gesteckt haben, dass er noch bei den Truppen diente. Gott sei Dank hatte seine *Luger* Schlimmeres verhindert. Alfons war im Pfälzer Schützenverein gewesen, und zwei gezielte Schüsse in die Beine hatten die Proleten vertrieben. Was zunächst aussah, als wäre es Zufall, fügte sich in den folgenden Tagen in eine Reihe von Merkwürdigkeiten. Keller wurde von einem Vorgesetzten zu einer verschärften Befragung befohlen. Sein Dienstzimmer in der Kaserne war durchsucht worden. Dann seine Kammer. Und immer häufiger fühlte er sich beobachtet. Aus diesem Grund hatte er schließlich die Entscheidung getroffen zu verschwinden. Er deutete es nicht als Desertion, da sein Dienstvertrag Ende März auslief. Er rechnete die versäumten Heimaturlaube zusammen und sah sich berechtigt, in der dritten Februarwoche endgültig aus dem Dienst bei der Truppe auszuscheiden. Keller war klar, dass seine Vorgesetzten dies vielleicht anders sehen würden. Aus diesem Grund hatte er sich mit einigen gestempelten und unterschriebenen Blanko-Papieren und Vollmachten eingedeckt.

Ein Jahr in Berlin unter falschem Namen würde Gras über der Sache wachsen lassen. In der Nähe des Schlesischen Bahnhofs hatte er vor zwei Tagen spontan einen Bürger in gutem Anzug angesprochen. Der Mann hatte ihm die rührselige Geschichte einer eifersüchtigen Liebe abgekauft und sich bereit erklärt, dort unauffällig einen Gepäckschein für Keller einzulösen.

Mit tief ins Gesicht gezogenem Hut, einem kleinen Koffer und Sepps Aktentasche wartete er nun zwei Trambahnen ab. Ein Beobachter musste denken, er wollte nach Charlottenburg. Dann jedoch sprang er urplötzlich auf die Tram in die entgegengesetzte Richtung. Nur, um sich an der nächsten Hausecke erneut anders zu entscheiden. Trotz der Besorgnis fand er noch Zeit, an diesen Gangsterroman zu denken. Die Kerle in Chicago hatten es ähnlich gemacht.

Wirklich seltsame Zeiten, dachte er.

Keller war überzeugt, dass er einen Verfolger bemerkt hätte. Etwas außer Atem saß er schließlich im zweiten Wagen der Linie nach Treptow. Vom Platz am Gang aus hatte er einen guten Überblick. Die Fahrt würde nur kurz dauern. Er wollte auf der anderen Spreeseite in Alt-Treptow ein kleines Zimmer bei einer alten Witwe beziehen und sich unter dem Namen *Herbert Radtke* eine Stelle in der Buchhaltung suchen.

Im Spreetunnel geschah es. Alfons Keller hatte sich etwas entspannt und die Häuserfront auf der Stralauer Seite im gleißenden Licht der Februarsonne betrachtet. So geblendet, nahm er nicht wahr, dass sich unmittelbar nach Einfahrt in den Tunnel ein kräftiger Mann näherte. Plötzlich spürte Keller, dass er in Richtung Fensterplatz gedrängt wurde. Eben wollte er protestieren und tastete nach seiner Waffe, als ihm ein sengender Schmerz in die Flanke fuhr. Tatsächlich trübte sich seine Sicht ein weiteres Mal ein, als wäre er von dem Feuer geblendet, das in seinem Inneren entbrannt war. Er wollte aufschreien, aber in diesem Moment rammte ihm der Angreifer ein vorbereitetes Stoffknäuel in den offenen Mund.

»Ganz ruhig, Bursche«, zischte der Mann leise. »Den ersten Hieb überlebst du vielleicht. Am zweiten verreckst du, das verspreche ich dir!«

Keller saß nur da und keuchte. Der Schmerz war unerträglich. Ihm schien es, als hätte jemand heißes Blei in seine Eingeweide gegossen. Die Tram ruckelte endlich aus dem Tunnel heraus und kam in Alt-Treptow zum Halten. Der Mann neben Keller drückte seine Lederfaust noch einmal in dessen Seite, griff sich den kleinen Koffer und sprang zur hinteren Plattform, um den Wagen zu verlassen. Alfons Keller tanzten bunte Lichter vor den Augen. Die Übelkeit ließ etwas nach, als er sich den Knebel aus dem Mund würgte. Er spürte, dass sich Hemd und Anzug mit Blut tränkten. Am Mantel war außen noch kaum etwas zu sehen. Nächste Haltestelle. Betäubt rempelte er einige Fahrgäste an und torkelte nach draußen.

»Oller Suffkopp, pass uff!«

Die Aktentasche, die ihm sein Freund Josef Mossbach überlassen hatte, war seitlich in einen Spalt unter den Sitz gerutscht, als die Tram weiter in Richtung Köpenick anfuhr.

*

Personenbeförderungsschein. Fahrerlaubnisverordnung. Jedem preußischen Amtmann leuchteten bei diesen Begriffen die Augen. Vorgesehen für den »Erwerb einer Berechtigung zur Beförderung von zivilen Personen im motorisierten Straßenverkehr« waren nach Paragraph 48 der *FeV*, und Paragraph 7, Absatz 2 der *Dritten Durchführungsverordnung Nahverkehr in Berlin und Umland* ausschließlich Männer. Und der zuständige Beamte hatte sofort erkannt, dass Hilde Sehlheim somit eine grundsätzliche Voraussetzung naturgemäß nicht mitbrachte.

»Fräulein Sehlheim«, hatte der Mann erklärt, »hier steht ausdrücklich: *Der Bewerber hat seine Befähigung durch eine sechsmonatige Ausbildung im Fahrstand unter Begleitung eines Sachkundigen sowie durch eine Fahrprüfung nachzuweisen.*« Er hatte sich geräuspert und seine Lesebrille zurechtgeschoben, die nur auf den Nasenrücken geklemmt war. »Der Bewerber. Kein Zweifel, dass ich Sie nicht zur Prüfung zulassen kann, Fräulein Sehlheim, denn Sie erfüllen diese Anforderung nicht.«

Hilde Sehlheim war den Tränen nahe gewesen. Tränen der Wut. Sie war besser als manch männlicher Kollege. Ihr Traum war es immer gewesen, Trambahn zu fahren. Nicht als Gast, sondern vorn im Führerstand des Triebwagens. Der kriegsbedingte Männermangel hatte ihr vor vier Jahren die Chance geboten, im Straßenbahndepot Niederschönhausen als technische Hilfskraft anzufangen. Die anderen Arbeiter hatten sie anfangs belächelt und verspottet, aber das hatte sich schnell gelegt. Hilde konnte zupacken. Und wenn es nottat, dann konnte sie sich auch Respekt verschaffen. Ihren Spitznamen *Dragoner* hatte sie nach der ersten Woche weggehabt. Nicht gerade schmeichelhaft, aber er machte jedem dämlichen Kerl klar, wen er hier vor sich hatte.

Und nun saß dieser vertrocknete Stutzer mit Wilhelm-Bart vor ihr und erklärte, dass sie nur aus einem einzigen Grund nicht geeignet wäre, eine Tram zu fahren. Sie war eine Frau.

»Ich bin drei Jahre auf den Arbeitswagen der *GBS* gefahren«, fuhr sie ihn scharf an. »Seit einem Jahr bezahle ich von meinem Lohn eine Ausbildung im Personenverkehr. Sogar den neuen Triebwagen B20 bin ich schon gefahren. Und Sie wollen mir erzählen, dass ich nur deshalb nicht zu einer Prüfung zugelassen werden kann, weil ich kein Bewerb*er* bin?«

»Sie haben den Sachverhalt ganz richtig erfasst, Fräulein Sehlheim«, entgegnete der Beamte. »Es steht Ihnen frei, die Zulassung zur Prüfung zu beantragen. Sollte der Antrag, wie eben dargelegt, abgelehnt werden, so können Sie dagegen Beschwerde einlegen. Ich weise darauf hin, dass hierfür eine Gebühr …«

Hilde sprang auf und lief aus dem Zimmer. Die Tür fiel mit einem lauten Krachen ins Schloss. Sie stand im Flur und musste tief durchatmen. Ihre Wut hatte sie mühsam zu beherrschen gelernt. Früher hätte sie die beiden Stühle, die hier standen, sicherlich umgeworfen. Vielleicht hätte sie auch diesen idiotischen Kaiser-Gipskopf, der irgendwie verloren zur Seite blickte, vom Sockel gehauen. Warum stand das Ding überhaupt noch hier? Der Kerl war doch nach Holland stiften gegangen. Immer noch wütend machte sie sich auf den Weg zurück nach Schönhausen. Sie hatte noch eine Spätschicht und brauchte das Geld.

»Na, Hildchen? Wie is et jeloofen?«, fragte Tante Emma. Die alte Frau führte den kleinen Laden neben dem Eisenbahn-Depot. Und sie hieß eigentlich Trude, aber alle kannten sie nur als Tante Emma. Sie schien mit ihrem Geschäft verwachsen zu sein. Niemand konnte sich erinnern, sie jemals draußen auf der Straße gesehen zu haben. Sie saß auf ihrem Schemel und las in den Liebesschnulzen und Groschenheften, die sie auch verkaufte. Sie schlief in einer kleinen Kammer neben ihren Regalen, Kisten, Konserven und Pappkartons. Ihr Laden hatte nie geschlossen. Kam um vier Uhr morgens jemand herein, dann bimmelte die Glocke, und eine halbe Minute später stand Tante Emma am Tresen. Semmel mit Wurst, zehn Pfennig. Nur die Wurst ein Sechser. Und hatten die Gören mal nur zwei Pfennig, dann gab es den Zipfel.

Hier endlich konnte Hilde weinen. Sie hatte es sich abgewöhnt, ihre Gefühle offen zu zeigen. Seit sie als einziges Mädchen in einer Familie mit acht Geschwistern aufgewachsen war. Aber es tat immer noch gut, und sie ließ es zu, wenn sie sich sicher fühlte. Wie bei Emma. Die alte Krämerin nahm die kräftige, junge Frau in den Arm.

»Det war wohl nüscht, wa?«, stellte sie fest. Während sie mit einem Arm Seelentrost betrieb, griff die andere Hand in ein kleines Glas mit Karamellbonbons.

»Nimm von de Schnongse, Hildchen. Dat hülft imma.«

»Danke, Emma«, sagte Hilde nach einer Weile. Die Werksirene der Betriebsstätte röhrte und kündigte das Ende der Frühschicht an.

»Ick hab jetzt Spät. Muss los. Darf ich nachher noch mal vorbeikommen?«, fragte sie und hielt die klapprige Ladentür bereits in der Hand. Sie kannte Emmas Antwort.

Hilde Sehlheim beruhigte sich etwas, als sie ihre Maschinen sah. Und hörte. Hier eine Achse, die überholt wurde, dort ein Motor, an dem die Techniker von *Siemens* schraubten. Würde sie jemals heiraten, dann in einer Werkhalle. Blaumann statt Anzug und Kleid. Der Duft von Schmierfett statt Kölnisch Wasser. Rohrzange und Engländer statt Brautstrauß. Ein Kerl, der das nicht aushielt, konnte ihr gestohlen bleiben. Gerade stauchte sie einen Gesellen zusammen, der eine schlechte Schweißnaht mit vielen Bindefehlern gezogen hatte, als der Schichtleiter auf sie zukam.

»Hilde, sieh dir mal den Wagen 551–4 an«, ordnete er an. »Een Ferkel hat da wohl seen Fleisch von de Freibank uff de Sitze jelegt. Allet eenjesaut. Schau, ob dat noch schnell jeputzt werden kann. Oder ob was kaputtjegangen is. Sonst mach den Bericht.«

Solche Arbeiten waren nicht gerade beliebt. Und immer noch wälzte die Leiter solche Sachen gern auf die Frauen ab. Seit drei oder vier Monaten waren die Sitten in Berlin rauer geworden. Notdurft und Abfall in den Wagen gehörten bereits zum Alltag. Alte Leute starben in den Zügen, und diese Jugendcliquen klauten Metall und Sitzbänke. Und in den Werkdepots am Rande der Stadt kamen die Wagen aus Mitte an. In denen war es besonders schlimm. Hilde und ihre Kollegen hatten in letzter Zeit an den Fenstern, auf den Bänken oder am Boden eigentlich alles gefunden, was menschliche Körper absondern konnten. Immer wieder mussten auch tote Hunde oder Nagetiere entsorgt werden, wenn sich deren Besitzer entschieden hatten, diese Viecher doch nicht auf den heimischen Teller zu bringen.

Hilde stieg in den angegebenen Wagen und war froh, dass es weder nach Erbrochenem noch nach Urin roch. Sie schritt die Sitzreihen ab und fand die verdächtige Stelle. Blut. Daran bestand kein Zweifel. Sie war im berüchtigten Meyers Hof in der Ackerstraße aufgewachsen. Mietskaserne im dritten Hinterhof. Von klein auf war ihr nichts Menschliches fremd gewesen. Sie tastete mit dem Finger nach der kleinen Lache. Zäh-klebrig, also war die Sache noch nicht lange her. Von einer Kneipenschlägerei stammte das nicht, da war sie sicher. Bluttropfen aus Nase und Mund waren fast immer mit Speichel und Rotz verschmiert. Außerdem waren es dann eher Tropfen. Hier aber war eine ganze Menge geflossen und regelrecht versickert.

Schussverletzung oder Stichwunde, dachte Hilde nur, zuckte dann aber mit den Schultern. Nicht ihre Sache. Keine Leiche, kein Verletzter. Da würde sich der Schichtleiter bedanken, wenn sie jetzt mit einer Räuberpistole zur Gendarmerie lief. Sie wollte sich gerade umdrehen und die Putzkolonne anweisen, als ihr Blick auf das dunkelbraune Leder am Boden fiel. Etwas war zwischen Rückenlehne und Sitzbank nach hinten gerutscht. Sie griff unter die Bank und fluchte in dem Moment, als sie erkannte, dass sie sich den Blaumann eingesaut hatte. Natürlich hing die rote Soße auch an den Holzstreben auf der Unterseite des Sitzes. Daran hatte sie nicht gedacht. Mit einem letzten Ruck zog sie die Aktentasche aus der Mulde, die Radkasten und Bank an dieser Stelle bildeten.

9

Berlin-Alexanderplatz, April 1919

»Wird Anklage erhoben oder nicht?«, fragte Renger gereizt.

Der ältere Anwalt fühlte sich übergangen, da die Polizei einen noch jüngeren Pflichtverteidiger für Götze und seine beiden Komplizen bestimmt hatte, mit dem er jetzt notgedrungen zusammenarbeiten musste. Die drei Verdächtigen befanden sich seit drei Monaten in Untersuchungshaft. Mal waren sie von den Kollegen der Politischen Abteilung verhört worden, mal hatten sich die Inspektionen Raub oder Diebstahl um sie gekümmert. Allen Verantwortlichen waren die Luxemburg-Liebknecht-Morde zu heiß. Das Begräbnis der beiden linken Politiker hatte fast zu einem Volksaufstand geführt, die Stimmung in der Stadt blieb explosiv. Wer bei dieser Ermittlung einen Fehler machte, war bestenfalls weg vom Fenster. Schlimmstenfalls schoss ihm ein erboster Linker in den Rücken. Konter hatte versucht, Renger die Gründe für das taktische Zögern und die Hinzuziehung eines weiteren Anwalts zu erklären.

»Ihr Kollege Bartmann hat einfach die besseren Beziehungen, Herr Anwalt. Und darauf kommt es jetzt an. Ein Onkel von ihm sitzt für die SPD in der Nationalversammlung, sein Vater arbeitet beim *Vorwärts*. Diesen Einfluss müssen wir nutzen«, versuchte Konter, den Mann zum wiederholten Male zu beruhigen.

Er kam sich vor wie ein Stellenaspirant, der hin und her sprang. Mal war Konter bei Gennat, um sich zu besprechen. Dann wurde er beim Reichsanwalt vorstellig, um dort sein doppeltes Spiel zu beginnen. Und schließlich hatte er in dem jungen Heinz Bartmann eben jenen linken Idealisten gefunden, den er für diese Aufgabe brauchte.

»Die drei Männer bleiben zunächst in Haft. Aber nur noch wegen des Einbruchdiebstahls. Die Mordanklage ist endgültig vom Tisch«, fuhr er Renger gegenüber fort.

»Da muss doch mehr drin sein, Herr Kommissar! Immerhin haben wir Ihnen Unterlagen von höchster Brisanz überlassen. Dann die brutale Misshandlung meines Mandanten durch die Soldaten. Beinahe erfolgte sogar Lynchjustiz. Die zu Unrecht erhobene Anklage. Es ist zudem keine ordentliche Beweissicherung hinsichtlich des angeblichen Einbruchs erfolgt. Das ganze Verfahren ist vollkommen unrechtmäßig.«

»Ich kann Sie verstehen, Herr Renger. Aber vielleicht ist es im Moment alles, was wir erreichen können.«

Paul Konter war selbst unzufrieden mit der Entwicklung des Falls. Alles sprach dafür, dass die Gardetruppen nicht nur schwere Verbrechen begangen hatten, sondern dass führende Köpfe in Politik und bei der Polizei sie deckten.

»Immerhin wird es ein Verfahren gegen die Truppenangehörigen geben«, sagte er halbherzig. »Ich denke, spätestens danach wird man von Sass, Götze und Kerner ablassen.«

»Ach ja?«, empörte sich der Anwalt. »Wie ich hörte, wird den beteiligten Soldaten nur wegen Dienstvergehen der Prozess gemacht. Und dann noch vor einem Militärgericht. Die Kerle werden sich gegenseitig bezeugen, wie gut sie ihre Gefangenen behandelt haben. Vielleicht heißt es ja in einer Woche, Luxemburg und Liebknecht hätten sich in einem Duell gegenseitig umgebracht.« Renger war aufgestanden und zur Tür gegangen. »Da können Sie gleich den Bock zum Gärtner machen. Seit wann entscheiden Militärrichter in der Angelegenheit ziviler Kapitaldelikte? Was müssen wir uns von diesen Burschen eigentlich noch bieten lassen?« Er warf die Tür laut hinter sich ins Schloss.

*

Die Mädchen waren perfekt. Zwar waren es bisher nur vier, aber Tonis Freundin in Straßburg hatte zugesagt, weitere Bewerberinnen binnen

Monatsfrist zu finden. Toni Sass gefiel es nicht, als Kupplerin für Meyer tätig zu werden. Das Geschäft käuflicher Lust war schmutzig, ja widerwärtig. Keinesfalls wollte sie, dass sich in der Stadt herumsprach, dass sie »williges Fleisch« beschaffen konnte. Einen solchen Ruf würde sie nie wieder los. Nachdem sie sich der Tatsache versichert hatte, dass alle Liebesdamen auch tatsächlich volljährig waren und wussten, was sie taten, hatte sie ihr Gewissen zumindest oberflächlich beruhigt.

»Trink den Mokka, Franz«, sagte sie, in Gedanken versunken. Sie hatte sich mit ihrem Neffen im *Café Bauer* an der Ecke Unter den Linden und Friedrichstraße getroffen.

»Das ist eine dämliche Vereinbarung, Toni«, maulte er. »Ich bin doch jetzt selbst Lokalbesitzer und Unternehmer. Und da soll ich bei dem fetten Willy kellnern?«

Er hatte sich einige Wochen um diesen Teil des Arrangements zwischen Toni und Meyer gedrückt, gehofft, es würde in Vergessenheit geraten. Nun hatte der Boss des Ringvereins jedoch ultimativ gefordert, dass er seine Stelle antreten müsste.

»Zwei halbe Tage, ein halbes Jahr. Wirst du schon schaffen«, erwiderte seine Tante. »Denk mal nach. Ihr Jungs kennt euch zwar gut aus im Milljöh. Aber ein paar Kontakte nach oben wären doch nicht schlecht. Willy wird dafür sorgen, dass der Name Sass nicht mehr nur nach Straße riecht. Der Kerl hat dich in sein Herz geschlossen.«

Messer-Willys Varieté lag in der Nähe des Admiralspalasts. Viele Ganoven besaßen das Geschick, sich von den Erfolgen der großen Theaterdirektoren eine ordentliche Scheibe zu sichern, wenn sie in der Nähe der großen Häuser ihre Lokale betrieben. Der biedere Bürger wollte es nachts richtig krachen lassen. Und falsche Zurückhaltung seitens der Klubbetreiber war da nur geschäftsschädigend. Oft saßen um Mitternacht die weniger Betuchten mit den ganz Reichen zusammen, starrten auf eindeutig zweideutige Darbietungen und sangen schlüpfrige Lieder.

Gerade wollten Toni und Franz die Schwingtür zu *Meyers Theater* öffnen, als ein Koffer und ein Leinensack durch die Seitentür für Lieferanten auf die Straße flogen. Gleich danach schlug ein schlanker Körper daneben auf dem Asphalt auf. Der Mann trug einen hellen Anzug, der einige Flecken aufwies. Sein Hut, in der Art, wie ihn Sommergäste auf Usedom trugen, rollte im Bogen in den Rinnstein. Das hagere Gestell versuchte, sich aufzurichten.

»Sie lassen sich wirklich eine fantastische Gelegenheit entgehen, Herr Meyer! Zehn zu eins. Todsicher. Und ich verlange nur zwanzig Prozent. Das Geschäft Ihres Lebens …« Der Mann schien mit einer Drehung von Kopf und Körper der Bewegung der zuschlagenden Tür folgen zu wollen. Seine Worte prallten jedoch an Wand und Stahl ab. Er schwieg und begutachtete den Schaden an seiner Kleidung. Schließlich erhob er sich und blickte in Richtung Friedrichstraße.

Franz wurde später oft gefragt, ob er sich an dieses erste Zusammentreffen seiner Tante mit Max Klante erinnern konnte. Und was daran so besonders gewesen war. Er zuckte dann immer mit den Schultern und sagte:

»Er war halt einer, dem man gerade in den Hintern getreten hatte. Nichts Besonderes zu dieser Zeit.«

Irgendetwas anderes musste da jedoch gewesen sein, das dem Auge des jungen Sass entgangen war. Eine Art Magie vielleicht, die zu erkennen es einer gewissen inneren Reife bedurfte, die der Jugend fehlte.

»Wenn es einzig der Sinn meiner Demütigung war, einen Blick auf solch ein bezauberndes Wesen werfen zu dürfen, dann will ich gern noch einmal hineingehen und mich treten lassen«, sagte der Mann und kam lächelnd auf Toni zu.

Franz, den er nicht wahrzunehmen schien, beobachtete entgeistert, wie seine Tante dem Männlein die Hand zum Kuss reichte. Danach folgte eine kleine Unterhaltung, die Toni später gebildete Konversation nannte. Franz schien es mehr das Süßholzraspeln, das zwischen Mann und Frau so oft zu beobachten war.

»Dulcinea!«, rief der Mann, der sich nun als Max Klante vorgestellt hatte, plötzlich. »Wenn Ihr diesen Ort der Sünde und der Gewalt betreten wollt, dann braucht Ihr einen treuen Begleiter, der bereit ist, sein Leben für Euch zu geben.«

»Erstens, du Nulpe, für dich ist das *Frau Sass*«, schnauzte Franz ihn an. »Und zweitens hat sie mich als Begleiter. Du Reisigknochen kriegst nur wieder den Hintern versohlt.«

Toni wies ihren Neffen erstaunlich scharf zurecht und verabschiedete sich freundlich von Klante. Franz glaubte, dass der Mann Tränen in den Augen hatte, als sich seine Tante von ihm abwandte.

Nach mehr als zwei Stunden trat Toni wieder auf die Straße. Ihr war immer noch übel bei dem Gedanken an Meyers Blicke, als sie ihm die Huren vorgestellt hatte. Sie hatte versucht, dem Kerl ein paar Punkte einzuschärfen.

»Wenn die Kunden sie als exklusiv und teuer erleben sollen, dann darfst du sie nicht jedem Idioten an den Hals werfen. Ein Freier am Abend zu fünfhundert bringt dir mehr als zehn zu zwanzig. Ein gutes Rennpferd spannst du auch nicht vor die Trambahn.«

Messer-Willy hatte darauf bestanden, dass Franz gleich heute seine erste Lektion erhielt. Zwar hatte dieser kleinlaut protestiert, aber als Toni gegangen war, eilte ihr Neffe bereits im Kellnerfrack mit weißem Tuch über dem Arm zwischen den Tischen umher.

Wird Zeit, dass er ein wenig gestutzt wird, dachte sie und beobachtete die Szene. Junge Triebe neigen sonst zu Wildwuchs, der beim erstbesten Sturm bricht.

Als sie das Lokal verließ, blendete das Licht des späten Nachmittags in den Augen, da es genau von Süden in die Straße schien. Ein Schatten trat auf sie zu. Rosenduft stieg ihr in die Nase.

»Dulcinea! Meine Gebete wurden erhört. Deine Reinheit hat dich vor den Teufeln in jener Hölle bewahrt. Nimm diese Blumen als Dank und Zeichen meiner Zuneigung!« Max Klante war vor Toni auf die Knie gefallen.

Woher hatte der Mann Rosen? Im April? Er musste ein Vermögen für diese zwei Dutzend ausgegeben haben. Toni Sass war eine Mischung aus bodenständiger Frau und Träumerin. Dank der ersten Eigenschaft hatte sie viel Unbill überlebt, den ihr oftmals der zweite Wesenszug überhaupt erst eingebracht hatte. Sie mochte diesen Mann auf Anhieb. Und sie war erfahren genug, um sich nicht zu fragen, woran das lag. Mit den Frühlingsrosen hatte er jetzt ihr Herz erobert.

»Darf ich Euch zu einem bescheidenen Kaffee einladen, meine Teuerste?«, fragte Klante, als er sich wieder erhoben hatte. »Allerdings müsstet Ihr hernach die Zeche begleichen, was mir sehr unangenehm ist. Keinen Sechser nenne ich mehr mein eigen.«

Der Don Quichotte ihres Herzens war ein notorisch klammer Schwerenöter, dessen einfältiger Glaube an ein Stück vom Glück sein größtes Kapital war. Toni ahnte es wohl, jedoch hatte sie es nie vermocht, sich dem Reiz solcher Männer zu entziehen.

*

Das Gelände an der Oberlandstraße südlich des Tempelhofer Felds passte irgendwie nicht zu Berlin. Die Bauten hatten etwas von den amerikanischen Städten, wie man sie aus dem Kintopp kannte. Der Stil der Flächen war ausgerichtet an morbiden Metaphern, die das Ganze unwirklich und zugleich erschreckend authentisch wirken ließen. Dunkel, im Kontrast überzeichnet und in grelles Licht der Dampflampen getaucht wirkten sie wie Symbole des Zerfalls, der Dekadenz, aber auch des Vergnügens und der Lebensfreude.

Jekaterina fröstelte beim Anblick der Filmkulissen. Hier bot sich die Bühne für Mord und Intrigen, spiegelte sich der tiefe Abgrund menschlichen Daseins. Tierische Lust, Habgier und Geltungssucht schienen fast greifbar zu sein in den drei künstlichen Straßenzügen, die Handwerker und Bühnenbildner geschaffen hatten. Und erst auf den zweiten Blick erkannte die junge Russin, was beinahe komplett fehlte.

Farbe. Die Fassaden, das Trottoir, die Automobile und selbst die Kleidung der Passanten waren fast ausschließlich in Schwarz, Weiß und Grautönen gehalten. So steigerten die Filmemacher die Kontraste. Und was das Zelluloid nicht abbildete, brauchte im wahren Leben nicht zu sein. Ein Holzschild hatte das Gelände als Eigentum der *Universum Film AG* ausgewiesen.

»Sie sehen hier einen Ausdruck der neuen Zeit, Verehrte«, sagte Jekaterinas Begleiter, ein älterer Offizier der Infanterie. »Der Film. Persönlich kann ich diesem scheußlich degenerierten Gehabe nichts abgewinnen. Die Herren Künstler meinen, das Wesen des Menschen entdeckt zu haben. Dabei suchen sie nur einen Vorwand, um ihr albernes, lüsternes Verhalten ausleben zu können. Liederlichkeiten und abartiges Gedankengut waren jedoch schon immer gut, um den Pöbel zu amüsieren.«

»Warum sind wir dann hier, Herr Major?«, fragte die Russin keck. Sie fühlte sich ein wenig ertappt, denn bereits die ersten Eindrücke der Filmkulissen und der hier arbeitenden Menschen faszinierten sie. Tatsächlich hatte die Szenerie etwas Verwirrendes, Verbotenes, Verborgenes. Der Reichswehroffizier hatte nach einer Begleitung für den Abend gesucht. Er kam aus dem Rheinland und verfügte über keine Bekanntschaften in Berlin. Als ihre russischen Freunde sie auf das Angebot aufmerksam machten, hatte Jekaterina eingewilligt. Ein Gesellschaftsabend beim Film war etwas Neues, und sie konnte vielleicht auf diese Weise nebenbei für Kommissar Konter ein paar neue Namen und Fakten in Erfahrung bringen.

»Kontakte sind nun einmal wichtig«, sagte der Offizier. Obwohl er gerade dabei war, sich über Anstand und Moral auszulassen, hatte Jekaterina Romanowa schnell bemerkt, dass er erstaunlich wenig Interesse an ihr zeigte. Stattdessen schien er sofort Gefallen zu finden an den vielen jungen, männlichen Komparsen, die leicht bekleidet und faunartig unablässig zwischen den Aufbauten umher eilten.

»Welcher Film wird hier gedreht?«, fragte er einen Mann, der ein schweres Kamerastativ trug.

»*Sommernachtstraum.*«

»Vielleicht hätte man noch zwei Monate warten sollen«, sagte Jekaterina und zeigte lachend auf die schmutzigen Reste der Schneehaufen neben den Außenkulissen. Es hatte in der letzten Aprilwoche heftig geschneit und war jetzt, Anfang Mai, immer noch recht frisch.

»Vielleicht könnten wir dort in eine Bar gehen«, schlug eine Dame vor, die sich zu ihnen gesellt hatte. Sie trug ebenfalls kaum mehr als nichts. »Mir ist kalt.«

Die Herren lachten. »Alles Attrappen, meine Liebe. Hinter der Fassade zieht es noch heftiger als davor«, meinte einer.

»Wird Ludendorff kommen?«, fragte ein anderer Heeresoffizier unvermittelt.

»Der General ist enttäuscht über die Entwicklung, die die *Universum* derzeit nimmt. Ich denke, der Einfluss bestimmter Finanzkreise und jüdischer …«

»Bitte, meine Herren!«, rief die Leichtbekleidete. »Nicht schon wieder Politik.« Sie wandte sich an Jekaterina. »Im Moment sind Männer nur erträglich, wenn sie betrunken sind. Finden Sie nicht?«

Jekaterina schwieg und war eher enttäuscht darüber, dass die Offiziere ihre Gespräche jetzt auf Nebensächlichkeiten lenkten. Sie nahm sich vor, später einen der Männer in der Sache Ludendorff und *Ufa* auszuhorchen.

»Lässt sich mit dem Gehoppse vor einer Kamera denn Geld verdienen?«, fragte ein kleinerer Bankier.

»Na, Sie haben eine Ahnung, Herr Liebmann«, antwortete der Major, den Jekaterina begleitete. »Großes Geld sogar! Die Filme werden für billiges Geld gedreht. Eine Kulisse, ein Monat, fünf Werke. Die Reichsmark ist so windelweich, dass der Kredit für die Produktion in drei Monaten nur noch die Hälfte wert ist. Die *Universum* verkauft die Filme nach England und Amerika. Auf dem Balkan und im Osmanischen Reich sind sie ganz verrückt nach deutschem Zelluloid. Und jede Devise ist im Moment besser als unsere Währung. Aber die Anteilseigner der *Universum* sind ganz neidisch auf die *Decla*. Bei denen hat nämlich gerade Fritz Lang, ein junger Österreicher, einen großen Kassenerfolg gelandet. Und jetzt planen sie hier auch einen Film, der alles Bisherige in den Schatten stellen soll.«

»Ein ordentlicher Film über den Krieg«, rief ein anderer Offizier hingerissen. »Ja, das wäre es! Kameradschaft und Heldenmut. Treue und Pflichterfüllung. Solche Filme wollen die Leute, Herr Major. Ich könnte …«

»Natürlich, Herr Oberstleutnant, da bin ich mir sicher«, erwiderte der Angesprochene und konnte ein Lachen kaum unterdrücken. »Einen solchen Film braucht das Volk jetzt, ein wahrer Kassenschlager würde das werden. Nein, nein, mein Guter, von Blut und Ehre hat der kleine Mann die Nase voll. Jetzt wird geschmachtet und geträumt. Und ich habe gehört, dass sie hier etwas Dunkles und Morbides planen.«

»O ja!«, rief eine Blonde dazwischen. »Ein Schauermärchen, es gruselt so schön!«

»Und was hat der große General Ludendorff mit diesem Theater zu tun? Warum interessiert ihn so etwas?«, warf Jekaterina ein, bevor die Stimmung kippen konnte. »Er hat doch einen Ruf zu verlieren als Retter des Vaterlands.«

»Gegen Ende des Krieges hatte man auch bei der Heeresleitung erkannt, dass die sogenannte Propaganda bei unseren Feinden eine große Rolle spielte. Bis dahin kannte kaum jemand das Wort bei uns. Der Herr General setzte sich persönlich dafür ein, dass mehr …« Er schien nach passenden Worten zu suchen. »Dass mehr geistige Führung und das richtige Denken unter die eigenen Soldaten gebracht wurde. Gleichzeitig sollten die Tommys und Froschfresser lächerlich gemacht und verunglimpft werden. Propaganda, ein liederliches Geschäft ohne Anstand, wenn Sie mich fragen. Ja, und aus diesem Grund wurde die *Universum Film AG* gegründet.«

*

»Leider sind einige Schauspieler verhindert«, meinte Lubitsch, der den Leiter der *Ufa* vertrat. »Diese Grippe macht wirklich vor niemandem halt.« Die Gäste der *Universum* und *Decla* hatten sich in einem großen Zelt versammelt, das Gerüchten zufolge von der Obersten Heeresleitung um Hindenburg in den letzten Kriegstagen genutzt worden war. Jetzt hatten die Hilfsarbeiter das Ding einfach hinter die Holz- und Gipsfassade des *Atlantic* gestellt, ein Hotel, dass in einem neuen Film auftauchen sollte.

»Potemkinsche Dörfer«, murmelte Jekaterina. Offenbar etwas zu laut, denn Lubitsch kam lachend auf sie zu und reichte ihr die Hand.

»Ganz recht«, sagte er. »Alles nur Schein. Wir spielen das Leben. Wir bilden das Komplexe auf einfache Weise ab, indem wir es zweidimensional machen. Schlechte Regisseure verlieren auf diese Weise Inhalt, gute fügen neue Bedeutungen hinzu.«

Er küsste elegant die Hand der Russin. Seine Nase glich einer prächtigen Kartoffelknolle, um die ihn jeder pommersche Bauer beneidet hätte. Und die Ohren schien er sich bei einem Elefanten geliehen zu haben. Der Duft von Kölnisch-Wasser war unterlegt mit einem Hauch Knoblauch. Aber seine großen, dunklen Augen faszinierten, zogen in einen fast magischen Bann.

»Ernst Lubitsch«, stellte er sich vor. »Ich freue mich, dass die neue Zeit den unwiderstehlichen Esprit der Frauen endlich freilegt.«

»Worum geht es heute Abend?«, fragte Jekaterina. »Ich meine, zwei Filmunternehmen. Dreharbeiten, die sogar jetzt noch weiterlaufen. Offiziere. Gerüchte um Ludendorff. Was soll das, Herr Lubitsch?«

»Wichtig ist in diesem Business ...« Er sprach die S-Laute sehr scharf. Jekaterina musste sich die Bedeutung dieses neuen, offenbar englischen Wortes erschließen. »Wichtig ist, dass gefeiert wird. Nicht so sehr, warum gefeiert wird. Die Gründe folgen dem Ereignis, Madame. Wir stellen eben alles auf den Kopf. Kreativität braucht Anlässe, um sich zu entfalten. Das verstehen diese Bürokraten natürlich nicht.« Er blickte sie verschmitzt an. »Meine Branche braucht immer Geld.

Und einigen Leuten bringt sie eine Menge davon ein. Ich denke, dass sogar Offiziere verstehen, dass die Leute im Moment genug haben vom Zähnefletschen. Die Abenteuer auf der Leinwand sind sehr viel ungefährlicher für den kleinen Mann von nebenan. Und das gebrochene Herz einer Trude Hesterberg heilt schneller als das eigene.«

Plötzlich ging eine Unruhe durch den Raum. Vor dem Atelier hatten eine Limousine und ein Militärlaster gehalten. Mehrere vierschrötig wirkende Männer waren von der Ladefläche gesprungen und postierten sich am Eingang zum Filmgelände.

»Ludendorff kommt«, raunten einige Gäste.

»Unsinn, das ist Hugenberg«, widersprachen andere.

Ein Mann von Mitte fünfzig erschien im Gästezelt. Er trug eine Art Bürstenschnitt, das Haar war bereits deutlich ergraut. Zudem zierten sein Gesicht ein Zwirbelbart und eine deutlich gerötete Nase, die auf häufigen Genuss von Wein und Hochprozentigem hinwies. Eine Brille mit Goldrand rahmte die kleinen Augen, die stakkatoartig umherhuschten.

»Tatsächlich, Hugenberg«, stöhnte Lubitsch, der sich immer noch mit ein paar Damen, zu denen auch Jekaterina gehörte, unterhielt. Er wandte sich an sie. »Jetzt sind es sogar drei Unternehmen, die hier vertreten sind. Alfred Hugenberg gehört die *Deutsche Lichtbild*. Und er hätte zu gern auch *Ufa* und *Decla*. Der Kerl kauft alles, was Gewinn verspricht und seinen Zielen dienlich ist. Zur Not kauft er es einfach, um sich unliebsame Konkurrenz vom Halse zu halten. Übrigens war er gar nicht eingeladen. Aber die Spinne zieht überall an ihren Fäden.«

»Spinne?«, fragte Jekaterina.

»Er hält die Fäden in den Händen«, erklärte Lubitsch. »Er kauft Firmen, verschafft sich Beteiligungen, vergibt Kredite an strauchelnde Unternehmer, kennt alle wichtigen Beamten in den Ländern und in Berlin. Er macht sich unentbehrlich, viele Leute sind ihm etwas schuldig. Sein Netz ist groß, aber irgendwie hat er alles im Blick. Dabei sitzt er selbst meist in seiner Deckung und lauert auf Gelegenheiten. Dass er heute persönlich erscheint, kann nur bedeuten, dass es ihm sehr wichtig ist.«

»Äußerst unglücklich«, dröhnte jetzt der rauchige Bariton des Unternehmers durch den Raum.

Hugenbergs Begleiter, ein jüngerer Offizier, hatte die Kapelle zum Schweigen gebracht.

»Da mache ich mir die Mühe, zu kommen, und es ist niemand von Rang und Namen hier«, fuhr der Mann fort.

Er blickte zwar in die Richtung von Erich Pommer, dem Direktor der *Decla*, und Ernst Lubitsch, aber sie schienen Luft für ihn zu sein. Ebenso übersah er einige Bankiers, die an der *Ufa* beteiligt waren.

»Ich will und werde diesen Laden kaufen«, wurde Hugenberg noch einmal laut. »Jetzt bekommt ihr noch einen guten Preis. Später könnt ihr kriechen und mir die Stiefel lecken, damit ich euch ein paar Reichsmark dafür gebe.«

»Ein sehr sympathischer Mensch«, meinte Jekaterina.

»Er mag keine Juden. Pommer, mich und einige Finanziers …«, stellte Lubitsch trocken fest. »Gut, damit steht er in Deutschland ja nicht allein. Das Problem ist, dass er die Schreiberlinge in seinen Zeitungen munter allerlei Lügen verbreiten lässt. Seiner Meinung nach haben wir Juden dem Kaiserreich und seinem glanzvollen Heer die Niederlage eingebrockt. Und ihm persönlich haben sie auch noch vor anderthalb Jahren die Mehrheitsbeteiligung an der *Ufa* verweigert. Ich glaube, diese Tatsache wurmt ihn am meisten.«

Lubitsch nahm ein Glas Sekt und leerte es in einem Zug, als wollte er sich die Lage schön trinken.

»Die Abneigung zwischen Herrn Hugenberg und den jüdischen Geldgebern beruht übrigens auf Gegenseitigkeit. Er ist ein bornierter Einfaltspinsel.«

»Irgendwie ist der Mann dann ja auf seine Weise ebenfalls eine Art Regisseur, Herr Lubitsch«, meinte Jekaterina und lächelte. »Er vereinfacht nur das Komplexe, dirigiert seine Unternehmen einem großen Ziel entgegen.«

Lubitsch nickte. »Sehr scharfsinnig. Und ich fürchte, Sie haben sogar recht, Gnädigste. Er wird seine Macht nutzen, um diese Art der Vereinfachung unters Volk zu bringen. Bei meinen Filmen kommen die Leute aus dem Lichtspielhaus und wissen, es war ein Traum. Wenn Hugenbergs Vasallen und Schmierfinken loslegen, dann denken die Leute, er hätte ihnen die Wahrheit aufgetischt. Nur gut, dass er eine ausgemachte Dörrpflaume ist. Noch dazu mit dem Esprit eines Waldschrats. Nicht auszudenken, wenn ein Verführer des Volkes käme, der diese Mittel richtig zu nutzen wüsste.«

Alfred Hugenberg hielt sich noch eine Weile in der Nähe der Offiziersgäste auf. Offenbar trieb er auch einen Keil zwischen die Reihen der Bankdirektoren. Ein kleinerer Teil gesellte sich zum Kreis des Industriemagnaten. Die meisten Herren in Zivil hielten jedoch Abstand zu ihm.

Einer Eingebung folgend wandte sich Jekaterina an ihren Galan des Abends. »Herr Major«, flüsterte sie in einem geeigneten Moment. »Vielleicht könnte ich zwischen meinen Landsleuten und Herrn Hugenberg nützliche Verbindungen herstellen? Was meinen Sie?«

»Eine großartige Idee, Fräulein Romanowa!«, erwiderte der Offizier. »Ich hörte, Hugenberg möchte international werden. Nun werden ihm jedoch auf absehbare Zeit die Siegermächte keine Fabriken verkaufen. Vielleicht könnten alte, russische Beziehungen wiederbelebt werden. Die Bolschewiki sind pleite. Die russischen Emigranten haben das Geld, und Hugenberg weiß, wie man gute Geschäfte macht. Da kann man über kleine, politische Meinungsverschiedenheiten schon mal hinwegsehen.«

Er versprach, ihr bei nächster Gelegenheit eine Einladung zu einem Hugenberg-Abend zu verschaffen.

10

Polizeipräsidium, Mai 1919

Ernst Gennat interessierten Tötungsdelikte aller Art. Es gab sonst nicht viel, was sein Leben aufregend machte. Er gehörte zu den Männern, die nicht die typische Quadriga männlicher Potenz vor ihr Ego gespannt hatten. Ansehen, Macht, Geld, das andere Geschlecht. Nicht, dass ihn diese Dinge nicht interessierten. Er brauchte sie schlichtweg nicht. Er war kein Frauentyp. Weniger aufgrund seines fülligen Äußeren oder augenfälligen Phlegmas als durch sein permanent analysierendes Wesen, das das weibliche Geschlecht nach kurzer Zeit zur Raserei brachte. Das Geld interessierte ihn nur, als er sich dadurch den bescheidenen Luxus jener Feinkost- und Konditoreiwaren leisten konnte, die wiederum sein Äußeres maßgeblich bestimmten. Früh schon war er den Reizen von Stachelbeerkuchen mit Schlagsahne erlegen. Sigmund Freud hätte bei seiner Analyse des oralen Lustgewinns in Person des Kommissars wohl einen trefflichen Lehrfall gehabt. Schließlich lag Gennat auch nichts an Machtspielen und Intrigen. Er wusste, wer er war, und brauchte hierfür keine Bestätigung von außen, in Ansehen oder Achtung. Morde waren sein Metier. Die Tötung eines Menschen aus niederen Motiven faszinierte ihn. Und stieß ihn zugleich ab. Es war für ihn ein Grenzfall menschlichen Seins. Für den Leben Nehmenden und den Gebenden. Und er konnte partout nicht verstehen, dass dieser Tat lediglich die gleiche Aufmerksamkeit zukam wie einem Viehdiebstahl oder einer Kneipenschlägerei. War doch ein Mord etwas Unabänderliches, Unverrückbares. Der geraubte Zuchtbulle wurde gefunden, das geschwollene Auge und die Platzwunde heilten. Aber der Tote kam nicht zurück.

Gennat erinnerte sich noch gut an den Fall, als ein ganzes Polizeirevier eine Woche damit beschäftigt war, eine Schmähung Seiner Kaiserlichen Majestät aufzuklären. Es hatte sich um eine Zeichnung gehandelt, die den Wohlgeborenen mit blankem Gesäß zeigte. Eine Zeichnung! Dabei war doch die Tötung eines Menschen das Endgültige, Unwiderrufliche. Diese Absolutheit machte den Kern seiner Passion aus. Freundschaften zerbrachen, und Karrieren endeten. Ehen wurden geschieden, und Geschäftspartner gingen auseinander. Immer gab es zwei Seiten, die man anhören konnte. Aber die Toten schwiegen. Sie hatten keinen Zuhörer und Fürsprecher, wie es schien. Aber Ernst Gennat konnte sie hören. Nicht dass er an diesen spirituellen Mist der Geisterbeschwörungen und Séancen glaubte. Aber er war fest überzeugt, dass ein Mordermittler den Toten zuhören und ihre Stimme ersetzen musste. Sie brauchten einen Verfechter ihrer Sache im Diesseits, damit sie im Jenseits zur Ruhe kämen.

Ein Opfer bildete sich quasi ab in seiner Umgebung. In den Zeugen, Helfern und Mitwissern. Und vor allem im Täter. Immer wieder konnte der beleibte, scheinbar so träge Kriminalkommissar feststellen, dass in den Mördern eine unbekannte Kraft wirkte. Es schien, als ränge in ihnen das Gute mit dem Bösen. Als wollte sich die Wahrheit Bahn brechen durch das Lügengespinst.

Manchmal – in unbeobachteten Momenten – wurde Ernst Gennat sentimental, war er erfüllt von einer Art Selbstmitleid. Er war einer jener Jungen gewesen, die zu Stillem und Feinem berufen schienen. Aber sein Vater, der Gefängnisdirektor, und die wilhelminische Verstocktheit der Zeit schliffen ihn ein. Er war ein Zahnrad in der Maschine, das nicht passen wollte und dem der Ingenieur zu Leibe rückte, bis es doch dorthin kam, wo der Moloch ihn haben wollte. Geblieben war einzig die beinahe abartige Liebe zum Mord. Manchmal, wenn es in ihm sehr düster wurde, fragte er sich, was geschehen wäre, hätte ihn das Schicksal auf die andere Seite verbannt. Wenn er sein Geschick und Verständnis in den Dienst der Tat statt der Aufklärung gestellt hätte. In solchen Momenten vergrub er sich noch tiefer in die Arbeit. Um zu vergessen. Um besser zu werden. Gennats Vorgehensweise ähnelte dem Restaurieren der Werke Michelangelos an den Decken der Kapellen und Kathedralen. Er kratzte so lange an Krusten, Kalk und Schmutz, bis er das verborgene Fresko darunter freigelegt hatte.

Hilde wurde bereits beim Anblick der typischen Amtsgebäude mulmig. Sie hatte früh Erfahrung gemacht mit kaiserlichen Beamten, die oft mit besten Absichten die unmenschlichsten Entscheidungen trafen. Paragraphen waren ihnen näher als ihre Mitbürger. Hildes Mutter war früh dem Alkohol verfallen, der Vater ein alter, verbitterter Krüppel aus dem Franzosenkrieg, der die betrunkene Frau in einem Hauseingang geschwängert hatte. Die Fürsorge hatte das Mädchen aus den Fängen ihrer Eltern befreit, die einen verkoteten Schuppen in der Nähe des Spittelmarkts ihr Zuhause nannten. Danach kam sie in die berüchtigte *Rummelsburg*, das Waisenhaus im Südosten. An solchen Orten zerbrach ein Kind. Oder es wurde innerlich hart.

Hilde Sehlheim hatte die in der Tram gefundene Aktentasche auf Weisung ihres Vorarbeiters beim Polizeirevier Treptow abgegeben. Natürlich hatte man dort ihre Personalien aufgenommen, wie es im Behördendeutsch hieß. Nach einigen Tagen hatte sie die Angelegenheit bereits vergessen, als sie jetzt – zwei Monate später – ganz unerwartet durch einen Brief aufgefordert wurde, sich »*zur Vernehmung am Zehnten des Monats um elf Uhr im Polizeidienstgebäude am Alexanderplatz bei Kriminalkommissar Gennat, Abteilung IV, Inspektion I, Zimmer 317 einzufinden*«. Die weiteren Ausführungen »*Melden Sie sich beim Pförtner! Pünktlich! Bei Zuwiderhandlung …*« hatte sie nur überflogen.

Der Alex war riesig. Diese Stadt hatte es irgendwie nie geschafft, sich einen Mittelpunkt zu geben. Schloss, Unter den Linden, Pariser Platz, Reichstag, Alexanderplatz. Jetzt der Neue Westen. Es gab in Berlin viele Zentren. Und an jedem schlug das Berliner Herz ein wenig anders. Am Alex gab eindeutig der kleine Mann den Takt vor. Bettler,

Kriegsversehrte und Taschendiebe fanden sich neben Marktbeschickern, Angestellten und Reisenden. Hilde hatte sich vorgenommen, zwei Mark bei *Aschinger* »uffn Kopp zu haun«. Das Speiselokal an der Alexanderstraße war bekannt für deftiges Essen und süffiges Bier. Da Hilde für ihren Vernehmungstag freibekommen hatte, wollte sie sich mittags mit einer Freundin einen hinter die Binde kippen. Etwas Trost musste sein. Sie nahm die U-Bahn und wählte den Ausgang direkt an der *Roten Burg*, wie der imposante Polizeibau im Volksmund genannt wurde. Die Beklemmung bei ihr setzte in dem Moment ein, als sie den dunklen Backstein und einen der Türme erblickte.

Die Amtsflure rochen wie überall nach Bohnerwachs. Der Pförtner musste zum Frühstück Fisch gehabt haben, denn aus seiner Loge quoll eine penetrante Duftmischung aus Schweiß und geräucherter Plötze. Von überallher drang eine wilde Kakophonie aus leisen Gesprächsfetzen, Telefonläuten, heftigem Türschlagen und hastigem Schuhgetrappel an Hildes Ohren. Nach einer gefühlten Ewigkeit hatte sie endlich Zimmer 317 erreicht. Sie klopfte an die Tür und nahm dann auf der Bank davor Platz.

»Uff keenen Fall de Tür selbst öffnen. Abteelung vier is da janz pingelich«, hatte sie der Fisch-Pförtner angewiesen und auch gleich auf ein drohendes Bußgeld bei Nichtbeachtung hingewiesen.

Die Sache mit der Tasche ist was Wichtiges, dachte Hilde, als sie durch die großen Fenster auf den Innenhof blickte. Das Areal war derart groß, dass auf einem Sandplatz drei Polizeireiter mit ihren Pferden Schrittübungen ausführten.

»Zu de Mordfritzen solln Se also, Frollein«, hatte der Pförtner wenig einfühlsam festgestellt, als er Hilde die Vorladung zurückgegeben hatte. »Na denn. Dritter Stock, imma rechts halten.«

Nun wusste sie Bescheid. Daher wehte also der Wind.

Mordfritzen. Wahrscheinlich hat es den Besitzer der Tasche erwischt, überlegte sie. Oder der Kerl hat selbst jemanden abgemurkst. Aber ich habe das Ding ja nur gefunden, versuchte sie, sich zu beruhigen.

Nach einigen Minuten hatte sie den Gang erreicht, in dem sich die Zimmer des Mordbereitschaftsdiensts befanden. Ein Schild wies geladene Besucher an, auf einer imposanten Holzbank Platz zu nehmen. *Dienstzimmer nicht unaufgefordert betreten! Klopfen untersagt!* Der Tonfall der preußischen Verwaltung war nicht für seine Herzlichkeit bekannt. Hilde wurde plötzlich aus ihren Gedanken gerissen, als eine ältere Bürogehilfin sie in das Dienstzimmer bat. Dort erwartete sie ein beleibter Mann, der sie in sein Bureau bat.

»Keine Sorge, Frau Sehlheim«, sagte der Dicke und bat Hilde, auf einem Stuhl Platz zu nehmen. »Mein Name ist Gennat. Ich bin der Leitende Kommissar und ermittle in einem Fall, der vielleicht mit Ihrem Fund in Verbindung steht.«

Es roch in dem Zimmer angenehm nach Tabak. Die teuren Sorten, nicht der billige Schnitt, der erkaltet nach einer Mischung aus ranzigem Fett und Erbrochenen stank.

»Muss ja was Schlimmeres sein«, erwiderte Hilde leicht verunsichert. »Ich denke, nur wegen einer Tasche holen Sie einen doch nicht auf den Alex, oder?«

»Leider haben die Kollegen vom Treptower Revier es versäumt, die Fundsache sofort an uns weiterzuleiten. Sehr ärgerlich. Denn wichtige Spuren könnten leider schon verloren gegangen sein. Sie, Frau Sehlheim, haben dagegen sehr umsichtig gehandelt und die besagte Ledertasche den örtlichen Kollegen übergeben.«

Er tippte auf das Beweisstück, das neben ihm auf dem Schreibtisch lag.

»An dem Tag, als Sie nachmittags die Tasche fanden, wurde im Spital Treptow ein bewusstloser Mann eingeliefert, der eine tiefe Stichverletzung im Brustbereich hatte«, fuhr der Kriminalbeamte fort. »Aufgrund von Zeugenberichten nehmen wir an, dass er auf der Linie II unterwegs war, als ihm die schwere Verletzung zugefügt wurde. Das Blut auf der Ledertasche stammt vom Opfer. Unser Labor kann so etwas mittlerweile prüfen, da wir Kleidungsstücke des Verletzten haben. Laut den Papieren handelte es sich um einen gewissen Alfons Keller.«

»Handelte?«, fragte Hilde Sehlheim. »Ist er denn tot?«

»Er ist leider verschwunden«, antwortete Ernst Gennat. »Die Mitarbeiter im Spital hatten erst mit Verzögerung das Revier verständigt. Sehr unglücklich, denn zwei Tage nach seiner Einlieferung ist der Mann durch das Fenster entwichen.«

»Aber Sie untersuchen doch Mordfälle, Herr Kommissar. Wenn er gar nicht tot ist …«

»Zugegeben, dieser Keller ist offenbar nicht tot«, meinte Gennat. »Aber erstens war der Vorfall in der Bahn wohl ein Mordversuch, wie mir scheint. Und zweitens finden sich in den Unterlagen des Mannes Verbindungen zu einem anderen Fall, bei dem es tatsächlich um Mord geht.«

»Ich habe nur die Tasche gefunden«, sagte Hilde. Sie knetete nervös ihre Handflächen. »Ich weiß dazu nichts.«

»Bitte berichten Sie mir einfach alles, was Sie am Fundort der Tasche bemerkt haben«, forderte Gennat sie mit sanfter Stimme auf. »Manchmal führt uns das Kleine und Unscheinbare auf die richtige Spur.«

Hilde fasste zunächst grob zusammen, wie sie die Tasche entdeckt hatte. Bisher waren ihre Erfahrungen mit Beamten eher so gewesen, dass alles schnell, kurz und zackig ablaufen sollte. Ganz anders bei diesem Gennat, der sich Zeit nahm. Er stellte Fragen zu jeder Winzigkeit. Er wollte wissen, wie klebrig das Blut gewesen war. Gelee, Honig oder Sirup? Ob es noch warm war? Hatte es Fäden gezogen? Wie genau hatte die Tasche gelegen? Schnalle nach oben oder unten? Es war erstaunlich, dass seine Fragen – die er mit sanfter Stimme und nicht drängend stellte – Teile von Hildes Erinnerung freizulegen schienen, die ihr gar nicht bewusst waren. Es schien, als könnte der Dicke den Verstand eines Menschen erforschen, Unbekanntes und Vergessenes wieder ans Licht bringen: Im Bereich unter dem Fenster waren kleine Kratzer im Metall. Hilde hatte sie bewusst gar nicht wahrgenommen. Die Blutspuren waren exakt mittig auf der Sitzbank gewesen. Daneben ein winziger Holzsplitter. Am Boden fanden sich einige Blutstropfen, die flach getreten und verschmiert waren. Daneben, zum Gang hin waren Spuren von Schuhen mit gröberer Sohle und kleine Matschflecken zu sehen gewesen.

»Ja, der Arbeitsanzug wurde von mir sofort eingeweicht und gewaschen«, antwortete Hilde, als der Kommissar erfahren hatte, dass sie sich das Ding mit Blut versaut hatte.

»Nicht so wichtig. Unser Labor gleicht sowieso eher einem Pennälerlabor. Wir haben ja die anderen Spuren«, meinte Gennat.

Er ärgerte sich insgeheim, dass zwei Monate vergangen waren, bis die Kollegen in Treptow auf die Idee gekommen waren, dass die Tasche wichtig sein könnte. Sie hatten sie zunächst als Fundsache deklariert. Er überlegte, wie so etwas in Zukunft zu vermeiden wäre. Um sich abzulenken, begann er, eine Zeichnung anzufertigen, die den Fundort der Aktentasche skizzierte. Er reichte sie der Zeugin. Hilde erkannte das angedeutete Fenster, die hölzerne Bank, den Spalt zwischen Metallwand und Sitz.

»Ist es etwa so gewesen, Fräulein Sehlheim?«

Sie nickte.

»Sie haben uns sehr geholfen«, sagte der Kommissar und erhob sich. »Darf ich Ihnen als Entschädigung für Ihre Mühe ein Stück Torte anbieten? *Hofmeister* am Rosenthaler Platz schafft es, dass Stachelbeeren auch jetzt noch frisch schmecken. Obwohl die neuen Früchte erst in zwei Monaten kommen. Probieren Sie.«

Als Hilde Sehlheim einwilligte, schien ihm dies selbst eine willkommene Gelegenheit zu sein, sich von der Qualität des süßen Traums zum wiederholten Mal zu überzeugen.

*

Gennat und Konter trafen sich um die Mittagszeit. Paul Konter empfand immer größere Sympathien für den Dicken. Unaufgeregter, geradliniger Charakter und messerscharfer Verstand, das gefiel ihm. Damit hob sich Gennat wohltuend von den meisten Kollegen ab, vor allem aus Konters eigener Abteilung.

»Ich möchte Ihnen mitteilen, dass es neue Erkenntnisse in der Sache Mossbach gibt«, sagte Gennat. »Und diese könnten wiederum von Bedeutung für Ihre Ermittlungen hinsichtlich der Morde an Luxemburg und Liebknecht sein.«

Gennat hatte sich beim Polizeipräsidenten beschwert, dass die Verbrechen an den beiden Politikern offiziell weiterhin als rein politische Angelegenheit eingestuft wurden. Damit waren sie seiner Einflussnahme entzogen, und sogar die Einsichtnahme in viele Akten war ihm verwehrt.

»Mord bleibt Mord«, hatte er gedonnert. »Ob politisch motiviert oder nicht. Ein Ferkel ist ein Ferkel, auch wenn es in den Hühnerstall einbricht.« Es hatte nichts genutzt. Luxemburg und Liebknecht blieben weiterhin Angelegenheit der Staatspolizei Centralstelle. Gennat und Konter wussten, warum dies so war. Bei der Politischen Abteilung arbeiteten vorwiegend kaisertreue Beamte der alten Geheimpolizei, auch viele ehemalige Offiziere. Und für die war die Linke ein Furunkel, das aufgeschnitten werden musste. Offenbar gab es Kräfte, die verhindern wollten, dass in der Sache allzu tief gegraben wurde.

»Lesen Sie meine Zusammenfassung, Herr Kollege«, sagte Gennat und reichte Konter ein Dossier mit drei Blättern. »Bei der Trambahn-Sache dachte ich zunächst, dass wir diesem Burschen auf die Spur kommen könnten, der sich seit letztem Jahr an mindestens vier Frauen vergriffen hat und wahrscheinlich für mindestens fünf Morde an Prostituierten verantwortlich ist.«

Konter überflog die erste Seite des Berichts.

»Verstehe. Der Kerl soll ja immer wieder Frauen in der Nähe vom Andreasplatz angesprochen haben«, sagte er. »Und die Linie II führt durch Stralau.«

»Die Vermutung hat sich jedoch als falsch erwiesen«, sagte Gennat. »Stattdessen konnten wir herausfinden, dass auf der Strecke ein Überfall auf einen gewissen Alfons Keller stattfand. Wie es aussieht, wollte ihn jemand im Spreetunnel abstechen, um an wichtige Papiere zu kommen. Offenbar kannten sich er und der tote Mossbach. Sie haben in derselben Einheit gedient.«

»Garde-Schützen-Division«, stellte Konter fest.

Gennat nickte. »Und Keller ist seit Februar dort nicht mehr zum Dienst erschienen.«

Konter las weiter in Gennats Zusammenfassung. »Was hat es mit der Aktentasche auf sich, Herr Kollege?«

»Kompliziert«, erwiderte der beleibte Kommissar. »Da drin finden sich einige Dokumente, die dubiose Geschäfte von Führungsoffizieren der Gardetruppe belegen. Offenbar war Josef Mossbach in seiner Funktion als Zahlmeister auch eine Art Buchhalter dort. Und er hat seinem Freund Keller ein paar wichtige Unterlagen überlassen. Vielleicht als eine Art Rückversicherung.«

»Geschäfte?«, fragte Konter. »Das Heer macht Geschäfte?«

»Ich überlege noch, ob ich die Sache auch an die Kollegen von Inspektionen C oder D weitergebe«, antwortete Gennat. »Denn das Ganze riecht sehr nach Betrug und Unterschlagung. Die Moral der kämpfenden Truppe steht und fällt mit der Versorgung, das war schon immer so. Hindenburg und Ludendorff haben im letzten Kriegssommer durchgesetzt, dass die Truppen nochmals Güter und Waren im Wert von fünfzig Millionen Goldmark bekamen.«

Konter pfiff erstaunt durch die Zähne.

»Kognak für den Oberst und Pisse für die Heimat«, sagte er.

»Offenbar haben sich später einige Offiziere an den üppigen Heeresbeständen vergriffen.« Gennat nickte. »Nährfette, Alkohol und Zigaretten. Tuche und Treibstoff. Kohle in rauen Mengen. Sie werden staunen, was die Kerle alles gebunkert hatten, während hier in Berlin Ledersohlen alter Schuhe eingekocht und Eicheln gefressen wurden.«

»Alles schön und gut, Herr Kollege. Aber was hat das mit meinen Ermittlungen zu tun?«

Gennat nahm aus seiner Aktenmappe ein Dokument hervor. Es schien, als wären mehrere Blätter aus einem bürgerlichen Haushaltsbuch zusammengeheftet worden. Er reichte die Belege an Konter weiter, der sie sofort aufmerksam las:

LL. Zahlscheine über zwanzigtausend M erhalten am 26. 12. 18. Fünfzehntausend M verbucht am 27. 12. 18.
LL. Festsetzung für Mitte Januar 19 geplant. Zehntausend M über D in bar erhalten.
Fünftausend M zugunsten Consul verbucht 29. 12. 18.
Kostennote an AA über siebzigtausend M. Kopie an P, D und N.

»Was soll dieses Buchstabenrätsel?«, fragte Konter mehr sich selbst.
»M steht für Mark. Das Einzige, was wir mit Sicherheit sagen können.«

»LL. Luxemburg, Liebknecht?«, meinte Gennat. »Sicher, es ist nur eine Vermutung. Vor Gericht keinesfalls stichhaltig. Als Hypothese können wir jedoch davon ausgehen, dass Teile der Division bezahlt wurden, um die beiden Spartakisten dingfest zu machen. Mossbach und Keller waren für diese Leute eine Gefahr.«

»Warum hätten sie plaudern sollen?«, fragte Konter.

»Entweder wollten sie ihr Wissen zu Geld machen«, entgegnete Gennat. »Oder es war eine Gewissensfrage.«

Konter dachte an die Dokumente, die er von Antonia Sass erhalten hatte. Jemand mit politischem Wissen hatte dem toten Verleger brisantes Material angeboten. Ähnlich war es hier bei Mossbach und Keller.

»Ihre Verdächtigen sind jetzt endgültig aus dem Schneider«, ergänzte der Leiter der Mordeinheit.

»Um die drei Kürbisköpfe mache ich mir keine Sorgen mehr, Gennat. Die kommen höchstens noch wegen des Bruchs in den Bau. Wäre ja nicht unverdient. Nein, Gennat, irgendetwas braut sich zusammen da draußen. Die Kollegen der ehemaligen Geheimpolizei sprechen schon offen über eine bevorstehende Rückkehr zum alten System. Mehr als zwanzig Freikorps gibt es im Reich, allein vier in der Hauptstadt. Deren Offiziere sammeln Geld bei Unterstützern. Frage: Nur für sich? Für den netten Lebensabend? Oder planen die Kerle einen Umsturz? Und wenn ja, wer verteidigt dann Berlin? Sollen wir vielleicht die Roten um Hilfe bitten?«

»Halten wir uns doch aus der Politik heraus«, erwiderte Gennat. »Sie folgt nicht der Logik, sondern den Sachzwängen der Straße. Bleiben wir bei den Fakten. Und klären durch sie die zentrale Frage: Wer bezahlt die Kerle dafür, dass sie die Drecksarbeit machen?«

Konter blätterte in den Unterlagen, besah auch die Papiere aus der Tasche des vermissten Alfons Keller. Plötzlich sprang er auf und rannte ohne ein Wort aus dem Zimmer. Er hatte sich an die Abschrift eines Verhörprotokolls erinnert, die die Berliner Kripo Ende Februar erhalten hatte. Außer Atem wies er seinen Assistenten Mahler an, den *Vorgang Eisner* herauszusuchen. Bereits nach einer Viertelstunde trat er wieder zu Gennat ins Büro. Sein beleibter Kollege hatte die Angelegenheit bei einer Tasse Kaffee mit dem ihm eigenen Phlegma abgewartet.

»Entschuldigen Sie, Kollege Gennat. Diese Kürzel erinnerten mich an das Attentat auf den bayrischen Ministerpräsidenten Ende Februar.«

Er blätterte in den Unterlagen, fand schließlich die gesuchte Passage und drehte den Ordner zu Gennat.

»Hier«, sagte er. »Der Auszug eines Kassenbuchs, das bei der Hausdurchsuchung im Panzerschrank des Attentäters gefunden wurde. Das kann doch kein Zufall sein.«

KE. Zahlschein über zehntausend M erhalten am 23. 01. 19.
Fünftausend M verbucht am 27. 01. 19.
KE. Abwicklung für Ende Februar 19 geplant. Fünftausend M an vA in bar.
Fünftausend M zugunsten Consul verbucht 17. 02. 19.
Kostennote an AA über zwanzigtausend M. Kopie an N.

»Und hier«, fuhr Konter fort und suchte nach einem anderen Dokument. »Die Angaben des Mörders Graf von Arco im ersten Verhör.«

Mir wurde in einem persönlichen Gespräch durch den Consul erklärt, dass es sich um eine nationale Tat handelte. Der Jude Eisner war eine Bedrohung für das Reich. Die Schüsse galten weniger ihm als vielmehr seiner alles zersetzenden, verräterischen Politik. Ich nehme für mich das Recht eines konservativen Revolutionärs in Anspruch, da Gefahr für Deutschland bestand. Ich bin kein Mörder.

»Und so etwas liegt bei Ihnen im Aktenschrank, Herr Konter?« Ernst Gennat war sichtlich erregt, sein Gesicht rötlich angelaufen.

»Wie Sie wissen, hat der Polizeipräsident Ende letztes Jahres die Preußische Geheimpolizei zunächst aufgelöst«, erwiderte Konter. »Meine Kollegen und ich arbeiten jetzt in der Abteilung *Centrale Staatspolizei* in der Abteilung I. Allerdings ohne echte Führung und Konzept. Es fehlt eine wirkliche Zuständigkeit für politisch motivierte Taten.«

Gennat nickte.

»Graf von Arco hat offenbar für den Mord an Kurt Eisner Geld erhalten«, sagte er. »KE ist Kurt Eisner und vA ist von Arco. Daran kann es kaum Zweifel geben. Somit war es wohl kaum eine Handlung im Affekt, wie die Verteidiger im Prozess glaubhaft machen wollten.«

»AA und Consul tauchen beide Male auf. Sind das unsere gesuchten Hintermänner?«

»Recht wahrscheinlich«, erwiderte Gennat. »Aber wir können keine längst erkaltete Spur in Süddeutschland verfolgen. Zumal uns dafür die Leute fehlen. Wir müssen warten, ob wir deren Identität von hier aus klären können. Und der Mörder hat keine weiteren Namen genannt?«

»Er wurde bei seiner Verhaftung schwer verletzt. Sauerbruch hat ihn operiert. Und das Verhör fand durch einen jungen, übereifrigen Kollegen im Krankenhaus statt. Sauerbruch hat erklärt, dass sein Patient zu diesem Zeitpunkt nicht zurechnungsfähig gewesen ist. Seitdem schweigt von Arco. Wir wissen also nicht, wer der Consul ist.«

»Eine schöne Saubande ist das«, sagte Gennat.

»Zahlen, Zahlen, Kürzel«, sagte Konter nach einer Weile und schüttelte den Kopf. »Zu wenig, um sich ein Bild zu machen. Es könnten auch Gelder sein, um weiterhin eine geordnete Demobilisierung der Truppe zu unterstützen. Der ausstehende Sold, die Versehrtentaxe. Vielleicht stecken auch noch die Oberste Heeresleitung und General Ludendorff mit drin. Und daher das LL. Vielleicht bedeutet es *Leitung: Ludendorff* oder was weiß ich«, schloss er mit matter Stimme. Er wusste, dass diese Argumentation schwach war. Er wusste jedoch auch, dass solche Einwände bei konservativ geprägten Strafrichtern und Ermittlern durchaus Gehör finden würden. Das LL auf diesen Papieren genügte sicher nicht, um eine Einheit der einstmals glorreichen Armee in Misskredit zu bringen.

»Zweifel treiben unsere Arbeit voran, mein Lieber«, sagte Konters Kollege. »Aber ich habe einen Trost für Sie. Die Aussage einer Zeugin, die wahrscheinlich ein Gespräch zwischen D und P belauscht hat. Lesen Sie die letzte Seite meiner Zusammenfassung.«

Konter überflog die Zeilen. Plötzlich versteinerte sich seine Miene.

»Damit rücken Sie zum Schluss heraus, Gennat?«, rief er. »Sie sind wirklich ein abgebrühter …«

»Für meine Ermittlungen sind nun einmal die ersten Seiten besonders wichtig. Für Ihre Arbeit ist es die letzte. Und da es mein Bericht ist, habe ich ihn selbstverständlich nach meinen Bedürfnissen gewichtet.« Ernst Gennat grinste.

»Warum wurde diese Zeugin Bäumer nicht zu mir geschickt?« Konter wusste, dass er den Falschen angriff.

Gennat zuckte mit den massigen Schultern. »Sie wissen ja, dass die da unten gar nicht mehr durchblicken, was die Kompetenzen angeht. Wenn ein Lude umgebracht wird, dann will die Sitte ermitteln. Die geben mir den Fall nicht, selbst wenn es glasklarer Mord war. Und der Fall Mossbach wird wahrscheinlich zu Ärger mit den Kollegen aus den Abteilungen D und F führen. Der Kerl war so etwas wie ein Buchhalter und könnte bei Betrug und Unterschlagung mitgeholfen haben. Und zusätzlich liegen Verstöße gegen die Gewerbeordnung vor. Einer bekommt den Kopf, die anderen Beine und Arme. Es ist das reinste Irrenhaus hier, Konter.«

Gennat verabschiedete sich, und Paul Konter kehrte nachdenklich in sein Dienstzimmer zurück. Er musste zügig mit Antonia Sass sprechen.

*

»Du warst bei der Polizei?« Otto Bäumers Stimme hätte sich wohl überschlagen, wenn sie nicht vom vielen Kotzen schon rau und kratzig gewesen wäre.

Anna nickte. Sie hatte Angst. Und Angst machte sie klein. Hätte man sie gebeten, sich in solchen Momenten selbst zu zeichnen, dann hätte sie sich als kleines Mädchen oder als winzigen Vogel dargestellt. Ein Mädchen, dem dieser Mann schon so oft wehgetan hatte. Ein Vogel, dem er die Flügel brach. Wieder und immer wieder. Anna wusste nicht, warum sie blieb. Sie liebte ihn doch. Er brauchte sie. Er konnte schließlich nichts dafür.

Ihr Leben hatte sie sich anders vorgestellt. Vielleicht war es nicht die weiseste Entscheidung gewesen, die erste Liebe auch gleich zu heiraten. Aber sie war überzeugt, dass alles gut geworden wäre. Ohne den Krieg. Ohne Ottos Krankheit.

Die Ohrfeige traf Anna ohne Vorwarnung. Gott sei Dank war ihr Mann wieder nüchtern. Dann schlug er nicht mit der Faust zu. Er durfte jedoch auch nicht zu lange nüchtern sein, da ihn dann wieder die Ängste und die Entzugsschmerzen quälten. Ihre Mutter hatte sie geohrfeigt. Der Vater hatte den Riemen genommen und sie übers Knie gelegt. Dabei hatte sich auch oft seine Hand zwischen ihre Beine verirrt. Auf diese seltsame, unmenschliche Weise war Otto Bäumer für seine Frau alles zusammen: Mutter, Vater und brutaler Beischläfer.

»Ich musste doch, Otto!« Anna versuchte, sich für einen zweiten Schlag zu wappnen. Jedes Wort konnte falsch sein. »Die Männer im Lokal haben von dem Tod der beiden Spartakisten gesprochen. Dass sie damit zu tun hatten. Ich konnte wochenlang nicht schlafen.«

»Na und? Was interessieren uns diese Bolschewiken? Das ist ein ordentlicher Haushalt. Wir wählen SPD, nicht dieses rote Pack. Was fällt dir ein, Offiziere des kaiserlichen Heeres zu denunzieren?« Wenn er nüchtern war, setzte Otto Bäumer seine Hiebe gern so, dass es draußen auf der Straße nicht sofort auffiel. Der Schlag traf Anna jetzt in die Flanke und raubte ihr den Atem. Einen Augenblick lang flammte Wut in ihr auf, dann gewannen jedoch ihre Schuldgefühle wieder die Oberhand. Wer war sie schon, sich gegen das Schicksal aufzulehnen? Ein Schicksal, das Otto derart übel mitgespielt hatte? Das sie zu einer schlechten, unwürdigen Frau machte, die ihrem Mann keine Kinder gebären konnte? Was waren dagegen ein paar Schläge?

»Vielleicht hätten wir ein paar Märker machen können, du dumme Fotze!«, schrie ihr Mann jetzt. »Du hättest den Herren versichert, dass du nichts gehört hast. Und dafür hätten sie dir was zugesteckt.« Den gefährlichen Knick in seiner Säuferlogik bemerkte Bäumer selbstverständlich nicht.

Es läutete an der Tür. Da Anna immer noch zusammengekrümmt an der Flurkommode stand, wandte sich ihr Mann um und blickte durch den Türspion. Er erstarrte und öffnete dann zögerlich die Haustür. Vor ihm stand ein uniformierter Beamter der Schutzpolizei.

»Falls Sie wegen dem Lärm kommen, Herr Hauptwachtmeister«, stammelte Otto Bäumer. »Meine Frau ist sehr ungeschickt mit den Haushaltsdingen. Sie lässt ständig was fallen. Ist doch so, Anna?«

Der Polizist blickte an ihm vorbei zu der Frau, die sich unter Schmerzen und mit Tränen in den Augen aufgerichtet hatte. Er hatte in den letzten zwei Jahrzehnten zu viel gesehen, um sich täuschen zu lassen. Er war versucht, seinen Knüppel zu ziehen und dieser Drecksau eins überzubraten. Aber der Ärger danach war es nicht wert. Bericht, Order beim Vorgesetzten. Nee, nee.

»Ich komme von der Polizeiinspektion am Alex. Hier ist eine Vorladung für Frau Anna Bäumer.« Der Schupo hielt ein gestempeltes Dokument in die Höhe. Er sah Anna in die Augen. »Ich muss Sie bitten, mich sofort zu begleiten.«

»Worum geht es denn?«, warf Otto Bäumer forsch ein. »Als Ehemann habe ich ein Recht …«

»Ich bekomme bei manchen Männern schlechte Laune, Herr Bäumer«, unterbrach ihn der Polizist. »Sogar sehr schlechte Laune. Dann zuckt mir immer die Hand. Halten Sie die Schnauze, sonst zeige ich Ihnen, wie weh Prügel tun.«

Anna Bäumer hatte ihre kleine Tasche und den Mantel gegriffen und drängte sich an ihrem Mann vorbei. Er knurrte sie an, und sie wusste genau, was sie erwartete, wenn sie wieder nach Hause kam.

*

Konter bedauerte fast sofort die Entscheidung, dass er diese Bombe in Gegenwart der Sass-Familie und ihres Anwalts hatte platzen lassen. In seinem Zimmer ging es zu wie bei einer Versammlung von Zigeunern. Nicht nur Toni war mit ihrer Schwägerin und Anwalt Renger erschienen. Auch die drei ältesten Brüder, Max, Georg und Franz, drängten sich um seinen Schreibtisch. Dann war da noch ein zappeliger Schwätzer in Sommeranzug, den Konter jedoch zusammen mit dem Jüngsten, Erich Sass, dazu verdonnerte, auf dem Flur zu warten.

»Mein Vater ist unschuldig …«, befand Franz Sass zum wiederholten Mal.

»Vollkommen sinnlos. Wen sie in der Minna haben, den lassen die nicht wieder raus«, lamentierte die Ehefrau des Beschuldigten.

»Die Beweislage ist dürftig, Herr Kommissar …«, begann auch noch Renger, als Konter schließlich der Kragen platzte.

»Ruhe!«, brüllte er durch das kleine Dienstzimmer und schlug mit der Faust auf den Tisch. Augenblicklich wurde es still im Raum, und einen kurzen Moment fragte sich der Beamte, ob der Lärm nicht angenehmer gewesen war. Er räusperte sich.

»Ich habe Sie hierher bestellt, um neue Erkenntnisse in der Sache Andreas Sass mit Ihnen zu besprechen. Unter gewissen Auflagen kann der Beschuldigte vielleicht auf freien Fuß gesetzt werden, bis die Ermittlungen abgeschlossen sind.«

Tumulte im Raum, als wären die Januar-Unruhen wieder ausgebrochen. Wieder rammte Konter seine Faust auf die Tischplatte. Das Tintenfass stürzte um.

»Die Familie meines Mandanten ist nicht vermögend«, schnarrte Anwalt Renger. »Sie wird keine Sicherheit bringen können, Herr Kommissar.«

»Die Wegnahme der Papiere und eine Erklärung, die Stadt nicht zu verlassen, werden ausreichen«, erwiderte Konter. »Aber greifen wir nicht vor.«

Im nächsten Augenblick öffnete sich die Tür zum Dienstzimmer, und Kriminalassistent Mahler brachte eine junge Frau herein. Sie mochte knapp über zwanzig sein und war auf verwirrende Weise anziehend. In ihren Gesichtszügen, ja im gesamten Auftreten fanden sich eine Mischung aus Derbheit und feiner Eleganz. Konter erinnerte sich nicht, jemals eine Frau mit einer solchen Aura gesehen zu haben. Sie löste in ihm sowohl Beschützerinstinkte als auch Furcht aus. Er hatte durch seinen Beruf gelernt, sich selbst genau zu beobachten und befreite sich nun als Erster im Raum von dieser Erstarrung. Die anderen Personen im Raum – und nicht nur die Männer – standen noch gaffend da, als er Anna Bäumer begrüßte. Die junge Frau schien die Wirkung, die sie auf ihre Umgebung hatte, gar nicht wahrzunehmen und blickte schüchtern zu Boden.

»Mahler, Sie führen Protokoll zur Aussage!« Konter war jetzt wieder ganz Kriminalpolizist. »Ich verweise jeden des Raums, der während der Befragung dazwischenspricht, und verhänge zudem ein Ordnungsgeld von fünf Mark. Verstanden?« Er blickte in die Runde, und alle nickten.

»Frau Bäumer, erzählen Sie mir bitte, was Sie meinem Kollegen Gennat berichtet haben. Was hat sich am Abend des zehnten Februar im *Aschinger* ereignet?«

»Ich habe dort gewischt«, begann die Frau. »Wie immer. Ich habe drei Lokale, in denen ich arbeite. Nachmittags und am frühen Abend ist es das *Aschinger*. Dort hatte es leider eine Gruppe aus Halle mit einer Geburtstagsfeier übertrieben. Ich will Ihnen die Einzelheiten ersparen, Herr Kommissar.« Anna Bäumers Stimme passte zum ersten Eindruck, stellte Konter fest. Sie war klar und fest, ohne Akzent. Und es schien, als verspräche sie in einer Art Nebenschwingung, in einem Unterton mehr, als sie in Worten ausdrückte. Und eben dieses Mehr war für Konter nicht greifbar. Er fühlte sich ein wenig an das erste Gespräch mit Antonia Sass erinnert. Er musste sich zwingen, bei der Sache zu bleiben.

»Es gab im hinteren Bereich des Speiselokals eine Menge zu tun. Ein Rund war abgesperrt, und ich kroch schon eine ganze Weile unter Bank und Tisch herum, um alles sauber zu bekommen. Da hörte ich, dass am Nebentisch zwei Herren Platz genommen hatten. Ich erkannte die Stimmen. Die Offiziere haben den Eckplatz für sich reserviert, weil sie dort vom Lärm des Ausschanks weitgehend ungestört sind.«

Konter bemerkte, dass auch die Augen dieser Frau besonders waren. In ihrem dunklen Blau lag ein Hauch Grün. Als verspräche eine Insel im unendlichen Meer dem Schiffbrüchigen Rettung. Wieder riss er sich los. Gut, dass Mahler mitschrieb. Er konnte später prüfen, ob er etwas überhört hatte.

»Wer waren diese Männer?«, fragte er.

»Hauptmann Pabst und Oberleutnant von Dehlbergh von der Garde-Division. Sie kamen seit Weihnachten öfter zum Essen. Ein Tisch ist sogar dauerhaft für Offiziere reserviert.«

»Was genau haben sie besprochen?«

»Der Herr Oberleutnant scheint über gute Beziehungen zum Polizeipräsidium zu verfügen …« Angst lag in der Stimme der jungen Frau.

»Keine Sorge, Frau Bäumer«, erwiderte Konter. Er wusste, dass Zeugen immer mit der Furcht lebten, dass ihnen die belasteten Personen schaden könnten. »Das Protokoll wird unter Verschluss gehalten. Nur wenn es zu einer Verhandlung kommen sollte, treten Sie als Zeugin auf. Und vielleicht können wir das vermeiden.«

»Von Dehlbergh war bester Stimmung und beglückwünschte den Hauptmann zu einem Husarenstück, wie er es nannte«, fuhr Anna Bäumer schließlich fort. »Er sprach davon, dass Pabst durch die Beseitigung der Spartakisten-Führer mehrere Fliegen mit einer Klappe geschlagen hätte.«

Plötzlich kam Unruhe in den Raum. Offenbar schienen mehrere Familienangehörige versucht, zu prüfen, wie ernst es Konter mit dem Ordnungsgeld war. Der Kommissar blickte streng in die Runde, und es trat wieder Ruhe ein.

»Bitte überlegen Sie jetzt ganz genau, Frau Bäumer«, sagte er. »Sprach von Dehlbergh davon, dass dieser Pabst oder dessen Männer die Anführer umgebracht hätten? Fielen die Namen von Rosa Luxemburg oder Karl Liebknecht?«

»Nein«, entgegnete Anna Bäumer bestimmt. »Wie ich es sagte, Herr Kommissar. Er nannte es ein Husarenstück und meinte, die Spartakisten seien nun kopflos.«

»Es ist doch klar, was gemeint ist, Herr Konter!«, rief jetzt Toni dazwischen. »Die Dreckskerle haben die beiden Politiker auf dem Gewissen. Und schieben es drei Unschuldigen in die Schuhe. Sie müssen Andreas freilassen!«

»Frau Sass! Wir hatten eine Vereinbarung«, meinte Konter und bemühte sich, ruhig zu bleiben. »Noch ein Wort und Sie alle warten auf dem Flur!«

»Außerdem …«, fuhr Anna Bäumer fort. »Von Dehlbergh meinte, es wäre das Beste, wenn den drei Verdächtigen im Gefängnis etwas zustieße.«

Nun gab es kein Halten mehr. Die Empörung der Familie brach sich Bahn. Toni zeterte, die Ehefrau weinte, die Söhne schienen zu überlegen, ob sie gegenüber Konter handgreiflich werden sollten. Und der Anwalt konnte seinen Mund ebenfalls nicht halten.

»Die Rechtslage … so lange von der Unschuld meines Mandanten auszugehen, bis … *Vossische Zeitung* sehr interessiert …«, versuchte er, sich in dem Tumult Gehör zu verschaffen.

»Raus!«, brüllte jetzt Konter. »Alle raus! Nur Frau Bäumer, Frau Sass und Herr Dr. Renger bleiben im Raum. Ich lasse die Wachleute rufen, wenn nicht in dreißig Sekunden Ruhe einkehrt.«

Die Sass-Brüder nahmen ihre weinende Mutter in die Arme und verließen maulend das Dienstzimmer. Alle wussten, dass mit »Frau Sass« Toni gemeint gewesen war.

»Erstens, Herr Renger, kann von Unschuld wohl kaum die Rede sein. Herr Sass ist mit zwei Kumpanen ins *Hotel Eden* eingestiegen. Einbruchdiebstahl, vielleicht sogar Raub, wenn wir bedenken, dass sich ein verbliebener Gast gewehrt hat. Zweitens ist das, was Frau Bäumer gehört hat, nicht wirklich eindeutig. Gerade Sie, Herr Anwalt, müssten wissen, dass die Angaben zu ungenau sind und nicht die

Schuld der Offiziere beweisen. Zudem mögen die Richter solche Lausch-Zeugnisse von Bediensteten gar nicht.«

»Ich habe nicht gelauscht«, unterbrach ihn Anna. »Ich habe meine Arbeit gemacht, und die Herren haben laut über ihre Angelegenheiten gesprochen.«

»Schon gut«, beschwichtigte Konter. »So war das gar nicht gemeint. Aber die Richterschaft wird der Aussage eines schneidigen, deutschen Offiziers mehr Gewicht beimessen als diesem Protokoll. Ich höre schon die Einwände: *Es war laut im Lokal. Sie haben nebenbei gearbeitet. Wer hat denn was gesagt? Genauer bitte, Frau Bäumer! Sind Sie sich absolut sicher?* Und so weiter. Habe ich recht, Herr Dr. Renger?«

Der Anwalt nickte nur.

»Außerdem wiegt eine Sache besonders schwer«, fuhr Konter fort. Er blickte die Zeugin an. »Warum sind Sie denn damit erst zweieinhalb Monate später zu meinem Kollegen Gennat gegangen, Frau Bäumer? Man könnte Ihnen das auslegen als späte Rache für ein erlittenes Unrecht, ein zu geringes Trinkgeld oder verschmähte Liebe. Niedere Motive, was weiß ich, dem Reichsanwalt fällt schon etwas ein.«

»Ich hatte einfach Angst«, antwortete sie. »Diese Unruhen da draußen, das Geld reicht hinten und vorn nicht, mein Mann ist krank. Und die Herren Offiziere waren immer nett zu mir, haben mir immer wieder etwas zugesteckt.«

»Und weshalb der Sinneswandel?«

»Ich hab damals davon gelesen, dass Hauptmann Pabst drei Einbrecher festgenommen hat. Und dass sie für den Mord an den beiden Politikern verantwortlich gemacht wurden. Seither habe ich nicht mehr schlafen können. Irgendwann …« Tränen traten in ihre Augen. »Otto hat … Es ist genug.«

Toni legte ihre Hand auf Annas Unterarm. Eine zärtliche, fast intime Geste, die sofort Wirkung zeigte.

»Danke«, sagte sie und lächelte Anna Bäumer an.

»Ich fürchte, dass eine solche Zeugenaussage bei einem möglichen

Prozess gegen Soldaten der Einheit unzulässig wäre«, mischte sich Renger ein. »Und soviel ich weiß, werden die verantwortlichen Offiziere wie Pabst nicht zur Rechenschaft gezogen.«

»Es gibt in einer Woche ein Militärgerichtsverfahren, in dem die Beteiligten mehr oder weniger selbst bestimmen, wie geurteilt wird«, bestätigte Konter. »Kriegsgerichtsrat Jorns tut alles, um die Sache zu vertuschen.«

»Was bedeutet das für meinen Bruder, Herr Konter?«, fragte Toni.

»Ich habe von Anfang an bezweifelt, dass diese Räuberpistole der Gardeeinheit wahr ist«, erwiderte der Polizist. »Es gab und gibt zu viele Ungereimtheiten. Die Ermittlungen in einem anderen Fall warfen weitere Fragen auf. Und jetzt die Aussage von Frau Bäumer. Wir können die Fakten wenigstens nutzen, um auch die Einbruchsache niederzuschlagen. Selbst der Polizeipräsident ist wütend, dass man ihn derart hinters Licht geführt hat. Und bei einer Verhandlung könnten Herr Renger und sein junger Kollege Bartmann unangenehme Dinge ausplaudern, die dann in der linken Presse abgedruckt werden.«

Alle Personen im Raum schwiegen. Ihnen war klar, dass Konter für seine Unterstützung eine Gegenleistung erwartete.

»Die Angelegenheit ist damit noch nicht erledigt«, sagte der Kommissar wie zur Bestätigung. »Die Mörder mögen im Moment vielleicht davonkommen, aber ich vermute, dass sie andere Dinge im Schilde führen. Was ich jetzt brauche, sind Namen. Verbindungen. Wer hat was wann und warum getan? Nur so wird eine logische Kette daraus. Leider bin ich in der Sache hier im Präsidium auf mich allein gestellt. Also suche ich mir Hilfe von der Straße. Ich helfe Ihnen, Sie helfen mir.« Er grinste schief.

»Sie sind nicht allein, Herr Konter«, sagte Toni plötzlich. »Meine Familie ist groß. Und meine Neffen bauen sich gerade ein paar Beziehungen in der Berliner …« Sie suchte nach dem passenden Wort. »… Geschäftswelt auf. Ich werde demnächst mit einem Bekannten ein kleines Wettbüro auf der Rennbahn Hoppegarten eröffnen. Auch da kriegt man einiges mit. Und dann gibt es noch die Familie Götze. Sind nicht die hellsten Lichter am Baum, doch sie kennen auch einige Leute. Hermann Götze ist zwar dämlich, aber wenn Sie ihn hier herausholen, dann vergisst er es sicher nicht.«

Paul Konter überlegte. Diese Entwicklung hatte er nicht erwartet. Vor ihm saßen die Angehörigen eines Verdächtigen. Als Kriminalbeamter musste er einen inneren Abstand wahren. Stattdessen begann er, mit ihnen zu fraternisieren, fühlte Sympathie. Ja, er mochte diese Frau. Ihre Selbstsicherheit, ihren herben Charme, ihr Äußeres. Und er hasste es, wenn Leute für Dinge einsaßen, für die sie nicht verantwortlich waren. Jedenfalls beinahe nicht verantwortlich. Diese beiden Gründe hatten ihn veranlasst, die Familie Sass bei Anna Bäumers Befragung hinzuzuziehen.

Und jetzt bot ihm Antonia Sass sogar an, mit der Kripo zusammenzuarbeiten. Diese ungewöhnlichen Zeiten erforderten ungewöhnliche Methoden. Der Polizeiapparat des Kaiserreichs hatte noch klare Regeln gekannt. Es gab damals ein Oben und Unten, ein Gut und Böse. Und die Einschätzung von Recht und Unrecht orientierte sich oftmals eher an diesen selbst geschaffenen Kriterien scheinbarer Ordnung denn an handfesten Fakten. Jetzt boten die Wirren auch neue Möglichkeiten. Aber musste es gleich ein Pakt mit Kleinkriminellen sein?

»Denken Sie an die Vorteile, Herr Kommissar«, fuhr Toni fort. »Einfache Menschen wie Anna, Andreas oder Hermann sprechen lieber mit ihresgleichen. Wir, die Familien auf der Straße, erfahren sehr viel mehr als die Stutzer in Uniform. Und euch Kerlen im Anzug sieht man den Kriminalen doch auf hundert Metern an.«

Sie hält mich also für einen Stutzer, dachte Konter etwas eingeschnappt. Vor allem irritierte ihn, dass ihn diese Einschätzung irritierte. Er begann, sich die Einzelheiten einer möglichen Zusammenarbeit mit der Familie vorzustellen. Tatsächlich könnte er Augen und Ohren im Milieu gebrauchen. Die meisten Ganoven erkannten Polizisten sofort. Selbst die Kollegen in Zivil rochen sie sprichwörtlich auf hundert Meter. Die Gespräche verstummten, und Waffen oder brisante Ware verschwanden plötzlich unter Weiberröcken.

»Ick weeß nüscht jenauet nich, Herr Kommissar.« Das war die Standardantwort bei Befragungen.

Konter traf eine Entscheidung. Mit Pech kostete ihn das die letzte Beförderung, vielleicht sogar seine Pension. Mit Glück hatte er Ernst Gennat etwas voraus und konnte diese Mordermittlungen zu einem würdigen Abschluss bringen. Gerüchten zufolge sollte den älteren Beamten demnächst freigestellt werden, über die Altersgrenze hinaus im Dienst zu bleiben. Es fehlte durch die Kriegsjahre an jungem, geeignetem Nachwuchs. Vielleicht kam er ja, wenn er länger blieb, doch noch in die Truppe vom dicken Gennat.

»Ich werde mit dem Reichsanwalt reden«, sagte Konter. »Und ihm vorschlagen, Ihren Bruder gegen Sicherheitsleistung von fünfzig Mark auf freien Fuß zu setzen. Für die beiden anderen gilt das ebenfalls. Die Kennkarten werden einbehalten, und alle drei dürfen Berlin nicht verlassen. Im Gegenzug erwarte ich, dass Sie mir Informationen beschaffen über die Angehörigen der Garde-Kavallerie-Schützen-Division, die seit Weihnachten in der Hauptstadt kampiert. Alles könnte wichtig sein. Dieser Hauptmann Pabst, von dem Frau Bäumer sprach, hatte die Leitung in der Nacht, als Luxemburg und Liebknecht ermordet wurden. Es gibt Hinweise auf Schiebereien mit Waren aus Heeresbestand. Und in der Neujahrsnacht ist der Zahlmeister der Truppe im *Adlon* ermordet aufgefunden worden. Ich werde Sie und Herrn Renger in die wichtigsten Details einweihen. Dafür werden wir aber ein oder zwei Stunden brauchen. Nur muss Ihnen allen eines klar sein. Wenn ich merke, dass Sie mich verarschen, dann nehme ich Ihren Bruder und die zwei anderen Idioten wieder hopps.«

Nachdem die Bagage endlich aus seinem Zimmer verschwunden war, schenkte er sich und Mahler ein großes Glas *Doornkaat* ein. Die Flasche war ein Geschenk der Kollegen zum Geburtstag. Konter wusste nicht mehr, ob letztes oder vorletztes Jahr. Eigentlich trank er nicht.

»Sie wissen, ist nicht meine Art, Mahler. Aber das war mehr, als ein Mensch aushalten kann.« Er kippte den Klaren hinunter. »Auch einen?«, fragte er seinen Assistenten und schenkte sich nach.

»Hören Sie sich in der nächsten Zeit ein wenig um«, sagte er dann. »Ich will wissen, ob die Bande spurt.«

Mahler nickte und verließ sichtlich irritiert das Zimmer. Konter war sicher, dass bald wieder in der Kantine über ihn getratscht werden würde. Als Vorgesetzter taugte er so viel wie der berühmte Bock zum Gärtnern. Er zog die Abschrift von Gennats Bericht aus einer Schublade und blätterte in den Seiten.

LL, dachte er. Luxemburg und Liebknecht. P war Pabst, D von Dehlbergh. Wer zum Teufel aber war N? Und weshalb bekamen Angehörige der Truppe Geld für …? Paul Konter schauderte bei dem Gedanken. Er war sicher, die Offiziere ließen sich dafür bezahlen, dass sie Leute beseitigten. Die Hinweise ließen keinen anderen Schluss zu. Außerdem gab es Gerüchte, dass Brigaden in Bremen und Kiel gezielt gegen Räte und Revolutionäre eingesetzt worden waren. Kopfprämien für Rote. Jetzt also auch in der Hauptstadt.

11

Berlin-Moabit

Vater Sass blieb in den folgenden Wochen recht still. Er war nie ein großer Sprücheklopfer oder gar Gröler gewesen. Selbst betrunken gehörte er eher zur Fraktion der Schweiger und Grübler. Wenn er allerdings nachdachte, dann eher über die Fußballtabelle, die Aussicht, doch noch eine Gartenlaube zu ergattern, oder die Vorteile einer Verlegung des Stammtischs von Donnerstag- auf Freitagabend. Die Probleme der Welt überließ sein Verstand den anderen.

Alles in allem hatte es seine Frau mit ihm nicht schlecht getroffen. Das kleine Glück war zwar in der Tat recht klein geblieben, aber immerhin hatte es – im Gegensatz zu vielen anderen Berliner Familien – hin und wieder vorbeigeschaut. Marie Sass war froh, ihren Andreas wiederzuhaben. Und seine Söhne hatten ihrem Vater eine Flasche *Küenzlen Weinbrand* und eine Packung *Makedon Perfekt* auf den Tisch gestellt. Zwanzig Stück zu einer Mark! Dazu eine Schachtel *Trumpf-Pralinen* für die Mutter. Sichtlich ergriffen, jedoch nach außen missmutig nahm sich das Familienoberhaupt ein *Schultheiss* aus der Speisekammer.

»Dat hat mia jefehlt«, sagte er, setzte die Pulle an und leerte sie in einem Zug.

Lange hatte Toni überlegt, ob sie ihrem Bruder von den Einzelheiten berichten sollte, die zu seiner für die Nachbarn und Freunde überraschenden Freilassung beigetragen hatten. Was Gerüchte anging, war Berlin ein großes Dorf geblieben. Und so wurde im Treppenhaus und in der Kneipe munter getuschelt, als man das Familienoberhaupt erstmals nach langer Zeit wiedersah.

»Den Götze und den Sass haben die Blauen hops genommen.«
»Ick weeß nüscht, aba die solln eenen kalt jemacht habn.«
»Und dem Kaiser habn se seen joldenen Nachttopf jekloot.«
»Jemand ausm Reichstag hat den Hermann rausjehaun.«
»Hat wat mit de Spionin zu tun, die jetzt bei dene wohnt.«

Toni schickte eines Abends, nachdem sich die Familie ein wenig beruhigt hatte, alle aus der Küche in die kleine Stube. Nur sie und ihr Bruder blieben am Tisch sitzen. In der folgenden halben Stunde hörte man mal eine flache Hand, dann eine Faust auf den Tisch donnern.

»Wenn Vaddern schimpft, is jut«, sagte Marie Sass und blickte dennoch voller Sorge zur Küchentür.

»Jungs, rein mit euch«, erklang die Stimme ihrer Tante nach einer Weile, in der alle in die Stille gelauscht und bereits das Schlimmste befürchtet hatten.

Als die Brüder in die Küche traten, sahen sie, dass Toni offenbar zum wiederholten Male vom Weinbrand nachschenkte.

»Euer Vater ist einverstanden«, sagte sie und hob ein Glas. »Max, Georg, Franz, ihr habt seine Erlaubnis, euer Geld als ehrliche Geschäftsleute zu verdienen. Im Gegenzug liegt ihr eurem Vater nicht länger auf der Tasche, sondern zahlt jeder zehn Mark im Monat in die Haushaltskasse. Schließlich habe ich ihm versprochen, dass ich alles beaufsichtige. Ich bin also in Geschäftsangelegenheiten eine Art Vormund für euch.«

Verstimmtes Gemurmel erklang, vor allem aus Max' Richtung.

»Hat jemand etwas gesagt?«, fragte Toni scharf, wartete jedoch keine Antwort ab. »Gut. Wir werden das Ganze übrigens offiziell machen. Ich habe bereits mit Herrn Meyer und Herrn Sternwein gesprochen. Dazu mit Herrn Klante …«

Offenbar wollte sie Max Klante vor ihrem Bruder dann doch nicht *Lümmelchen* nennen. Franz lächelte wissend, schwieg jedoch.

»Unsere Geschäftsverbindung werden wir als Genossenschaft führen. Ich und die drei Herren sind die Anteilseigner.«

»Und wir?«, riefen Max und Franz beinahe wie aus einem Munde. »Nur die Arbeit und eine Flasche Bier?«, ergänzte der ältere Bruder empört.

»Fünfzehn Prozent vom Genossenschaftsgewinn. Für euch drei«, sagte Toni. »In zwei Jahren verhandeln wir neu.«

»Genossen«, brummte Andreas Sass. »Wenigstens etwas. Und wie heißt euer Laden? Meinen guten Namen nehmt ihr dafür nicht, verstanden!«

»Alles schon erledigt, Andreas«, meinte seine Schwester. »Beim Gewerbeamt sind wir als *Syndicat:Berlin e.G.* vermerkt. Mit allem Drum und Dran.«

»Ein echtes Geschäft! Ganz offiziell«, staunte Franz. »Mit Anmeldung und Steuernummer. Nicht nur eene Bierpinte.«

Er stieß seinen Bruder Max an, dem die Sache jedoch irgendwie unangenehm zu sein schien.

»Herr Meyer bekommt zehn und sorgt in Zukunft für den Schutz aller Geschäftszweige«, fuhr ihre Tante fort. »Und der Rest wird zu gleichen Teilen vergeben. An Herrn Sternwein, weil er das Geld vorstreckt und für weiteren Kredit bürgt. Max Klante bringt sein gesamtes Wettbüro und die Gewinne daraus ins *Syndicat* ein. Und ich …« Sie lachte. »Ich bin eben ich.«

»Ist das nicht eine Nummer zu groß?«, fragte Max zögerlich. »So viel Aufmerksamkeit. Die Gewerbeaufsicht, Steuerpolizei und Sitte. Da könnte es viel Ärger geben.«

»Im Gegenteil!«, antwortete Toni. »Das Prinzip ist wie bei den Gewerkschaften. Ein Arbeiter allein ist nichts. Tausend, da hören die Herrschaften zu. Zehntausend, da bekommen sie Angst.«

»Richtig! Feste druff.« Andreas öffnete ein weiteres Bier. Es wirkte nicht so, als hätte er wirklich verstanden, worum es hier ging. Eine Rolle spielte er im neuen *Syndicat* nicht. Aber seine Schwester war geschickt – und schlau – genug, ihn in diesem Glauben zu lassen.

»Je größer wir sind, umso eher lassen uns die Beamten in Ruhe. Sie denken, dass da jemand hinter steckt, uns schützt und dass schon alles seine Richtigkeit hat. Wie beim Kaiser mit seinen neuen Kleidern. Keiner sagt was, auch wenn er nackt rumläuft. Und zur Not lassen wir ein paar Scheine in die Taschen dieser Herren wandern. Da ist Meyer ganz dick mit seinen Kontakten.«

12

Hoppegarten, Juli 1919

Die Galopprennbahn war ein Gewinn für die Familie Sass. Franz musste zähneknirschend zugeben, dass dieser seltsame Vogel Klante in der Sache recht gehabt hatte. Pferdewetten waren ein Zeitvertreib für kleine und große Leute. Und immer ging es um eine Menge Geld.

»Was hat es denn nun auf sich mit deinem Totalisator?«, fragte Franz zum wiederholten Male, als Toni, er und Max Klante in der Küche der elterlichen Wohnung saßen.

»Hör auf, Franz«, wies ihn seine Tante zurecht. »Du verrätst uns ja auch nicht deine Geschäftsgeheimnisse mit dem Juden.«

»Schon gut, Toto.« Max Klante lächelte Antonia Sass an, als wäre er ein frisch verliebter Schuljunge. »Der Junge soll ruhig fragen. Schließlich brauche ich von euch das Kapital.«

Franz hasste es, *Junge* genannt zu werden. Und er hasste diese Turtelei. *Toto*. Und sie nannte Klante *Lümmelchen*. Er wollte gar nicht wissen, warum.

»Normalerweise gibt es auf den Rennbahnen die Buchmacher«, erklärte Max Klante. »Eine festgelegte Anzahl mit Lizenz. Die Lizenz ist teuer. Und einen Buchmacher zu kaufen, ist noch teurer. Und ganz unerschwinglich ist es, die Jockeys zu schmieren. Hier kommt der Totalisator ins Spiel. Nicht der Buchmacher bestimmt die Gewinnquoten, sondern die Spieler selbst. Dazwischen bin nur ich und verdiene mein Geld.«

»Einen größeren Quatsch habe ich noch nie gehört«, fuhr Franz ihn an. »Da nehme ich den Favoriten und bestimme, dass ich hundert zu eins bekomme? Der Buchmacher gibt mir aber nur drei für zwei. Blödsinn.«

»Die eingehenden Einsätze bestimmen die Quoten«, führte Klante geduldig aus. »Nicht die Willkür des Buchmachers. Kleine Leute finden den Gedanken verlockend, dass sie nicht von diesen Kerlen abhängig sind. Und wenn man gut rechnen kann, wirft die Wettsache auch gute Informationen ab. Auch die Stallburschen wetten. Oder die Tierärzte. Alles zusammen führt dann zum zweiten Geschäftszweig, den ich mir aufbauen werde.«

»Ich verstehe nur Bahnhof«, nörgelte Franz. »Man kann Buchmacher oder Reiter kaufen. Sind die einzigen Möglichkeiten, beim Pferderennen zu betrügen. Und für beides hat die Familie Sass nicht genug Kapital.«

»Betrug ist ein garstiges Wort«, erwiderte Klante beleidigt. »Mein feines Gemüt verträgt so etwas gar nicht. Wenn alle zufrieden sind, wird mir niemand mein Honorar neiden.«

»Ach Franz«, mischte sich Toni ein. »Du musst noch vieles lernen. Lümmelchen will doch gar nicht betrügen. Er nimmt mit dem Totalisatorsystem die Wetten an. Dafür gibt es für ihn eine Provision. Und knapp vor Rennbeginn wird er einigen Leuten als Tippgeber zur Seite stehen. Bei Erfolg gibt es da noch einmal etwas zu verdienen. Trifft es das?«

»Ganz genau, Toto. Ich denke, dass wir an einem Wochenende fünfhundert bis tausend Mark machen können.« Klante lächelte zufrieden. »Ich brauche jetzt allerdings fünftausend, um den zuständigen Beamten und den Rennleiter in Hoppegarten zu überzeugen. Dazu zwei Wochen Werbung mit Handzetteln. In den guten Gegenden vielleicht ein paar Posteinwürfe. Und ein paar Abende bei den Vereinen oder in Stammkneipen.«

»Du willst saufen auf meine Kosten?« Franz tat empörter, als er es war. Er fühlte sich auch geschmeichelt, dass er sich in einer Position befand, in der man ihn um Geld anhielt. Noch vor einem Dreivierteljahr war jede Mark für ihn ein unverhoffter Segen gewesen.

»Meyer hält uns zwar den Rücken frei«, fügte Klante ungerührt hinzu. »Aber mehr im geschäftlichen Sinn. Ich bin zu oft mit zu viel

Geld unterwegs und brauche persönlichen Schutz. Eine Art Leibwache. Ich bin zwar von recht robuster Statur.« Humor hatte er, das musste man ihm lassen. »Mehr von meiner Sorte und die Franzosen wären vor Schreck in den Atlantik gesprungen. Aber zwei Männer an meiner Seite brauche ich, wenn ich die Moneten einsammle. Geschäftsleute leben gefährlich in diesen Zeiten.«

Recht robust, dass ich nicht lache, dachte Franz. Klante hatte vor zwei Jahren an der Front eine Tuberkulose verschleppt, da sich der zuständige Feldarzt vor dem Krieg auf Frauenleiden verlegt hatte. Seither klapperten bei dem Kerl die Knochen; selbst der jüngste Cliquenbruder hätte ihn aus den Latschen hauen können.

»Ich gebe dir einen Götze und den Friedel aus meiner Clique«, meinte er. »Walter ist ganz in Ordnung. Und nicht zimperlich. Hat auch 'ne Knarre. Mit tausend Mark in der Tasche könntest du sonst tatsächlich echten Ärger kriegen. So was spricht sich schnell herum, und schon haut dir einer 'ne Latte über den Schädel. Friedel ist gerade Jugendmeister im Ringen geworden. Da kommt dir keener zu nahe, Onkel Max.« Da er den *Onkel* so liebevoll betont hatte, stach ihm Toni en retour mit ihrem Sonnenschirm in die Seite.

Der *kleine Mann* beim Pferderennen, auf den es Klante abgesehen hatte, war eigentlich eher schon ein wohlhabender Bürger. Das wirklich arme Proletariat und die Lumpensäcke aus dem Scheunenviertel oder der Fischerstraße waren hier nicht zu finden. Und schon gar nicht auf der Galopprennbahn Hoppegarten. Hier bemühte sich die Berliner Mittel- und Oberschicht um eine Noblesse und Würde, die man bei den Engländern so bewunderte und doch in der piefeligen Brandenburgischen Mark nie erreichte. Es kursierten nun auch Gerüchte, dass die Adelstitel mit der neuen Reichsverfassung abgeschafft werden sollten. Als Messlatte sozialen Erfolgs blieb fortan einzig das Geld. Und auf der Rennbahn konnte man es unverhohlen zeigen, sich über Gewinne scheinbar gelangweilt freuen und Verluste mit ebensolcher Langeweile ignorieren. Es schien paradox, dass ein Mann als umso vermögender galt, je mehr er mit Nonchalance auf der Rennbahn verlor.

Auch diese Gesetzmäßigkeit hatte Max Klante schnell erkannt und für sich zu nutzen gelernt. Den betuchten Leuten verkaufte er gern zwei Wettscheine. Einer war der »stille«, der sich an seinem Tipp orientierte. Wenn der Schein gewann, dann lief alles leise und diskret ab. Der andere war jedoch der »laute«. Damit hatte die Gattin des Unternehmers dann ganz offiziell ihre obligatorischen zweihundert Mark verloren. Und zog ihre Masche ab.

»Es ist doch nur Geld, meine Lieben«, sagte sie dann zu den umstehenden Damen, wenn Max Klante, sichtlich zerknirscht, die traurige Nachricht überbrachte. »Wenn man genug davon hat, dann gibt es Wichtigeres im Leben.«

Alle nickten. Klante füllte derweil schon den Zahlschein für die still gewonnenen fünfhundert Mark aus. Abzüglich seiner Provision. Hoppegarten wurde sein großes Spielfeld. Fünf Tage in der Woche war Klante zu nichts zu gebrauchen, las Bücher oder schwatzte von den Flausen, die er im Kopf hatte. Samstag und Sonntag hingegen blühte er auf. Bereits am Freitagabend schlich er zwischen den Rennställen umher. Er bot sich als Strohmann an für die Reiter, die neuerdings *Jockeys* hießen. Ihnen waren Wetteinsätze verboten, um Manipulationen vorzubeugen. Klante schien ein Gehirn für alles zu haben, was ihn interessierte. Wenn ihn jedoch etwas langweilte, dann konnte man ihm Dinge zehnmal sagen, und er vergaß sie doch. Und Pferde interessierten ihn brennend. Schnell fachsimpelte er mit den Veterinären. Und er verschaffte sich den Respekt der Rennleitung, als er bei einem arabischen Vollblut mehr zufällig die Druse erkannte. Hätte sich die Krankheit ausgebreitet, wäre die Rennbahn schwer in Verruf geraten. Fortan saß er zum Dank bei den »Herrschaften« auf der großen Tribüne. Ein Glücksfall, der seinen Umsatz enorm steigerte. Da er sich immer schon freitags bei Stallburschen, Tierärzten und Reitern nach dem Befinden der Tiere erkundigte, galt er im Frühsommer als ausgemachter Experte, der sich seine Wettkunden aussuchen konnte. Schnell stiegen seine Einnahmen auf über tausend Mark an einem Wochenende. Als ihr *Lümmelchen* sie auf die Tribüne einlud und vorher auch noch dreihundert Mark für ein neues Kleid hinblätterte, war es um die verliebte Toni wieder einmal endgültig geschehen. Für Hoppegarten kramte sie ihr Französisch hervor und legte sich einen gelungenen Akzent zu, den die Gattinnen der reichen Industriellen und des verarmten Adels schon nach kurzer Zeit hinreißend fanden. Und so nahmen sie Toni schnell in ihren illustren, wenn auch etwas inhaltsleeren Kreis auf.

Das Totalisatorgeschäft gab Max Klante früh an Georg ab, da er als Tippgeber auf der Haupttribüne voll beschäftigt war. Er musste fortan nur noch die ziemlich komplizierten Rechenoperationen selbst durchführen. Der Sass-Junge verrechnete sich ständig, allerdings immer zugunsten des Geschäfts, so dass Klante auch hier nachlässiger wurde. Georg war mit den Aktivitäten der anderen Brüder nicht recht warmgeworden. Er war nicht dazu zu bewegen, sich einen Anzug zuzulegen, wirkte immer wie ein Hafenarbeiter auf Sonntagsausflug. Er hatte auch keinen Sinn entwickelt für Warengeschäfte oder die Führung eines Lokals. Hingegen liebte er schnelle Gaunereien und das Gefühl, in Bündeln von Papiermark zu blättern.

»Det Jeld duftet so herrlich«, pflegte er dann mit verklärtem Blick zu sagen.

Also hatten ihn Max und Franz dazu verdonnert, sich in einem der neuen Boxstudios anzumelden. Außerdem trainierte er mit Friedel den Ringkampf. Wenn er sich ein wenig an die Rauferei gewöhnt und Muskeln zugelegt hatte, konnte er für die Sicherheit im Lokal und bei den Geschäften sorgen. Bis dahin verdiente er seine Brötchen eben bei Klante.

*

»Kaufen, wenn die Kanonen donnern, junger Sass«, sagte Sternwein und räkelte sich auf einem Sofa. Offenbar ein Neuerwerb. »Mein

Großvater ist zu Geld gekommen, als wir vor fünfzig Jahren gegen die Franzosen ausgerückt sind. Alle Geschäftsleute hatten die Hosen gestrichen voll. Und er hat in Aachen munter Leder und Hafer zu Spottpreisen eingekauft. Schuhe, Sättel, Tierfutter. Kriege werden eben nicht nur mit Waffen geführt. Verstehst du, Franz?«

»Nee«, kam die kurze Antwort. »Gibt es denn wieder Krieg?«

»Der ist schon längst da«, erwiderte der Jude nur. »Gehst du nicht auf die Straße? Oder bist du blind und taub?«

Tatsächlich war das Polizeipräsidium am Alexanderplatz in den letzten Monaten mehrmals von linken Aufständischen belagert worden. Bis Uniformierte gekommen waren, von denen niemand wusste, wem sie unterstanden. Ein ständiges Hin und Her. Schießereien, Plünderungen, sogar Bankraub. Im Pflaster einiger Straßen sah man immer noch die Reste der ausgehobenen Schützenstellungen, die nur notdürftig geflickt wurden. Die Mörser eines Freikorps hatten auf Straßenzüge im Wedding gefeuert, Spartakisten hatten prompt Sprengsätze vor Kasernen angebracht. Kein Tag des Jahres war seither vergangen, ohne dass sich irgendjemand wegen irgendetwas empörte. Brotpreise und Löhne waren die Themen der einen Seite. Demütigung des Vaterlands durch die Sieger, Entmilitarisierung und ungerecht hohe Reparationsforderungen die der anderen.

»Unruhen bieten auch Chancen, Sass«, fuhr Sternwein fort. »Und eine solche dürfen wir uns jetzt nicht entgehen lassen.«

»Worum geht es?« Franz wurde hellhörig. Ihr Lokal in der Stallschreiber Straße brummte. Nach anfänglicher Skepsis hatte sein Bruder Max großes Engagement entwickelt und den Laden zum Laufen gebracht. Franz kümmerte sich mehr um die Unterhaltung und organisierte gern billig die Getränke und das Essen. Mit *Schultheiss* hatten sie zwar einen Vertrag, aber Franz sorgte dafür, dass die Kutscher immer mal ein paar Fässer abzweigten und zu Sonderpreisen verschleuderten. Für die ganz Armen bekam er das Fleisch von der Freibank. Ohne Stempel und ohne Fragen. Dafür waren die Bouletten im *Open House* schon jetzt eine Stadtlegende. Ihre füllige Köchin aus Riga kannte zwar nur ein deutsches Wort, aber sie brutzelte umso besser.

»Isskind«, rief sie über die Durchreiche.

Satt für fünfzig Pfennig. Mit Bier. Das Konzept hatte Zukunft. Das billigste Fleisch wurde so lange durch den Wolf gedreht, mit alten Brot gestreckt und nachgewürzt, dass die Leute glaubten, es wäre *Bœuf Stroganoff*. Franz hatte ein Schild anfertigen lassen, das sich an dem großen A bei *Aschinger* orientierte. Er nahm das S aus dem Familiennamen, dass zufällig auch zum *Syndicat* passte. Er ließ es vom Schildermaler in einen großen, gelben Bogen einfassen und über dem Schriftzug vom *Open House* anbringen. Aber er blieb dennoch irgendwie unzufrieden. Er wusste selbst nicht recht, was ihm fehlte. Gute Schuhe und ein netter Anzug füllten ihn nicht aus. Der Reiz von Sekt und Champagner, von bestem Essen und guten Zigaretten verlor sich ebenfalls bald. Zwar war er nun endlich mit seiner Susi im *Schambre* gewesen, aber das Stürmen und Drängen in ihm hatte nicht nachgelassen. In seiner Verzweiflung hatte er sogar seinen Vater um Rat gefragt.

»Dat is eenfach«, hatte Andreas Sass seinem Sohn erklärt. Seit seiner Haftentlassung war er umgänglicher geworden. Die älteren Söhne hatten sich durch ihr Eingreifen seinen Respekt erarbeitet. »Du brauchst eene echte Aufgabe. Wat Ordentliches. Een Sass jebroocht die Pranken. Det andre is keene Arbeit. Is wie mit dem Hobeln und Schleifen. Immer wieder, tagaus und tagein, hin und her. Verstehst de? Wenn der Mann nüscht zum Hobeln und Schleifen hat, kommt er uff komische Jedanken.«

Ganz klar war Franz diese Philosophie des Schneiders nicht. Meinte sein alter Herr, dass er Routine brauchte? Aber das wäre langweilig und öde. Wie die Lehrstelle beim U-Bahn-Bau bei *Siemens & Halske*, die er nun endgültig an den Nagel gehängt hatte. Oder meinte er, dass man etwas verändern sollte? Irgendeine Sache schaffen oder aufbauen? Nach kurzer Überlegung legte Franz dann den geistigen Hobel und das Schleifpapier zur Seite und entschloss sich, dass die Straße sein Revier war. Er musste raus, mit Leuten reden, verhandeln und Coups ausbaldowern. Sein alter Freund Friedel hatte mittlerweile die Leitung der *Bruderschaft* übernommen. Franz war zwar einstimmig zum Ehrenpräsidenten ernannt worden, aber die Kontakte zu den Jungs fehlten ihm. Man traf sich im *Open House*, der Bouletten und billigen Molle wegen. Aber Franz wollte mehr.

»Sag mal, ist dein Kopp mit dem Kaiser nach Holland abgehauen?«, hörte er Sternwein sagen. »Ich biete dir ein Geschäft an, und du stehst da, als müsstest du fünf Jahre in die Plötze einfahren.«

»Ein Geschäft?«, fragte Franz irritiert. Erst jetzt bemerkte er, dass der jüdische Geschäftsmann die ganze Zeit auf ihn eingeredet hatte.

»Also noch mal«, seufzte Sternwein. »Kurzfassung für Doofe. In der Stadt hausen im Moment etwa zehn Divisionen und noch einmal so viele unabhängige Brigaden. Alles zusammen sind das etwa hunderttausend Soldaten. Die Kerle werden langsam unzufrieden, denn ihr Sold, wenn sie ihn überhaupt kriegen, ist nach einem Monat schon deutlich weniger wert. Die Reste der Heeresleitung haben bei der Stadtverwaltung angefragt, ob für die Männer nach der Demobilisierung ausreichend Quartiere zur Verfügung stehen. Hinzu kommen die Leute, die denken, dass in der Stadt das Paradies auf sie wartet.«

Franz wusste, dass Berlin aus allen Nähten platzte. Vor zwei Jahren hatte es eine erste Invasion russischer Flüchtlinge gegeben, die den segensreich-blutigen Versprechungen der Bolschewisten nicht recht trauten. Jetzt kamen Leute aus den Gebieten, die Deutschland als Kriegsschuld abtreten musste. Und überhaupt war es schon seit zwanzig Jahren zu eng in der Stadt.

»Ich kenne ein paar Bauunternehmer, die in der Oranienburger Vorstadt und am Tempelhofer Feld bauen wollen«, erläuterte Sternwein. »Sie haben was flüstern hören, dass jetzt endlich ein Groß-Berlin-Gesetz kommen soll. Wenn sie am Rand alles eingemeinden, dann explodieren die Baupreise. Mit etwas Druck seitens höherer Offiziere und ein paar Hundertern lassen sich die Amtsstellen bestimmt schnell überzeugen, die Genehmigungen zu erteilen.«

»Was habe ich damit zu tun?«, fragte Franz. »Weder kann ich Pläne zeichnen noch besitze ich Kiesgruben oder Lastwagen.«

»Meine Geschäftspartner und ich haben das *Consortium Berliner Bau* gegründet. Und wir brauchen einen Prokuristen, der ...« Sternwein wirkte amüsiert. »... die Beziehungen zu den Herren des Offizierskorps unterhält.«

»Pro... wat? Ick? Nee, Herr Sternwein. Ick setz mir nich mit de Monokelträgers zusamm. Nee, janz sicher nich.« Franz war wütend, und die innere Erregung ließ ihn sofort in den Jargon abrutschen.

»Alles nur auf dem Papier, Franz«, versuchte Sternwein, seinen Gast zu beschwichtigen. »Im Moment herrscht bei den Männern der Truppe eine gewisse Abneigung gegen Menschen meines Schlages. Das war schon immer so. Geht was schief, dann waren es die Juden. In früheren Zeiten haben sie uns die Hütten abgebrannt, dann war alles wieder beim Alten. Jetzt geifern sie gegen uns in den nationalen Zeitungen, schreiben Bücher über die jüdische Weltverschwörung. Wir sollen dem Helden Hindenburg und seinen tapferen Männern den Dolch in den Rücken gestoßen und dabei natürlich noch unseren Reibach gemacht haben. Geschäfte wollen sie dennoch mit uns machen. Also brauchen wir einen Strohmann.«

»Ich bin kein Mann für Verhandlungen, Herr Sternwein.«

»Ach was, ich sagte Strohmann. Von Verhandlungen rede ich nicht. Du setzt deine Unterschrift unter ein paar Verträge und kümmerst dich darum, dass wir möglichst viele zusätzliche Geschäfte an Land ziehen. Wir wollen an den riesigen Fuhrpark der Truppe herankommen. An die Lagerbestände von Stoffen und Leder. An die Zigaretten und den Kognak. Begreifst du jetzt, Franz? Wenn du erst einmal in den Kasernen und Kommandanturen bist, kannst du die Hauptfeldwebel und Quartiermeister ins Gebet nehmen. Versprich ihnen eine schöne Wohnung vor der Stadt oder den Himmel auf Erden, aber komm mit ihnen ins Geschäft. Klar so weit? Für die Rückendeckung in den höheren Etagen haben wir dann längst gesorgt.«

Sternwein und Franz Sass wurden sich schnell einig. Franz musste einige Papiere unterzeichnen und erhielt Dokumente, die ihn als Prokuristen des *Consortiums* auswiesen. Zusätzlich bekam er die Namen derjenigen Unteroffiziere, die die Heeresmagazine unter sich hatten.

Als er sich von Sternwein verabschiedet hatte, wurde Franz klar, dass ihn genau diese Aufgaben ausfüllten. Das war seine Welt. Sein Verstand tat sich schwer mit dem schnöden Geradeaus der Verwaltung. Oder mit der zielgerichteten Wenn-dann-Logik des Handwerks. Er liebte das Verquere, das Denken gegen den Strom. Und er erkannte neue Möglichkeiten, wo andere nur Eintönigkeit sahen.

Seinen Vater hatte er nach der Brand- und Reißfestigkeit von verschiedenen Stoffen gefragt. Er war für mehrere Wochen Aushilfe bei einem Schlosser gewesen, nur um zu lernen, wie man Metallverbindungen löste und Schlösser öffnete. Bei *Siemens & Halske* hatte er das schwere Gerät immer danach beurteilt, ob es auch zu anderen Zwecken genutzt werden könnte. Er hatte geprüft, wie dick der Stahl sein durfte, um ihn mit einem Schneidbrenner zu durchtrennen. Er wusste, dass erhitztes Metall besser mit dem Bolzenschneider zu durchtrennen war. Beim Tunnelbau hatte er den Meister ausgefragt, wie klein ein Schacht sein könnte, der noch zu belüften und abzustützen war. Wann ihm dieses Wissen einmal nutzen würde, stand in den Sternen.

Dass Sternweins Pläne nicht nur halblegal, sondern auch in anderer Hinsicht nicht ganz koscher waren, kam Franz nur gelegen. Ein wenig Gefahr, die er durch gute Planung zu meistern gedachte, schien ihm das Salz in der Suppe zu sein.

»Wer nicht auch mal quer denkt, bleibt immer auf den ausgetretenen Pfaden«, hatte er nach den ersten erfolgreichen Verhandlungen mit Sternwein gesagt.

»Du hast so viel Unsinn im Kopf, dass da drin fürs Geschäft kein Platz mehr ist«, hatte sein Bruder Max geantwortet.

Also waren sie sich einig geworden. Max war beim *Syndicat* zuständig für die Leitung des Lokals und für die Abrechnung. Franz übernahm das Organisieren von Ware und die Pflege neuer Kontakte. Ein Dreivierteljahr nach Kriegsende lag Berlin in einer Art Fieberwahn. Die Waghalsigen arbeiteten Tag und Nacht und suchten nach lohnenden Investitionen. Die Vorsichtigen – oder Dummen – hielten noch ihr Geld zusammen und wollten abwarten, was die Zukunft brächte.

»Das Brot kostet doppelt so viel wie im November«, pflegte Franz diesen Zauderern vorzuhalten. »Wenn du jetzt weiter wartest, kriegst du für deine paar Kröten bald nur noch ein Ei.«

Seit Frühsommer hatte es immer weniger Dumme gegeben. Die Leute gaben das Geld aus, als gäbe es kein Morgen. Plötzlich sah man die Arbeiterfrauen mit ein paar edlen Damenschuhen aus dem *KaDeWe* kommen. Und die ehemals bescheidene Bürgergattin überraschte ihren überforderten Beamten mit feiner Wäsche von *Gerson*. Das »Amüsemeng« jedoch blieb vorwiegend den Männern vorbehalten. Rauchen, saufen, huren. Dazwischen noch ein bisschen Tanz und Theater, um die Laster zu kaschieren.

»Berlin macht uff Kultur«, fasste es ein Reporter in der *Vossischen Zeitung* zusammen.

*

»Eine wirklich vorzügliche Art, sich von der Last überzähliger Rubel zu befreien, meine Teuerste«, meinte der ehemalige Grundbesitzer und feuerte im nächsten Moment einen hellen Araber an. Auf der Rennbahn konnten sich Geburts- und Geldadel, Bildungsbürger und hohe Offiziere ungeniert ordinär geben. Die Gäste jeder Kneipe am Spittelmarkt hätten bei deren Anblick wahrscheinlich entsetzt geschwiegen. Während sie selbst für zweihundert Mark im Monat schufteten, saß hier dieselbe Summe als Wetteinsatz locker in den Taschen derer, die Arbeit nie kennengelernt hatten.

Jekaterina hatte in der zunehmend gelangweilten Runde ihrer Landsleute den Vorschlag gemacht, sich den englischen Vergnügungen hinzugeben. Rennen, wetten, posieren. Dabei stand sie selbst vor einem gravierenden Problem. Ihr ging das Geld aus. Die Masche, einen alten Bojaren um Geld zu bitten, da doch die bösen Roten ihrer Familie derart übel mitgespielt hätten, zog nicht mehr. Erstens durfte sie es nicht übertreiben. Und zweitens wurden die Herren in ihren Gegenforderungen immer dreister. Mehr als einmal wurde von ihr unverhohlen verlangt, sich auf gewisse Art erkenntlich zu zeigen. Liebesdienste gegen Geld. Sie stand letztlich vor der Entscheidung, sich als bessere Hure zu verdingen, bis man ihrer überdrüssig werden würde. Abgesehen davon, dass sie eine solche Vorstellung anekelte, wusste sie, dass sie dann ihren Status als geheimnisvolle Romanowa verlieren würde. Die entfernte Verwandte des Zaren wäre nur noch ein Flittchen.

»Und, meine liebe Katjuscha, haben Sie es sich überlegt?« Der fette Großgrundbesitzer tätschelte ungeniert ihren Oberschenkel. »Werden Sie mitkommen auf meine neue Sommerfrische an der See? Die Kaiserbäder auf Usedom sollen herrlich sein. Und meine Frau fährt wegen der Lunge in die Schweiz. Ich könnte Ihnen eine Apanage von, sagen wir, fünfhundert Mark ausloben. Im Monat selbstverständlich.« Er zwinkerte ihr derart vielsagend zu, dass ihr übel wurde.

Nein, dachte sie. Es musste schnell eine Idee her, die Geld einbrachte. Ihr Lebensstil verschlang wenigstens tausend Mark im Monat. Und dann musste sie sich bereits bescheiden. Jeder Einschnitt, jedes Sparen oder Knausern war jedoch der Todesstoß für ihr bisheriges Geschäftsmodell. Sie stellte dar, zeigte sich, repräsentierte. Wurden ein Kleid oder Hut zweimal gesehen, begann schon die Tuschelei. Paul Konter war in geldlicher Hinsicht ein Reinfall gewesen. Sie hatte ihn gebeten, sie für die Spitzeldienste zu bezahlen.

»Mata Hari hat fünfzigtausend Goldmark erhalten«, hatte sie ihm gegenüber argumentiert.

»Die Romanowa behält ihre Freiheit und das erschwindelte Geld«, hatte der Kommissar trocken entgegnet.

Natürlich konnte sie wieder mit ihren kleinen Diebstählen und Gaunereien anfangen, mit denen sie sich nach ihrer Ankunft in Berlin über Wasser gehalten hatte. Eine Geldbörse hier, eine Brosche da. Oder ein ganzes Hotelzimmer wie im *Adlon*. Aber die Leute waren nicht dumm. Je mehr sich solche Dinge in ihrer Anwesenheit häuften, desto eher kam man auf sie. Sie wusste zwar, wo es etwas zu holen gab. Aber dafür bräuchte sie Leute, denen sie vertrauen konnte. Leute, die sich mit Brüchen und Hehlerei auskannten.

Jekaterina verfügte über eine hervorragende Beobachtungsgabe und nutzte die Stunden auf der Rennbahn, um die Gäste des Spektakels einzuschätzen. Schnell erkannte sie, dass viele ihre Umgebung auf ähnliche Weise täuschten wie sie selbst. Da gab es Unternehmer, die kurz verschwanden, um in der Nähe der hinteren Tribüne gefälschte Wettscheine zu kaufen. Dann kamen sie zurück und wedelten damit herum. Hundert Mark auf *Kaiser*. Zweihundert auf *Siegfried*. Der Verlust kümmert nicht, es ist doch nur Geld! In Wahrheit hatten sie für die unechten Scheine fünf Mark hingeblättert und konnten nun angeben. Ebenso hatte Jekaterina Damen beobachtet, die hinter einer wartenden Droschke Koffer austauschten. Als einer aufgesprungen war, hatte sie die hervorquellenden Kleider gesehen. Man tauschte die Sachen, damit es so aussah, als schwämme man im Geld.

Besonders interessiert war sie an einer Frau, die auf seltsame Art unangepasst schien. Sie trug Kleidung, die zwar geschmackvoll, aber nicht wirklich teuer war. Gekauft bei *Wertheim*, vermutete sie. Tasche, Handschuhe und Tuch hatten einen Chic, der nicht aus Berlin kommen konnte. Als die Russin sich ihr unauffällig genähert hatte, nahm sie einige französische Worte, manchmal ganze Sätze wahr, mit denen die Frau ihre Umgebung in den Bann zog. Sie mochte Anfang vierzig sein, ihr Auftreten war jedoch fast ungezwungen mädchenhaft. Zunächst schien es, als wäre sie ohne Begleitung erschienen, dann jedoch scharwenzelte ein hageres Männlein in beigefarbenem Anzug und Strohhut um sie herum. Er wurde von Männern und Damen angesprochen, die lebhaft mit ihm diskutierten und dabei jegliche Etikette außer Acht ließen.

»Ach der«, meinte ein jüngerer Russe, der seinen Vater begleitete und eher an Hengsten anderer Art interessiert zu sein schien. »Das ist Klante, ein Tippgeber.«

Als Jekaterina ihn fragend ansah, fuhr er fort: »Er gibt Tipps zu den Rennen. Und er liegt tatsächlich oft richtig.«

»Manipuliert er?«, fragte sie mit gespielter Entrüstung.

»Nein, nicht im Sinne des Gesetzes«, erklärte der Mann. »Dennoch mögen die Betreiber der Rennbahnen solche Leute nicht. Meistens können sie gut rechnen und die Buchmacher-Quoten einschätzen. Dann treiben sie sich in den Ställen herum und stecken wahrscheinlich den Burschen ein paar Scheine zu. So kommen sie an Informationen, die wir hier oben nicht haben. Danach putzt er sich die Schuhe, zieht die Jacke über, kommt auf der Tribüne und gibt Ratschläge. Es ist eben immer schöner, zu gewinnen als zu verlieren.«

»Wie lässt er sich bezahlen?«

»Er behält ein Drittel des Gewinns.« Der Russe hatte einen gut aussehenden Herrn entdeckt und wandte sich von Jekaterina ab.

Da muss doch etwas zu machen sein, dachte sie.

Es fiel ihr nicht schwer, mit Klante und seiner Begleitung ins Gespräch zu kommen. Ihr Vater hatte auf eine frankophile Bildung seiner Tochter Wert gelegt. Bildung war die Waffe gegen den allmächtigen Adel in Russland gewesen, dessen Angehörige oft kaum bis zehn zählen konnten.

»*Bonjour, Madame et Monsieur!*«, rief sie mit einer gekonnten Mischung aus Zurückhaltung und Begeisterung, als die Frau wieder ein paar Worte Französisch gesprochen hatte. »*Je suis ravi d'entendre la langue de ma mère.*« Sie war in der Tat erfreut, denn die beiden wirkten sympathisch und auf ihre Weise speziell. Jedoch kam ihre Mutter in Wahrheit aus einer einfachen Petersburger Familie.

»Oh, da sprechen Sie sicherlich besseres Französisch als ich, Madame«, antwortete die Begleiterin des Tippgebers.

Antonia Sass und Jekaterina Romanowa verstanden sich auf Anhieb. Sie waren Seelenverwandte. Beide Frauen hatten sich in der Fremde durchschlagen müssen. Toni, als sie vor fast zwanzig Jahren ihrem Liebhaber nach Paris folgte. Katja, als sie vor zwei Jahren als einzige Überlebende ihrer Familie nach Berlin geflohen war. Beide hatten es dabei nicht einfach gehabt. Toni war lange Zeit *La boche*, die deutsche Hure, gewesen. Und Katja nur *Sirota*, das hübsche Waisenkind, das einem billig das Bett wärmt. So allerdings hatten die Frauen nicht enden, sich mit diesem Schicksal nicht abfinden wollen. Und keine der beiden hatte aufgegeben. Sie hatten sich durchgebissen. Solche Biographien schweißten schnell zusammen.

»Möchten Sie wetten, Katja? Mein Mann macht Ihnen ein gutes Angebot. Nicht wahr, Lümmelchen?« Toni Sass streichelte die Wange des Mannes, der sich als Max Klante vorgestellt hatte.

»Um ehrlich zu sein, bin ich derzeit ein wenig …«, erwiderte Jekaterina. »Ein Schuldschein, der mir nicht bezahlt wurde. Aber fünfzig Mark habe ich. Bekomme ich dafür einen guten Tipp?«

»Eine Vertraute meiner Dulcinea!«, rief Klante verzückt. »Ihr seid wie mein eigen Fleisch und Blut, Gnädigste. Sollte ich falsch liegen, dann stürze ich mich in tiefste Gram von der Löwenbrücke.«

»Lümmelchen, da brichst du dir nur ein Bein oder bleibst im Schlamm stecken.« Toni streichelte seine Wange. »Du kennst doch dein Glück fernab der Rennbahn.«

Fürst Bismarck gewann das Rennen. Früher ein Favorit, gab es jetzt die gute Quote von sechs zu eins, denn der Gaul hatte eine Sehnenentzündung durchgemacht. Und Klante hatte das Gerücht streuen lassen, die Sache wäre doch noch nicht völlig verheilt. Katja war zufrieden.

»Was haltet ihr davon, wenn ich den hiesigen Buchmachern ein paar meiner Landsleute abspenstig mache«, schlug sie vor, nachdem sie ihren Gewinn eingestrichen hatte. »Ich spreche von fünftausend Mark, die in Zukunft über euch gesetzt werden.«

»Oh, diese schöne Dame weiß eine Musik zu spielen, die meinen Ohren wohl gefällt«, sagte Klante.

»Ich hörte, ihr bekommt dreißig Prozent vom Gewinn«, fuhr Katja fort. »Davon will ich ein Drittel. Natürlich nur von denen, die auf meine Empfehlung hin kommen.«

»Ach, dass die Welt immer am schnöden Mammon hängt!« Klante grinste. Dann streckte er die Hand aus. »In Ordnung.«

*

Max Klante wohnte in einem jüdisch geprägten Viertel in der Nähe des Rosenthaler Platzes. Toni hatte sich aus der Enge der Sass-Wohnung in der Birkenstraße hierher geflüchtet. Ihr Bruder spielte auf Dauer doch gern den Patriarchen. Und ihre Schwägerin verfiel allzu oft ins Jammern.

Klante war bei einer Gasexplosion nur knapp mit dem Leben davongekommen. Er pflegte dies in Gesellschaft oft auszuschmücken, verschwieg jedoch gern, dass es ein Wohnhaus in Moabit gewesen war, das eine Selbstmörderin in die Luft gejagt hatte. Seine lebhaften Schilderungen ließen die Zuhörer eher glauben, er wäre in den Gräben von Verdun verschüttet worden. Das städtische Wohnungsamt hatte ihm die Bleibe eines als vermisst gemeldeten Schusters zur Nutzung überlassen. Der arme Kerl war drei Monate vor Kriegsende noch einberufen worden, und ein unfähiger Beamter hatte wohl vergessen, dies in den Akten zu vermerken. Als die Truppen auf Sonderzügen in ihre Heimatstädte zurückfuhren, fiel besagter Schuster unter seltsamen

Umständen aus dem Zugfenster. Der Mann hatte in einem Spital bei Hannover mehrere Monate bewusstlos gelegen.

Und nun stand er plötzlich wieder in seiner Wohnung, in der Toni und Max untergekommen waren. Die drei verstanden sich zwar gut, aber die beengten Zustände wurden auf Dauer doch unerträglich.

»Wir werden uns ein kleines Haus nehmen«, meinte Toni entschuldigend, als sie Jekaterina bat, am kleinen Küchentisch Platz zu nehmen. »Wie du siehst, Katja, geht es bei uns keineswegs herrschaftlich zu. Aber …« Sie lächelte. »Wir sind auf dem Weg nach oben.«

Jekaterina mochte diese Ehrlichkeit. Sie hatte das Gefühl, nach langer Zeit wieder auf dem Boden statt auf Zuckerwatte zu stehen. Das Leben der vergangenen Monate war eine einzige Lüge gewesen. Die zufällige Namensgleichheit mit der Familie des Zaren hatte letztlich nur Ärger gebracht. Sie war eine Hochstaplerin. Und in den Augen der Herren ein Flittchen. Auf dem Weg in den Abgrund.

»Ist gut, Katja«, sagte Toni und nahm die junge Frau in den Arm, als sie die Tränen bemerkte. »Wir müssen alle sehen, dass wir in diesen Zeiten zurechtkommen. Und wenn der Teufel in der Not schon Fliegen frisst, dann dürfen wir auch mal lügen.«

Jekaterina redete sich den Ballast vom Herzen. Die kleinen Schwindeleien, die größeren Diebstähle, die Geldnot. Die Sache mit der Polizei. Als sie den Kripobeamten vom Alex erwähnte, wurde sie von Toni unterbrochen.

»Hast du eben Konter gesagt?«, fragte sie. »Der Kommissar im Präsidium?« Es war schwer, gegen das Gefühl des Misstrauens anzukämpfen, wenn die Polizei ins Spiel kam.

»Er hat gedroht, mich wegen Hochstapelei auffliegen zu lassen. Er meinte sogar, dass ich ausgewiesen werden könne.« In Jekaterinas Stimme lag Verzweiflung. Die Selbstsicherheit der Exilrussin war verflogen. Monatelang hatte sie ihre schwerreichen und selbstsüchtigen Landsleute in Berlin getäuscht und betrogen. Und es hatte ihr nicht das Geringste ausgemacht. Aber die Gegenwart Tonis ließ sie erkennen, was sie so schmerzlich vermisste. Familie. Und Vertrauen.

Nun war es Antonia, die ihre Geschichte erzählte. Der plötzliche Tod ihres französischen Gefährten, die knapp geglückte Flucht aus Paris. Die Rückkehr zu ihrem Bruder Andreas, der allerdings mittlerweile im Alex einsaß. Und sie berichtete, wie sie das Heft in die Hand genommen und die kopflose Bagage namens Sass wieder in die Spur gebracht hatte.

»Ich will ehrlich zu dir zu sein, Katja«, sagte sie. »Auch wir haben eine Abmachung mit Konter. Allerdings beruht sie mehr auf gegenseitigem Interesse als auf Nötigung.«

Sie erklärte ihrem Gast die verworrenen Beweggründe für die Zusammenarbeit.

»Wir sind ein wenig Augen und Ohren für ihn«, meinte sie. »Auf der Straße verbreiten sich Nachrichten viel schneller als in den Amtsstuben.«

Sie sah Katja an. »Ich hätte allerdings nicht gedacht, dass er zu solchen Mitteln greift. Wir sollten mit ihm reden.«

»Konter ist ein seltsamer Kerl«, erwiderte Jekaterina. »In Russland kümmert sich ein Polizist eine dreckige Kopeke um einen Bauern oder Arbeiter. Und er hilft eurer Familie, die Wahrheit über die Morde herauszufinden? Und dass er über mich Bescheid weiß, hätte normalerweise eher dazu geführt, dass er mich in sein Bett gezwungen hätte. Aber er macht mich stattdessen zu seinem Spitzel bei den Emigranten und ihren Feierlichkeiten. Wieder im Dienst der Wahrheit.«

»Er vermutet einen Zusammenhang zwischen dem Mord an dem Buchhalter im *Adlon* und der Tötung dieser Spartakisten. Mir gegenüber hat er etwas erwähnt, das ich zunächst nicht weiter beachtet habe.« Toni überlegte.

Als die beiden anderen sie neugierig ansahen, fuhr sie fort: »Er sagte, es sei wichtig, einen Mörder zu fassen. Dafür hat die Polizei eine Mordabteilung. Aber noch wichtiger sei es, weitere Taten zu verhindern. Und darin sieht er seine Aufgabe. Ich habe das für das Gerede eines Polizisten gehalten. Ähnlich wie bei den Offizieren, die ständig von Ehre und Vaterland faseln. Jetzt bin ich mir nicht mehr so sicher. Ich denke, er glaubt tatsächlich an so etwas wie eine Gerechtigkeit für alle.«

»Er vermutet also nicht nur einen Zusammenhang zwischen den Taten, sondern er befürchtet, dass die Mörder weitere Pläne haben«, fasste Katja zusammen.

Toni nickte stumm.

*

Franz war zwar der Ansicht, dass der Liebhaber seiner Tante ein lebensuntüchtiger Volltrottel war. Und mit diesem Urteil hätte er das Thema Max Klante eigentlich abhaken können, wenn Toni nicht einen solchen Narren an dem Burschen gefressen hätte. Aber er musste auch zugeben, dass Klante einfach ein zu liebenswürdiger Trottel war, als dass man ihn seinem Schicksal überlassen konnte. Und er hatte Zahlen im Blut. Das Rechnen war des Berliners Stärke nicht. Und Prozente waren den meisten Bewohnern der Hauptstadt nur von den Kornflaschen her vertraut. Klante jedoch schien die Lösung vieler Wettgleichungen bereits im Kopf zu haben, bevor die Startpferde überhaupt feststanden.

»Du nimmst den Buchmachern einen Teil von ihrem Geschäft weg«, versuchte er, Klante die Verhältnisse klarzumachen. »Mit denen kämen wir vielleicht noch zurecht. Aber hinter den Buchmachern stehen die Vereine, verstehst du? Wir müssen eine Regelung mit denen treffen. Am besten über Meyer.«

Klante nickte. Drei Männer hatten ihn am gestrigen Abend unsanft überzeugen wollen, dass es besser für seine Gesundheit wäre, sich von der Rennbahn Hoppegarten – und auch allen anderen Strecken – fernzuhalten. Er war noch kurz ausgegangen, um Theaterkarten und das *8-Uhr-Abendblatt* zu besorgen. Friedel, seinen Muskelmann, hatte er da bereits nach Hause entlassen.

»Ihr müfftet erft mal die anderen fehen«, brachte er zum wiederholten Mal zwischen seinen geschwollenen Lippen hervor und versuchte ein schiefes Lächeln. Sein Gesicht sah aus, als wäre eine Tram darüber gerollt.

Ja, so war Max Klante. Das Leben trat ihm ins Gemächte, und er fand noch einen Grund, sich dafür zu bedanken. Toni hatte hysterisch aufgeschrien, als er nach Hause gekommen war. Und sofort einen Familienrat gefordert. Mittlerweile war es gar nicht mehr so einfach, alle Angehörigen des Sass-Clans schnell zusammenzubekommen. Max wohnte immer noch auf seiner Budike über dem Tabakgeschäft in der Eylauer Straße. Franz hatte seine Eltern überreden wollen, in eine schöne, neue Wohnung am Belle-Alliance-Platz zu ziehen, aber sein Vater hatte sich geweigert, Moabit zu verlassen.

»So weet kommt dat noch«, hatte er gesagt. »Dat ick zum Almosen-Jockel bei meen Sohn werd. Nee, meen Lieba, janz sicher nich.«

Franz selbst hatte sich daraufhin mit Susi eine schicke Wohnung am Lützowufer genommen. Blick auf den Landwehrkanal und den Tiergarten. Durch einen ausgemusterten Feldwebel, den er über Willy Meyer kennengelernt hatte, war er sogar an ein gefälschtes Soldbuch gekommen. Danach hatte er seine Geburtsurkunde und das Datum auf der Kennkarte etwas »überarbeiten« lassen. Tausend Mark hatte es ihn gekostet, dass er jetzt als mündig galt. Nur so durfte er Mietverträge unterschreiben und sich bei der örtlichen Polizeistelle melden. Tagsüber erledigte er jetzt seine Geschäfte für Sternwein, hielt weiterhin Kontakt zu Willy Meyer und organisierte Warenlieferungen, von denen er immer einen Anteil abzweigte. Wenn er abends nicht im *Open House* saß oder mit Toni über neue Geschäftspläne nachsann, ging es mit seiner Susi in die Lokale an der Tauentzienstraße. Schon nach kurzer Zeit merkte er, wie anstrengend es war, »eine Dame zu haben«. Schwoofen in den Salons. Ein gutes Kabarett im *Wintergarten*. Oder in den neu eröffneten *Ufa-Palast am Zoo*. Gemeinsam schmachten bei den Filmen mit Fern Andra.

Georg lebte bei einem Freund zur Untermiete, was Anlass zu allerlei Gerüchten gab. Niemand hatte den zweitältesten Sass-Bruder bisher mit einer Freundin gesehen. Und den Reizen der käuflichen Damen konnte er offenbar ebenfalls nichts abgewinnen. Stattdessen wollte Stift-Uli aus der *Bruderschaft* ihn mehrmals vor Lokalen gesehen haben, in die nur Männer Zutritt hatten.

»Na, du musst es wissen, du olle Pupe!«, hatte Franz erwidert, jedoch klang sein Protest irgendwie halbherzig.

»Wenn er die Pinsel lieber mag als die Töpfe«, hatte Max Sass später unter vier Augen zu ihm gesagt und gleichgültig mit den Schultern gezuckt. »Dann soll er doch ruhig. Dat is dat neue Berlin, wa?«

Natürlich wohnte Erich weiterhin bei seinen Eltern, und Toni richtete es sich mit dem Geld aus Klantes Rennbahn-Geschäften richtig mondän ein. Ihr neues Haus lag an der Stadtgrenze am Hohenzollerndamm in Schmargendorf. Ihr Lümmelchen zeigte erstaunlich wenig Interesse an den verdienten Moneten. Ihm schien es eher wichtig zu sein, sie zu verdienen. Weniger, sie zu besitzen oder gar auszugeben. Die Mansardenwohnung wollte das Paar später an Jekaterina vermieten, die jedoch gerade ein Engagement als Anstandsdame für eine ältere Russin angenommen hatte. Alles in der Stadt war in Unruhe, im Umbruch und Aufbruch. Und die Familie Sass konnte sich dem nicht entziehen.

»Irgendwie ist das kein Zustand. Wir brauchen Automobile«, hatte sich Franz vor kurzer Zeit über die langen Wege zwischen den Wohnorten der Angehörigen und Treffpunkten beschwert. Nur waren die Dinger für das Familienbudget schlicht unerschwinglich. Zumindest die, die etwas hermachten. Und für viele Modelle der »Herrschaften« musste man noch einen Schofför mit einplanen.

»Och nö. Kutscher bringt doch keinen Spaß«, sagte Franz. »Ich will doch selbst fahren. Aber nicht mit eenem gammligen Opel 4/8. Da werfen mir die Kinder ja die faulen Eier hinterher.« Er bekam dann den verträumten Blick, den seine Familie kannte. »Ein netter *Bugatti*, das ist ein Automobil der Zukunft! Oder ein *Stoewer D6* mit fünf Litern wäre auch noch nett. Hundert Spitze!«

»Über zehntausend Mark, du spinnst doch«, holten ihn die Brüder wieder auf den Boden der Wirklichkeit zurück.

»Der *Typ 15* kostet nur sechs«, erwiderte Franz wütend, musste jedoch eingestehen, dass die zwei Berliner *Bugatti*-Händler derzeit nur Devisen nahmen. Die Reichsmark wertete im Moment fast jede Woche ab.

Als sich an diesem späten Abend die wichtigsten Mitglieder der Familie im Haus von Toni und Max einfanden, mussten sie widerwillig eingestehen, dass Franz recht hatte. Entweder musste die Familie in ein großes, gemeinsam genutztes Anwesen ziehen. Oder Automobile mussten her.

Klante lag auf dem Ottomanen und stöhnte, als ihm Toni mit Lappen und Jodtinktur die Platz- und Schürfwunden reinigte.

»F-fie haben mir daff Geld geklaut, die F-fweine«, nuschelte der Verdroschene. »Gott fei Dank, nur fechshundert. Taufend hab ick hier jelaffen.«

Toni hatte kurzzeitig Sorge, er könnte Zähne eingebüßt haben, aber nach schmerzvoller Sichtung des Gebisses stellte sich heraus, dass der Sprachfehler durch die vielen Schwellungen verursacht war.

»Wer war das?«, fragte Franz, der sich eingestand, dass er den hageren Kerl langsam zu mögen begann.

»Meinft du, die haben mir ihren Aufweif gefeigt, bevor fie mir Hiebe verpafft haben?«

»Hast du Drohungen erhalten?«, fragte jetzt Max Sass. »Ich meine vorher?«

Klante schüttelte unter Stöhnen den Kopf.

»Daf einfige«, sagte er. »Die Göffes haben noch mal betont, daff fie ein Ftück vom Kuchen wollen.«

»Ruhig, Lümmelchen, das wird wieder«, meinte Toni. Dann drehte sie sich zu ihren Neffen um. »Und ihr Kerle seht zu, dass ihr diese miesen Schläger findet«, sagte sie in einem Tonfall, der keinen Widerspruch duldete. »Und bringt mir Walter. Er ist der einzige Götze, mit dem man reden kann.«

»Ich werde mich bei den Leuten vom Prinzen umhören«, meinte Max. »Die Götzes arbeiten auch für ihn. Vielleicht hat man auf der Straße was mitbekommen.«

Franz nickte. »Ich rede mit Sternwein. Der Kerl hört, wenn der Kaiser in Holland furzt. Und ich gehe zu Messer-Willy. Ich glaube ja nicht, dass der Prinz von Moabit mit den Rennbahneinnahmen etwas zu tun hat. Aber Meyer könnte etwas wissen.«

»Vielleicht waren es gar nicht die Vereine«, sagte Max. »Viele Buchmacher sind stinksauer auf Klante. Ich denke, er nimmt ihnen ein ordentliches Stück Kuchen vom Teller. Und sitzt noch oben bei den feinen Leuten auf der Haupttribüne. Damit macht man sich schnell ein paar Feinde.«

»Auch wenn es lustig aussieht. Unser Lümmel könnte jetzt auch in irgendeinem Graben liegen«, meinte Franz. »Mit einem Messer im Rücken.«

»Und ich gehe morgen zu unserem Kommissar«, sagte Toni, die sich nur schwer beherrschen konnte, nicht in Tränen auszubrechen. »Wenn wir ihm helfen sollen, dann kann er sich auch mal für uns krummmachen. Vielleicht weiß er etwas über Rivalitäten auf den Rennbahnen. Oder er kann mir sagen, wer von den Großen in Hoppegarten abkassiert. Wenn es die Ringbosse sind, dann können die mich kennenlernen.«

»Wirklich? Willst du dich mit Kerlen wie Muskel-Adolf oder Goldzahn-Bruno anlegen?«, fragte ihr ältester Neffe fast spöttisch. Er hatte Adolf Leib einmal persönlich getroffen. Der Mann war ungefähr in seinem Alter, hatte es jedoch bereits zu Macht und Einfluss im *Geselligkeits-Club Immertreu* gebracht. Er konnte Stahlrohre verbiegen. Oder auch Knochen. Die dann allerdings eher brachen.

»So was kommt nicht infrage! Erstens haben wir gar keine Schlägertruppe«, sagte Franz. »Und ich würde das auch nicht wollen. Die einzige Möglichkeit für uns ist, dass wir uns einigen. Mit wem auch immer.«

13

Berlin-Rosenthaler Vorstadt, Ende August 1919

»Es ist so weit, junger Sass«, meinte Josef Sternwein.

Der Unternehmer hatte Franz in seine großzügige Wohnung in der Veteranenstraße eingeladen. Sie wollten die Einzelheiten des bevorstehenden Geschäfts mit der Armee besprechen.

»Ein gewisser Oberleutnant Rundstedt ist euer Kontakt in der Trainkaserne Spandau. Du bekommst Nachricht über einen Botenjungen, wenn es losgeht.«

Franz nickte nur. Ihm war die Sache nicht geheuer, sprengte sie doch alle ihm bisher gekannten Ausmaße. Lastwagen und Baugeräte. Und für das *Syndicat* sollte ja auch noch etwas abfallen. Er schätzte, dass Sternwein hier mit mehreren Hunderttausend Mark jonglierte. Und die Familie Sass würde den Kopf hinhalten müssen, wenn es schiefging.

»Haben Sie etwas über die Rennbahngeschäfte herausgefunden, Herr Sternwein?«

»Wir waren zunächst auf der falschen Spur«, antwortete der Unternehmer. »Einige Buchmacher hatten sich bei den Ringbossen beschwert, aber letztlich haben sie auf Meyers Wunsch die Füße still gehalten. Was ich dir jetzt sage, wird dir nicht gefallen, junger Sass.«

»Wer war es?«

»Die Götze-Familie«, erwiderte Sternwein. »Max Götze hat ein paar Prügelknaben angeheuert, um Klante Angst einzujagen. Er wollte auch deine Tante angehen. Aber sein Bruder Walter hat ihn zurückgepfiffen.«

»Verdammt«, rief Franz. »Ich dachte, die stehen auf unserer Seite.«

»Ihr müsst das Problem vom Tisch bekommen, Franz. Das *Syndicat* ist nicht groß genug, um gegen Schläger Krieg zu führen. Wenn die Götzes noch den Prinzen von Moabit auf ihre Seite bringen, dann gute Nacht.«

»Sie meinen, die Burschen sollen kriegen, was sie wollen?«

»Gebt ihnen zwei Rennbahnen. Im Moment kann Klante sowieso nicht überall sein. Und die Brüder sind zu dumm, um das Geschäft auf Dauer gut zu führen. Später kann das *Syndicat* sie da wieder herausdrängen.«

Die Abmachung mit der Familie Götze war drei Wochen später in trockenen Tüchern. Ihnen sollten fortan Ruhleben und Mariendorf gehören, das mondäne Hoppegarten und das umsatzstarke Karlshorst sowie die kleinen, stadtnahen Rennplätze blieben beim *Syndicat*.

»Wir wollen eine Entschädigung für den Überfall auf unseren Teilhaber«, sagte Franz.

»Du kleener Scheißer kannst ooch een paar uffn Deez kriegn«, erwiderte der unterbelichtete Max Götze.

»Halt die Klappe, Sohn«, sagte sein Vater. Er sah die drei Sass-Brüder an, die zur Besprechung gekommen waren. »Maxe war da vielleicht ein bisschen voreilig.«

Hermann Götze sah die jungen Männer an. Offenbar nahm er sie nicht ganz ernst, immerhin war er der einzige ältere Erwachsene in der Runde. Die Brüder hatten beschlossen, Toni nicht zu den Verhandlungen mitzunehmen. Ihre persönliche Betroffenheit hätte zusammen mit ihrem Temperament eine allzu explosive Mischung ergeben. Nun war Hermann zwar der lebende Beweis, dass Jahre nicht mit Weisheit gleichzusetzen waren, aber man tat besser daran, diese Einsicht für sich zu behalten. Die Kneipe, in der sie sich getroffen hatten, lag am Bülowplatz und war neutrales Terrain. Es roch nach Bier und Schmalzbroten.

»Also, Jungs, die Sache ist doch eene Nummer zu groß für euch«, fuhr Hermann Götze fort. »Ich denke, eine Bahn ist genug für euch. Da könnt ihr dann spielen gehen.«

»Gut so, Vadder! Feste druff«, rief der älteste Götze-Bruder dazwischen. »De Bengels jehört de Hintern versohlt.«

»Ruhe, hab ich gesagt!«

»Die Sache mit den Pferdewetten war unsere Idee«, sagte Franz ruhig. »Ihr habt eigentlich gar nichts zu melden. Für den Frieden im Revier habe ich mit Meyer besprochen, dass wir zwei Rennbahnen abgeben. Und Meyer hat mit dem Prinzen gesprochen. Und ihr tanzt nach seiner Pfeife.«

Der alte Götze lief rot an im Gesicht. Gerade wollte er etwas erwidern, als im trüben, rauchigen Licht der Pinte einige kräftige Gestalten aus dem Halbdunkel traten. Georg hatte vier Türsteher aus der Szene zusammengetrommelt. Die Männer verschränkten die Arme vor der Brust und schwiegen.

»Hör zu, Hermann«, sagte Max Sass. »Unser Vadder und du seid alte Freunde. Und du bist Tante Toni noch was schuldig. Ohne sie wärst du jetzt in der Plötze.«

»Und die vier?«, fragte Hermann Götze. »Wollt ihr mir drohen?«

»Nee, nur zeigen, dass wir keine Rotznasen mehr sind, wie dein Sohn glaubt. Wir treffen hier die Vereinbarung, die mit Messer-Willy und dem Prinzen abgesprochen ist. Mariendorf und Ruhleben sind jetzt euer Revier. Punkt. Aus. Ende.«

14

Spandau, Oktober 1919

Franz Sass tanzte jetzt auf mehreren Hochzeiten. Seine Lehrzeit bei Willy Meyer ging zwar langsam zu Ende, forderte ihn jedoch zwei Abende in der Woche. Ihm war die Sache peinlich, wurde er doch mit Aufgaben betraut, die tatsächlich eher zu einem unerfahrenen Lehrjungen passten. Haltung, Auftreten, die Seite beim Servieren, Stimmlage. Meyer erwies sich zwar als strenger, aber erstaunlich sachkundiger Lehrherr. Um nicht so schnell erkannt zu werden, legte Franz sein Haar mit Pomade an den Kopf und wechselte die Scheitelseite, bevor er mit seiner Arbeit zwischen den Tischen begann. Von den Damen nahm er etwas Tusche und zog sich einen kleinen Strich auf der Oberlippe. Schließlich hatte er seinem Dichterfreund Klabund ein Brillengestell abgeschwatzt, das nur Fensterglas enthielt.

War er hingegen in eigener Sache unterwegs, dann änderte Franz sein Äußeres und Auftreten wie ein Chamäleon.

»Kleider machen Leute«, hatte Klante ihm geraten. »Spar also nicht an Anzug und Schuhen.«

Hätte Andreas Sass gewusst, dass sein Sohn den halben Jahreslohn eines Schneiders bei dem Herrenausstatter *Rudolf H. Pünder* in der Leipziger Straße verprasst hatte, er hätte ihn wohl ein letztes Mal übers Knie gelegt. Und vor wichtigen Besprechungen ließ sich Franz bei *Coiffeur Hansen* den Haarschnitt in Form bringen. Der Mann arbeitete nebenbei beim *Nelson-Theater* für die »Visagerie«, wie er es nannte. Er unterlegte die Augen mit leichten Ringen und trug eine Pampe auf, die er aus Eiern anrührte. Dazu färbte er den Drei-Tage-Flaum der Oberlippe mit geriebener Kohle. Das Ganze dauerte keine Viertelstunde, und Franz wirkte danach wie Mitte zwanzig. Erfahren und bereits etwas verlebt.

»Warte ab, mein Junge«, meinte der Frisör Knud Hansen oft, nachdem er seine Arbeit beendet hatte. »Nicht lange, dann kommst du und ich soll dich jünger machen.«

Sternweins Mitarbeiter im *Consortium* hatten die Sass-Brüder bei einem Offizier der ehemaligen Garde-Division angemeldet. Dem Mann unterstanden die Furiere, die sich um die riesigen Materiallager des Heeres kümmerten. Offenbar war der Verband mittlerweile aufgelöst worden. Einige Teile hatten sich entweder den Freikorps angeschlossen oder wurden in die neue Reichswehr übernommen. Sie befanden sich über die Kasernen verteilt in ganz Berlin. Die Trainkaserne, zu der Max und Franz wollten, lag weit außerhalb von Berlin-Mitte in der dünn besiedelten Wilhelmstadt südlich der Spandauer Zitadelle. Sternwein hatte ihnen deshalb die Schlüssel für seinen zierlichen *Wanderer Puppchen* in die Hand gedrückt.

»Ick weeß jar nich, wie man so een Ding kutschiert«, hatte Max eingewendet.

»Hau niemanden um, dann ist alles gut«, hatte Sternwein nur entgegnet. »Fährst du ihn zu Schrott, geht das von deinem Anteil ab.«

Franz und Max hatten diverse Unterlagen des *Consortiums* erhalten, die allesamt gefälscht waren. Darin waren lauter Müllers, Meiers und Hermanns in der Führungsebene des Bauunternehmens ausgewiesen. Es fanden sich nur wenige Hinweise auf jüdische Beteiligungen am Geschäft. Da musste jedem national-deutsch gesinnten Offizier das Herz aufgehen.

»Am besten machst du die Sache mit der ersten Verhandlung«, sagte Franz. »Dir nehmen die Leute ab, dass du zum Schluss auch dabei warst.«

»Wieso? Wobei?«

Plötzlich begriff Max. »Du meenst den Krieg.« Allerdings gefiel ihm die Aussicht, auf sich allein gestellt zu sein, überhaupt nicht.

»Sag, du warst erst in Rumänien, dann an der Westfront«, schlug Franz vor. »Als Obergefreiter. Schon vorgeschlagen zum Unteroffizierslehrgang, als es plötzlich aus war. Dann werden die Kerle ganz sentimental, und die Geschäfte laufen viel einfacher.«

Max kaute nervös an seinen Fingernägeln. Und wenig später saß er im Zimmer eines Heeresoffiziers, dem ein französisches Bajonett einen zweiten Scheitel direkt über dem rechten Ohr gezogen hatte. Offenbar war er auf der Seite auch taub, denn immer wenn sein Besucher sprach, drehte er das andere Ohr nach vorn.

»Jude?«, schnauzte ihn der Mann an, kaum dass sich Max vorgestellt hatte. »Oder Marxist?«

Völlig überrascht gelang es Max gerade noch rechtzeitig, den Kopf zu schütteln, bevor er sich durch sein Zögern verdächtig machte. Der Offizier nahm die Mappe, die viele Namen der im *Consortium* tätigen Männer enthielt, und überflog die Liste.

»Wir müssen so was immer prüfen«, meinte Oberleutnant von Rundstedt blasiert. »Der Truppe reicht es. Man ist uns in den Rücken gefallen. Der Sieg im Osten war errungen. Im Westen hätten wir mit Unterstützung der Heimat innerhalb eines Jahres Paris erreicht. Aber das jüdische Kapital und die roten Verbrecher …«, schwadronierte der Mann weiter.

Max wusste es allerdings besser. Als Kind eines Arbeiters las er die linken Zeitungen und hatte seine Ohren aufgesperrt, wenn Andreas Sass mit einem Kumpel in der Küche getrunken hatte. Ohne den Waffenstillstand Ende des letzten Jahres wäre die Front vor Weihnachten zusammengebrochen. Engländer und Franzosen wären über den Rhein marschiert.

»Die bolschewistisch-jüdische Presse verbreitet jetzt ihre Lügen.« Es schien, als hätte der Heeresoffizier die Gedanken seines Gastes erraten. »Deshalb wünschen wir keine Kontakte zu jüdischen Unternehmern. Das Pack wird schon noch seine verdiente Abreibung bekommen.« Er gab Max die Aktenmappe mit den gefälschten Namen der Teilhaber des *Consortiums Berliner Bau* zurück. Er schien zufrieden.

Der Mann war Max gleich von Beginn an unsympathisch. Er gab sich als neuer Soldat eines erneuerten Vaterlandes. Er betonte dies mehrfach, aber Max begriff nicht, was er damit eigentlich meinte. Jedoch wurde ihm schnell klar, dass von Rundstedt offenbar mit einer Art Doppelmoral lebte, die zwar Ehre und Treue predigte. Aber auch gut mit zweifelhaften Nebengeschäften zurechtkam. Zumal die Waren, um die es ging, streng genommen gar nicht dem Heer, sondern dem deutschen Volk gehörten.

»Die Wirtschaft hat während des Krieges die Transportmittel vernachlässigt«, begann nun Max, das Gespräch auf Sternweins Interessen zu lenken. »Mehrere Zehntausend Soldaten und ebenso viele Flüchtlinge warten in der Stadt auf Wohnraum. Aber um zu bauen, braucht man Baustoffe. Und die kommen meistens von weit außerhalb. Unser *Consortium* benötigt Lastkraftwagen, um das Material heranzuschaffen. Kraftwagen, die wiederum Sie bei der Truppe haben, Herr Oberleutnant.«

Das Hin und Her begann. Ein Feilschen wie auf einem orientalischen Basar. Schließlich wurden sich beide Männer einig. Hundert Fahrzeuge aus dem Heeresbestand gegen eine zehnprozentige Beteiligung führender Offiziere an Sternweins Bauunternehmen. Max war zufrieden.

»Gebt den Kerlen höchstens fünfzehn, mehr nicht«, hatte Sternwein den beiden Sass-Brüdern aufgetragen.

Danach schacherten von Rundstedt und Max noch um Diesel und schweres Baugerät. Fortan würden die Bagger, die vor einem Jahr noch in Frankreich und Belgien die Erde umgepflügt hatten, eben im Berliner und Brandenburger Sand buddeln.

»Ich müsste noch über diverse Kleinigkeiten verhandeln«, meinte Max schließlich und verspürte eine große Erschöpfung. »Planen und Gurtzeug. Vielleicht sogar Kleidung, Decken, Zelte.« Den Schnaps und die Zigaretten erwähnte er lieber nicht. »Damit möchte ich Sie allerdings nicht langweilen, Herr Oberleutnant. In Ihrer Position. Vielleicht können Sie mir Ihren zuständigen Zeugwart oder Quartiermeister benennen?«

»Ich sehe, Sie wissen, was sich gehört«, erwiderte von Rundstedt geschmeichelt. »Haben Sie gedient, junger Mann?«

Max versuchte, sich an die Geschichte zu erinnern, die ihm sein Bruder zurechtgelegt hatte. Bei Offizieren entschied das Gedient-oder-nicht-Gedient darüber, ob der Angesprochene künftig als Mensch oder Kanaille durchs Leben ging. Natürlich war Max zu jung gewesen für den Fronteinsatz. Und vor zwei Jahren hatte er sich darüber noch gegrämt. Nachdem er jedoch die vielen Versehrten und Krüppel auf Berlins Straßen erlebt hatte, war er jetzt im Grunde seines Herzens heilfroh darüber.

»Selbstverständlich, Herr Oberleutnant«, log er ungeniert und nahm Haltung an. »Obergefreiter bei der Neunten in Rumänien. Später Frankreich. Zum Schluss als Unteroffizier vorgeschlagen. Aber Durchschuss rechte Flanke bei Soissons, leider vereitert und Versetzung in die Heimat.«

»Sehr gut, mein Lieber. Männer wie wir bestimmen in Zukunft, wo es langgeht in Deutschland. Das Eisen ganz jung zu Stahl geschmiedet. Gehärtet in Blut. Nur schnöder Verrat konnte uns niederstrecken. Und leider war auch General von Eben bei der Neunten Armee viel zu zögerlich. Alte Schule, sah seine Feinde als Ritter, so ein Quatsch. Sie verstehen, Sass?«

Max nickte in aller Unwissenheit. Er hoffte, dass ihn der Kerl nicht nach Einzelheiten ausfragte.

»Oberfeldwebel Reimers kümmert sich um das Lager«, sagte der Oberleutnant jedoch stattdessen. »Er überwacht die Bestände in Wilhelmstadt, Lichtenberg und Moabit. Besprechen Sie mit ihm alle Einzelheiten. Ihre Leute sollen die Verträge aufsetzen. Wir haben selbst in unseren Reihen genug Advokaten, die alles prüfen und Geheimklauseln ergänzen werden. Guten Tag, Obergefreiter Sass. Wegtreten.«

Max und Franz beschlossen, den Oberfeldwebel Rudolf Reimers gemeinsam aufzusuchen.

»Ist doch gut gelaufen«, meinte der jüngere Bruder, nachdem ihm Max von den Verhandlungen berichtet hatte. »Hast doch alles fein geregelt.«

»Für heute reicht es«, entgegnete Max. »Besprechungen und Verhandlungen bringen mich nur ins Schwitzen.«

Oberfeldwebel Reimers schien eher von der gemütlichen Sorte. Das eigene Hemd war ihm erkennbar näher als die in der Ferne wehende Fahne. Einzig die Tatsache, dass er als Berufssoldat bald ohne Lohn und Brot sein könnte, bereitete ihm Sorgen. Er wachte über die Materiallager der ehemaligen Division wie eine dicke Spinne über ihre eingesponnene Beute.

»Die Froschfresser nehmen jetzt Rache«, meinte er, als sich beide Männer zu einem Korn gesetzt hatten. »Hab jehört, dat wir nur hunderttausend Mann behalten dürfen. Hunderttausend! Dat reicht ja grade, um den Offizieren die Stiefel zu wichsen.«

»Männer wie Sie müssen vorsorgen, Herr Oberfeld«, schlug Franz vorsichtig vor.

»Vorsorgen? Von wat denn? Meen Sold aus fuffzehn Jahre is nüscht mehr wert, wenn ick uffhöre«, maulte Reimers.

»Geschickter Umgang mit Ihrem Lagerbestand, Herr Oberfeld. Und dafür nebenbei eene kleene Provision einstecken.«

Franz zögerte nicht, bei dem Mann direkt zu sagen, was er wollte. Sofort zum Angriff überzugehen war für solche Leute ein Zeichen von Stärke. Reimers blickte ihn längere Zeit an, und Franz befürchtete bereits, zu weit gegangen zu sein. Dann schritt der Unteroffizier zur Tür und warf sie ins Schloss. Er kam wieder zum Tisch und beugte sich zu seinem Gast vor. Franz konnte die dicken, grauen Nasenhaare des älteren Soldaten sehen und seine Alkoholfahne riechen. Der Korn war ganz sicher nicht der erste hochprozentige Schluck heute gewesen.

»Lass hören, Kamerad«, meinte der Oberfeldwebel.

Kurze Zeit später waren sich beide Männer einig. Franz hatte sich eine Liste mit dem Warenbestand des Heeres vorlegen lassen. Die Magazine waren immer noch gut gefüllt. Einige Sachen wie Butter oder Mehl wären sicherlich Gold wert gewesen, waren jedoch wahrscheinlich in den letzten Monaten verdorben oder gefräßigen Nagetieren zum Opfer gefallen. Alkohol, Sargnägel und Konserven konnten auf jeden Fall zu Geld gemacht werden. Vielleicht gab es auch Medikamente, die für den einen oder anderen Quacksalber interessant waren. Sofort dachte Franz daran, einen ordentlichen Teil für das eigene Geschäft abzuzweigen. Skrupel gegenüber Sternwein verspürte er dabei nicht. Wahrscheinlich wäre der nur enttäuscht, wenn Franz nicht so handeln würde.

»Ich spreche mit meinen Geschäftspartnern«, meinte Franz schließlich. »Eine neue Wohnung in Wedding und eine kleine Rente sollten doch Anreiz genug für Sie sein, oder?«

»Und vielleicht eine gewisse Summe zu Anfang. Für dat Vertrauen«, erwiderte Reimers, und Franz befürchtete, die Gier könnte das Heft in die Hand genommen haben.

»Da wäre vielleicht wat, dat noch eene Menge mehr eenbringen kann«, fuhr der Oberfeldwebel fort. In seinen Augen funkelte ein Glanz, der Franz beunruhigte. »Sind viele Waffen übrig. Mit Munition. Und dann noch een paar Tausend Granaten und Minen. Von Dehlbergh will dat allet zu Jeld machen.«

»Dehlbergh?«, fragte Franz, um Zeit zu gewinnen.

»Arbeitet im Stab und sucht Abnehmer für das schwere Zeug«, antwortete Reimers.

»Das …« Franz begann zu stottern. Er war von diesem Thema vollkommen überrumpelt. Er dachte an die Luger, die er im letzten Jahr gefunden hatte. Allein die hatte ihm ordentlich Respekt eingeflößt.

Und der Kerl hier sprach von ganzen Arsenalen. Schnaps und Glimmstängel zu verkaufen war das eine. Aber Pistolen, Gewehre, Granaten, das war etwas ganz anderes.

»Ich muss das besprechen, Herr Reimers«, fuhr er fort, seine Fassung mühsam wiedergewinnend. »Ich bin heute nur im Auftrag des *Consortiums* hier. Lastkraftwagen und Werkzeug. Diese Herren sind an schärferen Sachen nicht interessiert. Da werde ich meine anderen Kontakte befragen müssen.«

»Tu dat, Mann. Wart aba nich zu lang. Die hohen Herrn wolln Pinke sehn. Bei Interesse muss ick sowieso mit dem Dehlbergh sprechen.«

Franz und sein Bruder verabschiedeten sich. Er fühlte sich nicht wohl in seiner Haut. Zwar liefen ihre Angelegenheiten hervorragend, aber diese Waffensache hinterließ bei ihm ein unbestimmtes, eher unangenehmes Gefühl. Er hatte nicht vor, unter die Waffenschieber zu gehen. Erstens kannten Polizei und Gerichte da kein Pardon. Erst neulich hatten sie drei Kerlen für einige Kisten voll Karabinern die Rüben von den Schultern geholt. Und zweitens waren derartige Geschäfte einfach nur schmutzig. Da könnte er sich nie wieder im Spiegel betrachten.

Aber da war noch etwas anderes. Irgendetwas übersah er, doch er wusste nicht, was.

III

BERLIN 1920

1

Berlin-Neuer Westen, Januar 1920

Auf die Brüder Sass kamen mehrere Veränderungen zu. Das *Syndicat* wuchs schnell, die Einnahmen stiegen. Toni hatte einen Buchhalter mit zwei Gehilfen einstellen müssen, da es unmöglich war, die Zahlen noch selbst zu überblicken. Das eingenommene Bargeld musste gezählt und irgendwie glaubhaft verbucht werden. Zwei von Willy Meyer abgeworbene Schläger brachten es dann in die Jägerstraße zum *Bankhaus Mendelssohn*. Dort ging eine Hälfte auf die Geschäftskonten des *Syndicats*, während die andere – in Gold oder Dollar getauscht – als Notgroschen im Schließfach verschwand. Es schien, als suchte das Geld förmlich die Taschen findiger Unternehmer; als würde es magisch angezogen durch den Impuls und Schwung frischer Ideen.

Dem Künstlerfreund der Familie Sass, Klabund, setzte indes aufgrund der schlechten Berliner Luft die Tuberkulose zu. Die feuchten und verqualmten Räume in der Stallschreiber Straße hatten es nicht besser gemacht. Und so hatte er sein kurzes Experiment in der Hauptstadt beendet und war wieder nach Davos verschwunden. Jedoch hatte er vorher noch die Bekanntschaft zu einem Freund, Ian McCullen, vermittelt. Der gebürtige Ire hatte lange in London gelebt, sich dort vor der Einberufung zur Armee gedrückt und war über Kopenhagen schließlich nach Berlin gelangt. Wenn man ihn fragte, was er beruflich machte, so antwortete er stets »Künstler und Abenteurer«, hüllte sich zu letzterem Aspekt jedoch in Schweigen.

McCullen hatte den Sass-Brüdern vorgeschlagen, einen Club nach englischem Vorbild zu eröffnen. Er selbst machte auf einer abgegriffenen Fidel Musik und sang auch noch dazu. Das Ganze klang, als hätte eine Eisenbahner-Kapelle Liebeskummer und Zahnschmerzen zugleich. Fand zumindest Franz.

»Mit dem Gesäge steigerst du ganz bestimmt den Umsatz an Herrengedecken«, unkte er. »Besoffn is schließlich jede Hure schön. Ist een Spruch von meenem Alten.«

Nach einer kurzen Rauferei unter Freunden, in der die Bedeutung des *Irish Folk* für die Berliner Kultur verhandelt wurde, wandten die Männer sich wieder ihrem Thema zu.

»In solche Clubs kommen auch Leute mit Geld«, meinte der Ire. »*If you want friends, get a pub. If you want money, take the club*. So heißt es bei uns. Kontakte werden auf den Inseln vor allem dort geknüpft. Eure Bierpinte mit Musik und Mädels ist ein reines Massengeschäft. Jetzt braucht ihr mehr Klasse. Leute, die in Kunst und Kultur was zu melden haben, keine verbrauchten Proleten.«

Ein Lokal mit Wohnung im Souterrain am Nollendorfplatz war gerade frei geworden. Ian hatte es aufgespürt, und ohne recht zu wissen, worauf er sich einließ, hatte Franz die Räume gemietet. Der Sohn des für die Genehmigung zuständigen Stadtrats war im *Open House* bereits mehrmals mit minderjährigen Mädchen erwischt worden. Max Sass musste nur kurz andeuten, dass die Sitte derartige Fälle mit großem Interesse und aller Härte verfolgte. Und schon wurde auch die Nutzung der neuen Wohnung am Nolle als Schankraum vom Amt durchgewinkt. Ian McCullen quartierte sich im selben Haus ein und bot sich auch gleich als Geschäftsführer an.

Franz nahm sich vor, ein paar Erfahrungen und Eindrücke bei der Konkurrenz zu sammeln, bevor er den eigenen Klub eröffnete. Also hatte er sich in den bekannten Künstlercafés am Kurfürstendamm und in der Tauentzienstraße umgesehen. In Begleitung von Susanne gab er sich zwar selbstsicher, diese Welt der Maler, Literaten, jungen Regisseure und Redakteure verunsicherte ihn jedoch stark.

»Bildung kannste dir eben nich koofen«, meinte die Rote Susi lapidar.

Wesentlich wohler fühlte er sich in den Spelunken der Halbwelt wie dem *Hundejustav* am Stettiner Bahnhof. Es hieß, dass der Wirt, eben jener Gustav, früher als Hundefänger gearbeitet hatte. Leute, die er unsanft vor die Tür gesetzt hatte, verbreiteten zwar Gerüchte, dass er seine Bouletten mit dem Fleisch der abgemurksten Tölen streckte.

»Dat Jeheimnis liecht inne Brutzelfett«, sagte der Verunglimpfte dann nur, ohne das Rätsel zu lösen.

Der Beliebtheit des Lokals in den Kreisen der Berliner Ganoven tat diese Verleumdung jedoch keinen Abbruch. Das Publikum bestand zu einem großen Teil aus russischen Exilanten, die nun ihr Geld mit Zigarettenschmuggel, Kuppelei, gestohlenem Kaviar und Glücksspiel verdienten.

Wie immer in den halbseidenen Schänken verstummten beim Eintreten neuer Gäste die Gespräche, und das Geklimper des verstimmten Klaviers wurde leiser. Nach der obligatorischen Musterung durften die Neuankömmlinge zum Berliner Gedeck an die Theke treten. Erst danach wies ihnen Justav einen Tisch zu. Der Dunst der Papirossas war derart undurchdringlich, dass mancher Gast erst im Hinterzimmer bemerkte, dass er oder sie mit dem falschen Geschlecht angebandelt hatte.

»Wir machen von der Art her was zwischen *Romanischem Café* und *Hundejustav*«, schlug Franz vor, als er später mit Max, Georg und Ian wieder im *Open House* saß. »Nicht zu primitiv, aber auch nicht zu hochgestochen.«

»Für alle Bürger, die nicht so viel saufen wie Arbeiter«, ergänzte McCullen. »Und nicht so viel denken wie Künstler. Aber mit ordentlich viel Geld in der Tasche. Genießer, keine Randalierer.«

Sie legten sich also auf das Konzept und die Ausrichtung ihren Klubs fest, der noch im Januar eröffnen sollte. Hochwertiger Schnaps, gutes Essen und etwas anspruchsvollere Varieté-Nummern. Klabund hatte ihnen mehrere junge Künstler vermittelt, darunter einen Musikstudenten.

»Beim Weill kannste hören, was du bei mir lesen kannst«, hatte er von dem Mann geschwärmt.

Bilder und Fotografien bedeckten die gröbsten Putzfehler an den Wänden. Ein junger Maler hatte die Idee, Schnellkunst anzubieten. In fünf Minuten fertigte er Porträts in Kohle von den Gästen.

»Unsere Räume sind genau richtig dafür«, sagte Franz begeistert. »Die alten Künstler kriegen wir hier sowieso nicht her. Die haben ihre Stammlokale. Und diese russische Mischpoke will ich hier auch nicht haben. Machen wir doch was für die Zeitungsleute, die kleinen Makler, für junge Künstler und neugierige Angestellte.«

»Gute Idee«, sagte Ian. »Gute Preise für gute Unterhaltung. Und vor allem exklusiv. Gib den Leuten das Gefühl, etwas Besonderes zu sein. Zutritt nur für *Member* ...« Er suchte nach dem deutschen Wort. »Mitglieder. Wer will, kann sich einen Stammtisch mieten. In den englischen Clubs geben sie den Leuten sogar eine Art Klubkarte.«

Tatsächlich entpuppte sich der neu eröffnete *Klub Berlin* schon nach kurzer Zeit als Renner. Die Lage zwischen Tauentzienstraße und Nollendorfplatz hatte ihren eigenen Reiz. Der Berliner Arbeiter schaute immer etwas ehrfürchtig, ja beinahe ängstlich nach Westen. Ihm fehlte dort der Schutz der engen Gassen, die Luft roch nach Land und frischer Wäsche, nicht nach Kohldünsten, Fischabfällen und Schweröl. Die Region um die Gedächtniskirche südlich des Tiergartens strebte nach Neuem, heraus aus der Enge und dem Mief. Der moderne Bürger fühlte sich hier nicht mehr erdrückt von aristokratischer Pracht wie auf der Achse vom Schloss zum Pariser Platz. Im Westen eroberte sich Berlin sein zweites, modernes Gesicht.

Der *Klub Berlin* lag nicht zu weit, aber weit genug abseits der üblichen Straßenzüge, in denen sich morgens und mittags die Angestellten von Regierung, Börse und Zeitungsverlagen herumtrieben. Die Gegend war etwas anrüchig, aber nur gerade so sehr, dass es für den kleinen Mann von Welt noch vertretbar war, sich hier sehen zu lassen.

Hier konnten Männer, die zu etwas Geld gekommen waren, in eine Atmosphäre eintauchen, die ihnen das prickelnde Gefühl von Bedeutsamkeit und Lasterhaftigkeit vermittelte.

*

»Hast du besorgt, worum ich dich gebeten habe?«

Franz sah Oberfeldwebel Reimers fragend an. Kommissar Konter hatte die Idee gehabt, dass es gut wäre zu wissen, wer noch in den verbliebenen Resten der kaiserlichen Armee diente. Die Polizei hatte keine rechtliche Handhabe, die von der Regierung geduldeten Freikorps aufs Korn zu nehmen. Jetzt sollte Franz seine Beziehungen spielen lassen, um an die Soldlisten heranzukommen.

Er hatte noch vor Monaten einen gehörigen Respekt vor dem Berufsstand der Soldaten gehabt. Raue Kerle waren sie für ihn, den Heranwachsenden, gewesen. Bereit, ihr Leben für das Vaterland zu geben. Viel war davon nicht geblieben, denn die meisten Männer, die jetzt noch Dienst taten, waren in seinen Augen offenkundig faule, brutale Kerle. Geldgier war dabei von all ihren Instinkten noch am ehesten eine Tugend, der Rest war oftmals verrohtes, viehisches Gehabe.

»Haste, wat ick wollte?« Reimers rülpste bei seiner Gegenfrage. Er stank nach Schweiß und Alkohol.

Franz griff in seine Innentasche und zog eine Zigarrenkiste daraus hervor. Als er sie Reimers reichte, klappten dessen gierige Finger den Holzdeckel auf. Zum Vorschein kamen zwei Dutzend Fotografien. Nackte Frauen. Nicht nur die Bildchen leicht bekleideter Tänzerinnen, die gern mal für drei Groschen den Besitzer wechselten. Reimers wollte »harte Sachen«, wie er es nannte. Die Aktmodelle zeigten alles. Und das in einer Weise, die selbst eine stets notgeile Jugend abstoßen konnte. Auf die »Verbreitung unzüchtiger Schriften und Bildguts« stand Zuchthaus. Franz ging also ein hohes Risiko ein, wenn er diesem Schwein seine Bilder besorgte.

»Also?«, fragte er noch einmal.

Reimers grunzte und reichte eine Mappe hinüber, ohne den Blick von den Fotografien abzuwenden.

»Alle Kameraden, die Weihnachten 18 mit der Division in die Stadt kamen«, sagte er. »Die Demobilisierten und Toten sind durchgestrichen. Wer auf der Liste steht, dient also immer noch. Jeder dritte oder vierte Mann. Sind wir quitt?«

Franz betrachtete die Aufstellung der Namen, die auf etwa vierzig eng beschriebenen Seiten gelistet waren. Er schätzte, dass der Großverband gegen Kriegsende mehr als viertausend Mann stark gewesen sein musste. Allerdings war nur noch etwa jeder fünfte oder sechste Name nicht durchgestrichen.

»Wat willste eigentlich damit?«, fragte Reimers.

»Zwei Fliegen mit einer Klappe.« Franz hatte sich eine Notlüge als Antwort zurechtgelegt. »Manche Kameraden wollen ihre Schulden bei Banken und Juden nicht bezahlen. Ist gut, wenn man weiß, wo sie geblieben sind. Und außerdem habe ich immer Leute, die sich nach verlässlichen Männern erkundigen. Kannst ja nicht eenen Spartakisten die Reichsbank bewachen lassen.«

Der Oberfeldwebel zuckte nur mit den Schultern. Offenbar wollte er so schnell wie möglich mit seinen Bildchen allein sein.

*

»Und was bringen Ihnen die Namen jetzt?«, fragte Franz, als er etwa zwei Wochen später von Konter auf den Alex bestellt worden war. Er saß vor dem Schreibtisch des Kommissars und sah die Liste dort liegen, die er Reimers abgeluchst und Konter durch einen Boten übergeben hatte.

»Mein Assistent Mahler hat die letzten Tage damit verbracht, die Spuren dieser Männer zu verfolgen. Die noch aktiven Soldaten dienen allesamt in den Freikorps. Säuberlich aufgestellt in allen größeren Städten des Reichs. Die Leitung erfolgt von Berlin und München aus.«

»Schön, dass ich helfen konnte«, meinte Franz. »Aber Sie haben mich doch nicht herbestellt, um mir das zu sagen.«

»Mir gefallen einige Zusammenhänge bei diesen Burschen nicht. Natürlich kennen sich alle aus dem Krieg oder schon aus der Zeit davor. Man hilft sich, schön und gut. Aber wir haben mittlerweile Hinweise, dass zwei Attentate auf deren Kappe gehen. Und nicht nur das, sie werden durch jemanden finanziert.«

»Sie wurden für Anschläge bezahlt?«, fragte Franz ungläubig.

»Bei Luxemburg und Liebknecht floss richtig viel Geld.« Paul Konter nickte. »Und kurz darauf haben sie einen bayrischen Politiker erschossen. Auch da gab es Zahlscheine. Durch diese Liste konnte Mahler nachweisen, dass ein Teil der nicht mehr offiziell zur Reichswehr gehörigen Truppen von einer Organisation unterhalten wird, die sich *AA* abkürzt. Und über *AA* wurden offenbar auch die Attentate finanziert.«

»Jemand muss doch die Zahlungsanweisungen decken«, sagte Franz. »Bei den Banken, meine ich.«

»Jetzt, da wir Namen haben, werden wir uns einen dieser Freikorpskerle schnappen. Leider zieren sich die Banken, was die Herausgabe von Informationen angeht. Ein Antrag liegt bereits beim Innenminister. Aber auch wenn wir wissen, wer oder was *AA* ist, haben wir immer noch keinen Beweis. Das Kürzel wird nur im Zusammenhang mit Zahlungen erwähnt. Da steht nicht, dass *AA* irgendwelche Anordnungen oder Befehle gegeben habe.«

»Warum sollen es große Ganoven anders machen als kleine?«, fragte Franz. »Jeder Laufbursche weiß immer nur einen Teil. Und der Strippenzieher bleibt unerkannt im Hintergrund.«

Konter trat um seinen Schreibtisch herum und legte mehrere Seiten vor Franz ab, die aussahen, als stammten sie aus Kassenbüchern.

»Buchungen«, sagte er. »Garde-Kavallerie-Division Berlin. Thule-Gesellschaft in München. Marinebrigade Ehrhardt. Freikorps Lützow. Fällt dir abgesehen vom *AA* etwas auf? Kommt dir irgendeine Sache vielleicht bekannt vor?«

Franz betrachtete die Unterlagen. Viele Buchstaben, Geldsummen, Daten. Allein bei der ersten Betrachtung konnte man schon schnell den Überblick verlieren. Dann fiel sein Blick auf einen Namen, der immer wieder auftauchte. Und an ihn gingen jedes Mal Beträge in Höhe von zwei- bis fünftausend Mark. *Consul.*

2

Reimers war im Feldeinsatz ein knallharter Hund. Egal ob in den Gräben Frankreichs oder jetzt auf den Straßen Berlins. Wenn es um seine Einheit ging, verstand er keinen Spaß und hatte auf alles ein Auge. Aber auch Franz überwachte die Abwicklung der Geschäfte persönlich. Er hatte einen guten Mechaniker aufgetrieben, der die dreißig Kraftwagen geprüft hatte, die an Sternweins *Consortium* geliefert werden sollten. Schließlich wollte er keinem Rosstäuschertrick aufsitzen.

»Denkst wohl, ick bescheiß dia, wa?«, hatte der Oberfeldwebel drohend gefragt, dann aber sofort gelacht. »Is jut. Ick würd det ooch so machn.«

Der Schrauber hatte alle Wagen an unauffälliger Stelle markiert, so dass sie nicht vor der Übergabe ausgetauscht werden konnten. Dann hatte Franz noch zwei Dutzend Kerle schmieren müssen, die versicherten, sie könnten die *Daimler* und *Steyr* auch heil durch das nächtliche Berlin kutschieren.

Die Übergabe sollte in der folgenden Nacht auf dem Bahnhof Köpenick stattfinden.

»Da is immer Geratter und Radau«, sagte Reimers. »Fallen een paar Lastwagen und dat andere Zeugs nich uff.«

Er und Franz hatten eine zusätzliche Vereinbarung getroffen. Zwei Lkw würden Franz und Max persönlich übernehmen, denn auf ihnen befand sich die brisante Ware aus Heeresmagazinen. Beide wollten zunächst zu einer Lagerhalle am Tempelhofer Feld fahren, um dort Zigaretten, Korn, Stoffballen und Seife abzuladen. Erst dann würden sie den anderen Fahrern zum Sammelpunkt folgen, um die dreißig Wagen für das Bauunternehmen abzuliefern.

Zusätzlich hatte Franz einen Feldküchenwagen von *Magirus* bei Reimers bestellt.

»Is dat für de Armenatzung?«, witzelte der Oberfeldwebel, hatte jedoch einen sehr guten Preis gemacht, da er für die wuchtigen Frontwagen keine Verwendung oder Interessenten hatte.

»Was willst du mit dem Ding?«, hatte sein Bruder gefragt, aber Franz war die Antwort schuldig geblieben. Georg sollte den Wagen ebenfalls nach Tempelhof bringen.

Der Güterbahnhof Köpenick unterschied sich in nichts von den anderen Umschlagplätzen seiner Art. Die Männer trafen sich in Gruppen zu fünft am Brandenburgplatz und eilten dann die Stichstraße zu den Gleisanlagen hinauf. Für diese Form von Warenumschlag gab es auf allen Bahnhöfen Nebeneingänge. So auch hier. Ein ganzer Drahtzaun konnte mit wenigen Handgriffen zur Seite geschoben werden. Einige Männer trugen abgeblendete Karbidlampen bei sich, in deren trüben, gelben Licht Spuren im Gras, Kies und Sand zu erkennen waren. Franz vermutete, dass im Moment über diese Nebenwege mehr Geschäfte liefen als vorn an Rampe und Schuppen.

»Licht aus. Bahner!«, rief ein Mann mit rauer Stimme. Sofort verstummten die Gespräche, und die Klappen der Lampen wurden umgelegt, so dass es stockfinster wurde.

Mit der Bahnpolizei war nicht zu spaßen. Das Gelände war ihr Hoheitsgebiet, auf dem sie die Fürsten waren. Und sie waren gut bewaffnet. Mancher Dieb landete im Leichenhaus, weil der Warnschuss gleich durch den Schädel ging. Und die Kerle waren ziemlich teuer, wenn man wollte, dass sie wegsahen. Für kleinere Gaunereien lohnte es sich nicht, sie zu kaufen, dann war der Gewinn weg. Aber Franz war sicher, dass die heutige Sache in dieser Hinsicht gut vorbereitet sein musste.

»Die Kerle von de BaPo hab ick im Sack«, hatte Reimers getönt und die Vermutung bestätigt.

Die Bestechung der Polizisten war also im Kaufpreis für die Laster mit drin. Klar, dachte Franz. Niemand konnte dreißig Wagen unbemerkt von den Waggons rollen und damit eine Spazierfahrt durch Köpenick machen.

»Na, meen Jung, Hosen voll?«, fragte Reimers und zündete sich seelenruhig eine Zweier an. Der Rauch des billigen Tabaks reizte die Augen. Der Oberfeldwebel war plötzlich aus der Dunkelheit neben Franz aufgetaucht, der tatsächlich zusammenzuckte. Reimers war Soldat mit Leib und Seele; lautlos und tödlich.

»Nicht die erste große Sache, die ich über die Bühne bring«, log Franz.

»Macht de Funzeln an, nich dat noch eener uff de Schnauze fällt«, ignorierte der Soldat die Prahlerei. »Uff de Wachstube sehn und hörn se heut nüscht. Dafür hab ick jesorcht. Een paar Märker machn blind und taub.« Seelenruhig marschierte er zu einer langen Reihe von Waggons, auf denen offenbar die Laster unter Planen standen.

Reimers Männer lösten die Seile des Wachstuchs, mit denen die Kraftwagen vor Regen und Schnee geschützt wurden, in Windeseile. Kurz danach schnurrten die Spanngurte, mit denen die Fahrzeuge gesichert waren, und die Keile wurden entfernt. Jeder Handgriff saß, und Franz war sicher, dass seine Leute zwei bis drei Stunden dafür gebraucht hätten. Er selbst und seine Brüder entspannten sich bei einer *Overstolz*.

»Dat is ’ne wirklich große Schieberei«, sagte Max und blickte besorgt auf das Geschehen. Er war sichtlich nervös. »Da können wir uns nich rausreden, wenn wat schiefjeht.«

»Was soll passieren?«, erwiderte Franz. »Reimers hat die Bahnpolizei geschmiert. Mit Meyer und den Ringvereinen ist alles klar. Wenn alle was zu verlieren haben, dann passt auch jeder auf, dass niemand was verliert. Kapiert?«

»Oder sie suchen ein paar Dumme, die die Suppe auslöffeln.«

»Bin gleich wieder da«, sagte Franz, ohne weiter auf die Einwände einzugehen. »Muss nur mal austreten.«

Er trat um den Bahnschuppen herum und nestelte an seinen Hosenknöpfen, als er Stimmen aus dem Inneren des Gebäudes vernahm. Zwei Männer schimpften auf Russisch. Ein dritter redete offenbar beschwichtigend auf sie ein. Und dann erkannte Franz die Stimme des Oberfeldwebels.

»Kein Grund zur Aufregung, meine Herren«, sagte er. »Ihre Ware ist auf den hinteren Wagen. Die können an der Grenze zügig auf die russische Spurweite gesetzt werden. Die vorderen müssten dort erst abgeladen und auf einen anderen Zug gefahren werden. Jetzt holen wir also das Zeug von den vorderen Waggons, koppeln sie dann ab. Und schon geht Ihr Zug nach Osten, Wassili. Je weniger Verzögerung bei den Grenzkontrollen, umso schneller und billiger wird es.«

Franz meinte, in der sonst so selbstbewussten Stimme des Oberfeldwebels Verunsicherung zu hören. Oder sogar Angst. Er fragte sich, wer oder was diesen alten Kämpen einschüchtern konnte. Er spähte durch ein Astloch in die Baracke. Das Licht war trübe, und in dem kleinen Raum hing dichter Zigarettenqualm. An einem Tisch saßen zwei Männer, die sich aufgeregt unterhielten. Der dritte Russe versuchte sich offenbar erneut als Schlichter. Reimers stand seitlich neben einem fünften Mann und rieb sich nervös die Hände. Der Unbekannte trug die deutsche Uniform eines Oberleutnants. Seine Frisur war nach der neuen Mode seitlich über den Ohren rasiert und das Haupthaar in strengem Rechtsscheitel mit Öl angelegt.

»… wichtige Partner, Reimers …«, raunte der Offizier. Sein Gesicht verunstaltete eine Narbe, die von der Braue bis zum Mundwinkel reichte. »… nicht verärgern … auch politisch unterstützen … Bolschewiken … nächste Mal … mich informieren … Haben Sie das verstanden, Herr Oberfeldwebel?« Die letzten Worte waren sehr laut gesprochen, so dass Franz sie gut verstehen konnte.

Reimers nahm Haltung an. »Jawoll, Herr Oberleutnant!«, rief er bewusst schneidig.

Franz eilte zu seinen Brüdern zurück. Die ersten Fahrzeuge wurden von Reimers Männern die Rampe hinuntergerollt. Noch war kein Motor gestartet worden, alles lief weiterhin gespenstisch leise und mit der Präzision eines Schweizer Uhrwerks ab. Franz lief zu den hinteren Waggons des scheinbar unendlich langen Zugs. Er zählte die Fahrzeuge. Drei auf jeder Ladefläche. Also zehn Waggons. Er kletterte auf den elften Wagen und spähte unter die Plane. Da stand ein Panzerwagen. Unter der nächsten Abdeckung eine Haubitze. Er rannte weiter. Lastkraftwagen mit Halterungen für Maschinengewehre. Weitere Panzerwagen und sogar drei Flugzeuge mit demontierten Tragflächen, die seitlich verstaut lagen. Eine Unmenge Kisten war sorgsam festgezurrt worden. Langsam dämmerte ihm, was hier vor sich ging. Die Geschäfte in der Hauptstadt waren nur Kleinkram für die Truppenoffiziere. Hier wurde Kriegsgerät verschachert. Panzerwagen, Kanonen, Waffen. Nach Osten, nach Russland. Machten die Kerle vielleicht sogar gemeinsame Sache mit den Roten? Oder unterstützten sie die Sache der weißen Konterrevolution? Franz kannte die Antwort. Wahrscheinlich gingen die Sachen einfach an denjenigen, der am meisten zahlte. Und danach wurde das Ganze im Offizierskasino mit einer politisch verbrämten Begründung versehen. Egal, für welche Seite man sich entschieden hatte, die Herren standen als treue Patrioten da.

Eine Nummer zu groß für uns, dachte er mit Schaudern. Eine Schießerei unter Ganoven in Berlin war gegen die Brutalität in Russland ein harmloses Kinderspiel. Und selbst der ehrliche Tod durch eine Kugel mochte hier erstrebenswerter sein als eine Folter durch die Tscheka oder eine »Befragung« durch die Weißen.

Er wollte sich gerade davonschleichen, als ein weiterer Soldat hinter einem Waggon hervortrat. Der Mann hatte Franz nur deshalb nicht entdeckt, weil er sich gerade mit einem Zündholz eine Zigarette ansteckte. Geistesgegenwärtig warf sich Franz unter den Eisenbahnwagen. Im nächsten Moment erkannte er die Stimme des Oberfeldwebels.

»Dehlbergh hat wieder eine Laune. Könnte kotzen.«

»Kohle stimmt, das ist die Hauptsache, Rudi.«

Der Offizier, der mit den Russen verhandelt, ist Dehlbergh, dachte Franz und rief sich noch einmal dessen Gesicht in Erinnerung. Der Kerl, der sich um den Verkauf der Waffen kümmert. Und der Mann, der im *Aschinger* geprahlt hatte.

Nach einigen Minuten gingen die Männer wieder auseinander, und Franz lief zu seinem Bruder zurück. Nach einer weiteren Stunde waren alle Laster abgeladen und wurden von ihren Fahrern gestartet. Offenbar machte sich niemand Gedanken über den infernalischen Lärm der Dieselmotoren. Es ging höchst offiziell durch das Haupttor hinaus. Und nochmals zehn Minuten später wurde es wieder still in Köpenick. Der Tross fuhr nach Nordwesten; nur drei Fahrzeuge bogen später nach Tempelhof ab.

*

»Verdammter Mist!«, rief Max am nächsten Morgen. Die Brüder hatten in der Nacht nur ihre Lastwagen abgestellt und dann lange geschlafen. So kamen sie erst gegen elf im Lagerhaus in der Nähe der *Schultheiss*-Brauerei an. Max hatte sich die Ladeflächen der beiden Transporter angesehen, um das Abladen zu planen. Und dabei war es ihm aufgefallen.

»Auf dem einen sind nur Kisten mit Karabinern und Maschinengewehren«, rief er seinen Brüdern wütend zu. »Und jede Menge Munition. Ich schätze, unser Kognak fährt dafür gerade nach Russland, Revolution machen.«

»Reimers und seine Leute müssen schon beim Beladen etwas durcheinandergebracht haben«, meinte Franz.

»Das Zeug ist doch sicherlich viel mehr wert als die dämlichen Sargnägel und der Birnenschnaps«, warf Georg ein. »Behalten wir den Kram doch einfach.«

»Natürlich, Georg«, rief Franz aufgebracht. »Wir laufen durch Mitte oder Moabit mit eenem kleenen Bauchladen. *Frische Gewehre, Leute! Neu und von guter Qualität. Kommt und kauft! Eine Granate umsonst dazu, wenn ihr zwei nehmt!«* Franz ging zu seinem Bruder und tippte ihm den Zeigefinger mehrmals an die Stirn. »Hallo, jemand zu Hause? Spinnst du? Wenn wir mit dem Mist anfangen, haben wir alle gegen uns. Die Ringvereine, die Polizei, die Truppe! So etwas kannst du nur durchziehen, wenn du ganz oben bist. Und selbst Messer-Willy verkloppt nur ein paar Pistolen. Waffen sind viel zu heiß, Mensch! Das ist Politik. Und Politik ist gefährlich.«

»Der Zug ist bestimmt schon Richtung Osten unterwegs«, gab Max zu bedenken. »Und du hast selbst gesagt, da war so viel Zeugs. Das merken die gar nicht, wenn ein paar Kisten fehlen.«

»Macht uns nur verdächtig, wenn du jetzt hingehst«, ergänzte Georg beleidigt. »Reimers wird denken, wir wollten die Sachen klemmen und haben jetzt Fracksausen.«

Es folgte ein längeres Hin und Her. Franz schlug vor, den Juden um Rat zu fragen, musste jedoch einsehen, dass die Verwicklungen wohl zu groß wären. Was geschähe, wenn die Offiziere oder Reimers herausfanden, wer wirklich hinter dem *Consortium* steckte? Und Sternwein war ihr Geschäftspartner, nicht ihr Kumpel. Je weniger Leute davon wussten, umso besser.

»Und lass Tante Toni aus dem Spiel«, meinte Max zu seinem Bruder. »Waffen sind Männersache. Dat jeht bei de Weiber da obn …« Er tippte sich an die Stirn. »… nich rin. Die wird Zeter und Mordio schreien.«

Er sah seinen Bruder eindringlich an. Und Franz wusste, dass er im Prinzip recht hatte. Antonia Sass würde wahrscheinlich zur Polizei gehen. Und dann kochte die Sache erst richtig hoch. Reimers musste dann nur eins und eins zusammenzählen. Und schon trieben die Sass-Brüder in der Spree.

»Sieh zu, dass du einen Schuppen in der Nähe mietest oder kaufst«, schlug Max vor. »Mit einem ordentlichen Keller. Und schwerer Eisentür mit Schloss. Oben lagern wir Lumpen und alte Fässer. Unten schaffen wir den gefährlichen Kram rein und vergessen das Ganze erst einmal. Wenn Reimers fragt, wir wissen von nüscht.«

3

»Geschäfte mit dem Zigeunerpack?« Georg war aufgesprungen. »Bist du noch ganz bei Trost, Franz? Die klauen dir die Unterhose, während du pinkelst. Denen kam man nicht …« Sein Bruder Max nickte, und auch Toni blickte eher skeptisch über den Frühstückstisch. *Lümmelchen* Klante rieb derweil an einem Fleck, den etwas Eigelb auf seinem Hemd hinterlassen hatte.

Sonntags war Familienrat. Der Kern des *Syndicats* besprach, was zu tun war. Und danach ging es auf die Rennbahn. Das Geschäft im Herbst war problemlos gewesen. Zu Beginn des Winters hatte ihnen Meyer ein paar Emporkömmlinge von Leibe gehalten, die mit Knüppeln und einigen Armeepistolen randaliert hatten. Das *Open House* und der Klub warfen ordentliche Gewinne ab. Das Totalisator-Geschäft in Hoppegarten hatte Klante bereits ein kleines Vermögen eingebracht. Die kleinen und großen Leute gaben ihr Geld mit vollen Händen aus. Ganz so, als gäbe es kein Morgen. Hauptsache, es war ein wenig Spaß dabei.

»Wir müssen investieren«, hatte Tonis Lebensgefährte vor einigen Wochen vorgeschlagen.

Es klang, als hätte er das Wort gerade erst im *Börsencurier* gelesen. Aber so war er. Wenn er etwas aufschnappte, wurde sofort eine Idee daraus.

»Die Mark wird so weich werden wie ein Frühstücksei«, fuhr er fort, seine Weisheiten zu verbreiten. »Das sag ich euch. Lohnt sich nicht, einen Sparstrumpf zu füllen wie zu Omas Zeiten. Entweder Devisen oder Häuser koofen. Sonst ist das schöne Geld zu Weihnachten nüscht mehr wert.«

Franz hatte gleich mit einer eigenen Idee dagegengehalten. Die Waren des *Syndicats* mussten hin und her gefahren werden. Anfangs hatten sie ihr Zeug einfach von Fuhrunternehmern als Nebengeschäft fahren lassen. Als dann aber drei oder vier Gespanne von den Lagerhallen in Richtung Innenstadt unterwegs waren, begannen die Leute, Fragen zu stellen.

»Wir fallen zu sehr auf«, erklärte er jetzt zum wiederholten Mal. »Die Zigs haben viele Leute auf den Schuten, die durch die Kanäle schippern. Ein paar unserer Säcke fallen unter Kohle und Fisch gar nicht auf. Die Zeiten, in denen wir die Ware einfach auf der Straße rein und raus fahren konnten, sind vorbei. Der Stadtrat hat beschlossen, jeden Handel mit illegaler Ware zu unterbinden.«

Toni nickte. »Da ist was dran. Von Paul habe ich erfahren, dass das Zollamt hundert neue Beamte für die Suche nach heißer Ware eingestellt hat. Und dazu noch mal so viele scharfe Hunde.«

Sie hielt immer noch guten Kontakt zu dem Kommissar am Alex. Ein Umstand, der ihrem Lümmel gar nicht gefiel. Er war eifersüchtig, hüllte sich an diesem Sonntagvormittag jedoch in Schweigen.

»Die Kerle arbeiten in der Inspektion Gewerbebetrug und sollen jeden Warentransport kontrollieren, der Berlin verlässt oder anfährt«, fuhr Toni fort. »Es geht um die Steuereinnahmen. Sie dürfen sogar Pistolen tragen.«

»Können wir sie nicht schmieren?«, fragte Max.

Seine Tante schüttelte den Kopf. »Die Männer werden in einem Rotationsverfahren immer an anderen Orten und bei verschiedenen Unternehmen eingesetzt. Wir wissen also nie, mit wem wir es wann zu tun bekommen. Und wir können nicht hundert Leute bezahlen.«

»Und hier kommen die Harussels ins Spiel«, sagte ihr Neffe triumphierend und warf seiner Tante einen dankbaren Blick zu. »Die Königin der Familien ist bereit, mit uns zu sprechen.«

»Königin? Harussels? Ick versteh nur Bahnhof. Wat meenste, Franz? Spuck's aus!«, rief Georg und warf sein Messer auf den Teller, dass es schepperte. Er war in letzter Zeit leicht reizbar und vernachlässigte seine Aufgaben.

»Läuft alles ein bisschen anders bei denen. Hottentotten eben«, erwiderte Franz, als müsste er sich entschuldigen. »Die Zigeunerfamilien im Norden haben eine Königin. Weil ihr König vor een paar Jahren hopsjegangen ist und sie sich nicht einigen konnten. Und Familie Harussel kontrolliert die Schiffswege von und nach Berlin. In jedem Boot ist Platz für ihre Ware. Rein und raus. Und ein Harussel verdient dabei. Wer was nach Berlin bringen will, ohne dass es gesehen wird, kommt an denen nicht vorbei.«

»Aha«, meinte Georg in ironischem Tonfall. »Und die geben dir jetzt einfach den Platz auf ihren Kähnen?«

»Es wird auch für sie immer schwieriger, gute Ladungen für ihre Schiffe zu bekommen«, sagte Franz und ignorierte den Einwand. »Lumpen und Altmetall bringen nichts ein. Und zum guten Zeug haben sie keinen Zugang. Immer mehr Unternehmen haben ihre eigenen Transporteure. Viele normale Händler nutzen jetzt die Straße.«

Er schwieg einen Moment und lächelte.

»Ich habe gehört, dass die Harussels neue Partner suchen. Und da kommen wir ins Spiel. Das *Syndicat* hat Kontakte zu den Leuten, die ihr Zeug lieber verschiffen wollen. Begreift ihr jetzt, ihr Pappnasen?«

»Eine Zusammenarbeit mit den Wanderern?« Toni wirkte besorgt und interessiert zugleich. »Die Leute leben in ihrer eigenen Welt, Franz. Es gibt viele Gerüchte …«

»Dass sie Kinderblut trinken, um ihr Leben zu verlängern?« Franz lachte. »Aber natürlich nicht das Blut ihrer eigenen Kinder. Sie rauben sie bei den braven Bürgern. Bei Neumond. Also bitte, Toni, diese Ammenmärchen glaubt doch keiner mehr.«

Sie funkelte ihn an. »Mit manchen Dingen treibt man keinen Scherz, Herr Neffe! In Paris gab es eine Behörde, die das Treiben dieser Leute untersuchte. Dabei war das Kinderblut noch der harmloseste Brauch.«

»Der Junge hat recht, Toto«, mischte sich Klante ein und versaute sein Hemd gerade mit Butter. »Unsere Ware stapelt sich schon meterhoch in den Lagern. Die Preise dafür fallen, weil die Lokale und Varietés in der Stadt genug von dem Kram angeboten bekommen. Angebot und Nachfrage halt. Überall in den großen Städten sind die Magazine der Reichswehr noch voll. Hamburg, Berlin, Köln, München. Und die Offiziere wollen schnell ans Geld ran. Zu viel Ware und gleichbleibende Nachfrage bedeuten sinkende Preise.«

»Und die Zigeuner geben uns mehr dafür?«, fragte Max.

»Hast du Kleister statt Milch von Mama bekommen?« Franz war genervt. Seine älteren Brüder besaßen keinen wirklichen Geschäftssinn. Max konnte zwar einen Laden schmeißen, und Georg sorgte für Ruhe im Puff. Aber beide verstanden nichts von Chancen und Möglichkeiten. Nach einem Sechser, der in der Sonne glänzte, bückten sie sich bereitwillig. Aber den Hundertmarkschein ließen sie liegen, weil er im Straßendreck lag.

»Wir bringen die Ware auf ihren Booten aus der Stadt raus«, erklärte Franz ungeduldig. »Die Straßen sind zu gefährlich. Da müssten wir jeden Schupo schmieren. Wir laden das Zeug auf die Schuten und schippern es nach Brandenburg. Da stehen unsere Lastwagen, und damit karren wir alles nach Leipzig, Dresden und Erfurt, vielleicht sogar bis Breslau. Max sagt, dass die Sachen dort das Dreifache bringen.«

Toni sah Klante zornig an, der jedoch gerade mit dem dritten Fleck beschäftigt war und nur geistesabwesend nickte. Er musste unbedingt das Hemd wechseln.

*

»Nennt sie nur nicht Zigeuner«, forderte Franz seine Brüder auf, als sie mit einem neuen *Steyr*-Armeewagen in Richtung Siemensstadt nahe Spandau fuhren. Sie hatten das Ungetüm aus ihrer Lagerhalle holen müssen, nachdem sich mehrere Droschkenkutscher geweigert hatten, den Ort anzusteuern. Zu groß war ihre Sorge, später nackt und zu

Fuß zurücklaufen zu müssen. Das Gelände lag nördlich des Hohenzollernkanals, der Spree und Havel miteinander verband. Es ähnelte mehr dem undurchdringlichen Dschungel aus diversen Abenteuerromanen als einem stadtnahen Grüngebiet. In den Berliner Kneipen erzählte man sich die schauerlichsten Geschichten über die »Sümpfe«. Engelmacherinnen vergruben hier die abgetriebenen Kinder, hieß es. Und der Große Fritz habe das Gebiet mit den Gebeinen der besiegten Österreicher urbar machen lassen.

Max lenkte den *Steyr* über Knüppeldämme und durch Tümpel, die einen halben Meter tief waren. Eine Behelfsbrücke über den Kanal brachte sie ans Nordufer, dessen Vegetation noch undurchdringlicher zu sein schien. Viele Äste, die unter dem schweren LKW aus dem Morast ragten, waren dick wie Knüppel.

»Sie nennen sich selbst Roma«, fuhr Franz fort. »Zeigt keine Angst, sonst provozieren sie euch immer mehr. Lasst die Frauen in Ruhe, sonst seid ihr ganz schnell verheiratet. Gebt den Kindern kein Geld, sonst klauen sie euch die Schuhe, während ihr drin steht. Überhaupt können wir froh sein, wenn wir da lebend wieder herauskommen.«

Er lächelte verlegen und war sich nicht sicher, ob er das eben Gesagte wirklich als Scherz gemeint hatte. Unauffällig griff er in seine Manteltasche. Das kühle Metall der *Luger* beruhigte ihn nicht wirklich. Er hatte zwar sechs Patronen ins Magazin geladen, aber Waffen machten ihm generell Angst. Nur die Tatsache, dass sie auch anderen Leuten Respekt einflößten, hatte ihn dazu getrieben, das Ding überhaupt mitzunehmen.

Nach einer schieren Ewigkeit quälte sich der LKW schaukelnd eine kleine Anhöhe hinauf. Dahinter lag ein Stichkanal, der so aussah, als wäre er nicht von städtischen Ingenieuren erbaut worden. Auf dem Wasser schaukelten mehrere Hausboote, und es lagen Lastkähne vertäut am Ufer. An Land konnten die Brüder mehrere Holzhäuser und die typischen Zigeuner-Wagen erkennen; die Plane im Dreiviertelrund auf dem Holzgestell mit einer Treppe an der hinteren Seite.

»Die Leute haben hier ordentlich was auf die Beine gestellt«, meinte Georg mit Bewunderung in der Stimme. »Seht mal die Anlegestellen und die Boote. Damit kriegen die locker ein paar Tonnen aus Berlin raus.«

Plötzlich tauchte ein älterer Mann aus dem Gebüsch auf und trat vor den Lastwagen. Max bremste abrupt. Der Wachposten hielt eine Flinte vor der Brust, eine *Nothardt*-Muskete, die wahrscheinlich noch aus den Napoleon-Kriegen stammte. Irgendein schwarzes Tier schien an seinem Hals zu hängen. Das silbergraue Haar war zu einem kleinen Zopf gebunden. Die erhobene Hand, mit der er sie zum Halten aufgefordert hatte, war schwielig und zeugte von einem Leben voll harter Arbeit. Er trug kleine Ketten an den Armen und seine Kleidung wirkte, als wäre er auf dem Weg zu einer Zirkusvorstellung. Im nächsten Moment sprang etwas Braungraues auf die Frontscheibe des *Steyr* und fauchte. Die drei Brüder fuhren erschrocken zusammen, bis sie erkannten, dass es sich um einen Iltis handelte. Der Mann grinste und zeigte seine gelbe Zahnreihe.

»Keine Angst zeigen. So viel also dazu«, murmelte Franz.

»Ich bin Šaban«, rief der Mann. »Steigt aus und folgt mir.«

Ihre Art zu leben war anders. Franz nahm die Eindrücke des Lagers auf. Oder war es eher ein Dorf? Alles wirkte so, als könnte es mit wenigen Handgriffen zusammengepackt werden, selbst die Bretterbuden. Trotz des eher feucht-kühlen Wetters saßen viele Männer draußen und schwatzten in einer unbekannten Sprache. Es brannten mehrere Feuer auf dem zentralen Platz, es roch nach Fellen und Talg. Die Blicke der Frauen schüchterten die Sass-Brüder ein. Sie waren auffordernd und selbstbewusst. Weder hatten sie dabei etwas von dem bezahlt Lasziven der Berliner Huren. Noch schienen sie nur schüchterne Eheweiber und Untergebene zu sein wie die bürgerlichen Damen oder die derben Frauen aus den Arbeiterschichten. Am meisten erstaunten Franz jedoch die Kinder. Sie spielten, lachten, rauften. Auch die älteren unter ihnen. Ihr Dasein wirkte leicht. Für einen Berliner Jungen galt hingegen schon früh: Friss oder stirb. Schlag zu, ehe es der andere tut. Nimm dir, was nicht beansprucht wird.

Die Zigeuner waren überall im Land unbeliebt. Sie galten als arbeitsscheues Gesindel, das stahl, nur Unruhe stiftete und junge Mädchen verführte. So oder ähnlich hatte es sogar im *Vorwärts* und in der *Vossischen Zeitung* gestanden, die sonst doch immer das Hohelied von Menschlichkeit und Solidarität sangen. In den national gesinnten Blättern wurde auch immer wieder offen gefordert, das »Pack« einfach aufzuhängen. Einzig für die bei Kindern so beliebten Zirkusvorstellungen – auch Franz hatte die wenigen Besuche gut in Erinnerung – schienen sie geduldet.

Plötzlich wurden die Brüder von den Jüngeren umringt. Kleine Hände zerrten an ihren Mänteln.

»Gebt mir zwei Mark«, forderte Šaban sie auf. »So dass sie es sehen.«

Max wühlte nach ein paar Münzen in seinen Taschen. Der Rom herrschte die Kinder an und zeigte ihnen das Geld. Sie jubelten und ließen sofort von den Gästen ab.

»Sie bekommen Zuckerstangen und Kuchen. Und ihr habt eure Ruhe«, sagte der Mann in gleichgültigem Tonfall.

»Kommen wir doch gleich zur Sache, Herr Harussel«, versuchte Max, ein Gespräch zu beginnen.

»Nennt mich Šaban. Und zuerst wird gegessen. Sonst heißt es noch, unser Volk ist unhöflich.« Sein Auftreten duldete keinen Widerspruch.

»Wer hat denn hier das Sagen, Herr …, also, Šaban? Wann wird die Königin uns empfangen?«, versuchte Franz es nach einer Weile erneut. Doch ihr Gastgeber schwieg.

Wenig später saßen sie in einem der winzigen Holzhäuser. Darin war es erstaunlich gemütlich, da die Wände mit Tierfellen aller Arten bedeckt waren. Einzig der Nachteil eines infernalischen Gestanks nach Resten der Harngerbung und der tierischen Brunftdüfte wog schwer. Šaban stellte die Sass-Brüder mehreren seiner Landsleute vor.

»Rahim, Hannes, Ulan, Joaquin, Mario, Elek. Die Oberhäupter. Erst trinken und rauchen die Sieben und entscheiden dann, ob sie mit euch sprechen werden. Geht nach draußen und esst!« Šaban zeigte zur Tür.

Die Brüder verließen den Raum.

»So etwas nennen die Gastfreundschaft?«, ereiferte sich Georg. »Kaum da, schon wird man wieder weggeschickt.«

Der Ärger war jedoch schnell verflogen, als die drei von zwei Jugendlichen zu Bänken geführt wurden, die man um ein großes Feuer herumgestellt hatte. An mehreren kleinen Kochstellen werkelten Frauen an Töpfen und Tischen herum.

»Passt auf«, raunte Georg leise. »Jetzt gibt es Igel, Ratte oder Hund.«

Ein junger Mann drehte sich zu ihm um. »Das Kroppzeug habt ihr vorletzten Winter auch gefressen, als euer Wilhelm sich mit den Ernteerträgen verschätzt hat«, sagte er seelenruhig und ohne Feindseligkeit. »Nein, Leute, es gibt Letscho. Und Grammeln mit Kartoffeln. Setzt euch.«

Die Frauen saßen auf der einen Seite des Feuers, die Männer auf der anderen. Offenbar waren die Neuankömmlinge für die jüngeren Mädchen ebenso interessant wie sie selbst für Max und Franz. Fast alle hatten dunkelbraune, fast schwarze Augen, deren Wirkung durch feine Kohlestriche an den Wimpern und Brauen noch betont wurde. Die Kopftücher waren bunt, aber farblich passend gewählt zu den Hemden und Röcken. Vom sprichwörtlichen Dreck der Zigeuner war nichts zu sehen. Franz fragte sich angesichts der feinen Haut an Armen und Fußknöcheln mehrfach, wie es wäre …

»Tolles Zeug, Franz«, riss ihn sein Bruder derb aus den lieblichen Vorstellungen. »Woher haben die bloß den Reis?« Georg machte sich bereits über seinen dritten Teller her. Die Gäste bekamen dünnes, mit Wasser versetztes Bier. Dazu stand eine Art Milch vor ihnen.

»Ist es zu scharf, dann trinkt das«, hatte ihnen eine uralte Köchin erklärt. Das Zeug schmeckte leicht säuerlich und prickelte auf der Zunge, als wäre die Milch kurz davor, schlecht zu werden. Aber es nahm tatsächlich die Schärfe, während das Bier sie eher noch zu verstärken schien.

Aus der Hütte, in der die Sieben saßen, drangen laute Geräusche von Palaver und Gesängen. Manchmal war ein Poltern zu hören.

»Das ist ihr Parlament«, sagte Max. »Jetzt entscheiden sie, ob sie uns kochen oder rösten. Mit Füßen oder ohne.«

»Bei dir ohne«, erwiderte Franz und nahm sich von einem süßlichen Kastanienmus, der als Nachtisch serviert wurde.

Als er gerade den Teller zur Seite gestellt und vernehmlich gerülpst hatte, öffnete sich die Tür des Bretterverschlags. Der Mann, der sich Ulan nannte, trat heraus und winkte den Gästen zu.

»Also?«, fragte Franz forsch, um seine Verunsicherung zu überdecken. »Wie sieht es aus? Kommen wir ins Geschäft?«

»Der Rat der sieben Familien hat entschieden, mit euch zu sprechen«, antwortete Šaban. »Also sagt, was ihr zu sagen habt.«

»Ich dachte, Ian hätte mit euch …«, begann Franz etwas enttäuscht. Über eine Stunde war vergangen, und jetzt erst sollten die Unterredungen beginnen.

»Adrian«, sagte Šaban. »Der Mann, den ihr Ian nennt, hat uns erklärt, was ihr vorhabt. Er vertraut euch. Und wir vertrauen ihm. Sonst wärt ihr nicht hier. Sprecht!«

Franz begann, seine Vorstellungen von einer Zusammenarbeit zu erläutern. Ware, Boote, Lastwagen. Transport und Gewinn.

»Wir werden euch gut bezahlen für euer Risiko«, versprach er. »Legt einen zweiten Boden in eure Schuten. Unten unsere Ware. Oben Sand und Kohle. Eine einfache Sache.«

»Sag uns nicht, was einfach ist oder wie wir unsere Arbeit zu machen haben, junger Freund«, meinte einer der Sieben.

Als die Sass-Brüder fertig waren, erhob sich Šaban.

»Gut, nun kennen wir eure Vorstellungen«, meinte er. »Wir werden jetzt beraten.«

Unter leisem Protest wurden die Brüder wieder aus der Hütte geschoben. Draußen wurde mittlerweile gesungen und getanzt. Drei junge Frauen versuchten, sie aufzuheitern. Schließlich gaben Franz und Max nach. Nur Georg blieb mit versteinerter Miene auf der Bank sitzen. Eine weitere Stunde verging, bis sich die Tür abermals öffnete. Wieder betraten die drei den Raum, in dem jetzt neben den Tiergerüchen auch den Duft von Knoblauch und Körperschweiß hing. Zudem nahm Franz einen eigenartig mild-aromatischen Duft wahr, der vom Rauch einer größeren Pfeife ausging, die die Männer herumreichten.

»Wir rauchen Tschandu und beraten dann mit der Königin«, sagte ein Zigeuner. »Bei großen Entscheidungen muss jedoch euer Geist dabei sein. Denn nur so wissen wir, ob ihr das *Sihr* habt. Ob ihr uns den bösen Blick verschwiegen habt. Wenn ihr das *Sihr* tragt, werfen wir euch ins Wasser.«

Mit diesen Worten reichte der Mann die Pfeife an Max weiter.

»Also gut«, erklärte dieser und zuckte mit den Schultern. »Rauchen wir mit den Kerlen und danach wieder ab nach Berlin.« Er nahm einen tiefen Zug, schließlich war er an dreißig Zigaretten am Tag gewöhnt. Der Rauch kratzte, war anders als bei den Sargnägeln, drängte nach unten in die kleinsten Luftkanäle. Und irgendwie sofort wieder nach oben. Er gab die Pfeife an seine Brüder weiter. Augenblicke später hatten sich alle drei auf Fellen ausgestreckt, lauschten dem Gespräch der Sieben und griffen hin und wieder nach dem Rauchwerk. Franz beobachtete die bunten Farbringe auf den Holzbrettern, die ihm beim ersten Mal nicht aufgefallen waren. Max summte ein Kinderlied und amüsierte sich offenbar jedes Mal, wenn der *Hoppe-Hoppe-Reiter* zu Boden fiel und aufschrie. Nur Georg schien der Rauch die Stimmung weiter zu verhageln. Er gestikulierte wild und sprach mit jemandem, den offenbar nur er sehen konnte.

»Es ist entschieden«, meinte Ulan nach Minuten oder Stunden, die verstrichen waren. Vielleicht waren es auch Tage. Max und Franz lächelten selig. »Wir gehen jetzt zur Königin.«

»Was?« Georg sprang auf. »Ihr habt doch gerade beraten.« Ihm war schwindlig, und er musste sich wieder setzen. »Kann doch nicht so schwer sein, sich für ein paar Tausend Mark zu entscheiden.«

»Ruhe!«, fauchte Šaban. »Ihr könnt euch glücklich schätzen. Der Rat wird mit Königin Věra sprechen. Diese Ehre wird nur wenigen zuteil. Sie wird wissen, was gut für uns ist. Bis dahin müsst ihr euch gedulden. Raucht.«

Offenbar lebte die Königin in einem der traditionellen Wagen der Zigeuner. Dorthin zogen nun jedenfalls die sieben Familienoberhäupter. Die Sass-Brüder konnten sich kaum aufrecht halten und beobachteten die tanzenden Figuren. Die Weiber ritten auf Besen. Die Männer glitten über den Boden, ohne ihn zu berühren. In jedem Hexenprozess hätten die drei geschworen, dass sie hier Übersinnliches gesehen hatten. Eine Alte reichte jedem eine kleine, rote Frucht und bedeutete ihnen, davon zu essen. Kurz darauf waren alle fliegenden Wesen wieder auf die Erde zurückgekehrt. Dafür brannten jetzt in den Eingeweiden der Brüder die Höllenfeuer und vertrieben den Rausch.

»Welchen Tabak rauchen die bloß?«, krächzte Franz, nachdem er mit der sauren Milch den inneren Brand einigermaßen gelöscht hatte.

»Ich glaube, das war Opium«, erwiderte Max. »Hab das mal in eener Budike jerochen. Seltsames Zeug. Die Leute lagen hinten uff de Matratze und brabbelten mit ihre Jeister im Kopp.«

Nach einer weiteren, gefühlten Ewigkeit war es dann so weit. Die Sonne war bereits untergegangen, es wurde kalt. Das Lager war in Zwielicht getaucht, und viele Schatten tanzten zwischen den Zeltplanen, Holzstößen und Bretterwänden. Šaban winkte sie zum Wagen der Zigeunerkönigin heran. Eine junge Frau zog den Vorhang zur Seite und half einer runzligen Alten, die auf einer Art Divan gelegen hatte. Königin Věra hatte derart tiefe Falten, dass sicherlich ihre Enkel dort Platz gefunden hätten, wirkte jedoch erstaunlich behände.

»Wir müssen das Blut unserer Familien vereinen«, sagte Věra, als sie die Treppe ihres Wohnwagens hinabgestiegen war.

Die alte Frau trug bunte Gewänder, dazu Bänder, die ins Haar geflochten waren, und jede Menge klimpernden Schmuck. Ihre Haut war grau und fleckig. Franz war es unmöglich, ihr Alter zu schätzen. Die Stimme war klar und hell, ihre Augen huschten wachsam umher. Und auch ihre Bewegungen wirkten geschmeidig, fast anmutig. Sie rauchte ebenfalls dieses Tschandu-Zeug und reichte ihre deutlich kleinere Pfeife an die Gäste weiter. Sie schien jedoch davon in keiner Weise beeinträchtigt zu sein.

»Das Geschäft, das ihr vorschlagt, ist gefährlich. Und es könnte die Aufmerksamkeit unserer Feinde wecken. Wir ziehen es vor, unentdeckt zu bleiben. Politiker, Soldaten, Polizei. Sie alle wollen unser Verderben. Sie alle haben das *Sihr*. Auf eine derart große Sache können wir uns nur einlassen, wenn wir Sicherheit haben. Nur Familie bedeutet Sicherheit. Das Blut ist Sicherheit. Deshalb fordere ich eine Vereinigung.«

»Aha«, erwiderte Franz, den der Rauch wieder zunehmend in einen Zwischenzustand von Wachsein und Schlaf versetzte. Jetzt gerade schien es ihm, als schwebte er über der Szenerie und hörte sich selbst sprechen. »Wie in den Indianerromanen von Karl May?«, fragte er in dümmlich kicherndem Tonfall. »Blutsbrüder?«

»Er heiratet«, sagte Věra nur und zeigte auf den zweitältesten Sass-Bruder.

»Ja, sicher, Kaiserin Auguste«, kicherte Georg und nahm noch einen Zug aus der Pfeife.

»Er heiratet Marya, die Tochter von Joaquin.«

Es war, als würde Franz am Morgen die warme Bettdecke weggezogen. Dabei wollte er doch diesen lieblich weichen Rauch festhalten. Er atmete jetzt eher mit dem Kopf, nicht mit den Lungen. Aber diese Hexe, diese Königin zog ihn heraus aus diesem herrlichen Traumland. Er räusperte sich.

»Ja, es ist nicht so einfach, wie du denkst, Königin Věra. Mein Bruder … Er ist ein ganz toller Kerl, aber für Marya wäre er sicherlich nicht der richtige Mann.«

»*Ek aadammee jo donon phalon ka svaad leta hai*«, sagte die alte Frau und zeigte auf Georg. »Ein Mann, der von beiden Früchten kostet. Und Marya fühlt ebenso. Für die Frauen. Gemeinsam werden sie einen Weg finden. Sie überwinden ihre Hindernisse, und unsere Familien sind vereint. Durch sie. So lautet meine Entscheidung.«

»Ihr habt die Königin gehört.« Šaban erhob sich. »Sieben Tage, dann wird Hochzeit sein. Oder unser Handel kommt nicht zustande.«

Alles war ein Scherz. Musste es sein. Diese lustigen Leute im Sumpf bei Berlin tanzten, sangen – und rauchten – gern. Franz und Max waren überzeugt, dass diese Menschen sich nur einen Spaß mit ihnen machten. Nur Georg blieb skeptisch.

Die Brüder konnten später nicht sagen, wie sie zur Brücke über den Hohenzollernkanal zurückgefunden hatten. Es war, als setzte erst dort ihre Erinnerung wieder ein. Als wären sie in eine andere Welt eingetaucht, deren Zauber erst auf der Berliner Wasserseite gelöst wurde. Dort war das Zigeunerland, hier die Stadt. Max und Franz mussten sich übergeben. Georg plagten dunkle Ahnungen, und schweigend fuhr er den *Steyr* in die Lagerhalle zurück.

*

Die Brüder hielten sich nun vorwiegend im *Klub Berlin* auf. Auf diese Weise konnten sie auch Reimers und seinen Leuten aus dem Weg gehen, die öfter im *Open House* einkehrten. Es hatte jedoch keine unangenehmen Fragen zum Verbleib der Waffen gegeben. Offenbar sollte Georg recht behalten, dass der Fehlbestand der Gesamtladung bei den Soldaten kaum aufgefallen war. Jedenfalls stellte sie niemand zur Rede, so dass sich Franz nach einigen Tagen beruhigte. Fünfzig Kisten Pistolen, Gewehre, Granaten. Offenbar war dieser Fehlbestand im Nachkriegsgeschäft nicht weiter tragisch.

Mit dem Oberfeldwebel hatte Franz die Vereinbarung getroffen, dass durch ihn weiterhin Kognak und Champagner zu Spottpreisen an das *Syndicat* geliefert wurden. Dafür hatte er Reimers und einigen Kameraden den freien Zutritt und Erlass der Zeche im *Open House* gewähren müssen. Geben und Nehmen. Gläubiger und Schuldner. Das System Sass und die Geschäfte des *Syndicats* kamen langsam richtig in Gang.

»Eine Hand beschmutzt die andere«, pflegte Franz grinsend zu sagen, wenn sie einen Beamten oder Geschäftsmann bestachen. »So lange, bis uns kein Saubermann mehr an den Karren fahren kann.«

»Weil et dann in janz Berlin gar keenen mehr jibt«, stimmte Max lachend zu.

»Könnt ihr Idioten zur Abwechslung mal an wichtige Dinge denken?«, schimpfte Georg. »Die olle Zigeunerin will mich verkuppeln, und ihr findet das lustig.«

»Mensch, Georg«, begann Franz vorsichtig. »Diese Heirat ist das Beste, was dir und uns passieren kann. Steht doch nur uff dem Papier, und du kannst …«

»Wat?« Georgs Stimme klang bedrohlich. »Wat kann ick?«

Er war immer vorsichtig gewesen in den letzten Monaten. Was konnte er dafür, dass ihn Männer mehr interessierten als Frauen? Schon in der Schule hatte er Turnunterricht geliebt. Und wenn die anderen Burschen zur höheren Lehranstalt für Mädchen unterwegs waren, um die süßen Krabben zu beluschern, hatte er sich immer gedrückt. In jedem Kabarett knutschten doch jetzt Kerle auf und hinter der Bühne. Und auf den öffentlichen Herrentoiletten der Hauptstadt wurde mehr gevögelt als gepisst. Hauptsache, alles lief still und in deutscher Ordentlichkeit.

Meine lieben Brüder wissen also Bescheid, dachte er. Natürlich, Schlaukopf Franz. Dem konnte man noch nie etwas vormachen.

»Du hast diese Věra doch gehört«, meinte Max besänftigend. »Deine Zukünftige guckt lieber unter Röcke. Und du magst die Wurst lieber als die Brust. Ist doch nüscht dabee, Georg. Wenn sich beede einig sind, is doch allet paletti.«

Ihr Bruder brach plötzlich in Tränen aus. Es war, als wäre in ihm ein Damm gebrochen, den er seit Jahren zu halten versucht hatte. Aus dem einst sensiblen Georg war nach außen hin in den letzten zwei Jahren ein zynischer Säufer und Raufbold geworden. Das ewige Versteckspiel hatte ihn zermürbt. Im Sprachgebrauch der Beamten und Ärzte war er abartig. Er hatte gelesen, dass man in München und Koblenz sogar versucht hatte, warme Brüder wie ihn mit Stromschlägen zu »curieren«. Und deutsche Feldärzte hatten vorgeschlagen, solche Männer einfach zu kastrieren, damit »der Malaise im Felde Einhalt geboten« wäre. Georg Sass hatte schlichtweg Angst. Und er wusste nicht, wie er damit umgehen sollte, wem er trauen konnte. In seiner Verzweiflung hatte er oft alles kurz und klein geschlagen.

»Ehrlich, Georg. Uns ist das doch völlig egal«, sagte Franz etwas unbeholfen. »Da hat diese Hexe recht. Blut ist Blut. Und du bist unser Blut. Egal, wohin deine Fahne zeigt.«

»Wenn du diese Marya heiratest, bist du aus dem Schneider«, ergänzte Max. »Keine Pflichten, aber trotzdem nach außen alles edel. Bist verheiratet, aber frei. Und die Sache mit den Zigeunern bringt uns richtig voran. Da haben wir sogar den Juden was voraus. An uns kommt in Zukunft keiner mehr vorbei. Berlin gehört dem *Syndicat*.«

Georg wischte sich den Rotz aus dem Gesicht. »Die Heirat steht nur auf dem Papier? Ich muss nicht bei denen hausen? Versprochen?«

»Einzelheiten klären wir noch. Du bist schließlich der Mann. Also bestimmst du auch, wo ihr wohnt. Das wird diese Königin schon akzeptieren müssen. Du bist Unternehmer, Georg. Für unsere Sicherheit zuständig. Da bleibt ihr natürlich die meiste Zeit in der Stadt. Und einmal in der Woche fährst du mit deiner Schönen da raus. Mit Schofför, versteht sich. Und ihr besucht Papa Joaquin. Alles läuft bestens, Georg.«

»Wir müssen Mama und Toni noch davon erzählen«, meinte Max. »Bin gespannt, was die beiden sagen.«

*

Natürlich flossen bei Mutter Sass die Tränen, als sie von der geplanten Hochzeit erfuhr. In Gedanken hielt sie bereits die ersten Enkel in den Armen. Toni nahm die Nachricht hingegen ganz pragmatisch.

»Gut fürs Geschäft«, sagte sie nur. »Und zur Not gehen eben alle wieder ihrer Wege. Wir haben moderne Zeiten.«

Franz hingegen fühlte sich zunehmend erschöpfter. Beinahe erstaunte es ihn, wie glatt die Geschäfte liefen, obwohl er immer öfter unaufmerksam war. Er hatte den Eindruck, für alles verantwortlich zu sein. Die richtige Ware für die richtigen Kunden. Angebot und Nachfrage. Zusammenführen, was zusammengehörte. Und dazwischen lagen die hundert Prozent Gewinn für das *Syndicat*. Berlin nach dem Krieg schien eine Goldgrube zu sein mit vielen verborgenen Schätzen, die es nur zu heben galt. Aber noch immer überwachte er zu viele Transporte selbst. Die meisten Warenlieferungen kamen aus verständlichen Gründen in der Nacht. Dann stand Franz oft bis zwei oder drei Uhr mit einer Karbidlampe auf der Ladefläche und zählte Kisten. Und vormittags war er schon wieder bei den Fahrten zu den wichtigsten Abnehmern dabei.

Das muss aufhören, dachte er und gähnte. Soll Georg doch die Kontrollen übernehmen. Er saß im *Klub Berlin* und blätterte in den Zeitungen. Der *Börsencurier* war abends von den Möchtegern-Spekulanten so zerlesen, dass er kaum noch für die Toilette taugte. Jeder Depp wollte im Moment mit irgendetwas Geld an der Börse verdienen. Überall machten Gerüchte von »Geheimtipps« und »todsicheren Chancen« die Runde. Diese Dinge überließen die Mitglieder des *Syndicats* jedoch ihrem Zahlenjongleur Max Klante. Dafür waren die *Morgenpost*, die *Vossische* und der *Vorwärts* quasi die alltägliche Pflichtlektüre derer, die sich politisch zwischen moderatem Links und liberaler Mitte bewegten. Manchmal brachten Gäste auch Blätter mit, die Franz nicht gern sah. Der *Berliner Lokal-Anzeiger* hatte sich zu einem dumpfen Hetzblatt gegen alles entwickelt, das nicht treu deutsch-national gesinnt war. Und wenn Franz die *Rote Fahne* auf einem Stuhl fand, dann sträubten sich ihm die Nackenhaare. Diese Kommunisten mit ihrem Gefasel von Enteignung und Gleichheit gingen ihm furchtbar auf die Nerven. Schließlich hinterfragten sie alles, auf dem auch sein bescheidener Erfolg beruhte. Eben gerade hatte er das Parteiblatt der Kommunisten unter den anderen Zeitungen entdeckt.

»Immer die gleiche Soße«, murmelte er. »Fabriken und Land in Proletarierhände. So ein Unsinn! Dann können wir bald den Gips von der Wand kratzen und Suppe daraus machen.«

»Kaum bist du zu etwas Geld gekommen, hast du schon vergessen, dass du selbst in Arbeiterhosen aufgewachsen bist und aus dem Blechnapf gefressen hast«, zog ihn sein Bruder Max auf.

Franz hörte ihn nicht. Eben hatte er die Zeitung der KP in die Ecke werfen wollen, als sein Blick auf einen Artikel der Titelseite fiel:

Unser Genosse und KP-Gründungsmitglied Wilhelm Pieck spricht sich für Verhandlungen mit der SPD aus. Ein entsprechender Antrag wurde jedoch von der Führung der KP Deutschlands abgelehnt. »Die proletarische Arbeiterschaft wird sich nicht auf Geschäfte mit Revisionisten und Kriegstreibern einlassen, die sich nur einen linken Anschein geben. Die Haltung eines Herrn Noske in den Januar-Kämpfen des letzten Jahres bleibt unvergessen«, sagte der Vorsitzende der Hamburger USPD, Ernst Thälmann, in einem Grußwort an die Berliner Genossen.

Der Text war Franz leidlich egal. Linke und rechte Inhalte waren durch das immer gleich lautende Geschwätz schnell unerträglich geworden. Und wer sich politisch mit wem zankte, interessierte ihn kaum. Vielmehr starrte er jetzt gebannt auf eine kleine Fotografie, die dem Leitartikel hinzugefügt war und die drei Männer zeigte. Die Bildunterschrift wies den rechten als Wilhelm Pieck aus.

»Das ist er«, keuchte Franz leise.

Max und Ian, die gerade eine Partie Kutscherskat spielten, reagierten zunächst gar nicht.

»Das ist der Kerl aus dem *Adlon*!« rief Franz lauter.

Max blickte erst ihn an und nahm sich dann die Zeitung. Sein jüngerer Bruder hämmerte mit dem Zeigefinger auf den Mann mit angegrautem Bürstenschnitt.

»Bist du sicher?«, fragte Max ungläubig.

Die Brüder hatten über die gescheiterte *Adlon*-Sache, die über ein Jahr zurücklag, kaum noch gesprochen. Erst waren sie beschämt gewesen. Sie hatten kaum Beute gemacht, und dann waren sie noch von einer Frau über den Tisch gezogen worden. Schließlich hatten in den Wochen danach die Verhaftung ihres Vaters und die Eröffnung ihres ersten Lokals alle Aufmerksamkeit beansprucht. Auch Konter wusste nichts von den Eskapaden der Brüder im Nobelhotel, obwohl sein Kollege Gennat den Mord untersuchte.

McCullen blickte sie fragend an, und Franz schilderte in kurzen Worten den misslungenen Coup.

»Und damals in dem Zimmer, das war dieser KPD-Mann?«, fragte der Ire.

»Den habe ich durchs Schlüsselloch gesehen«, bekräftigte Franz. »Der Pieck hat den anderen abgeknallt. Deswegen sind wir ja überhaupt erst in den Mist hineingeraten. Ich habe genau gesehen, wie er neben der Leiche stand. Diese linken Schreihälse gehen mir langsam auf den Geist. Erst vermasselt uns so einer den Bruch. Dann wird Papa wegen diesen toten Spartakisten verhaftet. Und jetzt wollen sie auch noch jeden enteignen, der mehr als hundert Mark hat.«

»Und was jetzt? Willst du hingehen und vom ihm die fünfhundert Mark zurückfordern, die wir der Russin geben mussten?«, fragte Max.

»Die Drecksau verpfeife ich an die Kriminalen«, ereiferte sich Franz.

»Vorsicht, mein Freund«, meinte Ian mit leiser Stimme und sah sich in dem Lokal um. »So etwas spricht sich auf der Straße schnell herum. Eine Zeugenaussage. Deine Unterschrift in den Akten. Vielleicht musst du auch vor Gericht aussagen. Oder deine Visage kommt in die Zeitung. Dann bist du für immer ein kleiner Singvogel und kannst deine Geschäfte in ganz Berlin vergessen. Dir erzählt nie wieder jemand etwas, glaub mir.«

Franz murmelte etwas Unverständliches, als ihm eine Idee kam. »Vielleicht hast du gar nicht unrecht, Max. Der Kerl soll seine Schulden bei uns bezahlen«, sagte er.

»Wegen fünfhundert Mark machst du Radau?«, fragte sein Bruder. »Damals war ich auch sauer, aber jetzt? So viel verdient doch jeder von uns in einer Woche.«

»Ums Geld geht es mir nicht«, erwiderte Franz. »Der Bursche soll wissen, dass wir ihn gesehen haben. Dass er uns was schuldig ist. Und dass er irgendwann seine Schuld begleichen muss. Seine linken Krawallbrüder nehmen doch die ganze Stadt auseinander. Denk an die März-Unruhen, Max. Fast hundert Lokale hat es erwischt. Ist doch prima, wenn wir bei den nächsten Straßenaktionen verschont bleiben. Oder vielleicht sitzt der Kerl irgendwann im Stadtrat, und wir haben ihn in der Hand.«

Max Sass war beunruhigt. Er kannte diese Anwandlungen bei seinem Bruder. Wenn er eine seiner berüchtigten Ideen hatte, war er nur schwer davon abzubringen. Und ein Kontakt zu den Bolschewiken bedeutete immer Ärger. Man ging ihnen besser aus dem Weg.

*

»Genosse Pieck?«

Franz hatte sich auf der Demonstration nach vorn gekämpft. Er hatte lange überlegt, wie er einen Kontakt zu dem Mann herstellen konnte. Ein Brief schien ihm zu gefährlich. Und in der Parteizentrale an der Rosenthaler Straße war er zweimal abgeblitzt. Als er jetzt von der Seite an den Kommunisten herantrat, wurde er sofort von zwei kräftigen Burschen an der Schulter gepackt und zurückgedrängt.

»Herr Pieck! Es geht um die Sache im *Adlon.*«

Eben noch war Wilhelm Pieck entschlossen zu seinem Wagen marschiert. Nun jedoch blieb er abrupt stehen und drehte sich zu Franz um.

»Und? Was soll das?«, fragte er.

Franz glaubte, die Spur einer Verunsicherung in seiner Stimme zu erkennen. Er wusste, er hatte nur diese eine Chance. Er musste das Interesse des Mannes wecken, aber er konnte auch nicht auf offener Straße herausschreien, dass Pieck ein Mörder war.

»Silvester vor einem Jahr«, sagte Franz. »Das Zimmer im *Adlon*. Ich habe Sie gesehen, Genosse Pieck.«

Der Mann gab den zwei Kerlen, die Franz flankierten, ein kurzes Zeichen. Seine Oberarme schienen plötzlich in zwei Schraubstöcke eingespannt. Von hinten griff eine dritte Pranke an seinen Nacken und drückte derart fest zu, dass Franz keinen Ton herausbekam. Piecks Männer schoben und zogen ihn zu dem alten Benz-Lastwagen. Sie warfen ihn unsanft auf die Ladefläche und stiegen ebenfalls auf. Pieck nahm im Fahrerhaus Platz.

Franz bekam kaum Luft, seine Arme schmerzten heftig. Was hatte er erwartet? Einen vor Angst schlotternden KP-Führer? Der ihm winselnd Zugeständnisse fürs *Syndicat* machte? Wie dämlich war er doch gewesen, anzunehmen, dass er es mit diesen Leuten aufnehmen konnte. Die kurze Fahrt ging augenscheinlich zur Rosenthaler Straße. Im ersten Moment hatte Franz befürchtet, man könnte ihn mit eingeschlagenem Schädel im Landwehrkanal oder Westhafen entsorgen. Nun zerrten ihn Piecks Leibwächter zu einem Seiteneingang. Offenbar handelte es sich um eine ehemalige Schusterwohnung im Tiefparterre, deren Fenster zugemauert worden waren. Franz nahm an, dass hier jetzt eher Nasen und Kiefer anstatt Sohlen und Absätzen gerichtet wurden.

»Was willst du?«, fragte Pieck, nachdem man Franz auf einen Holzschemel gedrückt hatte. »Arbeitest du für die Sozis? Oder für die Völkischen?«

»Nein, nein, ich arbeite für niemanden«, erwiderte Franz.

Er ahnte, dass er keine großen Chancen hatte, mit einer erfundenen Geschichte davonzukommen. Nur eine Ungereimtheit und er würde Bekanntschaft mit den beiden Kettenhunden machen, die neben ihm standen. Also entschied er sich, auszupacken. Pieck schien sich etwas zu entspannen, als er erfuhr, dass die Aktion der Brüder alles andere als legal gewesen war.

»Wenn du mich verpfeifst, bist du selbst dran«, stellte er fest. »Außerdem hättest du es dann wohl schon längst getan. Also, was willst du?«

»Einen kaltzumachen ist schon was anderes als ein Bruch, finden Sie nicht?«

»Warte mal«, unterbrach ihn Pieck. »Du glaubst, ich habe Josef umgebracht? Ich dachte, du hast alles gesehen?«

Franz musste gestehen, dass er mit einiger Verzögerung durch das Schlüsselloch geblickt hatte. Pieck seufzte.

»Wie oft mögen halbe Wahrheiten Menschen und Nationen ins Unglück gestürzt haben?«, fragte der Mann. »Josef Mossbach war ein alter Freund. Wir sind zwanzig Jahre lang unterschiedliche Wege gegangen, aber er hat im Dezember 18 Kontakt mit mir gesucht. Er arbeitete mit anderen Männern zusammen, die eine Verschwörung aufdecken wollten. Soviel konnte er mir erzählen. Und er wollte mir Unterlagen überlassen, die beweisen konnten, dass die Oberste Heeresleitung eine Diktatur im Reich plante. Mit Duldung der Kapitalisten und des Kaisers. Dann ging bei mir das Licht aus. Als ich mich wieder aufrappelte, war Josef tot, und seine Akten waren durchwühlt.«

»In dem Moment habe ich Sie gesehen«, meinte Franz.

Er sah keinen Anlass, an dieser Darstellung zu zweifeln. Wäre Pieck der Mörder, läge er selbst jetzt wohl eher im Wasser, als hier zu sitzen.

»Haben Sie den Mörder Ihres Freundes gesehen, Herr Pieck?«

»Nur für einen kurzen Moment. Der Kerl hatte eine Narbe im Gesicht. Ich denke, von einer Mensur. Damit schränken wir allerdings den Kreis möglicher Täter auf mehrere Zehntausend ein.«

Dehlbergh, ging es Franz durch den Kopf, aber er ließ sich nichts anmerken. Er dachte an die nächtliche Szene mit den Russen am Bahnhof Köpenick. Dieser Oberleutnant war laut Reimers für das Waffenlager der Division zuständig. Und er trug eine auffällige Narbe im Gesicht. Aber was hatte Pieck gesagt? Das traf sicherlich auf mehrere Zehntausend Männer im Reich zu.

4

Charité, Frauenklinik

Verdammte Kopfschmerzen. Ein Bohrer im Schädel, der sich langsam von der Stirn nach innen grub. Nur, um dort seinen Irrtum zu bemerken und denselben Weg zurückzunehmen. Hinzu kamen oft Lichtblitze und manchmal sogar Doppelbilder. Wegen der Übelkeit – und weil sie eine Frau war – hatten die Ärzte vor zwei Jahren in Paris eine Migräne diagnostiziert. Da Toni während eines solchen Schmerzanfalls sehr unleidlich werden konnte, hatten die Kurpfuscher gleich eine *Migraine hysterique* daraus gemacht. Sie bekam eine Tinktur aus Mutterkorn und Eisenhut sowie kleine, weiße Tabletten einer deutschen Firma. Beide Mittel verursachten Magenschmerzen und halfen kaum gegen die Schmerzen.

»Frau Sass?« Eine Krankenschwester kam ins Wartezimmer der *Gynäcologischen Ambulanz* an der Charité. Toni hatte einen Nervenarzt aufsuchen wollen. Jedoch war in dem berühmten Haus offenbar alles, was Frauen betraf, zunächst einmal »gynäcologisch«. Und sie fühlte sich zu schwach, um zu protestieren. Die folgende Untersuchung war eine prüde Mischung aus Mittelalter und Moderne. Das Hörrohr setzte der Arzt an ihren Bauch und auf die Lunge. Brust und Unterleib wurden von einer Schwester betastet, die dem Mediziner dann berichtete. Schließlich folgten noch einige weitere Untersuchungen. Toni musste auf einer Linie gehen, die Augen schließen und still stehen, rückwärts zählen, die Arme nach vorn strecken und mit dem Zeigefinger auf die Nase zeigen.

»Mir scheint, dass es sich nicht recht um ein typisches Frauenleiden handeln mag«, brach Dr. Liefer sein langes Schweigen. »Ich werde einen Kollegen hinzuziehen, der ein Consil zur nervlichen Verfassung erstellen wird. Eine konstitutionelle, neurasthenische Schwäche …«

Offensichtlich sprach er nur zu sich selbst, um etwas zu haben, was er auf seinen Anforderungsschein schreiben konnte. Die Krankenschwester wies Toni an, draußen zu warten, und sie schleppte sich in den Wartebereich zurück. Die hohen Fenster ließen die Mittagssonne herein, und jeder einzelne Strahl erschien ihr wie Marter. Sie nahm die Bank, die von einer Säule beschattet wurde, und ließ sich mit einem Seufzen darauf nieder.

»Frau Sass?« Eine Stimme riss sie aus dem Dösen. War sie eingeschlafen? Es konnte doch unmöglich so viel Zeit vergangen sein, dass sie bereits wieder an der Reihe war. Sie blickte ins Gegenlicht, und sofort setzte der Bohrer in ihrem Schädel seine erbarmungslose Arbeit fort.

»Ich bin es, Anna Bäumer. Wir haben uns …« Sie kam dicht an Tonis Ohr heran und flüsterte. »Wir haben uns auf dem Alex kennengelernt. Erinnern Sie sich?«

»Ja«, erwiderte Toni und stöhnte, da ihre eigene Stimme um ein Vielfaches lauter zu sein schien. »Natürlich, Frau Bäumer. Ich wollte Ihnen noch danken, aber nachdem ich mich aus der Traube meiner Familie befreit hatte, waren sie verschwunden. Und Kommissar Konter meinte, er dürfe mir Ihre Adresse nicht geben.«

Sie sah die junge Frau jetzt nicht mehr verschwommen. Und das, was sie sah, war nicht erfreulich. Anna Bäumers Gesicht war ein geschwollener Klumpen Fleisch, der in allen Farben schillerte. Ein Auge konnte sie nicht öffnen, zwei Platzwunden klafften an Braue und Jochbein.

»Was ist mit Ihnen passiert?«, fragte Toni entsetzt. »Hatten Sie einen Unfall?«

»Ja …«, druckste die Frau. »Nein.«

»Dein Mann?« Toni verspürte eine unangenehme Mischung aus Schmerz, Übelkeit, Mitleid und Wut. Ihre Züge verhärteten sich. »Geh zu Konter. Zeig das Schwein an. Wir leben doch nicht im Mittelalter!« Mit jedem Wort, das sie sprach, erhöhte der Bohrer in ihrem Kopf die Drehzahl.

»Bitte, Frau Sass, ich wollte nur Hallo sagen. Bei meinem Mann liegen manchmal die Nerven blank. Seit dem Krieg, wissen Sie?« Ihre leise, zarte Stimme bekam plötzlich einen härteren Unterton. »Die Angelegenheit geht nur mich und meinen Mann etwas an.«

»Nein, meine Liebe«, erwiderte Toni. »Da irrst du dich. Man muss diese Kerle in ihre Schranken weisen, sonst werden sie uns nie respektieren. Mag sein, dass dein Mann krank ist. Aber das gibt ihm nicht das Recht, dich zum Krüppel zu schlagen.« Sie nahm vorsichtig Annas Kinn in die Hand und hob es an. Beide Frauen sahen sich direkt in die Augen. »Du bist es wert, dass er dich respektiert, verstehst du? Wenn er das nicht kann, dann hat er das Problem, nicht du. Nur schwache Männer müssen ihre Frauen schlagen. Und du hast einen starken Mann verdient, Anna.«

»Er liebt mich doch«, sagte Anna Bäumer leise. »Ich weiß es. Otto hat so viel Schreckliches erlebt. Ich bin so oft ungeschickt. Und unaufmerksam.«

Das rechte, offene Auge der jungen Frau füllte sich mit Tränen. Sie brach plötzlich vollkommen zusammen, und Toni nahm sie in die Arme, obwohl sie sich selbst jämmerlich fühlte.

*

»Ich will ehrlich mit Ihnen sein, Frau Sass«, meinte der alte Mediziner, der Toni nochmals untersucht hatte. Er hatte sich als Professor Karl Pankwitz, ehemaliger Ordinarius in der Inneren Medizin, vorgestellt.

»Da ich mich auch mit den Nerven auskenne, helfe ich hier in der Ambulanz aus. Viele schwere Fälle aus dem Krieg. Eine wahre Tragödie«, hatte er erläutert.

Überall am Körper hatte er Toni mit einer Nadelspitze gereizt, mit einer Feder gekitzelt und mit einem Hammer abgeklopft. Als er sie aufgefordert hatte, sich tief nach unten zu beugen, waren die Schmerzen in Tonis Kopf unerträglich geworden.

»Mir scheint sicher, dass Sie an einer Geschwulst im Gehirn leiden«, sagte er schließlich.

Toni schien zu wissen, dass er recht hatte. Wenigstens die Ungewissheit hatte nun ein Ende.

»Daher kommen also die Kopfschmerzen, Herr Professor?« Sie wunderte sich, dass sie die Fassung bewahrte.

»Eine Gehirngeschwulst drückt auf die inneren Häute des Gehirns«, dozierte der Arzt. »Und sie führt zu einer Schwellung, die weitere Störungen verursachen kann. Etwa die Doppelbilder und die Übelkeit. Zudem finden sich Hinweise für eine Taubheit am linken Arm.«

»Gibt es etwas dagegen?«, fragte Toni und konnte die in ihr aufsteigende Angst spüren. »Ein Medikament? Oder muss man es herausschneiden?«

»Ich kann Ihnen ein Schmerzmittel verordnen, Frau Sass. Es wirkt stärker als das Aspirin. Und das Mutterkorn ist vollkommener Blödsinn. Sie haben ganz sicher keine Migräne. Meine französischen Kollegen kennen sich mit dem harten und weichen Schanker eben besser aus als mit den neuen Nervenerkrankungen.« Er lächelte über den eigenen Witz, bemerkte jedoch, dass er fehl am Platz war.

»Können Sie es heilen, Herr Professor?«, insistierte Toni. Ihre Stimme klang jetzt schriller.

»Nein, Frau Sass. Wir können die Symptome lindern. Aber die Geschwulst befindet sich an einer Stelle, die wir operativ nicht erreichen können. Würden wir es versuchen, dann wären schwerste Lähmungen, Erblindung und Gedächtnisverlust die Folgen.«

Er räusperte sich. »Es tut mir leid.« Er schrieb etwas auf einen Block, setzte dann Unterschrift und Stempel darunter. Er reichte Toni das Rezept. *Tinctura Opii*. Seit Jahrhunderten war dies eines der Mittel, das die Ärzte gaben, wenn sie mit ihrem Latein nicht weiterwussten.

»Nehmen Sie zwei oder drei Tropfen davon. Bei sehr schweren Schmerzen fünf. Nicht öfter als drei Mal am Tag«, erläuterte Pankwitz.

»Wie lange habe ich noch zu leben, Herr Professor?«, fragte Toni und rang immer noch um Fassung. Als der Arzt ihrem Blick auswich, beharrte sie: »Ich habe ein Recht, es zu erfahren. Meinen Sie nicht?«

»Schwer zu sagen«, erwiderte Pankwitz. »Ihre Schmerzen haben vor etwa zwei Jahren begonnen. Eine Geschwulst kann erst langsam wachsen, um dann förmlich zu explodieren. Ich würde sagen, Ihnen bleiben drei, vielleicht auch sechs Monate, Frau Sass.«

*

Höhen und Tiefen. Antonia Sass hatte beides durchlebt. Aber nun drohte der Absturz. Selbst ein Soldat in der schwersten Schlacht, inmitten von Feuer und Gas konnte wenigstens hoffen, dass er das Töten überlebte. Er redete sich ein, von der Schippe zu springen. Bis ihn dann endlich doch die Kugel traf. Antonia jedoch musste nun mit der Gewissheit leben, dass es mit ihr zu Ende ging. Drei oder sechs Monate. Gevatter Tod saß fortan mit ihr am Tisch und tippte an das Stundenglas. Als sie auf den Flur trat, streckte sie sich und hob trotz der Schmerzen den Kopf. Ihr Naturell war es, nach Auswegen zu suchen, selbst in scheinbar ausweglosen Situationen. Auf diese Weise hatte sie immer überlebt. Nun wies es ihr wieder einen Weg, mit der Ungeheuerlichkeit, dem Unbegreiflichen zurechtzukommen. Es war paradox, aber sie musste jemand anderen retten, um sich selbst zu retten.

Als sie einen Moment vor der Tür des Untersuchungszimmers stand, war sie noch benommen. Pankwitz hatte ihr aus dem riesigen Medizinschrank ein Fläschchen Opiumtinktur gegeben und sie aufgefordert, sofort zwei Tropfen zu nehmen. Toni verspürte nun eine innere Leichtigkeit, verbunden mit einem Gefühl der Distanz. Der penetrante Geruch nach Karbol, der in den Gängen der Charité hing, trat in den Hintergrund. Die Erwartung eines Frühlingstags erfüllte sie mit Freude. Mit dem Mut einer erfahrenen Frau ging sie zum Schwesternzimmer und fragte nach Anna Bäumer.

»Sie ist meine Nichte«, log sie in einer dreisten Weise, die keinen Widerspruch zuließ. »Die Arme wurde von ihrem Mann so zugerichtet. Wahrscheinlich hat sie davon wieder nichts erzählt.«

Sofort schlug ihr eine Welle mitfühlender Solidarität entgegen, und die zwei Krankenschwestern gaben bereitwillig Auskunft.

»Sie war beim Röntgen«, meinte die Ältere. »Das Jochbein ist gebrochen. Und sie hat eine Einblutung im rechten Augapfel. Wenn sie Pech hat, bleibt sie da blind.«

»Natürlich haben wir uns schon so etwas gedacht«, ergänzte die junge Schwester. »Aber wenn die Frauen nichts sagen, dann dürfen wir keine Meldung machen. Dr. Seeler meinte, es müssen mehr als dreißig Schläge gewesen sein. Und dennoch steht im Consil-Bericht *Unfall*. Schweinerei.«

Wut war gemeinhin ein schlechter Ratgeber. Und Toni wusste das. Manchmal war sie aber auch die einzig natürliche Reaktion. Es gab Abscheulichkeiten, die sich dem Verstand entzogen. Einem Mann konnte die Hand ausrutschen. Ein liederliches Wort war schnell gesprochen. Das kam vor. Aber was Anna Bäumer erlebte, war rohe Gewalt. Schläge als Sprache in einer Ehe, die keine war.

Toni hatte erfahren, dass Anna jeden Augenblick fertig sein musste. Die Platzwunden waren genäht und die Abschürfungen gesäubert worden. Das schöne Gesicht, das sie auf dem Polizeipräsidium bewundert hatte, war eine Kraterlandschaft, das Haar hing strähnig herab. Schläge zerstörten nicht nur den Körper, sie trafen auch die Seele. Bis nichts mehr übrig war. Bis die Frau dachte, sie wäre nur Dreck.

»Holen Sie die Ärmste da heraus«, flüsterte die junge Schwester. »Ihr Mann bringt sie demnächst um. Wir kennen hier solche Fälle.«

Und genau das hatte Toni vor, als sie plötzlich in Annas zerschlagenes Gesicht mit Augenklappe blickte. Die Frau machte keine Anstalten, sich zu widersetzen, als Toni sie sanft am Arm nahm. Viel Zuneigung war nötig, um diesen Schmerz zu heilen, das ahnte sie.

»Du kommst mit zu mir«, sagte Toni. »Der Kerl hat dich das letzte Mal verbläut.«

5

Berlin-Lichterfelde

Jene Bürger, die zu Wohlstand gekommen waren, genossen es, abseits des allgemeinen Trubels in Lichterfelde zu wohnen. Sofern gewünscht, war man den Annehmlichkeiten der Großstadt nahe, besuchte vielleicht mittags das *Konfektionshaus Gerson* am Werderschen Markt, flanierte Unter den Linden, nahm einen Mokka im *Café Kranzler* und ging abends ins *Central-Theater*. Wenn der Lärm und Kohlestaub jedoch zu viel wurden, wenn Schweißdunst und Kantinengerüche die Nase zu sehr belasteten, dann wichen der höhere Beamte, der emeritierte Professor und der Oberst a. D. in ihr idyllisches Refugium im Südwesten aus. Hier herrschte urbane Ruhe mit einem Schuss Ländlichkeit. Man lebte abgeschieden und wurde dennoch gesehen.

Jekaterina fühlte sich hier ein wenig an die Zarenstadt Petersburg erinnert, in der ihr Vater als mittlerer Beamter zu einigen Ehren gelangt war. In Sankt Peter hatten die Reichen und Adligen gern mit allen erdenklichen Stilen und Epochen gespielt. Da fanden sich neogotische Türmchen und romanische Bögen. Kutscherhaus und Beletage gehörten ebenso zu den geschmacklichen Mutproben wie barocke Skulpturen neben Jugendstil-Ornamenten. Hier in Lichterfelde kam auch noch das wilhelminische Element dazu. Fast schien es, als schämten sich die Deutschen ihrer eigenen Großmannssucht und kaschierten sie durch eine kaum erträgliche, verspielte Strenge.

»Fürstin Romanowa! Es ist mir eine Ehre«, begrüßte sie ein älterer Herr. »Ich weiß, Sie mögen den Titel nicht. Aber hier sind wir ja unter uns, meine Liebe.«

Seit ihrer Ankunft in Berlin vor bald zwei Jahren war Jekaterina ohne ihr Zutun die Leiter des sozialen Ansehens hinauf gestolpert. Sie war mit wenig Geld und einem Koffer vor den rachsüchtigen Bolschewiken geflohen. Und der Name, der sie in der Heimat zum Paria gemacht hatte, erwies sich im verknöcherten, aber sensationshungrigen Berlin als Glücksfall.

»Sie stammt aus dem Haus Romanow«, flüsterten die Damen immer noch, obwohl Katja die Verwandtschaft mit der Zarenfamilie mittlerweile leugnete. Die Herren spähten weiterhin lüstern auf ihre Beine und ihr Dekolleté, die wohl durch eine vermutete, kaiserliche Abstammung noch begehrlicher wirkten. Manche Lügen waren eben glaubhafter als die Wahrheit. Und allemal interessanter.

Die junge Russin hatte anfangs nichts unternommen, um dem zu widersprechen und die Missverständnisse zugelassen. Und jetzt musste sie einsehen, dass die gelangweilte höhere Gesellschaft den Klatsch brauchte wie ein Fisch das Wasser. Zumal die Leute immer noch Angst hatten. Angst, ihre Privilegien zu verlieren, ihr Vermögen oder ihre träge Lebensart. Revolution. Mit diesem Wort konnte man Emigranten und Einheimischen gleichermaßen die Stimmung verhageln. Die Aussicht, von den Roten einen Kopf kürzer gemacht zu werden, war eben nicht verlockend und gab dem gereichten Wildbret einen sonderbaren Beigeschmack.

Also war die unbedeutende bürgerliche Katja, die Tochter eines höfischen Beamten, weiterhin die »Fürstin Romanowa«, die ebenso kokett wie charmant verleugnete, mit der Zarenfamilie verwandt zu sein.

An diesem Abend war sie eingeladen zu einer *Soirée d'affaire*. So jedenfalls stand es auf der Karte, die sie erhalten hatte. Den Deutschen war zwar eben erst der Arsch versohlt worden, und die Franzosen hatten ihren Erzfeind tüchtig gedemütigt. Aber der schnöde Geschäftsabend bekam als *Soirée d'affaire* doch etwas mehr Glanz. Und für schlüpfrige Doppeldeutigkeiten hatten die ansonsten so biederen Monokel- und Mensur-Träger ein Faible.

Die Villa, in der man sich traf, stand neben dem berühmten Emisch-Haus in der Nähe des Bahnhofs. Jekaterina erkannte einige Größen aus dem Berliner Bankgeschäft wieder. Aus den Gesprächsfetzen hörte sie heraus, dass man die ewig klamme Stadtkasse unterstützen wollte. Allerdings nicht, ohne eine nette Gegenleistung zu fordern. Das Papiergeld wurde immer schneller immer wertloser. Also würde man es den Sozis in der Regierung geben und dafür einige Perlen aus städtischem Grundbesitz erhalten.

»Sozialisten können nur im roten Zahlenraum rechnen«, grölte ein kleiner Bankier, der mit purpurner Nase bereits über dem fünften Kognak hing. Alles lachte.

»Wenn das Minus größer wird, ist das schließlich auch eine Form von Wachstum«, wusste ein älterer Regierungsdirektor beizutragen, und das Wiehern setzte wieder ein.

Jekaterina langweilte das Geschwätz der Unternehmer und Geldsäcke. Ihrer Erfahrung nach lohnte es sich, die Nähe von jenen Männern zu suchen, die nicht über den Mammon sprachen. Denn sie besaßen ihn. Wahrscheinlich hätte sie die Einladung zu dem heutigen Abend sogar ausgeschlagen, wenn Konter nicht endlich Neuigkeiten erwartet hätte.

»Es ist zu ruhig in der Stadt«, hatte der alte Schwarzseher ihr gesagt, als sie sich vor einigen Tagen mit ihm getroffen hatte. »Da braut sich etwas zusammen. Ein Kriminalbeamter spürt das. Liefern Sie mir Namen, Jekaterina. Wer kommt zu diesen Abendgesellschaften? Welche Gerüchte gibt es? Haben sich neue Verbündete gefunden? Halten Sie einfach die Augen und Ohren offen.«

Besonderes Interesse weckte bei ihm die Tatsache, dass in den letzten Wochen immer mehr Offiziere in der Stadt gesehen wurden, die eigentlich außer Dienst waren. Es hieß, es hätte sich sogar eine Reichswehrgruppe gebildet, die es offiziell gar nicht geben durfte. Nicht legale Einheiten, die neben den regulären Truppen agierten. Oft waren es Angehörige der ehemaligen Garde-Schützen-Division, die bei den wichtigsten Vereinbarungen und Absprachen mitmischten. Deren Offiziere schienen überall eine Art Schlüsselfunktion zu haben. Konter hatte Katja erklärt, dass sich Teile des Heeres in Berlin dazu verpflichtet hatten, die neue Republik gegen die Räte und Bolschewisten zu schützen. Den Preis dafür kannte er nicht. Jedenfalls schienen die Offiziere in diesen Kreisen muntere Geschäfte mit allerlei Waren zu machen.

Für Jekaterina gab es zwei Möglichkeiten, an Informationen zu gelangen. Entweder hängte sie sich an einen betagten Major oder Oberst. Der sie dann wie ein Schmuckstück zur Bewunderung herumreichte und ihr ständig versicherte, dass er eigentlich in den Generalsrang gehört hätte. Oder sie warf sich einem Jungoffizier an den Hals. Der sie mit recht vertraulichen Einzelheiten von seiner künftigen Wichtigkeit überzeugen wollte. Alte Männer hatten nur noch ihr Geld und die Stellung, um schöne Frauen zu beeindrucken. Junge Männer gaben sich gern visionär und einfallsreich. Und allen war gemein, dass sie Frauen beeindrucken wollten und unbekümmert über Angelegenheiten plauderten, die ihnen vor Gericht mehrere Jahre Zuchthaus einbringen konnten. Jekaterina besaß das Geschick, sich schnell gelangweilt zu geben, ohne es zu sagen. Und ihre Begleiter übertrafen sich jedes Mal in verbalen Husarenstücken, um ihre Aufmerksamkeit wieder zu gewinnen. Sie musste also lediglich zuhören. An diesem Abend entschied sie sich für die Variante Oberst, in Gestalt von Max-Erich Bauer, der sich im Krieg bei der Heeresleitung unentbehrlich gemacht hatte. Sie schätzte ihn auf Mitte fünfzig und war überzeugt, sich seiner Avancen gut erwehren zu können.

Von Bauer erfuhr sie, dass der Abend als Treffen von Unternehmern und Bankiers getarnt war, die im Baugewerbe investierten. Tatsächlich ging es jedoch um die Beschaffung von Geldmitteln für eine geheim operierende Kampftruppe. Offiziere trafen Absprachen mit den Geldgebern. Und Mittelsmänner überbrachten die Vorstellungen ihrer Auftraggeber, die im Hintergrund bleiben wollten.

»Bereits in den letzten Kriegswochen haben sich führende Industrielle unter Leitung von Stinnes zusammengefunden«, erläuterte der Offizier. »Sie haben letztes Jahr einen Fonds gegründet, aus dessen Mitteln antirevolutionäre Aktivitäten finanziert werden sollten. Wie ich hörte, sollen die Bestrebungen ausgeweitet und eine *Liga zum Schutze der deutschen Kultur* ins Leben gerufen werden.«

»Stinnes?«, fragte Katja. Sie hatte zwar schon von dem Mann gehört, aber Wirtschaft interessierte sie nur am Rande.

»Hugo Stinnes.« Bauer hatte diesen typisch nachsichtigen Blick, der auszudrücken schien, dass er einer Frau nicht zutraute, die Zusammenhänge zu erfassen. »Der Montankönig von der Ruhr, der in allen wichtigen Industriezweigen mitmischt. Er will alle Unternehmer verpflichten, sich für das Reich einzusetzen.«

»Steht es denn so schlecht um Deutschland?«, fragte Katja bewusst unbedarft.

»Die Schmach dieses Diktatfriedens ist kaum zu ertragen«, meinte Bauer und wiederholte die Worte später während des Banketts gegenüber anderen Offizieren. »Die Kampfstärke des Reichs wurde auf hunderttausend Mann beschränkt. Das ist der Fehdehandschuh, den wir aufnehmen werden, meine Herren! Die Gespräche zwischen General Ludendorff und Noske waren sehr fruchtbar. Sogar in dem national gesinnten Flügel der SPD regt sich Widerstand gegen diese Friedensbedingungen.«

»Was denken Sie, Herr Oberst, werden wir wieder ins Feld ziehen?«, fragte ein pickliger, hagerer Leutnant, auf dessen Offizierspatent die Tinte kaum trocken sein konnte.

»Langsam, langsam, junger Freund«, erwiderte Bauer gönnerhaft. »Unsere Feinde im Ausland und die Revolutionäre im Inneren haben das Reich ausbluten lassen. Wir müssen Kräfte sammeln. Und nächstes Mal werden wir zunächst mit aller Härte jeden Widerstand in der Heimat brechen. Dann fallen uns weder Bolschewiken noch die Juden in den Rücken.«

Zustimmendes Gemurmel und verhaltener Beifall erklangen. Im Lauf des Abends prägte sich Jekaterina die Namen aller Männer ein, denen sie vorgestellt wurde oder von denen sie hörte: Stinnes gab einen Großteil des Geldes, ebenso wie Hugenberg, der seine Zeitungsverlage auf die nationale Sache einschwor. Ludendorff war das militärische Aushängeschild. Ein gewisser Ehrhardt organisierte zusammen mit General von Lüttwitz die Freikorps. Reichswehrminister Noske von der SPD und noch einige andere Politiker befürworteten ein hartes Durchgreifen gegen kommunistische Umtriebe.

Sie verfügte seit ihrer Flucht aus Russland über das, was ihr Vater die »Gabe der zwei Ohren und Augen« genannt hatte. Sie konnte scheinbar dem belanglosen Geschwätz der Damen folgen, lachen, scherzen. Und gleichzeitig belauschte sie die Gespräche der Herren, drängte sich wie zufällig in die Nähe der politischen Dispute. In ihrer Tasche trug sie ein winziges Notizbuch bei sich und verschwand von Zeit zu Zeit im Boudoir des Parterres, um die wichtigsten Details der Gespräche darin festzuhalten.

*

»Ich möchte Ihnen zwei aussichtsreiche Offiziere vorstellen, Fräulein Romanowa«, schlug Oberst Bauer nach einer Rauchpause im Herrenzimmer der Villa vor. Neben ihm standen zwei jüngere Männer. Der erste Mann war groß und schneidig, das Abziehbild eines Soldaten, als wäre er gerade einem Foto der *Deutschen Kriegszeitung* entsprungen. Der andere war ein wenig älter, einen ganzen Kopf kleiner und schmächtig.

»Kapitänleutnant Canaris ist Fachmann für unsere U-Boote. Er kennt sich in gefährlichen Gewässern aus.« Bauer lachte als Einziger über seinen wohl mehrdeutig gemeinten Scherz. Dann klopfte er dem hochgewachsenen Offizier auf die Schulter.

»Und hier Oberleutnant von Dehlbergh«, fuhr er fort. »Ein Leidtragender des Beförderungsaufschubs, aber sicherlich bald im Rang eines

Hauptmanns. Sie haben freie Auswahl, meine Liebe. Gute Familien. Beste Karriereaussichten. Mit Männern wie diesen jagen wir die Roten bis nach Sibirien. Und danach die Franzosen nach St. Helena zu ihrem toten Napoleon.«

Jekaterina lächelte gequält zu den Prahlereien und Scherzen der Männer. Und sie musste für den Rest des Abends das Pferd wechseln, denn Oberst Bauer schien das Interesse an ihr zu verlieren. Zudem hatte sie jede Geschichte mindestens dreimal gehört. Der Mann war ein unerträglicher Langweiler, und es wurde schwierig für sie, ein ständiges Gähnen zu unterdrücken. Kurzentschlossen hakte sie sich bei den beiden jungen Offizieren unter.

Canaris entpuppte sich als schüchterner Zeitgenosse, der von Pferden, Hunden und Spanien träumte. Katja empfand durchaus Sympathie für ihn, allerdings war der Mann eher ein schweigsamer Beobachter und sprach immer mit Bedacht. Sie wusste, dass sie von ihm nicht viel erfahren würde.

»Für Seeleute wie mich werden die nächsten Jahre schwer«, seufzte er. »Die Sieger gestehen Deutschland wenig mehr als ein paar Ruderboote mit alten Musketen zu. Da muss man sich als Offizier umsehen, was es zu tun gibt.«

»Nicht so bescheiden, Herr Kapitänleutnant«, warf von Dehlbergh ein. »Wissen Sie, Fräulein Romanowa, unser guter Canaris hat eine große Begabung für das Obskure, das Undurchsichtige und Geheime. Er hat beim Volksbeauftragten Noske erreicht, dass große Truppenteile unter Waffen bleiben konnten. Und dann noch der Coup von Moabit ...«

»Bitte, von Dehlbergh«, sagte der kleine Mann.

Jekaterina wusste nicht, ob er aus Bescheidenheit eingriff oder ob er fürchtete, dass Geheimnisse ans Licht kommen könnten, die besser verborgen blieben.

»Lassen Sie mich nicht betteln, meine Herren«, versuchte sie von Dehlberghs Redefluss wieder in Gang zu bringen. »Das ist so fürchterlich spannend, da möchte ich auch den Rest erfahren.«

»Sie erinnern sich vielleicht an die Verhaftung dieser Spartakistenführer? Liebknecht und Luxemburg?«, fuhr der Oberleutnant fort. »Ein kleiner Trupp verlässlicher Kameraden hatte die beiden Rädelsführer im Januar des letzten Jahres aufgespürt und festgesetzt. Ein übereifriger Kriminalkommissar hatte später einen Prozess gegen Männer unserer Einheit angestrengt. Sie sollen wohl etwas zu ruppig mit den Gefangenen umgegangen sein. Verleumderische Zungen behaupteten sogar, sie wären an den Tötungen beteiligt gewesen. Dabei hatten doch unsere Männer sogar drei Einbrecher gefasst und auf den Alex überstellt. Alles hätte prima laufen können ohne diesen neunmalklugen Beamten. Man hätte diese Ganoven als Kanonenfutter für die Presse nutzen können. Proletarisches Gesindel. Aber nein, die Polizei musste sich querstellen.«

Jekaterina horchte auf. Konter hatte ihr einige Hintergründe über die Morde an den beiden Politikern berichtet. Erst hatte es einen Prozess gegen drei Arbeiter geben sollen. Plötzlich war daraus ein Verfahren gegen einige Soldaten geworden, das schließlich mit milden Haftstrafen geendet hatte.

»Und unser Kamerad Canaris hat die Sache damals sauber abgewickelt«, fuhr von Dehlbergh fort. »Man stelle sich das vor! Als Beisitzer der Verhandlung hat er durchgesetzt, dass er den Prozessablauf mit den Angeklagten vorher einstudieren durfte. Offiziell, um Verfahrensfehler zu vermeiden und Schaden von der Republik abzuwenden. In Wirklichkeit hat er den Beteiligten genau vorgegeben, was sie zu sagen und wo sie zu schweigen hatten. Neun Anklagen, sechs Freisprüche. Nur dieser verblödete Schütze Runge muss ein wenig sitzen, weil er sich den Text seiner Aussage nicht merken konnte. Einen hat Canaris sogar …«

»Es reicht, von Dehlbergh.« Die Stimme des Kapitänleutnants hatte einen scharfen Unterton bekommen. Canaris war klein, aber er wusste offenbar genau, was er wollte. »Manche Taten sind stille Taten. Und sie sollten es bleiben. Unnötige Prahlerei macht aus Geheimnissen Straßenklatsch.«

Die weiteren Gespräche plätscherten vor sich hin und kreisten um Belanglosigkeiten. Zudem war es bereits nach Mitternacht, vielen Gästen fiel es schwer, noch aufrecht zu stehen. Die geschäftlichen Gespräche hatten in kleinem Kreis in den Salons stattgefunden, ohne dass Katja eine Gelegenheit gehabt hatte, darüber etwas zu erfahren. Sie wusste, dass sie zu dieser späten Stunde kaum Chancen hatte, noch neue Bekanntschaften zu machen, ohne aufzufallen. Auch hielt sich Canaris beständig in der Nähe seines jüngeren Kameraden auf, als wollte er verhindern, dass er weiter Geheimnisse preisgab. Plötzlich kam ihr ein Einfall.

»Mein Herren!«, sagte sie mit matter Stimme. »So sehr ich ihrer aller Anwesenheit noch weiter genießen möchte, merke ich doch leider, dass sich meine Migräne ankündigt. Ist ein Kavalier unter Ihnen, der mich nach Hause begleiten würde?« Unauffällig hatte sie dem Oberleutnant neben sich einen Stoß versetzt, so dass dieser jetzt als Erster reagieren konnte. Sofort erklärte sich von Dehlbergh bereit, diese Aufgabe zu übernehmen. Er gehörte nicht zu den Zauderern, wenn es um die Karriere oder Frauen ging.

»Selbstverständlich ist es mir Pflicht und Ehre zugleich, Sie sicher nach Hause zu geleiten. Unruhige Zeiten auf den Straßen der Hauptstadt«, sagte er sofort.

Wenig später saßen beide in einer Taxameter-Droschke, einem umgebauten *Daimler* der Reichspost. Viele Automobile wirkten immer noch seltsam kantig und unschön. Nicht nur das Äußere, auch der Komfort ließ zu wünschen übrig. Jekaterina musste sich eingestehen, dass sie Hans von Dehlbergh anziehend fand. Sein Auftreten war selbstsicher, seine Manieren waren exzellent. Er roch nach teurer Seife und Haarwasser. Ihm fehlte die gekünstelte Art der Prahlerei, die im Moment scheinbar zum Repertoire aller deutschen Offiziere gehörte. Er schien ein geborener Anführer zu sein. Und er nutzte seine Chancen bei Frauen, ohne aufdringlich zu werden.

»Ist die Migräne schon abgeklungen, *Djéwuschka*?«, fragte er in sanftem Tonfall.

Katja lief ein Schauer über den Rücken. Sie liebte ihre Muttersprache, die sie auf den deutschen Gelagen naturgemäß nur selten hörte. Von Dehlbergh sprach das russische Wort für »junge Frau« weich aus, ja fast zärtlich. Und vertraut. Seine Frage schien unverfänglich und ließ ihr zugleich alle Freiheiten. Niemand wäre peinlich berührt oder bloßgestellt, wenn sie sie verneinte. Und ein Ja ließe den Motorwagen leer zum Anhalter Bahnhof zurückkehren. Sie überlegte nicht und sah ihn nicht an, als sie die Tür selbst öffnete.

»Ja«, war ihre knappe Antwort, die zugleich eine letzte Prüfung für von Dehlbergh sein würde. Sie wollte erobert werden. Von einem Mann, der nicht zögerte. Der zupackte.

Von Dehlbergh gab dem Fahrer zehn Mark. Und folgte ihr.

*

Annas Bewegungen waren eine Mischung aus natürlicher Scheu und Anmut. Der dünne Stoff zeigte mehr, als er verdeckte. Ein halbwegs begabter Musiker hatte *Schwanensee* an einigen Passagen überarbeitet und für das Piano angepasst. Geld für ein Orchester gab es in diesem Klub nicht. Nach einer schwülen Kabarettnummer, deren Derbheit über mangelnde künstlerische Begabung hinwegtäuschen sollte, war Annas Auftritt geplant.

»Die Kleine ist so nervös, die fängt an zu heulen, wenn jemand obszön wird«, meinte Willy Meyer. »Keine fünf Minuten hält sie das durch.«

Toni hatte ihn überzeugt, Anna Bäumer eine Chance zu geben. Wahrscheinlich hatte die junge Frau zwar etwas anderes gemeint, als sie von ihrem Traum, Tänzerin zu werden, gesprochen hatte. Aber man musste in diesen Zeiten nehmen, was man kriegen konnte. Und so hatte ihr Toni Sass eine Anstellung bei Meyer verschafft. Die kleine Bühne in der Nähe des Potsdamer Platzes und der dazugehörige Klub liefen nicht besonders gut. Zu groß war die Konkurrenz der Geldpaläste in unmittelbarer Nähe. Meyer hatte bereits überlegt, die Bude wieder zu verkaufen.

»Warte nur ab, Willy, bis du sie siehst. Ein Männertraum, nur verhüllt von nichts«, erwiderte Toni, die jedoch nur versuchte, ihre eigene Unsicherheit zu verbergen. »Und ihre Bewegungen. Diese kleine Schlange tanzt sich in die Herzen aller Männer. Und Hosen.«

Anna war eine harte Nuss gewesen, die man zu ihrem Glück zwingen musste. Aber von Moral konnten schließlich Miete und Essen nicht gezahlt werden. Toni hatte ihr den ersten Tanzunterricht bezahlt. Und eine Schneiderin, die das hauchfeine Kostüm fertigte. Allerdings gab es für die arme Frau kaum etwas zu nähen.

»Das soll ich tragen?«, hatte Anna entsetzt gerufen, als sie Tonis Entwurf zum ersten Mal gesehen hatte.

»Schlafmütze und Kartoffelsack haben die Herren zu Hause in den eigenen Betten«, war Tonis Antwort gewesen. »Wir müssen den Kerlen schon etwas bieten. Und bedenke, dass du dir später den ordentlichen Unterricht mit dem Geld leisten kannst. Es soll jetzt einige tolle Hochschulen geben. Leider ziemlich teuer.«

Aus Protest war Anna zwei Wochen dem Unterricht ferngeblieben. Dann hatte sie sich doch zu einer Probe in Tüll durchgerungen. Und irgendwie hatte es sie verändert. In Scheu und Anmut lag plötzlich etwas Gefährliches. Tödliches. Selbst Toni war erregt und fasziniert, wenn sie Annas Tanz beobachtete.

Jetzt also war ihr erster großer Abend. Die ersten Akkorde am Klavier erklangen. Der Raum war völlig abgedunkelt, als plötzlich ein Scheinwerfer auf den dürren Spieler fiel. Ein erstauntes Rufen ging durch die Menge, einige Damen kreischten sogar. Es war Tonis Idee gewesen, den Musiker in Weiß zu kleiden und seine Haut mit Theaterkreide zu bemalen. Die Entbehrungen des letzten Jahres hatten sein Gesicht knochig werden lassen, die Augen lagen tief in ihren Höhlen. Der Schädel war kahl.

Am Piano saß der Tod und mühte sich ab mit der selbst vorgenommenen Transkription von Tschaikowskys Ode. Und dann kam sie. Anna Bäumer. Sie stand auf der Bühne. Erstarrt. Unfähig, sich zu bewegen. Geistesgegenwärtig spielte der Beleuchter mit den Lichtkegeln, ließ sie erst langsam, dann schneller um die schwarze Silhouette tanzen.

»Beweg dich, Mädchen«, zischte Toni leise.

»Wenn die Gläser fliegen, greifen meine Jungs ein«, sagte Willy Meyer. »Gut, dass wir nur für eine Woche den Vertrag gemacht haben. Danach schick sie auf den Strich am Nollendorf.« Er kicherte.

Anna stand still. Die Lichter tanzten. Der Tod schlug in die Tasten, als liefe er dem Leben davon. Aber im Raum blieb es ruhig. Kein Zwischenruf, keine Häme. Niemand wagte, das Glas zu heben oder nach der Puderdose zu suchen. Plötzlich hielt der Tod inne, und vollkommene Stille legte sich über den Raum. Toni meinte später, sie habe zuerst gehört, dass sich der hauchdünne Stoff bewegte. Ein leises Knistern, ähnlich den Funken, die Schausteller gern mit elektrischen Apparaten erzeugten, um das Publikum zu faszinieren.

Diese Frau tanzte wie keine andere. Sie vereinte Kräfte, die gegensätzlicher nicht sein konnten. Sie trennte, was unauflöslich schien. Meyer war nach einigen Minuten die kalte Zigarre aus dem Mund gefallen. Frauen weinten leise an ihren Tischen. Männer wurden in Sphären getragen, die jenseits der bloßen Begierde lagen. Dieser Körper war unantastbar, unverletzlich. Und doch war er so öffentlich. So geschunden und verwundet durch das kurze Leben. Die Bäumer tanzte das Dasein, die Erhabenheit des Alltäglichen, die Würde der Vergänglichkeit, den Schrecken der Ewigkeit. Der Tod war überlistet. Im wahrsten Sinn. Er saß am Klavier, hatte *Schwanensee* vollkommen vergessen und hieb eine irrwitzig atonale Komposition in das Instrument. Der Beleuchter wechselte das Licht auf ein tiefes Purpur, als die Vorstellung zum Ende kam. Toni nahm sich vor, den Mann mit doppeltem Handgeld für sich zu engagieren.

Wieder Stille. Anna war zusammengesunken, die Stirn auf dem Boden. Man konnte denken, die Vorstellung hätte alle Kraft aus ihr gesaugt, sie zerstört. Sie hatte alles gegeben.

Ein erstes Bravo war zu hören. Zögerlich, als wollte der Rufer die dünnen Fäden dieser magischen Atmosphäre nicht zerreißen. Dann ein Applaus, der nach ein paar Sekunden zu einem Tosen wurde. Meyer erkannte sofort seine Chance und eilte auf die Bühne.

»Madame Anna!«, rief er den Gästen entgegen und hob die Erschöpfte auf die Füße, stützte sie zärtlich. »Es wird in einer Stunde eine weitere Vorstellung geben. Nur fünf Mark, und Sie erleben dieses Wunder noch einmal. Wer zwei zahlende Gäste bringt, schaut umsonst.«

Mistkerl, dachte Toni. So war das nicht abgesprochen.

Willy Meyer führte die Tänzerin unter donnerndem Beifall von der Bühne. Dann sprach er mit drei Burschen, die danach sofort zum Ausgang liefen.

»Meine Leute machen ein bisschen Werbung. Jeden Abend zwei Vorstellungen, das wird Kasse bringen«, sagte er, als er wieder neben Toni stand.

»Gut, dass wir nur für eine Woche den Vertrag gemacht haben«, entgegnete Toni und lächelte den verdutzten Mann an. »Danach wird neu verhandelt.«

Sie sprach kurz mit Anna, die sich nach einer Stunde tatsächlich soweit erholt hatte, dass sie einen zweiten Auftritt durchstehen konnte. Später mischte sich Toni unter das Publikum, um die Reaktionen besser einschätzen zu können. In Windeseile hatte sich im sensationshungrigen Berlin die Nachricht von der neuen Zauberin auf der Bühne herumgesprochen. Kurz bevor Anna die Bühne wieder betrat, platzte der Laden aus allen Nähten.

»*La veuve noire*«, sagte ein französischer Gast, als Anna eine Stunde später unter tosendem Applaus abgetreten war. Toni hatte den Mitarbeiter der Botschaft zufällig an der Bar kennengelernt. Der Mann war natürlich begeistert, sich in seiner Muttersprache mit ihr unterhalten zu können.

»Es ist eine Schande mit Ihrem Volk, Madame«, fuhr er fort. »So viel Musik, Poesie und Farbe in euren Herzen. Aber ein Teufel reitet euch, immer wieder den Krieg zu wählen.«

»Na, mein Lieber, euer Napoleon war schließlich auch mehr Schlächter als Dichter, nicht wahr?«, erwiderte sie.

»*La veuve noire*, die Schwarze Witwe«, wiederholte der Mann verträumt und blickte auf die leere Bühne, als könnte er Anna immer noch dort tanzen sehen.

*

Die folgende Woche wurde ein grandioser Erfolg. Meyers Klub war derart überfüllt, dass in einer Hamburger Hafenkneipe bei Freibier-Ausschank mehr Platz gewesen wäre. Seine Leute hatten bereits auf der Straße Karten für Vorstellungen verkauft, die noch gar nicht abgesprochen waren.

»Ich will dir nichts vormachen, Anna«, hatte Toni gestern Nacht gesagt. »Du kannst viel größere Theater füllen. Und du wirst sie füllen.« Sie legte ein Papier auf den Tisch. Als Anna sie fragend anblickte, fuhr sie fort: »Das ist unsere Abmachung. Du bekommst von den Einnahmen dreißig Prozent. Nach Abzug aller Unkosten. Ich werde dich nicht übers Ohr hauen. Andere werden das sicherlich versuchen, aber davor kann ich dich beschützen. So wie vor deinem Mann. Vielleicht bietet dir jemand bessere Bedingungen, aber …«

Anna Bäumer lächelte. Toni hatte ihr ein Zuhause gegeben, als ihres nur aus Erniedrigung und Schlägen bestand. Sie hatte die krankhafte Bindung zu ihrem Mann Otto gelöst. Der arme Otto! Immer noch tat er ihr leid. Aber nie wieder würde ein Mann sie schlagen. Oder er würde es bitter bereuen. Wie Otto.

»Die Götze-Brüder haben ihm gezeigt, wie weh Schläge tun«, hatte ihr Toni damals angedeutet. »Drei Tage lang. Keine Sorge, er lebt. Aber sollte er dich noch einmal anfassen, dann landet er im Kanal.«

Sie hatte dieser Frau so viel zu verdanken. Toni war wie eine große Schwester für sie. Und Tanzen war die endgültige Befreiung. Anna

Bäumer war aus dem Kokon geschlüpft und hatte die Flügel entfaltet. Der Tanz war jedoch auch ihr Schild, ihre Waffe. Die nur angedeutete Blöße gab ihr endlich Sicherheit und Kraft. Die lasziven Bewegungen ließen sie jene Mächte kontrollieren, die sie immer nur hatten besitzen und demütigen wollen.

»Du bist ein *Papillon d'amour*, ein Schmetterling der Liebe. Zart und verletzlich«, meinte Toni und streichelte Anna über die Wange. »Aber du bist auch *la veuve noire*, die Schwarze Witwe. Lauernd, schnell und tödlich. Die Entscheidung liegt bei dir.«

Anna, *la veuve noire*, nahm den Vertrag und unterschrieb, ohne ihn sich durchzulesen. Das erste Mal in ihrem Leben fühlte sie sich wirklich verstanden.

6

Katjas Beziehung mit von Dehlbergh war ein kurzer, heftiger Rausch. Es war eine jener Entscheidungen, von denen man gleich zu Beginn zu wissen schien, dass sie falsch waren. Zumindest sah man es hinterher so. Aber Leidenschaft folgte eben keinen Regeln. Der Mann lebte im Luxus, hatte das Erdgeschoss eines kleinen Anwesens in Wilmersdorf gemietet, das in der Gründerzeit errichtet worden war. Die Witwe eines gefallenen Kameraden war in Geldnöten, und man half sich.

»Ich dachte, du bist noch immer im Dienst«, fragte sie ihn nach dem ersten gemeinsamen Wochenende. »Wie kommt es, dass du wohnst, als wärest du Privatmann?«

»Meine Einheit steht quasi auf Abruf«, antwortete er. »Bis es so weit ist, bin ich für die Geschäftsbeziehungen des Korps zuständig. Und dafür muss ich nur hin und wieder in der Kaserne sein.«

Mehrmals in den dann folgenden zwei Wochen hatte er Besuch von Kameraden. Vielen erteilte er Weisungen, aber vor einem Mann schien er besonderen Respekt zu haben. Kapitän Ehrhardt war der Befehlshaber einer Brigade, die sogar nach ihm benannt war. Die Gespräche mit ihm fanden sämtlich in der Bibliothek statt, vor deren Tür dann ein Wachsoldat jedes Horchen vereitelte. Ohnehin fühlte sich Katja schäbig, wenn sie wie zufällig Bemerkungen aufschnappte oder sogar bei den Unterhaltungen lauschte. Sie war die Liaison mit Dehlbergh nicht eingegangen, um ihn auszuspionieren. Aber je mehr Zeit mit ihm verging, desto mehr wurde ihr klar, dass ihr Geliebter in äußerst zwielichtige Geschäfte verwickelt war.

*

»Ich möchte Ihnen Jekaterina Romanowa vorstellen, Kollege Gennat«, sagte Paul Konter, als er mit der jungen Russin das Dienstzimmer des Mordermittlers betreten hatte. Er war gekommen, obwohl Gennats Sekretärin ihm am Dienstapparat berichtet hatte, ihr Chef sei etwas unpässlich.

Nicht verwunderlich, dachte Konter. Der Kerl bewegt sich kaum und stopft Kuchen und Bouletten in sich hinein. Er hatte den Eindruck, dass Gennat wieder fünf Kilo zugenommen haben musste. Auf dem Schreibtisch lagen Abführtabletten. Und auf einem Beistelltisch daneben stand ein Teller mit Stachelbeertorte.

»Es geht um die Mordsache Mossbach und die Tötungen der beiden Spartakisten-Anführer«, fuhr Konter fort.

»Sehen Sie das, Kollege Konter?« Gennat zeigte auf einen offenen Aktenschrank, in dem zwei Dutzend Aktenordner standen. »Ungeklärte Fälle. Ich stelle sie bewusst dort ab, damit sie mich immer daran erinnern, weiterzumachen. Von einem Ermordeten bleibt schließlich nicht viel, Konter. Ein Klumpen Fleisch, den die Ärzte zerschneiden und der später in der Erde vergammelt. Ein paar Erinnerungen vielleicht. Aber meine Akte ist eine Mahnung, eben diese Untat nicht zu vergessen.«

Paul Konter wusste, dass Gennat unter Druck stand. Seine neuen Methoden hatten viele Beamte des höheren Dienstes verärgert. Offenbar warteten viele Kollegen nur darauf, dass er scheiterte. Schon seit Monaten wurden in Friedrichshain und um den Schlesischen Bahnhof herum immer wieder Frauenleichen gefunden. Und der Täter war immer noch nicht gefasst. Wenn er den Gerüchten am Alex Glauben schenkte, dann hatte Ernst Gennat in diesem heiklen Fall, der die Öffentlichkeit erheblich beunruhigte, noch nicht einmal eine heiße Spur.

»Gestern haben sie wieder eine junge Frau aus dem Luisenstädtischen gezogen«, seufzte Kommissar Gennat wie zur Bestätigung. »Ist es ein Täter, oder sind es mehrere? Die Toten sind sich vom Aussehen ähnlich. Alle wurden geschändet, ins Gesicht geschlagen und erwürgt.

Einige regelrecht zerstückelt. Ich denke, es ist ein Einzeltäter, den wir suchen.«

Er besann sich und begrüßte erst jetzt Jekaterina.

»Entschuldigen Sie, mein Fräulein. Diese Zeit ist nicht dazu angetan, die Regeln des Anstands zu befördern.« Er gab ihr flüchtig die Hand und wandte sich an Konter. »Was haben Sie für mich, Herr Kollege?«

»Fräulein Romanowa war damals zufällig im Hotel *Adlon*, als Josef Mossbach erschossen wurde«, begann Konter. »Ich hatte Ihnen davon erzählt.«

»Hm.« Gennat wirkte gelangweilt, aber dieser Eindruck konnte bei ihm täuschen. »Sie waren als Gast dort?«, fragte er scheinbar unverfänglich.

»Ganz recht, Herr Kommissar«, erwiderte Jekaterina. »Ich war von einem entfernten Verwandten eingeladen worden, an der Neujahrsfeier teilzunehmen, musste mich jedoch wegen einer Migräne früh auf mein Einzelzimmer zurückziehen«, log sie und betonte besonders das vorletzte Wort. »Auf der Etage hörte ich einen Schuss, und wenig später kam es zu einem Tumult. Kommissar Konter leitete damals die Befragung und wird bestätigen, dass ich allein auf dem Zimmer war. Im Nachtgewand.«

»Und?«, fragte Gennat, nun wirklich gelangweilt.

»Frau Romanowa erklärte sich später auf meine Bitte hin bereit, sich in den Emigrantenkreisen umzuhören«, mischte sich Konter ein. »Und dabei erfuhr sie interessante Einzelheiten, die einen Zusammenhang zwischen Mossbach und den politischen Morden im Reich wahrscheinlich machen.«

»Etliche meiner Landsleute fühlen sich in der Gegenwart deutscher Offiziere recht wohl«, begann Jekaterina ihren Bericht. »Es gibt ihnen das Gefühl, vor den Bolschewiki in Sicherheit zu sein. Ich nehme an vielen Gesellschaftsabenden teil, da die Herren für Tanz und Gespräch wohlerzogene Begleitung suchen.«

Sie legte eine Pause ein, da sie eine zweideutige Bemerkung Gennats erwartete. Als diese ausblieb, fuhr sie mit ihren Erläuterungen fort.

»Auf diese Weise lernte ich Oberleutnant von Dehlbergh von der Garde-Division kennen. Ich bin ehrlich zu Ihnen. Wir kamen uns näher. In der Sache Mossbach war ich ja von Kommissar Konter informiert worden. Umso mehr erstaunte es mich, bei Hans von Dehlbergh Unterlagen zu finden, die mit Mossbach zu tun hatten. Immerhin war der Mann nur so etwas wie ein kleiner Buchhalter.«

»Wie sind Sie an diese Unterlagen gekommen?«, fragte Gennat.

»Von Delhbergh hatte mehrmals Besuch von anderen Offizieren. Offenbar ging es um einen Finanzfonds, aus dem Gelder fließen sollten. Und einmal ließ er die Unterlagen über Nacht auf dem Tisch. Soweit ich erkennen konnte, war der Oberleutnant im Generalstab der Garde-Division tätig. Und Mossbach war offenbar im Besitz von Papieren, die Zahlungen an gewisse Offiziere belegten. Zahlungen für verschiedene Dienste.«

»Wie sahen diese Dienste aus?«, fragte Gennat.

»Das weiß ich nicht genau. Sie sprachen immer von ›Sachen‹ und ›Angelegenheiten‹. Und meistens benutzten sie dafür Buchstaben oder Zahlen. Ein paar Mal hörte ich den Namen Noske. Außerdem habe ich einmal ein sehr lebhaftes Gespräch mitbekommen. Dabei fiel auch ein Name. Es ging es um einen gewissen Mossbach. Da Hans, also von Dehlbergh, auch von dem ›Nobelschuppen‹ sprach, nehme ich an, es ging um den Vorfall im *Adlon*. Er hat seine Besucher aufgefordert, unbedingt die restlichen Dokumente zu finden. Und sie sollten einen anderen Mann suchen. Offenbar einen Kameraden von Mossbach, mit dem er befreundet war.«

»Alfons Keller.« Es war Gennats Taktik, Zeugen etwas den Wind aus den Segeln zu nehmen, indem er ihnen hin und wieder zeigte, dass er – scheinbar – schon über alles im Bilde war. Sie fingen sonst an, die Geschichten weiterzuspinnen und ihm alles Mögliche zu erzählen.

»Ja, woher wissen Sie das?« Jekaterina wirkte tatsächlich für einen

Moment verunsichert. »Na, egal. Ja, Keller scheint all das zu wissen, was Mossbach das Leben kostete. Ich kann aber nicht sagen, wer den Mann im *Adlon* erschossen hat. Und aus welchem Grund. Vielleicht wollte er seine Vorgesetzten erpressen? Oder jemand hat ihn unter Druck gesetzt, sein Wissen preiszugeben?«

»Belasten Sie ihren hübschen Kopf nicht mit Vermutungen, meine Teuerste. Überlassen Sie das besser uns«, sagte Gennat und schielte zu seinem Kuchen. »Sie sind eine Zeugin, bleiben Sie also bitte bei den Tatsachen.«

Konter bat Katja, einen Augenblick auf dem Flur zu warten.

»Sie bestätigt einiges, was wir bereits geahnt haben«, sagte Gennat, als sie die Tür hinter sich geschlossen hatte.

»Vielleicht hat sie uns auch einen Hinweis auf ein weiteres Puzzleteil gegeben. Sie erinnern sich bestimmt an diese Buchungseinträge, Gennat. Mit den vielen Kürzeln. *N* könnte Gustav Noske sein. Sie hat seinen Namen mehrmals in den Gesprächen gehört. Unser lieber Reichsminister scheint diesen Kerlen irgendeine Art von Rückendeckung zu geben.«

»Wenn das stimmt, dann haben die Schmierfinken der *Roten Fahne* ausnahmsweise recht mit ihren Anschuldigungen«, sagte Gennat.

»Und dieser Dehlbergh ist offenbar eine ganz zentrale Figur auf dem Schachbrett«, ergänzte Konter. »Wir wussten das ja bereits durch die Zeugenaussage von Anna Bäumer und durch Kellers Unterlagen. Die Gespräche, die Fräulein Romanowa belauscht hat, sind …«

»Bedenken Sie, dass uns weiterhin handfeste Beweise fehlen! Bei den Notizen standen nur die Buchstaben *P*, *D* und *N*, Herr Kollege«, gab Ernst Gennat zu bedenken. »Und ein paar Gesprächsfetzen? Aufgeschnappt von einer – mit Verlaub – etwas halbseiden wirkenden Russin? Da nimmt uns doch jeder Strafverteidiger auseinander, und der Richter lacht dazu im Dreivierteltakt.«

»Aber die Aussage dieser Putzfrau!« Paul Konter war über das Phlegma seines Kollegen verärgert. Der Mann war einfach nicht aus der Reserve zu locken. »Sie hat es doch gehört, wie Pabst und von Dehlbergh sich brüsteten.«

»Ebenfalls unklar formuliert und ohne den direkten Bezug zum möglichen Täter«, erwiderte der dicke Kripobeamte.

Die Männer schwiegen. Gennat schien mit einem Bleistift undeutliche Figuren auf ein Blatt Papier zu malen.

»Sie vertrauen ihr?«, wechselte er dann das Thema und nickte in Richtung Tür. »Entweder ist sie ein Flittchen, das sich jedem Offizier und Geschäftsmann an den Hals wirft. Oder sie ist von Dehlberghs Geliebte. Beides nicht gerade die besten Voraussetzungen für die Glaubwürdigkeit einer Zeugin.«

»Sie sagt, die Affäre mit von Dehlbergh wäre eine spontane Romanze gewesen«, sagte Konter. »Ein Mann, dessen Charme sie offenbar erlegen ist. Die Affäre ist beendet. Er hat sie wohl recht rüde fallenlassen.«

»Oje, noch schlimmer! Die Rache einer verschmähten Frau«, sagte Gennat.

»Sie hat einiges erfahren«, fuhr Konter ungerührt fort. »Von Dehlbergh kann nicht wissen, welche Informationen wir über ihn haben. Dadurch sind wir im Vorteil. Die Hinweise passen einfach zu gut in unser Bild. Sie belasten ihn. Ich glaube nicht, dass es sich um ein Täuschungsmanöver handelt.«

»Sie können die Akte Mossbach jederzeit einsehen, Konter. Aber im Moment habe ich alle Hände voll zu tun mit diesem Frauenmörder. Ich kann Ihnen also mit den Offiziersintrigen nicht weiterhelfen.«

»Meine Kollegen bei der *Centralen Staatspolizei* hüllen sich in Schweigen«, sagte Konter frustriert. »Offiziell heißt es, die Unruhen seien beendet. Der Fall Luxemburg und Liebknecht gilt als aufgeklärt, Mossbach und Keller sollen als ungeklärte Kapitaldelikte ad acta. Die Freikorps-Verbände werden stillschweigend geduldet. Ich habe ein ganz ungutes Gefühl bei der Sache.«

*

Toni genoss den Rausch. Das Rauchwerk der Harussels war viel wirksamer als die ärztlich verordneten Opium-Tropfen. Der Schmerz in ihrem Kopf wurde erst zu einem Druckgefühl, um sich dann als leichtes Ziehen in eine entfernte Ecke ihres Schädels zurückzuziehen.

»Tante Toni geht es in letzter Zeit nicht gut«, meinte Franz zu seinen Brüdern. »Sie nimmt irgendein Zeug, oft alle halbe Stunde und ist danach vollkommen unkonzentriert.«

»Königin Věra sagt, sie ist von einem *Sihr* besetzt. Eure Vaterschwester braucht einen *Hoca*, aber die sind hier im Norden selten«, sagte Šaban, der sich zu ihnen gesellt hatte.

»*Sihr*? *Hoca*? Was hat es mit diesem Hokuspokus eigentlich auf sich?«, fragte Franz. »Ich hab das hier schon öfter gehört.«

»Rede nicht so!«, fuhr ihn der Mann an. »Der *Sihr* ist ein mächtiger Zauber, meist ein Fluch. Der Ungenannte erscheint dann in anderer Gestalt. Die Verfluchten werden wirr im Kopf, oder ihr Körper verfällt. Nur ein Kundiger, ein *Hoca*, kann dann noch helfen. Ihr müsst euch um sie kümmern, sonst wird sie sterben.«

In diesem Moment trat Georg mit seiner frisch angetrauten Marya ans Feuer. Beide hatten ausgelassen miteinander getanzt. Drei Tage war das Fest bereits im Gange. Alle Gäste waren erschöpft, aber das Brautpaar wirkte munter.

»Was schaut ihr so sauertöpfisch?«, fragte er. »Wollt ihr mich beleidigen? Esst! Und trinkt!«

»Euer Bruder ist bereits einer von uns.« Šaban lachte.

Georg Sass schien mit dem Arrangement vollkommen zufrieden zu sein. Niemand hier wäre auf die Idee gekommen, dumme Reden zu schwingen oder Scherze über das Paar zu machen. Es mochte an der Statur des Bräutigams liegen, denn Georg hatte sich durch seine harten Leibesübungen zu einem Muskelpaket entwickelt. Aber es schien auch nicht in der Natur dieses Volkes zu liegen, sich das Maul zu zerreißen über die Wege der Menschen.

»Also, es ist abgemacht. Das Bündnis der Familien steht«, meinte

Joaquin später, als sich die Brüder mit den Sieben zusammengesetzt hatten. »Zweimal im Monat bekommen wir Ware von euch. Am besten übernehmen wir das Zeug an der Oberspree. Ab Treptow werden die Anlegestellen viel zu gut bewacht. Wir beladen dann hier am Hohenzollernkanal eure Lastwagen. Wir legen ein oder zwei große Weiden am Wasser um, damit wir vor allzu neugierigen Blicken geschützt sind. Bezahlung bei Übergabe.«

7

Katja hatte während der kurzen Beziehung zu von Dehlbergh einen guten Draht zur Mamsell des Hauses entwickelt. Es gelang ihr deshalb, herauszufinden, wann er sich für längere Zeit in der Garde-Dragonerkaserne aufhalten würde. Sie wollte ihm auf jeden Fall aus dem Weg gehen, wenn sie ihre im Haus verbliebenen Sachen abholte. Nach dem letzten Streit war sie Hals über Kopf aufgebrochen.

»Es ist wirklich eine Schande«, sagte die Wirtschafterin, als Katja ihr Anliegen erklärt hatte. »Sie haben das Herz am rechten Fleck, und ich dachte, Sie könnten den jungen Herrn an die Zügel legen. Im Vertrauen, wäre es nicht so schwer, eine gute Stellung zu finden, so würde ich kündigen.«

Katja nahm sich eine gute Stunde Zeit, ihre Sachen zu packen. Dabei ließ sie es sich nicht nehmen, auch die Bibliothek und das Schreibzimmer des Offiziers zu durchforsten. Mehrmals fand sie kleine Bündel Papiermark und auch Goldmark. Aber sie wollte dem Kerl nicht die Genugtuung verschaffen, sie als Diebin abstempeln zu können. Nein, sie würde ihm auf andere Weise schaden. Das Ergebnis ihrer Suche war jedoch kläglich. Sie fand mehrere Listen, die auf die Geschäfte von Dehlberghs Einheit hinwiesen. Sie traute sich auch nicht, die Akten einfach mitzunehmen. Deshalb begnügte sie sich damit, ein paar Zeilen davon abzuschreiben. Vor allem schienen ihr die Einträge über Waffen, Munition und Fahrzeuge für den Kommissar interessant. Die Schubladen des mächtigen Schreibtischs waren verschlossen, und es gelang ihr, nur eine davon mit ihrem Haarnadeltrick zu öffnen. Darin befand sich erwartungsgemäß Korrespondenz. Auch diese Briefe konnte sie nicht einfach entwenden, ohne sich sofort verdächtig zu machen. Sie musste sich eingestehen, dass es wesentlich einfacher war, Gesprächen zu lauschen, als einen Stapel Akten auf ihre Wichtigkeit hin zu prüfen. Sie wollte die Blätter bereits wieder zurücklegen, als ihr die Zeilen eines Schreibens ins Auge fielen.

An den Geheimen Rat und Generallandschaftsdirektor
Herrn Wolfgang Kapp

Verehrter Freund und Weggefährte! Die Zeit ist nun gekommen. ...
Mit Beginn des Wochenendes am 13. März werdet Ihr die Regierungsgeschäfte als Reichskanzler übernehmen. Es wird Euch nicht an militärischer Unterstützung mangeln.
...

Zügig schrieb sie den Brief ab, sorgsam horchend, ob sich über die Dielen im Flur jemand näherte.

»Danke für alles, Charlotte«, sagte sie, als sie sich kurz darauf von der Hausangestellten verabschiedete, der sogar Tränen in die Augen getreten waren. »Wenn er nicht fragt, sagen Sie ihm gar nicht, dass ich da war.«

Da sie nicht erpicht darauf war, gleich wieder mit Konter in Kontakt zu treten, riss sie die Notizen aus ihrem Heft und gab auf dem nächsten Postamt einen Brief an ihn auf. Sollte er doch sehen, ob er etwas damit anfangen konnte. Immerhin war bis zu dem genannten Datum noch eine Woche Zeit.

Ihre Anstellung als Begleitdame war sie los. Nichts anderes hatte sie erwartet, da sie sich bei ihrer Auftraggeberin erst einige Tage nach Beginn der Affäre mit Hans von Dehlbergh gemeldet hatte. Schwerer als der Umstand, arbeitslos zu sein, wog allerdings die Tatsache, dass sie mit der Anstellung auch ihre nette Dachkammer eingebüßt hatte. Sie musste sich dringend umsehen, denn das preiswerte Hotel nördlich des Hackeschen Markts war rufschädigend. Wenn sie hier gesehen würde, wäre es mit den Einladungen in die guten Restaurants vorbei. Während sie noch mit ihren beiden Koffern durch die Straßen lief, kam ihr plötzlich eine Idee. Immerhin besaß sie noch eine Einladung.

*

»Das ist ungeheuerlich«, rief Konter, ganz entgegen seiner sonst eher ruhigen, gesetzten Art. »Verrat! Dieses Dokument weist darauf hin, dass Teile der Reichswehr zusammen mit den zwielichtigen Freikorps-Gestalten versuchen werden, die Regierung zu stürzen!«

Er war zu seinem Kollegen geeilt, der bereits scherzhaft vorgeschlagen hatte, man könnte sich aufgrund der häufigen Treffen ein Dienstzimmer teilen. Gennat las gerade die letzten Zeilen des Schreibens an diesen ominösen Kapp, den weder er noch Konter kannten:

An den Geheimen Rat und Generallandschaftsdirektor
Herr Wolfgang Kapp

Verehrter Freund und Weggefährte! Die Zeit ist nun gekommen. Euer Ringen um Errettung des Vaterlands, schon zu Kanzler Bethmann Hollwegs Zeiten heldenhaft begonnen, kann nun gekrönt werden durch die Tat. Seid bereit, die Herrschaft der jüdischen Schreiber und Gewerkschafter zu zerschlagen. Mit Beginn des Wochenendes am 13. März werdet Ihr die Regierungsgeschäfte als Reichskanzler übernehmen. Es wird Euch nicht an militärischer Unterstützung mangeln. Der Großteil unserer ruhmreichen Armeen ist zerschlagen, die Reste sind demoralisiert. Allerdings gibt es tapfere Einheiten, die im Osten bis Riga vorgestoßen sind und der roten Flut die Stirn bieten.

Die Verbindungsoffiziere zum Generalstab, Hptm. Pabst und OLt v. Dehlbergh, werden Euch mit einer besonders geschulten Abteilung in den Reichstag geleiten. Dort sollen alle Mitglieder der Regierung und die wichtigen Führer der linken Parteien festgesetzt werden. Dadurch werden wir ein gutes Druckmittel in Händen halten, daß die Bande nicht toll wird.

»Ein Geheimer Rat und Landschaftsdirektor als Reichskanzler. Wenn ich Sie nicht so gut kennen würde, Kollege Konter, würde ich denken, Sie erlauben sich einen Scherz.«

Ernst Gennat hatte ebenfalls mit seinem üblichen Verhalten gebrochen. Er ging im Raum ruhelos auf und ab. Sogar seine geliebte Torte würdigte er dabei keines Blicks.

»Brisant, Kollege Konter«, meinte er bedächtig. »Hochbrisant. Aber mir sind die Hände gebunden. Sie arbeiten in der Politischen Abteilung, nicht ich. Nur Sie wissen von den Gepflogenheiten dieser Leute. Sie müssen jetzt schnell klären, wer Kapp ist. Wen er kennt. Ob er bereits in den militant konservativen Kreisen auffällig wurde. Ich mache hier nur die Morde. Bin also eher für die Folgen kriminellen Handels zuständig. Was also kann ich tun, um Sie ein wenig zu unterstützen?«

»Wir brauchen beglaubigte Abschriften«, antwortete Konter. »Sekretäre, denen wir vertrauen können. Vielleicht kennen Sie Kollegen, die die Echtheit der kopierten Dokumente bestätigen. Ohne gleich alles an ihre guten Bekannten beim Heer, bei den Zeitungen oder den Parteien weiterzugeben. Und dann müssen wir die Abschriften an verlässliche Männer mit Einfluss weiterreichen.«

»An die oberen Ebenen können wir uns nicht wenden. Entweder sind das noch die alten Kommissköpfe, die gern ihren Wilhelm zurückhätten. Oder es sind Leute, die ihre Fahne in den Wind hängen. Die nur schauen, wer das Ganze gewinnt, sich aber niemals festlegen. Schon gar nicht jetzt.«

Konter nickte. Gennat hatte recht.

Gerade in der politischen Polizei, der er selbst zugeteilt war, fanden sich viele konservative, kaisertreue Beamte, die am liebsten jeden Arbeiter als Revolutionär verhaften lassen würden. Die Regierungsräte und Staatssekretäre waren hingegen oftmals Speichellecker, die nur auf ihre eigene Chance warteten.

»Es klingt bitter«, meinte er. »Kaum jemand gibt einen Pfifferling auf diese Republik.«

»Es gibt nur einen Weg«, schlug Gennat vor. »Anstatt sich auf wenige zu beschränken, streuen Sie das Dokument unter möglichst viele Leute. Auf diese Weise wird es später schwer, festzustellen, wer es verbreitet hat. Und wer davon gewusst oder nicht gewusst hat. Eine besondere Art von Vernebelungstaktik, lieber Paul.« Er holte tief Luft und spähte nun doch zu dem Stachelbeer-Wunder des Konditors hinüber. Dann fuhr er jedoch fort: »Und dann geben Sie es denen, die im Falle einer erfolgreichen Konterrevolution am meisten zu verlieren haben.«

Konter dachte nach. Es war Ernst Gennats Art, seine Gesprächspartner zu den richtigen Überlegungen zu führen, nicht, sie ihnen auf dem Teller zu präsentieren. Seine Taktik aus den Verhören wandte er auch in ganz normalen Gesprächen an. Plötzlich wurde ihm klar, was der Leiter des Mordbereitschaftsdienstes meinte.

»Die Roten«, sagte er leise. In seiner Stimme lag Anerkennung und Bewunderung. Der scheinbar träge Kollege war mit allen Wasser gewaschen. »Dass Sie ein Fuchs sind, wusste ich bereits. Aber auch ein Spieler? Mit den Kommunisten, da können wir uns heftig die Finger verbrennen.«

»Sie, Herr Kollege.« Gennat lächelte und wandte sich zufrieden seinem Kuchenteller zu. »Sie. Wenn Sie die Sache überstehen, dann will ich Sie in meiner neuen Abteilung haben.«

Gedankenverloren ging Konter zu seinem Dienstzimmer zurück, irrte sich sogar im Flur und bog einmal falsch ab.

Zu schön, um wahr zu werden, dachte er über Gennats letzte Äußerung nach und seufzte.

Er entschied sich, Franz Sass umgehend auf das Präsidium zu bestellen. Der diensthabende Schupo staunte nicht schlecht, als der Kommissar ihm zehn Mark in die Hand drückte und ihn anwies, mit einem Taxi zum *Open House* zu fahren.

»Vielleicht ist Sass auch in seinem Klub am Nolli. Hier sind die Adressen. Finden Sie ihn, Neumann. Und dann sofort zu mir. Zur Not unter Androhung von hundert Mark Ordnungsgeld.«

Und tatsächlich führte Assistent Mahler den sichtlich erbosten jungen Mann nach einer Dreiviertelstunde in Konters Büro.

»Ich möchte, dass du ein Treffen zwischen mir und Herrn Pieck arrangierst, Franz«, kam der Kripobeamte ohne Umschweife zur Sache.

»Pieck?« Franz versuchte, sich nicht anmerken zu lassen, dass ihm bei der Erwähnung des Namens der Schreck in die Glieder gefahren war. Seine Wut war der Furcht gewichen, dass die *Adlon*-Sache herausgekommen war. Zwar war Konter das Zusammenzucken seines Gegenübers aufgefallen, aber er deutete die Reaktion falsch.

»Keine Sorge, der Kerl ist ja kein Radikaler. Er ist der Mann in der KPD, der für Presse und öffentliche Auftritte verantwortlich ist«, sagte er. »Ihr habt doch in euren Kneipen sicherlich ein paar Kontakte.«

Er weiß nichts, dachte Franz erleichtert.

»Schicken Sie doch einen Boten zur Partei am Hackeschen Markt«, erwiderte er forsch. »Oder lassen Sie ihn verhaften. Was habe ich damit zu tun?«

»Es muss unauffällig sein«, sagte der Polizist. »Wenn ich den Kerl offiziell treffe, weiß das nach einer Stunde jeder in dieser Stadt. Dann muss er sich gegenüber seinen Genossen rechtfertigen. Das schwächt seine Position. Und ich sitze beim Präsidenten und darf ihm erklären, warum ich mich mit dem Revolutionspack treffe. Nein, Sass, es muss wie ein zufälliges Treffen wirken. In eurer Spelunke, Hinterzimmer. Nur ich und Pieck. Morgen Abend um neun. Kriegst du das hin?«

Franz nickte. »Langsam hab ick aba wat jut bei Ihne, Herr Amtmann«, sagte er spöttisch, als er Konters Dienstzimmer verließ. »Neune, is jebongt.«

Er begab sich sofort zur Zentrale der Kommunistischen Partei in der Rosenthaler Straße. Er hatte noch überlegt, sich umzuziehen. Er kleidete sich eher »modern und schick«, wie sein Schneider sagte.

»Die alten Klamotten packen Sie mir in eene Tüte«, hatte Franz gesagt, als er die neuen Sachen abholte. »Die haben den Duft der Straße. Wer weiß, wozu man dat noch broochen kann.«

Dann hatte er sich jedoch daran erinnert, dass Leute wie Wilhelm Pieck auch nicht in Jutesäcken umherliefen, obwohl sie ja die Arbeiter und Tagelöhner vertraten. Und Rosa Luxemburg hatte eher ausgesehen, als würde sie jeden Moment von einem schnieken Offizier zum Ballabend entführt. Als er dann zur Pförtnerloge der Parteizentrale trat, wurde ihm doch etwas mulmig. Hier wurden weiterhin offen Gewehre getragen, obwohl die Stadtverwaltung ein Verbot erlassen hatte.

»Jenosse?«, schnauzte ihn der pockennarbige Säufer hinter dem Tresen an. Der Geruch nach billigem Schnaps wehte durch die gesamte Halle. »Wat willste?«

»Ist Herr …«, druckste Franz, besann sich jedoch und donnerte in ähnlichem Tonfall weiter. »Genosse Pieck. Ein Termin. Leider hab ick den Zettel verbummelt.«

»Zweete. Links rum. Fünfte Türe hintam Lenin-Saal.« Bevor der Mann sich wieder seinem flüssigen Frühstück zuwandte, sagte er noch: »Messer und Bleipusten lässte jefällichst bei de beeden Jenossen, kapiert?«

Nachdem Franz unsanft auf Waffen abgesucht worden war – er machte sich offenbar verdächtig, weil er nichts abgegeben hatte – und endlich den zweiten Stock erreicht hatte, fand er Piecks Zimmer. Eine Sekretärin hatte der Mann scheinbar nicht. Er probierte sein Glück, klopfte kurz und drückte im nächsten Moment schon die Tür auf.

Pieck saß an seinem Schreibtisch hinter einer alten Schreibmaschine, die er mit zwei Fingern malträtierte. Er fluchte, da er sich erschrocken und vertippt hatte. Als er aufblickte, erkannte er seinen Besucher wieder.

»Antrag auf Parteimitgliedschaft im Erdgeschoss«, sagte er lächelnd. »Zimmer sieben und acht. Franz Sass. Dachte nicht, dass wir uns so schnell wiedersehen. Was kann ich für dich tun, Genosse?«

Franz übermittelte Konters Wunsch. »Er wirkte nicht so, als bliebe Ihnen eine große Wahl, Herr Pieck.«

»Ich soll mich mit einem Vertreter der Reaktion treffen?« Pieck lehnte sich auf seinem Stuhl zurück. »Unsere Zusammenkünfte finden vornehmlich auf der Straße statt. Vielleicht kann der Herr Kommissar ja bis zur nächsten Arbeiterversammlung warten. Da habe ich sicherlich ein oder zwei Minuten, wenn mich seine Leute nicht vorher blutig knüppeln.«

»Ich kenne den Mann. Er wirkte besorgt, und es scheint wichtig zu sein.« Franz setzte sich vor allem aus einem Grund für Konters Belange ein. Er wollte nicht wieder zurück zum Alex. Einmal Laufbursche am Tag reichte.

»Woher weiß ich, dass das keine Falle ist? Der Kerl will mich hier herauslocken und hochnehmen.«

»Das Treffen ist in meinem Lokal«, erwiderte Franz. »Ich bürge dafür, dass nur der Kriminale da ist. Und wäre ich so dämlich, meinen Laden aufs Spiel zu setzen? Deine Genossen würden mir die Bude kurz und klein schlagen.«

»Gut, Genosse Sass«, sagte Pieck schließlich. »Ich komme um neun mit zwei alten Kämpfern. Wenn ihr mir etwas anhängen wollt, dann wird dieser Konter es bereuen. Dein Lokal verlegen wir in die Spree. Und dich gleich mit. Verstanden? Molle und Schrippen zahlst du.«

8

Berlin wurde in diesen Wochen immer mehr zum Tollhaus. Es war, als läge etwas in der Luft. Gerüchte machten die Runde. Die Bolschewiken vor der Stadt! Nein, der Kaiser kehrt zurück! Auch im zweiten Friedenswinter war die Stadt nicht zur Ruhe gekommen. Die Grippe hatte noch einmal Tausende dahingerafft. Aber die ausstaffierten Edeldamen der höheren Kreise flanierten – mit ihren parfümierten Tüchern vor der Nase – im Märzgraupel am Pariser Platz und Unter den Linden entlang. Ganz so, als hätte sich die Welt um sie herum überhaupt nicht verändert. Derweil kratzten Lumpenweiber im Wedding den feuchten Kohlebruch von der Straße. Steglitzer Bürgerkinder ritten ihre Steckenpferde, während hungrige Vierjährige um den Schlesischen oder Anhalter bei den Automatenrestaurants standen und um die kleinen Wurstzipfel bettelten, die bei den Mittagsspeisen oft übrig blieben. Viertausend rauschende Feste in der Hauptstadt und fünfhundert Streiks im Reich allein im letzten Jahr. Dabei immer noch dreitausend Hungertote. Saloppe Herren in Gamaschen beim Tanztee in den *Nelson-Künstlerspielen*. Die Kriegskrüppel auf ihren selbst gebauten Rollbrettern, durch Schupo-Prügel verbannt aus den Prachtstraßen. Das Ei zu fünf Groschen. Molle zu einer Mark. Die Zukunft golden! Voran, Arbeiter! Friss, sauf, verrecke. Alles beim Alten. In Berlin wurde gelebt. In Berlin wurde gestorben.

In einem kleinen Hinterzimmer des *Open House* verabschiedete sich Pieck mit einem Nicken. Es hatte sich in den letzten zwei Stunden eine ungewöhnliche Allianz gebildet. Franz Sass war dabei vornehmlich Zeuge gewesen, großen Einfluss auf das Geschehen hatte er nicht genommen. Der Politiker verschwand mit seinen beiden Begleitern durch den Kohlekeller in Richtung der Innenhöfe. Er wollte nicht gesehen werden. Eine Vereinbarung mit der reaktionären Polizei wäre in den Augen der Genossen verwerflicher als ein Pakt mit dem Teufel. Paul Konter saß nun allein mit seinem jungen Gastgeber am Tisch. Er war derart angespannt, dass er erst jetzt das schal gewordene Bier anrührte.

»Seltsame Übereinkunft«, murmelte er. »Wir alle haben nichts zu gewinnen, aber viel zu verlieren. Und das schweißt uns wohl zusammen, Sass.«

Franz hatte einige Teile des Gesprächs zwischen Pieck und Konter nicht recht verstanden. Der Kriminalbeamte hatte dem Kommunisten einige Dokumente gezeigt, die den Mann wütend machten. Offenbar bekam er von einem einzelnen Brief eine Abschrift. Der Inhalt des Schreibens musste besonders heikel gewesen sein, denn Pieck war derart wütend, dass er ein Bierglas zerbrach. Und immer wieder kam es zu ideologischen Wortgefechten. Insgesamt durfte allerdings als Erfolg gelten, dass sich die Vertreter derart unterschiedlicher Welten wenigstens am Leben ließen. Und Franz kannte weder die eine noch die andere Welt. Was wusste er von preußischen Beamten, was von bürgerlichem Wohlstand, von Ehe und Familie? Er war zu jung, um auf eigene Erfahrungen aus der Arbeitswelt, dem Krieg oder allgemein dem Leben zurückgreifen zu können. Seine Eltern waren zwar arme Leute, aber sie hatten es immerhin geschafft, die vielen, hungrigen Mäuler zu stopfen. Blanke Not kannten die Sass-Kinder nicht. Ganz anders als viele Menschen in den Elendsquartieren, in denen die KPD ihre Anhängerschaft fand.

»Die ungelernten Arbeiter fressen aus den Tonnen«, hatte Pieck einmal während des Gesprächs aufgebracht erklärt. »Borsig, Stinnes und die hohen Herren der Berliner Handelsgesellschaft dinieren hingegen von goldenen Tellern. Und fordern Lohnkürzungen.«

»Genau darum geht es doch, Herr Pieck«, hatte Konter erwidert.

»Geheimrat Kapp ist nur eine Marionette, die sich von den Puppenspielern im Dunkeln führen lässt. Er sitzt im Aufsichtsrat der *Deutschen Bank*, wussten Sie das?«

»Ich hätte nie gedacht, dass diese blasse Figur mit dem Zwicker auf der Nase eine solche Bedeutung haben könnte. Sie meinen, er wird den Umsturz anführen, Herr Kommissar? Und soll dann sogar Kanzler werden?«

»Wie ich sagte, eine Marionette, Pieck. Ein Frontläufer, der sich vielleicht die Kugel einfängt. Die Drahtzieher sitzen hinten in der Etappe. Sicher, unerkannt und still.«

»Die Truppe?«, hatte Pieck gefragt und sich damit selbst die Antwort gegeben. »Sicherlich Ludendorff und seine Bande von Kapitalistenknechten.«

»Nennen Sie diese Leute, wie Sie wollen, Herr Pieck. Ich sage, es sind die Nutznießer. Eine national gesinnte Militärdiktatur ist nach dem Geschmack Ludendorffs und einiger Unternehmer. Wenn diese Herren das Sagen haben, dann wird es Ihre Partei bald nicht mehr geben. Und die Schwerindustrie bekommt ihre geforderten Lohnkürzungen. Für die Arbeiter wäre das quasi die Wiedereinführung der Leibeigenschaft. Keine Parteien, keine Gewerkschaften. Das Paradies der Spekulanten und Bonzen.« Konter hatte bewusst diese Reizwörter gewählt, die auch einer KPD-Wahlkampfrede entnommen sein konnten. »Das können Sie nicht wollen.«

»Streik«, hatte Pieck erwidert. »Ein Generalstreik könnte die Verbrecher in die Knie zwingen. Wenn Angestellte, Beamte und Bürger keine Briketts mehr haben, kein Licht und kein Wasser, dann werden sie die Kerle schnell zum Teufel jagen.«

Konter hatte genickt. Er war zufrieden gewesen, hatte er doch genau das erreicht, was er wollte. Polizei und Kommunisten würden nie Freunde werden in dieser Republik. Aber im Moment hatten sie einen gemeinsamen Feind. Ein Spiel mit dem Feuer, das wusste er.

»Diese Papiere können uns alle den Kopf kosten, Sass«, sagte Konter leise, als Wilhelm Pieck und seine Schläger gegangen waren. Er wies mit den Fingern auf ein Dokument, das vor ihm auf dem Tisch lag. »Pieck hat es als Abschrift. Dann kann ich es ebenso gut auch dir zeigen.«

Franz las den Brief sorgfältig.

»Dreizehnter März? Warum zu Beginn des Wochenendes?«, fragte Franz.

»Die Regierung trifft sich dann immer vormittags, bevor es in die Freizeit geht«, antwortete Konter. »Im Moment ist alles in Aufruhr, so dass auch sehr viele Abgeordnete der Parteien zugegen sind, um nichts zu verpassen. Die Kerle um diesen Kapp können dann also tatsächlich die wichtigsten Politiker in Geiselhaft nehmen. Zumindest ist das wohl ihr Plan. Und andererseits ist in der Verwaltung, bei Polizei und Ämtern erst einmal Ruhe bis Montag. Also ein durchaus geschickt gewählter Zeitpunkt.«

»Drei Tage noch«, überlegte Franz laut. »Reicht das, um das Schlimmste zu verhindern?«

Konter zuckte mit den Schultern. »Ich habe mit Gennat besprochen, dass wir einige, verlässliche Kollegen einweihen werden. Männer, die aufseiten der neuen Regierung stehen. Sie werden die Dienstlisten umschreiben, damit am kommenden Wochenende möglichst keine Beamten direkt vor Ort sind, die den Umsturz unterstützen könnten.«

»Das ist alles?«, fragte der junge Sass ungläubig. »Verhaften Sie doch diesen Kapp. Vor Ihnen liegen die Beweise gegen den Kerl.«

»Er wird alles abstreiten.« Konter schüttelte resigniert den Kopf. »Richter und Staatsanwälte sehen die neue Politik eher kritisch. Und die meisten Polizisten sehnen sich wieder nach der Ordnung der alten Kaiserzeit. Im Moment halten wir alle für ein paar Märker die Köpfe hin, um sie uns von linken Aufrührern einschlagen zu lassen. So denken zumindest viele meiner Kollegen. Nein, Sass, die neue Demokratie ist in etwa so beliebt wie ein Wechselbalg, das plötzlich auftaucht und sein Erbteil beansprucht.«

»Trauen Sie Pieck?«, fragte Franz nach einer Weile.

»Es ist ja für ihn von Vorteil, die Informationen auch zu nutzen«, erwiderte Konter. »Die Linken haben die Arbeiter auf ihrer Seite. Wenn sie jetzt gemeinsam einen Streik planen, dann weht den Verschwörern der Wind kräftig ins Gesicht. Streiks bedeuten Verluste für die Unternehmer und Unruhe in der Bevölkerung. Gerade das will doch die KPD. Ja, insofern traue ich Pieck. Er ist nicht so dumm, diese Chance ungenutzt zu lassen.«

»Die Einzigen, die sich weit aus dem Fenster lehnen und nüscht vom Kuchen sehen, sind wir beede«, sagte Franz plötzlich.

»Stimmt nicht, Sass«, meinte der Kommissar. »Schon mehrfach habe ich gehört, dass diesen Deutschnationalen der Schwoof und die Hurerei in der Hauptstadt ein Dorn im Auge sind. Sie wollen aufräumen und den Saustall ausmisten, wenn sie am Drücker sind. Dann wären deine Familie und das *Syndicat* ebenfalls dran. Fünf Jahre Plötze sicher. Also bete lieber, dass Kapp und seine Spießgesellen den Kürzeren ziehen. Dann laufen die Geschäfte weiter. Nein, mein Lieber, hier riskiert nur einer seinen Hintern.«

*

Die folgenden Tage waren durch gespannte Erwartung geprägt. Es schien, als ahnte jeder etwas, allerdings ohne zu wissen, was. In den linken und liberalen Blättern fanden sich viele Artikel, die mehr oder minder offen von Umsturzplänen konservativer Kreise berichteten. Irgendjemand hatte also irgendetwas durchsickern lassen. Max, Franz und Toni hatten alle Hände voll zu tun, die Geschäfte des *Syndicats* am Laufen zu halten. Der Nachschub für die Lokale, den sie über die Garde-Division bezogen, blieb aus. Dieser Umstand war ungewöhnlich genug, denn die Geldgier der beteiligten Uniformträger wurde auf den Straßen der Hauptstadt bereits sprichwörtlich. Andererseits bewies diese Vorsicht, dass an den Gerüchten und Andeutungen mehr dran war. Offenbar gingen alle in Deckung, die etwas wussten oder ahnten.

Zwei Schuten der Zigeunerfamilien fuhren leer und mit wütend schimpfenden Männern zurück zu ihren Liegeplätzen. Ohne Georgs Vermittlung hätte die Beziehung zu den Harussels gleich zu Beginn Schaden genommen. Und Franz versuchte mehrmals, Oberfeldwebel Reimers zu erreichen, der sich jedoch verleugnen ließ. Schließlich blieb ihm nichts anderes übrig, als seine Notreserven aus den Lagern am Tempelhofer Feld, in Spandau und Rosenthal anzugehen.

»Mensch, Franz«, sagte sein Bruder Max besorgt. »Messer-Willy und der Prinz sind stinksauer. Ohne unsere Lieferung sitzen einige Klubs ab morgen auf dem Trockenen. Nelson wollte gleich unsere Vereinbarung aufkündigen. Und Sternwein ist besorgt. Ich soll dir von ihm ausrichten, dass du dir was einfallen lassen musst. Sonst verfüttern die Vereine uns an die Schweine im Tegel-Forst.«

Man hatte sich zügig einen Namen gemacht. Das *Syndicat* galt als verlässlicher Partner, wenn es um gute, günstige Waren ging. Aber das System war auch anfällig. Lukrativ, wenn alles reibungslos lief. Zerbrechlich, wenn ein Rädchen sich nicht drehte. Franz nahm sich vor, nach neuen Lieferanten Ausschau zu halten. Sie durften nicht von einer Quelle abhängig sein.

Das *Tageblatt* und die *Vossische* berichteten seit Donnerstag offen von bevorstehenden Unruhen. Sogar über einen möglichen Sturz des Kabinetts Bauer durch Heereseinheiten wurde geschrieben. Für Franz blieb weiter unverständlich, dass die Regierung angesichts solcher Bedrohung untätig blieb. Viele junge Leute zerbrachen sich beim Bier den Kopf – und schüttelten ihn auch oft verständnislos über die Politik. Und wie die meisten jungen Leute glaubten sie, gleich ein paar gute Lösungsvorschläge parat zu haben. Franz fieberte dem Wochenende förmlich entgegen, da er sich vom Ausgang der Aktion eine Entscheidung erhoffte. Entweder kehrte alles zur Normalität zurück, und die Familie konnte ihren Geschäften wieder nachgehen. Oder man würde sich auf neue Verhältnisse einstellen müssen.

»Die Musik in Berlin machen wir«, hatte Willy Meyer vor Kurzem noch geprahlt. Damit wäre es wohl vorbei, wenn dieser Kapp mit seinen Truppen in der Stadt das Sagen hatte. Für diesen Fall verhießen Konters Prophezeiungen nichts Gutes.

Franz war am Sonnabend früh auf den Beinen. Er hatte seine Jungs von der *Bruderschaft* mobilisiert. Seine alte Clique war immer noch schlagkräftig. Zwar lagen die Lokale und Warenlager der Familie etwas abseits der großen Schauplätze, aber ein wenig Schutz war an einem solchen Tag sicherlich nicht verkehrt.

»Fangt keine Schlägerei an«, hatte er ihnen eingebläut. »Wenn ein Trupp Roter oder Schwarzer Randale machen will, gebt denen meine Karte und versprecht ihnen ein Schutzgeld, wenn sie wieder abziehen.« Auf diese Weise hatte er schon oft verhindern können, dass ein Laden auseinandergenommen wurde. Einen Schaden zu verhindern, war immer billiger, als ihn später zu beseitigen.

Es war am Morgen noch dunkel, als er in Richtung Tiergarten ging. In der Nacht hatte es geregnet, und die Lichter der Gaslaternen spiegelten sich auf den glatt geriebenen, feuchten Katzenköpfen der Nebenstraßen. In der Jackentasche trug Franz eine Schiebermütze mit rotem Stern, falls er den Spartakisten begegnete. In der anderen Tasche steckte ein Flugblatt, das er gestern in der Nähe von Mannschaftswagen des Heeres aufgehoben hatte. *Deutsche Männer und Frauen!*, war als Überschrift zu lesen. Die Soldaten trugen bereits die neuen Stahlhelme, auf die sie ein seltsames, weißes Kreuz gemalt hatten, dessen vier Enden noch mit kleinen Haken versehen waren. Derart ausgestattet, hoffte Franz, für jede Gelegenheit ein passendes Requisit zu haben. Linker Revolutionär oder rechter Reaktionär; Hauptsache war, dass er keine Prügel bezog.

Am Pariser Platz hatten sich zwei Panzerwagen der Freikorps aufgestellt. Drahtverhaue und Maschinengewehrstellungen blockierten das

Brandenburger Tor. Franz musste einen Umweg an der Reichskanzlei in der Wilhelmstraße vorbei nehmen, um zum Tiergarten zu gelangen. Dort glich die Szenerie einem Heerlager. Vor dem Reichstagsgebäude und auf dem Königsplatz rauchten Soldaten und unterhielten sich. Franz war sicher, dass es sich um Regierungstruppen und Aufwiegler handelte, die hier gemeinsam und offenbar recht vertraut ausharrten. Von Rivalität oder gar Feindseligkeit keine Spur. Reguläre Reichswehruniformen einträchtig neben diversen Freikorpsabzeichen. Ein älterer Mann mit Narben im Gesicht und einer Zwickerbrille auf der Nase schritt mit Gehstock und Frack die Stufen zum Reichstag hinauf. Er winkte und schien weder nervös noch in Eile zu sein. Es dämmerte, und Franz erkannte in dem Mann jenen Geheimrat Kapp, der das offizielle Oberhaupt der Verschwörung war. Er hatte in den vergangenen Tagen mehrmals Bilder von ihm in den Zeitungen gesehen. Die ganze Sache machte den Eindruck, als hätte jemand lange vorher angekündigt, dass er die *Disconto-Bank* auszurauben gedenke. Aber niemand griff ein, als Kapp, oben angekommen, eine vorbereitete Rede vom Blatt ablas:

»Männer! Treue Kameraden eines starken Deutschlands! Der Schrecken von Versailles wird jetzt ein Ende haben. Die Schwäche der Parteien hat uns ins Verderben geführt. Von heute an aber gibt es nur ein Ziel für uns. Unser Vaterland muss wieder zu der Größe zurückfinden, die ihm zusteht. Es muss seinen Stolz zurückgewinnen, endlich seine inneren und äußeren Feinde zertreten. Dafür steht ihr …« Er wies mit dem Zeigefinger in die Runde. »Ihr, die treuen Männer im ehrenhaften Waffenrock, steht in der Verantwortung. Befreien wir gemeinsam Deutschland von seinen Fesseln! Und unsere Knechtschaft hat ein Ende!«

Verhaltener Jubel und Beifall. Von einem großen Ruck und riesiger Begeisterung konnte keine Rede sein. Alles wirkte eher so, als wäre ein Trupp Handwerker angerückt, um ein paar Arbeiten an den öffentlichen Gebäuden zu verrichten. Oder als hätte man sich hier zufällig am wärmenden Feuer versammelt, um die Frühstücksstullen zu verzehren. Franz ließ gerade seinen Blick über die unwirkliche Szenerie schweifen, als plötzlich aus Richtung Wilhelmstraße oder Budapester Straße vereinzelt Schüsse fielen und das heisere Rattern eines Maschinengewehrs erklang.

»Streik. Streik. Streik!«, erhob sich ein vielstimmiger Chor aus dem Regierungsviertel.

Zeit, sich zurückzuziehen, dachte Franz. Ab jetzt fliegen Steine, und Knüppel werden geschwungen. Oder Schlimmeres. Ohne mich.

Auch Moabit fand an diesem Wochenende keine Ruhe. Franz besuchte seine Eltern und seine jüngeren Geschwister in dem vierstöckigen Haus an der Ecke Birkenstraße und Lübecker Straße. Sein Vater hatte sich ein paar Lumpen übergestreift und wollte gerade zur Tür hinaus, als sein Sohn im Treppenhaus vor ihm stand.

»Generalstreik, Franz«, rief Andreas Sass aufgeregt. »SPD und die Roten zusammen. Sogar die Bürgerlichen sind dabei. Diesen krummen Vögeln werden wir es zeigen. Die Geldsäcke haben sich eine eigene Truppe gekauft und wollen uns jetzt endgültig unterjochen. Wenn wir das zulassen, dann arbeiten wir bald für nichts als Brotsuppe. Dann kommt der Frondienst zurück. Aber nicht mit uns! Auf die Straße! Komm mit, Junge!«

Franz war amüsiert und besorgt zugleich. Einerseits hatte er seinen Vater seit dessen Verhaftung vor über einem Jahr nicht mehr so lebendig erlebt. Offenbar hatte er alle Parolen des *Vorwärts* auswendig gelernt, damit er auf der Straße – und später in der Kneipe – mithalten konnte. Andererseits wurde da draußen geschossen. Bei den Streiks verstanden beide Seiten keinen Spaß. Immer wieder gab es Verletzte, sogar Tote waren zu beklagen. Und dies hier war mehr als ein einfacher Streik.

Berlin blieb dunkel in den drei folgenden Nächten. Kein Gas, kein Wasser, kein Strom. Tram und U-Bahn standen still, die Kraftfahrer hatten mit ihren Lastern die Straßen versperrt. Die rechten Freikorps und abtrünnigen Reichswehreinheiten konnten sich kaum bewegen und hätten ihre eigene Hauptstadt unter Beschuss nehmen und verwüsten müssen, um voranzukommen. Im *Nationalklub* an der Hohenzollernstraße, dem Hauptquartier der Verschwörer, mussten die Drahtzieher des Komplotts ohnmächtig zusehen, wie der Herzschlag Berlins fast zum Erliegen kam. Eine gelähmte Stadt konnten sie nicht übernehmen. Höhere Beamte, die Kapp und seine Hintermänner sicher auf ihrer Seite glaubten, ließen sich plötzlich verleugnen. Die meisten Parlamentarier waren doch auf freiem Fuß geblieben und wetterten gegen den Putsch. Und als der schnelle Erfolg ausblieb, sprangen auch die national Gesinnten wieder ab. Zunächst vereinzelt und zögerlich, dann in immer größerer Anzahl. Die oft beschworene Treue war eben doch für viele eine einfache Rechnung, eine Abwägung zwischen dem persönlichen Vorteil und möglichem Nachteil. Und niemand wollte sich nachsagen lassen, aufs falsche Pferd gesetzt zu haben.

»Wo ist Kapitän Ehrhardt?«, tobte General Lüttwitz am darauffolgenden Dienstag, nur vier Tage nach Beginn der Putschaktionen. Wütend warf er eine halb leere Champagnerflasche gegen die Wand. »Verräter! Alles Verräter!«

Lüttwitz war neben Kapp zum militärischen Oberhaupt des Umsturzes bestimmt worden. Nur waren eben jene führenden Herren, die ihm diese nunmehr äußerst undankbare Rolle zugestanden hatten, jetzt nicht erreichbar. Sie ließen sich am Fernsprecher verleugnen.

»Ich glaube, Kapitän Ehrhardt zog es vor, mit seinen Leuten vorsorglich abzuziehen. Er erklärte mir gegenüber, dass er in dieser Situation den Pöbel nicht unnötig provozieren wolle. Und der Herr Generalquartiermeister Ludendorff lässt ausrichten, dass seine Gesundheit angeschlagen ist. Aber in meiner Funktion als Reichskanzler werde ich eine Ansprache an das deutsche Volk …«, begann Kapp zögerlich.

Der ältere Mann schien in den vergangenen Tagen regelrecht geschrumpft zu sein. Kaum jemand hatte ihn beachtet, er musste nur regelmäßig seine Unterschrift auf Anweisungen und Erklärungen setzen. Ein Fehler, wie er jetzt ahnte.

»Reichskanzler? Sie Hanswurst!« Lüttwitz erkannte, dass sich der Saal im Hauptquartier immer mehr leerte. Offiziere gaben vor, austreten zu müssen, um dann durch den Hinterausgang zu verschwinden. Die Sache war gescheitert. Offenbar wollte nur die Reichswitzfigur Kapp diese Tatsache nicht wahrhaben.

»Sie werden die Latrinen in der Spandauer Zitadelle putzen, Kapp«, fuhr der General fort. »Ich habe Ihnen und den anderen gesagt, wir brauchen Mörser und Haubitzen. Und dass wir sie einsetzen sollten. Hat man mir zugehört? Nein! Hundert zerschossene Bolschewiken und die Dreckschweine wären wieder an ihre Arbeit zurückgegangen!«

Lüttwitz winkte seinen Adjutanten heran. »Steht der Wagen bereit, Kuhnemann?«

»Jawoll, Herr General!«

»Das Geld und die Koffer?«, fragte der Offizier ungeniert weiter. »Papiere und Karten? Genügend Benzin?«

»Alles so, wie Sie befohlen haben, Herr General!«

»Gut. Auf bald, Herr Reichskanzler!« Lüttwitz deutete Kapp gegenüber spöttisch eine Verbeugung an. »Ich stehe Ihnen als Kriegsminister zur Verfügung. Beim nächsten Mal. Empfehle mich jetzt. Meine Sommerfrische in Ungarn wartet.«

9

Berlin-Wannsee

Die Einladung Hugenbergs kam für Katja doch überraschend. Offenbar hatte der alte Major, mit dem sie im vergangenen Jahr beim Treffen auf dem Ufa-Gelände an der Oberlandstraße gewesen war, doch noch Wort gehalten. So war sie auf einem derartigen Empfang erstmals nicht nur die Begleitung eines Herrn, sondern tatsächlich ein persönlich geladener Gast. Mehr jedoch wunderte sie, dass Hugenberg nur einen Monat nach dem gescheiterten Putsch die Chuzpe besaß, öffentlich aufzutreten und sogar Abgeordnete des Reichstags einzuladen. Immerhin galt er als stiller Drahtzieher hinter den Kulissen. Er war unter den demokratischen Kräften als Hassfigur verschrien, da in dem von ihm ins Leben gerufenen *Nationalklub* die konspirativen Treffen zwischen Kapp, Lüttwitz und den anderen Verschwörern stattgefunden hatten. Später hatte er allerdings in seinen Zeitungen jede Beteiligung daran dementiert und sich sogar zum Retter der Republik ausrufen lassen.

Über die Tatsache, an diesem Abend auch auf Hans von Dehlbergh zu treffen, wunderte Katja sich jedoch nicht. Er hatte es jetzt endlich zum Hauptmann gebracht und gab sich recht wortkarg, sobald er in Katjas Nähe kam. Es war klar erkennbar, dass er ihr immer wieder auswich.

»Ich bekomme ein Kind, Hans«, sagte sie ohne Umschweife, als beide doch einmal kurz allein waren.

Immer wieder hatte sie in den letzten Wochen an Übelkeit gelitten. Als dann die Blutung zwei Mal ausgeblieben war, hatte es keine Zweifel mehr gegeben. Die Untersuchung beim Arzt war nur noch die Bestätigung gewesen. Sie hatte mit sich gehadert, ob und wie sie es dem

Vater sagen sollte. Unter normalen Umständen wäre eine solche Nachricht passend für einen intimen Spaziergang am Sonntagvormittag oder ein nettes Abendessen gewesen. Nun aber standen beide in einem Boudoir der von Hugenberg gemieteten Villa am Wannsee. Dorthin hatte der Industrielle und Zeitungsverleger zu einem Empfang geladen.

Seltsamerweise war ihr nie in den Sinn gekommen, das Kind abzutreiben. Sie hatte Frauen in Verzweiflung erlebt. Nach der körperlichen Nötigung durch einen Dienstherrn oder Vorgesetzten. Oder auch nach den Vergewaltigungen durch die Bolschewiki. Aber ihr Kind war kein Kind der Gewalt, es war ein Kind der Leidenschaft. Unerwartet zwar, aber dadurch auch ungewollt? Und welche Schuld trug es, dass die Mutter sich jetzt fragte, wie sie sich jemals mit diesem aufgeblasenen Puderaffen hatte einlassen können? Natürlich war sie verunsichert. Viele Sorgen gingen ihr durch den Kopf. Wie konnte sie in dieser Zeit für ein Kind sorgen? Was würde aus ihren Zukunftsplänen werden? Aber dem Offizier gegenüber wollte sie sich auf keinen Fall etwas anmerken lassen. Er würde weder an Zweifeln noch an Freuden teilhaben.

»Wir waren in den ersten Nächten wohl etwas stürmisch und unvorsichtig.« Hans von Dehlberghs Antwort passte zu seinem Charakter. Unverbindlich, abwartend, auf seine Gelegenheit lauernd. »Ich werde dir Geld geben für den Arzt. Kennst du einen, oder soll ich mich umhören?«

Katja war erstaunt darüber, dass es ihr gelang, die Fassung zu wahren. Fast schien es, als hätte er ihr durch die – durchaus erwartete – Reaktion jene Stärke gegeben, die sie brauchte. Sie fühlte sich ein wenig entrückt, wie die Figur in einem Roman. Sie mochte die arme verführte Jungfrau sein. Oder das durchtriebene Luder. Aber sie war sie. Und Dehlbergh war nur ein Kindsvater, der von Ferne ein paar Groschen hinwarf, das Balg zu nähren. Oder ganz abgebrüht zu den Engeln zu schicken. Sie hatte fast schon gewusst, dass ihr ehemaliger

Liebhaber auf diese Weise reagieren würde. Sie hatte es quasi vorweggenommen, und nun schmerzte es nicht mehr so heftig. Von Dehlbergh war ein Feuer gewesen, das heftig und kurz gebrannt hatte. Und sie selbst war weder die Jungfrau noch das Luder. Und das hier war kein Schundroman. Sie hatte gewusst, was sie tat. Aber dieser Mann konnte keine Zukunft schaffen, denn er war Soldat, auch – und vor allem – im Herzen. Er kannte nur das Erobern, Unterwerfen, Nehmen. Und zog dann weiter. Katja würde ihm nicht die Genugtuung verschaffen, vor ihm zu jammern und zu betteln. Ein Krieger verstand nur eine Sprache.

»Du wirst niemals eine Familie haben, Hans.«

Sie sah ihm in die Augen. Offenbar hatte er eine solche Bemerkung nicht erwartet.

»Es ist mein Kind«, fuhr sie fort. »Und ich werde die Mutter sein. Aber du nicht der Vater. Denn zum Schaffen, Pflegen und Bewahren bist du nicht geboren. Ich habe die Nächte mit dir genossen, Hans. Du bist ein guter Liebhaber. Aber dennoch bist du kein wirklicher Mann.«

Sie sah, wie sich von Dehlberghs Gesichtszüge verhärteten. »Berlin, Frankreich, Russland oder sonstwo. In vielen Jahren wirst du in irgendeiner Erde verrotten. Einer Erde, die niemals dein Zuhause geworden ist. Und niemand wird mehr an dich denken. Auch dein Kind nicht, denn du hast keines. Leb wohl, Hans.«

Ihre anfängliche Unsicherheit war in den folgenden Stunden einem Hochgefühl gewichen. Sie fühlte sich innerlich frei wie lange nicht mehr. Mehrere Male versuchte der Offizier im Laufe des Abends, sie zur Rede zu stellen, aber sie ließ ihn abblitzen. Demonstrativ suchte sie die Nähe zu diesem Canaris, der ebenfalls eingeladen war. Und vor diesem Mann schien von Dehlbergh eine Menge Respekt zu haben.

Gegen Mitternacht sah sie ihn betrunken und lethargisch in einer Ecke sitzen. Vielleicht war es ein billiger Sieg, den sie errungen hatte. Aber der Mann hatte versucht, sie auf tiefste Weise zu demütigen, sie in den Dreck zu werfen. Doch im Schlamm hatte der Dolch gelauert, dessen Stoß zwar sicher nicht tödlich war, dessen Schmerz er allerdings noch lange spüren würde.

»Der Verstand der russischen Frauen beeindruckt mich, meine Teure«, meinte Alfred Hugenberg, als sie später mit ihm ins Gespräch kam. »Wir hätten viel früher das Zarenreich auf unsere Seite bringen und gemeinsam gegen den Erzfeind im Westen antreten müssen. Nikolaj wäre dann immer noch Kaiser, und die Bolschewiki trieben als Fischfutter in der Wolga. Ich bedaure zutiefst, was Ihrer Familie zugestoßen ist, Fräulein Romanowa.«

»Danke. Und das Fischfutter, eine nette Vorstellung, Herr Hugenberg« meinte Jekaterina pflichtbewusst. Warum sollte sie sich mit dem Mann über politische Strategien unterhalten? Oder gar streiten?

Wilhelm Canaris hatte sie dem Zeitungsverleger vorgestellt, der sich von anderen Anlässen her offenbar an sie erinnerte. Katja musste zugeben, dass auch bei ihm der erste Schein getäuscht hatte. Er galt gemeinhin als polternder, ungehobelter Waldschrat.

»Wie wunderbar wäre es«, fügte sie hinzu, »wenn meine Familie noch am Leben wäre und Deutschland nicht derart am Boden.«

Hugenberg war ein schroffer Charmeur. Er konnte in dem einen Moment noch vertrocknet und abweisend wirken, dann plötzlich erschien er höflich und geistreich. Natürlich hatte sich Jekaterina seine ganze Erfolgsgeschichte anhören müssen. Sie wusste, Männer brauchten das. Eine kluge Frau nickte dann mit bewunderndem Blick und schaltete auf Durchzug. Sein Aufstieg in der *Berg- und Metallbank*. Die frühe Erkenntnis, dass Geld nur dann einen Sinn hatte, wenn man sich auch etwas dafür kaufte. Und zwar Beteiligungen, Fabriken, Patente, Bergwerke, Verlage. Ihn trieb eine Art Sendungsbewusstsein an, eine Obsession der Besitzenden. Hugenberg schien tatsächlich besessen von dem Gedanken, Deutschland vor dem Verderben bewahren zu müssen. Und auf dieser Mission hatte er zwei Feinde ausgemacht: die Juden und die Roten.

»Wenn die Sozialdemokraten in irgendeinem Dorf eine Zeitung herausgeben, dann kaufe ich im selben Ort zwei. Und heize ihnen damit ein. Und wenn die Juden eine Bank kaufen wollen, dann gebe ich ein besseres Gebot ab. Wenn sie den Kredit für sechs Prozent geben, dann biete ich fünf. Das ist mein Schlachtfeld, Fräulein Romanowa! Und es ist der Krieg der Zukunft. Ein Krieg des Geldes.«

Aber Hugenberg war auch ein Schwätzer, dem manch pikantes Detail ein wenig zu locker über die Lippen kam. Katja hatte die erste Stunde mit ihm überstanden und tastete sich nun behutsam vor. Schließlich war ihr noch sein Auftritt bei der *Ufa* in Erinnerung. Eine mitteilungsbedürftige Großmannssucht war dem Mann zu eigen, die sie auszunutzen gedachte. Und auch an diesem Abend hatte er viele Kontakte zu Reichswehroffizieren und Korpsmitgliedern gehabt.

»Reichswehr!«, entrüstete er sich vor ihnen. »Allein dieser Name. Wieder eine unerträgliche Demütigung für unser Land. Die kaiserliche Armee zu einer Wehr degradiert, als wäre sie nur noch fähig, kleine Brände zu löschen. Aber die Eberts und Scheidemanns nicken ergebenst und küssen den Franzosen den Arsch.«

Applaus. Hochrufe. Lachen.

Da Katja bei mehreren Gelegenheiten mit Hans von Dehlbergh gesehen worden war, genoss sie mittlerweile das Vertrauen der Offiziere und kam mit vielen Männern ins Gespräch. Sie verstand inzwischen auch, weshalb Geheimhaltung derart wichtig war unter den Militärs. Denn sie waren fast allesamt Klatschbasen und Geschichtenerzähler. Also musste man ihnen offenbar von höherer Stelle verbieten, über wichtige Dinge in der Öffentlichkeit zu sprechen. Ein Umstand, der jedoch nur wenige davon abhielt, munter weiter zu plaudern. Die legendäre, deutsche Spionin in Paris, Mata Hari, hatte nichts weiter tun müssen, als den französischen Stabsoffizieren und Politikern zuzuhören. Und ebenso erging es jetzt Katja.

»Was ist eigentlich los mit Hans?«, fragte sie ein ergrauter Major. »Sonst trinkt er doch kaum etwas.« Er zeigte auf den Hauptmann, der bereits auffällig schwankte.

»Vielleicht eine unglückliche Liebe?«, scherzte Katja, und die Umstehenden lachten.

Plötzlich wurde es im Bereich der großen Empfangshalle laut. Offenbar waren mehrere Soldaten eingetroffen, die sich im Gleichschritt zu bewegen schienen. Die knallenden Stiefelabsätze auf Granit konnten unmöglich nur von einem Mann verursacht werden. Zuerst verstummten die Offiziere, dann auch die anderen Gäste.

»Der Held von Wilhelmshaven und München!«, rief plötzlich ein blasser Leutnant aus einer Ecke. »Hoch!«

Andere stimmten ein. Beifall erklang. Ein Mann in schlichtem Feldgrau betrat den Raum. Das schwarze Koppel schloss den Mantel eng um seine schlanke Taille. Er sah sich um, erblickte schließlich Hugenberg und schob die Schirmmütze unter den linken Arm. Katja kannte den Mann. Dehlbergh hatte sich einige Male mit ihm getroffen.

»Kapitän Ehrhardt, ich dachte schon, Sie kommen nicht mehr«, sagte Hugenberg, an dessen Seite sie immer noch stand.

»Herr Hugenberg, wichtige Geschäfte erforderten meine Anwesenheit.« Der neue Gast knallte mit den Stiefelabsätzen derart laut, dass sich kleine Ringe in Jekaterinas Schorle bildeten. Dazu deutete er eine knappe Verbeugung an, gerade angemessen für einen Zivilisten.

Für Männer vom Schlage eines Hugenberg, von Dehlbergh oder Ehrhardt waren Frauen nur Schmuckstücke, keine eigenständig denkenden Wesen, die sich einen Reim machten auf das, was sie hörten oder sahen. Man trug sie bei sich, freute sich an ihrer Schönheit und prahlte mit dem Besitz. Der konservative Mann war allzu oft ein unbedarfter Gockel. Seit ihrer Ankunft in Berlin hatte sich Katja diese Erkenntnis immer wieder zunutze gemacht. Sie tat, als schäkerte sie mit einem Fähnrich oder als unterhielte sie sich mit anderen Damen über Tischdekoration und Garten. In Wahrheit jedoch nutzte sie ihre Fähigkeit, die sie auf der Flucht vor den Roten aus Sankt Peter noch verfeinert hatte.

»Wozu hat der Mensch zwei Augen?«, hatte eine Alte sie damals in einem Graben gefragt, als sie sich im Dreck versteckt hatte. »Damit er nur *eine* Sache sieht? Und wozu hat er zwei Ohren? Damit er nur *eine* Sache hört? Nein, meine Liebe, du überlebst nur, wenn du beide Augen und beide Ohren nutzt! Schau und höre genau hin, aber sieh und höre auch noch das andere, das ist nämlich oft das wirklich Wichtige.«

Sie nickte jetzt den anderen Damen zu, sie sprach über Belanglosigkeiten, kicherte und trank scheinbar zu viel. Aber sie war mit ihrer Aufmerksamkeit bei Hugenberg und den Offizieren, in deren beständiger Nähe sie sich hielt. Sie sah, dass Ehrhardt zu von Dehlbergh gegangen war, der mit glasigem Blick in einem Ohrensessel vor sich hin starrte. Er wies den betrunkenen Hauptmann mit derart scharfen Worten zurecht, dass sich die anderen Offiziere aus Höflichkeit umdrehten und sich bemühten, bewusst wegzuhören.

»Das wird Folgen für von Dehlbergh haben«, meinte Ehrhardt, als er zur Gruppe um Hugenberg zurückkehrte. »Ich gebe mich nicht mit solchem Kleinkram ab, verdammt!«

»Der Mann wurde von den Polizeibeamten im Nebenflügel untergebracht, Herr Kapitän«, sagte Alfred Hugenberg, den der Wutausbruch seines Gastes offenbar amüsierte. »Wie es besprochen war. Ab hier übernehmen Sie. Ich reise morgen ab, dann läuft der Mietvertrag aus. Bis dahin müssen Ihre Leute …« Er suchte nach den passenden unverfänglichen Worten. »Also, das Problem muss dann beseitigt sein.«

»Das ist mir sehr wohl bewusst, Herr Hugenberg«, entgegnete Ehrhardt in kaltem Tonfall. »Ich werde mich der Sache selbst annehmen müssen. Heute noch.«

Es folgten ein paar politische und strategische Gespräche, deren Inhalte Jekaterina nicht völlig erfassen konnte. Sie wusste aus der Presse, dass auch Ehrhardt in Verdacht stand, den gescheiterten Putsch vor einem Monat unterstützt zu haben. Kurz hatte sogar ein Haftbefehl gegen ihn vorgelegen, der dann wohl an höherer Stelle »in Vergessenheit« geraten war. Jedenfalls gab er sich an diesem Abend erkennbar keinerlei Mühe, seine Anwesenheit oder Identität geheim zu halten.

»... Eisner in Bayern zeigt, dass ... Vorgehen ... geduldet wird.«

»Wir werden ... als Mittel ... USPD und Bolschewiken ...«

»... Zeichen setzen ... Fanal der Erhebung nationaler Kräfte ...«

»... allerdings nicht wieder Versager wie dieser Kapp ...«

»Wir fordern Rechenschaft von den Erfüllungspolitikern. Die bisherige Entwicklung weist ... Es gibt sogar eine sehr gute Zusammenarbeit mit einigen vaterländisch gesinnten Männern von der SPD. Im Gegensatz zu den Kommunisten werden wir die Sozis wieder auf den rechten Weg führen.«

»... keinesfalls Juden wie Erzberger. Dagegen sind Noske und ... Binnen Jahresfrist muss Versailles ...«

»Vergessen Sie die Presse nicht.« Hugenbergs dröhnender Bass hob sich deutlich von den Stimmen der anderen Männer ab. »Schon am Ende des Krieges haben wir gesehen, dass die Stimmung in der Bevölkerung für den Erfolg aller Maßnahmen entscheidend ist. Lassen wir den Pöbel doch an die Wahlurnen. Hauptsache, es spielt die richtige Musik. Und deren Dirigent bin in Zukunft ich, meine Herren.«

»General Ludendorff war Ihnen gegenüber doch bereits äußerst großzügig«, erwiderte Kapitän Ehrhardt scharf. »Ohne die Unterstützung der Heeresleitung und des Kriegsministers hätten Sie die Verlagsgruppe Scherl niemals übernehmen können. Und Sie haben den Preis letztlich mit dem Goldschatz Seiner Majestät bezahlt. Sich mit dem Geld anderer Leute etwas zu kaufen, das muss Ihnen erst mal jemand nachmachen, Herr Hugenberg.«

»Nicht so laut, bitte.« Hugenbergs Elan hatte durch die entlarvende Bemerkung einen Dämpfer erlitten. In seinen Augen waren die geschäftlichen Erfolge der Ausdruck des eigenen Könnens. An die Gefälligkeiten anderer wollte er nur ungern erinnert werden. Und schon gar nicht an die damit verbundenen, späteren Verpflichtungen.

»Ich nehme mir jetzt von Dehlbergh vor und versuche, die Sache mit diesem Verräter Keller zu klären«, seufzte Kapitän Ehrhardt. Er winkte zwei jüngeren Offizieren zu.

Jekaterina sah ihre Chance gekommen, noch ein wenig mehr zu erfahren. Als die zwei Soldaten ihren ehemaligen Geliebten unsanft aus dem Sessel hoben, trat sie dazu.

»Bitte, ich bin die Verlobte des Herrn Hauptmann. Kann ich vielleicht helfen, die Situation etwas weniger peinlich zu klären?«, fragte sie affektiert und scheinbar aufgebracht.

Die beiden Männer sahen Ehrhardt an, der ihnen zunickte.

»Ich erinnere mich«, sagte er. »Wir sind uns mal kurz bei Hans begegnet, nicht wahr? Also gut, begleiten Sie meine Kameraden, Fräulein …«

»Romanowa, aber nennen Sie mich doch Katja, Herr Kapitän.«

Die beiden jungen Leutnants griffen unsanft nach von Dehlbergh und hoben ihn aus dem Sessel. Sie brachten ihn zum Gästeflügel der Villa, in dem ein Schlafzimmer mit Bad für ihn reserviert worden war.

»Der Kerl ist heute zu nichts mehr zu gebrauchen«, schimpfte Ehrhardt, als er seinen Untergebenen in der Toilette würgen und husten hörte. »Vielen Dank, Fräulein Romanowa. Kümmern Sie sich um ihn. Und richten Sie ihm aus, dass er sich morgen um zehn in der Kaserne bei mir zu melden hat. Er hat die Konsequenzen seines Verhaltens zu tragen. Wenn er nicht kommt, lasse ich ihn erschießen. Sagen Sie ihm das.« Er verbeugte sich und verließ das Zimmer.

Katja nahm sich vor, von Dehlbergh gar nichts auszurichten. Ob der Kerl heute Nacht an seiner Kotze erstickte oder morgen standrechtlich erschossen werden würde, war dem Vaterland wohl reichlich egal. Und ihr ebenfalls. Sie war jedoch enttäuscht, da sie gehofft hatte, mit Ehrhardt ins Gespräch zu kommen. Um zu erfahren, was es mit dem erwähnten »Verräter Keller« auf sich hatte. Gerade wollte sie ihre Stola und Tasche nehmen und das Zimmer wieder verlassen, als sie gedämpfte Stimmen aus dem Nebenraum vernahm, gefolgt von einem Klatschen. Von Dehlberghs Gästebereich hatte nur einen kleinen Salon, den eine doppelflüglige Verbindungstür vom Nachbarraum trennte. Diese Tür war jetzt allerdings verschlossen. Wahrscheinlich konnten auf diese

Weise zwei Gäste in einer Wohnung untergebracht werden. Und offenbar hatten nur höhergestellte Gäste den gesamten Doppelraum zur Verfügung.

Vorsichtig und leise trat Katja zur Tür und lauschte. Dann versuchte sie, durch das Schlüsselloch zu spähen, jedoch waren auf beiden Seiten kleine Schlossplättchen angebracht, um eben solche neugierigen Blicke auszusperren.

»Was haben Sie sich nur dabei gedacht, Keller?« Es war Ehrhardts Stimme.

»Ich habe nichts getan, Herr Kapitän!« Der Mann klang verzweifelt. »Mossbach hat …«

Ein dumpfer Schlag erklang, gefolgt von Husten.

Wahrscheinlich ein Hieb in die Magengegend, dachte Katja. Schmerzhaft, aber nicht allzu auffällig. Sie kannte das Vorgehen von den Bolschewiki. Erst später würden die üblen Prügel kommen.

»Ich schwöre! Mossbach hat die Unterlagen gesammelt. Er hat fortwährend Abschriften angefertigt.«

»Für wen?«, wollte Ehrhardt wissen.

»Ich weiß es nicht.«

Zwei Schläge.

»Für wen?«, wiederholte der Offizier.

»Ein Mitglied des Kabinetts« sagte der Gefangene und fügte schnell hinzu: »Noch aus der Zeit vor dem Waffenstillstand. Unter Kanzler Max von Baden.«

»Wer?« Ehrhardt drohte seine Beherrschung zu verlieren.

»Wilhelm Solf. Der Leiter des Auswärtigen. Sepp, also Leutnant Mossbach war immer schon ein Freigeist. Er liebäugelte mit den Liberalen, Herr Kapitän! Er sagte, dass irgendwelche Leute seine Dokumente als Beweise brauchten, um die Machenschaften Ludendorffs und einiger Industrieller aufzudecken. Er meinte, dass der Krieg schon 1917 nicht mehr zu gewinnen war. Aber dass es Männer gab, die an ihm gutes Geld verdienten.«

»Wer steckt außer diesem Solf noch dahinter?«

»Ich weiß es doch nicht. Glauben Sie mir! Ja, ich war ein Freund Mossbachs, ein guter Kamerad, nicht mehr. Ich bin kein Verräter. Er hat mir einiges erzählt, aber …«

Schwere Schläge. Diesmal trafen sie offenbar den Kopf und das Gesicht. Es war ein Gurgeln und Würgen zu hören.

»Die Namen der Mitarbeiter des Ministers kenne ich nicht«, rief der Mann gequält. »Aber Sepp hat einmal von einem Verleger gesprochen, dem er einige Abschriften zukommen lassen wollte. Uhlmann oder so ähnlich. Nein! Uhlfeldt! Und er wollte sich mit irgendeinem Linken treffen. Der hat ihn offenbar im Hotel kaltgemacht. Aber vorher hat Sepp mir ein paar Sachen gegeben, die ich zur Polizei bringen sollte. Falls ihm etwas zustößt. Ich wäre … Ich wollte …«

»Wo sind diese Unterlagen jetzt?«, fragte Ehrhardt mit kalter Stimme.

»Ich wurde überfallen. Jemand wollte mich im Spreetunnel abstechen. Da bin ich abgehauen und habe mich versteckt. Die Papiere habe ich damals liegenlassen. Ich schwöre, ich weiß nichts!«

Jekaterina lief ein Schauer über den Rücken. Sie kannte diese Stimmlage. Auf ihrer Flucht aus der alten Zarenstadt hatte sie sich an den unmöglichsten Orten versteckt. Einmal hatte sie sogar unter einer Latrine im Kot gesessen, als die Bolschewiki mehrere Adlige verhört hatten. Die Stimme eines Mannes wurde immer dann flehend und kindlich, wenn er ahnte, dass ihm der Tod bevorstand. Es war, als bettelte er den Vater an, ihn nicht zu schlagen. Als riefe er nach der Mutter, ihn doch noch zu retten. Und genau so klang jetzt dieser Keller nebenan.

Schon glaubte sie, sie hätte sich geirrt. Es waren keine weiteren Schläge zu hören. Auch kein entsetzter Aufschrei, weil vielleicht einer der Männer eine Waffe gezogen hatte. Stattdessen war es still. Grausam still. Dann hörte sie ein leises Poltern, als würden gefesselte Füße gegen die Stuhlbeine prallen. Heftiges Scharren der Sohlen auf dem Parkett. Sie hörte ein gepresstes Ausatmen, gefolgt von einem verkrampften Röcheln. Der Atem des Mannes verließ den Körper und mit ihm das Leben. Auch dieses Geräusch kannte sie. Sie wusste, der Mann wurde in diesem Moment erwürgt.

*

Kommissar Paul Konter war langsam davon überzeugt, dass er wohl doch eher zu einem Agenten des Geheimen Kaiserlichen Nachrichtendienstes getaugt hätte. Seine Einstellung in der Politischen Abteilung der Polizei am Alex vor einigen Jahren sollte nur eine Notlösung sein, bis eine andere Stelle frei wurde. Dieser Umstand dauerte jedoch bis heute an. Erst war kein Geld da gewesen, dann war er dem Leiter der Betrugsinspektion zu alt erschienen und schließlich hatte ihn das Kriegsende offenbar endgültig an seinen Stuhl geschweißt. Für die Kollegen bei der *C.ST.* – wie die Staatspolizei-Stelle jetzt hieß – war er irgendwie immer ein Außenseiter geblieben. Er hatte versucht, das Beste aus der Situation zu machen, und meldete sich fast immer freiwillig, wenn es um Tötungsdelikte ging. Denn bei den schweren Kapitalverbrechen kam es immer wieder zu einem Gerangel um die Zuständigkeiten. Langweilige Fälle wurden möglichst den anderen Inspektionen zugeschoben. Alles, was Politik und Militär betraf, wurde jedoch als geheim eingestuft und galt – selbstverständlich – sofort als »politisch«. Oft bedeutete es leider auch, dass der Fall für immer ungelöst blieb. Zu viele Köche verdarben bekanntlich den Brei. Zudem waren seine Kollegen auch nicht gerade die begabtesten Köche.

»Einen Kaffee, Frau Sass? Fräulein Romanowa?«, fragte er jetzt, nachdem die beiden Frauen sich an seinen Schreibtisch gesetzt hatten. Er hatte die junge Russin zu sich bestellt, die ihm über den Boten ausrichten ließ, dass sie mit Antonia Sass kommen würde. Er hatte nichts dagegen gehabt.

Berlin ist immer noch ein Dorf, dachte er. Offenbar kennt hier jeder jeden. Er war gespannt darauf, zu erfahren, wie sich die beiden Frauen kennengelernt hatten.

Katja berichtete von ihren Erlebnissen in der Neujahrsnacht vor bald anderthalb Jahren im *Adlon*-Hotel. Allerdings erfuhr der Kripobeamte jetzt erstmals davon, dass auch Max und Franz Sass in jener Nacht zugegen gewesen waren. Und dass die Russin die beiden Einbrecher offenbar in ihrem Zimmer vor ihm versteckt hatte.

»Dann haben Sie mich damals also angelogen«, stellte Konter fest, als Jekaterina ihre Schilderung der Ereignisse im *Adlon* beendet hatte. »Zwei Einbrecher haben sich in Ihrem Zimmer versteckt, und Sie taten, als hätten Sie Migräne.«

»Wir erzählen Ihnen diese Sache, da sie ein anderes Licht auf die Morde an dem Buchhalter und den beiden Kommunisten wirft«, sagte Toni. Sie wirkte blass und müde, die Haut schien alle Frische verloren zu haben. Die Kopfschmerzen kamen jetzt immer häufiger. »Meine Neffen haben eine Dummheit begangen, drehen Sie ihnen keinen Strick daraus. Sie bekommen von uns quasi feinstes Filet serviert. Und dafür lassen Sie die sehnigen Stücke liegen.« Sie rang sich ein Lächeln ab.

Konter mochte die reife, attraktive Frau. Sogar mehr, als er sich selbst eingestehen wollte. Er konnte die Kollegen nicht verstehen, die keine Gelegenheit ausließen, einer blutjungen Verdächtigen oder Zeugin unter den Rock zu fassen. Jedoch war ihm nicht entgangen, dass Toni Sass offenbar krank war. Sie verfiel. Ihn ärgerte es, dass sie offenbar Gefallen an diesem hageren Kerl gefunden hatte, der letztes Jahr dreimal wegen Glücksspiels aufgefallen war.

»Einbruch oder Diebstahl interessieren mich nicht«, sagte er. »Also, was haben die beiden im Hotel gesehen?«

In den folgenden Minuten fassten die Frauen die Geschehnisse zusammen. Toni hatte darauf bestanden, dass Franz und Max zu Hause blieben. Erstens wusste sie nicht, ob Konter die jungen Männer vielleicht nicht doch verhaften würde. Und zweitens war insbesondere Franz leicht erregbar und folglich oftmals unbedacht in seinen Äußerungen. Sie wollte nicht riskieren, dass er sich um Kopf und Kragen redete.

Mit erstaunlicher Behändigkeit fertigte Konter Notizen und kleine

Zeichnungen auf mehreren Blättern Papier an. Nach kurzer Zeit war sein Schreibtisch von Skizzen und Bögen mit Namen und kryptischen Kürzeln übersät. Manchmal unterbrach er Toni oder Katja, wenn ihm etwas unklar war. Die meiste Zeit über schwieg er jedoch und schrieb oder zeichnete. Als die Frauen ihren Bericht zu Ende gebracht hatten, sah Konter auf und seufzte.

»Ein Sumpf«, sagte er leise. »Ich habe einige Vermutungen gehabt, aber das …« Er zeigte im Halbrund über das Dutzend Protokollblätter. »Das übersteigt meine schlimmsten Befürchtungen.«

»Mein Neffe hat beobachtet, wie der Buchhalter erschossen wurde«, meinte Toni. »Und jetzt haben diese Offiziere wieder ihre Finger im Spiel.«

»Werden Sie diesen Kapitän Ehrhardt verhaften?«, fragte Jekaterina. »Der Mann hat Mossbachs Freund ermordet!«

»Hat er das, Fräulein Romanowa?«, fragte Konter mit betont fester Stimme. Seine Unfreundlichkeit tat ihm sofort leid. Aber er ahnte, wie es vor Gericht laufen würde. »Sie haben Männer gehört. Was aber haben Sie gesehen? Stimmen sind wie Theater. Man kann sich schnell täuschen. Haben Sie an diesem Abend getrunken, Frau Zeugin? Hat Kapitän Ehrhardt Ihren Geliebten gedemütigt, und Sie wollen sich nur an ihm rächen? Wo ist die Leiche? Solche Fragen wird der Richter stellen, meine Liebe.«

Er blickte über den Schreibtisch, sah den Frauen abwechselnd in die Augen. Mehr noch als das schöne Äußere bewunderte er an Frauen, wenn sie intelligent waren. Und er wusste, die beiden hatten begriffen, was er meinte.

»Wir vermuten, wir haben gehört, es könnte sein«, fuhr der Kriminalbeamte fort. Dann schlug er mit der flachen Hand auf den Tisch. »Das reicht nicht! Der Kerl wird uns auslachen, wenn wir ihn deshalb anklagen. Und Ihnen lauern danach ein paar Gauner auf, meine Damen. Sie landen im Kanal wie Rosa Luxemburg. Ich hingegen kann zukünftig in einem pommerschen Dorf Viehdiebstähle aufklären.«

»Was wissen wir?« Toni deutete auf die Papiere.

»Von Dehlbergh diente zunächst in der Garde-Division, jetzt in der Brigade, die Ehrhardt untersteht«, begann Konter. »Er hat nur wenig Fronterfahrung, sollte wohl auf Arbeiten im Stab, vielleicht später im Ministerium vorbereitet werden. Soviel ich weiß, war er schon vor Kriegsende in Berlin, um die bereits geplante Rückkehr der Division vorzubereiten. Die dann im Dezember 18 auch erfolgte.«

»Ehrhardt war doch bei der Marine«, warf Jekaterina ein. »Er ist Kapitän. Hans ist beim Heer. Kennen die beiden Männer sich vielleicht aus der Zeit vor dem Krieg?«

Paul Konter schüttelte den Kopf. »Hermann Ehrhardt hat bei Kriegsende eine Einheit aus erfahrenen, ihm ergebenen Frontkämpfern aufgestellt und den ganzen Haufen einfach Brigade genannt. Mit Duldung der Heeresleitung hat er sich die besten Waffen und Fahrzeuge aus den Magazinen requiriert. Überall im Reich soll es geheime Lager und Magazine geben. In Wilhelmshaven und Bremen hat er dann für die blutige Niederschlagung des Matrosenaufstands und die Vertreibung der Arbeiterräte gesorgt. Übrigens mit Duldung der bürgerlichen Parteien und der SPD. Und in München hat er bei der Auflösung der Räterepublik ebenfalls mitgemischt.«

»Eine Söldnertruppe«, stellte Toni fest.

Konter nickte wieder. »Unter der Hand heißt es, dass zehn Männer der Brigade Ehrhardt schlagkräftiger sind als hundert reguläre Soldaten.« Der Polizist hielt kurz inne und überlegte. »Nein, von Dehlbergh und Erhardt müssen sich bei Besprechungen der Obersten Heeresleitung kennengelernt haben. Beide sind General Ludendorff und dessen reaktionärer Bande treu ergeben. Und sie beseitigen offenbar auch unliebsame Personen. Für gute Kopfgelder, wie es scheint.«

»Und die Regierung lässt solche Männer einfach gewähren?«, fragte Toni Sass aufgebracht.

»Überall in der Verwaltung, Reichswehr und sogar in der Regierung selbst sitzen Leute, die am liebsten die Zeit zurückdrehen würden«, entgegnete der Kommissar. »Einige Grundbesitzer und Adlige haben viel Geld verloren durch den Krieg. Auch bei den Industriellen gibt es nicht nur Gewinner. Und der Friedensvertrag hat es nur noch schlimmer gemacht. Die Verbitterung bei den Arbeitern ist ebenfalls groß. Fünfzig Stunden Schufterei, und der Lohn ist eine Woche später schon deutlich weniger wert. Und in den Augen der Leute ist an allem nur die Republik schuld.«

»Diese Mistkerle kommen also einfach davon?«, fragte Katja. »Ich habe ganz sicher gehört, wie Ehrhardt einen Mann töten ließ. Von Dehlbergh und er haben irgendetwas mit dem Mord im *Adlon* zu tun. Franz war dabei. Und zwei Politiker werden erschossen, wahrscheinlich auf Befehl dieser Generäle. Oder der Grundbesitzer und Industriellen.«

Ihr traten Tränen der Wut in die Augen. Sie hatte genug Willkür erlebt, um zu wissen, wovon sie sprach. Schon die Geheimpolizei des Zaren hatte Leute verschwinden lassen. Man munkelte, dass Schweine die letzten Spuren beseitigt hatten. Und nach der Revolution machte die Tscheka dort weiter, wo die zaristische Ochrana aufgehört hatte. Den Schweinen war es schließlich egal, von wem das Futter kam.

»Ich bin davon nicht begeistert«, versuchte Konter, sie zu beruhigen. »Aber wir brauchen handfeste Beweise. Franz hat Pieck gesehen, wie er sich über die Leiche gebeugt hat. Und er hat sich ja anfangs auch geirrt, weil er glaubte, der Kerl wäre der Mörder. Nun sagt Pieck aber, er war es nicht. Und Sie, Frau Romanowa? Sie haben Geräusche im Nebenzimmer gehört! Es hörte sich an wie. Ja, wie was? Dazu ein paar Dokumente von unbedeutenden Beamten, die sich vielleicht nur an ihren Vorgesetzten rächen wollen. Bei der Luxemburg-Liebknecht-Sache stand Aussage gegen Aussage. Wem hat der Richter geglaubt? Natürlich den schneidigen Offizieren, die doch für das Vaterland ihr Leben hatten geben wollen!«

Konter hatte sich in Rage geredet. Er sah Antonia an. »Verzeihen Sie, Frau Sass, aber Ihre Neffen hätten viel früher mit dem *Adlon*-Einbruch herausrücken müssen. Gute Polizeiarbeit hängt oft an Kleinigkeiten, und die Sache ist jetzt über ein Jahr her. Da vergisst man vieles. Die Spuren sind mittlerweile alle kalt.«

»Können wir gar nichts tun, Herr Kommissar?«

»Wie ich schon sagte, wir brauchen Beweise«, erwiderte Paul Konter. »Mossbach ist tot. Keller wahrscheinlich ebenfalls. Dieser Pieck hat nichts gesehen. Was bringt es, wenn ich ihn als Zeugen vorlade? Nur Ärger mit den Kommunisten. Die meisten Soldaten der Garde-Division sind in dem Prozess, der Licht in die Sache Liebknecht bringen sollte, freigesprochen worden. Wir können nirgendwo einen Hebel ansetzen.«

»Von Dehlbergh«, sagte Jekaterina leise. »Er weiß sicherlich über alles Bescheid.«

»Ach ja?«, fragte der Polizist in sarkastischem Tonfall. »Und er wird mir sicherlich aus Reue alles gestehen.«

»Nein, mit Sicherheit nicht«, erwiderte die Russin. »Aber wir könnten so tun, als hätte er es getan. Wir brandmarken ihn als Verräter. Ehrhardt war in dieser Nacht ziemlich wütend auf ihn. Er wird schnell zu überzeugen sein, dass sein alter Kamerad abtrünnig geworden ist.«

»Der Feind meines Feindes ist mein Freund«, sagte Toni und blickte Konter eindringlich an. »Wir stellen Ehrhardt eine Falle. Und der Köder ist Hans von Dehlbergh.«

10

Anna verspürte diese wohltuende Mischung aus Zufriedenheit und Erschöpfung. Sie tanzte nicht, um *davon* zu leben. Sie tanzte vielmehr, um *dadurch* zu leben. Um sich zu spüren, zu erfahren, wer sie in ihrem Innersten war. Willy Meyer hatte ihr in den *Künstlerspielen* von Rudolf Nelson einige Gastauftritte vermittelt. Nelson plante, im nächsten Jahr ein großes Haus am Kurfürstendamm zu eröffnen. Und er hatte Anna Bäumer ein Angebot unterbreitet, dort aufzutreten. Jedoch war er dann verschnupft gewesen, als Anna seine persönlichen Avancen zurückwies. Zudem war Anna nicht bereit, ihren Vertrag mit Toni aufzugeben.

»Verhandeln Sie mit Frau Sass, Herr Nelson«, hatte sie dem Direktor schlicht eröffnet.

Die Erfahrungen bei Nelson waren dennoch wichtig für sie. Auf seiner Bühne spielten und tanzten Künstler. Keine Gestrandeten, die aus Verzweiflung ihr Talent, ihr Handwerk oder ihren Körper verkauften. Sie hatte in Nelsons *Künstlerspielen* Anita Berber kennengelernt, die ihr half, den Tanz noch einmal auf eine ganz andere Ebene zu heben. Die Berber war gerade dabei, zur Ikone des skandalösen Ausdruckstanzes zu werden. Der Tabu-Bruch war durch sie zum Kunstelement geworden.

»Der Weg zur Erlösung führt durch die Hölle«, hatte die Frau Anna erklärt. »Und deine Waffe, um dich dort hindurchzukämpfen, ist die Lust.«

Nach der Aufführung hatte Anita Berber ihr gezeigt, was sie damit meinte. Die beiden Frauen hatten einander besessen. Bis zur Besessenheit.

*

Toni hatte die Sache mit Ehrhardt eingefädelt. Sie hatte fünf Offizieren der Freikorps-Brigade Freikarten für die Sonntagsvorstellung zuschicken lassen. Das Briefpapier mit Nelsons Briefkopf hatte sie kurzerhand aus dessen Büro entwendet. Berber und Bäumer. Ein Traumpaar, das jeden Mann sowohl reizte als auch in seinen Grundüberzeugungen erschütterte. Toni war sich darüber im Klaren, dass es das nicht lange geben konnte. Die beiden Frauen waren Vulkane, die einander verzehrten, auslöschten. In ihnen wirkte eine zerstörerische Kraft, die blanke Gier nach dem Leben. Sie spürten sich nur im Verglühen.

Die wenigen, gemeinsamen Auftritte beider Frauen waren bereits Stadtgespräch geworden. Sogar die *Rote Fahne* hatte von der »personifizierten Dekadenz« und dem »letzten Fanal zum Untergang des Bürgertums« geschrieben. Wie konnte ein Mann wie Ehrhardt einer solchen Versuchung widerstehen?

»Es ist heute ja so schwierig, schneidige Männer in die Varietés zu bekommen«, hatte Toni den Kapitän begrüßt, als dieser eine Stunde vor der Aufführung erschienen war. »Die meisten sind verweichlichte Angestellte, deren größte Herausforderung im Leben ist, die Tram pünktlich zu erreichen. Leider werden unsere Offiziere von den Schmierfinken besudelt und trauen sich kaum noch in Uniform in das Nachtleben.«

»Angenehm, Frau Sass«, erwiderte Ehrhardt und deutete eine steife Verbeugung an. »Ich war ehrlich überrascht, eine Einladung von Herrn Nelson zu erhalten. Schließlich verkehrt er in jenen …« Er hüstelte und suchte nach Worten. »Er ist ein typischer Vertreter jener Kreise, die das Ansehen der Truppe beschmutzen. Mosse, Ullstein und das andere jüdische Pack werden dafür irgendwann die Rechnung bekommen.« Er sah sich um und merkte, dass er sich echauffiert hatte. Wieder ein Räuspern. »Na, wir werden sehen, dass wir bei der Kunst auch Ausnahmen machen können. Und Sie, Frau Sass, sind also *La Muse de Danse* der berüchtigten *Veuve noire* Anna Bäumer?

Und dann noch zusammen mit diesem Flittchen Berber. Wie konnte ich mir diese Darbietung bisher entgehen lassen?« Er verbeugte sich steif.

Der Abend wurde ein grandioser Erfolg. Vor allem, weil die beiden Tänzerinnen erneut Grenzen überschritten und sich unverhohlen auf offener Bühne liebten. Mehrmals mussten Nelsons Ordner eingreifen, als Gäste ihnen nacheifern wollten. Toni musste schmunzeln, als sie an die verrauchten Varietés auf dem Montmartre der französischen Hauptstadt dachte, die als besonders verwerflich galten. Den Maîtres dort hätte die heutige Tanzdarbietung wohl die Schamröte ins Gesicht getrieben.

Männer, die verliebt waren, plauderten gern. Männern jedoch, die vor Verlangen glühten, brannten alle Sicherungen durch. Hermann Ehrhardt war nach diesem Abend ein Paris, der für seine Helena sein Reich opfern würde. Die *Veuve noire*, die Schwarze Witwe, hatte ihn bereits in ihrem Netz gefangen, und er trug ihr Gift in sich, als er Anna hinter der Bühne endlich traf.

»Mach ihm Hoffnung, aber lass ihn zappeln«, hatte Toni ihren Schützling angewiesen. »Pass auf, dass du nie wirklich mit ihm allein bist. Lass dich von ihm einladen. Er wird sich mit dir schmücken wollen. Gib ihm das Gefühl, er sei Hermann, der Eroberer! Horch ihn aus. Ganz allgemein. Und vorsichtig. Frag ihn, wie es mit Deutschland weitergeht. Beschreibe ihm Ottos Nervenkrankheit, aber behaupte, er wäre in einer Heilanstalt. Erzähle ihm, dein Vater wäre gefallen. Spiel die verlorene Seele, die sich immerzu fragt, wofür das alles. Lass ihn von seinen Plänen reden. Er wird dir zeigen wollen, wie einflussreich und mächtig er ist. Namen, Verbindungen, Absichten. Alles kann wichtig sein.«

Ehrhardt verstand sich darauf, eine Frau zu unterhalten. Und Anna gestand sich ein, dass sie seine Gegenwart genoss. Ihm fehlten lediglich adlige Herkunft und familiäre Beziehungen, sonst wäre er in der kaiserlichen Armee zweifelsohne ein oder zwei Ränge höher aufgestiegen. Er brüstete sich nicht mit seinen Taten, erzählte wenig aus seinem Leben, sondern verstand sich auf allerlei gesellschaftliche Themen. Es war Anna dadurch unmöglich, ihn auszuhorchen. Jede Frage in Bezug auf seine Brigade oder politische Tätigkeit musste verdächtig wirken. Er führte sie zunächst in ein teures Restaurant nahe der Oper. Später streiften sie durch einige Nachtlokale, immer in Begleitung von zwei Wachsoldaten.

»Führen Sie ein derart gefährliches Leben, dass Sie die Wachen brauchen?«, fragte sie ohne echte Hintergedanken.

»Einigen Kommunisten gefällt es gar nicht, dass wir in der Stadt Uniform tragen«, erwiderte er. »Und meine Position ist zudem nicht ganz unwichtig, wenn ich so sagen darf. Neider könnten einen ungeschützten Moment ausnutzen.«

Anna Bäumer erinnerte sich an einen kleinen Eklat im Eingangsbereich des *Nelson-Varietés*. Als Ehrhardt kam, war er mit dem angetrunkenen von Dehlbergh aneinandergeraten. Seine beiden Begleiter hatten sogar eingegriffen, als der Jüngere laut wurde.

»Ich habe Sie vor der Aufführung mit einem anderen Offizier zusammenstehen sehen«, lenkte sie das Gespräch vorsichtig in die beabsichtigte Richtung.

»So etwas ist sehr unangenehm«, meinte er. »Durch solche Szenen wird das Ansehen aller Kameraden beschmutzt. Der Mann lässt sich in aller Öffentlichkeit gehen. Wegen einer Liebschaft. Aber weshalb erwähnen Sie dies?«

Anna sah ihre Chance gekommen. Mit etwas Geschick konnte sie jetzt den Sprengsatz legen.

»Ich weiß nicht, ob es von Bedeutung ist, Herr Kapitän. Und ich möchte ungern tratschen.«

Einen Mann erregte es immer, wenn sich eine Frau zierte. Der Kapitän rückte näher an sie heran und legte vertrauensvoll seine Hand auf ihre. Sie sah ihm treuherzig in die Augen und musste sich zügeln, den Bogen nicht zu überspannen.

»Ich habe ihn zweimal gesehen. Und einmal konnte ich ein paar Worte aufschnappen«, sagte sie.

»Wo?«

Ehrhardt hatte sich aufgerichtet, als erwartete er eine Attacke, etwas Überraschendes, Gefährliches.

»Auf dem Alex«, sagte Anna. »Ich war dort wegen meines Mannes, Otto. Sie erinnern sich? Ich habe Ihnen davon erzählt. Der Arme bekommt plötzlich Tobsuchtsanfälle und wurde bereits einige Male verhaftet.«

»Ja, und weiter?« Ehrhardts Stimme klang jetzt angespannt.

»Ihr Bekannter hat mit einem Polizeibeamten gesprochen. Ich habe gehört, wie er sagte: ›*Ich kann Ihnen Beweise liefern, dass Ehrhardt ganz groß bei dem Umsturzversuch mitgemischt hat.*‹ Ich dachte, das muss ich Ihnen sagen.«

Ehrhardt schien wie vom Blitz getroffen. Er winkte nach dem Kellner und warf einen Fünfzig-Mark-Schein auf den Tisch. Der Köder war ausgelegt.

*

»Toni! Diese Frau hat Max und mich …« Franz wusste nicht, ob er sagen durfte, was er sagen wollte. »Im *Adlon*. Sie hat uns das Geld abgenommen.«

Er war entrüstet. Er hatte Toni und Max Klante nur berichten wollen, dass er einen Lastkraftwagen und mehrere Männer organisiert hatte, damit der Wohnungswechsel seiner Tante reibungslos und schnell ablaufen würde. Bei dieser Gelegenheit wollte sie ihn jedoch mit jemandem bekannt machen.

»Eine sehr interessante Person, Franz«, hatte Toni gesagt. »Du wirst sie mögen. Und sie kann unserer Familie von großem Nutzen sein.«

Nun hatte er die junge Russin erblickt, die seelenruhig bei Zigaretten, Kaffee und Kognak am Küchentisch saß und angeregt mit Klante plauderte. Er war derart überrascht, dass ihm die Zigarette aus dem offen stehenden Mund fiel und ein Brandloch im Teppichläufer verursachte.

»Na, mein Lieber«, sagte sie. »Es waren ja sowieso nicht eure Scheine, oder? So haben sie eben schnell wieder den Besitzer gewechselt.« Jekaterina ließ sich nicht aus der Ruhe bringen und lächelte. »Dafür habe ich euch schließlich sicher und ohne weitere Fragen aus dem Hotel gebracht.«

»Sie ist eine Diebin, Toni!«, versuchte es Franz noch einmal und klang dabei wie ein eingeschnappter Junge.

»Wirf nicht mit Steinen, wenn du selbst im Glashaus sitzt«, erwiderte Jekaterina kühl.

»Können wir uns vielleicht auf eine Waffenruhe einigen?«, griff Toni beschwichtigend ein. »Katja hat mir alles erzählt, und sie verfügt über Informationen, die dich auch interessieren werden, Franz. Du wirst es nicht glauben, aber die Angelegenheit im *Adlon* hängt mit der Sache zusammen, die die Polizei eurem Vater in die Schuhe schieben wollte.«

Tatsächlich war ein mögliches Verfahren gegen Andreas Sass und seine beiden Komplizen wegen Einbruchdiebstahls immer noch nicht aus der Welt. Er hatte weiterhin keine Papiere, musste sich jede Woche am Alex melden, und ihm drohte eine Anklage wegen des Raubzugs im *Eden*.

»Sie haben Glück, Sass«, hatte Konter ihm erklärt. »Die Richter haben mit den linken Aufrührern genug zu tun. Und die Polizei wird komplett umgebaut. Hoffen wir, dass niemand unangenehme Fragen stellt. Außerdem ist unklar, ob man Sie wegen des Einbruchs anklagen kann, ohne dabei unnötig auf die Luxemburg-Liebknecht-Sache aufmerksam zu machen. Aber vom Tisch ist das Ganze nicht. Halten Sie unbedingt die Füße still.«

Katja berichtete in der nächsten Stunde von ihrer Flucht aus Sankt

Petersburg, und Franz hörte gebannt zu. Er konnte nicht umhin, sie schon nach den ersten Schilderungen zu bewundern. Wenn nur die Hälfte stimmte, dann hatte die junge Frau Schlimmes durchgemacht. Dagegen war sein eigenes Leben in den Berliner Arbeitervierteln ein wohlbehüteter Sanatoriumsaufenthalt gewesen. Er stellte sich vor, wie es wäre, wenn er plötzlich nach Paris oder London flüchten müsste. Wenn er ohne Familie, ohne einen Sechser in der Tasche und ohne Freunde neu beginnen müsste. Hinzu kam, dass sie eine Frau war.

Er musste sich fast zwingen, den Groll gegen die Russin noch weiter zu pflegen. Immerhin hatte der mehr oder weniger verkorkste Bruch im *Adlon* wochenlang an seinem Selbstbewusstsein genagt. Er konnte dieses angenehme Prickeln nicht vergessen. Dieses Schaudern, als er mit seinem Bruder die Fassade hinaufgeklettert und in die Zimmer eingestiegen war. Anspruchsvoll und doch war es ihm leichtgefallen. Er gestand sich ein, dass er dieses Gefühl genossen hatte. Und dann hatte sie alles vermasselt.

»Ohne mich hätte dieser Polizist euch verhaftet.« Katja schien seine Gedanken erraten zu haben, und ihre Stimme klang jetzt versöhnlich. »Ich muss auch sehen, wo ich bleibe. Euch da hinauszubringen war ein Risiko. Und das habe ich mir bezahlen lassen. Gaunerehre, wenn man so will. Vielleicht ist es ja beim nächsten Mal umsonst.« Sie lächelte entwaffnend. »Toni, gib deinem Neffen auf den Schreck einen kleinen Kognak.«

»Wir übersehen etwas«, meinte Franz nach einer Weile. »Pieck sagt, dass er Mossbach nicht umgebracht hat. Die beiden kannten sich aus Schultagen, hatten sich jedoch aus den Augen verloren. Dann hat sich der Buchhalter plötzlich bei ihm gemeldet, wollte ihm etwas übergeben oder verkaufen. Pieck war natürlich an allem interessiert, was seiner Partei nutzen konnte.«

»Hat er jemanden im Zimmer gesehen?«, fragte Max Klante, der bisher nur zugehört hatte.

»Nicht genau«, erwiderte Franz. »Er wurde von hinten niedergeschlagen, konnte sich jedoch erinnern, einen Schmiss gesehen zu haben.«

»Jeder dritte Student trägt eine Mensurnarbe«, gab Toni zu bedenken.

»Dennoch könnte es Dehlbergh gewesen sein. Muss ja ein ordentliches Ding sein, wenn es das ist, woran man sich in einem solchen Moment erinnert.«

»Diese Vermutungen werden Kommissar Konter nicht reichen«, sagte Toni. »Er reitet ja immer auf seinen Beweisen herum.«

»Er hat recht«, meinte Klante. »Wenn ihr jetzt wieder Wind wegen der *Adlon*-Sache macht, dann weckt ihr vielleicht schlafende Hunde. Diesem Dehlbergh werden die Richter glauben, und man kann ihm nichts nachweisen. Aber Pieck bekommt sicher Ärger. Und wenn Pieck Ärger hat, dann hat Franz ihn auch, denn der Mann wird denken, wir hätten ihn bei der Polizei angeschwärzt.«

»Und vergiss nicht, Franz, dass dein Vater immer noch wegen des Einbruchs vor Gericht gestellt werden kann«, fügte Toni hinzu. »Nein. Für Konter brauchen wir handfeste Dinge. Und wir müssen sie ihm als eine Art Gegenleistung anbieten. Damit er die Beweise gegen Andreas verschwinden lässt.«

»Und um die Anschuldigungen gegen mich nicht zu vergessen«, ergänzte Katja energisch. »Er sagt, dass das Deutsche Reich die russischen Emigranten im Moment nur duldet. Und er behauptet, dass er mich einfach an die Grenze bringen lassen kann. Lieber hänge ich mich auf, als den Bolschewiken in die Hände zu fallen.«

»In der Sache ist das letzte Wort noch nicht gesprochen«, entgegnete Toni und versuchte, ihren Gast zu trösten. »Keine Sorge, Katja, so weit wird es nicht kommen. Und diese schamlose Erpressung muss ein Ende haben.«

»Was schlagt ihr vor?«, fragte Franz.

Er hatte gerade einen Bericht über Lawrence von Arabien gelesen.

Diese verworrenen Agentengeschichten und die Geheimniskrämerei lagen ihm nicht. Er war ein Kind der Straße, gerade heraus und ohne Hintergedanken.

»Unsere krummen Touren waren immer offen und ehrlich«, sagte er und bemerkte den amüsierten Blick der anderen drei am Tisch.

»Er hat recht. Wir hauen nur Leute übers Ohr, die uns übers Ohr hauen wollen«, meinte Toni. »Und der Kommissar bekommt etwas Großes dafür, dass er was Kleines vergisst. Ist doch fair für alle.«

An diesem Nachmittag wurde der Plan ausgearbeitet, der Katja und Andreas Sass endgültig aus der Schusslinie der Polizei bringen sollte. Franz schlug vor, dass dabei auch noch ein bisschen für die Familie herausspringen sollte.

»Wir dürfen uns nicht die guten Kontakte zum Heer verderben«, meinte er. »Zumindest vorerst. Die Kerle geben die Kriegsbestände nicht ans Volk oder die Regierung heraus. Das weiß ich aus zuverlässiger Quelle. Offiziell haben sie nichts, in Wahrheit sitzen sie in jeder Stadt noch auf halbvollen Magazinen mit den besten Waren. Stoffe, Seife, Medikamente, Schnaps und Zigaretten.«

»Stimmt«, bestätigte Toni. »Der Handel mit den Harussels beginnt gerade erst, richtig zu laufen. Sie wären ziemlich verärgert, wenn wir ihnen jetzt sagen müssten, es ist vorbei.«

»Sternwein und sein *Consortium* von Bauunternehmern könnten ebenfalls sauer werden«, ergänzte Franz. »Wenn die Sache mit den Armeelastern zu früh herauskommt, werden die Dinger bestimmt beschlagnahmt. Und das kreiden die uns an. Wir wären in Berlin erledigt.«

»Niemand darf das Ganze mit unserer Familie in Verbindung bringen«, sagte Toni und blickte Katja an.

Tatsächlich lag es nahe, in Zukunft alle Informationen über Katja an die Polizei weiterzuleiten. Sie war Konters Spitzel und verfügte über gute Kontakte zu den Offizieren, zur feinen Berliner Gesellschaft und zu Hugenberg. So würden weder Pieck noch die Harussels oder das

Consortium einen Verdacht gegen Franz oder die Familie hegen. Die Sache hatte nur einen Haken.

»Also soll die dumme Russin ihr Köpfchen hinhalten?«, meinte die Angesprochene. »Wenn etwas schiefgeht, bin ich dran. Nein, da mache ich nicht mit.«

»Ja, ich gebe zu, es ist ein Risiko«, erwiderte Toni. »Aber du bekommst eine Gegenleistung dafür. Du wirst Teilhaberin, Katja. Die Familie Sass und das *Syndicat* haben Zukunft. Du verschaffst uns die Eintrittskarte nach oben, zu den Großhändlern, Bankiers und Industriellen. Wir müssen an die Zeit denken, die nach dem Chaos kommt. Wenn die Lager des Heeres leer sind. Wenn wir nicht mehr an jeder Straßenecke Hehlerware bekommen. Wir geben dir fünf Prozent für dein Wissen.«

Alle schwiegen. Franz wollte protestieren. Er fühlte sich übergangen. Aber seine Tante hatte die Situation voll erfasst. Erst vor drei Tagen hatte ihm Reimers gebeichtet, dass sich die Vorräte an Tuchwaren in den Berliner Magazinen erschöpften. Er musste sie aus dem Umland bringen lassen. Das *Syndicat* brauchte neue Lieferanten. Und Katja hatte die Verbindungen. Toni sah Klante an.

»Lümmelchen führt die Bücher. Er kann dir sagen, was fünf Prozent an unserem Unternehmen wert sind.«

»Fünf Prozent vom Gewinn?« Klante überlegte. Zahlen waren seine Welt. Vieles andere um ihn herum schien er hingegen zu übersehen. »Ja, ich denke, derzeit sind das fünfhundert Mark.« Er legte eine bewusste Sprechpause ein. »Im Monat. Im nächsten Jahr könnte es doppelt so viel sein. Dafür dürfen jedoch weder unser guter Ruf auf der Rennbahn noch unsere Kontakte zu den Juden und Zigeunern leiden.«

Fünfhundert Mark im Monat, überlegte Jekaterina. Nicht die Welt, aber ein sicheres Standbein. Endlich wäre sie nicht mehr von den schmierigen, notgeilen Säcken abhängig, die sie nur begrapschen wollten. Und noch viel wichtiger, sie wäre nicht mehr allein. Toni und Max Klante, die Brüder und ihre Berliner Welt. Und sie wäre in Zukunft Teil dieser Welt. Sie mochte diese Leute, die trotz aller Unehrlichkeit auf erfrischende Weise aufrichtig waren.

»Fünf Prozent, der Handel gilt«, sagte sie und reichte erst Toni, dann den anderen beiden die Hand. »Und lasst euch nicht einfallen, die Nichte des Zaren übers Ohr zu hauen. Die Rache der Romanows wäre fürchterlich.«

11

Berlin-Steglitz, Juni 1920

»Du bist vollkommen verrückt, Lümmelchen«, rief Toni aufgebracht, als ihr Gefährte seinen Plan erläutert hatte.

Max Klante war heute beim Gewerbeamt vorstellig geworden, in der Tasche ein Deckungsbeleg über fünfzigtausend Mark, ausgestellt bei der *Commerz- und Disconto-Bank*.

»Wir müssen jetzt schnell sein, Toto«, erwiderte er. »Der Geldwert zerrinnt in den Fingern wie Wachs in der Sonne. Als ich die Pläne gemacht habe, reichten noch zwanzigtausend Mark, um das Büro anzumelden. Das war vor vier Monaten.«

Toni nahm das Dokument, das er auf den Tisch gelegt hatte. *M. K. Wett-Bureau Berlin*. Sie schüttelte wieder den Kopf.

»Du machst zu viel Wirbel, Lümmelchen«, sagte sie. »Das ruft Neider auf den Plan. Denk an die Prügel, die du letztes Jahr einstecken musstest. Soll es noch schlimmer kommen?«

»Die Rennbahn allein ist nicht alles, Toto. Wir müssen das Geld wieder anlegen. Wieder und wieder, damit wir es nie in den Taschen haben. Denn dort ist es morgen nur noch eine Tasse Lorke wert.«

Toni Sass überlegte. Sie saßen im Garten ihres kleinen Hauses. Die Geschäfte liefen seit Monaten blendend. Die Leute waren irre. Jeder kaufte, trank, tanzte, wettete, als ob es kein Morgen gäbe. Sie hatte die deutsche Krämerseele immer verabscheut. Ein Leben lang schaffen, sparen, um dann mit geflickten Hosen den Arsch zuzukneifen. Als junge Frau war sie deshalb nur zu gern auf die Avancen ihres *Chevalier d'amour* eingegangen. Jean-Jacques, der kleine Angestellte an der französischen Botschaft, der mit ihr nach Paris durchgebrannt war. Zehn Jahre lang hatte sie dort ein freies Leben geführt. Nun war sie seit über einem Jahr wieder in Berlin, und die Stadt glich einem Irrenhaus. In den Theatern ritt ein als Kaiser Wilhelm verkleideter Darsteller ein Schwein, und auf der Bühne des Varietés bumste ein preußischer Oberst vor aller Augen die Puffmutter von nebenan. Ein Skandal jagte den nächsten. Der Reiz bestand auch immer darin, dass die Zuschauer nie ganz sicher sein konnten, ob das Dargebotene nun Spiel oder Realität war.

»... kaufen wir uns ein bei den Großen. Nelson braucht immer Geld für neue Experimente. Oder wir erwerben Anteile am *Wintergarten*. Und die Skladanowsky-Brüder suchen Geldgeber für ihre *Bioscop-* und *Kintopp*-Säle. Du siehst, es gibt viele Möglichkeiten ...« Klante sah Toni an. »Hörst du mir überhaupt zu, Toto?«

»Aber es bleibt bei unserer Vereinbarung«, meinte Toni. »Du bist Teil der Familie Sass, Lümmelchen. Daran ändert sich nichts, oder?«

Sie war nach außen immer eine starke Persönlichkeit. Es gab nicht viele Männer, die es wagten, ihr zu widersprechen. Nur wenige wussten, wie verletzlich sie war. Dass ihr Harmonie und Zusammenhalt wichtig waren. Und dass sie die Sorge umtrieb, das Geld könne die Familie entzweien.

»Und die Familie hält Teile am Unternehmen Klante«, ahmte Max ihre Stimme nach. »Natürlich. Ihr seid meine Teilhaber. Ich habe euch beim *M. K. Wett-Bureau Berlin* mit fünfzig Prozent eintragen lassen. Uns bringt nichts auseinander.«

Er lächelte. Und er wusste, dass er Toni Sass viel zu verdanken hatte. Ohne sie wäre er nur heiße Luft. Sein ganzes Leben lang hatte er Ideen gehabt, Visionen. Selbst als er noch als Bürstenmacher gearbeitet hatte, träumte er schon von cremefarbenen Anzügen und Champagner-Spaziergängen im Lustgarten. Beides hatte er nun, weil diese Frau auf ihn achtgab, ihn festhielt und zurückzog, wenn er der Sonne zu nahe kam. Und weil sie an ihn glaubte. Ohne seine Toto – das wusste er – säße er immer noch in einer Wärmehalle oder läge ausgeraubt längst in der Spree.

»Wir haben übrigens wieder Ärger mit den Götzes«, wechselte Toni das Thema. »Der Alte behauptet, dass du mal gesagt hättest, alles außer Hoppegarten wäre dir egal. Jetzt wollen sie Mariendorf, Karlshorst und Ruhleben für sich.«

Klante lachte laut auf. »Die drei würden nicht mal merken, wenn der Reiter ein Schwein statt eines Arabers sattelt. Und da wollen sie gleich drei Rennbahnen übernehmen?«

»Unterschätze sie nicht. Der Jüngste ist ein aufgeweckter Bursche. Für die drei arbeiten jede Menge Schläger. Sie haben sich einen gewissen Ruf erworben. Auf der Straße heißt es: *Gibt es echt dreckige Arbeit, dann hol dir die Götzes*. Geld haben sie auch und werden sich für die Rennbahnen Buchmacher kaufen, die die Arbeit für sie machen.«

»Sag den Jungs, sie sollen ihnen die Rennbahn Karlshorst anbieten«, erwiderte Klante. »Nur Karlshorst. Unser letztes Wort in der Sache. Auf Hoppegarten, Mariendorf und Ruhleben haben Klante und Sass das Sagen. Die drei Dämel werden sicher keinen Krieg wollen.«

*

Anna streichelte zärtlich über den Bauch ihrer Geliebten. Sie spürte das neue Leben, das in Katja heranwuchs. Oft meinte sie, die Hände, Füße und den Kopf des Ungeborenen ertasten zu können.

»Macht ganz schön Radau, dein Balg«, sagte sie.

»War ja eben auch ganz aufregend, oder?« Jekaterinas Haut glänzte. Sie war noch außer Atem. »Das Kind ist verdorben, bevor es auf die Welt kommt«, meinte sie dann und lachte. »Normal wird es jedenfalls nicht. Ist es ein Junge, dann wird er sich Zeit seines Lebens fragen, wozu Frauen überhaupt einen Mann brauchen. Spaß haben sie auch ohne.« Wieder lachte sie. »Wird es ein Mädchen, kann es nicht anders, als sich später ebenfalls eine Geliebte zu suchen.«

»Na, an dieser Sache …«, sagte Anna und fuhr mit der Hand wieder über Katjas mächtigen Bauch. »Da war ja schon ein Mann beteiligt.«

»Erinnere mich nicht an diesen Kerl. Er wird sein Kind nie sehen.« Katjas Stimme war hart geworden.

Die beiden Frauen küssten sich leidenschaftlich. Anna Bäumer ahnte, was ihre Partnerin meinte. Sie hatte einen Monat lang diesen Kapitän begleitet. Obwohl sie nie mit Ehrhardt geschlafen hatte, fühlte sie sich durch Tonis Bitte, den Mann auszuhorchen, innerlich beschmutzt. Ehrhardt hatte aufrichtig um sie geworben, sich bemüht, war galant und großzügig gewesen. Und auch wenn es nicht zum Letzten gekommen war, fühlte Anna sich wie eine Hure. Dabei hatte sie in den letzten Monaten eine seltsame Härte gegenüber Männern entwickelt. Ihr Otto hatte sie brechen wollen. Sie war sich wertlos und erniedrigt vorgekommen. Als Toni sie aus dem Dreck herausgeholt hatte, bemerkte sie bereits eine eigenartige Zuneigung zu ihr. Ja, sie hatte die ältere Frau begehrt. Mit ihrem Körper, mit all ihren Sinnen. Und mit Anita Berber waren schließlich alle Dämme gebrochen. Anita war die Befreiung gewesen, sie hatte die Ketten gesprengt, das Feuer in ihrem Unterleib entfesselt.

Jekaterina hingegen war von ihren Gefühlen für die Tänzerin regelrecht überfallen worden. Toni hatte sie ihr nach einer Aufführung hinter der Bühne vorgestellt. *La Veuve Noire*, von der Berlin nur hinter vorgehaltener Hand sprach. In der Garderobe war es eng gewesen, und Anna hatte sich zu Katja herübergebeugt, um nach einem Handtuch zu greifen. Ihr Oberarm hatte Katjas Wange gestreift. Die Haut war leicht feucht gewesen. Und sie hatte schier unwiderstehlich nach Schweiß gerochen. Ein Elektrisieren war durch die Russin gegangen. Und noch in derselben Nacht hatten sich die beiden jungen Frauen das erste Mal geliebt. Geheimnisse hatten sie nicht mehr voreinander.

»Kapitän Ehrhardt hat unglaublich viele Kontakte zu anderen Offizieren«, meinte sie später beim Frühstück zu Katja. »Ich kenne mich ja nicht aus, aber ein Kapitän ist bei der Marine doch das, was ein Oberst beim Heer ist. Ganz netter Rang, aber eben kein General wie Ludendorff. Und dennoch wird er ständig von Stabsoffizieren angerufen oder trifft sich mit ihnen. Er spricht mit Politikern, und Minister Noske war bei ihm zu Gast. Dabei ist der doch von der SPD.«

»Hans, also Dehlbergh hat immer vor ihm gekuscht«, sagte Katja. »Andere auch. Und er hat gute Beziehungen zu den Rechten und der Presse. Hugenberg ist ganz begeistert von ihm. Der Alte wollte ihn groß herausbringen, als Helden des Reichs oder so etwas. Aber Ehrhardt hat ihm das ausgeredet.«

»Denkst du, Hugenberg ist dieser seltsame Consul?«, fragte Anna.

Konter hatte seine Informantin vor einigen Wochen in die Details der aufgefundenen Schriftstücke eingeweiht. Er kam bei seinen Ermittlungen nicht weiter. Die Teilnehmer am Umsturzversuch waren entweder untergetaucht, oder sie wurden von höherer Stelle gedeckt. Keiner von ihnen sagte ein Wort, das den Kommissar weitergebracht hätte. Und Ehrhardt schoss in dieser Sache wahrhaft den Bock ab. Obwohl er von mehreren wichtigen Leuten an der Seite von Kapp und Lüttwitz gesehen worden war, hatte er sich lediglich drei Wochen auf einem Reiterhof in Ostpreußen aufgehalten und war dann unbehelligt in die Hauptstadt zurückgekehrt.

»Keine Ahnung. Konter meint, dass er an die Bande erst herankommt, wenn er den Consul enttarnt hat. Der Kerl hat offenbar für alle Aktionen Geld bekommen.«

»Dann kann es eigentlich nicht Hugenberg sein«, gab Anna zu bedenken. »Geld hat er selbst genug. Vielleicht ist es Ehrhardt?«

»Wie du schon sagtest, er ist noch nicht einmal General. Und er stammt aus keiner bedeutenden Familie.«

Jekaterina schwieg eine Weile. Sie dachte daran, dass Toni ihr angeboten hatte, in das große Haus in Steglitz zu ziehen. Was wurde dann aber aus Anna? Welche Zukunft hatten sie in einer Welt, die zwar »Spielen zwischen Frauen« gern auf den Bühnen der Varietés zusah. Deren Toleranz jedoch am nächsten Morgen eine Straße weiter beim Krämer oder Bäcker endete?

»Wir beide haben jedenfalls getan, was wir konnten«, sagte sie plötzlich mit entschiedener Stimme. »Und jetzt ist Schluss. Ich habe diese Versteckspiele satt.«

*

»Die Sache mit Ehrhardt ist aus«, sagte Anna, als sie sich später mit Toni im *Kranzler* traf. »Ich konnte ihn nicht länger hinhalten. Er wollte mich. Und wäre ich seinem Verlangen nachgekommen, dann hätte ich auch zu Otto zurückgehen können. Beide Männer sind gewalttätig, jeder auf andere Weise.«

»Hat er dir etwas angetan?«, fragte Toni besorgt.

»Nein, Ehrhardt ist jedoch gewohnt, zu bekommen, was er will. Er führt seinen Krieg auch ohne direkte Gewalt. Er benutzt Menschen, setzt sie für seine Zwecke ein, opfert sie. Das widert mich an.«

Toni nahm Annas Hand und streichelte sie liebevoll. »Du bist ein großes Risiko eingegangen und hast eine Menge für uns erreicht. Ich meine, für die Familie. Konter hat tatsächlich die wichtigsten Beweise gegen meinen Bruder und seine beiden Freunde verschwinden lassen. Er hat also Wort gehalten. Und das verdanken wir Katja und dir. Dadurch seid ihr Mitglieder der Familie. Und ich möchte dir das gleiche Angebot machen wie Katja. *La Veuve Noire* als Teilhaberin des *Syndicats*.«

Anna rang um Fassung und war sprachlos.

»Diese Männer sind gefährlich und skrupellos, Toni«, sagte sie mit leiser Stimme. Tränen traten ihr in die Augen. »Sie benutzen Menschen für ihre Zwecke und lassen sie danach fallen wie Dreck. Ehrhardt will irgendwann Reichsminister werden, das hat er mir selbst gesagt. Er und Ludendorff sind dicke Freunde. Der General will den Oberbefehl über das Heer zurück, dann aufrüsten und einen neuen Krieg gegen Frankreich. Auch das plaudern sie ganz unverhohlen aus. Auf diesen Herrenabenden tummeln sich Politiker, Verleger, Industriemagnaten und hohe Beamte aus Verwaltung und Regierung. Ganz so, wie es Katja auch erlebt hat.«

»Verbohrte Gipsköpfe«, schimpfte Toni. »Würden am liebsten die Zeit zurückdrehen und uns in Frondienst und Mittelalter zurückschicken.«

»Es geht um etwas anderes.« Anna schüttelte den Kopf. »Zwar wollen einige den Kaiser zurück. Andere wollen die Parteien verbieten und die Spartakisten zerschlagen. Männer wie Ludendorff möchten die Schande der Niederlage ausmerzen. Aber dahinter steckt nur eins.« Sie schwieg. »Geld. Ehrhardt und Dehlbergh wissen das. Einige Unternehmer und Bankiers wissen das. Und vor allem einer weiß es.«

Toni überlegte nur einen kurzen Moment. »Hugenberg«, sagte sie dann.

*

»Wir müssen den Keil zwischen Dehlbergh und Ehrhardt weitertreiben«, sagte Konter, als Katja ihn auf den neuesten Stand gebracht hatte. »Von allein verraten sich diese Kerle nicht. Auch nicht gegenseitig. Ehrhardt wird verstimmt sein, vielleicht lässt er seinen Kameraden auch fallen. Und dann? Haben wir nichts gewonnen. Aber solange Dehlbergh uns noch wichtige Dinge verraten kann, sollten wir das nutzen.«

»Verhaften Sie ihn, Herr Konter«, schlug Jekaterina vor.

»Erstens ist er dann gewarnt. Zweitens kann er die Sache mit Ehrhardt dann schnell als Intrige aus der Welt räumen. Und drittens machen mich der Richter und meine Vorgesetzten zur Schnecke. Ein Kommunist hat im *Adlon* einen Mann mit Narbe gesehen, der Mossbach erschossen haben könnte. Lächerlich! Nein, das wird nichts. Ein hinterhältiges Schwein wie Dehlbergh muss man mit List und Tücke einfangen. Oder ihm eins über den Schädel ziehen. Am besten beides.«

»Und was genau schwebt Ihnen da vor, Herr Kommissar?«

»Die Einzelheiten muss ich mit Frau Sass und ihren Neffen besprechen. Ungefährlich ist es nicht. Ich denke, wir müssen Dehlbergh festsetzen und befragen.«

Jekaterina sah ihn ungläubig an. Der ältere Mann, der vor ihr saß, war untrainiert und kam bereits auf einer kleineren Treppe ins Schnaufen. Toni und die Jungs hatten es immer vorgezogen, geschickt zu handeln, anstatt Gewalt anzuwenden. Und von Dehlbergh war Soldat, war sogar kurz an der Front gewesen. Er würde sich ganz sicher nicht einfach »festsetzen und befragen« lassen. Und schon gar nicht in der Nähe seiner Einheit oder seiner Wohnung.

12

»Es geht um einen Mann, den wir befragen müssen«, sagte Max. »Und wir brauchen eure Hilfe.«

Šaban hörte aufmerksam zu. Er wusste sofort, was der älteste Sass-Bruder meinte. Es war der Fluch seines Volkes, dass es stets verdächtigt wurde, sich mit allen Gesetzlosigkeiten auszukennen. Dabei war es purer Überlebensinstinkt, der Zigeuner oft ahnen ließ, dass etwas Illegales in der Luft lag. Wenn das Wild wusste, wie der Jäger jagte, konnte es die Fallen umgehen.

»Du fragst mich«, sagte der Rom. »Also soll er aus der Stadt heraus? Also ist er wichtig oder gefährlich.«

»Beides«, entgegnete Max. »Ein Keller oder ein Lagerhaus in der Stadt sind zu unsicher. Viele Augen, viele Ohren. Diese Sache muss in der Familie bleiben.«

Šaban lächelte kaum merklich. Die Königin hatte recht behalten. Die Verbindung von Marya und Georg war ein Segen. Die Sass-Familie hatte Wort gehalten, und mit den Transporten war Šabans Clan zu einigem Wohlstand gelangt. Und ja, sein Clan und das Sass-*Syndicat* waren eine Familie. So lautete das Gesetz. Also konnte es auf die Bitte nur eine Antwort geben.

»Montags fahren wir Kohle nach Spandau«, sagte Šaban. »Immer in der Nacht, damit sie dort morgens löschen können. Unser Boot nimmt den Landwehrkanal, weil das Wasser ruhiger ist. Wir warten um Mitternacht für eine halbe Stunde an der unteren Schleuse.«

*

»Männer sind durchschaubar«, sagte Toni. »Halte ihnen einen Damenstrumpf vor das Gesicht, und du führst sie damit, wohin du willst.«

Sie blickte Anna an. Toni Sass hatte sich mit ihren »beiden Mädchen«, wie sie jetzt Katja und Anna scherzhaft nannte, getroffen, um zu besprechen, wie man Dehlbergh in die Falle locken konnte. Die *Veuve noire* seufzte.

»Das soll dann wohl mein Strumpf sein, nicht wahr?«, fragte sie.

»Katja hat sich mit ihm überworfen. Und mit dem Kind …« Toni nahm Annas Hand. »Wir wissen nicht, wie er reagiert, wenn er sie sieht. Tja, und ich? Ich fürchte, meine Unterwäsche interessiert den Kerl nicht mehr.«

»Er weiß, dass Ehrhardt bei dir abgeblitzt ist«, mischte sich Jekaterina ein. »Deshalb wird er umso erfreuter sein, dass du dich für ihn interessierst.«

»Lass ihn einen angenehmen und teuren Abend bezahlen«, schlug Toni vor. »Erst das Essen im *Schlichter* …«

»Der Beluga dort soll beinahe so vorzüglich sein wie zu Hause«, schwärmte Katja.

»Chateaubriand an Gemüse mit drei Soßen.« Toni verdrehte affektiert die Augen. »Danach in den *Wintergarten*, da feiert eine junge Künstlerin gerade ihren Weltunsinn. Lass den Kerl zahlen, amüsiere dich!«

Insgeheim war sie nicht begeistert gewesen von Konters Plan, Dehlbergh zu entführen. Wenn die Sache schiefging, dann stand das *Syndicat* auf der Abschussliste der Freikorps. Und kein Polizist – außer vielleicht Konter selbst – würde einen Finger für die Familie krumm machen. Andererseits war die Zusammenarbeit mit diesem seltsamen Kommissar bereits sehr intensiv geworden. Er wusste Dinge, die ihre Geschäfte schnell zu Fall bringen konnten. Und irgendwie fühlte sich Toni immer noch in seiner Schuld. Ohne Konter säße ihr Bruder im Zuchthaus oder läge bereits unter der Erde. Ja, er hatte seine eigenen Gründe gehabt, ihnen zu helfen. Sein Ehrgeiz war jedoch nicht selbstsüchtig gewesen. Der gutmütige Trottel glaubte immer noch an Gerechtigkeit und höhere Verpflichtungen. Und Toni wollte nicht diejenige sein, die ihm diesen Glauben nahm. Im Gegenteil, vielleicht bot der Plan mit Dehlbergh die Möglichkeit, dass sich Konters Interessen dauerhaft mit den ihren verschmolzen.

»Wird ein hartes Stück Arbeit, Anna«, meinte Franz, nachdem er mit ihr noch einmal den Plan für den Sonntagabend durchgegangen war. Der größte Haken an der Sache war die Entfernung zwischen dem pulsierenden Nachtleben Berlins und dem mit Šabans Leuten vereinbarten Treffpunkt am Spreeufer Nähe Treptower Park. Die Zigeuner hatten sich geweigert, das »Paket« irgendwo im Landwehrkanal zu übernehmen.

»Unsere Boote werden ganz besonders beäugt«, hatte Šaban erklärt. »Ein krummes Ding und das Amt entzieht uns die Binnenschifferlizenz.«

»Die Kunstausstellung im *Wintergarten* ist gegen halb elf zu Ende«, sagte Franz zu Anna. »Du musst ihn dazu bewegen, mit dir in Richtung Spittelmarkt zu gehen. Das ist unser Revier, da fangen wir ihn ab. Es wird wie ein Raubüberfall aussehen, und meine Jungs werden ein wenig unsanft mit dir sein. Du meldest die Sache am Alex, natürlich erst am nächsten Tag. Konter wird dafür sorgen, dass man die Sache erst einmal liegen lässt. Auf diese Weise weist nichts darauf hin, dass du damit drin steckst.«

»Ihr lasst den Kerl aber wieder frei?«, fragte Anna. Sie verabscheute alle Formen von Gewalt.

»Wir sind Geschäftsleute, keine Mörder«, erwiderte Franz und sah die junge Frau besorgt an. »Denkst du, du schaffst das?«

»Toni und deine Familie haben so viel für mich getan«, sagte Anna und hob energisch das Kinn. »Zeit, meine Schulden ein wenig zurückzubezahlen. Ja, ich schaffe das.«

»Man wird euch schon vom Varieté folgen. Die Männer haben Erfahrung mit so etwas, ihr werdet es also nicht bemerken. Wenn er irgendwo einkehren will, halte ihn davon ab. In den Bars und Lokalen können wir ihn uns nicht schnappen. Zu auffällig. Das Ganze wird für dich wirklich wie ein plötzlicher Überfall aussehen, lass es also echt wirken.« Franz war selbst erstaunt gewesen, dass es mittlerweile Banden gab, die sich auf »Paket-Auslieferungen«, wie es im Jargon hieß, spezialisiert hatten. Und das Paket hieß in diesem Fall Hans von Dehlbergh. Willy Meyer hatte Franz den Kontakt vermittelt und wollte gar nicht wissen, worum es ging. Es gab für keine Seite größere Risiken. Außer für die Familie Sass vielleicht, denn die zweitausend Mark »Zustellprämie« mussten im Voraus gezahlt werden.

Alles ging glatt. Bis zu jenem Augenblick, an dem etwas schiefgehen konnte. Franz und Max hatten es vor Neugier nicht ausgehalten und mit dem Allerwelts-Opel eines guten Bekannten zuerst vor *Schlichter*, dann vor dem Varieté *Wintergarten* gewartet. Zwar hatten die noblen Privatwagen auf Berlins Straßen an Zahl zugenommen, jedoch wäre der *Bugatti*, den sich die Familie Sass zugelegt hatte, viel zu auffällig gewesen. Außerdem war die Gefahr, dass er durch einen unachtsamen Bierkutscher angekarrt wurde, in den engen Innenstadtvierteln viel zu groß.

»Wenn das schiefgeht, sitzen wir mächtig in der Patsche«, meinte der jüngere Bruder.

»Ganz zu schweigen von Anna.« Max nickte. »Die ist schneller Flusskrebsfutter, als du deinen Stall offen hast.«

»Dehlbergh ist zwar nicht oberste Riege, aber er kennt eine Menge Leute. Die machen uns fertig. Und vorher sind alle Geschäfte futsch, denn keener will mehr was von uns wissen.«

»Wird glattgehen, Franz. Immerhin hast du den besten Paketdienst angeheuert, den man für Geld kriegen kann.«

»Schmidtchen ist 'ne Marke, sag ich dir«, entgegnete Franz. »Kaum größer als een Krug Molle, aber Granit in den Fäusten.«

»Und vergiss seine Bleipumpen nicht.«

Schmidtchen hieß ebenso wenig Karl Schmidt, wie Franz und Max die Söhne von Kaiserin Auguste waren. Es ging das Gerücht, der Mann wäre ein Nachkomme deutscher Auswanderer und hätte bis zum Kriegseintritt der Vereinigten Staaten in Chicago ein Beerdigungsunternehmen der besonderen Art geführt. Dort hatte er nämlich regelhaft selbst für seine Kundschaft gesorgt und damit den ortsansässigen Gangstern unliebsame Konkurrenz, Singvögel und abzockende Buchmacher vom Leibe gehalten. Der Grund für seinen Ortswechsel ins kaiserliche Deutschland war unklar geblieben, aber man munkelte, er hätte den Sohn eines Politikers »*six feet under*« gebracht. Der rachsüchtige Papa wollte den »*german bastard*« auf römische Weise ans Kreuz schlagen lassen. So war aus Smithy eben Schmidtchen geworden. Aber es handelte sich nur um Gerüchte. Vielleicht kam der Kerl auch einfach nur aus Dortmund und wollte seine durch Kleinwuchs bedingten Minderwertigkeitskomplexe mit einem gerüttelt Maß an Skrupellosigkeit wettmachen.

Anna Bäumer schien sich zu amüsieren. Oder sie spielte ihre Rolle perfekt. Sie war bester Laune, als sie mit Dehlbergh aus dem Speiselokal in der Nähe des Nollendorfplatzes auf die Straße trat. Beide stiegen in ein Taxi und fuhren in Richtung Bahnhof Friedrichstraße.

»Keine Sorge, Franz. Die hat sich nicht in den Spießer verguckt.« Max scheiterte beim Versuch, überzeugt zu klingen.

Die Ausstellung von Hannah Höch im *Wintergarten* endete beinahe pünktlich. Als die Sass-Brüder Anna diesmal sahen, war ihre Nervosität fast greifbar. Irgendetwas stimmte nicht. Und im nächsten Moment erkannten die beiden Männer, was die junge Frau beunruhigte. Es traten sechs Menschen als kleine Gruppe auf das Trottoir. Dehlbergh scherzte mit zwei anderen Offizieren, die ebenfalls in Damenbegleitung waren.

»Verdammt!«, rief Franz. »Sie haben jemanden getroffen. Oder er hat sich sogar mit seinen Kameraden verabredet. Gerissen genug ist der Kerl.«

»Wir müssen die Sache abblasen, Franz!«

»Wie denn? Weißt du, wo Schmidtchen jetzt steckt? Sollen wir einen *B. Z.*-Jungen als Nachtwächter durch die Straßen laufen und rufen lassen: Heute keine Paketabholung erwünscht!« Franz sah die sechs Nachtschwärmer, die langsam Richtung Scheunenviertel gingen. Offenbar hatte Anna sich mit ihrem Wunsch durchsetzen können.

»Wir könnten zu seinen Leuten«, schlug Max vor. »Das Ganze soll ja in der Nähe der Petri-Kirche passieren.«

»Du Holzkopf, denk doch mal nach. Schmidts Männer stehen da doch nicht einfach herum. Ich kenne sie noch nicht mal«, schnauzte Franz seinen Bruder an.

»Dann können wir nur abwarten«, meinte Max resigniert. »Wenn wir Dehlbergh und den anderen durch die Gassen folgen, werden sie uns bemerken. Hoffen wir, dass Schmidts Bande sieht, dass etwas nicht stimmt. Der Kerl ist nicht dumm. Dann schnappen wir uns das Schwein eben ein anderes Mal.«

Die Männer warteten im Zwielicht der einzigen Gaslaterne am Gertraudtensteg. Hier wirkte Berlin, das sich hundert Meter weiter so mondän zeigte, noch beinahe mittelalterlich. Die Fischerhäuser verfielen und wurden oft von Horizontalen der untersten Kategorie für ihre Kundschaft genutzt. Vergammelte Teerfässer und ein abgesoffener Kahn lagen am Ufer des Spreekanals, es stank nach Exkrementen, Schiffsdiesel und Fisch.

Eben war ein Pfiff von Ferne ertönt. Das vereinbarte Zeichen. Das Paket hatte mit seiner Begleitung den Bogen über die malerischen Gassen des Scheunenviertels gemacht und kehrte über die Spreeinsel zum Westufer zurück. Malerisch waren diese Gassen jedoch nur für jene, die selbst nicht in ihnen hausen mussten. Viele Mietskasernen hatten noch Latrinen im Innenhof und kein fließend Wasser. Deren Bewohner stanken ebenso wie die Innenhöfe, in die alles entsorgt wurde, was nicht mehr nutzbar war. Und dennoch – oder gerade deshalb – war es

Mode geworden, dort ein wenig zu flanieren, wenn die Charlottenburger Dame mit ihrem Kavalier aus dem Theater kam.

»Hier schaudert es einen so schön«, hatte manche schon entzückt verängstigt ausgerufen.

Die jungen Filmemacher der *Universumfilm* und *Decla-Bioscop* kamen gern mit Kameraleuten hierher, um Eindrücke und Ideen für ihre Filmkulissen zu sammeln.

»Det sind sechse«, flüsterte einer von Schmidts Männern in der Seitengasse, die zum Fluss führte. »Solln wir abbrechen? Bezahlt ist nur für zwee.«

»Schmidt wird das Porto erhöhen«, grinste ein anderer. »Wenn wir abbrechen, macht er uns kürzer, da fress ick een Besen druff.«

»Kriegen wir hin«, meinte der Älteste, der die Truppe anführte. »Otto, du hältst die Damen leise. Und wir drei ziehen den Herren von hinten eins über den Schädel. Gut, dass wir eine Beschreibung haben. Wir suchen den mit der Narbe im Gesicht. Zur Sicherheit aber noch nach den Papieren luschern, wenn er alle ist.«

Franz und Max hatten sich auf dem Hof der kleinen Kirche auf der anderen Spreeseite versteckt. Hinter uralten Grabsteinen harrten sie aus, bis in der Ferne endlich die schwatzende Nachtgesellschaft zu hören war und offenbar langsam näher kam. Ein blutjunger Heeresoffizier versuchte, durch laut vorgetragene Zoten die anderen zu beeindrucken. Hans von Dehlbergh mimte erwartungsgemäß den Lebemann und gab nur kurze Kommentare ab. Die Sass-Brüder hatten gestritten, ob sie die sechs warnen sollten. Aber entweder brachten sie sich dadurch selbst in Gefahr. Oder sie machten sich schlichtweg nur lächerlich.

»Die Kerle merken ja selbst, dass was nicht stimmt«, sagte Max. »Dann brechen sie die Sache ab. Und wir verhandeln neu mit Schmidtchen.«

Die drei Offiziere und ihre Begleitung waren am Kirchbau vorbeigezogen und mussten sich jetzt in Höhe der Spreebrücke befinden. Plötzlich waren Geräusche eines Handgemenges zu hören. Lautes Rufen. Schmerzensschreie.

»Bei dem Lärm können sie ja gleich die Gendarmen zum Essen einladen«, fluchte Franz und rannte los.

Wenige Sekunden später standen die Brüder am anderen Ende der Gertraudtenbrücke. Zwanzig Meter weiter lagen schon der Bahnhof Spittelmarkt und der immer noch recht belebte Platz. Fast hätte man denken können, hier wäre nichts geschehen. Franz blieb stehen und blickte sich um. Links, nur über eine Treppe zu erreichen, lag die winzige Ufergasse, in der sich die Sass-Brüder und Schmidts Männer treffen wollten. Dort unten war es stockdunkel und mucksmäuschenstill.

»Nimm die Lampe und gib Zeichen«, hatte Schmidt ihn angewiesen. »Zwei Mal langes, drei Mal kurzes Blinken. Sonst stechen dich meine Jungs ab.«

Gerade wollte er die Treppe hinabrennen, als ihm diese Worte wieder in den Sinn kamen. Er kramte die Lampe hervor und gab das vereinbarte Zeichen. Zurück kam ein kurzer Pfiff. Jetzt konnte er sich den Leuten gefahrlos nähern. Als er die Gasse erreicht hatte, bemerkte er einen auffällig verrenkten Körper am Boden. Offenbar war eine Schulter ausgekugelt und das linke Bein schien gebrochen zu sein. Diese Blessuren hätte der Offizier wahrscheinlich überstanden, jedoch stand sein Kopf in einer Weise verdreht, dass er sich den Rücken hinab auf den eigenen Hintern hätte starren können.

»Ist er …?«, fragte Franz, obwohl er sich die Antwort bereits selbst gegeben hatte. Gewalt war ihm prinzipiell ein Gräuel. Die Verrohung auf den Straßen machte ihm zu schaffen, und er war froh, dass sein Bruder Georg aus gröberem Holz geschnitzt war.

»Ich wollte ihn nur umhauen, aber er musste sich ja wehren«, rechtfertigte sich einer von Schmidts Männern. »Im Gerangel ist er gestolpert. Bums, da liegt er. Kriegt een nasses Grab.«

»Wird teuer, meine Herren«, sagte der Anführer der Truppe zu Max und Franz. »Es war von einem Paket die Rede, nicht von einem bewachten Paket. Außerdem muss der da …« Er zeigte auf den Leichnam. »… zu den Fischen. Heikle Sache. Ist ein Offizier. Karl wird nicht begeistert sein.«

»Hornochsen! Keen Licht inne Stube, aber eenen uff helle machen, dat hab ick jern!« Franz ereiferte sich, und Max musste ihn schleunigst aus der Reichweite der Pranken der so Gescholtenen ziehen.

»Ist gut«, sagte er beschwichtigend. »Das Paket ist da?«, fragte er dann die Männer.

»Da liegt es, eingewickelt und verschnürt«, sagte der Anführer und zeigte auf einen Körper, der in Segeltuch gerollt war. Neben ihm lag ein weiterer Mann, bewusstlos und an Händen und Füßen gefesselt.

»Die Frauen?«, fragte Max.

»Hinten bei Otto«, grinste ein anderer Kerl. »Verbundene Augen und lammfromm. Denen geschieht nüscht, und wir setzen sie am Markt ab. Wie verabredet.«

Franz wollte offenbar zu Anna, jedoch raunte Max ihm zu, sich nichts anmerken zu lassen. Stattdessen zog er seinen Bruder zum Ufer, wo ihre Leute am Tag zuvor unter einer öligen Persenning ein kleines Ruderboot versteckt hatten. Er und Franz drehten das Boot um und schoben es ins Wasser. Der Anführer gab zwei Männern ein Zeichen, und sie packten den gut verschnürten Dehlbergh unsanft. Kurz darauf landete der Bewusstlose mit einem Schwung im Boot.

»Unser Boss meldet sich bei euch«, rief der Anführer den Sass-Brüdern hinterher, als sie zur Kanalmitte Richtung Spree ins tiefe Schwarz ruderten. »Und die Beleidigung kostet extra.«

*

Die weitere Zustellung des »Pakets« über Landwehrkanal, Spree, Westhafen und Hohenzollernkanal verlief reibungslos. Dehlbergh war wieder zu Bewusstsein gekommen, stöhnte und versuchte, durch seinen Knebel zu rufen. Er war komplett im Segeltuch verschnürt, so dass er sich kaum bewegen und nichts sehen konnte. Die Männer auf dem Lastkahn sprachen sich nicht mehr mit Namen an, denn nach einiger Zeit gab der Gefangene Ruhe und schien zu lauschen. Gegen drei Uhr passierten sie die Heide, auf der Šabans Sippe lebte. Zwei Männer packten Dehlbergh und warfen ihn im Bogen ans flache Ufer. Die beiden Sass-Brüder sprangen hinterher. Im nächsten Moment rammte ein Zigeuner die Stakstange in den Schlamm und stieß das Boot wieder ab. Für die Kohlelieferung ging es weiter nach Spandau. Franz und Max fanden wie vereinbart einen Handkarren, der im Unterholz versteckt war. Nachdem Dehlbergh halbwegs sicher darauf verstaut war, ging es durch den Morast weiter zur Zigeunersiedlung. Wie bei ihrem ersten Zusammentreffen stand Šaban plötzlich vollkommen unerwartet auf dem Feldweg vor ihnen. Er bedeutete ihnen wortlos, einen Abzweig zu nehmen, der von der Siedlung wegführte. Nach etwa hundert Metern kam eine winzige, halb verfallene Kate in Sicht. In ihrem Inneren roch es muffig und schimmlig. Die Angeln der Fensterläden waren derart verrostet, dass man sie aus der Wand gerissen hätte beim Versuch, sie zu öffnen. Franz fand neben dem Kamin zwei Kerzen, und einen Moment später wurde es im Raum etwas heller. Max und Georg trugen ihre seltsame Fracht in die Hütte und lösten einige Stricke am Segeltuch.

Hans von Dehlbergh saß auf einem Holzstuhl. Seine Hände waren nach hinten gebunden, die Augen mit einem Lumpen bedeckt. Franz hatte bereits befürchtet, dass sie Gewalt anwenden müssten, um etwas aus ihm heraus zu bekommen. Und tatsächlich erwies sich der Offizier als harter Brocken.

»Was wollt ihr Gesindel?«, fragte er, ohne Angst zu zeigen. »Straßenpack. Ich kann es riechen. Billiges Fett, Kartoffeln und Kohlestaub; alles, was euer Leben ausmacht. Seid ihr beim Spartakistenbund? Wollt ihr Geld? Oder doch lieber Zigaretten und Schnaps? Es wird euch …«

Der Schlag, der ihn jetzt traf, kam unangekündigt und mit voller Härte. Georg teilte die Skrupel seiner Brüder nicht. Beim *Syndicat* war er für alles zuständig, was Körpereinsatz erforderte. Wenn manche Leute glaubten, ihre Schulden nicht zahlen zu müssen, verpasste Georg ihnen eine kostenlose Gebisskorrektur. Andere wagten es, die Geschäfte des Sass-*Syndicats* zu stören. Georg und seine Kumpel schickten sie kurzerhand auf Genesungsurlaub. Franz und Max wussten, dass sie in Berlin mit guten Worten allein nicht weit gekommen wären. Aber sie verschlossen ihre Augen vor den brutalen Notwendigkeiten der Straße.

Wieder traf Dehlbergh ein Schlag. Georg bearbeitete den Gefesselten in aller Seelenruhe, als klopfte er ein Bratenstück weich. Kopf, Bauch, Flanke, Kopf.

»Gib ihm eine Chance«, sagte Franz schließlich. »Wenn du so weitermachst, müssen wir eene Stunde warten, bis er wieder klar ist.«

»Bin noch gar nicht warm«, erwiderte Georg. Er hatte nach Kriegsende ein paar Monate bei den Ringern und in den Boxklubs trainiert. Und er war zu einem Muskelberg geworden. Seine Knöchel knackten, als er seine Finger durchknetete.

Das Unvermeidliche geschah. Dehlbergh weigerte sich, mit den Männern zu sprechen. Und nach einigen weiteren Schlägen sackte sein Kopf, wie von Franz befürchtet, nach vorn, und der Körper erschlaffte.

»Der sacht nüscht«, meinte Georg. »Vielleicht, wenn ich ihm was breche oder die Zähne raus haue. Wir könnten ihm auch een Finger …«

Franz und Max sahen sich an und schüttelten den Kopf.

»Keine Hiebe mehr«, sagte Franz knapp. Er hatte eine Idee. »Wartet, bis ich zurück bin.

Bereits nach einer Viertelstunde kam er mit Joaquin, Georgs Schwiegervater, zurück. Der Rom war für die Familien eine Art Medizinmann und Kräuterkundiger. Er zog ein Weihrauchfässchen und einen kleinen

Holzkasten aus seinem Jutesack. Die Brüder beobachteten, wie er die Kohle im Turibulum anglühte und dann aus dem Kasten eine schmutzig braune Kugel nahm. Er legte sie auf die Glut, und sofort stieg weißer Rauch auf.

»Geht raus. Ihr seid es nicht gewohnt. Ich rufe euch«, sagte der Mann.

Kaum fünf Minuten später riss der Zigeuner die Fenster auf und kam zur Tür. Sein Blick war glasig, seine Stimme leicht verwaschen.

»Er wird euch alles sagen. Seid nett zu ihm, sonst wird er unerträglich jammern. Und beeilt euch. In ein paar Minuten wird er anfangen, nur noch zu kichern. Und dann schläft er mindestens zwölf Stunden.« Joaquin schlug Georg auf die Schulter, und beide setzten sich auf ein Schwätzchen ins Gras. Der alte Mann hielt seinem Schwiegersohn ein Pfeifchen hin.

»Mein lieber Freund Hans!«, rief Franz, als er die Hütte wieder betrat, in der es immer noch süßlich roch. Er ahnte, dass es sich um eine Kräutermischung mit Opiumsaft gehandelt haben musste. Vielleicht auch pures Tschandu. »Erkennst du mich denn nicht? Ich bin es, dein alter Kumpel Anton.«

Dehlberghs Gesicht war durch Georgs Spezialbehandlung zugeschwollen. Aber er schien keine Schmerzen zu spüren, als er Grimassen zog und sogar lachte.

»Anton. Wie schön. Und so ein netter Einfall mit dieser Landpartie.« Dehlbergh kicherte.

»Wie geht es unserem Freund Hermann?«, fragte Franz, um keine Zeit zu verlieren. Sie hatten nur diese eine Chance. Und die war nur einige Minuten kurz.

»Der Kapitän?«, fragte Dehlbergh. »Prächtig. Er ist ein echtes Stehaufmännchen. Nachdem diese Versager Kapp und Lüttwitz die Sache vergeigt hatten, sah es schlecht aus. Hermann steckte ja mittendrin, wollte sogar Kriegsminister im neuen Kabinett werden.«

»Und jetzt?«, fragte Franz. »Ich meine, alles ist verloren. Der Trottel

Kapp wurde verhaftet, Lüttwitz wird aus der Truppe entlassen. Was hat Hermann vor?«

»Er war nur zwei Wochen untergetaucht. Wollte abwarten, ob Anklage gegen ihn erhoben wird. Aber da oben braucht man ihn noch.« Das Kichern wurde etwas schriller.

»Hat jemand seine Hand über ihn gehalten?«, fragte Franz weiter. »Hugenberg?«

Dehlbergh nickte. »Ohne Hermann zerbrechen die Freikorps-Truppen. Dann wären die feinen Herren den Linken schutzlos ausgeliefert. Und diese Schlappschwänze von der Reichswehr haben ja nur noch Holzgewehre. Nein, Schwerindustrie, Banken und Verlage brauchen uns, um gegen die Spartakisten zu bestehen.«

»Hugenberg?«, wiederholte Franz mit Nachdruck.

»Klar, der hat das Geld und den Einfluss. Wir Nationalen brauchen uns gegenseitig. Aber noch etwas mehr brauchen wir die Penunze. Mannschaften und Unteroffiziere spuren nur bei Bezahlung, so ist das.«

»Wie?«, fragte Franz. »Kommen da einfach Koffer mit Geld, und jeder nimmt sich, was er braucht?«

»Unsinn. Papiermark will sowieso keiner mehr. Devisen oder Gold, da spielt die Musik. Hugenberg hat viele Unternehmen, und eine seiner Firmen überweist uns regelmäßig Beträge auf die Konten der *Notopferhilfe für den deutschen Soldaten.*«

Notopferhilfe. Franz hatte davon gehört. Offiziell war das ein Verein zur Unterstützung versehrter Kriegsteilnehmer, die es in diesen Zeiten besonders hart getroffen hatte.

»Das Geld kommt zusammen mit den Anweisungen für die gewünschte Gegenleistung«, stellte er nüchtern fest.

Dehlbergh nickte. »Quid pro quo, mein Lieber. Der Feind steht im Moment nicht auf dem Felde. Er steht in unserem eigenen Land. Juden und Bolschewiken sind die Geschwüre, die wir entfernen müssen. Und dazu noch die linken Schmierfinken und Politiker, die ihnen zu Diensten sind. Die national gesinnte Truppe ist das einzige Bollwerk gegen diese Feinde Deutschlands. Nur wir sind Manns genug, ihnen die Stirn zu bieten.«

»Mit allen Mitteln?«, fragte Franz.

»Natürlich!«, rief Dehlbergh entrüstet. »Auf dem Schlachtfeld sterben Feinde. Und das Schlachtfeld ist im Moment Deutschland. Tod diesen Hunden! Wir werden das Land Stück für Stück säubern. Die Kapp-Sache hat klargemacht, dass wir das nächste Mal besser vorbereitet sein müssen. Wir werden im Vorfeld zuerst die hundert Köpfe der roten Hydra abschlagen. Einen nach dem anderen.« Sein Kopf sank plötzlich nach vorn. Es war, als käme das Laufwerk einer Spieluhr zum Stehen.

»Nein!« Franz schüttelte den Gefangenen. »Hans, was meinst du damit? Und wer ist der Drahtzieher? Noch immer der Kaiser?«

Von Dehlbergh murmelte etwas Unverständliches und schüttelte den Kopf.

»Ach was«, sagte er, jetzt kaum noch verständlich. »Der trübsinnige Schwachkopf brütet in Holland über seinen Plänen, Deutschland endlich auf den Weltmeeren zur Geltung zu verhelfen.«

»Hugenberg?«, fragte Franz weiter. »Ist Alfred Hugenberg der Consul?«

Abrupt schoss der Kopf ihres Gefangenen nach vorn, und der irre Blick flackernder Augen traf abwechselnd Franz und Max.

»Der alte Alfred? Der Consul? Das ist der schlechteste Witz, den ich …« Hans von Dehlbergh verstummte, seine Augen schlossen sich.

»Wer, Hans? Verdammt, wer?« Franz ohrfeigte den benommenen Mann.

»Hermann.« Stille im Raum. Für den Offizier gingen die Lichter aus. Der schlaffe Körper des Betäubten fiel zur Seite und wurde nur durch die straffen Fesseln gehalten.

»Wir waren so blind!« Franz trat einen leeren Stuhl um. »Da glauben wir, es ist Hugenberg, der die Fäden in der Hand hält. Aber der

Kerl ist nur der Geldgeber für diese sogenannte, nationale Sache. Und ihr Sprachrohr.« Er fegte einen geflickten Kessel vom verrosteten Kohleofen. »Dabei hatten wir den Mann, um den es eigentlich geht, die ganze Zeit vor der Nase. Mitten in Berlin. Sein beschissener Heerhaufen führt sich auf, als läge er im Dreißigjährigen Krieg vor Prag. Und er selbst ist eitler als Wallenstein.« Jetzt griff Franz nach dem Revers seines Bruders und ließ alle Vorsichtsmaßnahmen sausen. »Max, es ist Ehrhardt«, sagte er. »Hermann Ehrhardt ist der Consul.«

13

Berlin-Charlottenburg

»Ich denke, es ist uns jetzt allen klar, wen Dehlbergh meinte, als er den Consul erwähnte«, sagte Paul Konter, als er sich mit Toni, ihren Neffen und Katja im *Klub Berlin* traf.

Gennat hatte ihm empfohlen, die Sass-Familie nicht mehr auf den Alex zu zitieren. Erstens hatten dort alle Wände Ohren, und zweitens war das *Syndicat* mittlerweile vielen Kollegen bekannt. Zu häufige Vorladungen aufs Präsidium konnten alle Beteiligte in Misskredit bringen. Paradoxerweise wirkte es weniger auffällig, wenn Konter selbst »einen Besuch« machte. »Die Runde« nannten es andere Kollegen. Bei der Sitte und beim Betrug nahmen viele Polizisten mittlerweile sogenannte Schutzgelder ein. Selbst alte Haudegen gingen plötzlich wieder »auf Streife«, machten »Besuche« oder »Runde«. Und die Nachtklubbesitzer, illegalen Wettbüros und Kokainbuden wurden – nach Zahlung einer angemessenen Apanage – von der Liste für die nächste Razzia gestrichen. Selbst die Schnapsbrenner, die ab zehn Uhr abends auf den Straßen ihren Fusel anboten, nahmen kein Reißaus mehr vor den Schupos. Ein Zehner und die Sache war für den Abend geritzt.

Der Grund für diese neue Moral unter den Staatsdienern war einfach. Die Beamtenbezüge wurden immer erst einen Monat nach Bekanntgabe der neuen Inflationszahlen angepasst. Das hieß, die Kaufkraft betrug etwa die Hälfte der Bezüge der Vorkriegszeit. Zum Verhungern war dies zwar zu viel. Aber die Verlockungen auf Streife waren doch viel größer. Man musste nur wegschauen. Einfacher war Geld nicht zu verdienen.

»Ehrhardt«, meinte Franz.

»Und Alfred Hugenberg ist der Mann im Hintergrund«, sagte Toni und nickte zur Bestätigung.

»Ich habe mich bei den Reportern umgehört, die sich in der Finanzwelt auskennen«, sagte Max Klante. »Hugenberg ist neben Stinnes, Krupp und Siemens der größte Geldgeber für diesen seltsamen Kulturverein.«

»Die *Liga zum Schutze der deutschen Kultur*«, korrigierte der Kommissar. »Für diese Leute zählt nur Deutschsein.«

»Ja, genau.« Klante nickte. »Es heißt, dort gebe es einige Millionen Mark. Und Hugenberg lässt deren Zahlungen an die Freikorps und andere Republikgegner über eine eigens gegründete Firma laufen. Sie nennt sich *Auslands-Aktiengesellschaft.*«

»*AA*«, unterbrach Konter ihn. »Die Notizen mit den Kürzeln, ihr erinnert euch? Jetzt kommt Licht ins Dunkel. Ehrhardt ist der *Consul.* Die Zahlungen, die auf den Belegen von Mossbach vermerkt sind, kamen von Hugenberg. Über diese *Auslands-AG.*«

»Jetzt können Sie sich die Bande schnappen, Herr Kommissar«, rief Franz euphorisch.

»Nicht so voreilig«, erwiderte der ältere Mann. »Was wir hier haben, sind Hinweise. Ein guter Kollege von mir nennt sie Indizien. Es sind keine Beweise. Und je hochrangiger, angesehener und einflussreicher die Verdächtigen sind, umso mehr fordern die Gerichte, dass solche Beweise vorliegen.«

»Wie meinen Sie das?«, fragte Max Sass. »Eindeutiger geht es nicht. Die Kerle stecken unter einer Decke, haben Leute umgebracht und wollen die Regierung stürzen.«

»Ich erkläre es einmal anders«, sagte Konter. »Wird in einem Dorf der Metzger erstochen, und man findet das blutige Messer beim Landarbeiter, so ist die Sache für jeden Richter klar. In diesem Fall reicht ein Indiz, um den armen Mann an den Galgen zu bringen. Nun stellt sich heraus, dass der eitle Landvogt pleite war und dem Metzger Geld schuldete. Leute bezeugen, dass er sich mit ihm heftig gestritten hat.

Und einer hat ihn nachts bei der Kate des Beschuldigten gesehen. Diese Indizien werden aber nie und nimmer für eine Verurteilung des Edelmannes ausreichen.«

»Der Stand entscheidet«, murmelte Toni. »Vielleicht hatten die Franzosen mit ihrer Revolution doch recht.«

»Und die Aussage Dehlberghs?«, fragte Franz. »Er hat doch alles erzählt. Wenn man ihn noch einmal befragt …«

»Wird er alles leugnen!« Konter strich sich durchs Haar.

Er war nicht gerade bekannt für seine Geduld. Und er war immer wieder erstaunt, dass das instinktive Rechtsempfinden der einfachen Leute derart stark von der Wirklichkeit an den Gerichten abwich. Dieser Widerspruch machte ihn oft wütend, denn vielfach schien ihm jenes Empfinden ehrlicher als die Texte der Gesetzbücher.

»Eure Zirkusnummer mit den Zigeunern hat uns zwar wertvolle Informationen gebracht, wird aber vor Gericht keinen Wert haben. Im Gegenteil, ihr landet hinter Gittern. Das war eine handfeste Entführung.«

»Leider hat Dehlbergh dann viel wirres Zeug geredet«, sagte Franz. »Aber es hörte sich so an, als könnten wir noch mit weiteren Aktionen rechnen.«

»Kein Wunder«, erwiderte Konter in frustriertem Tonfall. »Der Putschversuch hat kaum Konsequenzen gehabt. Kapp und Lüttwitz wurden zu lächerlichen Strafen verurteilt. Und die anderen Beteiligten laufen wieder durch die Stadt, prahlen mit ihren Taten und lassen sich auf Banketten feiern.«

»Ein guter Wettkunde arbeitet bei der *Vossischen Zeitung*«, sagte Klante. »Er hat an der Börse ein paar Gerüchte aufgeschnappt. Hugenberg ist im Moment sehr aktiv.«

Er zog ein kleines Notizbuch hervor.

»In sieben Jahren hat Hugenberg über zwanzig Unternehmen gekauft oder zumindest eine Mehrheitsbeteiligung daran erworben«, sagte er. »In allen Branchen. Kohle, Stahl, Waffen, Textilien. Und jetzt nutzt er mit dieser Macht die allgemeine Verunsicherung aus.«

»Das Schwein hat gut am Krieg verdient«, unterbrach Konter ihn. Er hatte sich bei seinen Kollegen von der Inspektion Gewerbekriminalität erkundigt. Hugenbergs Geschäfte waren zwar juristisch einwandfrei, moralisch jedoch äußerst fragwürdig.

»Offiziell ist immer alles ganz sauber«, fuhr Klante fort. »Er lässt Beziehungen spielen, streut üble Gerüchte, wartet auf einen Börsenkrach. Dann unterbreitet er ein lächerlich niedriges Angebot für die Firmen und kauft zum Spottpreis.«

»Und dabei hilft ihm ein weiteres Steckenpferd, in das er viel Geld investiert hat«, sagte Konter. »Er hat vor Jahren kleine und große Verlage gekauft. Und mit General Ludendorff hat er zu Kriegsende darüber gegrübelt, ob nicht eine Filmgesellschaft doch noch den erhofften Sieg bringen könnte. Aber daraus ist ja nichts geworden.«

»Eine Filmgesellschaft?«, fragte Jekaterina. »Um den Krieg zu gewinnen? Daher kommt also sein Interesse an der *Ufa*.«

Sie erinnerte sich an Alfred Hugenbergs ruppigen Auftritt in den Tempelhofer Studios.

»Bei der *Ufa* ist er ausnahmsweise mal nicht zum Zug gekommen. Was ihn übrigens kräftig ärgert.« Konter nickte. »Ist einigen Herren zu sehr auf die Füße gestiegen. Und die haben sich das Geld im Ausland und bei den von ihm so verhassten jüdischen Bankiers geholt.«

Er trat an seine Zeichnung heran, die er wieder am Türblatt befestigt hatte, damit alle sie sehen konnten. Er radierte einige Fragezeichen aus und setzte Namen hinzu.

»Hugenberg tritt als Graue Eminenz im Hintergrund auf, zieht die Strippen zu anderen Unternehmern und zu den Verlagen«, fasste er nach einer Weile zusammen. »Er ist jedoch zu spröde und zu mittelmäßig, um als politischer oder gar militärischer Anführer aufzutreten. Außerdem liegt er mit Ludendorff im Streit. Und an dem Kerl und seinem alten Freund Hindenburg kommt man im konservativen Deutschland nicht herum.«

»Hugenberg ist kein Mann für die Masse«, ergänzte Toni. »Zu bieder, zu hölzern. Er überlässt einem anderen Mann die Bühne der Politik.«

»Dem *Consul*«, rief Franz.

»Dann steckt Ehrhardt hinter dem Versuch, Kapp und die Militärs auf den Thron zu heben?«, fragte Toni ungläubig.

Konter wiegte den Kopf. »Ich weiß nicht. An dieser Stelle hapert es mit unseren Vermutungen. Ehrhardt ist vom Rang her nur Kapitän. Beim Heer würde sich Ludendorff niemals etwas von einem Oberst sagen lassen. Und auch Lüttwitz ist General. Ehrhardt ist ansonsten ein unbeschriebenes Blatt. Keine bedeutende Familie, keine Heldentaten, eigentlich bis Kriegsende ohne Einfluss.«

»Vielleicht hat er einfach zum richtigen Zeitpunkt die sich ihm bietende Gelegenheit ergriffen«, meinte Max Klante. »Wilhelmshaven, München und hier die Spartakisten-Aufstände. Er ist sich nicht zu schade, die Drecksarbeit zu machen. Er hat verlässliche Männer, die nur ihm gehorchen. Und er hat sich den Zugriff auf die riesigen Heeresmagazine gesichert. Wie wir ja alle wissen. Sonst gäbe es vielleicht das *Syndicat* gar nicht.«

»Es ist also nicht vorbei«, fasste Konter zusammen. »Wenn diese Leute irgendetwas planen, werden sie aus ihren Fehlern gelernt haben. Wäre der Umsturzplan im März nicht durchgesickert, hätten sie vielleicht Erfolg gehabt. Beim nächsten Mal werden sie sich besser vorbereiten.«

»Auf der Rennbahn habe ich gehört, dass Hugenbergs Firmen offenbar etwas einfädeln«, mischte sich Klante wieder ein. »Die Börsen sind nervös. Seine Zeitungen verbreiten Gerüchte, dass die Regierung Enteignungen plant. Und die Spekulanten stürzen sich darauf. Die Kurse sind im Sturzflug. Es hat bereits einige Unternehmen fast ruiniert. Und dann kommt jedes Mal Alfred. Sie nennen ihn schon die Krähe. Pickt sich das Beste vom Reste heraus.«

»Meyers Klubs haben sich zu Treffpunkten der Nationalen entwickelt«, sagte Toni. »Vielleicht könnten wir dort etwas über die Pläne dieser Kerle erfahren.«

»Die Frage ist, warum das *Syndicat* mir überhaupt noch helfen sollte«, erwiderte Konter trocken. »Die Anklage gegen Ihren Bruder wurde vom Richter wegen Mangel an Beweisen verworfen. Außerdem möchte man wohl vermeiden, dass bei einem Prozess etwas Peinliches ans Licht kommen könnte. Und Fräulein Katja braucht auch nicht mehr zu befürchten, ausgewiesen zu werden, da sie in Umständen ist. Seien wir ehrlich, unsere gemeinsame Reise endet hier eigentlich.«

»Unser Unternehmen wächst, Herr Kommissar«, sagte Toni. »Da treten wir zwangsläufig einigen Leuten auf die Füße. Die Ringvereine würden uns am liebsten einsacken. Die Juden sind scharf auf unsere Geschäftsverbindungen. Die Götze-Familie entwickelt sich zu einer unangenehmen Konkurrenz. Mein Neffe ist mit einer Zigeunerin verheiratet, und diese Leute haben ständig Ärger mit der Polizei. Herr Klante wird immer wieder von den Buchmachern angeschwärzt. Zudem haben wir ein paar Verträge mit Kanalschiffern, mit den Hungerleidern von der Reichsbahn und sogar dem Zoll. Wir werden demnächst zwei weitere Lokale eröffnen. Da könnten wir etwas Rückendeckung vom Alex gebrauchen, Paul.«

Es war das erste Mal, dass Toni ihn mit Vornamen ansprach, und Konter lief ein kleiner Schauer über den Rücken. Auch registrierte er mit Genugtuung, dass Klante ihn argwöhnisch beäugte.

»Ich bin nicht käuflich«, erwiderte er.

»Und wir kaufen in solch einem Fall ja auch nichts und niemanden. Nein, es geht um etwas anderes. Familie neckt sich, Familie deckt sich. Wir bieten dir nur an, dazuzugehören. Ein bisschen Augen und Ohren offen halten, wie du es für deine Familie auch tun würdest.«

Toni lächelte ihn an. Paul Konter war zeit seines Lebens ein Außenseiter gewesen. Das familiär Intime hatte sich in frühen Jahren auf die Rivalität zu seinen älteren Brüdern, die strafende Strenge des kaiserlich beamteten Vaters und ein an Pedanterie grenzendes Reinlichkeitsbedürfnis der Mutter beschränkt. Später war er an eine Frau geraten, die ihn irgendwie nie richtig verstanden hatte und sich als rechthaberische Xanthippe entpuppt hatte. Man hatte sich erst innerlich entzweit und dann getrennt. Paul Konter hatte nur noch sich selbst, den Beruf und sein kleines Leben in der großen, schmutzigen, chaotischen Stadt. Er hätte jetzt etwas sagen sollen, das wusste er. Aber er schwieg. Jede Antwort konnte ihm Tränen in die Augen treiben. Er war schon zu oft verletzt worden und mochte sich jetzt keine Blöße geben.

»Gut«, nahm ihm Toni die Entscheidung ab und sah allen im Raum in die Augen. »Lümmelchen, Jungs, Katja, von jetzt an gehört Paul zu uns.«

Um den Anlass des neuerlichen Familienzuwachses feierlich zu begehen, schloss Max Klante sein Spirituosen-Schränkchen auf. Mit einem Seufzer, der entweder Bedauern oder Verlangen ausdrücken konnte, öffnete er schließlich den sündhaft teuren *Mauxion 1900*.

»Wir sollten Hans Dehlbergh aus dem Spiel nehmen«, sagte Katja, nachdem der Kognak verteilt war. »Schließlich war es ja unser Plan, einen Keil zwischen ihn und Ehrhardt zu treiben.«

»Höre ich da niedere Rachegelüste heraus, meine Liebe?«

Franz sah sie belustigt an, bereute seine Worte aber umgehend. Ihre Augen funkelten.

»Er hat mindestens einen Mord begangen«, sagte sie in scharfem Tonfall. »An weiteren Verbrechen war er beteiligt. Er ist skrupellos und wird sich für die Demütigung seiner Entführung revanchieren wollen.«

»Fräulein Katja hat recht«, sagte Konter. »Wenn ich einigen Kollegen im Präsidium Hinweise gebe, die nur von Dehlbergh stammen können, dann wird Ehrhardt ihn fallen lassen. Oder sogar Schlimmeres mit ihm anstellen. Wen kümmert es? Wir wären einen gefährlichen Gegner los.«

»Ich könnte einem Reporter von Ullstein stecken, dass ein Freikorps-Offizier die Seite wechseln will«, meinte Franz.

»Gute Idee«, erwiderte Konter. »Aber keine Übertreibungen. Deute nur an, dass du bei deinen Geschäften etwas gehört hast. Mein Assistent wird Dehlberghs Namen ins Besucherbuch bei der Politischen Abteilung eintragen. Überall kleine Steinchen, die ihn zu Fall bringen werden.«

*

»Ich könnte bei Meyer wieder als Kellner arbeiten«, schlug Franz wenig später vor. »Die Leute kennen mich noch. Da schöpft niemand Verdacht. Und Messer-Willy teilt mich bei den Treffen der Kapp-Offiziere ein. Wäre doch gelacht, wenn ich nichts herausfinde.«

Sie saßen in Tonis kleinem Esszimmer und entwarfen Pläne, wie man an die in der Hauptstadt verbliebenen Verschwörer herankommen konnte. Die Fenster lagen zum Luisenkanal hin. Ein Idyll, für das sich Toni bewusst entschieden hatte, da ihr Lärm und Dreck des Berliner Molochs langsam zu viel waren. Das Viertel hatte sich gemausert und galt als gutbürgerlich. Die Damen mit Spitz und Pudel grüßten sich am kleinen Uferweg. Hier wurde nicht gepöbelt, gebettelt oder geschossen. Hier roch es nicht nach Kartoffeln und Fisch, hier dufteten Rosenbüsche friedlich vor sich hin. Zugegeben, es war spießig, aber es befriedigte Tonis Bedürfnis nach Ruhe.

»Könnte gefährlich werden, Franz«, sagte Paul Konter. »Ein Leben zählt gar nichts mehr. Mein Kollege Gennat hat meine Abteilung am Alex über den Polizeipräsidenten aufgefordert, die Zahl der politischen Morde anzugeben. Wir haben sehr vorsichtig geschätzt, dass seit Kriegsende über vierzig Personen getötet wurden, weil ihre Meinung oder innere Haltung unliebsam waren. Und da geht es immerhin um Männer bei den Gewerkschaften, den Zeitungen oder in Partei- und Verwaltungsfunktionen. Ein neugieriger, junger Kellner liegt schnell im Graben. Mit eingeschlagenem Schädel und geklauten Schuhen.«

Sie debattierten hitzig weiter. Schließlich entschied das Argument, dass Franz bereits zu bekannt war in der Stadt. Und nicht nur dort.

»Oberfeldwebel Reimers könnte dich jederzeit wiedererkennen. Wie willst du dann erklären, dass du wieder kellnerst?«, gab Max zu bedenken. »Und wir können nicht ausschließen, dass Ehrhardt dich mit Toni oder Katja schon gesehen hat.«

»Ich mache es«, sagte Georg plötzlich.

Normalerweise mischte er sich in die Gespräche kaum ein. Er war zufrieden mit den Arrangements, die das Leben für ihn vorsah. Mit den Harussels verstand er sich gut und blieb jetzt oft ein oder zwei Wochen in deren Siedlung. Hin und wieder hatte er einen Freund und war dann tagelang im Sumpf der Großstadt versunken, um mit dickem Schädel und leerer Brieftasche wieder aufzutauchen. Seine Aufgaben beim *Syndicat* als »Mann fürs Grobe« erledigte er zu aller Zufriedenheit. Gerade erst hatte er die Schlägertruppe der Götzes in ihre Schranken gewiesen. Sein Vorschlag brachte ihm jetzt lautes Geschrei und wildes Gestikulieren ein.

»Warum nicht? Meistens bin ich in der Gegend am Nolle. Die dämlichen Buden an der Friedrich und Leipziger interessieren mich nicht. Wenn es Zoff gibt, bleibe ich im Hintergrund. Diese Freikorps-Bubis kennen mich nicht. Kleiner Bart und anderer Scheitel, dann geht das. Und wenn doch jemand fragt, dann ist das eine Strafaktion der Familie, weil ich Mist gebaut habe. Mir widerspricht sowieso keener.«

Georg Sass ballte die Faust, ließ seinen imposanten Bizeps tanzen und lachte.

Immer noch regte sich leiser Unmut, aber niemand hatte eine andere Idee. In den republikfeindlichen Kreisen wurde man langsam vorsichtiger. Noch vor einem Jahr hatten Rechte und Spartakisten in jeder Kneipe der Stadt lauthals den Umsturz gefordert und sogar ihre Pläne herausgegrölt. Jedoch war die junge Demokratie offenbar zäher als erwartet. Jüngere Richter, höhere Polizeibeamte und immer größere Teile der Verwaltung stellten sich hinter die neue Verfassung. Man war nicht zufrieden, aber ganz sicher wollte man keinen neuen Krieg. Gerade damit hatten die Revolutionäre und Reaktionäre jedoch nicht gerechnet. Sie wurden konspirativer, begannen sich abzukapseln und ließen nur noch bewährte Kämpfer in ihre inneren Zirkel. Allen war klar, dass jede Aktion gegen diese Leute zu einem lebensgefährlichen Unterfangen werden konnte.

»In Ordnung. Solange wir noch etwas erfahren können, müssen wir es versuchen«, schloss Toni die Beratung. »Ich werde Willy Meyer bitten, dich in die Separees der Freikorps-Offiziere als Bedienung einzuschleusen. Ich sage ihm, dass wir an die restlichen Waren in den Heeres-Magazinen heranwollen. Und dass du Kontakte fürs *Syndicat* herstellen willst. Wenn er hört, dass er zwanzig Prozent von diesem Geschäft bekommt, wird er keine Fragen mehr stellen.«

14

Rennbahn Mariendorf, Oktober 1920

Der Herbst zeigte sich von der schönen Seite. Wenn der Wind von Osten kam, konnte Berlin schon im Oktober lausig kalt sein. Aber heute wärmte die Sonne die gespannten Gesichter. *Bartholomäus* war der Star des Tages. Zwei Rennen. Und eines hatte der groß gewachsene Araberhengst bereits gewonnen.

Klante brauchte Geld. Viel Geld. Die Rennbahngeschäfte sollten künftig nur einen Teil seines Unternehmens ausmachen. Ihm stand der Sinn nach Höherem. Er wollte eine GmbH eintragen lassen, später vielleicht sogar an die Börse gehen. Noch nie hatte jemand versucht, Geld nur mit Geld zu verdienen. Besser gesagt, mit der Aussicht auf Geld. Die Juden und Bankiers verliehen Geld und nahmen Zins. Die Hypothekenbanken beliehen Grundbesitz und nahmen Zins. Wer sich das Geld lieh, der machte etwas damit. Er baute oder kaufte Waren, beteiligte sich an Unternehmen. Aber er, Klante, würde Geld verdienen, indem er den Leuten neues Geld versprach. Wer ihm zehntausend lieh, sollte zwölftausend zurückbekommen. Mit dem Geld des elften und zwölften Kunden konnte er den Zins für die ersten zehn bezahlen. Wenn er zehn oder zwanzig Anleger im Monat überzeugte, dann blieb auch ein netter Batzen für ihn übrig. Nach zwei oder drei Jahren – so seine Rechnung – würde er genug haben, um dem *Syndicat* eine eigene Rennbahn zu kaufen. Er hatte da ein altes Geläuf in Charlottenburg im Auge. Es musste ja nicht gleich Hoppegarten sein. Klante wollte nächtliche Rennen veranstalten, zu denen die angetrunkenen Gäste strömten, wenn die Varietés schlossen. Pferdewetten um zwei Uhr morgens. Unter Dampflampen-Licht. Träume trieben Männer an. Und Männerträume waren Geldträume. Nicht anders war es bei dem gelernten Bürstenmacher, zu dem die Bürger jetzt ihre Tausender brachten.

Max Klante stand an einem der besten Plätze der Haupttribüne. Die Anlage Mariendorf hatte eine große Zukunft vor sich. Während Hoppegarten auch immer mehr Bürgerliche anzog, ging es hier noch herrschaftlich-mondän zu. Offen wurden die eigentlich ihrer Titel beraubten Adligen »Graf« oder »Prinz« genannt. Klante, seine Toto oder die Jungs waren Menschen zweiter Klasse. Vor allem Toni konnte die Stimmung auf der Anlage nur schwer ertragen.

»Die tragen ihre Nasen so hoch, dass sie sogar bei Nebel einen Sonnenbrand kriegen müssten«, sagte sie über die Damen, die sich nur mit Gleichgestellten unterhielten.

»Sieh es einmal so, Toto«, erwiderte ihr Gefährte. »Es bringt doch dann noch viel mehr Spaß, diesen Leuten das Geld aus der Tasche zu ziehen. Nicht wahr?«

Und heute wollte er sehr viel Geld aus diesen Taschen ziehen. Alle sollten glauben, *Bartholomäus* würde der Sieger des Tages sein.

»Wenn alle nur glauben, dann ist es meistens besser, mit dem Denken anzufangen«, war ein beliebter Spruch des schlaksigen Tippgebers, der es mittlerweile auf den Berliner Rennbahnen zu einiger Berühmtheit gebracht hatte.

Die Wettquote im Hauptrennen lag bei mageren drei für zwei auf den Favoritensieg. Aber jeder Schatten hatte eben seine Sonnenseite. Und Max Klante war begnadet darin, diese aufzuspüren. Es hieß eben auch zehn zu eins gegen *Bartholomäus*. Max Klante blinzelte in die tief stehende Sonne. Ein guter Tag. Indischer Pfeffer hatte im Lederfett nichts zu suchen. Schon gar nicht an der Sattel-Unterseite. Zweihundert Mark und die Dose im Stall des Favoriten wurde ausgetauscht. Und zehntausend hatte Klante über einige Strohmänner gegen *Bartholomäus* gesetzt. Nach den Provisionen würden ihm achtzigtausend bleiben. Wenn alles glattging.

»Mir scheint, der Gute ist etwas unruhig«, sagte er zu Toni, die neben ihm stand.

Tatsächlich tänzelte der Hengst nervös und schnaubte, als er zur Startlinie geführt wurde. Der Jockey konnte ihn nur mühsam halten. zweimal schlug das Tier sein Geschirr an den Schädel des Rennbahnburschen.

Ein Aufschrei. Seinen Instinkten folgend beobachtete Klante die Szenerie auf dem Rund noch aufmerksamer. Wenn die Menge stöhnte, dann war etwas passiert. Die Rufe kamen jedoch ganz aus der Nähe, und jemand zog ihn am Ärmel.

»Toto, hast du …?«

Klante hielt inne, sah in die entsetzten Gesichter neben sich. Dann erst bemerkte er, dass Toni nicht mehr neben ihm stand. Die Leute waren zurückgewichen, hatten einen Halbkreis gebildet. Am Boden lag seine Toto. Das war keine einfache Ohnmacht, keine kleine Unpässlichkeit. Die Frau war nicht nur zusammengesunken. Sie lag da, als hätte ein Baumfäller einen Stamm umgelegt.

Das letzte Rennen des Tages. *Bartholomäus* außer Form, nur drittplatziert. *Dada* an eins. Achtzigtausend für Klante. Aber er vergaß, die Wettscheine einzulösen.

15

»Zum Donnerwetter«, rief der Mann empört.

Antonia Sass war ohne Orientierung. Sie lag auf ihrer Wolke und flog umher. Da war eine Erinnerung. Die Opiumtropfen hatten den Schmerz erst gedämpft. Eine Spritze hatte ihn leicht werden lassen. Tiefes Schwarz, grelles Weiß. Hölle und Himmel einträchtig in einem Leben. Ihrem Leben.

»Stümper! Welcher Schustergeselle hat diese Frau denn damals untersucht? Etwa ein Internist? Oder war es ein Chirurg? Dann wird mir so einiges klar«, schnaubte der Mann.

Weshalb störte er ihr Schweben in der Schwerelosigkeit? Warum musste sie zurück in den Schmerz? Toni öffnete die Augen. Seltsame Welt. Nur Konturen. Unruhe in Weiß.

»Sie ist wach, Herr Professor.«

»Sie schielt, Herr Professor.«

»Der Mundwinkel hängt herab, Herr Professor.«

Stimmen, Stimmen.

»Alle raus. Nur Oberschwester Ingeborg bleibt.«

Schritte. Gemurmel. Eine Tür. Stille. Wo blieb der Schmerz? Hatten sie ihn mitgenommen?

»Meine Liebe, da sind Sie ja.« Die Stimme des Mannes klang jetzt anders. Fürsorglich, beinahe sanft.

»Wal blim ich?« Toni schien es, als wäre ihr die Frage misslungen.

»Im Krankenhaus, Frau Sass. Die Charité«, antwortete eine weibliche Stimme.

»Sie hatten wirklich Glück im Unglück, meine Liebe.« Wieder die

Männerstimme. »Mein bester Schüler arbeitet derzeit hier. Er hat Sie untersucht und mich angerufen. Ich bin Professor Edmund Forster, Ordinarius für die operative Nervenheilkunde.«

Toni wollte etwas erwidern, brachte jedoch nur undeutliche Worte heraus. Sie starrte den Arzt an.

»Keine Sorge, Frau Sass. Das wird sich bessern. Ich musste Sie operieren. Leider war die Geschwulst schon recht groß, der Eingriff hat das übrige Gehirn in einen Reizzustand versetzt. Aber die Schwellungen werden abklingen.«

Forster begann, Toni eingehend zu untersuchen. Er leuchtete in die Augen, kniff sie im Gesicht, klopfte mit einem kleinen Hammer an Armen und Beinen herum, kitzelte an den Fußsohlen. Zunächst knurrte er unverständlich, dann jedoch schien er zufrieden zu sein.

»Keine Hinweise auf Lähmungen. Sehr gut! Sie bekommen für das linke Auge eine Klappe. Nur vorübergehend, bis sich die Nervenbahnen erholt haben. Üben Sie das Sprechen. Denken Sie sich einen kurzen Satz, und sprechen Sie ihn laut aus. Immer wieder. Je mehr Sie es versuchen, umso schneller wird sich Ihr Sprachzentrum erholen.«

Toni konnte noch nicken, aber schon im nächsten Moment überwältigte sie eine bleierne Müdigkeit.

Der Mediziner trat kurz danach vor die Tür. Dort wurden seine ärztlichen Mitarbeiter und Studenten bereits von Tonis Angehörigen umlagert.

»Sind wir hier auf dem Anhalter, oder was?«, donnerte er in die Menschentraube auf dem Flur.

Man hatte ihm berichtet, dass seit Tonis Einlieferung in die Klinik immer jemand aus der Familie vor Ort gewesen war. Rund um die Uhr, zehn Tage und Nächte. Er hegte für solche Angehörigen große Sympathie, denn allzu oft hatte er in den vergangenen zwei Jahren erlebt, dass Kranke zur Last wurden. Dass die Familien sie regelrecht vergaßen. Jetzt trat ein hagerer Mann an ihn heran, der bürgerlich geschmackvoll gekleidet war, und stellte sich vor.

»Max Klante. Ich bin der Verlobte von Frau Sass«, sagte er.

»Wir müssen abwarten«, meinte Forster kurz darauf, als er mit Klante allein im Schwesternzimmer saß. »Die Geschwulst war zwar gutartig, aber im Gehirn ihrer Verlobten konnte sie durch ihr langes Wachstum einen schädlichen Druck ausüben.«

»Daher die Kopfschmerzen?«, fragte Klante.

»Das Ding war groß wie eine Pflaume.« Forster nickte. »Es könnte den Sehnerven geschädigt haben. Frau Sass hat zudem Sprachstörungen, die durch die Operation bedingt sind. Das Gehirn ist kein Kartoffelacker, in dem man nach Belieben herumgraben kann.«

»Bitte, sagen Sie mir die Wahrheit. Wird sie wieder gesund? Ich möchte, dass Sie alles tun. Geld spielt keine Rolle, Herr Professor.«

Forster betrachtete den Mann. Er wirkte wie ein Junge, der mit den Jahren zwar größer, jedoch nicht erwachsen geworden war. Energisch und unbeholfen zugleich. Jemand, der wollte, dass sein kaputtes Blechauto durch einen guten Geist wieder heil gemacht wurde. Aber weder war Forsters Patientin ein Spielzeug, noch fühlte sich der Neurologe als guter Geist oder Halbgott.

»Was Menschen tun können, habe ich getan«, erwiderte der Arzt selbstbewusst und demütig zugleich. »Jetzt sollten Sie beten.«

*

»Georg Sass, richtig?«, fragte Ehrhardt und betrachtete eingehend den Kellner, der seit zwei Monaten bei den »besonderen« Gästen in Meyers Lokal bediente. »Irgendwo habe ich den Namen schon gehört«, meinte er dann.

»Meine Familie ist groß, Herr Kapitän«, beeilte sich der Angesprochene zu erwidern, bevor der Offizier zu tief in seinen Erinnerungen grub. »Aber ich bin erst vor ein paar Wochen nach Berlin. Aus dem Westen. Bei Spandau. Meen Vadder hatte eene Kneipe. Leider jefallen.«

Meyer hatte ihm geraten, bei den Veteranen möglichst oft auf die

Tränendrüse der Kriegserinnerungen zu drücken. Vor allem dann, wenn es irgendwie brenzlig wurde.

»Erzähl denen eine Kriegsgeschichte, dann werden sie ganz sentimental und vergessen den Rest«, hatte er gesagt.

»Aha«, erwiderte Ehrhardt. »Und jetzt willst du zur Truppe?«

»Jawoll, Herr Kapitän. Eene Schande is det. Meene Schwestern fressn die Tapeten von die Wände, und die Franzosen lassen unsere Kartoffeln abfahren. Pfui!«

Georg rotzte ordinär und laut in den Spucknapf. Er fürchtete einen Moment, er könnte zu dick aufgetragen haben. Aber Ehrhardt sah ihn an und lächelte.

»Ich sehe, du kannst zupacken«, meinte er und zeigte auf Georgs Oberarme. »Solche Männer können wir gebrauchen. Besser wäre natürlich mit Grundausbildung, aber das können wir später nachholen. Fürs Erste muss eine kleine Einweisung genügen. Eine Woche mit unserem Obermaat Beinhauer, und du spurst. Mein Wort darauf. Danach hältst du dich zur Verfügung. Quasi als Reserve. Du machst deine Arbeit hier weiter und wartest, bis wir dich brauchen. Dafür bekommst du ein Drittel Sold. Voller Sold, wenn wir Verwendung für dich haben. Einwände, Soldat Sass?«

»Nein, Herr Kapitän«, rief Georg etwas zu laut und nahm unbeholfen Haltung an.

Aber Ehrhardt schien zufrieden.

Die Woche mit Beinhauer war hart. Die Brigade Ehrhardt und andere Freikorps unterhielten zwischen der Hauptstadt und Frankfurt einen Exerzierplatz mit Behelfsbaracken und Lagerhallen. Die ganze Einrichtung war gut getarnt und lag derart abgelegen an einem Feldweg, dass sie kaum zu entdecken war. Aufmerksame Beobachter konnten vielleicht stutzig werden, da eine Strom- und Telegraphenleitung mitten in ein Wäldchen zu führen schien.

»Wir werden dich schon ordentlich rannehmen«, hatte der Unteroffizier angekündigt.

Und tatsächlich absolvierte Georg mit zehn anderen Rekruten eine Art Schnellausbildung. Er war robust und kräftig, aber die Schleifer der Brigade kannten alle Tricks. Sie ließen ihn angreifen. Und er landete im Dreck. Sie schürten seine Wut. Und er merkte nicht, dass dies ihre Taktik war.

»Gute Männer sind wie gutes Schiffsholz«, sagte Beinhauer. »Sie werden in Form gebracht, dürfen aber nicht brechen.«

Am Ende der Woche kannte Georg die wichtigsten Techniken für den soldatischen Nahkampf, konnte mit dem Kampfmesser und Bajonett umgehen. Handfeuerwaffen waren ihm zwar vertraut gewesen, aber jetzt merzte er seine Fehler beim Zielen und Abfeuern aus. Schließlich hatte Beinhauer bemerkt, dass sein Schützling mit dem Gewehr über eine ruhige Hand und ein gutes Auge verfügte.

»Scharfschützen sind selten«, meinte er. »Werde dem Kapitän Meldung machen. Sollten wir noch besser hinkriegen. Liegst aufm Dach und pustest den Bolschewisten die Rübe weg.« Er lachte rau.

Zurück in Berlin nahm Georg Kontakt zu seinen Brüdern auf.

»Diese Männer sind gefährlich«, berichtete er und schilderte seine Erfahrungen der Kampfausbildung. »Keine normalen Soldaten.«

Für Konter fertigte er eine Skizze des Ausbildungslagers an und beschrieb dessen ungefähre Lage.

»Sagt Paul, dass er da keinesfalls allein auftauchen darf. Diese Leute haben sicherlich keine Skrupel, einen Polizisten verschwinden zu lassen. Um das Lager auszuheben, braucht man die Reichswehr.«

»Und deren Generäle haben das geringste Interesse daran«, erwiderte Franz. »Wir geben das an Paul weiter.«

»Hast du in Meyers Klub etwas erfahren können?«, fragte er dann.

»Wenig«, antwortete Georg. »Die Offiziere sind vorsichtig. Erst wenn sie in Fahrt kommen, kann ich etwas aufschnappen. Und dann sind es auch nur Gesprächsfetzen.«

»Dehlbergh?«, hakte sein Bruder nach.

»Ist in Ungnade gefallen. Er verlässt das Lokal, wenn der Kapitän auftaucht. Und er hat immer zwei oder drei Männer bei sich. Er wirkt ziemlich blass und nervös, ist aber immer wachsam.«

»Hat nicht so geklappt, wie wir dachten«, mischte sich Max ein. »Hätte vermutet, dass ihn Ehrhardt einen Kopf kürzer macht.«

»So einfach ist das nicht«, überlegte Franz. »Wenn eener von uns im Kanal schwimmt, kräht kein Hahn. Aber Dehlbergh ist Offizier. Da kann selbst ein Ehrhardt nicht einfach hingehen und ihn abknallen.«

Weitere drei Wochen vergingen ereignislos. Georg verlor langsam das Interesse an diesem Abenteuer, das keines war. Wenn man durch das *Syndicat* fünftausend im Monat verdiente, wollte man nicht für zehn Mark am Tag Schnaps ausschenken und Tische wischen.

»Bringt doch nüscht«, sagte er zu seinen Brüdern, als er sich gegen zwei Uhr morgens erschöpft an einen Tisch im *Klub Berlin* setzte. »Dehlbergh und Ehrhardt haben so etwas wie Waffenstillstand, gehen sich aus dem Weg. Und im Lokal werden nur alte Heldengeschichten aufgewärmt.«

»Je mehr Zeit vergeht, umso mehr wird Ehrhardt daran zweifeln, dass Dehlbergh ihn überhaupt verpfiffen hat«, meinte Franz. »Sonst hätte es ja längst Ärger gegeben.«

»Ich sag Meyer morgen, dass ich aufhöre.«

*

Der Schlag traf Georg vollkommen unvorbereitet. Noch während er in die Knie sackte, dachte er an Beinhauer. Der Ausbilder hatte ihnen gezeigt, welche Besonderheiten im Straßenkampf galten und wo ein Hieb nur betäubte. Oder tötete.

»Im Krieg willst du deinen Gegner zur Strecke bringen«, hatte er gesagt. »Auf der Straße kannst du das nicht immer. Vielleicht willst du jemandem nur eine Lektion erteilen. Oder du brauchst noch ein paar Informationen von dem Kerl. Oder es gibt zu viele Zeugen.«

Einige Männer der Brigade trugen spezielle Handschuhe. Eine Seite war mit hartem Rindsleder verstärkt. Ein gezielter Schlag, der von der Seite an die hintere Halswirbelsäule geführt wurde, ließ die Nervenbahnen für einige Sekunden taub werden. Tatsächlich versagten Georg in diesem Moment Arme und Beine. Er fiel wie ein Getreidesack zur Seite. Er war nur leicht benommen, nicht bewusstlos, so dass er den Schmerzen, die seinen Körper im nächsten Augenblick durchfluteten, ausgeliefert war.

»Ich habe ein verdammt gutes Gedächtnis.«

Diese Worte drangen von Ferne an Georgs Ohr, und sein Blick verriet, dass er deren Bedeutung noch nicht erfasst hatte.

»Vor allem kann ich mir Stimmen merken.«

Georg wollte sich aufrichten, aber jemand hatte seine Arme hinter den Rücken gebunden. Sein Gehirn schien ihm jedoch zu melden, er hätte sich gerade abgestützt. Hilflos fiel er erneut zur Seite. Blitze schossen seine Wirbelsäule hinab. Es schien ihm, als liefe heiße Lava in die Beine.

»Obermaat? Wir brauchen ihn noch!«

»Kräftiger Kerl, Herr Hauptmann«, kam als Antwort. »Wollte sicher sein, dass er runtergeht. Braucht nur etwas Zeit, dann erholt er sich.«

Ein Tritt in die Flanke riss Georg aus seinem Dämmerzustand, dem er sich am liebsten ganz ergeben hätte, zurück in die schmerzhafte Wirklichkeit.

Dehlbergh!, ging es ihm durch den Kopf, und plötzlich war er hellwach.

»Ah, da ist er ja wieder. Gut gemacht, Beinhauer. Er soll ja nur mit mir und Ehrhardt reden können. Laufen muss er nicht. Und außerdem geht er nachher schneller unter.«

Lachen.

»Knebel und Augenbinde. Und ab auf die Ladefläche! Abrücken in fünf Minuten.«

Georg konnte nur grob schätzen, dass der Benz-LKW etwa eine halbe

Stunde unterwegs war. Die Geräusche der Berliner Innenstadt wurden leiser, bis nur noch das Nageln des Diesels zu hören war. Köpenick? Spandau? Die Fahrt konnte überall hinführen. Schließlich hielt der Wagen. Er nahm an, dass es sich um einen größeren Hof handelte, da die Stimmen und Schritte ein Echo warfen. Eine Kaserne. Zwei Männer schleppten den Gefangenen in ihrer Mitte zu einer Treppe, die er fast hinabgestoßen wurde. Ein Schloss knarrte, und es roch nach Schimmel. Im Keller angekommen wurden Georg Augenbinde und Knebel abgenommen. Er sah etwas Licht vom Hof durch das Kasemattenfenster scheinen. Spinnweben. Schwarze, klebrige Wände. Ein zerfressener Strohsack. Ein Eimer.

»Willkommen im besten Hotel Russlands«, schrie ein kleiner Obergefreiter. »Fühl dich wie zu Hause, du rote Drecksau!«

Offenbar hatte dieser Ort in letzter Zeit häufiger Gäste gesehen. Georg wurde übel. Es war, als gehörten seine Beine nicht zu ihm. Er musste liegen. Oder wenigstens sitzen. Er entdeckte einen Schemel in der dunkleren Ecke des Raums und wankte darauf zu. Vor seinen Augen tanzten bunte Lichter, und kaum hatte er sich hingesetzt, traf ihn ein Handschuh im Gesicht.

»Dir werd ich es zeigen, Freundchen!«, rief Dehlbergh. »Einen deutschen Offizier zu entführen. Wie einen Sack habt ihr mich verschnürt! Mit irgendwelchen Arzneien gefügig gemacht. Hast du gedacht, das bleibt ohne Folgen?«

Wieder Schläge.

»Erst wirst du meine Ehre vor Kapitän Ehrhardt wieder herstellen. Und dann wirst du dir wünschen, ihr hättet mich damals nicht davonkommen lassen.«

»Dehlbergh!«

Georg erkannte Ehrhardts Stimme, und kurz danach trat der Marineoffizier in das Licht einer schwachen Glühfadenlampe.

»Was soll das?«, fragte er und erkannte den jungen Kellner aus Meyers Klub.

»Herr Kapitän! Meine Treue gegenüber Deutschland und Ihrer Brigade ist ungebrochen. Jedoch ist meine Ehre als Offizier beschmutzt. Und es kränkt mich, dass Sie an meiner Loyalität zweifeln. Aber dieser Kerl hier wird alles wieder ins rechte Licht rücken. Und Sie werden verstehen, dass ich das Opfer einer Intrige wurde.«

Beinhauers Methoden hatten Überzeugungskraft. Zwar hatte Georg sich vorgenommen, nichts preiszugeben, aber Schmerz war für die meisten Menschen nur bis zu einem gewissen Grad erträglich. Er hatte erwartet, dass man ihm zunächst Fragen stellen würde. Solche Spiele kannte er von der Straße. Fragen, Schläge, noch mehr Fragen, noch mehr Schläge. Aber stattdessen trat der Obermaat an ihn heran, nahm ohne Vorwarnung die auf den Rücken gebundenen Hände und brach seinem Gefangenen mit einem Ruck beide Kleinfinger. Jetzt gelang es Georg noch, ein Schreien zu unterdrücken, so dass nur das Knirschen der Gelenke und Knochen zu hören war. Als Beinhauer jedoch eine Zange aus der Tasche nahm und stumm die Nägel der eben gebrochenen Finger aus ihren Betten zog, war es um Georgs Widerstandswillen geschehen.

»Hört auf, ihr Schweine!«, röchelte er. Rotz lief ihm aus Nase und Mund. »Was wollt ihr wissen? Ich sag es euch. Stellt doch endlich eure Fragen!«

Georg tastete sich in den folgenden Minuten, die ihm wie Stunden vorkamen, durch einen Nebel in seinem Verstand. Dehlbergh fragte, und er hatte nur Sekunden, um zu überlegen, wie er am geschicktesten antworten sollte. Wenn er zu lange zögerte, traf ihn Beinhauers Faust. Er spürte, wie die Jochbeine brachen. Die Nase war blutiger Brei, und zwei Zähne hingen nur noch an Fleischfäden, als Dehlbergh offenbar endlich zufrieden war.

»Sehen Sie, Herr Kapitän«, wandte sich der jüngere Offizier um. »Diese Kerle haben mich entführt und gefügig gemacht, wahrscheinlich mit Laudanum. Und die Juden haben mich auf dem Präsidium angeschwärzt. Ich bin kein Verräter!«

»Ich gebe zu, Dehlbergh, ich habe an Ihnen gezweifelt«, sagte Ehrhardt. »Ihr Leben verdanken Sie nur der Tatsache, dass ich Ihren Herrn Vater sehr geschätzt habe.«

»Ich weiß von den Kameraden, dass die Liga ein Zeichen setzen will, Herr Kapitän.«

Georg lag jetzt auf dem Boden. Er versuchte, sich jedes Wort einzuprägen. Aber immer wieder driftete er fort. Ihm war klar, dass diese Männer ihn nicht mehr als Gefahr sahen. Mehr noch. Dass sie jetzt so offen über ihre Pläne sprachen, konnte nur eines bedeuten. Seine Augen schwollen immer mehr zu, er nahm nur noch Schemen wahr. Von Dehlbergh nahm Haltung an, und seine Stimme klang jetzt fordernd und selbstbewusst.

»Um meine Ehre vor Ihnen und der Brigade wieder herzustellen, wünsche ich, an der Aktion maßgeblich beteiligt zu werden, Herr Kapitän«, sagte er.

Ehrhardt wandte sich zum Gehen. Maat Beinhauer gab seinen Soldaten ein Zeichen, und sie versuchten, ihren Gefangenen aufzurichten. Wieder versagten Georg die Beine, und er stürzte auf den Steinboden.

»Der ist fertig, Herr Obermaat«, sagte der Gefreite.

»Vielleicht war der Hieb doch etwas zu stark«, erwiderte Beinhauer. »Egal. Umso besser. Kriegt noch ein paar aufs Maul und ab in den Kanal. Die Schupos haken das als Kneipenleiche ab.«

Vorn gingen die beiden Offiziere und unterhielten sich angeregt.

»Wie Sie wissen, sitzen die Parlamentarier entgegen aller Vorhersagen fester denn je auf ihren Bänken«, hörte Georg den Kapitän sagen. »Die Leute fangen an, sich an die Republik zu gewöhnen. Wir müssen jetzt dazwischengehen, Dehlbergh! Wir können froh sein, dass die Franzosen so maßlos sind. Die Reparationen sollen noch höher ausfallen, und sie wollen zur Not das Ruhrgebiet besetzen. Das ist unsere Chance. Ohne Kohle stirbt das Reich. Und wir sind dann die Nachlassverwalter.«

»Ich hörte, dass zum Jahrestag des Umsturzes …«

Die Stimmen wurden leiser, als die beiden Männer um eine Ecke bogen.

»… ganz recht … ein Fanal des Widerstands … merken, dass wir noch da sind … Unruhe nutzen.«

»Wen … die Regierung übernehmen …«

»… wir gesehen haben, zu früh, um …«

»Noske war ein guter Mann, wenn man bedenkt, dass er bei den Sozis … kaltgestellt … Ebert und Scheidemann gefährlich … wollen sich mit Stresemann von der DVP … Pakt wäre äußerst besorgniserregend … sprengen …«

»Unglaublich … meine Treue … eine Ehre, Herr Kapitän!«

Georg wurde zurück zu dem Armeekraftwagen geschleift und auf der Ladefläche abgelegt. Er hörte die Schritte von leichteren Stiefeln, dann wieder Dehlberghs Stimme.

»Ich fahre mit Ehrhardt«, sagte der Offizier. »Obermaat, sorgen Sie dafür, dass dieser Kerl verschwindet. Möglichst unauffällig. Fahren Sie zur Gertraudtenbrücke. Unten ist ein alter Fischersteg. Die Drecksau geht dort baden, wo sie mich überfallen haben.«

Kurz darauf setzte sich der Wagen in Bewegung. Georg wurde wie ein Sack Kohle durchgeschüttelt und konnte nur wenig dagegen tun. Seine Hände waren angeschwollen und ließen nicht zu, dass er nach der Pritsche griff. Und seine Beine spürte er nun gar nicht mehr.

Die Schweine haben mich zum Krüppel geschlagen, dachte er. Dann können sie mich auch ersäufen.

Die Fahrt dauerte wieder gut eine halbe Stunde. Nur selten waren Geräusche auf den Straßen zu hören. Georg konnte aus der hinteren, offenen Ladefläche heraus erkennen, dass in den Fenstern nur sehr wenige Lichter brannten. Das war die *dunkle Stunde*. So nannten die Ganoven, Straßenbanden und Cliquen die Zeit von halb drei bis halb vier. Die einzige Stunde der Nacht, in der die Aktivitäten der Stadt fast überall zum Erliegen kamen.

Das Leiden war für Georg Sass jedoch noch nicht zu Ende. Nachdem der Laster auf der Leipziger Straße den Spittelmarkt erreicht hatte, hielt er am unteren Spreearm. Er wurde auf den Gertraudtensteg in Richtung Wasser gezerrt. Und dort schlug Beinhauer mehrmals mit einem Eisen auf ihn ein. Noch einmal drang das widerliche Knirschen brechender Knochen an sein Bewusstsein, dann folgte tiefe Schwärze.

Ein Lumpensammler, der unter der Brücke schlief, erwachte kurz aus seinen Fuselträumen. Kleider trieben im Wasser, darin ein lebloser Körper. Gerade als der Mann daran dachte, ein Stakholz zu suchen, um sich Hemd und Hose zu sichern, sank das Bündel in die Tiefe.

16

»Ich steige aus!«, wiederholte Max Sass, diesmal energischer. »Die Sache entgleitet uns. Georg ist seit zwei Wochen verschwunden, und wir tun nichts. Antonia hat mit Mühe und Not überlebt. Vielleicht bleibt sie ein Krüppel. Und dieser Spinner sitzt an ihrem Bett und erzählt ihr von seinen großen Plänen.«

Er lief im Zimmer auf und ab. Franz hatte ihn zu sich gebeten, damit beide Brüder ihre Pläne absprachen.

»Schneider, bleib bei deinem Garn, würde ich sagen«, fuhr Max fort. »Papa hatte recht. Gegen die Ganoven können wir nicht anstinken.«

»Bist du verrückt? Was immer mit Georg ist, er würde nicht wollen, dass wir aufgeben. Und Tante Toni versohlt dir den Hintern, wenn es ihr besser geht. Ich habe mit Sternwein und Meyer gesprochen. Die halten uns noch ein oder zwei Wochen den Rücken frei.«

»Götzes haben sich die Rennbahnen geschnappt, weil Klante, dieser Idiot, nicht aufgepasst hat«, erwiderte Max.

»Na und? Mit Georgs Truppe und den Harussels holen wir uns die Bahnen zurück. Wenn die Leute erst einmal merken, wie dämlich die Bande ist, kommen sie freiwillig wieder zu uns.«

Franz nahm dankbar den Obstbrand, den Susi den Brüdern eingegossen hatte, und stürzte ihn herunter.

»Ruhe bewahren«, sagte er. »Zuerst müssen wir Georg finden. Anna hat Gerüchte aufgeschnappt, dass Dehlbergh wieder dicke ist mit Kapitän Ehrhardt. Laut Meyer arbeitet Georg nicht mehr in seinem Lokal. Da muss etwas passiert sein. Paul hat zwei Leute beauftragt, die Reviere abzuklappern und nach …« Er unterbrach sich.

»Sag es, Franz!« Sein Bruder nahm den zweiten Schnaps. »Wonach sollen sie suchen? Nach abgestochenen Radaubrüdern? Nach Wasserleichen oder aufgeblähtem Rattenfraß hinterm Hamburger? Und wie willst du das Mutter erklären? Vadder schlägt uns tot.«

»Halt – endlich – den – Mund!«, schrie Franz ihn an. »Benutze einmal im Leben deinen Verstand, Bruder! Wenn wir jetzt hinwerfen, dann ist Georg nicht geholfen. Die besten Aussichten, ihn zu finden und ihm zu helfen, haben wir, wenn wir stark bleiben. Vielleicht haben ihn die Götze-Brüder. Reimers hat auch mal angedeutet, dass sich die Truppe ab und zu jemanden vorknöpft, um bessere Preise zu erpressen. Aber wenn die Kerle mitbekommen, dass wir schwach sind, dann fressen sie uns auf. Geht das in deinen Schädel rein?«

Franz wusste, dass ihm solche Worte noch vor einem halben Jahr Dresche eingebracht hätten. So ließ kein ältester Bruder mit sich reden. Aber gerade jetzt brauchte das *Syndicat* einen Anführer. Und zwar aus der Familie. Wenn sie das Meyer oder Sternwein überließen, dann waren sie ihr Geschäft mit Sicherheit los. Allenfalls als kleine Partner würde man sie in Zukunft noch dulden.

»Was sollen wir tun?«, fragte Max kleinlaut.

»Bring die Anführer der wichtigsten Cliquen zusammen. Wer nach Georg sucht, bekommt fünf Mark am Tag. Wer ihn findet, bekommt zweihundert. Für jeden guten Hinweis zehn extra. Ich treffe mich mit Joaquin. Marya ist total fertig. Ich denke, die Harussels werden auf der Straße viel hören, wenn sie ein bisschen Druck machen und mit Geld winken. Und wenn alles nichts hilft, dann …«

»Was?«, fragte Max.

»Dann schnappen wir uns noch mal Dehlbergh. Und dieses Mal kommt er da nicht mehr raus, das verspreche ich dir.«

Der entscheidende Hinweis kam aus einer Kneipe auf dem Fischerkietz. Einige jüngere Cliquen-Brüder hingen gern im *Nussbaum* in der Fischerstraße herum. Zille suchte immer ein paar Bengel, die ihm Geschichten erzählten. Und sein Freund, Carl-Friedrich Grothe, genannt Lumpenfritz, hustete hier ein paar Tuberkel-Bazillen in die Molle, bevor er dem Dichter und Maler abgegriffene Fotografien von jungen Aktmodellen anbot. So hatte Zille von der Nacht erfahren, in der ein schönes Bündel Stoff in der Spree versunken war, sehr zum Bedauern des Lumpensammlers Grothe. Und so hatten die Cliquen-Burschen davon erfahren.

»Die Leute auf dem Kiez halten dicht«, meinte Uli, als er Franz von den Nachforschungen der Jungs berichtete. »Der Polizei sagen sie schon mal jar nüscht. Und uns Berlinern misstrauen se ooch.«

Die Köllner waren ein eigenes Völkchen. Und einige alte Familien sahen sich tatsächlich nicht als Berliner. Es hieß, sie trieben allerlei dunkle Geschäfte. Von nächtlichen Raubzügen über Schmuggel bis Mord wurde ihnen alles angedichtet, was den braven Bürgern der Hauptstadt Schauer über die Rücken laufen ließ.

»Wenn sie den Kupferkanal trockenlegen würden, wäre der Boden dort mit Knochen bedeckt«, hieß es in den Straßen um den Spittel.

Lumpenfritz führte die Sass-Brüder und drei Jungs der *Bruderschaft* zu einer Gasse an der Schleuse. Es stank nach Urin und Schiffsöl. Die Häuser waren eng aneinandergebaut, so dass sich die kräftigeren seitlich durch die Gänge zwängen mussten. Franz wunderte sich, wie man auf geschätzte fünfzehn Meter drei Innenhöfe bauen konnte. Dass es ging, war hier bewiesen worden. Es war eng, und aus den Fenstern roch es nach Krankheit. Eine Frau stöhnte irgendwo, vor ihnen wurde ein Nachttopf aus einem oberen Fenster entleert. Der Lumpensammler klopfte an eine niedrige Tür, die in zwei oder drei Jahrhunderten der Neigung des Hauses gefolgt war.

»Die Belohnung bekommst du, wenn wir uns überzeugt haben«, sagte Franz mit leichtem Zittern in der Stimme.

Er war unsicher, ob die Gerüchte um dieses Viertel doch stimmen könnten. Hier jedenfalls konnte ein Dutzend Männer verschwinden, ohne dass man je eine Spur finden würde. Nach einer gefühlten Ewigkeit erschien eine alte Frau im Durchgang. Sie nickte nur und wies mit dem Kopf ins Dunkel. Mehrere Male stießen sich die jungen Männer ihre Köpfe an den niedrigen Deckenbalken, die sie im trüben Licht einer einzigen Kerze zu spät bemerkten. Schließlich traten sie in einen fensterlosen Raum, in dem eine Tranlampe brannte.

»Was zum …?«

Max würgte. Er war vorausgegangen. Im nächsten Augenblick bemerkte auch Franz den ekelerregenden Geruch. Verwesung. In welche Hölle waren sie hier geraten? An einen Ort, der gerade hundert Meter vom Schloss entfernt lag. Die Alte knurrte etwas Unverständliches und zeigte in eine Ecke. Mit erstaunlicher Schnelligkeit schoss eine skrofulöse Hand vor und beschrieb mit ihren Fingern das auf der ganzen Welt bekannte Zeichen für Geld. Franz zog einen Zwanzigmarkschein aus der Tasche, bei dessen Anblick das böse Knurren lauter wurde. Erst nach weiteren zwanzig verstummte es, und er wagte, sich der feuchten, löchrigen Decke zu nähern. Er sah eine andere, bedeutend jüngere Frau dort sitzen. In der Hand hielt sie einen Holzlöffel, den sie gerade wieder in einen Blechnapf tauchte. Ein Stöhnen. Unter der Decke. Franz trat näher. Dort lag sein Bruder Georg.

IV

BERLIN 1921

1

Berlin-Spandauer Vorstadt

Das KPD-Haus in der Rosenthaler Straße war gesichert wie eine kleine Festung. Seit Franz das letzte Mal hier gewesen war, hatte man mit Sandsäcken und Bretterschanzen sogar eher aufgerüstet. Die Zufahrt zum Gebäude war durch versetzte Straßensperren blockiert. Die Republik ging ins dritte Jahr, und immer noch führten sich einige Gruppen auf, als ginge sie das Ganze nichts an. Wie Kinder rangelten sie um ihre Spielfläche, nur warfen sie mit Granaten statt mit Dreck. Und sie trugen *Luger* statt Zwillen. Seitlich des Haupteingangs waren zwei *Benz*-Laster postiert, die aus Heeresbeständen stammten. Die Ladeflächen zeigten zur Straße, und Franz war sicher, dass hinter den Planen ein MG aufgestellt war. Vor dem Gebäude selbst patrouillierten vier Posten, die Karabiner geschultert. Franz war in Alltagskluft erschienen, dennoch musste er Jacke und Tasche öffnen und wurde durchsucht. Er schien den Genossen jedoch nicht verdächtig und hatte nach einigen Minuten den zweiten Stock und das Zimmer des Schriftführers erreicht.

»Haben Sie etwas für mich, Herr Pieck?«, fragte er fast beiläufig, als er im Büro des KPD-Mitbegründers saß.

Pieck hatte ihm eine Nachricht geschickt, die er jetzt wie zur Bestätigung auf den Tisch legte. Der Mann nickte nur und wühlte in Aktenbergen. Schließlich fand er, was er suchte. Er betrachtete ein Dokument, das saubere handschriftliche Eintragungen enthielt. Franz erkannte Namen und Daten, darunter waren jeweils einige Zeilen vermerkt.

»Sie könnten noch etwas für mich tun, bevor ich abreise«, sagte er. »Sie tun uns beiden einen Gefallen damit.«

Franz schwieg. Bei diesem Kerl fühlte er sich ebenso fehl am Platze wie bei Dehlbergh oder Ehrhardt. Die Kommunisten und der Rote Soldatenbund wollten Deutschland ebenso auf den Kopf stellen wie die Konservativ-Nationalen mit ihren Freikorpseinheiten. Ruhe für gute Geschäfte und ein angenehmes Leben würde es mit beiden Seiten nicht geben. Warum also sollte er Wilhelm Pieck trauen, wenn er Kapitän Ehrhardt misstraute? Die Kommunisten hatten nur deshalb bei der Niederschlagung des Putsches geholfen, weil es ihnen in den Kram gepasst hatte.

»Ich fahre für einige Zeit nach Moskau«, fuhr der Funktionär fort. »Wir müssen unsere Exekutive in allen Ländern stärken, koordinieren und vereinen, aber darum geht es jetzt nicht.«

»Was wollen Sie von mir, Herr Pieck? Doch sicher nicht Ihre Reisepläne mit mir besprechen.«

»Deine Geradlinigkeit und Frechheit könnten wir hier brauchen, Junge«, erwiderte der Funktionär und lächelte. Er wurde plötzlich ernst und zeigte auf das Blatt Papier.

»Wir nehmen an, dass die Schwarzen auch in diesem Jahr etwas planen«, fuhr er fort. »Die Kerle werden es immer wieder versuchen. Die Republik ist schwach und zerstritten. Und leider steht unsere rote Front auch nicht besser da. Genau das wollen wir ja in Moskau ändern.«

»Sieht doch alles prima aus hier«, sagte Franz. »Viele Wachen, viele Akten. Ihr habt die Sache doch im Griff.«

»Der Schein trügt, Sass. Die Arbeiterkräfte im Reich sind gespalten. Räte und Soldaten sind müde, und viele Leute sind nach Hause gegangen. Sie sehnen sich nach Frieden, wollen sich nicht auch noch auf der Straße prügeln. Das Großkapital und die Bourgeoisie singen das Wiegenlied vom kleinen Glück, und der kleine Mann fällt darauf herein.«

»Bitte, verschonen Sie mich mit Ihren Parteiparolen. Ich höre sie schon jeden Tag in meinen Lokalen.«

»Der internationalen Arbeiterbewegung fehlt das Geld, Sass«, sagte Pieck ungerührt. »Männer wie Hugenberg, Borsig oder Stinnes geben uns natürlich keinen Pfennig. In Moskau werden wir beraten, wie wir das Problem lösen können. Wir müssen unsere Schlagkraft zurückgewinnen.«

»Aha. Ich könnte tausend Mark spenden und ein paar Jungs zum Putzen vorbeischicken.«

»Vorsicht, junger Mann, übertreibe es nicht. Nicht jeder Genosse versteht deinen Humor. Der Nerven liegen blank. Wenn die Nationalen noch einmal so etwas versuchen wie im letzten Jahr, dann könnten sie dieses Mal Erfolg haben. Ich bezweifle sehr, dass sich zurzeit ein Generalstreik organisieren ließe. Wie gesagt, die Leute sind müde.«

»Also, Herr Pieck, raus mit der Sprache. Soll ich Konter und seinen Blauen etwas stecken?«

»Zwei Dinge, die wahrscheinlich sogar miteinander zusammenhängen. In den Kneipen machen Gerüchte die Runde, dass die Korps eine Aktion zum Jahrestag des Putsches planen. Um den Leuten zu zeigen, dass sie noch da sind.«

»Geht es genauer?«

Pieck hob die Schultern. »Gerüchte. Vielleicht ist nichts dran. Vielleicht doch. Soll sich die Polizei drum kümmern.«

»Ich gebe es weiter. Was noch?«

»Die zweite Sache ist heikler. Wir haben einen Kurier abgefangen, der für diese illegalen Reichswehrtruppen arbeitet. Freikorps und Schwarze Wehr. Es sind mehrere hunderttausend Mark an diese Kerle nach Berlin geflossen. Damit konnten sie Männer anwerben, Ausrüstung kaufen, geheime Unterkünfte anmieten, Versammlungen organisieren.«

»Wird es wieder einen Umsturzversuch geben?«, fragte Franz.

»Wir glauben eher, dass sie Anschläge planen«, antwortete Pieck. »Sie können es sich nicht leisten, noch einmal Kasper wie Kapp oder Lüttwitz ins Rennen zu schicken. Diesen Figuren folgt doch keiner.

Und die großen Herren, also Hindenburg oder Ludendorff, werden sich nicht in die Nesseln setzen wollen. Im Moment wäre es taktisch klug, Stärke zu zeigen, ohne sich aus der Deckung zu wagen. Ähnlich wie bei den Scharfschützen.«

»Mord an einer Symbolfigur der Republik«, sagte Franz.

Wilhelm Pieck nickte. Seit Kriegsende verging kein Monat ohne Berichte über höhere Beamte, republiktreue Offiziere, lokale Politiker oder Unternehmer, die einem Anschlag zum Opfer gefallen waren. Die Täter stammten fast immer aus den Reihen der nationalistischen Gruppen und sahen sich als Vollstrecker einer Rache an Abtrünnigen.

»Ebert ist im Moment die perfekte Wahl für diese Schweine«, ergänzte Pieck nach einer Weile. »Er ist die einigende Kraft für Bürgerliche und Sozialdemokraten. Ohne ihn gäbe es diese Republik schon nicht mehr. Und meine Genossen würden noch mitjubeln, wenn er weg wäre.«

»Nein!« Franz sprang auf. »Damit will ich nichts zu tun haben! Ihr seid ja alle komplett verrückt. Ein Anschlag auf Ebert? Dann gibt es Krieg auf den Straßen!«

»Noch vor zwei Jahren, nach der Sache mit Liebknecht hätte ich mich über die Aussicht gefreut, diesen willigen Knecht des Kapitals in die Hölle zu schicken. Kriegstreiber, Spekulanten, Bürgertum und Adelspack wären in ihrem eigenen Fegefeuer untergegangen. Damals war Spartakus stark, aber jetzt bin ich mir nicht sicher, wie die Sache ausgehen wird. Ich glaube, wir schneiden uns ins eigene Fleisch, wenn die Republik fällt. Im Moment wenigstens.«

»Plötzlich seid ihr Freunde der Demokratie?«, fragte Franz mit zynischem Unterton.

»Gewiss nicht«, erwiderte Pieck scharf. »Aber Russland ist immer noch instabil. Wenn die nationale Konterrevolution in Deutschland siegt, wird das fatale Folgen für die internationale Arbeiterbewegung haben. Deutsche Freikorps stehen im Baltikum, die russischen Adligen warten nur auf ein Signal, um Söldner in der Ukraine auszuheben.

Also haben wir beschlossen, eine Art Waffenstillstand mit den Weimarer Kapitalisten und Parlamentariern zu schließen.«

»Übergebt den Kurier einfach an die Kripo, aber lasst mich da raus. Dieser Politikkram ist ja schmutziger als jedes Ring-Geschäft.«

»Der Mann ist tot«, sagte Pieck. »Wir haben nur die Protokolle des Verhörs.« Er schob einige Blätter über den Schreibtisch. »Hier sind Abschriften, etwas entschärft und ohne Hinweise, die zu uns führen könnten. Gib sie an diesen Konter weiter.«

Franz überflog die Notizen. Offenbar hatten sich Ende des letzten Jahres mehrere Offiziere aus den Freikorps getroffen und ihr weiteres Vorgehen abgestimmt. Hugenberg mischte wohl auch wieder mit, allerdings wie immer verdeckt über seine *Auslands-AG*. Mindestens zweihunderttausend Goldmark waren in ein geheimes Unterfangen geflossen.

»Ehrhardt wird dabei wieder federführend sein«, sagte Pieck. »Und dieser Dehlbergh. Mit dem Mann hat deine Familie doch noch eine Rechnung offen, wenn ich mich nicht irre.«

Franz war wie vom Blitz getroffen. Dehlbergh. Der Mann schien seit Wochen wie vom Erdboden verschluckt. Niemand wusste, wo er steckte.

»Wie geht es eigentlich deinem Bruder, Genosse Sass?«, fragte Pieck.

»Fast drei Monate, und er kann nur kurz stehen. Wundbrand an beiden Händen. Sie mussten drei Finger amputieren.«

Franz musste sich beherrschen. Wann immer das Bild seines zerschundenen Bruders vor seinem inneren Auge auftauchte, war er geladen wie eine schussbereite Haubitze. Er kochte vor Wut.

»Was gibt es also nachzudenken, Sass?«, fragte Pieck und zündete sich eine Zweier an. »Konter und ihr bekommt von uns die entscheidenden Hinweise. Meine Jungs haben in den letzten Wochen jeden Kerl beschattet, der bei den Schwarzen ein- oder ausgeht. Konter muss klären, auf wen genau sie es abgesehen haben. Und dann kann er den Helden spielen. Als Gegenleistung wollen wir das Geld.«

»Die Polizei wird doch der KPD nicht einfach hunderttausend Mark überlassen!«, wandte Franz ein.

»Dafür sorgt euer *Syndicat*. Überzeuge Konter. Wie ich hörte, ist der Mann ja rührend besorgt um deine Tante, Genosse.«

Franz sprang auf. Er mochte es gar nicht, wenn private Angelegenheiten anderen bekannt waren und zur Sprache kamen.

»Ihr wollt Dehlbergh? Wir geben ihn euch. Meine Leute wissen, wo er ist, und können ihn einsacken. Die Polizei kann sich als Republikschützer aufspielen. Und dafür erhält die KP ein bisschen Suppengeld. Alle gewinnen.«

»Ich muss das besprechen, Herr Pieck«, erwiderte Franz zögerlich. »Meine Familie und unsere Partner …«

»Unsinn! Entscheide jetzt. Zeig deinen Leuten, wer das Sagen hat! Deine Tante erholt sich noch. Deine Brüder sind Flachpiepen. Meyer und den Juden interessiert nur die Pinke. Entweder hast du jetzt Arsch in der Hose oder nicht.«

Franz betrachtete die Notizblätter, die Pieck wieder zu sich genommen hatte. Soweit er sehen konnte, befanden sich darauf alle Angaben, die nötig waren, um die Machenschaften Ehrhardts aufzudecken. Und er würde Dehlbergh bekommen. Dafür musste er Konter überzeugen, auf Hugenbergs Geld zu verzichten. Es war, als beklaute man den Bäcker hinten in der Backstube, um sich davon im Laden Kuchen und Schrippen zu kaufen.

»In Ordnung, Herr Pieck. Geben Sie her.«

Franz streckte die Hand nach den Papieren aus. Der KP-Funktionär gab ihm jedoch nur einige Blätter.

»Zur Sicherheit bleiben ein paar Angaben hier«, sagte er. »Bis klar ist, dass auch Konter mitmacht. Er soll diese Erklärung unterschreiben.«

Er nahm ein Schreiben vom Stapel, das auf Schreibmaschine geschrieben war, und gab es seinem Besucher.

Selbst bei den Bolschewisten geht in Deutschland nüscht ohne een

Formular, dachte Franz. Vielleicht wollte Pieck den Polizisten vor den Kadi bringen, wenn er sich nicht an die Absprachen hielt.

»Wenn er nicht liefert, geht die Sache an die *Fahne* und den *Vorwärts*. Dann rollen Köppe.«

*

»Reichspräsident Ebert will Scheidemann und Stresemann zum Jahrestag des Putschversuchs treffen«, sagte Konter. »Die Demokratie will damit natürlich beweisen, dass sie stark und handlungsfähig ist.«

»Da haben die Nationalen ja alle Hassfiguren zusammen«, erwiderte Toni.

Sie war immer noch geschwächt von der Operation im letzten Jahr, ermüdete schnell und sprach dann verwaschen. Durch die lange Rekonvaleszenz wirkte ihre Muskulatur kraftlos, die Haut war ungesund bleich. Konter blickte sie besorgt an und nickte schließlich.

»Ebert, der altehrwürdige Vertreter der Sozialdemokratie. Scheidemann, der Verräter, der den Vertrag von Versailles unterzeichnet hat. Und Stresemann, der Konservative, der plötzlich seine Liebe zur Republik entdeckt hat. Wie beim Märchen vom Schneiderlein. Drei auf einen Streich.«

Die Mitglieder des *Syndicats* hatten sich bei Toni und Max in ihrem Steglitzer Haus getroffen. Selbst Meyer und Sternwein, sonst eher stille Teilhaber, waren gekommen. Nur Georg fehlte, der in einem Sanatorium einen weiteren Versuch unternahm, das Laufen neu zu erlernen.

»Reichen die Beweise aus, um die Bande festzunehmen?«, fragte Klante.

»Das alte Spiel«, erwiderte Paul Konter und schüttelte den Kopf. »Auf den höheren Posten der Staatspolizei, in der Reichsanwaltschaft und bei den Gerichten sitzen alte Säcke, die dem Kaiser nachtrauern und sich von den Politikern gar nichts sagen lassen. Und sämtliche Anschuldigungen stammen von den Kommunisten. Was denkt ihr, wie die Chancen stehen, dass ehrenhafte Offiziere angeklagt und verurteilt werden?«

»Dann muss die Polizei abwarten, bis die Kerle zuschlagen und sie auf frischer Tat schnappen«, schlug Sternwein vor.

»Wenn dabei nur eine Sache schiefgeht, gibt es eine Katastrophe.« Der Kripobeamte schüttelte den Kopf. »Nicht auszudenken, wenn jemand stirbt oder nur verletzt wird. Dann heißt es, die Polizei habe es gewusst und versagt.«

»Bleibt nur, es zu verhindern, indem man ihnen vorher in die Suppe spuckt«, meinte Franz. »Und zwar so, dass ihnen für lange Zeit der Appetit vergeht.«

2

Berlin-Schöneberg

Dehlbergh fühlte sich kaltgestellt. Seit über zwei Monaten hatte ihm Ehrhardt untersagt, sich in der Stadt blicken zu lassen. Mal war er in der Kaserne am Tempelhofer Feld untergebracht, dann bekam er Befehl, sich nach Spandau zu begeben. Die anderen Offiziere berichteten von neuen, aufregenden Künstlern in den Varietés im Neuen Westen, von immer gewagteren Darbietungen auf den Bühnen der Stadt. Der Champagner floss in Strömen für jene, die ihn sich leisten konnten. Und Hans von Dehlbergh vegetierte in einer Kammer, die kaum zehn Quadratmeter maß und deren Wände so eiskalt waren, dass die Spinnen darauf in Starre verfielen.

»Hans, die Sache mit diesem Kellner hat Aufmerksamkeit erregt«, hatte Kapitän Ehrhardt gesagt. »Offenbar ist seine Familie groß und schlägt auf den Straßen Alarm. Der Kerl hat überlebt und dich erkannt. Ich kann gerade jetzt keinen Ärger brauchen. Du verhältst dich still über den Winter und lässt dich nirgendwo blicken, bis Gras über die Sache gewachsen ist. Denk an unser Vorhaben. Danach solltest du dir ein Jahr Italien gönnen und kannst später in München eine Stabsrolle bei der Bewegung übernehmen. Die Kameraden bauen da gerade etwas auf.«

Widerwillig hatte von Dehlbergh zugestimmt. Aber eines konnte Ehrhardt ihm nicht verbieten. Ein Mann durfte seine Bedürfnisse nicht verleugnen, sonst wurde er schwermütig. Und Dehlbergh hatte seit Monaten besondere Bedürfnisse. Der Offizierspuff reichte ihm nicht. Er brauchte eine Dame, die aussah wie *sie*. Die duftete wie *sie*. Eine Frau, die er bestrafen konnte. Eine Hure, der er heimzahlen konnte, was sie ihm angetan hatte. Wenn er sie bestieg, dann nannte er sie Katja.

*

Susi Bentmann hatte ihre Beziehungen auf dem Nolle-Kiez. Zwar ging sie ihrem Gewerbe nicht mehr nach, aber sie genoss durch ihre ehrliche Art den Respekt vieler Horizontalen. Mit den Hafenhuren und den Zwei-Mark-Nüttchen vom Nollendorfplatz hatte sie oft Mitleid gehabt, sich aber dabei die resoluten Rechthaberinnen mit ihrem rechten Haken auch immer vom Leib gehalten. Das Etablissement von »Madame de La Douleur« am Kleistpark war ihr bisher unbekannt gewesen.

»Nach den Angaben von Piecks Leuten ist das ein Puff für die edleren Herren mit ausgefallenen Wünschen«, meinte Konter, als sie ihre Pläne wieder einmal besprachen.

Die Rote Susi verstand, wovon er sprach. Mancher ältere Oberst wollte, dass man ihm einen Sattel auf den Rücken band und auf ihm durchs Zimmer ritt. Und viele Offiziere konnten nur gefesselte Frauen besitzen. Von ihren Kolleginnen wusste sie auch, dass das die harmlosen Spiele waren.

»Unser Dehlbergh hat also einen ausgefallenen Geschmack entwickelt«, amüsierte sich Klante.

Toni war froh, dass Katja sich entschlossen hatte, gemeinsam mit ihrem Kind der schlechten Berliner Winterluft zu entfliehen. Sie war Georg in dasselbe Sanatorium im Harz gefolgt. Wenigstens blieben ihr nun bei dieser Unterhaltung die Peinlichkeiten erspart.

»Also, keine Dummheiten«, wiederholte Konter. »Ich habe einen jungen Staatsanwalt, der ganz erpicht darauf ist, einen Stabsoffizier der inoffiziellen Truppen vor Gericht zu bringen. Sein Vater ist alter Republikaner, er hat Freunde beim *Vorwärts* und bei der *Vossischen Zeitung*. Georgs Aussage ist beeidigt, nach seiner Rückkehr wird er befragt und tritt als Hauptzeuge auf. Mordversuch, da kommt Dehlbergh nicht heraus.«

»Wenn er wirklich verurteilt wird, dann überlebt er das nicht lange«, meinte Max Sass. »Im Bau fallen solche Mensur-Träger gern mal unglücklich aus dem Bett.«

»Und Ehrhardt wird kein Risiko eingehen wollen, dass sein alter Kamerad doch noch plaudert.« Konter nickte. »Dehlbergh könnte also auch im Waschraum ausrutschen oder in der Latrine ertrinken.«

»Wie kommen wir an Ehrhardts Geld?«, fragte Franz, nachdem das schadenfrohe Gelächter abgeklungen war.

»Seine Truppen im Baltikum und in Schlesien brauchen dringend Bares. Wechsel und Anweisungen sind dort nicht einlösbar. Bleiben nur Gold oder Devisen. Nach meinen Informationen soll ein Panzerwagen sich auf den Weg nach Osten machen.«

»Wunderbar. Dann brauchst du ihn nur abfangen, Paul«, rief Toni dazwischen.

»Die Berliner Polizei ist kein Verein von Posträubern, meine Liebe«, entgegnete Konter. »Dafür werde ich keinen Beschluss vom Richter bekommen. Zusammenhang zu einem geplanten Anschlag unklar hat der Staatsanwalt gesagt. Wenn ich jetzt Rabatz mache, wird Ehrhardt vielleicht gewarnt.«

»Wir brauchen das Geld«, sagte Franz entrüstet. »Ich stehe bei Pieck im Wort. Seine Leute hauen uns die Lokale kurz und klein. Und außerdem hat er Ihre Erklärung.«

»Dafür gibt es ja das *Syndicat*. Seht zu, wie ihr das hinbekommt. Ich kann nur versuchen, euch den Rücken frei zu halten.«

Paul Konter war erstaunt, wie einfach und schwer zugleich es war, an den Präsidenten des Deutschen Reichs heranzukommen. Schwer, da es ihm nicht gelang, trotz der Brisanz seines Anliegens einen Termin bei dem Mann zu erwirken. Eberts Sekretär blockte jeden Versuch ab, verwies auf den Dienstweg. Gleichzeitig schien es jedoch kinderleicht, nahe an den Staatsmann heranzukommen, da Ebert kaum über Personal verfügte, das ihn schützte. Zwar waren nach den Fememorden der letzten Jahre für die Regierungsmitglieder Leibwachen vorgesehen, aber meist standen die beiden Männer derart weit vom Präsidenten entfernt, dass man ihn wahrscheinlich in Ruhe mit einem Dessertlöffel hätte zur Strecke bringen können.

Ebert wollte sich bereits am Freitag vor dem Jahrestag des Kapp-Umsturzes mit den beiden anderen Politikern in seinem Palais an der Wilhelmstraße treffen. Das Anwesen war riesig, bot neben den Amtsräumen auch Platz für die Privatwohnung des Reichspräsidenten und für Gästesuiten. Am Samstag waren Arbeitsessen mit Verlegern, Industriellen und anderen Parteigrößen geplant. Sonntag, am Jahrestag, wollte man gemeinsam zum Reichstag flanieren, um Geschlossenheit und Zuversicht zu zeigen. Nach den Informationen der KP-Spitzel, die Konters Mitarbeiter mittlerweile bestätigen konnten, sollte ein Sprengsatz in einem hinter dem Brandenburger Tor geparkten Wagen gezündet werden, wenn Ebert mit seinen Gästen dort vorbeikam.

»Verhindern Sie den Anschlag nicht, Paul«, hatte sein Kollege Gennat vorgeschlagen. »Jedenfalls nicht vollständig. Lassen Sie ein wenig Sprengstoff explodieren. Lassen Sie in der ersten Stunde das Gerücht verbreiten, die drei Herren wären dem Tode nahe. Dann wagen sich die Ratten aus dem Bau, und Sie können sich mögliche Zeugen schnappen. Damit könnte Ihnen der große Schlag gegen diese Bande gelingen. Andernfalls verkriechen sich alle, und Sie haben wieder nichts.«

Der Plan war reizvoll, erwies sich jedoch als nicht umsetzbar. Niemand würde das Leben des Staatsoberhaupts aufs Spiel setzen, wenn die Pläne für einen Anschlag bekannt waren. Vielleicht lauerte noch ein Scharfschütze in den Fenstern der umliegenden Gebäude. Oder ein Granatsplitter traf Ebert.

»Der Mann darf nicht gefährdet werden«, entschied Konter. »Und uns fehlen die Leute, um alle vermuteten Drahtzieher vorher festzunehmen und zu verhören. Also werden viele Kerle wieder abtauchen können.«

»Dann bleibt nur, sie dort zu treffen, wo es sie am meisten schmerzt«, sagte Gennat. »Nehmen Sie ihnen ihr Geld weg.«

Konter war eigentlich nicht gewillt, auf Piecks Forderung nach Übergabe der Freikorps-Gelder einzugehen. Allerdings waren die ersten Informationen, die ihm Franz überbracht hatte, so gut gewesen, dass er dem Handel zum Schein zugestimmt hatte. Vielleicht gab es jedoch einen Weg, auf dem alle zu ihrem Recht kamen, ohne dass er sein Gewissen allzu sehr belasten musste.

»Vielleicht kann Ihre Straßenbande die Drecksarbeit machen«, schlug sein Kollege vor und wandte sich zum Gehen. »Wenn in dem Chaos ein paar Hunderttausend fehlen, ist das allenfalls ein Schönheitsfehler.«

Konter ließ nach Franz und Max schicken, die sich im *Aschinger* um die Ecke zu seiner Verfügung gehalten hatten. Wenig später standen die jungen Männer vor ihm.

»Für Freitagvormittag wurden von der uns bekannten *Liga zum Schutze der Deutschen Kultur* Gelder bei verschiedenen Banken geordert. Ehrhardt persönlich wird die Auszahlungen bei der *Commerz- und Disconto*, bei der *Dresdner* und der *Berliner Handelsgesellschaft* überwachen. Da es sich zum größten Teil um Soldzahlungen für die Schwarze Reichswehr in Schlesien und Lettland handelt, werden wohl neben Reichsmark-Scheinen auch Goldmark und Dollars dabei sein. Deren Verlust wird Ehrhardt und seiner Organisation enorm schaden, da bin ich mir sicher.«

»Und wie schaffen sie das Geld weg?«, fragte Franz.

»Wir haben Berichte eines Schlossermeisters, der in der Kaserne Spandau einen *Horch KL* umbauen musste«, antwortete Konter. »Kommt nicht alle Tage vor, dass ein Laster einen Panzerschrank auf die Ladefläche geschweißt bekommt. An so etwas erinnert man sich als Handwerker.«

»Einen Horch?«

»In der Stadt soll es wahrscheinlich unauffällig zugehen«, meinte

Konter. »Der KP-Mann sagt, dass der LKW aussieht, als hätte er eine normale Ladefläche. Die beiden Geldschränke sind von hinten an die Fahrerkabine geschweißt und mit Brettern wieder verkleidet. Und davor wird Ehrhardt ein paar Mann zur Bewachung aufsitzen lassen. Für Freitagnacht ist die Abfahrt nach Osten geplant. Ab der Stadtgrenze fährt dann ein Panzerwagen mit.«

»Wie sollen wir denn an das Geld kommen?«, unterbrach ihn Max. »Georg hat uns erzählt, dass diese Burschen bestens ausgebildet sind. Keene Tranfunzeln von der Spreekante.«

»Nicht mein Problem«, entgegnete der Kripobeamte. »Ehrlich, Jungs, ich habe genug damit zu tun, Eberts Sekretär zu bearbeiten und aufzupassen, dass nichts an die falschen Stellen durchsickert. Meinen Teil unserer Vereinbarung habe ich erfüllt. Ihr kennt alle Einzelheiten für den geplanten Geldtransport.«

»Beschlagnahmen Sie es«, schlug Franz vor. »Dann gehört es doch dem Reich. Und Pieck wäre sicher zufrieden, wenn Sie ihm nur einen Teil geben.«

»Ich habe euch doch schon erklärt, dass wir wieder keine handfesten Beweise gegen Ehrhardt haben«, sagte Konter ungehalten. »Wenn ich ohne Grund Gelder beschlagnahme, die offiziell von Hugenberg und seiner Industrie-Bagage kommen, kann ich dem Kaiser nach Holland folgen. Aber ohne Pension. Der Anschlag soll Sonntag erfolgen, aber da ist der Sold schon auf den polnischen Straßen. Wäre also auch zu spät, um etwas zu tun. Nein, das ist Sache des *Syndicats*. Ihr wollt Ganoven sein? Dann nehmt gefälligst die Lutscher aus dem Mund!«

»Paul lässt uns in der Sache einfach hängen«, sagte Franz, als er und Max auf der Leipziger Straße entlanggingen.

»Was soll er denn tun? Mit seiner Kolonne anrücken? *Hallo, Herr Ehrhardt, wir wollen mal eben Ihren Laster beschlagnahmen!* Nee, Franz, eine Stunde später haben die Kerle beim Polizeipräsidenten angerufen und kriegen ihren *Horch* wieder.«

Franz blieb abrupt stehen. Dann schlug er seinem Bruder mit der flachen Hand auf den Hinterkopf.

»Mensch, Max! Da ist ja doch nicht bloß Luft drinne! An dir is een Denker verlorn jegangn!«

Max Sass sah seinem Bruder verdutzt hinterher, als er zurück Richtung Spittelmarkt lief.

»Muss noch mal zum Alex, Max. Gib Susi Bescheid … komme später … Paul wird …«

3

Reichspräsidentenpalais

»Die Zeit drängt, Herr Reichspräsident!«

Das Gebäude in der Wilhelmstraße war ein barocker Prachtbau mit herrlichem Garten und derart vielen Räumen, dass ein Zug Dragoner hier unbemerkt hätte Quartier beziehen können.

»Ihre Sicherheit steht auf dem Spiel.«

Paul Konter war sich darüber im Klaren, dass sein Verhalten als Beamter vor seinem höchsten Dienstherrn mehr als ungebührlich war. Er rechnete jeden Moment damit, dass Ebert seinem Sekretär ein Zeichen gab, um ihn abführen zu lassen. Es grenzte an ein Wunder, dass er überhaupt empfangen wurde. Der rundliche Mann mit dem gutmütig wirkenden Gesicht sah mitgenommen aus. Die Amtsgeschäfte waren aufreibend, das konnte jeder denkende Mensch aus den Zeitungsberichten erahnen. Teile der Siegermächte hätten sich am liebsten wie Hyänen auf die besten Brocken des Reichs gestürzt. Polen wollte Schlesien, Frankreich das Ruhrgebiet, und einige Lords hätten gern die norddeutsche Küste mit Hamburg unter englisches Protektorat gestellt. Undankbarer konnte die Aufgabe kaum sein, das Reich in dieser Zeit zu lenken. Arbeiter, Adel, Schwerindustrielle, Militärs, alle waren unzufrieden. Zudem war das politische Spielfeld rechts und links außen weiterhin mit radikalen Umstürzlern besetzt.

»Wo denken Sie hin, guter Mann«, sagte Ebert. »Das Programm unseres Treffens ist in den Zeitungen abgedruckt. Die Menschen müssen sehen, dass wir zur Normalität zurückkehren. Wir brauchen dieses Signal. Da kann man nicht alles umwerfen. Sie sagen ja selbst, dass der

Sprengsatz entdeckt wurde. Gute Arbeit! Ich werde über mein Büro eine Belobigung aussprechen lassen. Weiter so.«

Der Mann ist entweder einfältig oder tatsächlich tief von seiner Aufgabe beseelt, dachte Konter, als ihn Ebert stehen ließ und durch eine Seitentür aus dem Presseraum, in dem sie sich getroffen hatten, verschwand.

*

Franz hatte die *Bruderschaft* zwei Tage durchgehend schuften lassen. Er verstand sich immer noch gut mit den Jungs seiner alten Clique, denn er verschaffte ihnen immer wieder gut bezahlte Arbeiten. Der Horch aus der Lagerhalle am Tempelhof hatte etwas Rost angesetzt. Die Planken mussten mit anderer Farbe gestrichen werden und das Gestänge mit der Plane wurde ersetzt. Ein *Horch KL* mit dem schwachbrüstigen 25-PS-Motor. Auf dem Laster hatten im letzten Jahr versehentlich die Waffen gelegen, als sie von Oberfeldwebel Reimers Fahrzeuge für Sternweins *Consortium Berliner Bau* organisiert hatten. Die fünfzig Kisten hatte Franz vergraben lassen, nachdem alle Waffen in Ölpapier eingewickelt worden waren. Sie hatten extra das Fundament aufgerissen und danach neu gießen lassen. Erst danach konnte Franz wieder ruhig schlafen. Den LKW hatte er eigentlich verkaufen wollen, dann jedoch einfach vergessen.

»So, de hintere Verkleedung is nu jenau wie be de andere Kutsche«, sagte Schlossermeister Trabe.

Der Mann hatte für Ehrhardts Brigade den Wagen für den geplanten Geldtransport umgebaut. Und er hatte offenbar ein gutes Gedächtnis, denn er stimmte sofort zu, als Franz ihm vorschlug, den gebrachten *Horch* zu einem Zwilling des Heereslasters umzubauen.

»Stell beede Scheesen nebeneenander, und keener weeß, welcha von dene wat is.«

Karl Trabe war zufrieden. Franz sorgte sich nur um den grünen Holzanstrich. Das Zeug stank nach Terpentin und wollte nicht trocknen.

»Ick lass gleech den Stifte fegen, een bisken Staub uff de Farbe und allet jut.«

Der Plan war verwegen. Es schien Franz, als wollte er dem König von England den Thron in jenem Moment unterm Hintern wegziehen, in dem sich Seine Majestät kurz erhob, um einen fahren zu lassen.

*

»Madame de La Douleur« hieß mit bürgerlichem Namen Else Poch und hatte nach dem Wegfall vieler strafrechtlicher Schranken des Kaiserreichs schnell erkannt, dass sich das männliche Verlangen oftmals auf Abwege begab. Ihre erste Ausrüstung hatte sie zwei Kürassieren abgekauft, und ihre Mädchen traktierten fortan die Kundschaft mit Gerte und den Absätzen der Reitstiefel. Ihre »Dames de Tourment«, die Damen der Pein, brachten das Fünffache als normale Huren.

Nun hatte die Poch allerdings Grenzen überschritten, die ihr bei der Sitte ordentlich Ärger bringen konnten. Denn das geldgierige, alte Weib hatte begonnen, jene verrohten Gestalten in ihrem Haus zu verwöhnen, die nicht nur selbst Schmerz erleiden, sondern ihn auch zufügen wollten.

»Die Mädchen wollen das, Herr Kommissar«, gab sie sich entrüstet, als Konter sie zur Rede stellte. »Die Herren zahlen gut. Und es bleibt alles in einem gewissen Rahmen.«

Paul Konter hatte die Schupo beauftragt, das Etablissement zu durchsuchen. Immerhin hatten sie zwei Mädchen gefunden, die von ihren Freiern grün und blau geschlagen worden waren.

»Jede hat fünfzig Märker Schmerzensgeld bekommen.« Else Poch zuckte gleichgültig mit den Schultern.

Konter drohte ihr damit, den Laden dichtzumachen.

»Wenn die Presseleute Wind davon bekommen, sind Sie erledigt, meine Liebe. Ihre Kunden können es sich nicht leisten, dass ihre Vorgesetzten und Ehefrauen davon erfahren.«

Plötzlich fanden sich drei Minderjährige, die von Dehlbergh kannten und bereit waren, gegen ihn Anzeige zu erstatten.

»Hat er sich wieder angekündigt?«, fragte Konter, der wenig Lust verspürte, den Offizier im Umfeld der Spandauer oder Tempelhofer Kaserne zu verhaften.

»Morgen, Herr Kommissar«, sagte Else Poch. »Er kommt immer am Donnerstag. Und wenn Sie mir versprechen, dass Sie vergessen, was Sie hier gesehen haben, dann bleibt das alles unter uns beeden Hübschn. Der feine Herr soll doch nicht durch ein vorlautes Vögelchen wat jezwitschert bekomm, wa? Und et jibt imma een paar Freuden, die ooch eener wie Sie jenießen kann.«

Neben zwei braunen Stumpen glänzte ein goldener Backenzahn, als sie Konter anlächelte und ihm dazu noch über den Oberschenkel strich. Er nickte nur schnell und verließ Else Pochs Boudoir, bevor ihm übel wurde.

*

»Der Wagen ist fertig«, sagte Franz, nachdem er im *Open House* einen Krug Molle vor Konter auf den Tisch gestellt hatte. »Nun hängt alles von Ihnen ab.«

»Ich hoffe nur, dass die Kerle nicht schießen«, meinte der Kommissar. »Wir nehmen denen ihren Lastwagen weg, in dem drei- oder vierhunderttausend Mark liegen.«

»Nur kurz. Die Genossen machen auf der Wilhelmstraße ein bisschen Radau und ballern in die Luft. Dann kommen Ihre Männer aus der Richtung Regierungsviertel und fordern Unterstützung an. Später wird es so aussehen, als wären Sie beinahe der große Retter gewesen. Niemand wird Sie verdächtigen. Vergessen Sie das Schweineblut nicht, Paul. Muss echt aussehen. Sie fordern die Fahrer auf, die Verletzten zur Charité zu fahren. Werfen Sie sie am Bahnhof Friedrichstraße raus. Und wir tauschen den LKW auf dem Gelände des alten Hamburger. Sie persönlich fahren das Ding zurück und entschuldigen sich bei Ehrhardt.«

»Hoffentlich nimmt er uns das ab«, erwiderte Konter.

»Der Schlosser sagt, dass die beiden *Horch* nicht zu unterscheiden sind. Und Ehrhardt wird sich Sorgen darüber machen, dass die Kommunisten so offen beim Präsidentenpalais herumlungern. Und bis die Korpsleute in Litauen den Inhalt des Panzerschranks vermissen, vergehen Tage. Ehrhardt wird zwar eins und eins zusammenzählen. Aber dieses Mal ist er es, der nichts beweisen kann.«

»Hoffen wir, dass das stimmt, Franz. Aber wenn nicht, dann muss zumindest ich mir wohl keine Sorgen mehr machen.«

4

»Es ist unerhört! Ich bin Offizier Seiner Majestät.«

»Dem Herrgott sei et jepfiffn, der Jernegroß hat abjedankt«, entgegnete der ältere, für die Schutzmänner zuständige Polizeihauptmeister gelassen.

»Sie haben keine Befehlsgewalt über Angehörige des Heeres!« versuchte es Dehlbergh erneut. »Allein die Feldgendarmerie ist befugt …«

»Sie irren sich, Hauptmann von Dehlbergh«, sagte Konter. »Die Zeiten ändern sich. Erstens untersteht die Reichswehr in Strafrechtsfragen der ordentlichen Gerichtsbarkeit. Zweitens sind Sie gar kein Angehöriger der regulären Truppe. Also plustern Sie sich nicht auf, mein Herr! Hauptmeister Stahnbach, lesen Sie dem Mann seine Rechte vor. Und bevor Sie fragen, ja, er kommt in Hand- und Fußketten. Die Männer von den Freikorps sind immer recht flink, wenn es ums Verdrücken geht.«

Paul Konter war zufrieden und ging vor die Tür, um eine *Overstolz* zu rauchen. Überall in Madame Pochs Bumsschuppen roch es nach billigem Parfüm, Schweiß und Alkohol. Die Verhaftung Dehlberghs war ein voller Erfolg. Wie erwartet war der Mann ohne Begleitung erschienen. Er wollte wohl zu viele Gerüchte um sein Liebesleben vermeiden. Konter war mit vier Schutzmännern angerückt. Er kannte Stahnbach, einen alten Sozi, der die Schwarzen und den Kaiser noch nie gemocht hatte. Rein, zuschlagen, raus. Die Anzeigen der Mädchen lagen schon auf dem Schreibtisch der Sitte. Dazu Körperverletzung. Aus der Sache kam Dehlbergh nicht heraus. Konter schätzte, dass er im besten Fall nach einem Jahr wegen guter Führung entlassen werden konnte. Und danach war der Kerl bei den Korps erledigt. Konter war froh, dass er die beiden Sass-Brüder von einer Racheaktion hatte abbringen können. Auch ihre Tante Toni war der Ansicht gewesen, dass für Dehlbergh eine zerstörte Karriere größere Bestrafung war als der Tod.

Die restlichen Stunden der Nacht wurden zur Qual für den Polizeikommissar. Er konnte nicht schlafen. Zu deutlich war erkennbar, dass am nächsten Tag vieles schiefgehen konnte. Wenn die KP-Leute nicht rechtzeitig aus der Wilhelmstraße verschwanden, bevor Ehrhardts Männer dort eintrafen, dann würde es mit Sicherheit eine Katastrophe geben, die schnell in neuen Unruhen münden konnte. Wenn der Kapitän im Laster mitfuhr, dann würde er Konter nicht das Kommando überlassen. Wenn die Fahrer nicht vor ihm kuschten, dann blieb nur Gewaltanwendung. Wenn, wenn …

»Paul! Wir schließen.«

Franz schüttelte Konter, der im *Klub Berlin* über einem Tisch eingeschlafen war. Er hatte nicht gewagt, zu sich nach Hause zu gehen. Überall lauerten seine Dämonen, Zweifel, Erinnerungen. Aber die zwei Kognak hatten schließlich doch gewirkt und ihn in einen Dämmerzustand versetzt.

»Hauen Sie sich auf die Pritsche hinten. Ian übernachtet manchmal hier, wenn es draußen hoch hergeht«, schlug Franz ihm vor. »Ich wecke Sie rechtzeitig. Wird schon schiefgehen morgen.«

Paul Konters müder Blick verriet, dass ihn der billige Trost nicht wirklich beruhigte.

*

Regierungs- und Bankenviertel hatten sich in den letzten Monaten gemausert. Die Behrenstraße trennte die ehrwürdige Dorotheenstadt im Norden von der quirligen Friedrichstadt im Süden. Konter hatte ein paar verlässliche Kollegen von der C.ST., der Staatspolizei, angefordert. Junge Männer, die sich in Gesprächen als republiktreu ausgaben. Unter den einfachen Schutzpolizisten waren ebenfalls einige Leute, denen Konter vertraute. Zusammen mit seinem Assistenten Mahler waren sie immerhin elf Männer. Elf gegen zehn, wie es schien. Konter hatte sich in der Nähe der *Commerz- und Disconto-Bank* eine sichtgeschützte Ecke gesucht. Die von Ehrhardt ausgewählten Banken reihten sich in der Straße wie eine Perlenkette aneinander. Ein glücklicher Umstand, da Konter nicht wusste, welches Institut sie zuerst aufsuchen würden. Kurz vor neun waren dann drei Fahrzeuge aufgetaucht. Der *Horch* bog von der Charlottenstraße ein und hielt vor der Commerzbank. Dahinter folgte ein dunkler Mercedes, dessen Kühler ein gemalter Totenkopf zierte. Als Letztes traf ein Mannschaftswagen ein. Konter zählte zehn Soldaten. Seine eigene Truppe bestand aus fünf Heißspornen, vier alten Schreibtischsäcken und nur zwei erfahrenen Schutzmännern.

Konter beobachtete, wie drei Unteroffiziere Taschen zum Laster trugen. Dort stieg ein Leutnant auf die Ladefläche und nahm die Taschen entgegen. Der Laster fuhr etwas weiter, die anderen Fahrzeuge blieben stehen. Bei der Dresdner Bank und der Berliner Handelsgesellschaft wiederholte sich das Schauspiel.

Die dritte Bank, dachte Konter. Hoffentlich hat Mahler einen guten Posten und kann alles sehen.

Ein Pfiff ertönte. Einen kurzen Moment später hörte man Schüsse aus Richtung Wilhelmstraße. Rufe und die röhrende Hupe eines Lastwagens. Es waren die typischen Geräusche, mit denen die Sozis und Kommunisten gern ihre Krawalle begannen. Wieder waren Pfiffe zu hören. Und kurz danach bogen Konters Männer von der Wilhelmstraße in die Behrenstraße ein. Sie trugen alle die einfachen Uniformen der Schupo. Konter sah das Blut auf ihren Uniformen. Einer hatte es arg übertrieben und sich das restliche Schlachthofblut sogar über den Kopf gegossen. Konter beobachtete, wie Ehrhardts Soldaten irritiert in westliche Richtung blickten. Der Leutnant kam gerade wieder von der Ladefläche. Als seine Polizisten sich dem LKW näherten, ergriff Konter seine Chance.

»Aufruhr beim Präsidentenpalais«, rief er. »Polizeikräfte sind angefordert. Spartakisten verbrennen Schwarz-Weiß-Rot.«

Gerade der letzte Ausruf verfehlte seine Wirkung bei den Freikorps-Leuten nicht. Das waren immer noch ihre Farben und auch Ehrhardts Wagen trug die alte Reichsflagge anstatt des neuen Schwarz-Rot-Golds.

»Meine Männer brauchen Nothilfe durch Ihre Truppe«, brüllte Konter und wandte sich nun direkt an den Kapitän, der offenbar versuchte, die Lage einzuschätzen. »Schätzungsweise dreißig bis vierzig bewaffnete Rote. Bereits mehrere Verletzte. Die Garde beim Präsidenten wird den Mob nicht aufhalten können!«

»Leutnant Prange!« Ehrhardts Stimme war nicht laut und zeigte keinerlei Nervosität. »Zwei Gruppen. Sturmwagen an die Kreuzung und Maschinengewehr klarmachen.«

Wenig Sekunden später hatten sich die ersten Männer bereits gesammelt und luden ihre Karabiner durch. Ehrhardt hatte sich etwas vor den *Horch*-Laster gestellt, um bessere Sicht in Richtung Wilhelmstraße zu haben. Konter nutzte den Moment, um seinen vermeintlich verwundeten Männern ein Zeichen zu geben. Sie stiegen auf die Ladefläche. Er selbst ging nach vorn, öffnete die Fahrertür.

»Polizei! Krankentransport! Fünf schwer verwundete Kameraden müssen ins Spital. Zur Seite, Mann!«

Der Fahrer wollte protestieren, rückte dann jedoch in Richtung Mitte, als Konter bereits ein stieg. Der Motor lief und heulte vorwurfsvoll auf, als die Drehzahl nach oben schoss. Konter hatte unbarmherzig den Gang hinein geprügelt und auf das Gaspedal getreten. Er schoss haarscharf an Ehrhardt vorbei, der verblüfft zur Seite sprang.

Hoffentlich hat Mahler den Reifen am Benz plattgemacht, dachte Konter, als er mit hohem Tempo auf die Friedrichstraße einbog. Sonst ist die Fahrt gleich vorbei.

Er sah in den Außenspiegel, konnte aber keine Verfolger erkennen. Die Leute sprangen schreiend zur Seite, als er den LKW am Bahnhof zum Stehen brachte.

»Raus!«, schrie er den Fahrer an. »Halte hier die Stellung. Falls der Pöbel nach Dorotheenstadt zieht, machst du Meldung am Alex. Ansonsten warte hier. Ich bin zurück, sobald ich meine Männer zur Charité gebracht habe.«

Der Mann schien ohne Befehlskette und Vorgesetzte völlig hilflos zu sein, nahm sein Gewehr und stieg über die Beifahrertür aus. Konter gab bereits wieder Gas. Er bog jedoch nicht in die Karlstraße Richtung Krankenhaus ein, sondern fuhr weiter zur Invalidenstraße. Am aufgelassenen Hamburger Bahnhof bog er rechts zu den Werkhallen ab. Dort warteten bereits die Sass-Brüder. Der Kommissar sprang aus dem Fahrzeug und lief zur Ladefläche.

»Die Sachen von den Jungs! Schnell, auf den anderen LKW damit. Und schmiert da noch ein bisschen Blut hin.«

Bereits wenige Minuten später war Konter wieder unterwegs Richtung Bahnhof Friedrichstraße. Natürlich war die Inszenierung in der Wilhelmstraße längst beendet, so dass der Soldat recht verlassen und unentschlossen dort stand, wo der Polizist ihn hinausgeworfen hatte.

»Alles klar, Soldat«, sagte er, als er eingestiegen war. »Ein Dienst fürs Vaterland. Jetzt ab zu deiner Einheit, Mann. Ich habe gehört, dass Kapitän Ehrhardt sehr ungehalten sein kann, wenn man ihn warten lässt.«

EPILOG

»Sie brauchen mich, Richter«, sagte Ehrhardt und nahm seinen Mantel vom Haken. »Sie und diese ganze Bande von unfähigen Parlamentariern sind wie zahnlose, kläffende Köter. Die Franzosen suchen nur einen fadenscheinigen Grund, um ins Ruhrgebiet einzumarschieren. Die Polen wollen Schlesien. Und jetzt toben die Roten auch noch in Leuna und Bitterfeld. Ich biete Ihnen eine schlagkräftige Truppe, die Sie wahlweise als Polizisten, zum Bahnschutz oder zur Unterstützung der Reichswehr einsetzen können. Ich bin der Heiland, der Sie von Ihren Qualen erlöst.«

Polizeipräsident Wilhelm Richter hatte den Marineoffizier persönlich vernommen, nachdem er von einer Sondereinheit der Staatspolizei verhaftet worden war. Er mochte den Kerl nicht, aber er hatte offenbar mächtige Freunde.

»Kommen Sie, Herr Richter! Sie haben doch längst Weisung erhalten, mich gehen zu lassen.«

Der Kapitän hatte sich angekleidet und war im Begriff, die Tür zu öffnen, als er sich nochmals umdrehte.

»Und selbst sind Sie ja auch kein Freund dieser jüdisch-bolschewistischen Mischpoke, die das Land vergiftet. Ihr Parteifreund Noske hat früh erkannt, dass das anständige Deutschland sich jetzt erheben muss, bevor es zu spät ist. Außerdem haben Sie Ihr Bauernopfer. Ich werde Ihnen über Hauptmann von Dehlbergh ein paar unschöne Einzelheiten zukommen lassen. Ich denke, das Fallbeil ist ihm sicher. Er wird zwar allerlei Lügen über mich verbreiten, aber diesem Geschwätz werden Sie natürlich keine Bedeutung beimessen. So, ich muss nach

Leipzig, mein Lieber. Irgendjemand muss das Reich ja retten. Guten Tag.«

*

Der Panzerschrank erwies sich als eine harte Nuss.

»Ein *Ade Cassentresor*. Von 1912. Ein prächtiges Stück«, schwärmte Meister Trabe.

Er und Franz werkelten bereits seit zwei Stunden an dem Ding herum. Zunächst hatten sie versucht, dem Tresor auf der Ladefläche des *Horchs* zu Leibe zu rücken. Aber die Hitze des Schweißbrenners war schnell unerträglich geworden. Also hatten sie nur die Halterungen zum Fahrerhaus gelöst. Danach war ein Flaschenzug nötig gewesen, um das zehn Zentner schwere Teil vom Wagen zu ziehen. Natürlich landete es unsanft auf der Türseite, so dass sie es auch noch drehen mussten.

»Bei *Siemens* gelernt, junger Mann?«, fragte Trabe. »Da musst du noch feiner werden. Beim U-Bahn-Bau kokelst du nur die Erde und die Stützhölzer an. Wenn du den *Ade* zu heiß machst, dann ist alles da drin nur noch Asche. Du musst die Bolzen erwischen, das Türblatt kriegst du in fünf Tagen nicht durch.«

Drei weitere Stunden später war Franz schweißgebadet. Fünf Riegel waren durchtrennt. Immer wieder hatten sie gewartet und den Schrank sogar mit Wasser übergossen, um ihn zu kühlen. Endlich ließ sich die Tür öffnen.

»In eine Bank solltest du nicht einsteigen, Sass. Du bist zu langsam.«

Das Gefühl war unbeschreiblich. Noch Jahre später liefen Franz Schauer über den Rücken, und es trat ein verklärter Glanz in seine Augen, wenn er von diesem Moment berichtete. Dabei waren es nicht die Scheine, die vor ihm lagen, die ihn glücklich machten. Nicht die Bündel von Dollars, Francs und Papiermark. Auch nicht die Schatulle mit Goldmark. Das Glück war der kurze Augenblick, bevor der Widerstand überwunden war. Der Reiz lag im Reiz, nicht in seiner Erfüllung.

Über dreihunderttausend Mark ergab die spätere Zählung. Zwanzigtausend stark angekohlt, aber diesen Schwund konnte man verkraften. Franz verbrannte sorgfältig einige Zeitungen und mischte die unbrauchbaren Scheine unter die Asche. Den Haufen wollte er Konter für seine Untersuchung überlassen, zusammen mit einem Drittel der Beute. Allzu viele Fragen würde der Kommissar sicherlich nicht stellen. Piecks Leuten würde der dieselbe Geschichte auftischen. Immerhin bekamen sie hunderttausend. Und der Rest war Risikoprämie fürs *Syndicat*. Sollten die Kerle ihn doch wegen Betrugs anzeigen.

*

Waldemar Pabst ließ sich die Tür öffnen. Hier unten in den Kasematten war alles feucht und schmierig. An den Wänden waren noch Zeichnungen aus jener Zeit zu sehen, als Napoleon in die Stadt eingezogen war. Den erfahrenen Offizier schauderte es, als er die zusammengesunkene Gestalt seines ehemaligen Kameraden auf der Pritsche kauern sah. Dehlbergh sah fürchterlich aus.

»Na endlich, ich dachte, ihr hättet mich vergessen«, hörte er dessen heisere Stimme sagen.

Immer noch ganz der Alte, dachte Pabst.

Die ihm übertragene Aufgabe war zwar ehrenhaft, aber dennoch verabscheute er sie. Er gab Dehlbergh ein Zeichen, sich ihm nicht weiter zu nähern. Hier unten in dem feuchten Loch konnte man sich in drei Wochen schnell eine Tuberkulose einfangen. Pabst nahm seine Ledertasche und zog eine alte *Mauser* sowie einen Ladestreifen daraus hervor.

»Mehr kann ich nicht für dich tun, Hans«, sagte er.

Pabst legte die Pistole auf den kleinen Tisch, der neben der Zellentür stand. Dann warf er Dehlbergh den Ladestreifen zu.

»Für einen Sturmangriff reicht das nicht«, murmelte der Gefangene und betrachtete die einzelne Patrone.

Er hatte verstanden. Ihm stand jetzt ein langer Weg durch Dreck und Schande bevor, an dessen Ende ihn das Messer eines gedungenen Mithäftlings oder der Strang erwarteten. Oder er konnte die Abkürzung nehmen, die alle Offiziere sich mit dem Begriff von Ehre schönzureden pflegten. Dabei war es auch nur ein schnöder Tod. Wie Millionen andere.

»Denk dran, nicht in die Schläfe, Hans«, sagte Pabst.

Er nahm kurz Haltung an und grüßte. Ein paar Minuten und ein 7,63 mm großes Metallstück. Alles, was Hans von Dehlbergh in dieser Welt noch blieb.

Man soll sich nicht dicke tun mit seinem Schicksal.
Ich bin Gegner des Fatums.
Ich bin kein Grieche, ich bin Berliner.

(Alfred Döblin, Berlin Alexanderplatz, 1929)

NACHWORT

Eine Leserin meiner Jens-Druwe-Trilogie, die ebenfalls im Aufbau Taschenbuch erschienen ist, schrieb mir vor einiger Zeit: »... selten, dass eine Kriminalgeschichte derart passend in den Kontext des historischen Hintergrunds eingebettet war.« Diese prägnante Beschreibung kann und soll auch für die Syndicat-Berlin-Serie gelten, deren ersten Band Sie gerade in den Händen halten. Sie ist gleichzeitig der Anspruch, an dem ich mich messen lassen möchte.

Unsere Geschichte ist reich an Geschichten. Aber wir haben ein wenig verlernt, ihnen zu lauschen. Ein paar Glamour-Häppchen wie etwa die Legende von den Goldenen Zwanzigern wagen wir neuerdings wieder zu genießen. Zögerlich. Und in dem Wissen, dass kurz darauf jene Katastrophe über Europa hereinbrach, die uns für lange Zeit die Freude am Geschichtenerzählen abgewöhnen sollte. Ansonsten ergeben wir uns dem Trugschluss, es existiere eine »objektive Historie«, der wir als aufgeklärte, denkende Menschen »glauben« können. Selbst Briefe, Akten, Tagebücher und andere Primärquellen werden jedoch durch den Sammler bereits in eine Ordnung gebracht. Eine Ordnung, die einem unterbewussten Muster folgt, das der auf diese Weise entstehenden historischen Sicht eine Richtung und Bedeutung gibt.

Eine – wie auch immer geartete – Wahrheit transzendiert meines Erachtens erst in den kleinen Geschichten. Hier kommt es, etwa wenn wir uns »in jemanden hineinversetzen«, zu einer narrativen Identifizierung. Dann haben wir unsere persönliche Held*in gefunden, ohne einem Bild vom falschen Heros zu erliegen. Je mehr wir nämlich nur dem vorgegebenen Denk-Highway folgen, desto eher verlieren wir den Blick für das wesentlich Nebensächliche am Wegesrand.

Als Romanautor habe ich die Freiheit, mit den Möglichkeiten der

Zeit zu spielen. Ich entwerfe kein möglichst wahres (was ist das?) Abbild der Vergangenheit, sondern entwickle eine Art Gegenmodell. Mir persönlich ist dabei besonders daran gelegen, jenen eine Stimme zu geben, die zwar »für alles ihren Kopf hinhalten« müssen, jedoch fast nie zu Wort kommen. Jenen Millionen, die anonym bleiben. Die zwar Geschichte machen, sie jedoch nicht schreiben.

Die Berlin-Romane werden eine Art weitgefasster Verdichtung sein. Als Leser*in begleiten Sie die Familie Sass, ihre Verbündeten und Widersacher über fünfzehn Jahre hinweg. Insofern sind Sie ganz dicht dran an einem Grundkonstrukt von Kultur: der Familie. Ganz dicht dran auch an einer Zeit, die viele Möglichkeiten bot und an sich selbst scheiterte. Toni und ihre Neffen nehmen dabei ihre kurze Epoche gar nicht als solche wahr. Sie leben schlichtweg ihr Leben.

Die Familie Sass hat es tatsächlich gegeben: Marie und Andreas Sass, die Eltern der später als Tresorknacker bekannt gewordenen Brüder, entstammten einer sozialen Schicht, die im Marx'schen Sinne als Proletariat zu bezeichnen war. Ihr Leben bot nicht viel Platz für Träume. Das kleine Glück waren eine Tasse Kaffee im *Kranzler*, die Molle im *Peters* oder eine Karte fürs Fußballstadion Moabit. Sie war Wäscherin, er Lohnschneider. Diese Menschen hatten ihren eigenen Stolz, denn sie hatten es geschafft, mit Ach und Krach gerade nicht in die vollkommene Armut abzugleiten. Fünf Kinder. Sieben Menschen in einer kleinen Wohnung, die heute für zwei zu eng wäre. Und dennoch: Frau und Mann hatten Arbeit, und den Kindern konnte wenigstens ein kleines Maß an Bildung geboten werden. Die Eltern sowie die Brüder Max, Franz und Erich sind historisch gesicherte Figuren. Antonia Sass jedoch ist eine fiktive Protagonistin. Nicht von ungefähr habe ich eine Frau für diese Rolle gewählt. Die Stimmung nach dem Weltkrieg war quasi männlich-depressiv gefärbt. Die Helden an der Front hatten – auch in ihren eigenen Augen – versagt. Die alten, maskulinen Modelle von Kampf und Ehre hatten sich selbst ad absurdum geführt.

Und Frauen waren nicht länger bereit, rechtlos danebenzustehen, wenn die neuen Demokratien über die Zukunft Europas entschieden. Toni Sass ist ein Prototyp jener modernen Frauen, die sich während der Weimarer Zeit – zumindest in den Großstädten – Gehör verschafften. Selbstbewusst und selbstverständlich fordert sie ihre Rechte als Mensch und Bürgerin ein.

Wie schon bei den Druwe-Romanen betten sich die Kriminalfälle, in welche die Familie Sass und das *Syndicat* verstrickt sind, in die historisch bekannten Hintergründe ein. Letztere werden dabei nicht verfälscht oder umgedeutet. Die erwähnte Garde-Kavallerie-Division, die Brigade Ehrhardt, der Kapitän Hermann Ehrhardt selbst und die Organisation Consul sind verbürgt. Die Ermordung von Rosa Luxemburg und Karl Liebknecht durch Angehörige der besagten Division ist historisch und juristisch belegt. Es gab sogar in der Silvesternacht 1918 den Mord an einem Geldboten im Hotel *Adlon*. Ebenfalls real sind die berüchtigten Berliner Jugendbanden (Cliquen). Dass Max und Franz Sass selbst einer Clique angehörten, ist jedoch nicht gesichert. Die Brüder Walter und Max Götze erlangten Ende der dreißiger Jahre schaurige Berühmtheit als sogenannte Autobahnmörder. Ob sie mit der Sass-Familie bekannt waren, bleibt allerdings (m)ein Geheimnis. Die Berliner Ringvereine waren so etwas wie Edelgauner-Organisationen. Sie teilten sich die Reviere der Hauptstadt auf, um sich nicht in die Quere zu kommen. Bekannt sind »Pistolen-Franz« und »Muskel-Adolf«. Der »Prinz von Moabit« und »Messer-Meyer« entspringen jedoch meiner Phantasie. Die historischen Schauplätze bis hin zu Straßennamen, Gebäuden und Vergnügungsstätten wurden von mir nach bestem Wissen recherchiert. Durch die Zerstörungen im Zweiten Weltkrieg sind viele davon nicht erhalten geblieben. Der Kapp-Putsch, dessen Ausgang Ehrhardt veranlasste, für eine gewisse Zeit unterzutauchen, fand tatsächlich statt. Frühe deutsche Waffenexporte hat es ebenfalls gegeben. Mit ungeheuren finanziellen Mitteln hatte die kaiserliche Armee gegen Kriegsende Waren und Waffen eingelagert. Fast alles verschwand in den Folgejahren über dunkle Kanäle (im wahrsten Sinn nächtlich auf den Berliner Wasserstraßen). Genügend Stoff also für viele Geschichten …

Ich möchte abschließend noch zu dem Begriff »Zigeuner« Stellung beziehen. Ich verabscheue derartige Bezeichnungen, weil sich durch sie bereits bestimmte, diskriminierende Denkweisen und Ideen ausdrücken. Worte können hier auf gefährliche, weil unbemerkte Weise Realität setzen. Ähnliches gilt auch für die Verwendung des Begriffs »Juden«. Er wurde und wird ja sehr oft im rassistischen Sinn (nicht für die Zugehörigkeit zu einer Glaubensgemeinschaft) verwendet. Hiervon distanziere ich mich in aller Form.

Dennoch habe ich die Wortwahl im historischen Zusammenhang belassen, da ihre Vermeidung eine Verharmlosung darstellen würde. Große Teile der Gesellschaft waren gegenüber diesen Gruppen von Vorurteilen geprägt und haben sich entsprechend verhalten. Selbst der/die »Normalbürger*in« wählte diese Begriffe, ohne sich etwas dabei zu denken. Gerade dies ist ein perfider Umstand, da hierdurch das Vorurteil zur Norm werden konnte. Heute mag uns dies zwar in Teilen bewusster sein, jedoch setzte ich gerade auf eine Art Abstoßungseffekt, wenn ich solche Bezeichnungen im historischen Kontext belasse.